Né en 1973 à Annecy, Franck Thilliez, ancien ingénieur en nouvelles technologies, vit actuellement dans le Pas-de-Calais. Il est l'auteur d'une vingtaine de romans dont *La Chambre des morts*, adapté au cinéma en 2007, prix des lecteurs Quais du Polar 2006 et prix SNCF du polar français 2007, *Puzzle* (2013), *Rêver* (2016), *Le Manuscrit inachevé* (2018) ou bien encore *Il était deux fois* (2020). Il est également connu pour avoir donné vie à deux personnages emblématiques, Franck Sharko et Lucie Henebelle. Ces derniers sont réunis pour la première fois dans *Le Syndrome [E]* (2010), qui a été adapté en BD et en mini-série diffusée sur TF1 en 2022. De plus, ces deux personnages sont présents dans les récents *Sharko* (2017) et *Luca* (2019) chez Fleuve Éditions. Son recueil de nouvelles, *Au-delà de l'horizon et autres nouvelles*, a paru en 2020 chez Pocket. Franck Thilliez a publié *1991* chez Fleuve Éditions en 2021, *Labyrinthes* en 2022, *La Faille* en 2023 et *Norferville* en 2024.

Ses titres ont été salués par la critique, traduits dans le monde entier et se sont classés à leur sortie en tête des meilleures ventes. Franck Thilliez est aujourd'hui le 3e auteur de fiction moderne le plus lu en France.

Retrouvez l'auteur sur sa page Facebook :
https://fr-fr.facebook.com/Franck.Thilliez.Officiel

ATOMKA

ÉGALEMENT CHEZ POCKET

LES ENQUÊTES DE FRANCK SHARKO
TRAIN D'ENFER POUR ANGE ROUGE
DEUILS DE MIEL
1991

LES ENQUÊTES DE LUCIE HENEBELLE
LA CHAMBRE DES MORTS
LA MÉMOIRE FANTÔME

LES ENQUÊTES DE SHARKO & HENEBELLE
LE SYNDROME [E]
GATACA
ATOM[KA]
ANGOR
PANDEMIA
SHARKO
LUCA
LA FAILLE

LA TRILOGIE CALEB TRASKMAN
LE MANUSCRIT INACHEVÉ
IL ÉTAIT DEUX FOIS
LABYRINTHES

LES ROMANS INDÉPENDANTS
LA FORÊT DES OMBRES
L'ANNEAU DE MOEBIUS
FRACTURES
VERTIGE
PUZZLE
RÊVER
NORFERVILLE

LES RECUEILS DE NOUVELLES
L'ENCRE ET LE SANG (AVEC LAURENT SCALESE)
AU-DELÀ DE L'HORIZON ET AUTRES NOUVELLES

FRANCK THILLIEZ

ATOMKA

Fleuve Noir

Le Code de la propriété intellectuelle n'autorisant, aux termes de l'article L. 122-5, 2° et 3° a, d'une part, que les « copies ou reproductions strictement réservées à l'usage privé du copiste et non destinées à une utilisation collective » et, d'autre part, que les analyses et les courtes citations dans un but d'exemple et d'illustration, « toute représentation ou reproduction intégrale ou partielle faite sans le consentement de l'auteur ou de ses ayants droit ou ayants cause est illicite » (art. L. 122-4).
Cette représentation ou reproduction, par quelque procédé que ce soit, constituerait donc une contrefaçon, sanctionnée par les articles L. 335-2 et suivants du Code de la propriété intellectuelle.

© 2012, Fleuve éditions, département d'Univers Poche.
ISBN : 978-2-266-23945-5

*Pourquoi serait-il plus difficile de mourir,
c'est-à-dire de passer de la vie à la mort,
que de naître, c'est-à-dire de passer
de la mort à la vie ?*

Jules RENARD

Prologue

Là-bas, il y a vingt-six ans

Il faisait bon vivre dans cette ville d'Europe de l'Est où le printemps était doux. Tard dans la nuit, Piotr et Maroussia Ermakov s'étaient approchés de leurs fenêtres pour assister à un spectacle unique. À environ trois kilomètres, des couleurs bleues, orange et rouges très vives avaient mordu le ciel. Les voisins étaient unanimes et communiquaient par balcons interposés : le spectacle était magnifique.

Le lendemain, malgré une certaine agitation dans les rues, les enfants continuaient à jouer torse nu dans le parc, à proximité de la grande roue et des autotamponneuses. Les paysans vendaient leurs légumes sur la place du marché et les femmes discutaient entre elles, malgré le grondement des hélicoptères et la cacophonie des sirènes perdues au loin. Il s'était passé quelque chose qui n'avait finalement rien d'amusant, là-bas, à l'horizon, mais, même si on en parlait, on s'en souciait peu. Ne leur avait-on pas dit que la ville était aussi sûre que le centre de la place Rouge ? Et puis, il s'agissait juste d'une usine en flammes dont on ne savait pas précisément ce qu'elle fabriquait et dont on ne parlait ni à la radio ni dans la *Pravda*. Il n'y avait donc pas à s'inquiéter.

Cinq jours plus tard, Andreï Mikhaliov profita du chaos dans lequel sombrait l'Empire soviétique pour pénétrer dans le bâtiment ultra-sécurisé, situé à douze kilomètres du lieu de l'accident et à cent dix kilomètres de Kiev. Autour, la forêt avait brûlé, mais sans la moindre trace de feu. Les troncs, les branches étaient couleur rouille et les feuilles semblaient avoir séché en une fraction de seconde, pareilles à des ailes de papillons grillées par le soleil. Andreï sentait une odeur particulière dans l'atmosphère, mais il était incapable de la définir. Il avait un goût caramélisé dans la bouche, comme si de la matière invisible se déposait sur les plombages de ses dents. Il jeta un œil à l'instrument qu'il tenait dans la main : l'aiguille était bloquée à son maximum. Il ignorait précisément le temps dont il disposait, mais, parole de chimiste, il fallait agir le plus rapidement possible.

Depuis cette fameuse nuit, aucun chercheur officiel n'avait remis les pieds dans ce bâtiment classé top secret. Les documents et les protocoles étaient restés sur place, derrière les portes blindées et le barrage des gardes prêts à mourir pour le Parti en cas d'intrusion. Andreï avait accès à la plupart des anciennes villes interdites et des sites sensibles d'URSS, où l'on menait des recherches très précises. Il disposait par conséquent des autorisations pour atteindre le niveau le mieux protégé, sept mètres sous terre. Il croisa huit gardes – bien qu'ils fussent à usage unique et remplacés toutes les heures, deux d'entre eux saignaient déjà du nez – et prétexta un ordre de Gorbatchev lui-même. Il respira un grand coup quand il pénétra dans la pièce où s'étaient réunis secrètement les plus illustres biologistes, généticiens et physiciens d'Union soviétique, et où avaient eu lieu les plus terrifiantes expérimentations, auxquelles il avait participé.

Quinze minutes plus tard, il sortait en possession d'un manuscrit du début du XXe siècle, de protocoles et d'un animal curieux qui nageait dans une petite boîte transparente. Lorsqu'un des militaires voulut vérifier par téléphone si Andreï pouvait emporter de tels éléments à l'extérieur du TcheTor-3, le scientifique n'eut d'autre choix que de le frapper violemment au crâne avec une matraque. Bientôt, il deviendrait l'homme le plus recherché par le KGB pour ce qu'il détenait dans les mains. La cible à abattre, coûte que coûte.

Au volant de sa Travia, il reprit à toute hâte la route, sécurisée par des barrières et des postes de garde. C'était criminel de laisser ces pauvres hommes ici, même une seule heure. Andreï avait envie de leur crier de fuir, de courir à l'hôpital, mais il se ravisa et regagna sans mal la voie principale.

Au sud, l'incendie n'avait pas encore été maîtrisé. Il faudrait des jours, des semaines peut-être, pour en venir à bout. Une armée d'hélicoptères lâchait sur les flammes des tonnes de plomb en barre. Alentour, le ciel avait la couleur d'un vieux journal qu'on brûle. De ridicules ombres allaient et venaient auprès des bâtiments déchirés, armées de pelles et de lances dérisoires. Des ignorants qu'on menait à l'abattoir et pour lesquels on remettrait, un jour, un diplôme à leurs familles : « Mort glorieusement au service de l'Union soviétique ».

Andreï sursauta lorsqu'un volatile percuta son pare-brise. Puis un autre. Il pleuvait des oiseaux morts, des petits étourneaux, qui chutaient par dizaines sur l'asphalte et partout autour. Le chimiste actionna ses essuie-glaces et fonça vers Pripyat, qu'il devait traverser avant de prendre la direction de l'ouest.

Il avait vu la ville se construire. Quartiers résidentiels, bonne qualité de vie, un manège et des auto-tamponneuses pour les enfants. Aujourd'hui, elle ressemblait à un cauchemar. La population avait été évacuée vers Moscou trois jours plus tôt, grâce à plus de mille bus en provenance de Minsk, Gomel et Moguilev. Au milieu des rues, des brigades de chasseurs, visages voilés d'un châle, tiraient à vue sur les chats et les chiens – on avait interdit aux propriétaires de les embarquer, leurs poils piégeaient trop facilement les particules présentes dans l'air. Des soldats arrosaient les toits secs des maisons, frottaient les murs avec des brosses, d'autres retournaient la terre des jardins et la couvraient de terre plus profonde. *Une lutte contre l'invisible, des tâches tellement inutiles*, songea Andreï. Sur les portes des maisons se succédaient des inscriptions en cyrillique, gravées dans le bois : « Pardon », « Famille Bandajevski », « Nous reviendrons », ou encore « C'est notre seule richesse, ne pas abîmer ». Andreï n'osa imaginer l'enfer qu'allaient vivre ces gens, qui avaient déjà connu l'Occupation et la répression stalinienne. Qu'allaient-ils devenir, privés de leur bien le plus cher ? Ils ne reviendraient pas dans cinq jours, comme on le leur avait promis.

Ils ne reverraient jamais leur maison.

À la sortie de la ville, Andreï aperçut une bête de somme dans les champs, intégralement revêtue d'une couverture en cuir, comme si cette carapace pouvait la protéger du poison qui se répandait dans l'atmosphère. Une vieille dame courbée, enveloppée dans du cuir elle aussi, la suivait, elle s'était certainement cachée au moment de l'évacuation. Dans quelques semaines, sans médicaments, sans soins, elle serait morte.

Le Russe crispa ses doigts sur le volant et chassa les plumes coincées dans les essuie-glaces à coups de lave-vitre. Au lendemain de l'explosion, contre son gré, on l'avait envoyé sur place, comme la plupart des physiciens et chimistes renommés. On l'avait contraint à survoler le lieu de l'accident pour trouver des solutions. En vol, tous les appareils s'étaient déréglés, les photos tirées au Polaroid n'étaient que des rectangles noirs. Au plus proche de la centrale, Andreï s'était même surpris à ne plus percevoir le vrombissement des pales de l'hélicoptère, comme s'il était devenu subitement sourd. Dès lors, il avait compris que ce jour-là allait anéantir des milliers de vies et entraîner les terres soviétiques à leur perte. Rien ne serait plus jamais comme avant.

Andreï s'arrêta au bord de la route et cacha ses documents, dont le manuscrit, dans son coffre, chargé d'un minimum de bagages. Ses yeux s'attardèrent sur la croix gammée imprimée sur la couverture du livre. Il avait une telle histoire. Volé par les nazis, tombé entre les mains de l'Armée rouge lors de la chute du IIIe Reich, puis protégé dans les confins de l'Ukraine, là où on ne viendrait jamais le chercher. Et aujourd'hui, il voyageait encore vers l'inconnu. Quant au petit animal, il flottait mollement sur l'eau. Andreï plaça le minuscule aquarium dans la boîte à gants. Cet organisme renfermait, à lui seul, la clé du mystère que les hommes avaient, de tout temps, cherché à percer.

Dans un frisson, Andreï redémarra. Il roulerait aussi loin qu'il le pourrait vers l'ouest. Il devrait se cacher, traverser les frontières illégalement et, sans aucun doute, risquer sa vie. Mais le sacrifice en valait la peine. Il y avait un pays dont il entendait souvent parler, au bout du continent européen, où il pourrait certainement commencer une nouvelle existence et vendre à prix d'or l'ensemble des recherches contenues dans le manuscrit.

Ce pays, c'était la France.

Après plus de sept cents kilomètres avalés d'un trait, Andreï fit une pause, grilla une cigarette et se décida à rallumer son compteur Geiger. Un moment qu'il craignait par-dessus tout et qu'il avait repoussé des heures durant. Fatalement, l'engin se remit à crépiter. Le scientifique savait bien ce qui l'attendait, désormais. L'aiguille fit le tour du cadran et vint buter au maximum dès qu'il colla l'engin contre sa poitrine.

La radioactivité ne traversait ni l'eau ni le plomb, mais presque tout le reste. Andreï avait respiré des poussières d'iode 131, de strontium 90, de césium 137, de polonium 210...

L'atome était en lui.

Andreï n'était plus un homme, mais un réacteur nucléaire destiné, lui aussi, à exploser.

I
LA VIE

1

De nos jours

— Annoncez-moi une bonne nouvelle, docteur.

L'horloge indiquait à peine 8 heures, Franck Sharko était le premier patient de la matinée. Le docteur Ramblaix ferma la porte derrière lui et invita le commissaire à s'asseoir. Le cabinet de consultation était propre, fonctionnel, anonyme.

— Je crains malheureusement que nous n'ayons aucune évolution. Avez-vous bien suivi le traitement que je vous ai prescrit le mois dernier ?

Sharko se massa les tempes, la journée commençait très mal.

— Mes poubelles sont pleines à craquer d'ampoules vides et de boîtes de médicaments. J'ai fait des prises de sang qui n'ont rien donné et qui ont valu à mon pauvre infirmier de se faire agresser par un junkie qui lui a vidé les poches pas loin de chez moi. Trois points de suture pour gagner une misère.

Devant l'absence de réaction du médecin, Franck Sharko poursuivit :

— J'ai aussi appliqué vos conseils à la lettre. Même

ces histoires de rapports programmés. Et vous me demandez si j'ai bien suivi le traitement ?

Ramblaix éventa des feuilles devant lui. Il prit le temps de répondre, il avait l'habitude de recevoir des hommes et des femmes déstabilisés, de tous âges.

— C'est votre troisième spermogramme, il confirme l'asthénospermie grave. En l'état actuel des choses, la faible mobilité de vos spermatozoïdes ne vous permet pas d'avoir d'enfants. Mais rien n'est perdu, nous allons y arriver.

— Quand ? Et comment ?

— Vous avez déjà procréé par le passé. L'analyse de votre sang, les divers examens que vous avez subis ne montrent ni infection, ni dilatation des veines testiculaires, ni anomalie immunitaire. Vous avez cinquante ans mais, d'un point de vue reproductif, vous restez dans la force de l'âge. Les traitements n'ont pas d'influence sur vous. Je n'ai constaté aucune raison physiologique au fait que vos spermatozoïdes soient paresseux. Il faut peut-être envisager la voie psychologique.

Sur sa chaise, Sharko était extrêmement tendu. Ce fichu mot, *psychologie*, revenait à la charge, lui collait à la peau, même quand il s'agissait d'analyser une tribu de feignants incapables de grimper un col. Le médecin continua :

— Le stress, la surcharge de travail, des coups durs successifs ou de mauvaises nuits à répétition agissent sur les hormones et l'équilibre de l'organisme. Plus d'un cas d'infertilité passagère sur cinq est dû à un blocage psychologique. Vous ne pouvez imaginer le nombre de couples qui, juste après avoir subi une fécondation *in vitro* ou fait une demande d'adoption, réussissent tout à coup à procréer.

Le spécialiste incitait Sharko à parler, mais autant s'adresser à un mur. Il parcourut la paperasse et balaya la physionomie de son patient. Notamment les cheveux en pétard couleur poivre et sel, les mains épaisses posées sur les genoux, le costume-cravate bleu sombre, de belle coupe, qui tombait parfaitement sur sa silhouette robuste.

— Je suppose que vous avez traversé des périodes difficiles depuis la naissance de votre premier enfant. C'était il y a… huit ans, je crois ?

Le téléphone portable du commissaire Franck Sharko se mit à vibrer au fond de sa poche. Il n'y toucha pas et se leva, exaspéré.

— Écoutez, docteur : ça fait trois fois que je m'enferme dans vos cabines à 8 heures du matin pour me masturber devant des photos de magazines porno. Et trois autres fois pour venir récupérer des résultats plutôt catastrophiques. C'est difficile pour moi d'en parler avec vous. Les psys, je connais, croyez-moi. Le temps presse, vous comprenez ? Ma compagne a trente-huit ans et je ne suis plus tout jeune. On veut un enfant le plus vite possible, ça tourne à l'obsession. Et sans FIV.

— J'aimerais vous reparler de la fécondation *in vitro* plus en détail, justement. Le procédé fonctionne très bien et…

— Non, désolé. Ni mon amie ni moi n'emploierons cette méthode. Pour la raison, disons que c'est… personnel. Il me faut une autre solution là, maintenant. Dites-moi qu'elle existe, docteur.

Le médecin se leva à son tour, hochant légèrement la tête, comme s'il comprenait. Sharko remarqua son alliance en argent. Cet homme devait avoir une trentaine d'années, une belle femme, probablement des enfants : un dessin au feutre, caché dans un coin, appuyait cette supposition. Il n'y avait aucune photo des mômes sur le bureau, certains couples à problèmes en venant à détester la progéniture des autres.

— Dans dix jours, c'est Noël. Lâchez du lest. Partez loin de Paris, de votre travail, et reposez-vous. Soyez également patient. Plus vous serez pressé, moins vous aurez de chances d'aboutir. Il faut chasser de votre esprit cette fixation d'avoir un enfant. Ce sont les meilleurs conseils que je puisse vous donner.

Sharko aurait aimé lui dire que cette obsession ne venait pas de lui, mais il se garda bien d'en révéler davantage sur sa vie privée. Un type avec son passé avait de quoi mettre en alerte tous les psychiatres de la planète.

Ils se serrèrent la main. À l'accueil, le flic régla le montant de la consultation en liquide. La secrétaire réclama sa carte de Sécurité sociale et, de nouveau, il prétexta l'avoir oubliée. De ce fait, elle lui établit une fiche à renvoyer à la Caisse primaire d'assurance maladie, qu'il déchira et jeta à la poubelle une fois dehors, face au laboratoire d'analyses médicales. Comme toujours.

Il s'engouffra dans les rues du 16e arrondissement. L'air était froid et humide, le ciel chargé d'une limaille grise. Il allait neiger.

Une écharpe autour du cou, le commissaire de police était inquiet. Cela faisait huit mois qu'ils essayaient d'avoir un enfant, avec Lucie. Même si sa partenaire ne disait rien et encaissait les échecs, Sharko sentait que leur couple battait de l'aile et que la situation finirait par dégénérer, tôt ou tard. Et, pour l'instant, il ne voyait aucune solution : il ne se sentait pas le courage de lui avouer sa stérilité – passagère, espérait-il – mais, d'un autre côté, il avait de plus en plus de mal à laisser planer l'espoir d'un futur bébé. Le docteur avait peut-être raison : prendre le large, quelques semaines, pour remotiver ses spermatozoïdes.

Dans un soupir, il consulta les deux messages laissés sur son téléphone. Le premier était de Bellanger, son chef de groupe. Il fallait se rendre sur les lieux d'un crime, à Trappes, à une trentaine de kilomètres de Paris.

Sharko sentait le mauvais coup. Pour que la brigade criminelle du 36, quai des Orfèvres s'empare d'un dossier qui aurait dû tomber dans les bureaux d'une antenne locale, il fallait quelque chose de costaud ou de très mystérieux. Voire les deux.

Le second appel venait de Lucie. Bellanger l'avait contactée, elle aussi, pour la même raison. Celle qui partageait sa vie et son équipe depuis un an et demi fonçait déjà en direction du sud de la capitale.

Superbe cadeau de Noël en perspective, cette nouvelle affaire.

Et l'autre truffe qui parlait de vacances...

2

Même avec les années, les souffrances traversées et les êtres chers perdus à cause de ce fichu métier, le *shoot* de l'arrivée sur le lieu d'un crime gardait toujours une intensité inaltérable. Qui serait la victime ? Dans quel état la trouverait-on ? Quel profil aurait son assassin ? Sadique, psychopathe, ou, comme dans quatre-vingts pour cent des cas, pauvre type paumé ? Sharko ne se rappelait plus précisément son premier cadavre, mais il se souvenait encore, plus de vingt ans après, de l'explosion de sensations qu'il avait alors ressenties : du dégoût, de la colère et de l'excitation. Et la vague revenait, enquête après enquête, toujours dans cet ordre.

Il s'avança dans le jardin, en direction d'une maison individuelle de plain-pied cernée de haies qui coupaient la vue aux voisins. Comme à chaque fois, des professionnels du macabre allaient et venaient, mallettes en main, portables à l'oreille : les flics du commissariat local, les techniciens de l'Identité judiciaire, un ou deux magistrats, des OPJ[1], des garçons

---

1. Officiers de police judiciaire.

de morgue... Le chaos rappelait celui d'une fourmilière, où chacun savait exactement ce qu'il avait à faire.

Il faisait froid dans la maison, de la buée sortait des bouches. Sharko lisait souvent de la fatigue sur ces visages-là, mais, cette fois, les traits exprimaient quelque chose de différent : de l'inquiétude, de l'incompréhension. Après avoir serré quelques mains, il se rendit dans la cuisine, prenant garde de ne pas sortir du chemin balisé à l'aide de rubans « Police nationale » par la police scientifique. Au milieu de la pièce, à même le carrelage, traînaient des barquettes de viande, des glaces fondues et tous types de surgelés en piteux état. Le lieutenant Lucie Henebelle, numéro cinq du groupe et petite dernière arrivée dans l'équipe Bellanger, discutait avec Paul Chénaix, l'un des légistes de la Rapée. Elle adressa un bref mouvement de tête à Sharko lorsqu'elle l'aperçut. Il salua son ami médecin, fourra les mains dans ses poches, face à Lucie, en lui lançant un simple :

— Alors ?

— C'est là-bas que ça se passe.

Tous les collègues du 36 les savaient ensemble, mais les deux policiers préféraient rester discrets. Jamais d'accolade trop appuyée, d'excès amoureux... Chacun connaissait leur histoire et la violence de la disparition des petites Henebelle, Clara et Juliette. Cela faisait partie des sujets tabous, dont on ne parlait que derrière des portes fermées et quand on savait les deux flics loin des couloirs.

Sharko suivit le regard de Lucie et s'éloigna dans un renfoncement de la cuisine, un endroit où s'accumulaient les appareils électroménagers.

Le corps masculin reposait au fond d'un grand congélateur vide, en sous-vêtements et recroquevillé. Les lèvres étaient bleues, la bouche grande ouverte, comme si l'homme avait cherché à crier une dernière fois. L'eau – des larmes ? – avait gelé près de ses paupières. Les cheveux blonds étaient recouverts de givre. Quant à la peau, elle était quadrillée d'entailles, notamment au niveau des membres supérieurs et inférieurs.

À côté du corps, au fond du congélateur, se trouvaient une lampe torche ainsi que des vêtements empilés : un jean taillé, une chemise ensanglantée, des chaussures et un pull. Sharko observa les traces pourpres, partout sur les parois, ce rouge saillant mêlé au blanc éclatant de la glace. Le flic imagina la victime essayant à tout prix de s'échapper, grattant et frappant la surface jusqu'à s'en abîmer les phalanges.

Lucie s'approcha, les bras croisés.

— On a essayé de le sortir de là, mais... il est collé. Le chauffage était coupé à notre arrivée, on a tourné les thermostats à fond pour ramener de la chaleur. Les collègues de l'IJ[1] vont revenir avec des radiateurs électriques. Il faut attendre qu'il ramollisse un peu pour les recherches de fibres ou d'ADN et, surtout, pour soulever le corps. La poisse.

— Il n'est gelé qu'en surface, compléta Chénaix, le légiste. En forçant un peu, j'ai pu relever en profondeur une température interne de 9 °C. Le pouvoir et le temps de congélation n'ont pas été suffisants pour l'atteindre à cœur. Avec les caractéristiques du congélo et mes

---

1. Identité judiciaire.

graphiques à l'IML[1], je devrais pouvoir donner une fourchette assez précise sur l'heure du décès.

Sharko observa les aliments au sol. L'assassin avait d'abord vidé le congélateur, pour pouvoir y enfermer sa victime. Pas le genre à paniquer. Ses yeux revinrent vers Lucie.

— Les circonstances de la découverte du corps ?

— C'est un voisin qui a alerté la police. La victime s'appelle Christophe Gamblin, bien identifié comme le propriétaire de cette maison. Quarante ans, célibataire. Il est journaliste à *La Grande Tribune*, le canard situé boulevard Haussmann. Son chien s'est mis à hurler vers les 4 heures du matin, devant la porte. C'est un cocker qui ne dort jamais dehors, d'après ce même voisin. La porte d'entrée n'a pas été forcée. Soit Christophe Gamblin a ouvert à son assassin, soit ce n'était pas verrouillé, à cause du chien justement, qu'il comptait faire rentrer tôt ou tard. Ce sont les flics municipaux qui ont remarqué le souk au milieu de la cuisine et qui ont ouvert le congélateur avec des pinces. Il était ceint d'une grosse chaîne et d'un cadenas, empêchant l'ouverture du couvercle. Tu verras sur les photos.

Sharko passa ses doigts sur les rebords du carénage en acier. Ils étaient renfoncés à divers endroits.

— Il était vivant là-dedans. Et il a essayé de sortir.

Il soupira et fixa Lucie dans les yeux :

— Ça va, toi ?

Sans trahir ses émotions, Henebelle acquiesça et demanda à voix basse :

— Au fait, t'es parti tôt de l'appartement, ce matin. Tu n'étais pas au bureau quand Bellanger a appelé ?

---

1. Institut médico-légal.

— Je me suis retrouvé dans les bouchons sur le périph. Et avec cette affaire qui nous tombe dessus, ce n'est pas aujourd'hui que je vais rattraper mon retard de paperasse. Et toi, t'es rentrée tard, hier ? Tu aurais pu me réveiller.

— Pour une fois que tu dormais à peu près bien. J'avais une procédure à terminer, il fallait que le parquet l'ait pour ce matin.

Lucie baissa le visage vers un trou, au beau milieu de la surface lisse du couvercle. Elle reprit un ton de voix normal :

— Tiens, regarde. Il a fait ça avec une perceuse, qu'on a retrouvée au sol, sans empreintes digitales. Il y a une petite remise à outils dans le jardin, dont la porte a été forcée cette fois. Ce n'est pas bien difficile à ouvrir ce genre de verrou, il suffit d'une bonne poigne. Probable que la chaîne, le cadenas et la perceuse viennent de là-bas. Dehors, le sol est très dur et très froid, on n'a par conséquent relevé aucune trace de pas.

Des techniciens se présentèrent avec des radiateurs électriques à l'entrée. Sharko tendit une main ouverte vers eux, les incitant à patienter.

— Pourquoi ce trou ? L'assassin ne voulait pas qu'il meure asphyxié ?

Après avoir enfilé des gants en latex, il referma le couvercle du congélateur et se pencha vers le petit orifice.

— Ou alors…

— … Il voulait assister à sa mort. Voir jusqu'à quel point il se débattrait et lutterait.

— Ça te semble le plus plausible ?

— Sans aucun doute. On a retrouvé une petite

plaque de verre au-dessus du trou. Elle lui a permis de regarder et certainement d'éviter la fuite du froid – amoindrie plus encore avec le chauffage coupé. Il l'a frottée après utilisation, si bien qu'on n'a trouvé aucune empreinte. On verra pour les traces corporelles ou l'ADN.

— Un méticuleux.

— On dirait. Et puis, ce trou explique la présence de la lampe torche, qu'il a dû déposer là-dedans en enfermant Christophe Gamblin. Il ne voulait pas rester dans le noir, alors il a allumé. Par la même occasion, il a permis à son tortionnaire de l'observer. Ce devait être atroce. Et puis, à supposer qu'il ait trouvé la force de crier, personne n'a pu l'entendre. Les parois sont épaisses, hermétiques, et la maison est individuelle.

Lucie marqua un silence, les mains gantées à plat sur ce cercueil glacé. Ses yeux partirent vers la fenêtre, où dansaient les premiers flocons de l'hiver. Sharko connaissait sa capacité à se glisser dans la peau des victimes. Là, en ce moment, Lucie était mentalement au fond du congélateur, à la place de Christophe Gamblin. Sharko, de son côté, se mit plutôt dans la tête du tueur. Le trou avait été fait par le dessus, et non sur l'un des côtés : meilleur point d'observation ou volonté de domination ? Avait-il utilisé ce trou pour interroger sa victime ? Le tortionnaire avait pris son temps, sans paniquer. Il fallait un sacré sang-froid.

Pourquoi cette mort-là, au cœur de la glace ? Y avait-il une quelconque connotation sexuelle dans un tel acte ? Avait-il surveillé Christophe Gamblin avant d'agir ? Le connaissait-il ? L'autopsie, les fouilles, les analyses prochaines lui apporteraient sans doute quelques réponses.

Sharko poussa doucement sa collègue et compagne vers l'arrière et rouvrit. Il examina encore le corps et se retourna, furetant à droite, à gauche.

— Dans le salon... fit Lucie. On a retrouvé de l'adhésif et du sang sur une chaise. C'est là-bas qu'on l'a torturé. On l'a attaché, bâillonné, et on l'a tailladé sur les membres, le ventre, avec un couteau peut-être. Puis on l'a traîné ici, pour l'enfermer là-dedans. Il y a du sang un peu partout au sol. Ensuite, on l'a regardé mourir.

Elle partit vers la fenêtre, sans avoir décroisé les bras. Sharko la sentait à fleur de peau. Depuis le drame avec ses filles, Lucie avait parfois du mal à garder la tête froide. Elle n'assistait plus aux autopsies. Quant aux dossiers concernant les enfants, elle n'était jamais mise sur le coup.

Le commissaire Sharko préféra ne pas relever pour le moment et se concentrer sur son minutieux travail d'observation. Il se rendit dans le salon, pour constater. La chaise, les liens, le sang... Des flics, alentour, fouinaient dans les tiroirs. Sharko remarqua le portrait d'un homme et d'une femme, dans un cadre. Ils étaient grimés, portaient un chapeau et soufflaient dans des langues de belle-mère. Ils étaient heureux. L'un d'eux était la victime. Blond, fin, avec une véritable envie de vivre au fond des yeux.

Mais quelqu'un avait décidé d'abréger son existence.

Il revint dans la cuisine et s'adressa au légiste.

— Pourquoi avoir déposé les vêtements de la victime dans le congélateur ? Tu crois qu'il a fait ça avant ou après la mort ? C'est peut-être symbolique pour lui et...

Chénaix et lui étaient amis. Ils déjeunaient et

buvaient des verres ensemble, une ou deux fois par mois. Le spécialiste ne se contentait pas de réaliser des autopsies, il aimait se sentir proche de l'enquête, débattre avec les policiers, connaître le fin mot de ces histoires dont il tournait la première page sans jamais refermer le livre.

— Ça n'a rien de symbolique. Je pense que notre victime était habillée en entrant là-dedans. Faudra jeter un œil plus précis aux vêtements quand ils seront décongelés, mais les entailles dans le jean et la chemise tendent à prouver qu'il ne l'a pas mis nu pour le torturer. C'est lui qui s'est déshabillé dans le congélateur.

— Faut m'expliquer, là.

— Tu n'as jamais ramassé des SDF morts de froid ? Certains d'entre eux sont retrouvés nus, leurs vêtements juste à côté. Ça arrive par très grand froid, c'est ce qu'on appelle le déshabillage paradoxal. La victime pense qu'elle aura moins froid toute nue. La plupart du temps, l'acte arrive juste avant la perte définitive de conscience. Ce comportement est dû à des changements dans le métabolisme cérébral. Disons que le cerveau se met à déconner, et la victime fait ou raconte n'importe quoi.

Lucie fixait son reflet dans la fenêtre. Dehors, les flocons zigzaguaient mollement. Si ses filles avaient été là, elles auraient hurlé de joie, enfilé leurs gants, leurs blousons et seraient sorties en courant. Plus tard, il y aurait eu des bonshommes de neige, des batailles de boules, des éclats de rire.

Avec une tristesse infinie, elle inspira et resta face à la vitre.

— Il a mis combien de temps à mourir ? demanda-t-elle sans se retourner.

— À première vue, les entailles sont superficielles. Il a dû tomber dans les pommes quand sa température corporelle est descendue sous les 28 °C. Tout se passe très vite, lorsque autour de soi il fait – 18 °C. Les courbes confirmeront, mais je dirais une petite heure.

— C'est long, une heure.

Sharko se redressa et se frotta les mains l'une contre l'autre. Des photos avaient été prises pour immortaliser la scène. Ils pourraient la visualiser quand ils voudraient, le matin, la nuit, sous tous les angles. Ça ne servait plus à rien de rester dans cette pièce maudite. Il laissa finalement agir les techniciens de l'Identité judiciaire. Les hommes en blanc fermèrent les portes, branchèrent les chauffages électriques, installèrent de puissantes lampes au-dessus du congélateur, qu'ils allumèrent. Ils auraient pu accélérer les choses au séchoir électrique ou au chalumeau, mais c'était prendre le risque de souffler des indices.

Sous le feu des projecteurs, les cristaux de glace étincelèrent, révélant davantage l'atroce nudité du corps mutilé. Cette grotte de givre avait été son ultime refuge, et il s'y était recroquevillé comme pour se réchauffer une dernière fois. Frigorifié, Sharko s'approcha de nouveau, les sourcils froncés. Il se pencha à l'intérieur du coffrage.

— Je rêve ou il y a des inscriptions dans la glace, sous les coudes ?

Lucie ne réagit pas, les bras toujours croisés, les yeux plantés vers le ciel chargé. Dans son dos, Chénaix s'approcha du congélateur et se pencha.

— Tu as raison, il a essayé d'écrire quelque chose...

Il se redressa et s'adressa aux techniciens :

— Vite, aidez-nous à tirer sur le corps sans l'abîmer, avant que la glace fonde.

Ils s'y mirent sans l'aide de Lucie et, aussi délicatement que possible, parvinrent à décoller Christophe Gamblin, arrachant un minimum de peau. Le commissaire essaya de déchiffrer :

— On dirait que c'est écrit... ACONLA, ou... mince, certaines lettres sont à demi effacées.

— Le C pourrait être un G, fit Chénaix, et le L un I. Ça donnerait AGONIA. L'agonie, en latin. Ça colle bien avec ce qu'il a subi, non ?

3

La loi protège la personne dans son corps, elle ne protège pas le corps seul qui devient un objet aux limites juridiques floues. Aux yeux de la loi, Christophe Gamblin n'était donc plus une personne, mais un corps. Aussi, heure après heure, l'autopsie des lieux révélait toute son intimité. On ouvrait sans ménagement ses tiroirs, on fouillait dans ses factures, on cherchait à savoir qui il avait vu dernièrement, et quand, en interrogeant les voisins, les proches.

On savait déjà, sans trop creuser, qu'il vivait dans la maison de son père divorcé, avait un crédit pour sa voiture, et on était capable de lister une partie de ses abonnements. Des photos développées récemment le montraient en compagnie d'une femme – celle avec le chapeau et la langue de belle-mère – et d'amis, dans des soirées privées, sans doute. Autant de personnes qu'il allait falloir interroger. Son pauvre chien avait été embarqué par la SPA, en attendant qu'un proche veuille bien le récupérer. Les flics piétinaient sa vie, ses loisirs, ses draps. Ils passaient sa maison au rouleau compresseur.

Lucie et Sharko laissèrent se dérouler l'enquête

de proximité et quittèrent les lieux aux alentours de 13 heures, afin de se rendre à la rédaction de *La Grande Tribune,* en plein 9ᵉ arrondissement de Paris. C'était l'adresse indiquée sur les cartes de visite professionnelles de la victime, et c'était peut-être là-bas qu'il avait été vu pour la dernière fois. Ils se suivirent en voiture, sous les timides flocons, se garèrent une heure plus tard à proximité du boulevard Haussmann, dans un parking souterrain.

Une fois ensemble, ils remontèrent à la surface. Le vent soulevait les écharpes, hantait les bouches de métro. Les décorations de Noël et la neige donnaient aux Grands Boulevards des airs de fête. Lucie fixa les grosses boules rouges suspendues au-dessus de la route avec tristesse.

— À Lille, on mettait toujours le sapin le 1ᵉʳ décembre, avec les filles. Je leur donnais à chacune leur calendrier de l'avent que je faisais moi-même, avec les surprises à l'intérieur. Une surprise par jour.

Elle fourra les mains dans ses poches et se tut. Sharko ne savait pas quoi dire. Il savait juste que les périodes de fête, les vacances scolaires, les publicités de jouets étaient des enfers à vivre pour eux deux. À chaque bruit, son ou odeur Lucie associait un souvenir en rapport avec ses filles, elle les ramenait à elle, telles de petites flammes qui se rallument sans cesse. Sharko revint à leur sordide affaire.

— J'ai eu des nouvelles en route. On a retrouvé le cellulaire de Christophe Gamblin, mais on n'a aucune trace de la présence d'un quelconque ordinateur. Ses factures indiquent pourtant qu'il a acheté un nouveau PC il y a un peu plus d'un an.

Lucie mit du temps à se décrocher de ses pensées et à s'installer dans la conversation.

— Pas de plainte pour vol ?

— Non. Et concernant sa connexion Internet, il est abonné chez Wordnet... Pas de bol.

Lucie grimaça. Wordnet faisait partie de ces opérateurs qui ne livraient aucune information sur les comptes de leurs abonnés, même décédés dans le cadre d'une affaire criminelle. Des lois permettant l'accès aux données confidentielles étaient en train de se mettre en place mais, pour l'heure, il fallait faire sans. Tout ce que les policiers pourraient obtenir serait les *logs* de connexion : les endroits et les heures où Christophe Gamblin s'était connecté avec son compte, et ce dans les six derniers mois. En aucun cas ils n'auraient accès à ses mails, aux sites qu'il consultait, à ses contacts...

— Donc, l'assassin aurait embarqué l'ordinateur. Une affaire sur laquelle Gamblin bossait ? Une connaissance Internet ? Un moyen de s'approprier plus encore sa victime ?

Sharko haussa les épaules.

— Concernant le mot gravé dans la glace : les recherches sur *Aconla* ne donnent rien, mais celles sur *Agonia* sont plus parlantes. Titre d'un bouquin, d'un film italien, nom d'une agence de marketing. C'est aussi, comme le soulignait Chénaix, l'origine latine du mot « agonie ».

— Pourquoi aurait-il écrit ça en latin ?

— Robillard va creuser un peu cette histoire. Il s'est également plongé dans les factures téléphoniques, mais c'est la jungle. Des numéros dans tous les coins. Gamblin était journaliste. Autant dire que son téléphone était sa troisième main.

Les locaux de *La Grande Tribune* étaient aménagés dans un ancien parking, ce qui donnait une architecture très particulière. Le quotidien national employait plus de cent trente journalistes, quarante correspondants et tirait à cent soixante mille exemplaires. On accédait d'un étage à un autre en suivant une route en spirale, recouverte d'une moquette grise. Les deux policiers avaient rendez-vous au troisième, avec le rédacteur en chef de la victime. Partout, des gens se déplaçaient dans l'urgence, des ordinateurs vrombissaient, chacun disparaissait derrière des tours et des tours de papier. Ces derniers temps, la conquête de l'espace faisait la une de la presse. Le directeur de l'Agence fédérale spatiale russe avait annoncé être très bientôt en mesure d'envoyer des hommes dans l'espace profond, Jupiter et au-delà, promettant de nouvelles solutions à l'interminable durée du voyage des cosmonautes.

Les regards se figèrent sur les policiers, et un drôle de silence s'instaura à leur passage. Un type en costume, faciès de roc... Une femme en jean, rangers, blouson court et queue-de-cheval, et dont on pouvait deviner la présence du flingue rien qu'en fixant son blouson fermé... Nul doute que tous les employés avaient déjà été mis au courant du meurtre de Christophe Gamblin par leur rédacteur en chef, lui-même informé par la police en fin de matinée.

Sébastien Duquenne reçut les flics avec une mine grave. Il ferma la porte de son petit bureau encombré et les invita à s'asseoir.

— C'est effroyable, ce qui est arrivé.

Ils échangèrent des banalités et Lucie demanda au

grand homme maigrichon, la quarantaine affirmée, de leur parler de son collègue.

— Autant que je sache, il a d'abord travaillé dans la chronique judiciaire, puis le fait divers. On bosse ensemble depuis six ans, mais on ne peut pas dire que je le connaissais bien. La plupart du temps, il rédigeait ses piges chez lui et me les envoyait par mail. Il travaillait seul, sans photographe. Indépendant, débrouillard. Jamais de vagues, rien.

— Quel genre de sujets traitait-il ?

— Il faisait dans le chien écrasé. Du bas de gamme, du sordide la plupart du temps. Les accidents, les règlements de comptes, les meurtres… Avant, il passait son temps dans les tribunaux, à écouter les affaires les plus horribles. Quinze ans à se taper du crime en veux-tu, en voilà.

Il se racla la gorge, gêné, bien conscient que les deux en face de lui avaient un métier guère plus enviable.

— Il n'a jamais cherché à aller voir la concurrence. Malgré tout, je crois qu'il se sentait bien ici. Il voyait du monde, et il connaissait le job.

— Il l'aimait, ce job ?

— Oui. Un vrai passionné.

— Il bougeait beaucoup ?

— Toujours dehors, oui, mais il restait dans le coin, Paris et la Petite Couronne. C'était son territoire de chasse. Notre journal appartient à un groupe qui possède plusieurs antennes régionales, chacune avec sa propre actualité et ses propres faits divers. Mais il y a des pages communes, pour la grosse actu.

— On aimerait récupérer ses derniers articles.

— Pas de souci. Je m'arrangerai pour vous les transférer très vite si vous me laissez un mail où vous joindre.

Sharko tendit une carte de visite et enchaîna avec les questions d'usage. D'après le rédacteur en chef, Christophe Gamblin n'avait pas de problème particulier sur son lieu de travail. Pas de mésentente ni d'ennemis, hormis quelques coups de gueule par-ci, par-là. Quand il était sur place, il bossait dans l'*open space,* souvent à des endroits différents, et travaillait toujours sur son propre ordinateur portable, histoire de gagner du temps.

Lucie baissa les yeux vers un organigramme mural, derrière lui, où l'on pouvait voir le nom des employés, leur photo d'identité et leurs jours de présence, grâce à de petites pastilles colorées.

— Dites, je vois une photo et un nom sur votre tableau, « Valérie Duprès »... Nous l'avons aperçue dans un cadre, chez Christophe Gamblin. Absente depuis plus de six mois, d'après vos données. Il lui est arrivé quelque chose de grave ?

— Pas spécialement, non. Elle est en année sabbatique. Elle a pour ambition d'écrire un bouquin sur un sujet qui lui ferait traverser le monde. Valérie est journaliste d'investigation, elle court après le non-révélé, ce qu'on nous cache. Et elle est particulièrement douée.

— Quel est le sujet de son livre ?

Il haussa les épaules.

— Personne ne le sait. Ça doit être la grosse surprise. On a bien essayé d'avoir des informations, mais Valérie, par essence, sait garder un secret. Dans tous les cas, je suis persuadé que son bouquin fera du bruit. Valérie est brillante et acharnée dans le travail.

— Elle et Christophe Gamblin semblaient très proches.

Il acquiesça.

— Vous avez raison, ils étaient extrêmement proches, mais pas ensemble, je crois. Valérie est arrivée il y a environ cinq ans, et elle et Gamblin ont tout de suite accroché. Pourtant, Valérie n'est pas une employée facile. Légèrement parano, hyper fermée et chiante au possible, si vous me permettez l'expression. Une journaliste d'investigation dans toute sa splendeur.

— On peut avoir son adresse ? demanda Sharko.

Il nota les coordonnées fournies par Sébastien Duquenne, tandis que Lucie se levait et s'approchait du calendrier avec les photos d'identité.

— Christophe Gamblin vous semblait-il avoir des soucis particuliers, ces derniers temps ? Son comportement avait-il changé ?

— Absolument pas.

— À ce que je vois ici, il a pris des jours de congé fin novembre et début décembre. Éparpillés, qui plus est. Un mardi, un jeudi, un lundi, la semaine suivante... Vous savez pourquoi ?

Duquenne ferma le fichier du personnel sur son ordinateur et se retourna brièvement.

— Non, j'en ignore la raison, vous pensez bien. Mais il devait avoir une drôle de façon d'occuper son temps libre, puisqu'un collègue l'a vu dans les archives, au niveau 0, alors qu'il n'était pas censé être là. Il trifouillait dans de vieilles éditions d'il y a une dizaine d'années, à ce que j'en sais.

— Ce collègue, on peut lui parler ?

4

Le niveau 0 n'avait aucune fenêtre. Des murs bétonnés, des plafonds bas, des pilastres tous les deux mètres : le fantôme d'un parking de voitures. Une lumière au néon donnait l'impression d'un jour artificiel. Certains emplacements étaient réservés au stockage de matériel de bureautique, de vieux ordinateurs, des tonnes de paperasse que personne n'avait jamais triée.

Accompagnés d'un journaliste du nom de Thierry Jaquet, Lucie et Sharko évoluèrent entre des rangées de cartons multicolores, qui regroupaient toutes les éditions de l'ensemble des antennes régionales, et ce depuis 1947. Jaquet était plutôt jeune. Jean, baskets, et une paire de lunettes à monture carrée qui lui donnait des airs d'intello branché.

— On vient parfois ici pour déterrer de vieilles affaires ou chercher de la source pour nos articles. La plupart d'entre nous préfèrent encore le papier au numérique. C'est aussi un bon moyen pour fouiner dans le calme et de se reposer un peu les oreilles, si vous voyez ce que je veux dire. C'est par là que j'ai vu Christophe la dernière fois. On s'est un peu parlé, mais je l'ai senti sur le qui-vive. Il voulait plutôt avoir la paix.

Lucie scruta les rangées interminables qui se perdaient dans les interstices du sous-sol.

— Que cherchait-il exactement ?

— Je l'ignore. Il m'a juste dit qu'il « préparait un truc perso », sans préciser. J'avais vraiment l'impression de l'ennuyer, alors je n'ai pas insisté. Mais j'ai vu les cartons qu'il avait disposés sur la table. Ils étaient bleu foncé pour les uns, et rouges pour les autres. Ce sont les codes couleur pour les régions Rhône-Alpes et Provence-Alpes-Côte d'Azur. Je crois qu'il cherchait dans les années 2000. Je me souviens notamment d'un « 2001 », inscrit en gros sur l'un des cartons bleus de la région Rhône-Alpes.

— Vous le connaissiez bien, Christophe ?

— Pas plus que ça. On travaillait rarement ensemble, on se voyait surtout aux réunions.

— Qu'est-ce qui pourrait pousser quelqu'un à venir bosser ici pendant ses congés ?

— Ah, ça...

Ils se trouvaient à présent au fond de l'enclave, entre les caisses des journaux les plus récents. Tout était impeccablement rangé. Jaquet tira un carton bleu, « Rhône-Alpes/Premier trimestre 2001 », et le vida de son contenu : environ quatre-vingt-dix exemplaires. Il se mit à les éventer rapidement.

Sharko fronça les sourcils.

— Comment comptez-vous trouver le ou les journaux qu'il a consultés ?

— Christophe était sorti d'ici avec des exemplaires sous le bras, probablement pour travailler chez lui.

Avec un peu de chance, il ne les aura pas remis en place.

Piquée au vif, Lucie s'empara d'une autre caisse de l'année 2001 et imita le journaliste. Aucune archive n'avait été trouvée chez la victime, mais peut-être Christophe Gamblin les avait-il laissées ailleurs ? Ou l'assassin les avait embarquées ?

Au bout de quelques minutes, Jaquet dégaina le premier.

— Bingo. Regardez, il manque l'édition du 8 février 2001.

— On peut retrouver une copie de cette édition ?

— 2001, ce n'est pas si vieux. On doit pouvoir retrouver un exemplaire numérisé dans les bécanes. Au pire, on appelle l'antenne régionale concernée et on récupère leur exemplaire. Vous voulez que je jette un œil dans la banque numérique ?

Sharko regarda les autres cartons en soupirant.

— Oui, s'il vous plaît. En attendant, ma collègue et moi on va tous les fouiller, pour les régions Rhône-Alpes et PACA, si j'ai bien compris. Bleu et rouge... Au moins ceux des années 2000.

Chercher les journaux manquants, dans une série d'environ trois cent soixante-cinq exemplaires, n'avait rien d'insurmontable en soi, il fallait juste un peu de patience. Au bout de quelques minutes, Jaquet revint en acquiesçant.

— J'ai bien l'exemplaire numérique de 2001 dans la base de données. Je pourrai vous le fournir.

— C'est parfait.

Il les aida dans leur tâche. À trois, ils parvinrent, en un peu plus d'une heure, à recenser les exemplaires que Christophe Gamblin avait emportés. Quatre journaux, dont les dates s'étalaient de 2001 à 2004 : deux journaux en région Rhône-Alpes de 2001 et 2002, et deux dans la région voisine, PACA, de 2003 et 2004. Lucie nota précautionneusement les références sur son carnet dont elle ne se séparait jamais, puis les flics suivirent Jaquet jusqu'à un ordinateur. Sharko réfléchissait déjà à tout-va : y avait-il un lien entre ces mystérieuses recherches et la mort atroce de Christophe Gamblin ?

Face à son ordinateur, le journaliste trouva rapidement les journaux d'époque, entièrement numérisés, et les sauvegarda dans un répertoire. Sharko lui donna le mail de Pascal Robillard, leur spécialiste en recoupement d'informations. Grâce à la dextérité du journaliste, les éditions numérisées partirent par voie électronique dans les cinq minutes.

Les deux flics le remercièrent, lui signalèrent qu'il serait probablement convoqué au 36 pour déposer, comme nombre de ses collègues qui avaient côtoyé Gamblin ces derniers jours, et regagnèrent les longs boulevards exposés au vent. L'asphalte des trottoirs se couvrait déjà d'une fine pellicule blanchâtre. La neige tenait, ce qui n'augurait rien de bon pour la circulation. Lucie emmitoufla son visage dans son cache-nez en laine rouge. Elle regarda sa montre : presque 15 heures.

— J'ai faim comme c'est pas permis. On va croquer un morceau du côté des Halles avant de rentrer au 36 ? Une pizza chez Signorelli ?

— Valérie Duprès habite à Havre-Caumartin, à deux pas d'ici. On se mange un casse-dalle vite fait dans le coin et on va lui rendre une petite visite ensuite, ça te va ?

5

D'après l'adresse fournie par le rédacteur en chef de *La Grande Tribune*, Valérie Duprès habitait au dernier étage d'un immeuble ancien, entre les stations de métro Madeleine et Auber. Sa rue était calme, à sens unique. On approchait des 16 heures et, déjà, la nuit tombait. La neige brillait un peu sous les lampadaires, les cristaux dansaient autour des passants, telles des lucioles curieuses. L'hiver, que tous les météorologues s'accordaient à annoncer terrible, posait ses premiers jalons.

Les deux flics franchirent la porte cochère qui donnait sur une cour pavée, puis sonnèrent à l'interphone de l'immeuble, appartement 67. Ils patientèrent, les mains dans les poches, la tête rentrée entre les épaules. Comme ils n'obtinrent aucune réponse, ils appuyèrent sur plusieurs boutons et quelqu'un finit par leur ouvrir.

Après avoir dénoué son écharpe, Sharko observa la boîte aux lettres du 67 : pleine à craquer.

— Mauvais signe, tout ce courrier. Elle ne doit pas être là depuis un bon bout de temps.

Lucie remarqua l'absence d'ascenseur. Elle grimaça, se baissa et se massa la cheville.

— Ça se réveille ? fit Sharko.
— Juste une petite pointe de douleur. Ce n'est pas bien grave.
— Pas de sport, pas de blessure.
— Oh, ça va !

Ils attaquèrent les six étages, lui devant, elle derrière. Lucie s'arrêtait régulièrement, ses tendons détestaient les escaliers. Arrivé en haut, Sharko s'apprêta à sonner, mais son mouvement s'arrêta net. Accroupi, il fixa la serrure, un doigt sur la bouche.

— Forcée.

Ils reculèrent ensemble dans le couloir.

— M'étonnerait que quelqu'un soit encore à l'intérieur, chuchota Franck, mais tu ne bouges pas.

— Dans tes rêves.

Lucie l'imita : arme serrée dans sa paume droite. Elle se glissa de l'autre côté de la porte et, de sa main gantée, tourna la poignée. Ils pénétrèrent l'un derrière l'autre, canons à l'affût, scrutant d'abord les angles. Une fois la lumière allumée, ils visitèrent les pièces.

Le fouillis régnait à l'intérieur. Les tiroirs avaient été vidés, des étagères de livres étaient renversées, des feuilles de papier se chevauchaient dans tous les coins.

— Rien dans la salle de bains et la chambre, fit Lucie en revenant.

— Et rien dans le salon et la cuisine.

Ils tournèrent sur eux-mêmes. Lucie prit garde de ne pas piétiner la paperasse.

— Tout a été retourné, mais le matériel de valeur a l'air d'être encore là.

En définitive, la tension descendit d'un cran. Sharko prévint immédiatement Nicolas Bellanger par téléphone, tandis que Lucie se mettait à ausculter le séjour.

L'appartement était petit, à peine une quarantaine de mètres carrés, mais vu le quartier, le loyer ne devait pas être donné. Dans la cuisine, le réfrigérateur ainsi que les placards étaient presque vides.

Sharko avait rempoché son téléphone portable. Il prit Lucie par le poignet.

— Allez, viens, attendons que les collègues et l'IJ rappliquent, histoire de ne pas tout saloper. On va faire le job correctement et questionner quelques voisins, en attendant.

— Comme deux bons petits flics. Attends une seconde.

Lucie se dirigea vers un répondeur, qui clignotait et indiquait « 1 ». Le téléphone était relié à une box, chargée de fournir un accès Internet à tout l'appartement. Elle remarqua que, encore une fois, il n'y avait pas d'ordinateur. Elle appuya sur le bouton.

Le message datait du matin même :

« *Message 1 : jeudi 15 décembre, 9 h 32.*

Bonjour madame, commissariat de police de Maisons-Alfort. Nous sommes le jeudi 15 décembre, il est 9 h 30. Nous avons retrouvé un enfant errant, mal en point, avec une identité dans la poche de son pantalon, sur un morceau de papier. Il y était indiqué de façon manuscrite, à l'encre bleue "Valérie Duprès, 75, France". L'enfant ne parle pas et semble terrorisé. Il doit avoir une dizaine d'années, a les cheveux blonds et les yeux noirs. Il porte un vieux pantalon de velours, des baskets en très mauvais état et un pull troué. Vous êtes quatre sur Paris à avoir le nom de "Valérie Duprès". Pourriez-vous nous rappeler rapidement si vous pensez être concernée ? Je vous laisse mes coordonnées : Patrick Trémor, commandant de police. Mon numéro : 06 09 14... Je répète : 06 09 14... Merci. »

À la fin du message, Sharko se recula dans le couloir, une main sur la tête.

— Mais qu'est-ce que c'est que ce cirque ?

6

Accompagnés du chef de groupe Bellanger, les hommes n'avaient pas tardé à arriver. Deux techniciens de l'Identité judiciaire pour les traces papillaires et éventuellement l'ADN (mise sous scellés de verres, draps, vêtements), un photographe et un OPJ d'une autre équipe qui venait en renfort, puisque les officiers de Nicolas Bellanger étaient déjà accaparés par le meurtre de Christophe Gamblin.

L'accumulation de courrier dans la boîte aux lettres ainsi que le questionnement des voisins laissaient supposer que Valérie Duprès n'avait plus mis les pieds dans son appartement depuis une quinzaine de jours. Personne, dans l'immeuble, ne la connaissait vraiment : elle partait tôt, rentrait tard, et n'était pas du genre à bavarder. Une fille renfermée, assez peu sympathique, disait-on. Valérie Duprès était-elle partie en voyage ? Lui était-il arrivé quelque chose de grave ? Y avait-il un lien direct avec le meurtre de Christophe Gamblin ? Les questions fusaient et, comme à chaque début d'enquête compliquée, les policiers croulaient sous les interrogations.

Après avoir refermé son cellulaire, Sharko se

rapprocha de Lucie et Bellanger, qui discutaient devant l'appartement. Nicolas Bellanger avait tout juste trente-cinq ans, une grande taille, un physique de sportif. Côté vie privée, difficile de savoir s'il était en couple, il n'en parlait jamais. Il lui arrivait souvent de courir avec Lucie et quelques collègues, le midi, dans le bois de Boulogne, tandis que Sharko s'acharnait sur un vieux dossier irrésolu ou vidait deux, trois chargeurs, seul, au stand de tir. Bellanger avait pris la tête d'un groupe de la Crim' trois ans plus tôt, poste que l'on réservait d'ordinaire aux plus expérimentés, mais le jeune capitaine de police avait été pistonné et, au final, se débrouillait plutôt bien.

— J'ai eu le commandant du commissariat de Maisons-Alfort qui a récupéré le môme et laissé le message sur le répondeur, dit Sharko. L'enfant a été découvert prostré dans la cave d'un immeuble, apparemment traumatisé. Après avoir pris le papier dans sa poche, le collègue a trouvé le numéro de téléphone fixe de Valérie Duprès dans l'annuaire. L'enfant est actuellement au centre hospitalier de Créteil pour des examens. Personne ne sait qui il est ni d'où il vient. Il ne parle pas. Je vais y faire un tour. Tu m'accompagnes, Lucie ?

— Il faut que l'un de nous deux reste pour aider. La perquise a l'air fastidieuse.

— Très bien. Vu les conditions météo, je risque d'en avoir pour un bout de temps. À tout à l'heure.

Il salua Bellanger d'un coup de menton puis dévala l'escalier. Lucie se pencha au-dessus de la rambarde : elle le surprit à regarder curieusement dans sa direction, avant de disparaître.

Elle pénétra dans l'appartement, suivie par son chef.

Un policier ganté épluchait la paperasse, tandis que les techniciens de l'IJ œuvraient sur les éléments susceptibles de porter les traces du cambrioleur : poignées, bords de meubles, surfaces lisses. Le lieutenant chargé des fouilles, Michaël Chieux, s'approcha d'eux avec un petit sac transparent.

— L'IJ a trouvé un tas de choses intéressantes. Tout d'abord, six puces de téléphone. Elles étaient coincées dans le coude du lavabo, le cambrioleur a sûrement cru les balancer dans les égouts. Les numéros de série sont illisibles, les puces ont pris l'eau.

Bellanger s'empara du paquet et ausculta les petits rectangles verdâtres.

— On sait que Valérie Duprès faisait dans le journalisme d'investigation. On bosse parfois avec ce genre de journalistes engagés sur des sujets sensibles, ce n'est pas rare qu'ils aient plusieurs téléphones, enregistrés à des noms bidons, afin d'assurer leur couverture. De vrais caméléons. T'as pas trouvé les factures correspondantes, par hasard ?

— Rien sur la téléphonie, en tout cas.

— Hmm... Il s'agit probablement de puces à entrée libre ou dépackées[1]. Une façon de passer complètement inaperçue. Et si elles sont HS, aucun moyen de retrouver les numéros auxquels elles correspondent.

Michaël Chieux acquiesça, puis lui tendit une carte d'identité.

— Elle est au nom de Véronique Darcin, domiciliée à Rouen. C'est pourtant la photo de Duprès qu'on trouve dessus.

Bellanger observa avec minutie la carte.

---

1. Puces que l'on peut acheter sans fournir de pièce d'identité.

— Ça devait faire partie de sa panoplie de passe-partout. Quand on fouine sur des sujets sensibles comme elle, on préfère souvent rester anonyme. On ment sur son identité, on change en permanence d'hôtel. Tout cela ne va pas nous faciliter la tâche.

— Tenez... Ici, ce sont des demandes de visas touristiques, qui ont été faites il y a presque un an. Au nom de Duprès, cette fois, ça aurait été trop périlleux pour elle de mentir aux ambassades. Pérou, Chine, Washington, Nouveau-Mexique et Inde. Il y en a peut-être d'autres ailleurs dans tout ce fouillis, à vérifier. En contactant les ambassades, je pense qu'on aura tout ce qu'il faut concernant ces demandes, notamment les dates des voyages et peut-être les villes ciblées. Ça nous indiquera éventuellement si Valérie Duprès est encore en déplacement dans l'un de ces pays, ce qui est fort possible : pas d'ordinateur portable, pas de cellulaire, et aucun matériel photo. Ce genre de journalistes possède toujours un bon boîtier et d'excellents objectifs.

Bellanger prit un air satisfait, notant l'information sur un carnet. Procès-verbaux à établir, rapports et constats à faire, recherches à effectuer, proches à prévenir et à convoquer... Les missions à dispatcher à ses différents subordonnés n'en finissaient plus.

— Très bien.

Lucie s'approcha d'une bibliothèque renversée et s'accroupit. Il y avait toutes sortes de livres, du roman policier à la biographie d'homme politique. Après y avoir jeté un rapide coup d'œil, elle se redressa et s'orienta vers un coin bureau, au fond du séjour. Petite lampe, casque de musique, imprimante, mais pas d'ordinateur. Là aussi, les tiroirs avaient été retournés.

Elle remua quelques feuilles. Des impressions de pages Internet, de mails adressés à des sources ou fournisseurs de renseignements, des photocopies d'ouvrages...

Elle se retourna et s'adressa à Chieux :

— D'après son rédacteur en chef, elle écrivait un livre d'investigation dont, malheureusement, personne ne semble connaître le sujet. Tu as trouvé des traces d'une enquête quelconque ? Des documents, des notes manuscrites ?

— Ça va prendre encore un peu de temps pour en être certain mais, à première vue, rien de flagrant. Peut-être dans les livres là-bas, au sol.

— Je n'ai rien remarqué. Pas de thème vraiment récurrent.

Lucie fit un constat évident : hormis l'absence d'ordinateur portable et d'appareil photo, aucun matériel de valeur ne semblait avoir été embarqué. Les motivations de l'effraction étaient autres que celles du cambriolage classique, les puces de téléphone jetées dans le lavabo en témoignaient.

Nicolas Bellanger entraîna Lucie à l'écart :

— Je dois me rendre au Palais de justice, le procureur m'attend. Il y a l'autopsie dans trois heures et il faut un OPJ sur place. Levallois s'en est pris beaucoup ces derniers temps et il est occupé avec le voisinage de Christophe Gamblin. Avec la circulation et la neige qui tombe, Sharko ne sera jamais revenu de l'hôpital. Ça m'ennuie de te demander ça...

Lucie hésita quelques secondes. Finalement, elle jeta un œil à sa montre :

— La Rapée, à 20 heures. Très bien, je m'y collerai.

— Tu es sûre que ça va aller ?

— Si je te le dis.

Il acquiesça avec un sourire et s'éloigna.

Lucie se mit à l'ouvrage. Elle ne connaissait rien de Valérie Duprès, il allait falloir creuser, comprendre qui était cette femme. Il y avait, dans des cadres, des photos de Valérie qui semblaient prises par un photographe professionnel. Une quarantaine d'années, particulièrement séduisante, la journaliste se trouvait au contact d'hommes en cravate, devant des grandes entreprises. Elf Aquitaine, Total... Lucie remarqua à chaque fois des différences notables dans le physique de la journaliste : tantôt brune, blonde, avec ou sans lunettes, cheveux courts ou longs. Une femme caméléon, regard sévère mais d'une grande profondeur, capable de changer de look et de biaiser son identité suivant les contextes. Les voisins parlaient d'une femme méfiante, fantomatique.

Lucie poursuivit sa visite. Globalement, la décoration était sobre, moderne, sans excès. Un appartement fonctionnel, dépourvu de réelle personnalité. Contrairement à la fouille chez Christophe Gamblin, Lucie ne découvrit aucun album photo, aucun indice qui permettait de relier les deux individus. Duprès semblait plus solitaire, plus prudente.

Le temps passa très vite. Le photographe ainsi que l'Identité judiciaire avaient déjà quitté l'appartement, chargés de leurs scellés qu'ils allaient déposer au laboratoire. Michaël Chieux avait mis de côté, noté et répertorié dans un carnet, tout ce qui semblait utile à l'enquête. Des classeurs de relevés de comptes, des factures, des papiers importants – dont les demandes de visas – allaient être emportés au 36, où ils seraient épluchés. Le tout était, pour les enquêteurs, de ne pas trop en prendre afin de ne pas crouler sous les tâches inutiles. Cependant, il ne fallait rien négliger.

— Et ça, tu veux qu'on prenne ?

Lucie s'approcha de son collègue. Même s'il appartenait à une autre équipe, il existait de la solidarité entre officiers de police. À grades égaux, tout le monde se tutoyait, se connaissait et, hormis quelques exceptions, s'appréciait.

— Qu'est-ce que c'est ?

— Un carton de journaux, je l'ai trouvé sous son lit. J'ai jeté un œil rapide. C'est le canard où elle bossait, *La Grande Tribune*. Chaque édition contient l'un de ses articles, on dirait. Mais elle signait sous le pseudonyme de Véronique D. Elle bossait *a priori* sur des trucs chauds, comme le Médiator par exemple, ou l'affaire Clearstream.

Lucie s'accroupit et sortit les journaux du carton. Il y en avait une quarantaine, qui regroupaient probablement la vie professionnelle de Duprès. Des articles qui lui avaient peut-être demandé de longues semaines d'enquête, sous le couvert d'une identité anonyme.

Lucie parcourut les grands titres. Les dates allaient à rebours, celle du dernier journal remontant au début de l'année 2011. À ce que Lucie put en voir, Valérie Duprès enquêtait plutôt sur des sujets en rapport avec la politique, l'industrie et l'environnement : énergie éolienne, OGM, biogénétique, pollution, industrie pharmaceutique, marées noires... Des thèmes sensibles, qui devaient lui valoir beaucoup d'ennemis dans les hautes sphères.

À tout hasard, le lieutenant de police chercha dans le paquet des éditions qui pourraient avoir un rapport avec celles embarquées par Christophe Gamblin, mais en vain. Ici, le journal le plus ancien remontait à 2006, date d'arrivée de Valérie à *La Grande Tribune*, se rappela-t-elle. Son attention fut néanmoins attirée par un journal différent des autres, glissé dans le paquet. Il s'agissait du *Figaro*, dont l'édition datait de quelques semaines : le 17 novembre 2011. Pourquoi avoir caché ce journal concurrent sous son lit ?

Lucie le survola afin de voir s'il ne manquait pas de pages, ou si un article n'avait pas été mis en évidence par Duprès. Elle dénicha un Post-it rose fluo, collé à la deuxième page, sur lequel était inscrit : « 654 gauche, 323 droite, 145 gauche ».

Un détail bien trop intrigant pour laisser ces journaux de côté.

— On va se donner beaucoup de boulot, mais allez, on prend l'ensemble.

Chargés du fruit de leur perquisition – trois cartons débordant de paperasse –, les deux officiers de police judiciaire grimpèrent les cent cinquante marches qui les menaient à leur service, au troisième étage du 36, quai des Orfèvres. Bien avant le début de sa carrière – elle devait avoir dix-neuf ans –, Lucie avait toujours rêvé de fouler ce vieux plancher, de parcourir les coursives étroites, sous les combles, où filtrait une mauvaise lumière. Le 36, quai des Orfèvres, pour n'importe quel policier de France, c'était le mythe, l'endroit où se succédaient les plus grandes affaires criminelles. Lucie y était entrée par piston – celui de Sharko et de l'ancien patron de la Crim', notamment –, un an et demi plus tôt. Elle, la petite Lilloise d'origine dunkerquoise... Et elle se rendait compte que, quand on bossait au 36 jour après jour, nuit après nuit, on oubliait l'aura du lieu et on ne voyait plus qu'une poignée d'hommes et de femmes courageux, qui s'acharnaient à combattre la gangrène d'une ville devenue bien trop grande pour eux. Rien de mythique là-dedans.

Michaël Chieux était en nage lorsqu'il déposa ses deux cartons dans la grande pièce rectangulaire du groupe Bellanger. Lucie, quant à elle, s'assit sur une chaise et fit tourner son pied droit avec les deux mains, les dents serrées.

Elle se retrouva seule avec le lieutenant Pascal Robillard, plongé dans ses listings et ses factures. L'endroit était vaste et agréable. Bellanger et Sharko – respectivement les numéros 1 et 2 du groupe – avaient droit à une place près de la fenêtre qui donnait sur la Seine et le Pont-Neuf, tandis que Lucie, Robillard et Levallois se situaient plutôt près du couloir. On trouvait de tout dans ce bureau à dominante masculine : des plans de Paris, des posters de motos ou de femmes, des armoires gorgées de dossiers, et même un téléviseur. La plupart des gars passaient davantage de temps ici que chez eux.

Pascal Robillard adressa à Lucie un regard qui en disait long sur son état nerveux.

— Ne me dis pas qu'il y a encore ça à éplucher ?

— J'en ai bien peur. Il y a des demandes de visas, si tu pouvais y jeter un œil en priorité…

Il soupira.

— Tout le monde veut tout en priorité. Je crois qu'un petit kawa bien corsé ne me fera pas de mal. Tu m'accompagnes ?

— Vite fait alors. Dans une demi-heure, c'est l'autopsie.

— C'est toi qui as tiré le pompon ?

— Pas le choix.

L'indispensable cafetière se trouvait un peu plus loin dans le couloir, dans une minuscule pièce mansardée qui faisait office de cuisine. Ce lieu était le point de ralliement des officiers de la Crim', un endroit de détente où les hommes plaisantaient et se tenaient au courant des dernières affaires. Quant à Lucie, on l'invitait souvent pour la pause café. Discuter avec une femme – mignonne pour ne rien gâcher – donnait de l'entrain aux équipes.

Le musculeux Pascal Robillard mit un peu de monnaie dans une coupelle et s'empara de deux capsules. Il en glissa une dans la machine.

— Au fait, j'ai bien reçu les quatre journaux que la victime du congélo avait embarqués. Je n'ai pas encore eu le temps de fouiner en profondeur, mais j'ai découvert un truc qui devrait t'intéresser.

Robillard n'était pas un homme de terrain. Marié, trois enfants, il préférait le calme et la sécurité des bureaux, où il pouvait creuser l'intimité des victimes, dépecer leur vie privée et faire sa gym. On le surnommait sans grande originalité le « Limier ».

— Comme tous ces journaux d'archives concernaient les régions Rhône-Alpes et PACA, j'ai eu l'idée de parcourir les factures téléphoniques de Christophe Gamblin, à la recherche de l'indicatif 04. Je me suis dit : « On ne sait jamais. » Et devine...

Lucie prit sa tasse de café, qu'elle but noir, sans sucre ni lait. La nuit risquait d'être longue et difficile, il lui fallait de la caféine pure dans le sang. Elle grignota aussi quelques biscuits au chocolat, après avoir laissé à son tour de la monnaie dans la coupelle.

— Annonce.

— J'ai bien un 04 dans la facture de novembre. Notre victime congelée a appelé une seule fois là-bas, le 21 novembre, plus précisément.

— Quelle ville ?

— Grenoble. J'ai composé le numéro, et je suis tombé sur l'institut médico-légal. Après plusieurs intermédiaires, j'ai été mis en relation avec un certain Luc Martelle, l'un des médecins légistes grenoblois. Il se souvient bien de notre victime. Gamblin était venu lui rendre visite pour lui poser des questions sur un dossier particulier : un cas de noyade dans un lac de montagne.

Lucie rinça sa tasse de café déjà vide dans l'évier et l'essuya. Elle considéra encore sa montre. Le temps pressait.

— Donne-moi le numéro de ce légiste.

Robillard termina sa boisson et sortit un bâton de réglisse déjà mâchouillé.

— Ne te bile pas. J'ai mis notre légiste à nous sur la piste. Le médecin de Grenoble a dû tout lui expliquer dans les moindres détails et lui faxer le rapport d'autopsie de la noyée. Tu devrais faire d'une pierre deux coups à la Rapée, ce soir.

— Deux cadavres pour le prix d'un. Génial.

— J'ai mieux, encore. L'affaire de la noyée remonte à février 2001.

Lucie tilta.

— La date de l'un des journaux des archives.

— Exactement. Alors, j'ai cherché. Le cas de noyade y est rapporté, dans la partie des faits divers.

— T'es un génie. Les copies de ces journaux, tu...

— J'ai tout imprimé en plusieurs exemplaires, sur mon bureau. Ça m'arrangerait si tu jetais un œil aux trois autres journaux, histoire de trouver le point commun, parce que là, j'ai la tête sous l'eau.

— Très bien. Au fait, ce mot que la victime avait gravé dans la glace, *Aconla* ou *Agonia* ?...

Il haussa les épaules.

— Rien. Pour *Agonia*, j'ai appelé l'agence marketing du même nom. Ils n'ont jamais entendu parler de Christophe Gamblin. De son côté, ses factures racontent qu'il ne les a pas contactés. Si quelqu'un de chez nous en a le courage, il pourra lire le livre et voir le film, mais franchement je doute qu'il y ait un rapport. Ce qui est certain, c'est que ça a l'air gratiné, cette affaire. À dix jours de Noël, c'est pas bon signe pour les vacances en famille.

— À qui le dis-tu !

Lucie le salua et alla vers la sortie, le laissant seul avec son bâton de réglisse. Le pas un peu traînant, elle repassa par le bureau, récupéra le journal intrus du *Figaro*, les quatre copies de *La Grande Tribune*, et fila dans l'escalier, en direction d'un lieu qu'elle détestait par-dessus tout et qui, elle en avait la certitude, allait lui faire revivre le calvaire de la disparition de ses filles : l'institut médico-légal de Paris.

7

Grâce au flux incessant des véhicules, la neige n'avait pas encore eu l'occasion d'accrocher le bitume de l'autoroute A86, mais elle ralentissait néanmoins drastiquement la circulation. Aussi Sharko parvint-il à l'hôpital intercommunal de Créteil une heure et quinze minutes après son départ du centre de la capitale, à une petite quinzaine de kilomètres de là. En route, il s'était mis en relation avec le commandant de police de Maisons-Alfort, qui s'était lui aussi déplacé jusqu'à l'établissement de pédiatrie : cette histoire de cambriolage chez l'une des quatre « Valérie Duprès » de sa liste l'interpellait.

Les deux fonctionnaires de police se retrouvèrent dans le hall de l'hôpital public. Comme Sharko, Patrick Trémor était habillé en civil, mais il portait une tenue beaucoup plus décontractée : jean, col roulé kaki, bonnet noir et blouson de cuir. Il avait la voix grave et une poigne de motard. Le flic parisien estima son âge proche du sien, une petite cinquantaine d'années. Après les présentations d'usage, ils se dirigèrent vers le premier étage. Sharko entra dans le vif du sujet :

— Que donnent les recherches ?

— Pas grand-chose pour le moment. On a fait le tour du voisinage où a été découvert le gamin, personne ne le connaît. *Idem* pour les foyers ou les établissements sociaux. Les vêtements qu'il portait n'avaient pas d'étiquette. Aucun avis de disparition n'a été signalé pour le moment. Son portrait va bientôt circuler dans les différents commissariats et gendarmeries du coin, et on élargira si nécessaire. D'après le médecin, il présente des marques caractéristiques au poignet droit, de celles laissées par un cerceau en acier bien serré, sur lequel il aurait forcé.

— On l'aurait enchaîné ?

— Fort probable.

Sharko prit un air grave, impassible. Une affaire d'enlèvement d'enfant ou de maltraitance... Rien de tel pour rouvrir toutes les cicatrices psychiques de Lucie. Il se demandait déjà comment il aborderait le sujet ce soir, lorsqu'elle lui poserait des questions sur son passage à l'hôpital. S'efforçant de rester concentré, il revint dans la conversation.

— Nous allons avoir besoin du morceau de papier que vous avez trouvé sur lui. Pour la graphologie. Il est fort possible que le mot ait été écrit par Duprès en personne.

— Bien sûr, mais... J'ai appris, avant de vous rejoindre, que le juge désigné sur votre affaire avait contacté les magistrats du parquet de Créteil. C'est juste une impression ou la Crim' cherche déjà à récupérer le dossier ?

— Je ne suis pas au courant, et les ambitions des juges et de mes supérieurs m'échappent complètement. Sans oublier que nous croulons déjà sous le travail, et je crois qu'une aide extérieure serait la bienvenue, alors, pourquoi feraient-ils ça ?

— Les médias. La Crim' aime s'approprier ce genre d'affaires.

— Personnellement, je me fiche des médias. Je suis ici pour tenter de comprendre ce qui s'est passé, pas pour discuter de guerres de clan. J'espère qu'il en est de même pour vous.

Le commandant sembla bien prendre la remarque et acquiesça. Il sortit un papier plié de sa poche et le tendit à Sharko.

— Voici une copie, en attendant l'original.

Le commissaire Sharko s'empara de la feuille et s'arrêta au milieu de l'escalier. *Valérie Duprès, 75, France.* L'écriture était tremblotante, irrégulière. Une phrase écrite dans l'urgence, dans de mauvaises conditions. Pourquoi avoir noté « France » ? À supposer que Duprès ait écrit cette phrase, se trouvait-elle à l'étranger avec l'enfant ? Sharko pointa le doigt sur différentes marques photocopiées.

— Les traces noires, c'est...

— De la saleté, genre terre ou poussière, mêlée à du sang, d'après le labo. C'est trop tôt pour dire s'il appartient au gamin, mais on ne pense pas. Il y a comme une trace papillaire imprimée dans le sang, à l'arrière de la feuille. Trop large pour être celle de l'enfant. Il faudra vérifier si elle colle à votre Valérie Duprès.

Sharko essaya d'imaginer le scénario qui avait pu conduire à un tel résultat. La journaliste d'investigation avait peut-être aidé cet enfant à s'échapper d'un endroit où on le retenait et elle avait été blessée. Contraints de se séparer, elle lui avait glissé un papier dans la poche. Avait-elle néanmoins réussi à fuir ? Si oui, où se trouvait-elle et pourquoi n'appelait-elle pas ?

Il fixa ces traces sombres sans plus ouvrir la bouche, imaginant déjà le pire des épilogues. La police scientifique serait rapidement capable de dire si le sang sur la lettre appartenait à Valérie Duprès. Les traces biologiques relevées dans son appartement – cheveux avec racine sur les peignes, salive sur les brosses à dents, squames de peau sur les vêtements – seraient comparées aux cellules de sang qu'un technicien récupérerait méticuleusement sur le papier. La comparaison de l'ADN serait alors déterminante.

— À vous de me donner des infos à présent, fit Trémor.

Ils reprirent leur lente marche. Sharko expliqua les faits. Un journaliste retrouvé mort dans un congélateur, en proie à un tueur qui l'avait fait souffrir. Les recherches dans les archives de *La Grande Tribune*. Sa collègue, Valérie Duprès, disparue, et dont l'appartement avait été fouillé. Trémor écoutait avec attention, appréciant la loyauté et la simplicité de son interlocuteur.

— Quel genre d'affaire pensez-vous que nous ayons en face de nous ?

— Quelque chose qui sera long et compliqué, j'ai l'impression.

Ils trouvèrent le médecin qui s'occupait du petit anonyme. Le docteur Trenti les conduisit dans la chambre individuelle du jeune patient. L'enfant était perfusé au bras, branché à un tas de moniteurs, et il dormait. Il avait de courts cheveux blonds, les pommettes hautes et saillantes, et ne devait pas peser bien lourd.

— Nous avons dû lui donner un sédatif, il ne

supportait pas sa perfusion de glucose ni, de manière plus globale, les aiguilles. Ce gamin est terrorisé, le moindre visage inconnu l'effraie. Il était hypoglycémique et déshydraté, nous sommes en train de le retaper.

Sharko s'approcha. L'enfant semblait dormir paisiblement.

— Que disent les examens ?

— Pour le moment, on a pratiqué les bilans biologiques standard. Numération, formule sanguine, ionogramme, analyse d'urines... Rien d'anormal à première vue, hormis la présence excessive d'albumine, qui annonce un mauvais fonctionnement des reins. Il n'a subi aucune violence sexuelle et, en dehors de cette trace violacée autour du poignet, il ne présente pas de signes caractéristiques de maltraitance. Par contre, il a des problèmes anormaux pour un enfant de son âge. Les reins, je viens de vous en parler, une tension artérielle très forte et de l'arythmie. Pour l'instant, sur le moniteur, son cœur bat régulièrement, à soixante battements environ. Mais...

Il s'empara de tracés rangés dans une pochette plastifiée au bout du lit et montra un électrocardiogramme.

— Regardez, il y a des phases où son cœur accélère et ralentit, sans raison apparente. S'il avait quarante ans de plus, il serait un excellent candidat à la crise cardiaque.

Sharko observa le tracé, puis de nouveau l'enfant. Son visage était beau et lisse. Il devait avoir dix ans, tout au plus. Et pourtant, son cœur semblait bien malade.

— Vous avez déjà rencontré ce genre de cas ?

— C'est arrivé oui, et il peut y avoir de nombreuses causes. Cardiopathie congénitale, anomalie des coronaires, sténose aortique, j'en passe. Il va falloir creuser. Et il y a un autre fait remarquable : l'enfant présente un début de cataracte, le cristallin est légèrement opaque.

— La cataracte… C'est une maladie qui touche les personnes âgées, non ?

— Pas toujours. Il en existe plusieurs, dont l'une, héréditaire, affecte les jeunes enfants. C'est sans doute le cas ici. Elle s'opère très bien.

— Et pourtant, on ne l'a pas opéré, lui. Le cœur arythmique, la cataracte, les reins : à quoi avons-nous affaire, selon vous ?

— Difficile à dire pour le moment, il est arrivé dans mon service il y a à peine quatre heures. Chose certaine, il est loin d'être en bonne santé. Dès qu'il sera réveillé, je compte bien lui faire passer des examens paracliniques. Scanner cérébral, examens approfondis en cardiologie, en gastro-entérologie, et des tests ophtalmologiques. Quant au sang, on va le faire partir en toxico pour la recherche de toxines éventuelles.

— Vous avez essayé de le faire parler ?

— Le psychologue de l'hôpital a essayé, oui. Mais vu son état de fatigue et de peur, c'était impossible. On doit d'abord le rassurer, lui dire qu'il ne va rien lui arriver de mal. Le problème, c'est qu'on ignore s'il nous comprend.

Les mains dans les poches de sa blouse, le médecin fit le tour du lit et invita les deux policiers à s'approcher.

— J'ai prévenu les services sociaux, ajouta-t-il. Les personnes de l'aide à l'enfance passeront demain. Ce môme a besoin d'être pris en charge dès qu'il sortira d'ici.

Il souleva le drap et baissa les yeux vers la poitrine

de l'enfant. Un curieux tatouage, de trois ou quatre centimètres de large, était dessiné au niveau du cœur. Il s'agissait d'une espèce d'arbre à six branches sinueuses réparties comme les rayons du soleil, au sommet d'un tronc courbé. Dessous, écrit en tout petit, un nombre : 1 400. Le tatouage était monochrome, noir, et ne témoignait pas de grandes qualités artistiques. Il ressemblait aux dessins grossiers que se faisaient les prisonniers avec une aiguille imbibée d'encre. À l'évidence, on l'avait tatoué avec les moyens du bord.

— Ça vous dit quelque chose ? demanda le médecin.

Sharko et son collègue de Maisons-Alfort échangèrent un regard inquiet. Le commissaire observa le tatouage d'un peu plus près. Avec ce qu'il avait déjà vu dans sa carrière, il ne se demandait même plus quel genre de monstre avait pu faire une chose pareille à un enfant. Il savait simplement que ces monstres-là existaient, partout, et qu'il fallait les attraper pour les empêcher de nuire.

— Rien du tout. On dirait une espèce de... symbole.

Trenti désigna les extrémités du dessin du bout de l'index[1].

— Regardez, ici. Il y a des traces de cicatrisation à certains endroits, très légères. Je dirais que le tatouage est récent, il a été réalisé il y a, je pense, une ou deux semaines.

Le capitaine Trémor tripotait nerveusement son

---

1. Endroit de l'écriture où je me trouvais à une certaine date devenue très importante depuis. Vous comprendrez mieux en lisant la note de fin, à ne découvrir qu'après avoir lu toute l'histoire. (*Note de l'auteur.*)

alliance. Le froid extérieur avait tiré les traits de son visage, ce qui rendait son expression plus dure.

— Vous pourrez me transmettre une photo de ce tatouage ?

Avant que le médecin ait le temps de répondre, Sharko sortit son portable et tira un gros plan de l'étrange signe, avec le numéro dessous. De quel enfer pouvait bien sortir ce pauvre môme épuisé, marqué comme une bête ?

Trémor fixa Sharko dans les yeux et étira les lèvres.

— Vous avez raison. Allons au plus simple et au plus efficace.

Il l'imita et prit également une photo à l'aide de son téléphone. Au moment où le flic de la criminelle rempochait son portable, ce dernier se mit à vibrer. Nicolas Bellanger...

— Excusez-moi, dit-il en sortant dans le couloir.

Une fois dans un endroit isolé, il décrocha.

— Oui, Sharko.

— C'est Nicolas. Alors, le môme ?

Sharko lui fit un rapide bilan de ce qu'il venait d'apprendre. Après quelques échanges sur l'affaire, Bellanger se racla la gorge.

— Écoute... Je t'appelle pour autre chose. Il faut que tu viennes au 36 dès que possible.

Sharko sentit que le ton était anormalement grave, presque gêné. Il se posta devant une fenêtre, l'œil rivé vers les lumières de la ville.

— Je ne suis pas loin de chez moi. Après l'hôpital, je comptais rentrer directement, vu les conditions météo. Sur les routes, c'est la galère. Qu'est-ce qu'il y a ?

— Je ne peux pas te parler de ça au téléphone.

— Essaie quand même. J'ai mis une heure et quart pour venir ici et je n'ai pas envie de remettre ça dans l'autre sens.

— Très bien. La gendarmerie d'un bled situé au fin fond de la Bretagne, à cinq cents kilomètres d'ici, m'a contacté. Il y a une semaine, leur salle des fêtes a été fracturée. Porte défoncée en pleine nuit. Sur le mur, il y avait une phrase, écoute bien : « *Nul n'est immortel. Une âme, à la vie, à la mort. Là-bas, elle t'attend.* » Elle était écrite en lettres de sang, avec l'extrémité d'un fin morceau de bois ou un truc dans le genre.

— Tu vois un rapport avec notre affaire ?

— *A priori*, aucun. Mais un rapport avec toi, ça, c'est sûr.

Sharko pinça l'arête de son nez, les yeux fermés, le visage lourd.

— Je vais raccrocher, Nicolas, si tu ne me lâches pas le fin mot de l'histoire dans les cinq secondes.

— J'y viens. Les gendarmes ont pris cet acte malveillant suffisamment au sérieux pour solliciter un laboratoire et essayer de voir d'où provenait ce sang. Ils ont fait des analyses, dont l'ADN. C'était du sang humain. Ils ont alors cherché dans le FNAEG[1], se disant que, peut-être, le malfaiteur aurait été assez stupide pour écrire le message avec son propre sang. Ils sont bien tombés sur un enregistrement dans le fichier.

Il y eut un silence. Sharko sentit son cœur s'accélérer, comme s'il avait deviné ce qu'allait lui annoncer son chef de groupe.

— Ce sang, Franck, c'est le tien.

---

1. Fichier national automatisé des empreintes génétiques.

8

La Grande Tribune, *édition Rhône-Alpes du 8 février 2001.*

« Le corps d'une femme d'une trentaine d'années a été retrouvé sans vie, hier matin, selon des informations confirmées par la gendarmerie de Montferrat. Il a été repêché tôt dans la matinée, vêtu et porteur de ses papiers d'identité, dans les eaux glaciales et en partie gelées du lac de Paladru, à Charavines, situé à une cinquantaine de kilomètres d'Aix-les-Bains. C'est un promeneur matinal qui a alerté les forces de l'ordre. Une autopsie doit être pratiquée à l'institut médico-légal de Grenoble pour déterminer les causes du décès. S'agit-il d'un accident ou d'une affaire criminelle ? Cette dernière hypothèse semble plausible, car la voiture de la victime n'a pas encore été retrouvée proche du lieu du drame et on peut se demander ce que cette femme faisait par un froid pareil à proximité de ce lac isolé, aux abords parfois abrupts qui ont déjà causé plusieurs accidents.

Olivier T. »

Lucie pensait au sinistre fait divers qu'elle venait de lire dans sa voiture.

Une mort par noyade, en plein hiver. La suspicion d'une affaire criminelle. Pourquoi Christophe Gamblin s'était-il intéressé à cet article en particulier, vieux de dix ans ? L'affaire avait-elle été résolue ? Les trois autres journaux issus des archives relataient-ils des faits similaires ? Lucie n'avait pas encore eu le temps d'y jeter un œil – elle était déjà en retard de dix minutes – mais elle n'avait désormais plus qu'une envie : comprendre ce qui avait motivé Christophe Gamblin à s'enfoncer dans les sous-sols de *La Grande Tribune* pendant ses jours de congé.

Elle s'immobilisa quelques secondes devant le mastodonte de briques rouges, face à la gare d'Austerlitz de l'autre côté de la Seine. *La maison des morts*, songea-t-elle avec appréhension, un endroit dans lequel des gens qui, récemment, vivaient encore, entraient pour se faire découper. Sur la gauche, des ombres sortaient du métro Quai de la Rapée. Juste là, on voyait des panneaux Bastille, Place d'Italie, des endroits agréables pour les touristes. Mais ces promeneurs, ces travailleurs se doutaient-ils que les pires crimes du tout-Paris étaient étudiés avec le plus grand soin à seulement quelques mètres, à l'intérieur de ce bâtiment fondu dans le paysage urbain ?

Lucie frissonna. Les lourds flocons s'accumulaient sur son blouson, sur les carrosseries des voitures et sur les toits. C'était comme si le temps s'était arrêté et que le brouhaha animant d'ordinaire la capitale avait brusquement été absorbé par la neige. Sous la lueur sobre des lampadaires, le lieutenant de police se sentait piégé dans un décor de film noir.

Elle se motiva et entra dans l'institut médico-légal de Paris. Après avoir vérifié ses papiers, le veilleur de nuit lui indiqua la salle où se déroulait l'autopsie de Christophe Gamblin. En prenant une inspiration profonde, elle s'engagea dans les couloirs éclairés au néon, marchant le plus vite possible. Dans sa tête, les pires images affluaient déjà. Elle voyait les corps brûlés, si petits. Elle sentait les odeurs des chairs calcinées, tellement effroyables qu'il n'y avait aucun moyen de les décrire. Les fantômes, les petites voix féminines la hantaient encore, entre ces murs ils appuyaient davantage leur présence et la terrifiaient. Jamais, jamais elle n'aurait dû assister à l'examen *post mortem* de l'une de ses propres filles. Ce qu'elle avait ressenti et vécu, ce jour-là, n'avait plus rien d'humain.

Elle accéléra pour atteindre la salle de dissection, incapable de se retourner, de réfléchir ni même de faire demi-tour. La vive lumière de la lampe Scialytique, la présence de Paul Chénaix et du photographe de l'Identité judiciaire lui firent du bien. Mais elle ne put ignorer bien longtemps le cadavre, blanc et nu sur la table, dont chaque plaie, chaque ecchymose rappelait l'enfer que Gamblin avait dû traverser.

— Ce n'est pas bien que tu sois là, dit Chénaix. Je suppose que Franck n'est pas au courant ?

— Tu supposes bien.

— Tu sais que même un an et demi après, un transfert est toujours possible. Tu...

— Je suis prête et je ne ferai pas de transfert. Ce corps n'a rien à voir avec celui de deux petites jumelles de neuf ans. Je tiendrai le coup, OK ?

Chénaix glissa ses doigts dans son bouc taillé court, comme s'il méditait.

— Très bien. Bon... Je l'ai déjà pesé, mesuré, radiographié. On a pris les premières photos. J'ai procédé également à l'examen externe, histoire de gagner du temps. Ce soir, à 22 heures, il y a un concert de Madonna à la télé et...

— Tes conclusions ?

Chénaix s'approcha de son sujet, celui qui, désormais, lui appartenait. Lucie songea à une araignée qui encoconne sa proie avant de la stocker. Elle inspira doucement et s'avança à son tour. Ses yeux peinèrent à supporter le regard déjà vitreux de la victime.

— Les entailles ont été réalisées avec une lame fine – il s'empara d'un scalpel par la mitre – comme celle-ci, et très coupante, puisqu'elle est passée à travers les vêtements comme dans du beurre, sans faire d'accrocs. Les degrés de cicatrisation des blessures sont différents. Il a commencé par les bras, puis s'est attaqué à l'abdomen et aux jambes. Trente-huit coupures, réalisées, je dirais, en une petite heure de temps. La victime était habillée.

Lucie n'avait pas ôté son blouson, il faisait bien trop froid et rien, dans cette salle, ne pouvait apporter un peu de chaleur. Elle crispa ses doigts sur le nylon de ses manches. L'assassin avait fait souffrir sa victime avant de l'enfermer dans le congélateur.

— Le fils de pute.

Paul Chénaix échangea un bref regard avec le photographe et toussota.

— Il y a de nombreuses lésions au niveau des chevilles et des poignets. Il était attaché et a tenté de se débattre, en vain.

— Abusé sexuellement ?
— Non. Pas de trace.

Lucie se frotta les épaules. Le fumier qui avait mutilé Christophe Gamblin lui avait au moins épargné ça.

— Et après la torture, la congélation ?
— Je suppose. Aucune des lésions faites au scalpel n'était mortelle.
— Jamais l'assassin n'a paniqué ni ne s'est laissé emporter par la colère.
— En tout cas, ces entailles n'étaient pas suffisamment profondes pour que la victime se vide de son sang. Tu t'es déjà coupé le doigt avec la tranche d'une feuille de papier ? C'est très douloureux, mais ça saigne très peu. C'est le cas ici.

Lucie gardait de longs silences avant de poser ses questions. Elle ne parvenait plus à détacher ses yeux des doigts meurtris de la victime. Ils avaient gratté la glace, jusqu'au sang. Christophe Gamblin avait voulu échapper au piège de cristaux, il avait tenté d'empêcher la mort de s'enrouler autour de lui. Mais il n'avait pas pu.

— À ton avis, l'assassin possède des connaissances quelconques en anatomie ?
— Difficile à dire. N'importe qui peut faire une chose pareille. Il a agi comme ça – il claqua des doigts –, pour faire mal.
— Une idée de l'heure de la mort ?
— J'ai étudié les graphiques de température et les caractéristiques du congélo. Je pense qu'il est décédé aux alentours de minuit, à plus ou moins deux heures près.

Chénaix continuait à préparer avec soin son matériel.

— Après l'autopsie, il faudra que je te parle de

l'affaire de Grenoble dont on m'a envoyé le dossier en fin d'après-midi. T'es au courant ?

Lucie songea au fait divers qu'elle venait de lire dans la voiture et qui la titillait.

— Pascal Robillard m'a brièvement parlé de cette histoire de noyée dans un lac de montagne. Je suis aussi là pour cette raison.

Paul Chénaix renoua avec fermeté sa surchemise bleue dans son dos et, le visage grave, se positionna à l'arrière du sujet.

— Je vais scalper et ouvrir, reculez un peu. Lucie, tu n'es pas obligée de...

— Je t'en prie. Ça va aller.

Chénaix se mit à l'ouvrage. Il ne portait pas de masque : Lucie avait appris que, un jour, il avait deviné qu'une victime avait ingurgité du rhum rien qu'en ouvrant son estomac et en reniflant les odeurs. La flic recula de quelques pas, elle se rendit compte que ses jambes la soutenaient un peu moins. La première phase de l'autopsie, où le médecin retirait la peau du visage pour accéder au crâne puis au cerveau, était la plus difficile à supporter. Parce que, d'une part, il y avait le bruit de la scie, les giclées d'os et de sang mais, surtout, on touchait là au peu d'humanité qui restait au cadavre. Ses yeux, son nez, sa bouche.

Le médecin légiste suivit la procédure de l'autopsie à la lettre, tandis que le photographe bombardait de clichés, qui pourraient être utilisés lors d'une expertise médico-légale, au tribunal par exemple. Ablation du cerveau, coupe du menton au pubis, prélèvement d'humeur vitrée dans les yeux. Dans la première heure, l'ensemble des organes passa sous sa lampe et sur sa balance. Pesée, étude de l'aspect et de la couleur pour les empoisonnements éventuels – rouge framboise pour le monoxyde de carbone, vermillon pour le cyanure... –, recherche de lésions internes. Sous la table en acier inoxydable, les fluides bruns et rougeâtres gagnaient les tuyaux d'évacuation. Par des gestes précis, millimétrés, le légiste analysa le contenu de l'estomac. Il préleva des échantillons, qu'il vida dans deux petits tubes et qu'il étiqueta avec précaution. Il ouvrit la vessie par le dessus. Là aussi, il fit des prélèvements.

— Pleine d'urine. Le froid extrême a dû l'empêcher de se soulager. Tout cela va partir pour la toxico.

Lucie se passa une main sur le visage. Elle ne sentait plus les odeurs – ses cellules olfactives étaient saturées – mais le corps continuait à garder sa consistance. L'homme étalé, en face d'elle, hurlait son calvaire, sa douleur, son impuissance. Lucie pensa aux parents : ils avaient dû apprendre la nouvelle, ils avaient dû s'effondrer. Leur monde ne serait plus jamais le même. Elle imagina leurs visages, leurs réactions. Gamblin était-il leur seul enfant ? Se côtoyaient-ils encore ?

Lucie se sentit transportée dans le temps et l'espace. La salle d'autopsie s'obscurcit soudain. La flic était ailleurs. Elle se rappelait les coups sur la porte de son appartement, la nuit... Les lampes qui éclairaient des pièces noires, loin, très loin de chez elle... Le petit corps carbonisé, dont seuls les pieds étaient restés intacts, parce qu'ils avaient dû être protégés des flammes.

L'éclat du Scialytique lui fit mal aux yeux. Subitement, elle se retourna, poussa la porte battante et courut dans le couloir, titubante. Elle vomit et se laissa glisser contre le mur, la tête entre les mains. Tout tournait.

Chénaix arriva quelques secondes plus tard.

— Tu veux t'allonger un peu ?

Lucie secoua la tête. Ses yeux étaient embués, et elle avait la bouche pâteuse. Elle se redressa avec difficulté.

— Je suis désolée, ça ne m'est jamais arrivé. Je croyais que...

Elle se tut. Chénaix la soutint et la fit marcher dans le couloir.

— Je vais nettoyer ça. Petit malaise vagal, ne t'inquiète pas. Je termine l'examen seul et on dira que tu es restée jusqu'au bout. Tu peux aller dans mon bureau, au premier. Il y a un fauteuil, tu pourras t'y reposer. Je t'apporterai tous les prélèvements à remettre à la toxico.

Lucie refusa :

— Je ne veux pas, il faut que tu me parles du dossier de Grenoble, il faut que...

— Dans une heure, rendez-vous là-haut. Il va falloir que tu aies l'esprit clair pour entendre ce que j'ai à te dire.

Il s'était déjà retourné et s'engageait dans la salle. Sa voix résonnait encore, tandis que la porte se refermait derrière lui.

— Parce que c'est bizarre cette histoire. Très, très bizarre...

9

Sharko déboula en trombe, essoufflé, dans l'*open space* où travaillaient encore Pascal Robillard et Nicolas Bellanger. Les couloirs du 36, du côté de la Crim', s'étaient vidés. La plupart des collègues des autres équipes étaient retournés chez eux, auprès de leur famille, ou discutaient autour d'un verre dans les bars de la capitale. Lorsque Bellanger l'aperçut, il se leva, ordinateur portable sous le bras, et l'entraîna dans un bureau vide. Après avoir appuyé sur un interrupteur, il ferma la porte et rouvrit son ordinateur.

— Les gendarmes de Pleubian m'ont envoyé des photos de la salle des fêtes par mail. Regarde.

Sharko se figea face à lui. Ses doigts palpèrent le dossier d'une chaise et il dut s'asseoir. Des flocons de neige fondaient encore dans ses cheveux grisonnants et sur les épaulettes de son caban noir.

— Pleubian, tu as dit ? Pleubian, en Bretagne ?
— Pleubian en Bretagne, oui. Tu connais ?
— C'est... C'est la ville où est née ma femme, Suzanne.

Ses yeux fixèrent le sol de longues secondes. Depuis combien d'années n'avait-il plus prononcé le nom de cette minuscule ville des Côtes-d'Armor ? De curieux souvenirs lui revinrent en mémoire, d'un coup. Les odeurs des hortensias, de sucre chaud, de pommes trop mûres. Il vit Suzanne tourner et rire, au son des musiques celtes. Il croyait ces images perdues à tout jamais, mais elles étaient là, tapies au fond de sa tête.

— C'est lui, fit-il dans un souffle.

Bellanger s'assit en face de son subordonné. Comme tous les autres, il connaissait l'horrible passé de Sharko. Sa femme, Suzanne, avait été enlevée par un tueur en série – que Sharko avait abattu de sang-froid – et avait été retrouvée complètement folle, neuf ans plus tôt. Fin 2004, elle avait perdu la vie avec leur petite fille, toutes deux percutées par une voiture dans le virage d'une route nationale. Sharko avait alors sombré au fond du gouffre et n'en était jamais vraiment sorti.

— Qui ça, « lui » ? demanda Bellanger.

— Le meurtrier de Frédéric Hurault.

Le capitaine de police essaya de comprendre où Sharko voulait en venir. Il avait entendu parler de cette affaire Hurault, sur laquelle son collègue avait bossé à l'époque, dans une autre équipe. En 2001, Frédéric Hurault avait été jugé pénalement irresponsable pour le meurtre de ses propres filles, qu'il avait noyées dans une baignoire dans un coup de folie. C'était l'équipe de Sharko qui avait enquêté et procédé à son arrestation. Après un procès chaotique, Hurault avait fini en hôpital psychiatrique. Peu de temps après sa sortie, en 2010, Frédéric Hurault avait été retrouvé assassiné au bois de Vincennes, planté au tournevis dans sa voiture. Lors de l'analyse de la scène de crime, les techniciens de la police scientifique avaient trouvé l'ADN de Sharko sur la victime.

Le commissaire se passa les mains sur le visage et souffla longuement.

— Août 2010 : on retrouve un poil de sourcil m'appartenant sur le cadavre de Hurault. Décembre 2011 : c'est mon sang qui est étalé dans le village de naissance de Suzanne. Un taré connaît mon passé et celui de ma femme. Il utilise mes traces biologiques pour m'impliquer dans son délire et s'adresser à moi.

Nicolas Bellanger tourna son ordinateur vers Sharko et fit défiler des photos : la porte de la salle des fêtes fracturée, le message en lettres de sang, écrit sur le mur blanc à l'aide d'un fin bâton.

— Je ne comprends pas. Comment il aurait fait pour récupérer ton sang ?

Sharko se leva et se dirigea vers la fenêtre, qui donnait sur le boulevard du Palais. Il scruta les trottoirs, la poignée de voitures qui se hasardaient sur la neige toute fraîche. Quelque part, un type le suivait, l'observait, décortiquait sa vie.

Il se tourna brusquement vers son chef.

— Où est Lucie ?

Bellanger serra les mâchoires, l'air ennuyé.

— Je l'ai envoyée à l'autopsie.

Sharko, à présent, allait, venait, incapable de tenir ses nerfs.

— À l'autopsie ? Merde, Nicolas, tu sais que...

— Tout le monde était occupé, il n'y avait personne d'autre. Elle m'a assuré que ça irait.

— Évidemment, qu'elle t'a assuré que ça irait ! Que voulais-tu qu'elle te dise d'autre ?

En colère, Sharko composa le numéro de sa moitié. Personne ne répondit. Inquiet, il claqua son téléphone sur le bureau et revint vers l'écran de l'ordinateur.

— Tout ce qu'on va se raconter maintenant ne doit en aucun cas parvenir aux oreilles de l'équipe, et encore moins de Lucie, d'accord ? Cette histoire, ces photos. Je lui en parlerai moi-même quand le moment sera opportun. J'ai ta parole ?

— Ça dépendra de ce que tu as à mettre sur la table.

Sharko inspira et essaya de retrouver son calme. La journée avait été horrible, et le cauchemar s'épaississait d'heure en heure.

— J'ai fait une batterie d'analyses de sang ces derniers temps. Lucie n'est pas au courant.

— C'est grave ?

— Non, non. Je voulais juste m'assurer que j'allais bien et que mon corps en avait encore sous le capot. Les examens standard, quoi. Je ne voulais pas inquiéter Lucie sans raison. Enfin bref, il y a environ un mois, mon infirmier s'est fait agresser à proximité de mon immeuble, du côté du parc de la Roseraie. On lui a mis un coup sur le crâne, il s'est effondré et on lui a fait les poches. Papiers, argent, montre. L'agresseur a aussi emporté sa mallette. À l'intérieur, il y avait les prélèvements sanguins de la matinée, dont les miens. Le sang, sur les murs de la salle des fêtes, il vient assurément de là.

Bellanger tenta de mesurer la portée de ce qu'il venait d'entendre. Si Sharko disait vrai, l'individu en question présentait tous les signes du dangereux déséquilibré.

— On a une description de l'agresseur de l'infirmier ?

Sharko secoua la tête.

— Rien à ma connaissance. L'infirmier a porté plainte au commissariat de Bourg-la-Reine. Je dois absolument vérifier l'état du dossier. Ils ont peut-être un signalement, des pistes.

Bellanger désigna son écran du menton, l'air grave.

— Le message te parle ? Avec tout ce que tu viens de me raconter, il est évident que c'est à toi que notre inconnu s'adresse. Il savait, vu la bizarrerie de son acte, que le sang serait analysé par les gendarmes et qu'on remonterait à toi.

Sharko se pencha vers l'avant, les deux mains sur le bureau. Une grosse veine battait au milieu de son front.

— *« Nul n'est immortel. Une âme, à la vie, à la mort. Là-bas, elle t'attend. »* Que dalle. Qui m'attend, et où ?

— Réfléchis. T'es sûr que...

— Si je te le dis !

Il se remit à marcher nerveusement, le menton collé au sternum. Il réfléchissait, essayait de comprendre le sens du curieux message. Trop difficile, vu son état de tension. Pendant ce temps, Bellanger relia son ordinateur à une imprimante.

— Je vais leur expliquer, aux Bretons, mais sans leur en dire trop, fit-il. Qu'est-ce qu'on a, comme pistes ?

Sharko plia la photo imprimée que son chef lui tendait et la fourra dans sa poche. Il répondit avec un temps de retard.

— Des pistes ? Aucune. Hurault s'est fait liquider dans sa voiture à coups de tournevis qu'on n'a jamais retrouvé. Hormis mon ADN, on ne dispose d'aucune trace biologique ni papillaire, rien. Pas de témoins. On a tout épluché, interrogé les prostituées, les travelos du bois de Vincennes, les voisins de Hurault, les pistes ne mènent qu'à des impasses. Cet ADN, ça m'a causé un tas de problèmes, j'ai failli aller en taule. Personne n'a jamais voulu me croire.

— Avoue que l'hypothèse du type qui a abandonné l'un de tes poils de sourcil uniquement pour t'impliquer était un peu farfelue. Tu es intervenu le premier sur les lieux. Ce sourcil, il pouvait très bien venir de toi à ce moment-là. Contamination de scène de crime, ça arrive tout le temps, c'est bien pour cette raison qu'on est fichés.

— Et si je n'étais pas intervenu ce jour-là ? Vous auriez trouvé ce poil quand même, ça m'aurait plombé. Ce type veut m'en faire baver. Il a su garder le silence pendant plus d'un an pour ressurgir à quelques jours de Noël.

Sharko se sentit violé. Ses poils, son sang à présent… Si quelqu'un l'avait suivi, surveillé ces derniers mois, comment avait-il fait pour ne rien remarquer, lui, un flic ? À quel point ce mystérieux fantôme le connaissait-il ? Aujourd'hui, un fou furieux s'adressait à lui. Il le défiait ouvertement. Qui était-il ? Un type qu'il avait arrêté et qui avait purgé sa peine ? Le frère, le père, le fils d'un taulard ? Ou l'un des milliers de malades qui remplissaient les rues de la capitale ? Le flic avait déjà cherché, fouillé dans les fichiers de sorties de prison, même dans les archives d'affaires qu'il avait traitées par le passé. Sans jamais aboutir.

Soucieux, il pensa à Lucie, à sa propre stérilité, à ce bébé qu'elle voulait plus que tout au monde et qu'elle n'aurait peut-être jamais, à cause de toute cette crasse qui leur dévorait les neurones et les tripes.

— Lucie et moi, on va sans doute partir quelques semaines, confia-t-il, à court d'idées. J'ai besoin de faire le point, de souffler. L'enquête qui s'annonce avec la victime du congélateur et son amie disparue va être trop longue, trop difficile. Et ce truc de fou, qui me tombe dessus. Je n'ai pas besoin d'un psychopathe qui s'acharne sur moi et me menace. On doit quitter l'appartement, on doit...

Il s'appuya contre la cloison, le regard au plafond.

— Je ne sais pas ce qu'on doit faire. Pour une fois, j'aimerais juste pouvoir passer de bonnes fêtes de Noël, loin de toutes ces cochonneries. Vivre comme n'importe qui.

Bellanger le considéra sans animosité.

— Ce n'est pas à moi de te dire ce que tu dois faire, mais fuir les problèmes n'a jamais permis de les résoudre.

— Parce que, pour toi, un malade qui me colle aux baskets et qui sait où j'habite, c'est juste un problème ?

— J'ai surtout besoin de vous deux pour l'enquête. T'es le plus givré et le meilleur des flics que je connaisse. Tu n'as jamais rien lâché, et encore moins une affaire qui commence. Sans toi, l'équipe n'est plus la même. C'est toi que les autres écoutent. C'est toi qui mènes la barque. Et tu le sais.

Franck Sharko récupéra son téléphone portable sur le bureau. Ses muscles étaient raides, noueux, et il avait mal à la nuque. Tout ce fichu stress... Il se dirigea vers la porte, posa sa main sur la poignée et ajouta, avant d'ouvrir :

— Merci de me lancer des fleurs, mais j'ai un truc à te demander.

— Vas-y.

— Lucie s'absente assez souvent de chez moi en me donnant des raisons vaseuses. Elle dit qu'elle bosse, qu'elle traite de la paperasse, mais je sais que c'est faux. Elle rentre parfois au milieu de la nuit. Elle et toi, vous vous voyez ?

Bellanger écarquilla les yeux.

— On se voit, tu veux dire... – un silence. T'es cinglé ? Pourquoi tu dis ça ?

Sharko haussa les épaules.

— Laisse tomber. Je crois que je n'ai plus l'esprit très clair, ce soir.

La tête lourde comme un dossier criminel, il sortit et disparut dans le couloir.

10

Lucie reposait un cadre avec la photo de deux enfants lorsque Paul Chénaix la rejoignit. Le médecin avait pris une douche rapide, coiffé ses cheveux bruns vers l'arrière, passé des vêtements frais et sentait le déodorant. Il avait la quarantaine dynamique, l'air moins strict que lorsqu'il portait la blouse, avec ses lunettes aux verres ovales et son bouc taillé au cordeau. En fait, il était normal. Lucie et Sharko avaient déjà déjeuné avec lui à plusieurs reprises, ils avaient discuté de tout sauf des morts et des enquêtes.

— Les enfants qui grandissent nous rappellent combien le temps passe vite, dit Lucie. J'aimerais bien connaître tes bouts de choux. Tu viendras avec eux et ton épouse à l'appartement, un de ces soirs ?

Paul Chénaix tenait une petite caisse en plastique avec des échantillons enfoncés dans des tubes scellés, ainsi qu'un dictaphone.

— On pourra s'organiser le truc, oui.
— Pas « on pourra ». Il faudra.
— Il faudra, oui. Ça va mieux, toi ?

Lucie regrettait sa faiblesse passagère de tout à l'heure. Il fut un temps où elle pouvait tout affronter, où la noirceur des affaires criminelles l'excitait plus que tout le reste. Elle en avait négligé ses propres enfants, sa vie amoureuse, ses envies de femme. Aujourd'hui, tout était tellement différent. Si seulement on pouvait lancer une poignée de poudre magique, revenir en arrière et tout changer. Elle parvint néanmoins à lui sourire.

— Le veilleur de nuit a eu la gentillesse de me donner un gros *donut* au chocolat. Ma mère a récupéré mon labrador, Klark, qui adore ce genre de *donut*. Mon ex-chien pèse dix kilos de plus à présent.

— Pas très diététique, certes, mais ça t'aurait fait du bien de le manger avant. Contrairement aux croyances populaires, il vaut toujours mieux croquer un morceau avant d'assister à une autopsie, ça évite les coups de mou.

— Pas eu le temps.

— Plus personne n'a le temps de rien, de nos jours. Même les morts sont pressés, il faut les traiter immédiatement. On ne s'en sort plus.

Il se dirigea vers son bureau et posa les échantillons de fluides, d'ongles, de cheveux devant Lucie.

— Tu n'as rien manqué, de toute façon. Tous les signes médico-légaux indiquent bien une mort par hypothermie. Le cœur a fini par lâcher.

Toujours debout, il ouvrit un tiroir et sortit un dossier d'une quarantaine de pages.

— Voici une impression du rapport d'autopsie que m'a envoyé par mail mon confrère de Grenoble, en fin d'après-midi. On a pas mal discuté au téléphone. Christophe Gamblin est venu le voir il y a trois bonnes semaines, il prétendait vouloir écrire un article sur l'hypothermie et s'était bien présenté comme journaliste de faits divers.

Il posa le dossier devant lui.

— Une drôle d'histoire.

— Je t'écoute.

Paul Chénaix s'installa sur son siège à roulettes et éventa les feuilles devant lui.

— Son sujet de l'époque s'appelait Véronique Parmentier, 32 ans, cadre dans une société d'assurances à Aix-les-Bains. Le corps a été sorti des eaux du lac de Paladru, en Isère, à 9 h 12, le 7 février 2001, par une température extérieure de − 6 °C. La victime habitait à trente bornes de là, à Cessieu. Ça remonte à dix ans, cette histoire, et pourtant, Luc Martelle s'en souvenait encore très bien avant même que Christophe Gamblin vienne remuer ce vieux dossier. À cause de ce froid atroce et, surtout, de par la nature même de cette affaire... Et pour répondre tout de suite à la question que tu vas me poser : elle n'a jamais été résolue.

— Une affaire, tu dis. Il ne s'agissait donc pas d'un accident ?

— Tu vas vite comprendre. D'abord, sais-tu comment ça se passe pour un cas de noyade ?

— Je n'en ai jamais traité. Explique.

— C'est l'une des morts où le légiste se déplace systématiquement pour les premiers constats afin de s'assurer qu'il s'agit bien d'une noyade. Pour les cadavres frais, on recherche d'abord le champignon de mousse, situé au niveau de la bouche et du nez. C'est le mélange d'air, d'eau et de mucus qui se crée lors de l'ultime réflexe de respiration, inévitable. Il est de manière générale extériorisé, donc visible. Il y a aussi un tas d'autres signes externes qui ne trompent pas : pétéchies dans les yeux, peau en chair de poule, cyanose du visage, langue coupée à cause des crises convulsives. Or, dans le cas de notre victime, on n'a trouvé aucun de ces signes. Mais leur absence ne permettait pas forcément d'écarter la noyade. Seule l'autopsie allait livrer les secrets du corps.

— Et au final ? Elle n'est pas morte par noyade, c'est ça ?

— Non, mais elle est morte immergée dans l'eau.

— J'avoue que...

— Tu as du mal à saisir, c'est normal. Rien n'est clair dans cette histoire.

Il marqua une pause et remit en place correctement le cadre de ses enfants. Il se demandait probablement comment expliquer simplement une affaire compliquée.

— Quand mon confrère a ouvert, il n'y avait aucun signe caractéristique de noyade. Les poumons étaient propres, pas distendus, aucun épanchement péricardique ou pleural. Il fallait encore creuser. Il y a un facteur irréfutable, qui prouve normalement la noyade : la recherche de diatomées. Ce sont des micro-algues unicellulaires que l'on trouve dans tous les milieux aqueux. Lors du dernier réflexe de respiration, le noyé inspire l'eau et donc les diatomées. Ces diatomées, on les retrouve lors de l'autopsie dans les poumons, le foie, les reins, le cerveau et la moelle osseuse. Sur les lieux d'une noyade présumée, un lac, par exemple, on prélève, en théorie, trois échantillons d'eau : l'un à la surface du lac, un autre à mi-profondeur et le dernier au fond. Mais, en général, on se contente de celui de surface – là où flotte le cadavre –, sinon il faut des plongeurs et ça complique tout.

— Cela dans le but de comparer les diatomées des

différents échantillons d'eau du lac à celles présentes dans les tissus du cadavre.

— Exactement, il faut comparer. Note que la présence de diatomées dans les tissus humains est possible même en dehors de toute noyade, car certaines d'entre elles sont contenues dans l'air que nous respirons ou les aliments que nous avalons. Donc, pour confirmer une noyade à tel endroit, il faut au moins vingt diatomées communes entre les échantillons d'eau prélevée et les analyses des tissus de la victime.

Il poussa une feuille vers Lucie.

— Le rapport de Martelle stipule qu'il n'y avait aucune diatomée commune. La victime n'était pas morte dans ce lac, et elle n'avait pas été noyée.

— Un corps que l'on a tué ailleurs, et que l'on a déplacé.

— Pas tout à fait. Accroche-toi, il y a encore carrément plus étrange.

Il se lécha l'index et tourna les pages du rapport. Lucie remarqua qu'il en profitait pour regarder sa montre. Il était 22 h 05. Sa femme devait l'attendre, ses enfants devaient être couchés, et Madonna devait chauffer le public.

— Il y avait de l'eau dans les voies intestinales du sujet. On en trouve toujours après un séjour de plusieurs heures en immersion d'un sujet mort. Elle pénètre naturellement par les narines ou la bouche, tombe dans le circuit intestinal et y reste. Là encore, en comparant les diatomées des échantillons du lac avec celles présentes dans l'eau des intestins, devine ?

— Pas de points communs ?

— Les eaux ont dû se mélanger, les diatomées ont dû voyager, donc il y en avait quelques-unes de communes, forcément. Mais pas suffisamment en tout cas. L'eau présente dans le corps de la victime ne venait pas du lac. Mon confrère a alors demandé une analyse poussée de cette eau. Les caractéristiques et les différentes concentrations en éléments chimiques, le chlore et le strontium notamment, ne trompent pas : il s'agissait d'eau de robinet, entrée en la victime après sa mort, et de façon naturelle.

Lucie se lissa les cheveux vers l'arrière d'un geste nerveux. Il était tard, la journée avait déjà été éprouvante, et cet effort cérébral supplémentaire lui coûtait.

— Tu es donc en train de me dire qu'elle n'a pas été noyée, qu'elle a passé un séjour immergée dans de l'eau du robinet, morte, avant qu'on la jette ensuite dans le lac ?

— Exactement.

— C'est hallucinant. Est-ce qu'on connaît la véritable cause de la mort ?

— C'est l'empoisonnement. Les toxicologues du labo ont fait preuve de flair, parce que c'est le genre d'empoisonnement très difficile à détecter. Les analyses approfondies ont révélé la présence d'une quantité critique de sulfure d'hydrogène dans ses tissus. Pour être exact... 1,47 microgramme dans le foie et 0,67 microgramme dans les poumons.

— Le sulfure d'hydrogène, c'est le gaz qui sent l'œuf pourri ?

— Et que refoulent parfois les égouts ou les fosses septiques, oui. Il résulte de la décomposition de la matière organique par les bactéries. On le trouve aussi à proximité des volcans. C'est sans aucun doute ce qui l'a tuée. En faible quantité, ce gaz peut provoquer des pertes de connaissance, et entraîne la mort en cas de trop forte inhalation.

— C'est à n'y rien comprendre.

Chénaix se mit à ranger son bureau tranquillement. Crayons dans les pots, feuillets empilés dans un coin. Derrière lui trônait une grande armoire avec des revues et des livres médicaux.

— Et justement, ils n'ont rien compris, les enquêteurs de Grenoble. J'ai déjà eu à traiter des morts accidentelles par le sulfure d'hydrogène, celles d'égoutiers de Paris notamment. Tout cela pour te dire qu'il n'y a pas forcément d'acte criminel derrière un empoisonnement au sulfure d'hydrogène. Sauf que là...

— Oui ?

— Mon confrère m'a expliqué que le scénario s'était reproduit l'hiver d'après, en 2002. Une autre femme, trouvée dans le lac d'Annecy, toujours la région Rhône-Alpes. Elle habitait Thônes, à vingt bornes de là. Mêmes conclusions. Le sulfure d'hydrogène, l'eau du robinet. Ici, les concentrations étaient un peu moindres – 1,27 et 0,41 – mais mortelles tout de même. La piste criminelle ne laissait cette fois plus aucun doute.

Lucie sentit l'adrénaline monter, elle avait l'impression que l'affaire prenait encore une dimension supplémentaire. 2001, 2002 : ça collait avec les dates des journaux de Christophe Gamblin.

— Un tueur en série ?

— À ce que j'en sais, il n'y a eu que deux meurtres, j'ignore si l'on peut parler de tueur en série. Enfin, tu es mieux placée que moi pour savoir. Mais en tout cas, les modes opératoires étaient les mêmes. Les enquêteurs ont trituré le scénario dans tous les sens. Pour eux, les victimes sont mortes par inhalation de sulfure d'hydrogène, mais ils ignorent comment ça s'est passé. Aucune fuite de ce gaz, aucun accident suite à des inhalations malencontreuses n'a été signalé dans la région. Il s'agissait, selon eux, de sulfure d'hydrogène fabriqué chimiquement.

— Un tueur chimiste...

Quelqu'un passa dans le couloir, derrière eux. Chénaix adressa un petit signe de la main à l'un de ses confrères, qui prenait à l'évidence ses quartiers pour la nuit.

— Peut-être, oui. Ils estiment ensuite que les deux corps sans vie ont été placés dans une baignoire remplie d'eau ou un contenant suffisamment volumineux pour que l'eau du robinet puisse pénétrer par les orifices naturels et s'écouler dans les intestins. Ensuite seulement, les corps ont été transportés dans les lacs. Quelqu'un les a déplacés et a cherché à maquiller l'origine de la mort.

— Ça n'a pas de sens. Pourquoi plonger un corps mort, empoisonné, dans une baignoire ?

— C'est toi l'enquêtrice. Pour en finir, vu l'état du premier cadavre, le délai entre la mort et la découverte du corps a été estimé à une dizaine d'heures. *Idem* pour le second corps. En tout cas, il n'y a eu ni suspects ni interpellés. Juste quelques pistes.

— Lesquelles ?

— Luc Martelle est comme moi, il aime fouiner. À l'époque, cette histoire l'intriguait, alors il s'est intéressé au dossier criminel.

Il ouvrit un tiroir et en sortit un paquet de feuilles, qu'il agita devant lui.

— Et devine ?

— Ne me dis pas que...
— Si, les copies des éléments principaux de l'affaire, issus directement du SRPJ de Grenoble. Je pensais que Franck allait venir, et je savais qu'il s'y intéresserait. Tu peux l'embarquer avec les deux rapports d'autopsie.
— T'es génial.
— Je ne sais pas si c'est un cadeau, ce que je te fais là, mais bon. À noter que Christophe Gamblin a tenté de se procurer ces dossiers, mais le légiste ne les lui a pas donnés. Il s'est alors rendu au SRPJ de Grenoble. En théorie, il n'y a pas eu accès, mais on sait comment ça fonctionne. À coup sûr, il a eu les infos qu'il cherchait. Il faudra vérifier.

Dans un sourire, il se releva et enfila sa doudoune bleu marine, qui était accrochée au portemanteau. Il prit également une petite mallette en cuir et des dossiers sous le bras.

— Tu n'oublieras pas de déposer les échantillons à la toxico. Ils les attendent.

Il fit tinter ses clés en signe d'empressement. Lucie finit par se lever, elle aussi, emportant les échantillons, les différents rapports, et sortit de la pièce. Chénaix ferma à clé derrière elle. Tous deux saluèrent le veilleur de nuit, Lucie le remercia de nouveau pour le *donut* au chocolat.

Une fois dehors, Paul Chénaix boutonna sa doudoune jusqu'au cou, serra sa capuche sur ses cheveux humides et creusa le tapis de neige de la pointe des pieds. La tempête avait forci, les flocons chutaient dans un sens, puis dans l'autre, emportés par les bourrasques.

— C'est que ça tient bien, cette saleté. Je ne suis pas rentré... T'es en voiture ?

Lucie tourna la tête vers sa 206.

— Oui, mais j'aurais mieux fait de prendre le métro. Retourner sur L'Haÿ-les-Roses ne va pas être une partie de plaisir. Sans oublier ces échantillons à déposer.

Chénaix déclencha l'ouverture automatique des portes de sa berline. De petites lumières illuminèrent brièvement la nuit.

— À la prochaine.

— N'oublie pas qu'on doit encore se voir, pour Franck.

— Franck ? Ah oui, c'est vrai. Appelle-moi, on ira se boire un coup, un de ces soirs.

Il disparut en marchant prudemment. Lucie fonça vers son propre véhicule et s'y enferma. Elle mit le contact, tourna le chauffage à fond et resta là quelques minutes, face à l'IML, la tête pleine d'interrogations. Elle pensait au tueur des montagnes. Elle imagina un homme, debout, contemplant les cadavres de ces femmes mortes, immergées dans une baignoire. Ce même homme, qui brave ensuite un froid polaire pour aller jeter les corps dans un lac. Tous les assassins ont des mobiles, des raisons d'agir. Quel était le sien ?

Lucie soupira. Une affaire inexpliquée datant de dix ans. Une journaliste d'investigation qui ne donne pas signe de vie et dont l'appartement est retourné. Un autre qui déterre le dossier de ces fausses noyades et meurt assassiné au fond d'un congélateur. Un gamin errant traumatisé. Quel était le lien entre tous ces faits ?

Lucie considéra les journaux des années 2000, disposés sur le siège passager, sous les échantillons. Il y avait les deux autres éditions, celles de la région PACA. Et si le tueur avait continué à agir là-bas ? Et s'il y avait quatre, cinq, dix victimes ?

Sur quoi Gamblin avait-il mis le doigt pour qu'on le fasse souffrir à ce point et pour qu'on lui inflige de telles tortures ?

Tandis que le chauffage tournait, Lucie ne put s'empêcher de jeter un œil au contenu des rapports de police de Grenoble.

Après des mois d'investigation, des conclusions saillantes avaient été tirées. Les deux victimes étaient brunes, yeux noisette, élancées, une trentaine d'années. Et skieuses. Les enquêteurs grenoblois avaient trouvé un autre point commun : elles étaient toutes deux des habituées de la station de ski de Grand Revard, proche d'Aix-les-Bains. L'une d'entre elles habitait à cinquante kilomètres d'Aix – un bled du nom de Cessieu –, et l'autre, bien qu'habitant Annecy, était coutumière de l'hôtel Le Chanzy, à Aix-les-Bains.

Les flics avaient cherché dans tous les coins, parmi les saisonniers, les touristes, les restaurateurs, sans jamais coincer l'assassin. Cependant, ils avaient eu la forte intuition que les victimes, qui vivaient dans la région, avaient été enlevées à leur domicile. Notamment la seconde. Une lampe de chevet avait été retrouvée brisée au pied du lit, dans sa chambre. Pourtant, aucune porte ni fenêtre n'avait été fracturée. L'assassin s'était-il procuré la clé ? Connaissait-il la victime ?

Lucie fit un rapide bilan de sa lecture en diagonale. Des femmes au physique proche. Des enlèvements probables à domicile, avec des habitations non forcées. Une station de ski commune, où les victimes, vivant pas très loin de là, se rendaient depuis des années. Un assassin qui déposait les corps dans des lacs proches du lieu d'habitation de ses proies.

Un type du coin, songea-t-elle, *qui avait assurément croisé ces filles. Et qui savait où et comment les retrouver.*

Elle regarda l'heure et passa un petit coup de fil à sa mère, histoire de donner quelques nouvelles et de savoir si son ex-labrador Klark allait bien. Il était tard, mais Marie Henebelle ne se couchait jamais avant minuit. Après une petite discussion, Lucie promit de remonter dans le Nord pour les fêtes de fin d'année.

Puis elle démarra et roula au pas, direction le quai de l'Horloge.

Il y avait une drôle d'odeur dans la voiture.

Elle renifla et comprit qu'elle portait encore sur elle l'odeur rance du cadavre de Christophe Gamblin.

11

Le repas du soir était servi lorsque Lucie rentra, aux alentours de 23 h 30. L'odeur des tagliatelles au saumon flottait agréablement dans les pièces du grand appartement de Sharko. La flic posa sa paperasse, son téléphone portable, et remarqua immédiatement le dossier Hurault – photos, PV, témoignages, rapports d'enquête – sur la table basse du salon. Avec le temps, toutes les feuilles s'étaient cornées, tant elles avaient été lues, manipulées, retournées jusqu'à ce que Sharko s'endorme dessus. Lucie le pensait sevré de cette histoire qui resterait sans doute sans réponses, comme dix pour cent des dossiers de la Crim'. Alors pourquoi l'avoir ressorti maintenant, alors qu'une nouvelle affaire leur tombait dessus ?

Dans un soupir, elle ôta ses chaussures, accrocha son *holster* à côté de celui de son équipier et s'avança. Franck se tenait dans la cuisine. Il avait troqué son costume contre un jean, un sweat sans marque et une paire de charentaises. Ils s'embrassèrent brièvement. Lucie s'affala sur une chaise, le pied droit entre ses deux mains.

— Quelle journée, bon sang !

— Sale journée pour tout le monde, j'ai l'impression.

Sharko avait allumé son antique radio, c'étaient les informations.

— On dirait que la course à la conquête spatiale est relancée, fit le commissaire dans un soupir. Ce gars, Vostochov, il parle de Jupiter à présent. Qu'est-ce que des hommes vont aller foutre à un endroit où les vents soufflent à des milliers de kilomètres par heure ? Sans oublier qu'il faudrait minimum douze ans de voyage, aller et retour. C'est moi qui suis trop terre à terre, ou c'est du délire ?

Il servit les tagliatelles. Lucie abandonna son massage de cheville et se rua sur son assiette.

— Jupiter ou pas, moi j'ai faim. J'ai toujours faim. Les femmes enceintes ont cette faim-là. Je devrais peut-être refaire un test de grossesse.

Sharko soupira.

— Lucie... Tu ne vas pas en faire un tous les quinze jours.

— Je sais, je sais. Mais ils ont beau être de plus en plus perfectionnés, ces engins, quand tu lis bien la notice, il y a toujours un pourcentage d'incertitude, même infime. Ou alors, je devrais faire une prise de sang.

Sharko roulait lentement les tagliatelles autour de sa fourchette. Il n'avait pas faim, lui. Il prit son inspiration, coupa la radio et lâcha, d'un coup :

— Que répondrais-tu si je te disais : « On plaque tout, là, maintenant, et on part un an, tous les deux » ? Je ne sais pas, la Martinique, la Guadeloupe, ou Mars, pourquoi pas ? On aurait tout le temps pour faire un bébé là-bas. On serait bien.

Lucie écarquilla les yeux.

— Tu plaisantes, là ?

— Je suis on ne peut plus sérieux. On se prend une année sabbatique, ou on lâche tout, définitivement. Il faudra bien faire quelque chose de mon argent, tôt ou tard.

Depuis le décès de sa femme et de sa fille, Sharko avait ses comptes en banque pleins à craquer, ce qui ne l'empêchait pas d'user ses canapés ou son immonde Renault 25 jusqu'au bout. Lucie avala ses pâtes en silence, l'esprit confus. D'ordinaire, ils étaient tous les deux sur la même longueur d'onde, et quand l'un proposait quelque chose, l'autre suivait presque immédiatement. Aujourd'hui, c'était différent. La proposition de Franck était aussi soudaine qu'aberrante.

— Qu'est-ce qu'il y a, Franck ?

Il reposa sa fourchette dans une grimace. Décidément, il se sentait incapable d'avaler quoi que ce soit.

— C'est... ce gamin, à l'hôpital.

— Raconte-moi.

— Il semblait gravement malade. Le cœur, les reins, les yeux. Quelqu'un l'a retenu de force.

Lucie but un grand verre d'eau. Sharko lui montra la photo du tatouage, prise avec son téléphone portable.

— On l'a tatoué sur la poitrine, numéroté, comme un animal. Regarde... Il avait des marques de chaîne à l'un de ses poignets, on l'avait enfermé. Je la sens mal, cette enquête. Tout ça, ce n'est peut-être plus pour nous, tu comprends ?

Lucie se leva et vint l'enlacer par-derrière, le menton sur son épaule gauche.

— Et tu crois qu'on a le droit de l'abandonner, ce gamin ?

— Personne ne l'abandonne. On ne pourra pas sauver tous les enfants de la planète. Il faudra bien que tout s'arrête, un jour ou l'autre.

— La rupture viendra naturellement, avec notre futur bébé. Attendons encore un peu avant de lever le pied. J'ai besoin d'être active, de bouger, pour ne pas ruminer. Les journées passent tellement vite. Le soir, je rentre, je suis claquée. C'est bien, ça évite de trop réfléchir. Une île, les palmiers ? Je ne sais pas. Je crois que j'aurais l'impression d'étouffer. Et de penser à elles... Toujours.

Ils n'avaient pas fini leur repas mais n'éprouvaient aucune envie de traîner à table, ce soir. Il était presque minuit, de toute façon. Lucie débarrassa. Par la même occasion, elle mit en route la bouilloire.

— Tu as déjà eu le vertige ? Savoir que tu vas crever de peur, et pourtant t'approcher encore plus du vide ? J'ai toujours fait ça, quand j'étais gamine et qu'on partait à la montagne. Je détestais et j'adorais. J'ai ressenti exactement la même chose avec ce qui s'est passé aujourd'hui, ça ne m'était plus arrivé depuis longtemps. C'est ce qui m'a poussée à accepter d'assister à l'autopsie. À ton avis, c'est bon signe ou mauvais signe ?

Sharko ne répondit pas. Il n'y eut plus que le tintement des assiettes dans le lave-vaisselle. Le flic serra les lèvres, il ne profita même pas de cet instant de calme, de confidences, pour tout avouer : sa stérilité, les prises de sang, le message dans la salle des fêtes. Il avait tellement peur de la perdre, de se retrouver seul, comme avant, à regarder tourner ses trains miniatures. Lucie lui servit une infusion à la menthe, et elle s'en réserva une au citron. Elle le regarda dans les yeux :

— Je crois que Christophe Gamblin, notre spécialiste des faits divers, enquêtait sur une série.

— Une série, répéta-t-il mécaniquement.

Au fond de lui-même, il était résigné, car Lucie ne lâcherait pas l'affaire. Elle n'avait jamais rien lâché, de toute façon. Il essaya de mettre un peu d'ordre dans sa vieille caboche, de chasser de son esprit les photos de la salle des fêtes de Pleubian, pour écouter ce qu'elle avait à lui dire.

Tout en lui expliquant ses découvertes de la journée, Lucie l'entraîna dans le salon, tasse à la main. Elle posa le dossier de Frédéric Hurault sur le canapé et étala les quatre journaux de *La Grande Tribune* ainsi que celui du *Figaro* sur la table.

— Au fait, pourquoi t'as ressorti le dossier Hurault ?

Après une hésitation, Sharko répondit :

— À cause du môme de l'hôpital. Les mauvais souvenirs, tout ça... J'en ai profité pour jeter un œil dans les tiroirs, tout à l'heure. T'as touché à mes vieux albums de photos et à mes cassettes vidéo huit millimètres ?

— Tes vidéos huit millimètres ? Tes photos ? Pourquoi j'aurais fait une chose pareille ? Tu n'as même plus l'appareil pour les lire, tes vidéos. Depuis quand tu n'y as plus touché, hein ?

— Justement. Je les range toujours de la même façon, et ça avait bougé.

Lucie haussa les épaules et ne lui laissa plus le temps de se poser des questions. Elle lui tendit le journal de 2002, ouvert à la bonne page.

— On ferait mieux de se concentrer sur notre affaire. Jette un œil en bas. J'ai entouré.

Sharko la fixa encore quelques secondes, s'empara

de l'édition de *La Grande Tribune* et se mit à lire à voix haute.

— « *13 janvier 2002.*

C'est par une matinée aux températures glaciales que le corps sans vie d'Hélène Leroy, trente-quatre ans, a été retrouvé dans le lac d'Annecy, il y a deux jours. La jeune femme habitait Thônes, à vingt kilomètres de là, et tenait une boutique de souvenirs. La police refuse pour le moment de communiquer sur les circonstances de la mort, mais la noyade accidentelle semble peu plausible, étant donné que la voiture de la victime a été retrouvée devant son domicile. Comment se serait-elle rendue au lac ? Aurait-elle été enlevée, puis noyée ? Faut-il voir un rapport avec l'affaire de février 2001, il y a un peu moins d'un an, où Véronique Parmentier avait été retrouvée dans des conditions similaires dans le lac de Paladru ? Le mystère reste, pour le moment, entier.

Olivier T. »

Il reposa le journal sur la table basse et parcourut rapidement le premier fait divers que Lucie avait lu devant l'IML, celui de 2001. Dans la foulée, la flic lui relata les explications du légiste. L'eau de robinet dans les intestins, le transport du corps empoisonné au sulfure d'hydrogène vers le lac. Après lecture, Sharko hocha le menton vers les deux éditions de la région PACA.

— Et tu crois que Christophe Gamblin était sur les traces d'un tueur en série qui aurait agi dans deux régions voisines ?

— Ça reste à vérifier, mais j'en ai l'impression. Il n'y a peut-être pas eu de croisement d'informations entre la police des deux régions. Les crimes sont étalés dans le temps, les modes opératoires étaient sans doute légèrement différents. Possible qu'ils n'aient pas pensé à rechercher le sulfure d'hydrogène dans l'organisme. Et, à l'époque, les recoupements informatiques n'étaient pas encore au top.

Elle regarda sa montre :
— On se fixe une limite ?
— 1 heure du mat. Aucun débordement possible.
— OK. 1 heure du mat.

Lucie poussa l'édition du *Figaro* vers Sharko et récupéra les autres journaux.

— Je vais prendre une douche rapide et me mettre en pyjama. Fouine dans *Le Figaro*. Il n'a rien à voir avec le reste et Valérie Duprès n'a jamais bossé pour ce canard, Robillard a vérifié. Il était dans une collection d'articles qu'elle avait rédigés et planqués sous son lit. Sa petite collection privée, si tu veux. J'ignore ce qu'il faut chercher, mais il doit y avoir quelque chose à trouver. Au fait, je suis tombée sur ça à l'intérieur, page 2. C'était sur un Post-it.

Elle lui en tendit la photocopie.

— *654 gauche, 323 droite, 145 gauche*, lut Sharko. On dirait la combinaison d'un coffre à molette.

— C'est ce que j'ai pensé. Mais lequel ? On n'en a trouvé ni chez elle ni chez Christophe Gamblin.

Elle se dressa pour se rendre dans la salle de bains, mais Sharko lui attrapa le poignet et la tira à lui.

— Attends...

Il l'embrassa tendrement. Lucie ne s'abandonna pas totalement, Sharko sentait une tension, quelque chose de noueux au fond d'elle. Alors, quand elle se recula et qu'il aurait suffi d'un geste pour l'attirer de nouveau à lui, il la laissa partir.

Il se mit au travail, parcourant avec attention les articles du *Figaro*. Il finit par s'atteler plus précisément aux faits divers. Lucie revint quinze minutes plus tard. Ses longs cheveux humides et blonds tombaient entre ses omoplates. Elle sentait bon, occupait l'espace à la perfection, elle était sa petite star à lui. Sharko la regarda avec envie, et il dut redoubler de concentration pour poursuivre son travail. À deux, à la lueur d'un halogène n'éclairant pas trop fort, ils ne s'embrassèrent pas, ne regardèrent pas la télé ou ne pensèrent pas à leur avenir. Ils sombrèrent plutôt dans les ténèbres.

Ce fut Lucie qui réagit la première. D'un feutre noir, elle entoura un article au beau milieu des pages des faits divers de *La Grande Tribune*, les sourcils froncés.

— J'en tiens un.

— Un autre décès ?

— Pas un décès, mais quelque chose qui pourrait bien coller. Regarde ça, c'est assez stupéfiant.

Sharko posa *Le Figaro*, parcourut l'article dans *La Grande Tribune* et, après lecture, se frotta le menton, interloqué. Lucie lui avait arraché des mains la quatrième et dernière édition du canard, celle de 2004, région PACA. Le papier bruissait entre ses doigts, ses yeux couraient de colonne en colonne. À présent qu'elle savait où et quoi chercher, elle mit moins de cinq minutes pour tomber sur le bon article, qu'elle entoura d'un grand cercle. Sharko et elle se comprirent alors d'un regard : Christophe Gamblin avait mis le doigt sur quelque chose de tout aussi effroyable qu'incompréhensible.

— Et je tiens le quatrième, dit Lucie. Celui-là s'est

passé le 21 janvier 2004, au lac d'Embrun, Hautes-Alpes, en région Provence-Alpes-Côte d'Azur. Je t'évite le bla-bla d'introduction, mais écoute ça :

« *Suite à un appel signalant une noyade au nord du lac, l'équipe médicale du Samu d'Embrun intervient sur-le-champ et arrive sur place quelques minutes plus tard. Le corps flotte proche de la berge, inanimé. Rapidement extrait d'une eau à 3° C, Lise Lambert, 35 ans, originaire de la ville, est sans vie : le cœur ne bat plus, les pupilles sont dilatées et ne présentent plus aucun réflexe. Au lieu de déclarer la mort, le docteur Philippe Fontès demande à ce qu'on réchauffe lentement le corps, sans prodiguer le moindre massage cardiaque, ce qui aurait eu pour conséquence, sur un corps si glacé, de provoquer une mort certaine en cas de réanimation temporaire. Alors, l'impossible se produit : sans la moindre intervention, le cœur de Lise commence à montrer quelques signes épars d'activité électrique. La jeune femme est actuellement en rééducation au centre hospitalier de Gap, où ses jours ne sont plus en danger...* » Et blablabla, le journaliste, un certain Alexandre Savin, vante les mérites du médecin qui est intervenu. Il est même en photo.

Sharko essaya de tirer un rapide bilan de leurs découvertes.

— Celui de 2003 est à peu près semblable. Toujours la région PACA, mais dans le département des Alpes-de-Haute-Provence, cette fois. Lac de Volonne, le 9 février. *Idem*. Amandine Perloix, 33 ans, recueillie dans une eau quasi gelée. Quelqu'un appelle le Samu, le corps est découvert sans vie, puis miraculeusement réanimé. C'est un autre journaliste qui a rédigé l'article.

Le regard de Lucie bondissait d'un article à l'autre. Sharko voyait l'excitation qui brûlait au fond de ses yeux. Il aimait aussi cette femme-là, la prédatrice à l'affût, différente de la Lucie des moments tendres. C'était sur cet aspect de sa personnalité qu'il avait flashé la toute première fois.

— Qu'est-ce qu'on a précisément ? demanda-t-elle.

2001, 2002, des cadavres en région Rhône-Alpes. Des femmes du coin – des skieuses de la station de Grand Revard – enlevées à leur domicile, empoisonnées au sulfure d'hydrogène, transportées et retrouvées mortes dans des lacs. 2003, 2004, d'autres femmes qui réchappent de justesse à la mort, dans la région voisine. Personne ne semble avoir fait le lien entre ces faits divers.

— Changement de région, de département... Les journalistes n'étaient pas les mêmes. Les enquêteurs de Grenoble n'ont pas dû avoir vent de ces cas de réanimation assez incroyables, puisqu'il ne s'agissait pas de meurtres.

Sharko se leva et partit chercher son gros atlas routier au fond d'une armoire. Il trouva rapidement les bonnes cartes et marqua les endroits caractéristiques au crayon de bois. Ceux où avaient été découvertes les femmes : Chavarines, Annecy, Volonne, Embrun. Il mit ensuite en évidence les lieux où les femmes habitaient : Cessieu, Thônes, Digne-les-Bains, Embrun.

— Plus de cent kilomètres séparent les villes les plus éloignées. Des victimes retrouvées dans les lacs les plus proches de leur lieu d'habitation.

Il entoura également Aix-les-Bains, là où deux d'entre elles, au minimum, avaient skié.

— On reste dans les montagnes, mais ça paraît

malgré tout complètement décousu. Y a-t-il seulement un lien entre ces deux affaires de meurtres et celles des réanimations ?

— Évidemment, qu'il y a un lien. Premièrement, Gamblin avait rassemblé ces journaux, et il est mort. Deuxièmement, il y a un tas de points communs : le froid extrême, les eaux presque gelées, les lacs. Des femmes, chaque fois âgées d'une trentaine d'années. Relis les deux derniers faits divers. On parle d'un appel du Samu qui permet de sauver la victime *in extremis*. Mais qui a appelé ? Aucune précision.

— Aucune précision non plus sur la façon dont ces survivantes se sont retrouvées dans l'eau. Ont-elles glissé ? Les a-t-on poussées ? Ont-elles, elles aussi, été enlevées chez elles ? Et comment ont-elles pu réchapper à la noyade ? Normalement, tu respires l'eau et tu meurs parce que tu es inondé de l'intérieur, non ?

Sharko se leva. Il se mit à aller et venir, les yeux au sol. Il claqua alors des doigts.

— Tu as raison, tout est bien lié. Il y a une autre chose fondamentale, à laquelle on n'a pas pensé. Où est mort Christophe Gamblin ?

Lucie répondit, après quelques secondes de silence :

— Dans un congélateur. Le froid extrême, encore une fois. L'eau, la glace. Comme un symbole.

Sharko acquiesça avec conviction.

— Le tueur sadique regarde sa victime se congeler lentement, tout comme on peut regarder une femme flotter dans un lac et se faire prendre progressivement par les eaux glaciales. Tout de suite, ça me fait penser à une hypothèse.

— C'est l'auteur des deux meurtres, et peut-être

également l'auteur des appels au Samu, qui a tué Gamblin.

— Oui, ça reste une supposition, mais c'est plausible.

Lucie sentait que Sharko se laissait prendre au jeu. Ses yeux étaient de nouveau grands ouverts, son regard volait d'un journal à l'autre.

— On a quatre affaires, mais s'il y en avait eu d'autres, ailleurs, dans les montagnes ? Des femmes mortes, ou des miraculées ? Et si notre tueur était toujours en activité ? Le journaliste a remué cette vieille affaire, il s'est peut-être déplacé sur les lieux.

— On sait qu'il est au moins allé à l'IML et au SRPJ de Grenoble.

— Exact. D'une façon ou d'une autre, il voulait remonter au responsable de ces « noyades ».

— Et surtout, le responsable des noyades est au courant. Alors il élimine le journaliste.

Ils se turent, secoués par leurs découvertes. Après être allé se servir une autre tisane, Sharko revint s'asseoir aux côtés de Lucie et lui passa la main dans les cheveux. Il la caressa amoureusement.

— Pour le moment, on n'a aucune réponse. On ne sait pas ce que l'enfant de l'hôpital ou Valérie Duprès viennent faire là-dedans. On ignore où se trouve la journaliste d'investigation, sur quoi elle enquêtait, et si elle est morte. Mais, au moins, dès demain matin, on sait où chercher.

— On retrouve dans un premier temps ces deux femmes revenues de l'au-delà. Et on les interroge.

Sharko acquiesça dans un sourire et devint plus entreprenant. Lucie le serra contre lui, l'embrassa dans le cou et se détacha délicatement.

— J'en ai autant envie que toi, mais on ne peut pas ce soir, souffla-t-elle. Regarde le calendrier, la fenêtre s'ouvre dans deux jours, samedi soir. Il faut que... que tes petites bestioles soient le plus en forme possible, pour qu'on ait toutes nos chances.

Elle se pencha vers l'avant, s'empara des dossiers du SRPJ de Grenoble et regarda sa montre.

— Je jette un œil là-dedans, histoire de m'imprégner de l'affaire de l'époque. Il n'est pas encore 1 heure. Tu peux aller te coucher, si tu veux.

Sharko la regarda avec tendresse, déçu. Il se leva avec regret et prit le dossier Hurault.

— Si tu changes d'avis... je serai réveillé.

Au moment où il s'éloignait dans le couloir, Lucie l'interpella.

— Hé, Franck ? On va l'avoir notre enfant ! Je te jure qu'on va l'avoir, coûte que coûte.

12

Sharko se réveilla en apnée.

Nul n'est immortel. Une âme, à la vie, à la mort. Là-bas, elle t'attend.

Il n'était sûr de rien. Une intuition, juste une intuition capable de le réveiller en pleine nuit et de tremper son corps de sueur.

En silence, il se leva et alluma une veilleuse. 2 h 19 du matin. Lucie dormait profondément, recroquevillée sur le côté et serrant un oreiller contre elle. Le dossier Hurault était au sol, avec quelques feuilles éparpillées. À pas de chat, il choisit des vêtements chauds et des grosses bottines de marche dans le dressing. Puis il éteignit et, après un rapide passage dans la salle de bains, se dirigea dans la cuisine, où il rédigea un petit mot.

« *Avec toute cette histoire de noyades, je n'arrive plus à dormir, suis parti un peu plus tôt au bureau. À tout à l'heure, je t'aime.* »

Il disposa le papier au milieu de la table, en évidence. Sans bruit, il s'empara de son Sig Sauer et se chaussa dans le fauteuil du salon. Il vit le journal du *Figaro*, ouvert, mais rien de noté ni d'entouré. Apparemment, Lucie s'était couchée très tard et n'avait rien trouvé, elle non plus. Puis, bonnet noir sur la tête, il quitta l'appartement, verrouillant la porte d'entrée avec son double des clés. Ascenseur, sous-sol. Sharko n'osait croire à ce qu'il était en train de faire, et pourtant...

Dix minutes plus tard, il roulait sur l'A6, direction Melun, à une cinquantaine de kilomètres de là. Il avait enfin cessé de neiger. Des gyrophares orange trouaient la nuit par intermittence. Les saleuses, déjà à l'ouvrage, crachaient leurs tonnes de cristaux sur l'asphalte. Le ciel était d'un noir de Chine, les étoiles et la lune vomissaient leur lumière malade, lissant les reliefs d'une couche de givre. Sharko serra les mains sur son volant. Sa nuque était lourde. Chaque lampadaire qui défilait créait un flash douloureux dans sa tête.

Octobre 2002. Cette même route, la nuit. La rage, la colère, la peur me poussent vers un sadique qui torture et assassine des femmes. Un monstre traqué, identifié, qui retient Suzanne depuis plus de six mois. Je ne dors plus, ne vis plus, je ne suis plus qu'une ombre de violence. Seules l'adrénaline et la haine me permettent de garder les yeux ouverts. Ce soir-là, je m'apprête à affronter un tueur de la pire espèce. On l'a surnommé l'Ange rouge. Un monstre, qui met une ancienne pièce de cinq centimes dans la bouche de ses victimes, après les avoir assassinées avec une cruauté sans limites.

Presque dix ans, déjà, et tout était encore à vif. Le temps n'avait rien effacé, il avait juste poli les angles pour rendre le présent plus supportable. On ne se remet jamais de la disparition des êtres chers, on vit juste sans eux en espérant combler les vides. Sharko aimait Lucie, plus que tout au monde. Mais il l'aimait aussi parce que Suzanne n'était plus là.

N7, D607, D82... Personne pour sortir dans ces conditions à une heure pareille, la banlieue dormait. Dans la lueur de ses phares, agonisaient juste ces bourrelets de neige, de plus en plus présents à mesure que la taille des routes diminuait. Puis apparurent les premiers arbres de la forêt de Bréviande. Des chênes et des frênes dénudés, enchevêtrés comme des tessons de verre. Sharko n'était plus jamais revenu dans cet endroit maudit, pourtant, il se rappelait parfaitement la route. La mémoire gardait souvent le pire.

Au cœur de cette nuit glaciale s'élevait une drôle de clarté. La neige, la lune, les tons gris argenté de la réverbération révélaient des courbes insoupçonnées. Le véhicule bringuebala d'interminables minutes sur une voie cabossée. Après un ou deux kilomètres, Sharko ne put aller plus loin et dut descendre. Comme la dernière fois.

Arme au poing, je m'approche des grands marécages. La cabane se dresse au milieu d'une île envahie de fougères et de hauts arbres. De la lumière filtre par les lames des volets fermés et se répand en douceur sur une barque accolée à la berge, de l'autre côté. L'Ange rouge est là-dedans, enfermé avec Suzanne. Je n'ai pas le choix. Je vais devoir traverser à la nage l'eau croupissante et froide, un fluide chargé de lentilles, de nénuphars et de bois mort.

Franck tomba à plusieurs reprises, surpris par les

trous et les racines dissimulés sous la croûte de neige. Sa vieille Maglite – elle devait avoir une quinzaine d'années – éclairait une armée de troncs tous semblables. Qu'est-ce qu'il fichait là, en pleine nuit, sur un chemin qu'il ne voyait même plus ? C'était de la folie. Et s'il se plantait complètement de direction ? Où étaient ces fichus marécages ? Et la cabane du tueur en série qu'il avait abattu de sang-froid ? Dix ans après, elle devait être saccagée ou même détruite. Peut-être n'existait-elle simplement plus.

Le froid le saisissait à la gorge, aux pieds. Ses poumons lui semblaient geler de l'intérieur à chaque respiration. La forêt ne voulait pas de lui.

Il ne remarqua nulle autre trace de pas. Personne n'était venu ici depuis les premières chutes de neige. Il reprit son souffle quelques secondes, les mains sur les genoux. Autour, le bois craquait, des gerbes de flocons se décrochaient des branches et s'écrasaient comme des colombes mortes. Pas d'animaux, le temps paraissait figé. Il hésita franchement à rebrousser chemin quand il crut bien apercevoir la forme de la cabane. Son cœur pompa un gros coup et Sharko fut soudain traversé par un flux de chaleur. Il se mit à courir, en déséquilibre permanent, les gants au ras de la neige.

Le petit chalet était toujours là, au milieu de son île noire. Sans plus réfléchir, Sharko se précipita sur la barque qui l'attendait, au bord du marais. Elle avait l'air neuve, et il y avait même les rames. Il avait l'impression de s'enfoncer dans un piège, mais ne put se résigner à faire demi-tour. Il ôta la corde reliée autour d'un tronc et s'assit dans l'embarcation, après avoir chassé la neige sur le côté.

Une âme, à la vie, à la mort. Là-bas, elle t'at-

tend. Cette partie du message était si claire à présent. L'âme de Suzanne était née à Pleubian. Et même si son épouse n'était pas physiquement morte au bord de ces marécages, son esprit, lui, l'avait été, dévoré par la folie et le sadisme d'un diable.

Trempé et frigorifié, je découvre l'horreur la plus brute lorsque je pénètre dans la cabane. Ma femme Suzanne, celle que je recherche sans relâche depuis plus de six mois, celle que, tant de fois, j'ai crue morte, est attachée en croix sur une table, nue, les yeux bandés et le ventre rond de notre future petite Éloïse. On l'a torturée. Elle hurle lorsque je lui ôte le bandeau. Elle ne me reconnaît pas. Je m'effondre, en pleurs, devant cette image abominable, lorsque le tueur surgit et me braque.
Un seul de nous deux survivra...

Le flic n'en pouvait plus de manœuvrer dans ce froid, sa gorge sifflait et l'air humide le suppliciait. L'âge pesait sur ses muscles et ses os, mais il ramait toujours plus, toujours plus vite, en dépit de la douleur. Il se demanda comment il aurait fait sans la barque. Aurait-il eu le courage de traverser l'eau presque gelée à la nage, comme il y a si longtemps ? C'était irréaliste d'être ici, dans ces marécages bleutés par le froid, ça avait des allures de cauchemar éveillé. Pourtant, les contours de la cabane se précisèrent bien trop pour qu'il s'agisse juste d'un rêve. La sommaire habitation avait vieilli, le verni se décrochait du bois, mais elle avait encore l'exacte image que Sharko en avait gardée. Personne ne s'était occupé de cette cabane maudite, on l'avait laissée là, à l'abandon, en attendant que le temps fasse son travail et gomme l'inavouable.

Le flic accosta du mieux qu'il put et, lampe et arme au poing, sauta sur la berge d'un blanc uniforme, vierge là aussi de toute empreinte. Le décor était magnifique, presque dessiné au fusain. L'eau, prise à certains endroits par la glace, palpitait sous de petits rubans de brume. Malgré tout, Sharko avait mal au ventre, au cœur. Les flashes continuaient à taper sous son crâne. Aucune des cellules de son fichu organisme ne voulait entrer là-dedans. C'était rouvrir les portes du passé et affronter de nouveau l'horreur d'heures qu'il avait tant cherché à oublier.

La porte n'avait plus de poignée.

Il entra prudemment, l'arme braquée devant lui.

Suzanne ligotée. La table ensanglantée. Les odeurs de sueur, de larmes et de souffrance. Le ventre en forme d'œuf.

De son mince faisceau, Sharko scruta la pièce centrale et l'autre pièce minuscule, en enfilade. Personne. Ni cadavre ni carnage. Les nerfs à vif, haletant comme une bête traquée, il observa les murs. Pas de messages en lettres de sang, pas d'indication, cette fois. Il respira un bon coup. Était-il possible qu'il se soit trompé ? Qu'il n'y ait rien à découvrir ? Il pensa à Lucie qui dormait, seule dans l'appartement, fragile et vulnérable.

— Qu'est-ce que je fiche ici ?

Il se demanda, une fraction de seconde, s'il n'était pas redevenu schizophrène. Ça avait commencé de cette façon, avec des visions, des délires de paranoïaque. On pouvait ne jamais guérir de ces trucs-là, avaient dit les psys.

Sous ses pieds, le plancher craquait, certaines lattes étaient rongées, trouées. Les vitres des fenêtres étaient toutes brisées, sans exception. Ne restaient plus que des squelettes de meubles, un vieux fauteuil défoncé, aux ressorts rouillés et jaillissant. Au sol, des traces de pas, partout dans la poussière. Des gens avaient dû venir ici, durant toutes ces années, pour voir à quoi pouvait ressembler l'antre d'un tueur en série. Envie de sensation et d'hémoglobine. Cette histoire avait été tellement médiatisée.

Tendu, il chercha encore, sans grand espoir. Son faisceau se posa soudain contre une surface lisse, accolée à une paroi. Il s'approcha, les yeux plissés, et s'agenouilla.

Une glacière.

Toute neuve.

Sur laquelle était scotchée une feuille de papier. Dessus, juste une phrase : « *Lorsque résonne le 20e coup, le danger semble momentanément écarté. 48°53'51 N.* »

Franck se frotta le menton un long moment. Un autre message, une nouvelle énigme… Il ne s'était pas trompé de rendez-vous. Ses mains tremblaient parce qu'il imaginait le pire. Il pouvait y avoir n'importe quoi, là-dedans. Il songea à un film connu, à son horrible fin, lorsque le héros reçoit un carton d'un livreur, au milieu du désert, avec l'impensable à l'intérieur.

Il posa une main à plat sur le côté en plastique dur, glacé. Il se releva et se mit à aller et venir, le regard rivé vers cette boîte hermétique. Le nombre inscrit sur le papier semblait indiquer la première partie de coordonnées GPS. Quant au début du message, il ne saisissait absolument pas sa signification. *Lorsque résonne le 20ᵉ coup...* Parlait-il d'une horloge ?

Que faire ? Et si le compartiment lui explosait à la figure ? Après de longues interrogations, il revint se positionner face à la glacière. Il plaça ses mains gantées de chaque côté, retint son souffle et souleva lentement le couvercle, l'arme juste à ses côtés, au cas où.

La glacière était remplie de pains de glace et de glaçons.

Il passa sa langue sur ses lèvres. Que lui réservait l'esprit tordu qui signait ses messages avec son sang ? Ce taré pouvait être n'importe quel quidam ayant été au courant des faits, à l'époque. Un lecteur de journal, un spectateur de télévision, quelqu'un qui avait décidé de s'acharner sur un flic, pour une raison débile. Sharko poussa la feuille et vida la glacière progressivement, jusqu'à tomber sur un tube de verre. Ou, plus précisément, une éprouvette bouchonnée. Il la leva devant lui, orienta le faisceau de sa lampe vers son maigre contenu.

À l'intérieur, c'était blanchâtre et épais.

Nul doute possible. Il s'agissait de sperme.

13

9 heures tapantes.
L'équipe du groupe Bellanger était réunie au grand complet dans son *open space*. Porte fermée, gobelets de café dans les mains, mines moins fraîches que la veille. Sharko était appuyé contre le mur du fond, proche de la fenêtre qui donnait sur une capitale toute blanche. Lointaines, ses envies d'îles et de sable blond.... En ce moment, c'était plutôt l'enfer sous son crâne. Évidemment, il pensait au sordide contenu dissimulé au fond de son coffre, à quelques pas du 36. La glacière, le tube de sperme, ses vêtements trempés qu'il avait laissés bien cachés, de façon à ce que Lucie ne tombe pas dessus en faisant la lessive. Il était rentré à l'appartement à 5 h 10 du matin. Sa compagne n'avait rien vu, rien entendu. Il avait chiffonné le mot à son intention et l'avait caché dans la poubelle. À 7 h 45, il avait appelé discrètement le laboratoire d'analyses médicales où il subissait ses examens, pour s'assurer qu'il n'y avait eu ni vol ni cambriolage. Cinq minutes avant la réunion, il avait contacté le commissariat de Bourg-la-Reine, au sujet de l'agression de l'infirmier. Piste complètement vierge.

Peut-être faisait-il la pire bêtise de sa carrière en agissant en solo, peut-être aurait-il dû alerter les flics pour qu'ils investissent la cabane et fassent les relevés nécessaires. Mais peu importaient les remords et les états d'âme. Il avait fait son choix et, désormais, il était trop tard.

Il porta ses yeux vers Lucie, assise à sa place, sirotant son deuxième café de la matinée. Il les observait, elle, Bellanger. Ils pourraient former un si joli couple. Rien, dans leurs regards, ne trahissait une quelconque relation. Devenait-il complètement parano ? Il pensa à la façon dont il était retourné dans le lit, ce matin. Comme un mari infidèle. Avait-il le droit de lui cacher une telle vérité ? Plus le temps passait, plus il avait l'impression de s'enfoncer dans le mensonge. À qui appartenait ce maudit échantillon de sperme ? À quoi rimait ce début de coordonnées GPS, ce message incompréhensible, avec cette histoire de 20e coup ?

Placé devant un tableau, prêt à prendre des notes, Nicolas Bellanger réclama l'attention du groupe. On voyait qu'il avait peu dormi. Yeux lourds, mal rasé : l'enquête entamait son travail d'érosion. Il exposa les grandes lignes de leurs investigations puis demanda un point complet de l'état des recherches à chaque enquêteur. Le lieutenant Levallois attaqua et fit part de ses découvertes : aidé de collègues d'une autre équipe, il avait mené l'enquête de proximité concernant la victime trouvée dans le congélateur. Interrogation des voisins, de certains amis, de membres de sa famille.

— Christophe Gamblin ne semblait pas avoir de soucis particuliers, aux dires de ses proches. Un bosseur, qui aimait les virées entre amis, le cinéma et consommer de l'alcool modérément. Il lui arrivait de sortir avec une femme de temps en temps, mais c'était sans lendemain. Gamblin revendiquait son célibat. Au travail, rien de bien flagrant ces derniers temps. J'ai jeté un œil sur les articles qu'on a reçus par mail, il bossait sur des faits divers comme il en traitait tant. Quoi d'autre ? Hmm… Ah oui, il était aussi adepte de nouvelles technologies. IPhone, iPad, Internet. Il communiquait souvent avec ses connaissances par Skype, la téléphonie sur Internet, MSN et Facebook. Un quarantenaire à la pointe, pour ainsi dire.

— Tu as pu creuser la relation entre lui et Valérie Duprès, notre journaliste d'investigation ?

— Un peu, oui. Ils n'étaient pas en couple mais étaient quasiment toujours ensemble, dès qu'ils le pouvaient. Sorties, loisirs, réveillon du nouvel an… Mais depuis six ou sept mois, Valérie Duprès s'est montrée beaucoup moins présente. Plus personne, dans le groupe d'amis, ne la voyait. Selon leurs dires, Christophe Gamblin restait mystérieux dès qu'on l'interrogeait sur elle. Tous savaient globalement que la journaliste d'investigation préparait un livre, mais sans davantage d'informations. Duprès n'était pas une exubérante, plutôt renfermée et ultra-méfiante, même.

— On a des infos sur ce fameux livre ?

— Pas grand-chose de mon côté, faute de temps. Sujet mystérieux, ça, c'est sûr. Duprès avait peut-être peur qu'on ne lui pique son idée ? Une chose est certaine : elle avait traité des sujets délicats par le passé, savait dissimuler son identité et se protéger. Certains de ses proches étaient au courant pour les fausses cartes d'identité. Véronique Darcin existe réellement, elle habite vraiment Rouen et a le même âge que

Duprès. Elle n'est strictement pas au courant qu'on usurpe parfois son identité.

— On n'a trouvé aucune trace de ce projet de livre chez elle, compléta Lucie. Ni documentation ni notes. Ou elle a tout embarqué, ou c'est le cambrioleur qui l'a fait.

— Moi j'ai des trucs, intervint Pascal Robillard.

Il se racla la gorge. Son sac de musculation était derrière lui, dans un coin.

— Je me suis concentré sur ses comptes en banque. Si on recoupe avec ses demandes de visas pour l'étranger, ça donne des choses intéressantes.

Il trifouilla dans la montagne de paperasse où s'agglutinaient des Post-it de couleurs différentes. Des lignes étaient stabilotées en fluorescent. Lucie s'était toujours demandé comment il parvenait à se retrouver dans de tels labyrinthes administratifs.

— Je dois encore creuser dans ces centaines de données, mais je suis allé au plus évident : grosses dépenses, transactions à l'étranger… J'ai des traces de retraits d'argent, de réservations d'avion, de factures d'hôtel ou de locations de voiture à Lima et La Oroya, au Pérou, en avril 2011. Puis à Pékin et Linfen en Chine, en juin. Elle finit aux États-Unis, avec Richland, dans l'État de Washington, et à Albuquerque, Nouveau-Mexique, sa dernière grande destination flagrante qui remonte à fin septembre 2011. Globalement, ses séjours dans chaque pays semblent durer entre deux et trois semaines.

Bellanger résuma les informations dans le coin d'un tableau blanc.

— Rapport avec son livre, sans aucun doute. T'as eu le temps d'approfondir ?

— Pas encore. Jamais entendu parler de ces villes, j'ignore ce qu'on peut y trouver, mais je m'y pencherai bientôt. Sinon, depuis septembre, pas d'autre voyage, apparemment. Elle avait pourtant un visa valable pour l'Inde, pour le mois de novembre, mais elle n'y est pas allée, semble-t-il.

— Ce qui se serait passé pendant ou après son voyage aux États-Unis l'aurait détournée de ses plans initiaux ?

Robillard haussa les épaules.

— Toutes les hypothèses sont plausibles. J'ai encore un truc intrigant : ces derniers temps, Duprès ne semblait plus fonctionner qu'avec du liquide. Le dernier gros retrait est de trois mille euros, distributeur du 18e arrondissement, il date du 4 décembre. Elle s'était donc mise en mode sous-marin et ne voulait plus laisser aucune trace. Ça prouve bien qu'elle était sur du lourd.

Bellanger prenait des notes au marqueur noir, empilant les informations importantes.

— 4 décembre, retrait trois mille euros... OK... Et après ?

Robillard pinça un relevé de compte devant lui. Il avait stabiloté « décembre 2011 » en haut.

— Plus rien. Ce papier est tout frais de sa banque. Le dernier mouvement bancaire remonte à ce retrait. Ensuite, le néant.

Les collègues se regardèrent en silence, comprenant ce que cette phrase en suspens signifiait. Bellanger revint à son spécialiste en analyse et croisement de données.

— Et la téléphonie ?

— La téléphonie, la téléphonie. Hmm... Encore

énormément de travail de ce côté-là, tout est presque à faire. En attendant, mauvaise nouvelle : les puces dépackées de Duprès sont mortes à cause de l'eau, on ne peut rien en tirer. Elle a donc pu passer tous les appels du monde en utilisant ses téléphones jetables, on ne le saura jamais. La journaliste a rendu son portable professionnel en début d'année, lors de sa prise de congé sabbatique. Autrement dit, depuis ce temps, elle est un fantôme au niveau de la téléphonie mobile.

— Comment ses proches ou ses amis la contactaient ? Comment elle et Gamblin communiquaient-ils, dans ce cas ?

— Sur sa ligne fixe, je suppose. Ou sans aucun doute par la téléphonie sur Internet, comme Skype. C'est pratique, gratuit, et ça ne laisse aucune trace. Avec un peu de chance, elle aura donné les numéros de téléphone de ses puces dépackées à des proches, ce qui nous permettrait ensuite d'obtenir tous les appels de ces téléphones auprès des opérateurs.

Froissement de feuilles.

— Du côté de notre victime du congélateur, je n'ai pas eu le temps d'avancer. Gamblin est abonné SFR, j'ai fait une requête pour obtenir des infos plus précises sur ses communications. J'ai réussi à noter quelques numéros récurrents dans ses dernières factures, à vérifier en priorité. Certainement des proches ou des amis, en espérant que l'un des numéros fantômes de Duprès soit dedans.

— Des appels vers l'étranger ?

— Comme ça, au premier abord, non. Bref, vous l'aurez compris, la tâche n'est pas simple. Il y en a pour des plombes à tout éplucher, contacter les propriétaires des numéros et les interroger. Trop pour un seul homme.

C'était davantage une requête qu'un constat. Nicolas Bellanger avait compris où il voulait en venir et acquiesça.

— Très bien, je vais demander du renfort de ce côté-là. Lancer des avis de recherche, mettre l'OCDIP[1] dans le circuit. On devrait récupérer un ou deux gus pour t'aider.

— Super, ce n'est pas de refus.

Le chef de groupe considéra ses notes et revint vers ses enquêteurs.

— Bon... Franck, Lucie, on fait un point ?

Les deux flics partagèrent à leur tour leurs découvertes. L'enfant inconnu de l'hôpital, mal en point, le bilan de l'autopsie et cette affaire mystérieuse jaillissant de quatre journaux d'archives. Lucie exposa leur supposition commune : la possibilité qu'un individu ayant tué au moins deux femmes et tenté d'en noyer deux autres, entre huit et onze ans plus tôt, s'en soit pris à Christophe Gamblin.

— Un tueur en série, souffla Bellanger. Manquait plus que ça.

Il considéra de nouveau les remarques qui s'accumulaient sur le tableau, puis sa montre.

— Le temps passe trop vite. Si on devait tirer un premier bilan de tout ce fouillis, qu'est-ce qu'on raconterait ?

Lucie se lança la première.

— Les deux journalistes enquêtaient chacun sur quelque chose de sérieux. Gamblin sur de curieux

---

1. Office central pour la disparition inquiétante de personnes.

simulacres de noyades, et Duprès sur... je n'en sais rien. L'un d'entre eux est mort, et l'autre a disparu. Si on se passe du facteur coïncidence et qu'on tient compte de la relation d'amitié entre les deux journalistes, le bon sens nous dirait que les deux affaires sont liées.

— Deux affaires avec un môme entre les deux, ajouta Sharko. Un môme dont on sait qu'il a été en contact avec Valérie Duprès, et dont on ignore tout, si ce n'est qu'il est sérieusement malade.

— Et un tueur sadique qui semble remonté des profondeurs d'un lac, précisa Bellanger.

Après une vingtaine de minutes, le chef de groupe libéra finalement son équipe. Chacun connaissait exactement ses tâches de la journée : Robillard continuerait à éplucher les données informatiques des deux protagonistes principaux, Levallois gérerait le déroulement des enquêtes de proximité, Lucie s'était auto-affectée à la recherche et à l'interrogation des deux miraculées des années 2000, puis à la mise en relation avec le SRPJ de Grenoble. Quant à Sharko, il insista pour rester sur place : il descendrait au quai de l'Horloge pour voir si les recherches de toxiques et de traces ADN éventuelles progressaient.

Tous se mirent à l'ouvrage, bien conscients qu'ils n'étaient pas au bout de leurs peines.

14

Lise Lambert, Embrun...

Lucie avait sans peine réussi à récupérer l'adresse et le numéro de ligne fixe de la femme retrouvée dans le lac en janvier 2004 et ramenée à la vie. Lorsqu'elle avait composé le numéro de téléphone, quelqu'un avait répondu : une vieille dame, qui lui avait signalé que Lise Lambert lui avait vendu sa maison en 2008 et qu'elle était partie vivre du côté de Paris. Avec un peu d'insistance, Lucie était parvenue à lui raviver la mémoire et à lui faire prononcer approximativement le nom de la ville concernée, Rueil-Malmaison. Une recherche dans les Pages jaunes sur Internet lui avait délivré l'adresse exacte de Lise Lambert.

Elle salua Sharko, installé à son ordinateur, et quitta le bureau dans l'heure. À l'entrée de la cour du 36, quelques flics regardaient d'un air amusé des ouvriers de la mairie qui fixaient un nouveau panneau « 36, quai des Orfèvres ». On le dérobait de temps en temps, et celui qui avait réalisé le coup, cette fois, avait fait fort, déjouant la caméra de surveillance.

Lucie rejoignit sa petite 206 garée dans un coin. Franck et elle prenaient de temps en temps chacun leur voiture, ce qui leur laissait davantage de liberté de mouvement et évitait de quémander l'une des Renault, Bravia ou Golf de fonction, souvent trop peu nombreuses.

Après une heure de trajet – les routes étaient globalement toutes praticables –, elle arriva à bon port. Lise Lambert habitait un petit pavillon mitoyen qui ne payait pas de mine : étroite façade en crépi, toiture à refaire. Lucie trouva porte close. Une voisine lui indiqua que la propriétaire travaillait dans une grande jardinerie, le long de la nationale 13, à la sortie de la ville.

Lucie se sentit nerveuse lorsqu'elle se trouva en face de Lise Lambert, une grande femme brune, la quarantaine épanouie, les yeux noisette clair comme une grotte d'ambre. Elle fit très vite le rapprochement avec le profil des deux victimes retrouvées noyées.

L'employée était emmitouflée dans un gros gilet vert à l'enseigne du magasin, portait des mitaines vertes, elles aussi, et était occupée à référencer quantité de sacs de terreau et de sable dans la réserve glaciale de la jardinerie. Lucie l'interpella et se présenta : lieutenant de police à la Criminelle de Paris. Lambert cessa toute activité, interloquée.

— J'aimerais vous poser quelques questions au sujet d'une affaire que nous menons actuellement, fit Lucie.

— Très bien, mais je ne vois pas en quoi je peux vous aider.

Hâtivement, Lucie ôta ses gants, fouilla dans sa poche et lui montra une copie de la photo où Christophe Gamblin et Valérie Duprès posaient ensemble.

— Tout d'abord, connaissez-vous l'un de ces deux individus ?

— Oui. J'ai déjà vu l'homme. Il est venu il y a environ dix jours.

Lucie rempocha son cliché, satisfaite. Après sa fouille dans les archives de *La Grande Tribune* et son déplacement à Grenoble, Christophe Gamblin était logiquement venu ici.

— Que voulait-il ?

— Me parler de... Mais que se passe-t-il, au fait ?

— Nous l'avons découvert assassiné, et l'autre, son amie, a disparu.

L'employée posa son appareil à codes-barres d'un geste un peu fébrile. Lucie avait toujours constaté que l'annonce d'un meurtre, quel qu'il soit, sonnait les gens. Elle poursuivit calmement :

— Donc ?

— Il menait une enquête sur l'hypothermie. Il voulait juste connaître les circonstances d'un accident que j'ai eu en 2004. Alors, je lui ai expliqué.

Un article sur l'hypothermie... Exactement le prétexte qu'il avait sorti au légiste grenoblois. Nul doute que Christophe Gamblin avait menti et caché le véritable objet de sa visite. Lucie fit comme si de rien n'était et poursuivit ses investigations :

— Votre sauvetage miraculeux dans le lac gelé ? Racontez-moi comment ça s'est passé.

Son visage resta un instant figé, piégé dans une expression que Lucie interpréta comme une profonde angoisse. Elle se dirigea vers la porte de la réserve et la referma, avant de revenir vers son interlocutrice. Il gelait dans cette salle qui donnait directement sur les serres. La flic croisa les bras pour se réchauffer.

— Un sauvetage miraculeux, oui. Je reviens de loin. Huit ans, déjà. Ce que le temps passe vite.

Elle sortit un mouchoir et essuya le bout de son nez qui gouttait.

— Je vais vous répéter ce que je lui ai dit, au journaliste. Quand je me suis réveillée à l'hôpital, cette fameuse nuit-là, je n'ai rien compris à ce qui m'était arrivé. Le médecin m'a annoncé qu'on m'avait repêchée au bord du lac d'Embrun, et que j'ai été physiquement morte durant au moins dix minutes. Dix minutes pendant lesquelles mon cœur s'est arrêté de battre. C'était effroyable d'entendre une chose pareille. Vous dire que vous n'étiez plus de ce monde, que vous aviez franchi *la* frontière.

Elle releva ses yeux noisette et s'arrangea pour toucher le bois d'une palette. Une superstitieuse, estima Lucie. Mais comment ne pas l'être ou le devenir après ce qu'elle avait traversé ?

— La mort… je n'en ai aucun souvenir.

Elle haussa les épaules.

— Pas de tunnel, pas de lumière blanche, pas de décorporation ou je ne sais quoi. Juste du noir. Le noir le plus profond et effroyable que l'on puisse connaître. D'après le médecin, je n'aurais jamais dû y réchapper. Mais il y a eu un concours de circonstances qui a fait que j'ai survécu.

— Quelles circonstances ?

L'employée arrondit sa bouche et souffla un petit rond de condensation.

— La première, le froid. Lorsque je suis tombée dans l'eau, le choc thermique a été tel que mon organisme s'est naturellement mis en veille. Le sang a immédiatement quitté la périphérie pour se concentrer sur les organes nobles, comme le cœur, le cerveau, les poumons. Dans certains cas qu'on n'explique pas encore, il se passe un phénomène qui plonge quasi instantanément l'organisme en hibernation. Au fur et à mesure que la température du corps décroît, les cellules se mettent à consommer de moins en moins d'oxygène. Le cœur freine progressivement ses battements cardiaques, jusqu'à l'arrêt définitif parfois, et le cerveau fonctionne au ralenti sur ses réserves, ce qui évite qu'il se dégrade. Je vous récite là ce qu'on m'a expliqué.

Malgré ses doigts gelés, Lucie essayait de prendre quelques notes.

— Vous avez parlé de plusieurs circonstances.

— Oui. La deuxième est relativement incompréhensible. Normalement, un ultime réflexe aurait dû me pousser à respirer dans l'eau. C'est humain, on ne peut l'éviter et c'est ainsi que l'on se noie. Mes voies respiratoires se seraient alors remplies de liquide, et j'aurais été morte asphyxiée. Or, je ne me suis pas noyée. Ce qui signifie que j'étais forcément en apnée inconsciente. Cela se produit si on tombe dans l'eau alors qu'on est assommé, par exemple.

— On vous a agressée ?

— Les médecins n'ont trouvé aucune plaie, aucun hématome.

— Droguée ?

— Les analyses sanguines n'ont rien révélé.

Elle secoua la tête, les yeux dans le vague.

— Je sais, c'est incompréhensible, et c'est pourtant ainsi que ça s'est passé. Troisième et dernière circonstance : cet appel téléphonique. D'après le Samu, il a eu lieu à 23 h 07, précisément. Ils m'ont sortie de l'eau à 23 h 15. J'ignore à quelle heure exacte je suis tombée dans le lac mais, sans ce coup de fil, il est fort probable que je ne serais pas ici à vous parler.

— On connaît son auteur ?

— On ne l'a jamais retrouvé. On sait juste qu'il a appelé depuis une cabine située à une cinquantaine de mètres du lac. Vraiment à côté de l'endroit où l'on m'a repêchée.

Lucie réfléchissait à toute vitesse.

— C'était la seule cabine téléphonique du coin ?

— La seule, oui.

— Pourquoi votre sauveur par téléphone n'est-il pas intervenu de lui-même ?

— Pas sûre que quelqu'un sauterait dans une eau gelée. Au téléphone, la voix masculine a juste dit : « Dépêchez-vous, quelqu'un est en train de se noyer dans le lac. » Le Samu avait enregistré l'appel. Quand je l'ai écouté, une fois rétablie, ça m'a fait bizarre. Parce que l'homme parlait de moi. C'était moi qui me noyais. S'il m'avait agressée ou poussée dans l'eau, pourquoi aurait-il ensuite appelé les secours ?

Lucie nota les circonstances, les horaires. Cette histoire lui paraissait complètement folle.

— J'ai le sentiment que vous ne vous rappelez pas les causes de votre immersion, dit Lucie. Comment vous êtes-vous retrouvée au bord de ce lac ? Quel est votre dernier souvenir ?

Lise Lambert ôta ses mitaines et les posa délicatement l'une sur l'autre, proche de l'ordinateur.

— Le journaliste m'a aussi demandé ça. Je vous répète ce que je lui ai dit : j'étais devant la télé, avec mon chien. Entre ce moment-là et celui où je me suis réveillée à l'hôpital, c'est le grand trou noir.

Les médecins ont dit que l'amnésie était probablement conséquente à cet état de veille qui s'est installé durant l'immersion. La baisse drastique de la consommation d'oxygène aurait empêché les ultimes souvenirs de se fixer dans le cerveau. J'ai dû oublier les quelques heures précédant l'accident, tout simplement.

Elle regarda sa montre, faisant preuve désormais d'une légère impatience.

— 11 h 30... Je reprends à 12 h 15 aux caisses du magasin. J'ai tout juste le temps de déjeuner. Voilà, *grosso modo*, tout ce que je peux vous raconter. Et tout ce que je lui ai raconté, au journaliste.

Lucie n'avait pas envie d'arrêter là. Elle ne bougea pas d'un iota.

— Attendez. Vous étiez chez vous, devant la télé. Comment, à votre avis, vous êtes-vous retrouvée dans ce lac ?

— Il m'arrivait de me promener avec mon chien au bord du lac, même l'hiver et le soir. C'est peut-être ce qui s'est passé. J'ai sans doute glissé, je me suis alors cognée sans que ça laisse de marque. J'avais les cheveux longs à l'époque et...

— Votre chien a été retrouvé errant ?

Elle haussa les épaules.

— Il était devant la maison, en tout cas. Des gens sont entrés et sortis de chez moi après l'accident, cette nuit-là. Mes parents surtout, afin de récupérer des effets personnels pour mon séjour à l'hôpital.

— Et cet individu de la cabine téléphonique ? Vous vous êtes forcément posé des questions ? Avez-vous des souvenirs d'un inconnu ? Quelqu'un qui vous aurait abordée quelques jours auparavant ? Rien de remarquable que vous auriez à me signaler ? C'est très important.

Elle secoua la tête.

— Le journaliste, vous à présent... Qu'est-ce que vous avez à me demander ça ? Je vous ai dit : je ne me souviens pas.

Lucie tapotait nerveusement son carnet avec son stylo. Elle n'avait rien appris de fondamental, tout au plus une version améliorée du fait divers qu'elle avait lu. Elle joua l'une de ses dernières cartes :

— Il y en a eu d'autres, fit-elle.

— De quoi parlez-vous ?

— Des victimes. D'abord une autre femme, à Volonne, près de Digne-les-Bains dans les Hautes-Alpes, un an avant vous. Mêmes circonstances : la chute dans le lac gelé, l'appel anonyme au Samu, le retour miraculeux de l'au-delà. Aussi deux autres femmes, trentaine d'années, des brunes aux yeux noisette, retrouvées vraiment mortes cette fois, en 2001 et 2002. Enlevées à leur domicile, apparemment. Empoisonnées chez elles, puis déposées dans les eaux glaciales d'un lac, pas loin de leur habitation encore une fois.

L'employée de la jardinerie fixa Lucie de longues secondes, se mordant les lèvres.

— Vous le saviez, c'est ça ? fit Lucie.

La femme remonta la fermeture Éclair de son blouson dans un claquement sec.

— Venez avec moi au snack. Comme je l'ai fait pour ce journaliste, il faut que je vous raconte mes cauchemars.

15

Juste après la réunion, Sharko, planqué derrière son ordinateur, avait surfé sur le Net, tandis que Lucie était partie chez Lise Lambert et que chacun vaquait à ses tâches.

Au bout d'un moment, il nota une adresse sur un Post-it qu'il fourra dans sa poche, puis il imprima des formulaires issus du site sur lequel il naviguait. Il les roula discrètement dans la poche intérieure de sa veste. Quelques minutes plus tard, il passait par le secrétariat, où il récupéra une enveloppe à bulles, et se rendit aux laboratoires de la police scientifique sur le quai de l'Horloge, à une centaine de mètres du 36.

Il fit le tour des différents départements, afin de voir où les techniciens en étaient. Le service d'analyse graphologique avait confirmé que le papier trouvé dans la poche du gamin avait bien été écrit par Valérie Duprès. Les traces papillaires relevées chez Gamblin n'avaient, pour le moment, rien donné de probant (elles appartenaient à la victime), de même que les analyses toxicologiques résultant de l'autopsie. Quant à l'ADN, on était toujours en train d'explorer les vêtements de

Gamblin, à la recherche de la moindre trace. Ce travail de fourmi prenait toujours du temps.

Finalement, Sharko se rendit dans la section « Documents et traces ». Il connaissait le technicien responsable, Yannick Hubert, le salua et lui présenta une pochette plastifiée qui contenait la feuille trouvée sur la glacière.

— Tu peux faire quelque chose à partir de ça ? Je ne sais pas, trouver le type de colle, ou le genre d'imprimante. Et, au fait, c'est personnel.

Le spécialiste acquiesça et promit d'y jeter un œil au plus vite.

Sharko sortit des laboratoires, donc, sans réelle nouvelle piste, mais avec un kit complet de prélèvement de salive et des gants en latex dans la poche. Il regagna sa voiture, mit le contact et démarra. Il regardait partout : dans son rétro, sur les scooters, il détaillait les passants. Le taré était peut-être là, parmi eux.

S'assurant que personne ne le suivait, il partit se garer au dernier niveau du parking souterrain à proximité du boulevard du Palais, bien à l'abri des caméras de surveillance. Il récupéra l'échantillon de sperme dans la glacière et s'enferma dans l'habitacle de son véhicule. Rapidement, il enfila les gants, ouvrit l'enveloppe stérile contenant deux écouvillons buccaux et plongea ces derniers dans le liquide séminal, de façon à bien les en imprégner. Puis il les enferma dans la première enveloppe spécialement adaptée, qu'il mit ensuite dans l'enveloppe à bulles.

D'ordinaire, la PJ travaillait avec le laboratoire d'État d'analyses de la police scientifique de Paris, ou parfois avec un laboratoire privé de Nantes, selon les affaires et l'engorgement des demandes. Sharko aurait pu trouver le moyen de faire partir son prélèvement de sperme avec ceux d'autres enquêtes, mais c'était bien trop risqué. Tout était verrouillé, il fallait des justificatifs chaque fois, sans oublier les problèmes de facturation. Non, il y avait plus simple et moins dangereux : passer par les laboratoires d'analyses génétiques qui foisonnaient sur Internet. Sharko avait choisi Benelbiotech, une société située en Belgique, juste à la frontière française. Il connaissait ce laboratoire de réputation. La société privée travaillait six jours sur sept et proposait un service qui fournissait un profil génétique en fonction d'un échantillon contenant suffisamment d'ADN – sperme, salive, squames de peau, poils ou cheveux avec bulbe. Anonymat garanti, réponse sous les vingt-quatre heures, par mail ou par courrier. Sharko n'aurait plus qu'à comparer le profil fourni avec le sien, enregistré dans le FNAEG.

Il glissa également, dans l'enveloppe à bulles, le formulaire imprimé qu'il avait rempli sur Internet, avec la référence (échantillon n° 2432-S), les données complètes de son inscription et son numéro de portable, où il serait informé, par SMS, de la disponibilité des résultats sur une adresse mail qu'il venait de créer. Il paierait les quatre cents euros *via* le Web dans l'après-midi.

L'enveloppe partit par Chronopost dans l'heure. Ne restait plus qu'à patienter. Le résultat devait lui parvenir le lundi suivant, dans la journée.

Bellanger lui tomba dessus au moment où il planquait l'adresse mail bidon – une succession de chiffres et de lettres immondes en @yahoo.com – dans un fichier de son ordinateur. Le chef de groupe n'était pas au mieux de sa forme.

— Très mauvaise nouvelle. Le commissariat de

Maisons-Alfort vient de m'apprendre que le môme de l'hôpital avait disparu.

— Qu'est-ce que c'est que ce cirque ?

Nicolas Bellanger s'assit en amazone sur le bureau.

— Un homme lourdement vêtu – gros blouson Bombers kaki, pantalon noir, écharpe sur le visage, bonnet et gants – a été aperçu par une infirmière dans l'un des couloirs de l'hôpital, hier, aux alentours de 22 heures. Il portait un enfant dans les bras et n'a pas hésité à agresser l'employée avant de dévaler l'escalier et de disparaître.

Sharko murmura quelques noms d'oiseaux. C'était là tout le problème des hôpitaux publics, ouverts en permanence, peu ou pas surveillés, et qui tournaient au ralenti la nuit. N'importe qui pouvait entrer, se déplacer d'étage en étage et profiter de l'inattention – ou de l'occupation – du personnel soignant pour pénétrer dans une chambre.

— On a une piste ?

— Rien pour le moment. Trémor, de Maisons-Alfort, est dessus. L'infirmière qui a reçu le coup violent au visage n'a qu'une vision floue de son agresseur et les témoignages sont quasiment inexistants. Le plan « Alerte enlèvement » vient d'être lancé avec, pour seules photos, celles de l'enfant prises par la police lors de sa découverte, la veille, ainsi que la description vestimentaire de l'individu. Autre chose : Trémor m'a aussi annoncé que les labos avaient analysé le sang sur le papier trouvé dans la poche du petit. Il appartient bien à Valérie Duprès.

— Elle était donc blessée en rédigeant le mot.

Sharko s'était reculé sur sa chaise, les yeux vers la fenêtre. Le môme allait revivre le calvaire auquel il avait réussi à échapper. Le commissaire savait pertinemment que le gamin n'aurait pas autant de chance, cette fois.

16

Lucie et Lise Lambert trouvèrent une place calme, à l'étage du *fast food*. Il était encore tôt pour le déjeuner, mais Lucie profita de l'occasion pour se commander un menu frites-cheeseburger-Coca bien diététique. Les simples odeurs de pain chaud et de viande cuite avaient suffi à lui donner faim.

En cours de route, elle en avait profité pour demander des informations sur Christophe Gamblin. Le journaliste semblait-il craindre quelque chose ? Lise Lambert ne lui avait rien appris de neuf, Gamblin avait eu un comportement normal et posé, prétextant une enquête de routine et un futur article dans son journal.

L'employée de la jardinerie déballait mécaniquement son sandwich. Des gestes qu'elle devait faire chaque jour, enfermée dans des journées qui se ressemblent toutes. Elle revint d'elle-même au sujet qui intéressait Lucie.

— Des espèces de flashes, puis des cauchemars, ont commencé trois ans après mon accident dans le lac, en 2007.

Elle soupira.

— Je voulais à tout prix m'éloigner d'Embrun, du

lac, de… de la montagne. Apprendre à vivre ici, ça a été une période difficile.

Elle entrecoupait ses phrases de longs silences. Elle braqua ses yeux noisette sur Lucie. Des yeux qui avaient vu à quoi ressemblait la mort, et qui paraissaient avoir perdu de leur éclat d'origine.

— Je me souviens encore parfaitement comment tout a commencé. C'était un jour de grande chaleur, en plein été. Ma maison était une vieille bâtisse et, cette année-là, j'ai eu un problème de sanitaires. La tuyauterie s'était bouchée, il avait fallu aller au fond du jardin où se trouvait le puisard et… excusez-moi si je vous coupe l'appétit, ce que je raconte n'est pas très…

— Ne vous inquiétez pas.

— Enfin bref, il fallait verser là-dedans de la soude industrielle que j'avais de côté pour rétablir les écoulements vers les égouts. Quand j'ai soulevé la plaque, il y avait cette odeur d'œuf pourri très forte et je… je ne sais pas comment vous expliquer. Je me rappelle être tombée dans les gravillons, pas loin de l'évanouissement. On aurait pu croire que c'était à cause de la chaleur, des odeurs, mais j'ai vu une succession d'images inédites. Des images qui m'ont martelée à l'intérieur comme si on me les incrustait de force. Depuis ce jour-là, elles se sont manifestées sous la forme de cauchemars. Des mauvais rêves que je faisais presque toutes les nuits.

Lucie reposa son cheeseburger dans lequel elle avait à peine croqué. Elle se pencha vers l'avant, tout ouïe.

— L'odeur d'œuf pourri a réveillé chez vous des souvenirs enfouis, fit-elle calmement. Comme une madeleine de Proust.

— Exactement. J'ai alors eu une certitude, une

réminiscence : j'avais senti exactement cette odeur-là le soir de ma chute dans le lac, trois ans plus tôt.

Lucie était désormais persuadée d'être sur la bonne piste. Le rapport entre les deux meurtres et les deux fausses noyades venait de lui sauter à la figure : le fameux sulfure d'hydrogène, à l'odeur si particulière.

— Ce soir-là, vous étiez dans votre canapé, avec votre chien. Vous regardiez la télé. D'où provenait cette odeur ?

— Je l'ignore. Je l'ignore vraiment. C'était autour de moi. *Dans* moi.

Lucie se rappelait les paroles du légiste concernant ce gaz. Il tuait à trop fortes doses, mais avait aussi la capacité de provoquer un évanouissement après inhalation, dans le cas de concentrations moindres. De plus, on ne le détectait pas facilement dans l'organisme, ce qui expliquait que les analyses sanguines de Lise Lambert, à l'hôpital, n'aient rien donné d'anormal. L'assassin s'en était-il servi comme une sorte d'anesthésique et pour éviter que Lise Lambert ne se noie réellement en respirant de l'eau ? Mais dans quel but ?

— Parlez-moi de vos cauchemars, de ces images qui vous harcèlent.

— C'est toujours la même scène. Il y a une musique qui tambourine. Je reconnais le générique de l'émission que je regardais, ce soir-là. Puis… une ombre danse sur les murs et au plafond dans mon salon. Une ombre qui grandit et rapetisse, une ombre qui m'effraie et tourne autour de moi. Comme une présence maléfique.

— Quelqu'un pouvait-il avoir pénétré chez vous ? Un intrus ?

— J'y ai pensé, mais c'est impossible. Je ferme toujours ma porte à clé, c'est une manie. Rien n'avait été fracturé ou dérangé. Tous les volets étaient fermés. Personne ne pouvait entrer sans la clé. Mon chien aurait au moins aboyé.

— Votre chien était peut-être hors d'état de nuire ? Et si quelqu'un la possédait, cette clé ?

— Non, non. Personne ne possédait la clé de ma maison.

— Vous l'aviez peut-être perdue auparavant ? Vous aviez des doubles ?

— Non. Et j'ai déjà dit la même chose au journaliste. Je suis catégorique.

— Très bien. Je vous en prie, continuez.

Elle grattait la table machinalement. Lucie sentait que c'était difficile pour elle d'en parler.

— Ensuite, c'est flou, comme dans n'importe quel cauchemar. Je passe du salon à « ailleurs ». J'ai l'impression de flotter quelque part, dans le noir, et de voir deux yeux géants clignoter devant moi, régulièrement. Deux grands yeux rectangulaires qui m'envoient de la lumière en pleine figure toutes les cinq secondes. Mon corps se pose, je suis allongée sur quelque chose de doux, de dense. Des draps, je crois... Des dizaines et des dizaines de grands draps blancs, comme des linceuls qui m'enveloppent. J'ai l'impression d'être morte, qu'on m'enterre. Ça gronde sous moi, autour de moi, un bruit indéfini, métallique, agressif, jusqu'à ce que tout s'arrête. Puis je vois une énorme cascade d'eau me tomber dessus. Elle a l'air de dévaler du ciel noir, me submerge. J'agonise, je me sens mourir. Et je...

Ses doigts s'étaient à présent rétractés autour de son gobelet en carton. Elle secoua la tête.

— Voilà... Fin du cauchemar. Chaque fois, je me

réveillais dans mon lit avec l'impression d'étouffer, le souffle coupé et tout en sueur. C'était horrible, et heureusement qu'ils ne me hantent plus.

Elle se frotta les mains l'une contre l'autre. Lucie essayait de comprendre le sens de son cauchemar, en vain. Elle termina d'écrire et décida de changer d'orientation.

— La station de ski de Grand Revard, ça vous dit quelque chose ?

La jeune femme mit un peu de temps à répondre.

— Oui, bien sûr. Je... J'y suis allée plusieurs fois avant d'arrêter définitivement le ski, un an avant ma noyade dans le lac.

Lucie griffonna de nouveau sur son carnet. Elle tenait quelque chose de bien concret, cette fois, et avait la quasi-certitude que c'était là-bas que l'assassin, d'une façon ou d'une autre, s'était procuré les clés des maisons de ses victimes.

— Et vous logiez à l'hôtel je suppose ? Lequel ?
— C'étaient Les Barmes.
— Jamais Le Chanzy ?
— Non, non. Les Barmes. J'en suis sûre.

Lucie nota le nom, déçue. Pas de point commun avec les autres victimes de ce côté-là. La flic réfléchit et posa d'autres questions sur les séjours au ski, sans rien déceler de décisif.

Elle se retrouva rapidement à court d'idées, avec l'impression que Lambert ne lui apprendrait plus rien de neuf. Mais elle ne voulait pas repartir sur une défaite, elle ne pouvait pas lâcher la piste. Pas maintenant.

Le mot *piste* résonna dans sa tête et lui fit tenter une dernière question.

— Vous m'avez dit avoir arrêté définitivement le ski. Pourquoi ? À cause de quelque chose ? De quelqu'un ?

Lambert remonta la manche de son pull, dévoilant une grande cicatrice.

— Je me suis cassé le coude en dévalant une piste noire à Grand Revard. J'ai eu la peur de ma vie. Depuis ce temps-là, impossible de mettre les pieds sur des skis.

Lucie se redressa, aux abois. Un tilt, dans sa tête.

— Suite à cet accident, on a dû vous emmener à une clinique, un hôpital ?

— Oui. Centre hospitalier... hmm... Les Adrets, je crois, à Chambéry.

Lucie entoura le nom sur son carnet. Elle se remémora les cartes de l'atlas routier : Chambéry se situait juste sous Aix-les-Bains, en plein cœur du cercle d'action du tueur. Elle se redressa et sortit son téléphone portable.

— Christophe Gamblin vous avait posé cette question-là ?

— Non, je ne me rappelle pas.

— Je reviens.

À l'extérieur, elle passa un coup de fil à Chénaix. Ils échangèrent quelques mots, et Lucie lui expliqua les raisons de son appel :

— J'en reviens aux deux victimes du lac. Tu sais, ces rapports faxés par le SRPJ de Grenoble ?

— Je n'allais pas tarder à t'appeler à ce sujet, j'ai une nouvelle. Mais vas-y, toi d'abord. Ça avance de ton côté ?

— Je crois, oui. Je n'ai malheureusement pas les rapports d'autopsie sous les yeux, mais peux-tu me dire rapidement si nos skieuses assassinées présentaient des fractures quelconques ? Le genre de blessures que l'on peut se faire au ski ?

— Attends deux secondes...

Lucie perçut un froissement de feuilles. Elle allait, venait, frigorifiée, devant le *fast food*.

— J'ai, oui... Alors, clavicule pour l'une, et tibia pour l'autre. Enfin, ce sont les blessures les plus remarquables. Il y en a de nombreuses autres et...

— Les flics auraient-ils pu passer à côté de la piste d'un hôpital où elles seraient allées toutes les deux ?
Un silence.

— Évidemment. Tous les skieurs font des chutes, aussi bons soient-ils. Et vu la recalcification des os, mon confrère a estimé l'apparition de ces fractures à un an avant la date du décès pour l'une, et encore plus longtemps pour l'autre. Bref, rien qui puisse faire clignoter une lumière rouge chez nos collègues grenoblois, je pense. Les rapports d'autopsie comportent plus de soixante pages et regorgent de données de ce genre. La plupart du temps, vous ne les lisez même pas, vous, les flics. Tu crois qu'il y a quelque chose à creuser là-dedans ?

— Si je crois ? J'en suis presque sûre. Tu pourrais vérifier que les deux victimes sont passées par ce centre hospitalier ? Il s'appelle Les Adrets, à Chambéry.

— Désolé, je n'ai pas plus de facilités que toi pour accéder à ce genre d'informations, ça fait partie du domaine privé, alors je passe mon tour là-dessus, mais... Attends deux secondes. Les Adrets, ça me dit quelque chose. C'est un très gros CHR ça, non ?

— Je n'en sais rien.

Lucie entendit des clics de souris.

— Oui, c'est bien ça, fit le légiste. Internet me

raconte que ce centre hospitalier est réputé depuis longtemps pour son service de chirurgie cardiaque. Pas mal d'Italiens et de Suisses franchissent les frontières pour venir s'y faire opérer. Les équipes médicales ont été parmi les précurseurs d'une technique d'opération très particulière : la cardioplégie froide.

— De quoi s'agit-il ?

— Elle consiste en l'injection d'un liquide très froid qui va provoquer l'arrêt volontaire du cœur, afin de faciliter l'intervention chirurgicale sur celui-ci. Après l'opération, on fait repartir le muscle progressivement, avec le processus inverse : on réchauffe le sang.

Ses explications médicales parlaient à Lucie. Arrêt du cœur par le froid, redémarrage du muscle par le réchauffement... La mort, la vie, le froid... De parfaites analogies avec ce qui s'était passé dans les lacs. Ça ne pouvait pas être une coïncidence. La flic avait désormais la quasi-certitude que son tueur travaillait – ou avait travaillé – dans ce centre hospitalier. Il y avait alors probablement croisé les victimes au moment de leur accident de ski. Christophe Gamblin avait-il lui aussi trouvé cette piste ?

— Un énorme merci, Paul. Tu disais que tu devais m'appeler ?

— Oui. Les analyses toxico de notre victime du congélateur viennent de revenir. Tu te souviens, toute cette eau dans son estomac et sa vessie ?

— Oui.

— Elle était salée, avec une teneur en microbes et bactéries démente. Les laborantins ont même trouvé des micro-débris de kératine, de squames de peau et des poils d'individus différents.

Lucie avait oublié le froid qui l'entourait et lui

rougissait les joues. Elle était figée, au beau milieu du parking, le téléphone collé à l'oreille.

— Des poils d'individus différents ? Qu'est-ce que ça signifie ?

— Je ne suis pas catégorique à cent pour cent, mais j'ai le sentiment qu'il pourrait s'agir d'eau bénite.

— De l'eau bénite ?

— C'est une supposition qui me paraît très légitime. Dans quel genre d'eau salée peut-on déceler des déchets organiques de différentes personnes ?

— Une fontaine, la mer ?

— Les fontaines ne sont pas salées, et l'eau de mer contient d'autres éléments. Non. Cette eau devait se trouver dans un bénitier ou un endroit où les gens trempent leurs mains. À mon avis, ton assassin l'a forcé à se gaver d'eau censée chasser le démon.

Lucie resta sans voix. Elle réfléchit un instant et demanda :

— Et dans les autres estomacs ? Les victimes du lac ? On a ce genre de...

— Je vois où tu veux en venir, mais rien n'est notifié dans les rapports. Bon, je te laisse. Au fait, j'ai raté Madonna hier, et ma femme n'a pas enregistré. C'est pas cool.

Chénaix raccrocha. Encore sous le choc de la révélation, la flic remonta en quatrième vitesse. De l'eau bénite, maintenant, pour chasser le diable. Elle mit cette aberration de côté et se dit qu'elle tenait peut-être son point commun entre les différentes victimes : le centre hospitalier des Adrets. Elle ignorait encore les motivations réelles de son tueur, mais elle se savait sur la bonne voie.

Elle vida son plateau-repas à la poubelle et remercia Lise.

Une fois enfermée au calme dans sa voiture, elle appela Nicolas Bellanger et livra ses découvertes. Elle voulait partir là-bas, à Chambéry, pour mener l'enquête. Mais son chef de groupe souhaitait d'abord analyser la situation, éventuellement placer le SRPJ de Grenoble sur le coup, puisqu'ils étaient les initiateurs du dossier. Lucie mit toute sa verve à essayer de le convaincre, elle le connaissait bien : si la Crim' de Paris résolvait l'affaire, Bellanger marquerait des points auprès du directeur de la PJ. Elle certifia également que, avec ses trouvailles, ils obtiendraient sans mal le 18-4, une mention du procureur sur la commission rogatoire qui élargissait leur domaine de compétence hors Paris et Petite Couronne. Cela leur permettrait de fouiner du côté de la région Rhône-Alpes dans les règles, sans que le SRPJ de Grenoble s'en mêle pour le moment. Ils parlèrent encore cinq minutes, et Lucie raccrocha dans un demi-sourire. Elle savait qu'elle avait gagné la partie.

Mais, très vite, son cœur se serra. Elle allait peut-être coincer de ses propres mains un tueur de femmes, planqué au fond de ses montagnes depuis plus de dix ans.

17

Tout en parlant à Sharko, Lucie allait et venait dans la chambre de l'appartement de L'Haÿ-les-Roses. Elle remplissait l'une des vieilles valises de son compagnon, un truc en cuir immonde qui avait quand même des roulettes.

— J'aurais très bien pu me débrouiller avec Levallois, tu sais ? Grenoble, ce n'est pas le bout du monde, non plus.

Elle fourra dans une pochette ventrale le gel anticoups qu'elle appliquait régulièrement sur sa cheville.

— Et puis, je crois que, sans toi à ses côtés, Nicolas a un peu de mal, il se sent débordé.

— « Nicolas » te l'a dit ?

Lucie le regarda avec étonnement. Elle n'aimait pas le ton qu'il prenait, mais elle préféra intérioriser.

— Non, mais ça se sentait qu'il voulait te garder auprès de lui.

Sharko se dirigea vers la fenêtre, mains dans le dos. Il soupira en silence.

— Prends davantage de vêtements, si tu veux bien. Imagine qu'on n'aboutisse à rien, demain. On pourra au moins passer le week-end sur place. Chambéry, c'est une jolie ville. Et comme ni toi ni moi n'avons prévu quoi que ce soit... À moins que tu ne doives te rendre quelque part, dimanche ?

Lucie fronça les sourcils. Cette fois, c'en était trop.

— T'es bizarre d'un coup. Les vacances en Guadeloupe, Chambéry maintenant. On progresse bien, avec nos découvertes. Un gamin a disparu et toi, tu veux passer du temps loin d'ici ? Pourquoi tu cherches absolument à m'éloigner de Paris ? Et puis, lâcher une enquête, ça ne te ressemble pas.

— Je ne lâche rien. On n'est pas seuls à travailler, je te rappelle. Je pense juste un peu à nous, c'est tout.

Le commissaire lorgna à travers la fenêtre, qui donnait directement sur le parc de la Roseraie. L'obscurité tombait déjà, les arbres ployaient sous le poids de la neige. Il remonta les trottoirs d'un œil aiguisé, se tourna vers Lucie puis vers le dressing.

— N'oublie pas ma cravate anthracite et le costume qui va avec. Je le porte toujours aux grandes occasions. Et si, par le plus grand des hasards, on passe les pinces à ce fumier, ça en sera une.

Ils prirent la route une heure plus tard. Le trajet vers le sud ne se révéla pas des plus gais. Bien que Sharko, éclairé par la petite lampe de l'habitacle, fût plongé dans *Le Figaro*, Lucie le sentait sur le fil, en dehors du coup. Il n'était pas comme d'habitude, quelque chose le tracassait, un souci qui allait au-delà de leur enquête. Était-ce à cause de cet enfant qu'ils n'arrivaient pas à avoir ? Franck se sentait-il touché dans son amour-propre ? Et s'ils échouaient encore, cette fois-ci ? Lucie se dit qu'il faudrait peut-être envisager des examens approfondis. Elle approchait de la quarantaine, peut-être n'était-elle déjà plus capable de procréer, peut-être que le drame de ses filles lui avait déréglé tout l'intérieur du ventre. Et peut-être que, pour tout cela, Franck lui en voulait sans le lui avouer vraiment.

— Il n'y a rien là-dedans, bordel !

Sharko avait jeté rudement le journal dans la boîte à gants. Il se tourna sur le côté et finit par s'endormir. Lucie se concentra sur la route, alors que les premiers vallons se devinaient dans les ténèbres.

Avant le départ, elle avait cherché à se mettre en contact avec Amandine Perloix, la seconde rescapée des lacs. Celle-ci habitait apparemment une petite ville de Provence. Lucie n'avait pas trouvé de moyen simple de la joindre mais s'il le fallait vraiment, elle se rendrait chez elle. Comme avait probablement dû le faire Christophe Gamblin.

Les deux partenaires dînèrent sur le pouce, dans la cafétéria d'une aire d'autoroute, à la sortie de Lyon. Pâtes tièdes, viande hachée, pâtisserie trop sèche : de la bouffe pour bétail.

Quand Sharko reprit le volant, le trajet sur l'autoroute se transforma en calvaire. Ils furent mêlés à des vacanciers sortis de nulle part. Des voitures chargées à bloc, avec les mômes qui crient à l'arrière et les skis sur le toit. Mais là n'était pas le pire. La cerise sur le gâteau, c'était une espèce de bruine qui troublait les pare-brise, fatiguait les yeux et semblait geler sur le sol. La température extérieure était de – 1 °C, les routes devenaient franchement dangereuses et, sur les trois voies, les véhicules ne dépassaient pas les cinquante kilomètres à l'heure. La 206 de Lucie frôla des montagnes dont on devinait l'extrême blancheur et longea des étendues noires avant d'atteindre enfin Chambéry, aux alentours de minuit. La ville ressemblait à un gros chat lové sur une litière de roche.

Lucie et Sharko s'étirèrent longuement lorsque, enfin, ils mirent pied à terre. Il faisait un froid à fendre la pierre et l'humidité faisait goutter les nez. Le bureau des missions leur avait réservé une chambre double dans un deux étoiles – bonjour les économies –, mais Sharko sortit le portefeuille et trouva un trois étoiles bien plus agréable, face à la montagne.

Épuisés, ils gagnèrent leur lit après une bonne douche chaude, un massage de cheville pour Lucie, et se rapprochèrent, genoux contre genoux, nez contre nez. Sharko caressa tendrement la nuque de sa compagne. Loin de Paris et des secrets qui l'étranglaient, il se sentait beaucoup plus apaisé.

— Ça fait du bien d'être ici, avec toi, confia-t-il. J'ai l'espoir que, bientôt, on puisse se retrouver tous les deux dans ce genre d'endroit, mais sans meurtres sur les bras. Tu aurais un petit ventre rond, et on pourrait penser à l'avenir. (Un silence.) Tous les couples pensent à l'avenir...

Sa voix était douce, mais Lucie y avait détecté l'intonation du reproche.

— Tandis que moi, je pense toujours au passé, c'est ça ?

— Ce n'est pas ce que j'ai dit.

— Mais tu l'as sous-entendu. Tu dois juste me laisser encore un peu de temps.

— Je peux te laisser tout le temps que tu voudras. Mais crois-tu vraiment que ce bébé va tout changer ? Qu'il t'empêchera de penser à elles ?

Sa voix se heurta au silence. N'avait-elle rien à lui

confier, rien à lui répondre ? De ce fait, il s'aventura sur un territoire qu'il savait dangereux :

— C'est tout le contraire qui pourrait se passer, tu sais. Es-tu sûre que tu l'aimeras vraiment pour ce qu'il sera, cet enfant ?

— J'en suis sûre, oui. Quand je la regarderai, je ne penserai plus qu'à l'avenir. Et à toutes les belles choses que nous ferons. Toi, elle et moi. Je veux que nous soyons heureux.

Il y eut un long silence. Ils s'échangèrent de timides caresses, à peine osées. Ils auraient pu en rester là et s'endormir, mais Sharko ne parvint pas à s'empêcher d'aller au bout de sa pensée.

— Elle. Et s'il s'agit d'un garçon ?

Il serra les dents, conscient de sa bêtise. Dans l'obscurité, Lucie se redressa et souleva les draps violemment.

— Va te faire foutre, Sharko.

Elle partit s'enfermer dans la salle de bains.

Sharko l'entendit pleurer.

18

Le centre hospitalier des Adrets ressemblait à une gigantesque barre de granit accrochée à la végétation. Le complexe qui s'étendait sur plusieurs hectares abritait une vingtaine de bâtiments, de la gériatrie à la maternité, et faisait office de centre référent pour la région Rhône-Alpes tout entière. L'environnement était agréable, les montagnes enneigées dansaient tout autour, telles des prêtresses majestueuses.

Après avoir franchi un poste de garde – on contrôlait les accès aux parkings pour éviter les abus, surtout en saison touristique –, les deux flics se garèrent à proximité des urgences. Le centre hospitalier était immense, labyrinthique. Sharko, qui avait conduit sur les routes glissantes depuis l'hôtel, coupa le contact. Il lissa sa cravate couleur anthracite du bout des doigts.

— On va faire les choses calmement, dans l'ordre. Toi, tu vas en cardiologie pour obtenir des informations sur les opérations à cœur ouvert et l'hypothermie. Moi, je commence par les urgences, là où arrivent, je suppose, toutes les fractures. Je vérifie que les victimes des lacs sont bien toutes passées par ici et j'essaie de récupérer la liste du personnel de l'époque. Peut-être une identité ressortira-t-elle. On garde nos portables allumés.

Lucie embarqua la pochette bleue contenant les rapports d'autopsie. Tous deux sortirent et remontèrent le col de leurs manteaux. Des cristaux de gros sel crissaient sous leurs semelles, tandis que la fraîcheur de l'air leur piquait le visage. Vu la couleur du ciel, il était fort probable qu'il neige encore.

— Et évite de crier à tout-va que t'es flic, avertit Sharko. Notre homme peut être n'importe qui. S'il se trouve encore entre ces murs et s'il a effectivement tué Christophe Gamblin, il doit être à cran.

Elle acquiesça, enveloppée dans son manteau comme un rouleau de printemps. Sharko la tira jusqu'à lui et voulut lui donner un baiser, mais elle détourna la tête et s'éloigna. Seul, le commissaire contempla un temps le paysage dans un soupir.

— Conneries ! murmura-t-il suffisamment fort pour que Lucie puisse l'entendre.

Le professeur Ravanel dirigeait l'unité de chirurgie cardio-vasculaire, comprenant une trentaine de personnes. Debout dans un vaste bureau contenant *putter* et balles de golf dans un coin, Lucie lui tendit la main et se présenta rapidement.

Une fois l'effet de surprise passé, le chirurgien l'invita à s'asseoir poliment. La flic avait déjà patienté une heure dans le hall de l'hôpital et enchaîné deux cafés avant de le rencontrer. Aussi, sans entrer dans les détails de son enquête, elle lui demanda s'il avait entendu parler de Christophe Gamblin – il répondit que non – et de ces cas de « résurrection » dans les lacs d'Embrun et de Volonne, en 2003 et 2004.

— Pas spécialement, non. Je voyage beaucoup entre ici et la Suisse, où je dois bien passer la moitié de mon temps. Si mes souvenirs sont bons, à l'époque, j'opérais de l'autre côté de la frontière.

Il avait une voix forte mais posée, un peu comme son Sharko. Lucie avait placé la pochette bleue sur ses genoux, ainsi que son téléphone portable où venait d'arriver un SMS de sa moitié qu'elle lut du coin de l'œil : *Point commun OK. Les 4 victimes hospitalisées ici. Je creuse. Et si tu fais toujours la gueule, tant pis.*

La flic eut un sentiment de satisfaction et poursuivit ses questions.

— En quoi consiste votre spécialité, la cardioplégie froide, exactement ?

— On pourrait aussi l'appeler hypothermie thérapeutique. En temps normal, on ne peut pas opérer un cœur facilement, du fait de l'existence de contractions cardiaques et de mouvements respiratoires. On est donc obligé de ralentir fortement la fréquence du cœur, voire de l'arrêter. Mais, vous devez le savoir, cela est incompatible avec la vie, car les organes ne seraient plus irrigués par le sang et ils ne seraient par conséquent pas oxygénés.

Il poussa une plaquette de présentation vers Lucie. Des dessins clairs et colorés illustraient parfaitement ses propos.

— On procède alors à deux techniques complémentaires l'une de l'autre. D'abord, la circulation extracorporelle. Comme vous pouvez le voir sur le schéma, elle consiste à faire circuler le sang dans des tuyaux, à le refroidir, l'oxygéner et le réinjecter dans les artères. Cela permet de court-circuiter le cœur et les poumons, et de plonger le corps en hypothermie...

Lucie scrutait attentivement les dessins explicatifs. Le corps étendu, la poitrine ouverte. Les gigantesques machines, les cadrans, les bouteilles, les tuyaux qui suçaient la vie d'un côté et la recrachaient de l'autre. Elle souhaita profondément ne jamais avoir à subir ce genre d'intervention.

— ... Ensuite, on va injecter un liquide riche en potassium et très froid – environ 4 °C – dans les artères coronaires, ce qui va provoquer un arrêt immédiat du cœur. On peut alors opérer le muscle en toute sécurité. La clé du processus résulte dans ces liquides froids – sang et solution de potassium – qui freinent considérablement les besoins en oxygène de l'organisme et limitent donc les risques.

Ravanel manipulait délicatement une lime à ongles, faisant preuve d'une dextérité extraordinaire. Lucie referma la plaquette, la posa sur le bureau et sortit son petit carnet de notes.

— Je suppose qu'il y a un rapport direct entre vos techniques de chirurgie et ces gens qui reviennent parmi les vivants après une grave hypothermie accidentelle ?

— Vous supposez bien. L'hypothermie thérapeutique s'inspire directement des phénomènes naturels. Dans les années 1940, on opérait sur des cœurs palpitants parce qu'il n'y avait aucune autre solution. C'était risqué et souvent voué à l'échec. On pensait d'ailleurs, à l'époque, que le froid accroissait les besoins en oxygène de l'organisme. C'est après avoir relevé des cas d'hypothermie lors de chutes ou de noyades en montagne que les chercheurs ont commencé à investiguer : et si le froid ne tuait pas mais, au contraire, plongeait le corps dans une espèce d'état de veille ?

Il tourna la tête vers la large fenêtre qui ouvrait sur un paysage splendide. Lucie apprécia la vue, ça changeait de Paris.

— Les exemples ne manquent pas, et ils nous viennent d'abord des plantes et des animaux. Ces résineux que vous voyez, accrochés aux flancs des montagnes, sont capables de survivre à des températures de plusieurs dizaines de degrés sous zéro, alors que la glace les pénètre jusqu'à leurs cellules les plus profondes. La grenouille du Canada est peut-être l'animal le plus extraordinaire qui soit en matière d'hypothermie. Elle se dirige volontairement vers les régions les plus glaciales pour ralentir son métabolisme. À ce moment, sa température corporelle tombe proche du point de congélation, si bien que si on la lâche au sol, elle se brise en morceaux. Pourtant, elle est capable de fuir un prédateur sur-le-champ. On cherche aujourd'hui à percer ses secrets.

Il parlait lentement, avec calme, et Lucie appréciait ce moment. Ravanel était le genre d'interlocuteur avec lequel elle se sentait à l'aise.

— Et on a réussi ?

— Pas encore, mais nul doute que cela viendra. En tout cas, on sait que cette capacité à tromper la mort par le froid, cette flexibilité métabolique est ancrée quelque part, au fond de nos cellules humaines. En mai 1999, une étudiante norvégienne qui faisait du ski s'est retrouvée coincée dans une cascade gelée, avec la partie supérieure du corps complètement enfoncée dans la glace. Elle a été secourue sept heures après sa chute, sans pouls, hypothermique, mais vivante... Mitsukata Uchikoshi, un Japonais blessé et égaré en pleine montagne, a été retrouvé en état d'hibernation après vingt-quatre jours sans eau ni nourriture. La température de son corps n'était plus que de 22 °C.

Le professeur rangea sa lime à ongles dans un tiroir et repositionna correctement le stylo placé dans la poche de sa blouse. Chacun de ses gestes était précis, mesuré. Un homme qui avait l'habitude de parler, de s'adresser à un public, de faire bonne figure. Il continua :

— Tous ces cas nous montrent que nous avons quelques reliquats évolutionnistes de l'adaptation de l'animal en milieu aquatique. Si le corps humain est placé dans une eau ne dépassant pas 17 °C, il va essayer de s'adapter. Ralentissement instantané du rythme cardiaque jusqu'à l'arrêt parfois, redistribution du sang vers les organes centraux, alvéoles pulmonaires qui se remplissent de plasma sanguin. Bien souvent, il n'y a que la mort à la clé, mais certains cas exceptionnels sont encourageants pour la recherche.

Lucie nota rapidement les éléments qui lui paraissaient essentiels, puis revint dans le concret de son affaire :

— Vous parliez tout à l'heure de potassium pour arrêter le cœur. C'est un composé qu'on connaît bien dans la police, parce qu'il fait partie des armes du crime auxquelles nous avons déjà été confrontés.

Le chirurgien étala un sourire à dix mille euros.

— Une arme du crime quasiment indétectable, puisque, une fois les fonctions vitales arrêtées, le corps libère naturellement du potassium. L'imagination et l'intelligence de vos assassins sont sans limites.

— Si vous saviez... Moi aussi, je pourrais vous montrer des plaquettes de présentation de ce qu'ils sont capables de faire.

— Je vous crois sur parole.

Lucie lui rendit son sourire.

— À l'identique du potassium, le sulfure d'hydrogène pourrait-il représenter une autre façon d'arrêter le cœur ? Pas définitivement, je veux dire.

Les épais sourcils du professeur ne formèrent plus qu'une barre sombre, à présent.

— Comment avez-vous entendu parler de cela ?

Lucie sentit brusquement qu'elle avait mis les pieds là où il fallait. L'homme réagissait positivement, et non comme si elle avait prononcé une aberration. Elle n'avait pas le choix : elle allait devoir lâcher du lest pour tenter de comprendre.

— Ce que je vais vous raconter doit rester strictement confidentiel.

— Vous pouvez compter sur moi.

— Si je suis ici, c'est que je soupçonne l'un des employés du centre hospitalier d'avoir tué deux femmes et d'en avoir endormi deux autres avant de les jeter dans des lacs gelés.

Gaspar Ravanel la fixa longuement, sans desserrer les lèvres. Enfin, il lâcha :

— Quelqu'un de mon équipe, vous voulez dire ?

— J'aurais des raisons de le penser ?

— Absolument pas. Les gens avec qui je travaille sont parfaitement intègres. De l'aide-soignant au médecin, les profils sont scrupuleusement étudiés, les entretiens sont réguliers. Notre hôpital est une référence française.

Il s'était redressé, marquant à présent une position sur la défensive. Lucie embraya :

— Ce qui, en soit, n'empêche rien. Mais je ne crois pas que l'homme que je recherche travaille avec vous. C'est plutôt quelqu'un qui a été en contact avec des victimes arrivées aux urgences à la suite de fractures. Il doit aussi connaître cette spécialité propre à votre hôpital. Ces opérations par le froid, cette façon d'arrêter le cœur, de provoquer une mort artificielle, doivent le fasciner. Peut-être a-t-il été écarté de votre équipe ? Peut-être est-il un infirmier qui se prend pour Dieu ? Un aide-soignant qui voyage de service en service ? Cela ne vous suggère personne en particulier ?

Il secoua la tête.

— Non. Le personnel tourne souvent et, moi-même, je m'absente régulièrement. Beaucoup de monde circule entre ces murs, y compris des étudiants.

Lucie ouvrit une pochette, trifouilla et poussa deux feuilles vers le médecin.

— Je me doute. Voici des extraits des rapports d'autopsie des deux victimes et les résultats de la toxico. Chaque fois, il est question de sulfure d'hydrogène dans l'organisme. L'assassin s'en est pris à quatre femmes au moins. Concernant deux d'entre elles, je pense qu'elles ont été mises K-O au sulfure d'hydrogène avant d'être jetées dans de l'eau glaciale. Cette nuit-là, ce même assassin a appelé les secours, et les victimes ont pu être finalement sauvées.

Pour la première fois depuis le début, le professeur parut déstabilisé.

— On dirait que vous me parlez là d'animation suspendue.

— Animation suspendue ? En quoi cela consiste-t-il ?

Le Suisse se recula sur son siège, l'air soucieux.

— Des recherches plutôt confidentielles ont actuellement lieu sur le sujet. On s'est rendu compte que de nombreux tissus organiques produisaient de façon naturelle du sulfure d'hydrogène et que la plus haute concentration était fabriquée dans le cerveau. Vous imaginez ? On a utilisé le H2S comme arme chimique durant la Seconde Guerre mondiale, alors vous pensez bien que ces découvertes ont interpellé. On s'est donc intéressé de très, très près à ce composé métabolisé naturellement à très faibles doses dans notre organisme. Une étude sérieuse a été menée sur des souris, principalement au centre de recherche sur le cancer Hutchinson, à Seattle.

Lucie essayait de noter au fur et à mesure. *Cerveau fabrique H2S, centre cancer à Seattle, étude sur souris…*

— Après d'innombrables échecs, les chercheurs ont finalement découvert qu'en faisant inhaler aux souris une dose extrêmement précise de sulfure d'hydrogène, elles se mettaient en « animation suspendue » : leur fréquence respiratoire passait d'une centaine de cycles par minute à moins de dix, et leur cœur ralentissait considérablement. Il suffisait ensuite de les mettre dans un environnement froid pour que leur température chute drastiquement et conserve cet état de veille organique. Les souris reprenaient alors tranquillement leur activité quelques heures plus tard, après réchauffement, et sans aucune séquelle.

Rapidement, il s'empara d'une feuille blanche et fit un croquis.

— Avez-vous déjà joué aux chaises musicales ? Des candidats tournent autour de chaises et, au signal, tous peuvent s'asseoir sauf un, qui est éliminé. Imaginez une cellule organique identique à une table ronde, avec, autour d'elle, des chaises libres, où s'installent d'ordinaire des atomes d'oxygène, qui permettent aux cellules de respirer. Vous visualisez ?

— Tout à fait.

— On a découvert que le sulfure d'hydrogène possédait la propriété de « voler » les chaises de l'oxygène. Comme dans le jeu des chaises musicales, les chercheurs ont pensé que l'on pourrait donner à des souris un peu de sulfure d'hydrogène qui viendrait s'approprier les emplacements réservés à l'oxygène. Disons que le sulfure occuperait huit chaises musicales sur dix. De ce fait, les cellules ne pourraient pas utiliser, pour « respirer », les chaises occupées par le sulfure, et elles se mettraient, en conséquence, à économiser considérablement les deux atomes d'oxygène disponibles sur les deux dernières chaises. Vous comprenez ?

— Parfaitement.

— C'est peut-être ce qui s'est passé dans le cas de notre skieuse ou avec le Japonais, de façon naturelle : les chercheurs pensent que leur organisme s'est mis à métaboliser davantage de sulfure d'hydrogène pour occuper plus de chaises et réduire naturellement la consommation d'oxygène, sans qu'il y ait pour autant danger d'empoisonnement.

Lucie essayait de rassembler les informations, d'emboîter les pièces du puzzle.

— Vous me parlez d'essais sur des souris, il n'est donc pas encore question d'humains ?

— Jamais de la vie. Vous pensez bien qu'il faut des années de recherche, de tests et des milliers de pages de protocoles pour envisager d'appliquer ces méthodes à des êtres humains. Surtout avec un produit si dangereux. On ne parlera pas d'essais cliniques avant cinq à dix ans. Mais les possibilités sont énormes. Avec cette technique d'inhalation, on pourrait réduire les dommages irréversibles causés sur les tissus durant le transport de patients vers l'hôpital, lors d'attaques cardiaques, par exemple.

Gaspar Ravanel éventa les feuilles des rapports d'autopsie devant lui.

— De quand datent vos pages ?
— 2001 et 2002.
— C'est incompréhensible. Les recherches sur le sulfure d'hydrogène ont à peine trois ans, et la découverte de leur application est plutôt due au hasard qu'à autre chose. Elles n'existaient purement et simplement pas au moment de ces crimes.

Il réfléchit en secouant la tête.

— Non, impossible.
— Impossible pour vous, parce que vous êtes médecin, chercheur, et que vous sauvez des vies. Mais imaginez qu'une espèce de détraqué ait fait cette découverte par hasard ou je ne sais comment, et qu'il se la garde jalousement. Lui n'attend pas les protocoles. Il se croit au-dessus des lois et n'a aucun remords à supprimer des vies. Imaginez simplement cela possible, et essayez de me dire ce que ces actes criminels vous suggèrent.

Après une hésitation, il repoussa les feuilles vers Lucie, l'index planté sur l'une d'elles.

— Je vois une concentration de H2S de 1,47 microgramme dans le foie sur la première victime. Sur celle de 2002, on descend à 1,27 microgramme, mais ça reste mortel. 2003 et 2004, vous me dites que les victimes étaient en vie, retrouvées en état d'hypothermie. C'est bien cela ?

— Exactement.

— Donc, probable que les concentrations en H2S étaient encore moindres.

Il garda le silence quelques secondes, hésitant, puis se lança finalement :

— Si j'osais, je vous dirais que la personne que vous recherchez faisait des essais directement sur des êtres humains. Des essais d'une méthode qu'il avait découverte d'une façon ou d'une autre, et qui n'existait pas encore officiellement. De ce fait, cette personne possède probablement l'outillage qui permet de faire des dosages aussi précis – il s'agit là de millièmes de grammes – mais aussi des documents, des notes manuscrites pleines de formules qui retracent ses découvertes.

Lucie prit la remarque comme elle était : cohérente, plausible. Elle répliqua du tac au tac :

— Mais pourquoi les lacs gelés ?

— Pour combiner les deux, cumuler les effets. L'animation suspendue pour freiner les fonctions vitales, les eaux glaciales d'un lac pour les suspendre complètement. Les deux premières victimes étaient des échecs – trop de H2S, elles en sont mortes avant même d'atterrir dans l'eau –, et les deux suivantes, des succès : il a trouvé le bon dosage. En temps normal, la plupart des chutes dans les lacs gelés sont mortelles, le corps à beau essayer de survivre, cela ne fonctionne pas. Mais imaginez une personne aux fonctions vitales déjà ralenties par l'animation suspendue. Un corps déjà apprêté à franchir la frontière, si vous voulez. Dans ce cas, les chances de plonger l'organisme en hibernation sont beaucoup plus fortes.

Lucie voyait des zones d'ombre s'éclairer progressivement. Elle imaginait un homme – un médecin raté, un chercheur fou, un passionné de chimie organique – en train de s'amuser avec des cobayes humains. D'un autre côté, elle songeait au profil des victimes, qui avaient des caractéristiques physiques proches : jeunes, brunes, élancées, yeux noisette. Son tueur était peut-être un mélange des genres, une espèce de scientifique psychopathe, un sadique, capable d'enlever et de tuer tout en expérimentant. Où se situait sa prise de plaisir ? Avait-il pour objectif de montrer qu'il était capable de repousser les limites de la mort ? De voir des gens revenir de l'au-delà ?

Elle pensa à Christophe Gamblin, recroquevillé au creux de la glace, dans son congélateur. À ce trou creusé dans la tôle, à cet œil sadique qui avait dû l'observer, jusqu'au dernier souffle, pour lentement le voir agoniser. *Agonie...* Elle s'arracha à ses pensées et constata que son stylo noircissait inutilement son carnet. Elle revint à son interlocuteur :

— Est-ce que le terme *Agonia*, ça vous parle ?

Ravanel consulta son téléphone portable qui vibrait.

— Si vous permettez...

Il se leva, se contenta de répondre par des « oui » et des « non », avant d'annoncer qu'il arrivait. Il raccrocha et resta debout, les mains dans les poches.

— Cette conversation était très intéressante, mais je vais devoir vous laisser. Cependant, pour en revenir à *Agonia*, oui, ce terme me parle. Il y a, là encore, un rapport très fort avec la vie et la mort. L'agonie, c'est un peu la représentation de la flamme vacillante, prête à s'éteindre : une fois le processus en route, la marche vers le trépas est inéluctable. Le corps ne peut plus revenir en arrière.

D'un geste de la main, il invita Lucie à se lever. Ils firent quelques pas dans le couloir et s'arrêtèrent devant un ascenseur, où le professeur termina ses explications.

— D'un point de vue purement médical, le concept d'agonie est un peu plus compliqué que l'image symbolique de la bougie. En termes techniques, on parle d'abord de mort somatique, qui correspond à l'arrêt des fonctions vitales : cœur, poumons, cerveau. Des machines branchées sur le patient rendraient des courbes complètement plates, si vous voulez, et le décès serait déclaré officiellement. Mais ce n'est pas pour autant que les organes, eux, sont morts. À ce moment, le retour à la vie est théoriquement toujours possible, même si cela n'arrive jamais. Disons que l'organisme est entre deux mondes : mort, mais pas complètement.

Les portes de l'ascenseur s'ouvrirent. Le professeur appuya sur un bouton pour les bloquer et resta dans l'entrebâillement.

— Après la mort somatique, il se passe cette fameuse phase d'agonie qui, à cause de la privation d'oxygène, va conduire une à une, et de façon irréversible cette fois, les cellules vers leur mort organique. Elles vont alors se dégrader à des vitesses différentes : cinq minutes pour les neurones du cerveau, quinze pour les cellules cardiaques, trente pour celles du foie... Puis les autres tissus vont mourir progressivement, jusqu'à conduire à ce que vous connaissez bien dans la police.

— La putréfaction.

— Exactement : dégradation des protéines, action des bactéries. Mais vous l'avez bien vu avec votre affaire : une personne aux fonctions vitales inexistantes – somatiquement morte – peut très bien, dans de très rares cas, revenir à la vie. Ces exemples d'hypothermie repoussent réellement la définition de la mort que l'on déclarait, il y a encore quelques dizaines d'années, dès l'arrêt de la respiration.

Lucie se sentait mal à l'aise. Ces histoires de « morts, mais pas complètement » l'interpellaient.

— Et l'âme, là-dedans ? Quand quitte-t-elle le corps ? Entre les deux morts ? Avant ou après la mort somatique ? Dites-moi quand.

Le professeur sourit.

— L'âme ? Sachez que tout n'est que signaux électriques. Vous avez vu la plaquette que je vous ai montrée sur la circulation extracorporelle. Quand on débranche le câble, tout s'arrête. Vous avez déjà assisté à des autopsies, je présume, vous êtes aussi bien placée que moi pour le savoir.

Le chirurgien la salua et dit, avant de disparaître :

— En tout cas, tenez-moi au courant, votre affaire m'intéresse.

Une fois seule, la flic appela le second ascenseur, toute plongée dans les dernières paroles de son interlocuteur. L'âme, la mort, l'au-delà… Non, il ne pouvait pas s'agir que de signaux électriques, il y avait forcément quelque chose, derrière. Lucie n'était pas croyante, mais elle était persuadée que les âmes voguaient, quelque part, que ses petites filles étaient là, autour d'elle, et qu'elles pouvaient la voir.

Glacée par son entretien, elle regagna mécaniquement la sortie. Il neigeait assez fort. Des flocons plus compacts, plus volumineux qu'à Paris. Alors qu'elle réfléchissait à son entretien avec le professeur Ravanel, son regard buta sur l'arrière d'une ambulance qui filait, sirène hurlante. Les deux petites vitres arrière la fixaient comme deux yeux curieux.

Il y eut alors un déclic dans sa tête.

Elle courut vers des panneaux, au bout du parking, qui donnaient les directions des principaux services. L'un d'eux attira son attention. Immédiatement, elle ouvrit son carnet et relut les notes concernant le cauchemar de Lise Lambert.

Dans la minute, elle appela Sharko et annonça :

— Faut que tu viennes tout de suite.

— Pas maintenant. Je suis en train de galérer pour récupérer la liste du personnel et...

— Laisse tomber la liste. J'ai une intuition.

19

Au volant de sa 206, Lucie contourna l'aile ouest réservée à la pédiatrie, doubla les bâtiments administratifs et suivit une flèche qui indiquait « Services généraux et techniques ». Elle parla à Sharko comme à un collègue, froidement.

— C'est la vue de cette ambulance qui m'a permis de faire le rapprochement. Dans son cauchemar, Lise Lambert voyait une lumière oscillante, provenant, selon ses propres termes, d'yeux géants. Je crois que cette lumière venait plutôt de lampadaires de la route, et que ces yeux étaient...

— Les vitres arrière d'une camionnette ou d'un van vues de l'intérieur.

— Exactement. On sait que Lambert s'est fait enlever et probablement transporter dans un véhicule jusqu'au lac. Elle parlait de dizaines de draps blancs, partout autour d'elle. Tu vois où je veux en venir ?

Ils échangèrent un regard silencieux mais qui en disait long. Aux confins du centre hospitalier, le véhicule s'engagea dans un renfoncement cerné d'arbres et de roches. De longs bâtiments bien entretenus, coupés du reste, s'étiraient sur la gauche et la droite. Des panneaux superposés indiquaient « Entretien intérieur et extérieur », « Cuisine », « Transport de médicaments » et...

— « Blanchisserie », dit Sharko. Bien joué.

— Arrête avec tes « bien joué ». N'essaie pas de me brosser dans le sens du poil, OK ?

Elle ne put s'empêcher de lui adresser un petit sourire complice. Roulant au pas, ils s'approchèrent de cinq camionnettes toutes blanches, avec leurs deux vitres rectangulaires à l'arrière. À l'intérieur d'une zone couverte s'entassaient des vagues de draps, de taies et d'oreillers. Deux femmes et un homme semblaient nager dans cette mer improbable. Le bâtiment était imposant, tout plat, et presque sans fenêtres, sauf à son extrémité.

— Qu'est-ce qu'on fait ? demanda Lucie.

Sharko sortit son arme de son *holster* et la fourra dans la grande poche de son caban.

— À ton avis ?

Une fois garés, ils pénétrèrent discrètement par l'entrée vitrée du bout qui menait à un petit accueil. La pièce s'ouvrait sur une autre, beaucoup plus grande, d'où émanait un grondement permanent. Lucie y jeta un œil rapide. Au fond, d'énormes machines à laver, aux hublots démesurés, brassaient leurs montagnes de linge.

Après un coup de fil de la secrétaire, les deux policiers furent mis en contact avec le directeur de la blanchisserie, un petit homme chauve aux doigts courts et épais, au teint écarlate. Il portait une grosse écharpe mauve autour du cou. Sharko ferma la porte du bureau derrière lui et décida de prendre les rênes de l'entretien. Il fixa son interlocuteur et lui expliqua qu'ils recherchaient le suspect d'une affaire criminelle, qui travaillerait dans le coin et aurait conduit une camionnette identique à celles présentes sur le parking. Alexandre Hocquet fronça les sourcils.

— Et vous pensez qu'il fait partie de mon personnel ?

Sharko répondit par l'affirmative et poursuivit avec des questions. Lucie et lui s'étaient assis sur deux chaises peu confortables, du genre de celles qu'on trouve dans les classes d'école primaire.

— Depuis combien de temps travaillez-vous ici, monsieur Hocquet ?

— Deux ans. Je remplace Guy Valette, l'ancien directeur parti à la retraite.

L'homme toussa longuement. Lucie eut l'impression que sa gorge allait partir en lambeaux.

— Excusez-moi... Je ne m'en sors pas avec ce rhume que je traîne depuis plusieurs jours.

— J'espère que ça finira par s'arranger. Combien d'employés sont sous vos ordres ?

— On est aujourd'hui une soixantaine, dont cinquante-trois agents qui travaillent cinq jours sur sept.

— Vous les connaissez tous ?

— Plus ou moins. On embauche de plus en plus de CDD ou d'intérimaires, alors les visages tournent souvent. Mais disons qu'il y a un socle d'une vingtaine d'employés qui bossent ici depuis pas mal d'années.

— Beaucoup d'hommes ?

— Pas mal, oui. Environ la moitié, je dirais.

— De combien de camionnettes disposez-vous ?

— Huit.

— Elles sortent souvent du centre hospitalier ?

Il acquiesça, soucieux. Il ne cessait de se lisser le crâne, formant des plis disgracieux sur son front. Ses yeux étaient brillants.

— Oui, oui, en permanence. On travaille dans tous les bâtiments du centre, mais on gère aussi le linge des établissements de santé environnants, notamment les maisons de retraite et les cures thermales de Challes-les-Eaux et de Chambéry.

— Et ces camionnettes, là, dehors, est-il possible que les employés les gardent chez eux la nuit ?

— Vous savez comment ça fonctionne : besoin d'un grand coffre pour transporter un meuble, ou pour pallier une panne de véhicule personnel. Mon prédécesseur était trop tolérant, il laissait tout faire et il y a eu de nombreux abus. J'ai resserré tout cela, crise économique oblige. Donc, pour résumer, disons que, avant ça existait, mais quasiment plus maintenant.

Sharko réfléchit quelques secondes. Pour une fois, il y avait plusieurs solutions pour essayer de coincer l'assassin. Consulter le fichier du personnel de l'époque, interroger l'ancien directeur ou des employés, analyser les profils et voir ceux qui pourraient cadrer avec leur homme. Il choisit de couper par ce qui lui semblait le plus efficace.

— Vous avez un suivi rigoureux de votre parc de véhicules, je suppose ? Vous pouvez savoir qui roule avec quelle camionnette, à telle ou telle date, non ?

— En effet. Nous possédons un logiciel qui s'en charge. La société a acheté la toute première version en 2000, et nous en sommes à la V7. Tous les mouvements de véhicules y sont normalement répertoriés depuis plus de dix ans.

Lucie hocha le menton vers l'ordinateur portable, placé juste devant elle.

— On peut y jeter un œil ?

Il ne protesta pas et lança l'application. Derrière lui,

par la fenêtre, les chutes de neige avaient forci et ne permettaient plus de distinguer les montagnes, en arrière-plan. Sharko et Lucie échangèrent un regard soucieux.

— On a la possibilité de saisir les critères que l'on veut, fit le directeur. Par employé, par date, par véhicule, ou des combinaisons des trois. Je vous écoute.

— Procédez par date. Je vais vous en énumérer quatre, étalées sur quatre années. Dites-moi si une identité ressort à chaque fois.

Lucie sortit son carnet et dicta lentement les dates des enlèvements :

— 7 février 2001... 10 janvier 2002... 9 février 2003... et 21 janvier 2004...

Le directeur entra les dates une à une et valida. Il croisa les différents tableaux affichés et fit des tris pour n'en ressortir que les identités communes.

— Terminé. Cinq employés entrent dans vos critères, deux femmes et trois hommes. Et... seule une femme travaille encore avec moi aujourd'hui. Les autres ne font plus partie du personnel, je ne les connais pas.

Piqués au vif, Lucie et Sharko se levèrent et se placèrent de l'autre côté du bureau. Ils firent afficher et imprimer les trois fiches correspondant aux ex-employés masculins. Tout y était : photo, date d'embauche et de départ, âge, adresse...

Lucie considéra les profils méticuleusement, un à un. L'un d'entre eux était sans aucun doute leur homme, un monstre qui avait assassiné au moins deux femmes et en avait enlevé deux autres.

Elle écrasa son doigt sur un profil particulier et fixa Sharko.

— Philippe Agonla. Ça te dit quelque chose ?

— Agonla... Mince, c'est son nom qu'avait écrit Gamblin dans la glace, et non « Agonia » !

— D'une manière ou d'une autre, il l'avait retrouvé, Franck...

Lucie s'intéressa de nouveau au profil. Agonla était né en 1973, et donc âgé de vingt-huit ans lors du premier crime. Sur la fiche était indiqué « Licenciement pour faute grave en décembre 2004 ». L'homme avait les cheveux courts, bruns et frisés, d'immondes lunettes à double foyer et à monture marron, avec un nez en bec d'aigle et un profil en lame de rasoir. Un physique disgracieux, mal proportionné. *Une tête qui fait peur*, songea-t-elle brièvement. Il habitait un bled du nom de Allèves, dans la région Rhône-Alpes.

— C'est loin, Allèves ?

— Trente kilomètres, je dirais. C'est plus haut dans les montagnes, au bord d'un torrent. Pile entre Aix-les-Bains et Annecy.

Il se tourna vers la fenêtre.

— Avec ce qu'il tombe, d'ici une heure, ça va être très compliqué de monter là-haut. D'autant plus qu'il a énormément neigé en altitude, ces derniers jours. Les routes doivent être encore encombrées à certains endroits. Vous risquez de galérer.

— Cet homme a été licencié en 2004. On peut savoir de quelle faute grave il s'agit ?

Hocquet se leva et se dirigea vers une armoire métallique.

— Je dois bien avoir ça quelque part.

Il fouina parmi les étagères et les classeurs avant de se retourner avec l'un d'eux entre les mains. Il se lécha l'index et tourna les intercalaires. Ses yeux parcoururent les lignes et se creusèrent de surprise.

— Bizarre, ça. Apparemment, un médecin l'a surpris à fouiner dans la chambre d'une patiente de traumatologie, alors que celle-ci passait des examens. Il avait volé une photo d'identité et tenait dans sa main un moulage de clé de maison.

20

La 206 semblait évoluer dans un univers de fin du monde. Depuis que la voiture avait attaqué les petites routes de montagne, le ciel avait viré au noir graphite et le crachin de flocons s'était transformé en une monstrueuse tempête digne d'un roman de Stephen King. Les essuie-glaces balayaient le pare-brise si vite qu'on pouvait penser que le moteur qui les animait allait céder. Quant aux phares, ils n'éclairaient qu'illusoirement. Le GPS indiquait encore douze kilomètres et, depuis près d'une demi-heure, Sharko n'avait pas croisé le moindre véhicule.

— Les plus longs kilomètres de ma vie. Tu vois que, sans les chaînes aux pneus, on n'aurait jamais réussi ?

Ils les avaient achetés avant de prendre la route en partant de l'hôpital et avaient mis plus d'une demi-heure à les monter. Lucie avait le nez collé à une feuille imprimée par le directeur de la blanchisserie. Même avec la veilleuse, elle arrivait à peine à lire.

— Le CV de notre homme est bien maigre mais terriblement parlant. Deux ans de fac de médecine à Grenoble, puis il s'oriente vers la chimie, et encore deux ans en psychologie. Six ans d'études pour s'en sortir sans aucun diplôme. À en croire ce papier, il commence à bosser à vingt-trois ans à l'hôpital psychiatrique de Rumilly, Rhône-Alpes. Il y fait le métier d'« agent des services psychiatriques ». Tu sais de quoi il s'agit ?

— Il lave les chiottes et la cuisine.

Lucie plissa les yeux. La luminosité était de plus en plus mauvaise. Sharko roulait à vingt kilomètres à l'heure, à tout casser.

— D'accord... Il y travaille deux ans, puis arrive à la blanchisserie, de 2002 à 2004. Entre le moment où...

Elle se tut soudain, secouée sur le côté. Franck avait donné un coup de volant et appuyait à fond sur son klaxon. Droit devant eux, des phares rouges disparaissaient dans les tourbillons de poudreuse.

— Cet abruti m'a quasiment fait une queue-de-poisson ! Je ne l'ai pas vu me doubler et...

Il souffla un coup, à l'arrêt en plein milieu de la voie.

— T'es à cran, fit Lucie. Tu veux que je conduise ?

— Ça va aller. Il m'a fait peur, c'est tout. Seuls les gars du coin peuvent rouler aussi vite.

Il redémarra lentement. Lucie voyait sa gorge palpiter, au-dessus du nœud de cravate. Il aurait très bien pu les précipiter dans le vide. Après s'être assurée que tout était rentré dans l'ordre, elle se remit à sa lecture.

— Entre le moment où Philippe Agonla quitte l'HP de Rumilly et où il entame son activité aux Adrets, il y a un trou d'un an et demi environ. C'est tout ce qu'on a sur lui, tout au moins jusqu'en 2004, date de son licenciement.

— Ça ne ressemble qu'à une succession d'échecs. On a affaire à un type au physique ingrat, à la scolarité chaotique, qui s'est cherché dans les études médicales ou scientifiques sans jamais se trouver. Un type peut-être intelligent, mais instable.

— Il doit envier ceux qui ont réussi. Ces psychologues, ces médecins, ces chirurgiens des Adrets. Nul doute qu'en poussant ses bacs à linge dans les couloirs de l'hôpital, il devait passer du temps derrière les vitres des blocs opératoires.

— Et entrer dans les chambres des patientes quand il le souhaitait. Facile alors de dérober leurs effets personnels et de mouler leurs clés de maison pour plus tard.

Lucie éteignit la veilleuse, plongeant l'habitacle dans l'obscurité. Elle regarda le parapet, sur la droite, et les ténèbres juste derrière. Les montagnes, ces pins tendus vers le ciel telles les lances d'une armée, lui fichaient la frousse. Elle resserra ses mains entre ses cuisses.

— On fait peut-être une connerie en y allant juste tous les deux. Ce mec, on ignore tout de lui.

— Tu veux qu'on fasse demi-tour ?

— Non, non. Tu as mis ton costume anthracite, de toute façon.

Elle plaqua son crâne contre l'appuie-tête et soupira.

— On va l'avoir. On va coincer ce tueur de femmes.

Ils n'éprouvèrent plus le besoin de parler, préférant laisser la tension s'emparer d'eux progressivement. Même après tant d'années, tant d'affaires tordues, cette peur noueuse était toujours là, agrippée à leurs tripes. Elle était nécessaire à leur survie, à leur vigilance. Sharko savait au plus profond de sa carcasse qu'un flic sans cette peur-là était un flic mort.

Les lacets se succédèrent, dangereux, glissants. Le commissaire stoppa au milieu de la route.

— Je n'en peux plus de rouler sur cette patinoire. Vas-y, toi.

Ils échangèrent leur place. Lucie roulait à gauche, côté flanc de montagne, dans les passages les plus délicats, ce qui contraignit Sharko à s'accrocher à son siège.

— Tu conduis encore plus mal que moi !
— Oh, ça va les critiques.

Le relief s'inversa, la descente emporta le véhicule dans sa gueule noire, avant que palpitent, quelque part, les premières lumières de la civilisation. C'était le début d'après-midi, mais ces gens coupés du monde avaient allumé chez eux.

Des ermites, des autochtones vivant loin de tout, songea le commissaire.

Ils roulèrent au pas dans les rues mortes. Pas un passant. Juste deux, trois ombres au bord de timides boutiques. On était loin de l'ambiance des grandes stations de ski à la mode. Les flics passèrent sur un pont puis sortirent de la ville presque aussitôt. Le GPS les emmena le long d'un torrent furieux, gonflé des eaux glaciales de l'hiver. Ils roulèrent encore trois minutes puis, à en croire l'appareil, ils étaient arrivés. Mais, autour d'eux, rien d'autre que des pins, de la neige et la montagne. Sharko désigna un chemin à travers les arbres, assez large pour qu'une voiture puisse s'y engager.

— Là-bas.
— Très bien. On va se la jouer discret.

Lucie éteignit les phares et rangea la 206 sur le bas-côté. Son compagnon enfila son bonnet, sortit son arme et posa pied à terre. Lucie se mit face à lui, l'empêchant de passer.

— Ce soir, on doit faire l'amour. Alors, pas de conneries. D'accord ?

— Tu ne fais plus la gueule ?
— À toi si, mais pas à tes petites bestioles.

Elle s'engagea sur le chemin. Il n'y eut plus que le craquement croûteux de la neige sous leurs pas et les hurlements du vent. Devant eux se dessina une voiture puis de la lumière en arrière-plan. Sharko se dirigea vers la Mégane bleue. Il posa sa main sur le capot.

— Encore chaud. Je crois que c'est lui qui nous a doublés tout à l'heure.

Comme Sharko, Lucie n'avait pas mis ses gants : elle voulait sentir la queue de détente de son Sig Sauer, ce contact direct avec la mort. Le froid l'envahissait progressivement, il lui dévorait les doigts. Des traces de pas se devinaient de la Mégane jusqu'à la maison. Des empreintes larges, immenses. Sa gorge se serra plus encore. En face, la grande bâtisse était en vieille pierre et en bois, le toit ressemblait au chapeau d'un champignon. Tous les volets étaient fermés, mais de la lumière filtrait entre les lattes en bois.

Sharko avançait courbé, serrant les dents à chaque craquement que ses pas provoquaient dans la neige. D'un coup, Lucie et lui se glissèrent derrière les arbres.

La porte d'entrée venait de s'ouvrir.

Les deux flics s'accroupirent dans la neige, cachés derrière un tronc. Une ombre apparut et, de façon aussi brusque qu'inattendue, sauta sur le côté du perron pour disparaître en courant dans les bois. Lucie voulut immédiatement embrayer, mais la violence de son démarrage lui provoqua une puissante brûlure dans les tendons de la cheville. Elle progressa de quelques mètres seulement et dut s'arrêter, frappée de douleur.

Sharko la doubla et se rua dans la neige.

En dix secondes à peine, il n'était plus là.

21

L'arme au poing, Sharko enjamba les congères, chuta, se redressa et, une fois le chemin traversé, s'enfonça à son tour dans la forêt noire. Instantanément, il sentit ses muscles se gorger de sang, l'oxygène refluer par ses narines. Tout tournait, s'emmêlait dans sa tête. Brièvement, il entraperçut la silhouette courbée, entre les troncs, avant que la visibilité se réduise de nouveau. Elle était à quarante mètres devant lui, peut-être plus. Le froid le cingla davantage, toujours plus piquant. Sharko n'essaya même pas d'ajuster un tir. Trop de palpitations, et ses mains devaient ressembler à des pains de glace de toute façon.

Le flic peinait, sa poitrine s'enflammait déjà, ses chaussettes, dans ses mocassins, étaient trempées. Il maudit sa foutue manie d'enfiler des costumes par tous les temps et chercha le second souffle, accélérant encore la cadence.

Lucie avait vu Sharko droit devant elle, comme avalé par un monstre de glace. Elle s'était redressée et s'en voulait à mort. Elle courait d'habitude plus vite que lui et elle l'avait laissé partir. Elle souffla un grand coup sur ses mains pour les réchauffer, indécise pendant deux ou trois secondes. Que faire ? Elle empoigna son pistolet et tira la culasse, qui résonna dans un claquement sec. Puis réfléchit.

Non, inutile de s'engager dans le bois avec une telle douleur à la cheville. L'espace d'un instant, elle se dit qu'ils auraient dû se présenter ici avec du renfort. Elle sortit son téléphone portable. Malheureusement, à cause de la tempête, il ne captait pas. Ses yeux se braquèrent vers la sinistre demeure. Elle longea les pins et remarqua un petit soupirail, à droite du porche, au ras de la neige, éclairé de l'intérieur. Une fois devant la porte de la maison, elle la poussa brusquement et se plaqua contre le mur extérieur, retenant son souffle. Aucune réaction. Elle osa un, puis deux regards, canon braqué. Personne. Par petites expirations, elle pénétra dans le salon. Pas de coup de feu ni d'attaque : Agonla était probablement seul et l'unique voiture, dans l'allée, le confirmait. Elle balaya la pièce des yeux avec plus d'attention. Le téléviseur était allumé. La cheminée crépitait, des flammes se déployaient, nerveuses. Quelque part sous la toiture le vent sifflait.

Elle s'approcha prudemment, toujours sur le qui-vive. La pièce sentait le renfermé et la viande fumée. Agonla devait être terré ici comme une taupe. Les murs étaient aussi en pierre, jointoyés à l'ancienne. De grosses poutres zébraient le plafond, très haut. Lucie pensa à l'intérieur d'une vieille auberge médiévale. Comme une résonance à sa propre entorse, elle vit une paire de béquilles posées près d'un fauteuil, puis aperçut une autre porte ouverte, rembourrée de l'intérieur avec de l'isolant thermique – ou phonique. Un escalier. Une cave. D'où provenait la lumière du soupirail.

L'envie que tout s'arrête. Voilà ce qui poussait Sharko à puiser dans ses réserves, à s'arracher les poumons jusqu'à plonger son organisme dans le rouge. Le vent crachait de travers, aussi la partie gauche de son visage avait pratiquement gelé. Autour, les arbres se resserraient en une trame maléfique, comme s'ils voulaient l'écraser, l'humilier. Chaque mètre qu'il faisait était identique : des pins hiératiques, de la neige, un relief hostile en trompe l'œil.

Avec la visibilité réduite, Sharko avait perdu son objectif de vue mais il savait qu'il s'en était rapproché. L'autre semblait courir beaucoup moins vite, courbé, ramassé. Le flic suivait le sillon creusé par les chaussures et les tibias de son prédécesseur. Les amas de neige atteignaient quarante ou cinquante centimètres à certains endroits. Il pensa à sa chevauchée, la nuit précédente, vers les marécages. Comme si, d'un coup, passé et présent se mêlaient. Il se retourna brièvement, incapable de dire où il était. S'il se perdait ici, si la neige recouvrait ses traces, c'était l'affaire de trois ou quatre heures avant qu'il crève de froid. Les montagnes ne pardonnaient pas.

Il continua sa progression, lourd, essoufflé. Il lui fallait Agonla, et vivant, si possible. Dans cette monotonie abjecte, il y eut alors une variation, un sursaut acoustique pareil à une note échappée d'une partition. Le flic tendit l'oreille : quelque part, de l'eau s'écoulait. Il pensa alors au torrent. C'était droit devant lui. Dans un sursaut de volonté, il parvint à accroître de nouveau la cadence de ses pas.

Barré par le serpent d'eau, son gibier allait être pris au piège.

Le corps lui apparut soudain, démantibulé comme un pantin, en bas des marches. Lucie tenait son flingue à deux mains, les yeux écarquillés.

Elle braquait Philippe Agonla. Ou ce qu'il en restait.

Il était immobile, les yeux ouverts vers le plafond, ses grosses lunettes à culs de bouteille écrasées en travers de sa figure. Quelque chose de sombre et visqueux coulait à l'arrière de son crâne. La flic descendit prudemment, prête à ouvrir le feu au moindre geste. Mais Agonla n'était plus de ce monde. La bouche serrée, elle posa deux doigts sur sa gorge. Pas de pouls.

Elle se redressa, abasourdie. Si Agonla était ici, raide mort, qui Sharko poursuivait-il ?

Elle observa sur le côté. La tête avait dû percuter le mur latéral, en témoignaient les marques de sang frais. Quelqu'un avait-il poussé Agonla dans l'escalier ?

Soudain, la porte de la cave claqua derrière elle. Lucie crut que son cœur allait exploser. Elle remonta en quatrième vitesse, persuadée qu'on l'avait enfermée. Elle l'ouvrit nerveusement.

Personne.

La porte d'entrée, en arrière-plan, se mit à osciller frénétiquement et finit par se refermer violemment, elle aussi.

Un courant d'air...

Lucie dut s'asseoir deux secondes, tant sa poitrine lui faisait mal. Elle essaya de retrouver ses esprits, pas le moment de flancher. Elle lança un regard vers le cadavre, écrasé dans le virage de marches. L'étrange luminosité de l'éclairage creusait des ombres inquiétantes sur ce visage fixe, disgracieux, aux yeux globuleux et noirs.

En boitant, Lucie sortit de la maison et appela Sharko. Ses cris lui parurent bien dérisoires, le vent dévorait, cisaillait, bâillonnait. Elle se planta dans le froid, chercha les traces de pas, en vain. Elle hurla, encore et encore, et n'obtint pour seule réponse que le rire sournois du grand vide.

Les eaux glaciales et impétueuses du torrent se dessinèrent enfin derrière les rafales de flocons. Sharko allait crever d'essoufflement. Ses yeux voyaient trouble. Certains troncs se dédoublaient, les creux et les bosses oscillaient, grossissaient, rapetissaient. Il braquait son arme partout, au moindre craquement. Du bras, il chassa la neige collée à sa joue et à son front. Son bonnet était resté accroché à une branche, quelque part, et ses cheveux étaient trempés. Ses pas pesaient des tonnes, ses pieds lui faisaient mal. Où était sa cible ?

Sharko plissa les yeux. Le sillon d'empreintes fonçait droit vers la rive surélevée de la rivière. Était-il possible que l'homme ait sauté là-dedans et qu'il ait traversé ? Les eaux étaient grises, bouillonnantes et semblaient profondes. Droit devant, de gros rochers en déchiraient la surface, provoquant des remous puissants qui dévoraient les flocons. Le courant était fort, bien trop fort pour espérer traverser sans se faire emporter.

Et pourtant, le sillon...

Le flic s'approcha encore, interloqué, les yeux rivés sur l'autre berge. Au moment où son pied se plantait au bord de la rive, une ombre, jaillie du dessous, se détendit et le tira violemment par le col de son caban. Sharko eut le temps de se dire *Merde !* avant que son flingue lui échappe des mains, que son corps bascule dans le vide et tombe dans les flots enragés du torrent.

La seconde d'après, l'homme se releva du renfoncement dans lequel il s'était caché puis regarda le flic se faire emporter par les rapides, ses mains cherchant à agripper l'air, dans une eau qui ne devait pas dépasser les 5 °C.

Le visage de Sharko disparut sous la surface et ne réapparut plus.

Ensuite seulement, l'homme se mit à courir vers la forêt.

Lucie essaya de nouveau son portable.

— C'est pas vrai ! Temps de merde ! Région de merde !

Inquiète, elle scruta les alentours. Où était Franck ? Pourquoi n'était-il toujours pas revenu ? Elle leva les yeux et aperçut un câble téléphonique. Elle retourna à l'intérieur et dénicha le téléphone, dans un coin, à gauche de la cheminée. Elle décrocha. Tonalité. Une bonne vieille ligne fixe. Numéro 17. Un gendarme au bout de la ligne. Tant bien que mal, Lucie expliqua la situation : le cadavre de Philippe Agonla, découvert chez lui, probablement assassiné. La fuite d'un homme dans les bois. Il fallait du renfort, et vite. Elle donna l'adresse, remonta les pans de son manteau et descendit dans l'allée enneigée, l'arme au poing.

Elle imagina un instant le drame – Franck, blessé quelque part dans cette forêt, se traînant dans la poudreuse – puis se ressaisit : il avait déjà traversé bien pire et s'en était sorti chaque fois. Pourquoi faudrait-il que cela cesse aujourd'hui ? Et puis, il était armé.

Pourtant, face aux ténèbres, à cette grande forêt

muette, l'angoisse monta, d'un coup, et une autre intuition – vraiment mauvaise, cette fois – l'étrangla. Elle se dirigea vers l'extrémité de l'allée, le visage tout rouge et les larmes au bord des yeux. Le prénom de l'homme qu'elle aimait s'échappa de sa bouche dans un cri douloureux.

— Franck !

Seul le silence.

Elle rebroussa chemin, plongea des poignées de neige à l'intérieur de sa chaussette droite, histoire d'atténuer la douleur de ses tendons, et disparut à son tour dans les bois, sans cesser de crier.

Elle savait, cette fois, qu'il était arrivé quelque chose de grave.

Parce que, de la Mégane bleue de l'assassin d'Agonla, ne restaient plus que les traces de pneus.

II
LA MORT

22

Lucie était recroquevillée près de la cheminée, les mains serrées autour d'un café chaud.

Étreinte par le silence et la mort.

Les yeux rivés vers la fenêtre où sévissait encore la tempête, elle était trempée et elle tremblait, incapable de se réchauffer. Il faisait presque nuit dehors, un vent terrible hululait dans les interstices de la vieille baraque. La nature était furieuse, et elle avait décidé de ne pas pardonner, cette fois.

Sharko, mort.

Non, Lucie ne pouvait s'y résigner.

Un grand homme moustachu, qui semblait fort comme dix bœufs, s'approcha avec des couvertures de survie. Il tenait un talkie-walkie dans la main.

— Mettez-vous en sous-vêtements et couvrez-vous de ces couvertures, ou vous allez nous faire une pneumonie. C'était du suicide d'essayer de traverser ce torrent. Imaginez qu'on soit arrivés cinq minutes plus tard.

Presque inerte, Lucie fixa le gendarme dans les yeux. « Capitaine Bertin », indiquait une bande sur sa parka bleu et blanc. La bonne quarantaine, une gueule carrée de montagnard.

— Combien... Combien d'hommes le long du torrent ?

— Trois pour le moment.

— C'est trop peu. Il en faut encore.

Bertin ne parvenait plus à cacher son embarras. Son regard fuyait.

— Avec les deux hommes ici et moi-même, c'est tout ce qu'on a. On attend du renfort de Chambéry. Malheureusement, avec les conditions météo, ils vont mettre du temps à arriver, et l'hélicoptère ne décollera pas.

Lucie détestait la façon dont il avait prononcé cette dernière phrase. À l'écouter, c'était comme si tout était déjà fichu, terminé. Elle n'en pouvait plus d'attendre et, pourtant, il n'y avait que cela à faire. Chaque seconde qui s'écoulait était comme une marche supplémentaire vers la mort. Depuis combien de temps Sharko avait-il disparu ? Trente, quarante minutes ? Lucie avait retrouvé son bonnet accroché à une branche, proche du torrent. Il était tombé dans cette eau glaciale, elle en était presque sûre. Combien de minutes pouvait-on survivre à de telles températures ? Sharko était bon nageur, mais le cours d'eau était puissant, impitoyable. S'il n'avait pas succombé à un choc thermique, alors ses muscles avaient dû s'engourdir instantanément et...

Elle observa les flammes, pensive, et se dit que tout ne pouvait pas se terminer de cette façon. Sharko était un costaud, un increvable, bâti dans ce matériau qui fait les vieux flics. Elle s'en voulait tant de leurs querelles récentes, tellement puériles et infondées. Elle revoyait ses sourires. Elle se rappelait leur rencontre en face de la gare du Nord, deux ans plus tôt, elle avec son Perrier, lui avec sa bière blanche et sa tranche de citron. Brièvement, elle plissa les paupières, les mains sur le nez.

Un flash : Sharko, gisant sur la berge, le visage tuméfié, les membres bleus. Elle happa soudain l'air, avec l'impression d'étouffer.

Une voix, dans son dos.

— Vous devriez venir voir.

Elle provenait d'un homme – un jeune, peut-être vingt-cinq ans – qui remontait de la cave. Lorsque Lucie tourna la tête vers lui, elle eut l'impression qu'il avait croisé le diable en personne.

Toute tremblante, elle ôta rapidement son pull, son tee-shirt, posa la couverture de survie sur ses épaules et descendit également à la cave, les mâchoires serrées. Elle avait envie de crier, de hurler le prénom de Franck, elle voulait qu'il revienne tout de suite et la prenne dans ses bras. En bas, personne n'avait touché au cadavre d'Agonla. Elle l'enjamba comme ses trois prédécesseurs, bifurqua dans l'escalier et finit par fouler le béton froid et gris du sous-sol.

Le plafond était voûté, en pierre de taille, et les murs semblaient creusés dans la montagne. Dans les coins traînaient du matériel de jardin, des skis, du bois entassé.

— Quelqu'un a fouillé ici récemment, c'est sûr, fit le jeune gendarme. Avec Gaétan, on n'a touché à rien.

Certes ils ne touchaient à rien, mais foulaient les lieux d'un crime avec leurs grosses bottes trempées. Lucie n'avait pas la force de réagir, elle s'en fichait. Sharko – son visage, ses iris noirs, la chaleur de son corps contre le sien – occupait chacune de ses pensées. Elle les suivit, mécaniquement, roulant les yeux et dans un état second.

Tout semblait avoir été retourné. De grandes bâches bleues, qui devaient couvrir les vieux meubles branlants et bourrés de toiles d'araignées, étaient tirées au sol. Dans un coin, à même le béton, il y avait des dizaines et des dizaines de petits squelettes d'animaux, sans doute ceux de souris. Sur une paillasse carrelée, au fond, coulaient encore des liquides colorés. Des tubes et des pipettes avaient été balayés d'un mouvement de bras. Des réchauds, des cages, des jerricanes, des tuyaux jonchaient le sol. On avait fouillé dans les compartiments, les recoins.

Lucie aperçut le soupirail grillagé, dans le mur, qui donnait sur le chemin. Le fuyard avait dû entendre leurs voix et voir leurs ombres, lorsqu'elle et Sharko étaient arrivés. Il avait dû remonter à toute vitesse et se mettre à courir dans les bois, à peine sorti de la maison.

— Attention aux produits, ça pique au nez.

Lucie s'en balançait, elle voulait crever s'il était arrivé malheur à Franck. Elle prit garde à ne pas marcher dans les composés chimiques qui se mélangeaient et fumaient. Les flacons brisés étaient poussiéreux, comme abandonnés. Elle passa sous une arche et arriva dans une autre pièce, plus petite, plus intime, pareille à une crypte. Plafond bas, écrasant. Une ampoule rouge arrosait d'une lumière froide une grande baignoire en fonte, large et profonde. Poussiéreuse, elle aussi, sans tuyau ni aucun moyen de faire couler de l'eau. Dans un coin, deux grosses bouteilles pareilles à celles des plongeurs étaient renversées, ainsi qu'un masque à gaz avec ses deux ronds en verre, semblables à des yeux de mouche.

Autour d'elle, des odeurs montaient. Lucie glissa

son nez dans son blouson, releva les yeux et vit deux congélateurs, dont l'un était énorme. Du regard, elle suivit les deux câbles électriques qui partaient de sous son coffrage argenté. L'un était relié à une prise électrique, et l'autre à un groupe électrogène.

— En cas de panne électrique, dit un gendarme. Il ne voulait pas que le congélateur s'arrête de tourner.

Malgré les odeurs chimiques toujours plus fortes, ils s'approchèrent. Les voix résonnaient aux oreilles de Lucie, mais elle les écoutait à peine. Tout semblait disloqué, sans importance.

Franck…

— Le plus petit congélateur est rempli de blocs de glaces, à ras bord, fit une voix. J'en ai sué pour décoller le couvercle, ça a givré de partout. Et pour le second… Allez-y, capitaine, jetez un œil. Mais accrochez-vous.

Lorsqu'il ouvrit le second congélateur, Bertin eut un mouvement de recul qui lui fit lâcher le lourd couvercle. Lucie avait eu le temps de voir. Titubante, elle se plaqua contre le mur crasseux.

— C'est effroyable, fit le capitaine de gendarmerie. Il y en a combien là-dedans ?

Il se recula, une main sur le crâne, fixant ses deux subordonnés. De toute évidence, il était dépassé par la situation.

— OK, OK… Bon, on remonte, on ne touche plus à rien et on attend les renforts.

Un bruissement, dans son talkie-walkie. Le crachat infâme de ce qui ressemblait à une voix. Très vite, Bertin fonça à l'étage supérieur, talonné par Lucie. Il se dirigea vers l'entrée pour essayer de mieux capter.

— Ici Bertin. À vous.

— Ici Desailly... Nous... long... torrent...

Ça grésillait, les mots arrivaient hachés, à peine audibles. Bertin se tourna vers Lucie, le regard noir. La voix continuait à diluer ses syllabes incompréhensibles :

— ... sur... ouvé un corps...

— Un corps ? Vous avez retrouvé un corps, vous dites ?

— Oui... aval... la berge... du pont...

À demi hystérique, Lucie lui arracha le talkie-walkie des mains :

— Vivant ! Dites-moi qu'il est vivant !

Un silence. Le crissement insupportable des ondes, mêlé aux sifflements du vent. La flic allait, venait, indifférente au froid et à la douleur à présent. Les larmes avaient envahi ses yeux, elle sentait qu'elle pouvait chanceler, d'un instant à l'autre.

On ne pourrait que lui annoncer un malheur. Ce qu'elle avait déjà vécu dans sa vie prouvait qu'il n'y avait aucune limite à l'horreur.

Puis la voix terriblement faible et lointaine, qui semblait jaillie d'outre-tombe :

— On... cœur... faible... pouls... On a un pouls !

23

La nuit était tombée.
Épuisée, à bout de nerfs, Lucie se tenait, avec un médecin, dans l'une des chambres du service de réanimation des Adrets, à Chambéry. Par la fenêtre, les grosses rafales avaient cessé, mais il neigeait toujours autant. Toute la ville semblait coupée du reste de l'humanité.

— Il n'est vraiment pas passé loin, fit le médecin. Si les secours étaient intervenus un quart d'heure plus tard, il est fort probable que, dans le meilleur des cas, on lui aurait ouvert la poitrine pour une CEC.
— Une...
— Circulation extracorporelle, pardon, qui aurait eu pour but de réchauffer le sang progressivement. Une cardioplégie chaude, en quelque sorte. Dans son état, il était aussi fragile qu'une poupée de porcelaine. Mais nos secouristes ont l'habitude des hypothermies, ils ont su éviter de le réchauffer trop rapidement.

Face à elle, Sharko dormait, le visage serein. Il était branché à un tas d'appareils qui diffusaient des bips rassurants.

— Donc, il sera vite rétabli, murmura-t-elle.

— Il revient de loin, laissez-lui le temps de se reposer. Il risque de dormir jusqu'à demain matin. Il a beaucoup nagé, s'est débattu comme un diable pour regagner la berge et s'y hisser. Son corps est resté une heure en enfer et on ne revient pas de l'enfer aussi facilement, croyez-moi.

— Je sais.

Il s'éloigna et ajouta, juste avant de sortir :

— Pour votre cheville, n'oubliez pas de changer les bandes Elastoplast tous les deux jours. Et évitez de trop courir.

— Ma cheville, c'est du détail.

Il disparut dans le couloir. Lucie s'assit doucement sur le lit. Quelle ironie du sort de se retrouver dans l'hôpital qui les avait menés à Philippe Agonla. Elle serra la main de son compagnon – cette main qu'elle avait palpée alors qu'on l'embarquait dans l'ambulance, une main qui avait été glaciale comme la mort.

Il s'était battu pour vivre.

Il s'était battu pour elle.

Elle se pencha vers son oreille, essuyant une larme de la manche de son pull-over.

— Toi, une poupée de porcelaine ? Ils me font rire. On ne se débarrasse pas d'un Sharko comme ça. Le seul truc, maintenant, c'est que ton costume anthracite est fichu.

Elle essayait de se rassurer de cette façon, mais la peur de se retrouver seule lui nouait les tripes. Elle lui caressa la joue et resta à ses côtés longtemps, n'osant imaginer ce qu'elle aurait fait sans sa présence forte et réconfortante.

— Tu es revenu dans ce monde qui te fait si peur, murmura-t-elle. Tu as beau me répéter sans cesse le contraire, quelque part, ça prouve que tu y crois encore. Je sais que tu y crois encore.

Elle resta longtemps sans bouger, simplement à le regarder.

Plus tard, un gendarme qu'elle n'avait jamais vu l'invita à venir discuter dans le hall. Il s'appelait Pierre Chanteloup et dirigeait la section de recherche de Chambéry – l'équivalent de la police criminelle, mais côté gendarmerie. Il proposa de lui payer un chocolat chaud.

Alors qu'il attendait que les gobelets se remplissent, Lucie en profita pour écouter les messages sur son portable : Nicolas Bellanger s'inquiétait de leur absence de nouvelles, il avait essayé de joindre Sharko, sans succès – et pour cause : son téléphone devait reposer quelque part au fond de l'eau, de même que son arme de service. Lucie soupira. Il allait falloir lui expliquer tout ce cafouillage, et vite.

Le gendarme lui tendit sa boisson brûlante.

— Comment va votre collègue ?

— Il va s'en sortir, c'est un costaud. Merci pour le verre.

Il hocha brièvement le menton en guise de réponse. Pas le genre à s'étaler en banalités. Il portait un blouson en cuir style aviateur, avec le col blanc en laine, et des bottes qui ressemblaient à des rangers. Il n'avait pas quarante ans. Les deux officiers dénichèrent un endroit calme pour discuter. Avec ce qui tombait dehors, Lucie avait l'impression d'être au milieu de nulle part, pareille à ces scientifiques isolés sur leur base polaire.

— Voilà cinq bonnes heures qu'on essaie de comprendre ce qui s'est passé, là-bas, chez Philippe

Agonla, fit Chanteloup. Les gendarmes de Rumilly ont tout salopé, bonjour la recherche d'indices.

— Je crois que personne ne s'attendait à découvrir ça.

— Ouais... Vous êtes OPJ, la Criminelle en plus, vous êtes censée avoir l'habitude, non ? Vous auriez pu contrôler la situation.

Lucie sentit immédiatement que ce type n'allait pas lui plaire. Elle prit un ton de voix ferme, histoire qu'il comprenne à qui il avait affaire :

— Mon collègue avait disparu dans un torrent glacé, on l'a arraché de justesse à la mort. La situation était un peu atypique, vous ne croyez pas ?

Il la fixa d'un air impassible.

— Vous avez des infos pour moi, je présume.

— Quelques-unes, oui, répliqua Lucie. C'est peu de le dire.

Le gendarme sortit une feuille remplie de notes. Ses yeux étaient froids et bleus comme les parois d'une crevasse. Il se racla la gorge.

— Si on reprend dans l'ordre, vous avez expliqué aux gendarmes de Rumilly que, *grosso modo*, Agonla avait assassiné un journaliste parisien, un certain... Christophe Gamblin, c'est bien ça ? Et ce serait ce qui vous a amenée chez lui ?

Lucie acquiesça. Elle lui relata la façon dont les équipes parisiennes étaient remontées jusqu'à Philippe Agonla, sans rien occulter : les articles de journaux, l'interrogatoire des survivantes, le sulfure d'hydrogène, la blanchisserie... Le gendarme écoutait avec attention, tout en gardant un air de roc. Il agita finalement la bouche de droite à gauche.

— Ce que vous me racontez là me pose un sérieux problème.

— Du genre ?

— Aux dernières nouvelles, Agonla a eu un accident de la route en 2004. Il a la jambe gauche foutue et ne se déplace plus sans ses béquilles. Il n'a plus de voiture depuis longtemps, ni aucun autre moyen de locomotion, d'ailleurs. Le seul endroit où il est capable d'aller, c'est à l'épicerie du coin. Donc, expliquez-moi comment il aurait pu faire six cents bornes pour assassiner votre journaliste.

Lucie avala avec difficulté une gorgée de chocolat, stupéfaite, consciente des implications d'une telle révélation. Sharko et elle avaient-ils traqué un tueur qui n'avait rien à voir avec la mort de Christophe Gamblin ? Avaient-ils suivi une fausse piste, sur laquelle le journaliste avait simplement enquêté par ambition personnelle, parce que son métier, c'étaient les faits divers ? Plus que jamais, la flic se sentit perdue, désarçonnée.

Pierre Chanteloup poursuivit :

— Pour le côté tueur en série, par contre, je veux bien vous croire. On a retrouvé trois cadavres de femmes dans le gros congélateur. Elles étaient complètement nues et semblaient... endormies. Sous ces corps superposés, il y avait, dans des sachets, sept photos d'identité, sept photocopies de permis de conduire et sept clés.

— Il a dû se procurer tout cela alors que les victimes étaient à l'hôpital. Les copies des permis sont un moyen simple d'obtenir leur adresse.

Chanteloup fixait Lucie de ses yeux profonds, et lui tendit une photocopie couleurs. Les photos d'identité avaient été placées côte à côte, et scannées ensuite. Des femmes brunes, regards clairs, toutes jeunes d'apparence. *Tant de vies arrachées,* songea Lucie. Un prénom et un nom étaient inscrits sous chacune d'elles.

— Vos quatre victimes des lacs sont bien là, fit Chanteloup. Véronique Parmentier et Hélène Leroy, décédées, ainsi que Lise Lambert et Amandine Perloix, revenues de l'au-delà après une sévère hypothermie. Ça s'est passé de 2001 à 2004. Quant aux trois femmes du congélateur, elles sont issues des régions PACA et Rhône-Alpes, elles aussi. Elles ont toutes disparu entre 2002 et 2003, sans laisser la moindre trace.

Disparues, mais jamais retrouvées, songea Lucie. *Ça explique que le lien avec les victimes des lacs n'ait pas été fait.*

— Disparues avant l'accident d'Agonla, fit la flic. Mince. Ça veut dire...

— ... Que ça fait presque dix ans qu'elles sont enfermées dans sa cave, congelées comme des paquets de viande.

Lucie regarda un brancard passer, pensive. Elle essayait de reconstituer la trajectoire d'Agonla, sa folie. Si certains éléments se précisaient, elle ne parvenait toujours pas à lire dans les angles morts, à comprendre les motivations profondes du tueur en série. Dans tous les cas, il avait enlevé et tué bien plus qu'elle ne le pensait, sans que jamais personne ne s'aperçoive de rien. Un pur produit du mal, qui avait agi en toute tranquillité au fond de ses montagnes.

La flic revint dans leur conversation.

— On sait comment ces femmes enfermées dans le congélateur sont mortes ?

— Pas encore. Les deux premiers corps sont

propres, comme… immaculés. Pas de coups, de blessures, de sévices, d'après l'examen externe. Quant au troisième, celui du dessus qui est, on le suppose, le dernier cadavre de la série, il a une marque caractéristique de strangulation, réalisée avec un filin, ou quelque chose dans le genre.

— Pourquoi aurait-il étranglé celle-là et pas les autres ?

— Je l'ignore. Côté pratique, à la cave, on a trouvé un défibrillateur, un stéthoscope et des produits médicaux, comme de l'adrénaline ou de l'héparine. On a demandé les autopsies en urgence.

Il soupira. Ce type était un véritable colosse, mais il paraissait complètement déstabilisé.

— De l'urgence, répéta-t-il, sur des victimes mortes depuis si longtemps. C'est irréel.

— Concernant Agonla, qu'est-ce que vous avez pour le moment ?

— Pas de casier. Tous ceux du village le connaissent, mes gars ont déjà récupéré quelques informations au café du coin. Il n'a jamais quitté la maison familiale. Il y a une histoire d'enfant battu là-dedans, semble-t-il. Pour résumer, disons que son père, alcoolique, a foutu le camp à ses dix ans, sa mère est morte d'une tumeur quand il avait vingt-cinq ans. Un cancer incurable, pendant lequel il a vu celle qui le protégeait dépérir chaque jour un peu plus.

— Une longue descente aux enfers. Et l'impuissance.

— En effet. Agonla en a énormément souffert et a tenté de se suicider. Il a été suivi pour dépression profonde et troubles psychiatriques à l'HP de Rumilly, là où il travaillait comme agent d'entretien. D'employé, il est devenu patient. Ce type avait tout pour devenir une bombe en puissance. Un magnifique cas d'école pour les étudiants en psycho-criminologie.

Lucie songeait à ce trou d'un an et demi, dans le CV d'Agonla. Une tentative de suicide, un séjour à l'hôpital psychiatrique... Nul doute que son incapacité – et celle de la médecine en général – à guérir sa mère avait dû être l'un des déclencheurs de sa folie meurtrière.

La flic soupira puis écrasa son gobelet dans sa main, furieuse. Agonla ne leur expliquerait jamais ses motivations. De fil en aiguille, elle pensa à la Mégane bleue, rangée dans le chemin enneigé. Lucie l'avait eue sous les yeux et elle n'avait même pas eu la présence d'esprit de regarder son immatriculation, persuadée que le véhicule appartenait à Agonla.

— Philippe Agonla n'est peut-être pas l'homme que je recherche, dit-elle finalement, mais je suis certaine qu'il est une clé. Une clé qui ouvre sur une affaire plus vaste, en relation avec mon journaliste assassiné.

Elle se mit à aller et venir, main au menton. Avec le *strap* qui lui maintenait solidement la cheville, elle ne boitait presque plus.

— Quelqu'un l'a poussé et tué. Un individu pressé, qui nous a doublés dans la montagne. Comme si... il remontait la piste en même temps que nous.

— Quelqu'un de la maison, vous voulez dire ?

— Non, non, je ne crois pas. Christophe Gamblin avait été torturé, puis enfermé dans un congélateur. Ces actes n'étaient peut-être pas purement sadiques, ils étaient sans doute un moyen de lui faire avouer ce qu'il avait découvert. Quand on voit son propre corps se congeler, je crois qu'on lâche tout ce qu'on sait.

Et, de ce fait, Christophe Gamblin a mis son assassin sur la piste de Philippe Agonla. Le tueur débarque ici, dans vos montagnes, et il agit. Certes, il a éliminé Agonla, mais je suis persuadée qu'il cherchait avant tout quelque chose de bien précis dans la maison du tueur en série. La cave était retournée.

Le gendarme prit le temps de la réflexion.

— Peut-être, peut-être pas. Désormais, cette affaire, ce meurtre – s'il y a effectivement eu meurtre sur la personne d'Agonla – sont de mon ressort. Autrement dit, nous prenons cette partie de l'enquête en main.

— Vous…

— Vous allez me fournir tous les contacts nécessaires. Il nous faudra aussi vos dépositions. Vous passerez lundi matin à la gendarmerie.

Lucie détestait le ton hautain et directif qu'il prenait. Elle se fichait de ces histoires de territoires ou de guerres internes. Un malade avait assassiné Christophe Gamblin et, surtout, failli tuer Franck. Elle n'allait pas le lâcher aussi facilement.

— Vous avez fouillé la cave ?

— Dans les jours à venir, l'ensemble de la propriété va être passé au crible, du sous-sol au jardin. On doit savoir s'il y en a eu d'autres, et on ira jusqu'à défoncer les murs s'il le faut. Mais vous vous doutez bien que cela va prendre du temps. Je n'ai jamais vu un merdier pareil. La presse va faire ses choux gras de cette affaire.

Lucie ne l'écoutait plus qu'à moitié. Elle pensait à ces produits chimiques renversés, ces bâches soulevées, ce bois déplacé : l'homme à la Mégane cherchait quelque chose de plus petit que des corps. Le tueur – un tueur de tueur en série – avait peut-être essayé d'emmener Agonla de force à la cave. Et ce dernier, impotent d'une jambe, s'était rompu le cou dans l'escalier, avant même de révéler l'endroit de sa planque.

La flic se plaça en face du gendarme qui la dépassait d'une tête.

— Les TIC[1] ont fini leurs relevés ?

— Oui, en attendant les grosses fouilles qui reprendront dès les premières lueurs.

— Vous me donnez l'autorisation de retourner à la cave ?

— Vous plaisantez, là ? Et qu'est-ce que vous voulez faire là-bas ?

— Juste jeter un œil.

— C'est inutile. Je vous ai dit que nous prenions l'affaire en main.

Il sortit un carnet, l'air condescendant, et pointa la mine de son stylo sur une feuille.

— Les coordonnées de votre supérieur, s'il vous plaît.

---

1. Technicien en identification criminelle.

24

Le musculeux Pascal Robillard piocha des fruits secs dans un Tupperware, l'œil rivé sur son écran d'ordinateur.

Samedi soir, 19 heures.

Les bureaux de la Crim' étaient presque tous vides, hormis ceux des permanents. Depuis quelques heures, le lieutenant de police essayait de reconstituer le voyage réalisé par Valérie Duprès à travers le monde. Seul dans l'*open space*, il menait à présent des recherches sur Internet concernant les villes étrangères dans lesquelles la journaliste d'investigation avait laissé des traces informatiques.

Ça avait commencé environ huit mois plus tôt. 14 avril 2011, atterrissage à Lima, au Pérou. Le même jour, il repéra un mouvement bancaire dans une société de location de voitures, Europcar, et un autre dans un hôtel – Hostal Altura Sac, à La Oroya –, réglé le 3 mai, avant un retour pour Orly le 4.

La Oroya... Une ville de trente-trois mille habitants, située à cent soixante-dix kilomètres de Lima. Une cité minière des Andes péruviennes, où l'on extrayait du cuivre, du plomb et du zinc. Les photos que restitua

Google n'avaient rien de bien réjouissant : usines glauques en tôle verdâtre, hautes cheminées crachant des fumées denses, cernées des parois abruptes et vertigineuses de la cordillère des Andes. C'était une espèce d'endroit maudit, volontairement coupé du monde, où la grisaille des visages se confondait avec la poussière et la roche déchirée. Qu'est-ce que Valérie Duprès était allée faire dans ce trou pendant près de trois semaines ?

Le lieutenant Robillard creusa un peu et dénicha très rapidement des informations intéressantes. Le site d'une ONG, le Blacksmith Institute, dénonçait la firme américaine Doe Run Company, principal exploitant des fonderies de minerais, concernant les rejets de fumées toxiques. Les taux mesurés dans l'air indiquaient des quantités d'arsenic, de cadmium ou de plomb jusqu'à cinquante fois supérieures au seuil acceptable pour la santé. Autour du site, absence totale de végétation rongée par les pluies acides, rivières polluées par les substances toxiques – dioxyde de soufre, oxyde d'azote... – et, surtout, santé des habitants mise en péril.

Cette ville planquée au milieu des montagnes ressemblait à l'enfer sur Terre. L'hôtel où avait séjourné Duprès n'était certainement pas dédié au tourisme, mais devait être destiné à loger les cadres, les ingénieurs, les contremaîtres en déplacement.

Le flic se plongea dans les arcanes du site Internet et découvrit une information qui l'interpella. La ville détenait, au niveau mondial, le record absolu de saturnisme : le sang de quatre-vingt-dix-neuf pour cent des enfants était contaminé par le plomb. Les conséquences d'une telle maladie étaient atroces. Retard de développement mental, stérilité, hypertension, cancers, dysfonctionnement des reins...

Robillard se recula sur son siège, stupéfait. Il se rappelait les propos de Sharko : le petit blond de l'hôpital, faible, arythmique, malade, présentait lui aussi des problèmes de tension et des soucis aux reins. Ce môme n'avait rien d'un Péruvien, mais Robillard nota de demander au médecin des renseignements plus précis sur les analyses sanguines, notamment concernant la présence éventuelle de plomb.

Il but de l'eau minérale et s'attaqua à la deuxième destination.

La Chine, en juin 2011. Encore une fois, les relevés bancaires, les factures, les photocopies de réservations d'avions étaient très explicites : atterrissage à Pékin, location de voiture, puis direction Linfen, à sept cents kilomètres de la capitale, où la journaliste semblait avoir passé la majeure partie de son temps. Robillard ne tarda pas à faire un rapprochement entre la ville chinoise et le cloaque péruvien. Linfen – ancienne capitale chinoise sous le règne du roi Xiang – était située au sud de la province minière du Shanxi, où l'on exploitait un tiers des réserves de charbon du pays.

Les photos que le flic consulta étaient effroyables. Citadins masqués, brume permanente due à la pollution au dioxyde de carbone, industries sidérurgiques et chimiques à perte de vue, avec des bâtiments aux allures de monstres centenaires, qui crachaient du noir, du rouge, du jaune. Certains écologistes considéraient Linfen comme la ville la plus polluée du monde. Des sources sérieuses, semblait-il, parlaient de plus de la moitié des réserves d'eau non potable, d'infections respiratoires, de poussières de houille dans les poumons et de conditions sanitaires catastrophiques. Plus de trois millions de personnes dont la santé et celle de leurs futurs enfants étaient en péril. Quant aux mines de charbon... légales ou pas, elles avalaient régulièrement des vies humaines.

Robillard prit quelques notes, tandis que les sujets possibles du livre de Valérie Duprès se dessinaient lentement dans son esprit. Pollution, industries, conséquences sur la santé...

Tout en essayant de dresser des liens avec les découvertes de Christophe Gamblin, il s'attaqua alors à l'avant-dernière destination, Richland, dans l'État de Washington. Atterrissage et décollage à l'aéroport Tri-Cities, hôtel Clarion, dix jours sur place, du 14 au 24 septembre 2011... Les recherches Internet – Google, Wikipedia – lui parlèrent immédiatement : Richland était surnommée « *Atomic City* », la ville du champignon. La petite agglomération avait été bâtie à proximité du complexe de Hanford, berceau de l'industrie nucléaire américaine, là où fut fabriquée *Fat Man*, la bombe au plutonium larguée sur Nagasaki. La région sinistrée était considérée comme l'une des plus polluées de la planète, notamment à cause des milliers de tonnes de déchets radioactifs disséminés dans le sol et les eaux. D'ailleurs, Robillard fit rapidement le lien avec la dernière destination de la journaliste, Albuquerque, au Nouveau-Mexique. La ville était située à moins de cent kilomètres de Los Alamos, cocon du projet Manhattan, mené à partir de la Seconde Guerre mondiale. L'objectif de ce projet top secret était de percer les mystères de la fission nucléaire. D'après les photos, dans les déserts environnants, des centaines de panneaux jaune et noir – « Danger, radioactivité » –

brillaient sous le soleil au-dessus des collines arides, où gisaient de vieilles voitures et des caravanes rouillées.

Los Alamos et Hanford étaient intimement liées par le nucléaire.

Les objectifs de Valérie Duprès paraissaient désormais clairs pour Robillard : elle enquêtait sur les sites pollués à travers le monde. Hydrocarbures, chimie, charbon, déchets radioactifs, dégâts sur l'organisme... Quel avait été son angle d'attaque exact ? Difficile à savoir. Peut-être avait-elle décidé de faire un état des lieux, de dénoncer, d'alerter. Voire d'attaquer. Sans doute avait-elle dérangé, et s'était, de ce fait, attiré de graves problèmes.

Robillard finit par éteindre son ordinateur, content de ses petites trouvailles.

On ne l'appelait pas le « Limier » pour rien.

Pas de musculation aujourd'hui, il était trop tard. Ses muscles attendraient.

Il préféra rejoindre sa famille, avec la satisfaction d'un travail bien fait.

25

L'air glacé du dehors se faufilait par le soupirail et se répandait dans le tréfonds des pièces souterraines. Il faisait froid, noir, seules deux ampoules éclairaient ces voûtes de brique qui semblaient se rabattre sur la frêle silhouette féminine.

Lucie avait réussi sans mal à descendre à la cave de l'habitation de Philippe Agonla. Dès que Chanteloup avait quitté l'hôpital, elle avait pris la route dangereuse, retrouvé la maison et baratiné les deux plantons en montrant sa carte d'OPJ. Les problèmes viendraient peut-être plus tard mais, pour l'heure, elle avait atteint son objectif.

Dans cette salle, tout était resté dans le même désordre. Les techniciens de scène de crime s'étaient surtout intéressés aux traces proches du corps d'Agonla, et à celles aux alentours du gros congélateur renfermant son macabre chargement. Seules subsistaient, du tueur en série, des traces de sang sur les murs et les dernières marches en béton.

Lucie s'immobilisa de longues secondes, à deux doigts de remonter et de ficher le camp. C'était peut-être une très mauvaise idée, finalement, de s'aventurer seule dans cet endroit qui puait la mort. Elle ferma les yeux, inspira profondément et s'engouffra dans l'autre salle, la plus petite.

La baignoire en fonte l'attendait au milieu de cette espèce de crypte. L'ampoule rouge, pendue à son long fil, diffusait une mauvaise lumière et empêchait de distinguer correctement les murs de brique, rouges eux aussi. C'était comme si la pièce elle-même saignait. Lucie eut le temps de penser : *une ampoule rouge ici, une blanche par là, pourquoi ?*

Les mâchoires crispées, elle fixa longuement la baignoire poussiéreuse et appuya ses mains contre l'émail jaunâtre, essayant d'imaginer la scène. Une femme, couchée là-dedans et terrorisée...

Il m'interdit de bouger. Il est à côté, il manipule ses produits chimiques. Le verre des pipettes et des tubes à essais me glace le sang. J'ai froid, j'ai peur, je ne sais pas ce qu'il attend de moi. Va-t-il me violer, me tuer ? D'un coup, il se penche au-dessus de mon corps immobile. Il est fort, hideux, ses yeux sont grossis par les verres de ses lunettes immondes. Je me débats mais en vain. Il m'empêche de bouger et applique un masque à gaz sur mon nez. Je respire une odeur infecte d'œuf pourri.

Lucie se rendit compte qu'elle retenait sa respiration. Elle lorgna rapidement autour d'elle, les sens en alerte. Agonla était mort, deux plantons se tenaient à l'étage, elle ne risquait rien. Elle ramassa le masque à gaz, renifla et grimaça : le caoutchouc avait définitivement gardé l'odeur d'œuf pourri.

Elle se dirigea avec courage vers le plus petit des

deux congélateurs, qu'elle ouvrit. Les techniciens avaient vidé la glace, mais Lucie se rappelait que le compartiment avait été plein à ras bord. Pourquoi ? Elle fixa la baignoire et imagina Véronique Parmentier, la toute première victime, couchée là-dedans.

Elle est là, inanimée. Agonla pense l'avoir juste endormie au sulfure d'hydrogène, mais elle est probablement en train d'agoniser, parce que chacun de ses organes s'empoisonne à cause de la concentration trop élevée en gaz. Sa fréquence cardiaque diminue drastiquement. Du point de vue du tueur, elle passe en animation suspendue. Mais, en réalité, elle meurt, empoisonnée...

Elle regarda encore le petit congélateur, les lèvres pincées, et comprit subitement.
— Bon sang, il va la refroidir avec de la glace.
Elle avait parlé tout haut, comme si elle s'adressait à Sharko. Elle fixa les jerricanes vides. Sans aucun doute, ils avaient servi à remplir cette baignoire d'eau de robinet, et toute la glace du congélateur avait certainement été utilisée pour faire chuter la température du liquide. Très vite, le corps de Parmentier avait été pris dans le froid. Sauf que la jeune femme n'était pas en état d'animation suspendue, elle était déjà morte. Philippe Agonla avait dû rapidement s'apercevoir de son échec, lors d'un inutile réchauffement : le cœur n'était jamais reparti. Alors, il avait décidé de se débarrasser du corps et de le larguer dans un lac. Il n'avait pas oublié de la rhabiller, de lui remettre ses chaussures. Tout devait laisser croire à un accident, une noyade due à une imprudence.

La flic sursauta.

— Ça va, lieutenant Henebelle ?

La voix provenait du haut de l'escalier. L'un des plantons.

— Oui, oui, c'est bon. Aucun problème.

Elle entendit la porte grincer et se concentra de nouveau, tout en balayant la pièce sanglante des yeux. Agonla avait laissé un an s'écouler avant de repasser à l'acte. Avait-il eu peur de se faire prendre ? Son échec l'avait-il ébranlé ? Toujours était-il que, en 2002, Hélène Leroy avait subi le même sort. L'enlèvement au domicile grâce au moulage de la clé lors du séjour aux Adrets. L'enfer au fond de cette cave. Puis la mort, à cause d'une concentration encore trop élevée en sulfure d'hydrogène.

Lucie se rendit subitement compte qu'elle avait les mains crispées sur la brique, dans un coin. Elle imaginait la colère, la hargne de Philippe Agonla face à ces échecs. Elle retourna dans la première pièce – celle avec la lumière blanche – et se plaça en face de la paillasse carrelée, où traînait encore du matériel intact. C'était sans doute ici que l'assassin avait réalisé ses dosages. Lucie regarda les petits squelettes de souris, sur la gauche. Elle imagina Agonla se creuser la tête, s'acharner à mélanger ses infâmes composés chimiques et les tester sur des animaux. Elle voyait très bien Agonla en train de palper le cœur arrêté des souris, puis de le sentir battre de nouveau. Le Graal.

Après son nouvel échec sur un humain, il n'avait plus eu la patience d'attendre un an. Il avait gagné en assurance, il fallait que le rythme s'accélère, il fallait qu'il y arrive. Il était repassé à l'attaque dans la foulée, le même hiver. Un nouvel enlèvement, un nouveau plantage. Troisième victime. Mais, ce coup-ci, il n'avait pas pu se permettre de jeter le corps dans un lac. Sans doute avait-il suivi la presse locale et avait-il eu peur que les flics finissent par faire le lien avec les accidents de ski et le séjour aux Adrets des femmes brunes. Alors, le plus simplement du monde, il avait décidé de conserver le corps chez lui, dans un gros congélateur. C'était moins risqué que de l'enterrer ou de le déposer quelque part.

Un corps congelé, puis un deuxième, la folie meurtrière était en marche. Lucie imagina Philippe Agonla, affairé dans cette pièce, en train de serrer un filin autour de la gorge de la troisième et dernière victime du congélateur.

Pourquoi l'avoir tuée de cette façon ? Avait-elle réussi à s'échapper avant d'être rattrapée ? Agonla l'avait-il éliminée de colère ? Qu'est-ce qui avait pu se dérégler dans son rituel ? À moins que…

Lucie lâcha une grande expiration : peut-être que l'expérience d'Agonla avait enfin fonctionné. Après avoir été placée en animation suspendue et plongée dans l'eau glacée de la baignoire, et après l'arrêt de son cœur, la femme, une fois réchauffée, était revenue à la vie.

Lucie se redressa et imagina le volcan dans la tête du tueur. Pour la première fois, il s'était trouvé confronté à une victime revenue de l'au-delà. Des sentiments contradictoires avaient dû se mélanger dans son crâne : une joie immense, évidemment, mais aussi la peur, l'angoisse. Car que faire de son objet d'expérimentation, à présent ? La relâcher ? Hors de question. Peut-être l'avait-il gardée auprès de lui des jours durant, pour l'interroger, lui parler, essayer de comprendre ce qui se cachait de l'autre côté de la frontière.

Finalement, il l'avait étranglée et stockée avec les autres.

Lucie se figea face au soupirail. Dehors, le silence était tel qu'on pouvait deviner le crépitement des flocons sur le sol. Les montagnes étaient là, autour, menaçantes, oppressantes. La flic imagina sans peine la silhouette d'Agonla vaquer à ses macabres occupations, dans cette longue allée, au cœur de la forêt. Ici, pas de témoins, personne pour entendre les cris ni voir les corps transiter entre la camionnette et la maison.

Lucie en revint aux faits. Agonla avait sans doute réussi à provoquer une hibernation contrôlée, à ramener une morte au pays des vivants. Comment s'y était-il pris ? Où avait-il obtenu les informations sur le sulfure d'hydrogène – un gaz hautement toxique – et sur la façon de pratiquer, des années avant les recherches officielles ?

Lucie observa le fouillis autour d'elle. Le type qu'avait poursuivi Sharko cherchait quelque chose. Un objet ? Elle se souvenait parfaitement des propos du professeur Ravanel, le spécialiste en cardioplégie froide : « *Votre homme possède probablement de l'outillage qui permet de faire des dosages aussi précis mais aussi des documents, des notes manuscrites pleines de formules qui retracent ses découvertes.* »

Des documents... Comme elle, avec son enquête : elle avait au moins son petit carnet. De ce fait, où étaient les notes de Philippe Agonla, les résultats de ses expérimentations ?

Lucie se mit à fouiner méticuleusement, tout en poursuivant son analyse. Après son succès, le tueur avait changé sa méthode. Il avait continué à enlever ses victimes à leur domicile, mais ne les avait plus amenées dans sa cave. Il les avait « gazées » dans sa camionnette – utilisant peut-être le masque et une recharge contenant un dosage extrêmement précis de gaz – pour les jeter directement dans des lacs gelés. Puis il avait appelé les secours au moment où il l'avait souhaité, deux, trois, dix ou peut-être quinze minutes après l'immersion.

Pourquoi contacter le Samu et ne plus les réanimer lui-même ? Pour éviter que les victimes ne voient son visage et qu'il ait ensuite à les tuer ? Parce que le plus important pour lui était non pas de réanimer lui-même les victimes, mais de les savoir revenues à la vie ? De jouir secrètement de son pouvoir divin, tout en laissant la médecine perplexe ?

Jusqu'où serait-il allé sans son accident de la route ? Et que comptait-il faire de ses découvertes ? Continuer à jouer avec les frontières de la mort, allant toujours plus loin ? Personne ne saurait jamais.

Lucie soulevait et déplaçait les objets. Agonla avait conservé des skis, des miroirs, des brosses à cheveux, des tubes de rouge à lèvres, entassés dans des cartons qui avaient été retournés. Elle dénicha une vieille photo à demi déchirée et l'observa à la lueur de l'ampoule. Il s'agissait d'une belle femme aux longs cheveux bruns, aux yeux noisette, qui posait devant la maison. Sa mère, sans doute. Lucie se dit qu'en ramenant ces filles à la vie, c'était peut-être sa propre génitrice qu'Agonla rappelait à lui. Il voulait montrer que lui, vulgaire agent d'entretien, était capable de vaincre les incapacités de la médecine.

Elle chercha encore. Le montagnard avait passé des

années à expérimenter, à planifier, à tuer. Ses découvertes devaient être d'une importance primordiale. Il avait dû bien les planquer, à l'abri de l'humidité, dans l'endroit même où il opérait. Plus loin dans la pièce, elle tomba sur le stéthoscope, le défibrillateur, les deux grosses bouteilles de gaz. Elle les secoua, jeta un œil sous la baignoire, les congélateurs, observa l'ampoule, encore. Lumière rouge ici, et blanche dans l'autre pièce. Cette différence de luminosité la titillait, depuis le début. Agonla souhaitait moins éclairer cette pièce, effacer les angles, accroître les effets d'ombre. Ses yeux tombèrent sur les murs qui paraissaient lisses, uniformes.

Elle remarqua alors qu'on ne distinguait pas les joints entre les briques.

Lucie se précipita dans la salle voisine, démonta l'ampoule blanche, retourna dans l'autre pièce et se plaça en équilibre sur les bords de la baignoire. Elle remplaça alors l'ampoule rouge.

La pièce sembla s'illuminer sous un jour nouveau, les ombres disparurent, les joints des briques se dessinèrent plus clairement. Lucie fit le tour de la pièce, une main sur les murs et l'œil attentif. Elle s'arrêta à proximité d'une armoire métallique posée au sol entre des boîtes de conserve éparpillées. Autour de deux briques les joints manquaient. C'était quasiment invisible, et les techniciens avaient très bien pu passer à côté, trop occupés à relever les indices autour des cadavres.

La flic sentit son cœur s'emballer. Elle s'agenouilla, tira délicatement les briques à elle et révéla une cache dans le mur. Ses doigts palpèrent alors une pochette plastifiée.

À l'intérieur, un cahier.

La gorge sèche, Lucie remit d'abord les ampoules en place : la rouge ici, la blanche là-bas. Elle tressaillit quand elle entendit du bruit, dans l'allée. Elle se précipita et aperçut, par le soupirail, l'extrémité rougeoyante d'une cigarette voler dans la nuit. Elle respira calmement, tenta de contrôler son stress. Le froid l'enveloppait, lui mordait le visage, mais elle tint bon et ouvrit le cahier.

Il ressemblait à ceux des écoliers, avec une couverture bleu et blanc. À l'intérieur, il y avait, sur une feuille volante indépendante du cahier et au format plus petit, un dessin qui lui leva le cœur. Il s'agissait d'une espèce d'arbre à six branches, dessiné de façon très triviale. Lucie se rappela la photo sur le téléphone de Sharko, ce tatouage imprimé sur le torse du môme qui avait disparu.

Les dessins étaient identiques.

Sur les pages suivantes – dont la plupart étaient volantes, de format réduit – apparurent des notes manuscrites, brouillonnes, bardées de chiffres, de phrases, de ratures. Des concentrations, des formules chimiques qui se chevauchaient en une soupe incompréhensible. Plus loin, il y eut un changement d'écriture, et toutes les notes, cette fois, étaient rédigées directement sur le cahier. Lucie repéra, d'un rapide coup d'œil, les identités de certaines victimes. Parmentier... Leroy... Lambert... En face, des poids, des calculs, des concentrations en éléments chimiques.

Deux personnes avaient écrit là-dedans : l'une sur des feuilles volantes et l'autre, directement dans les pages de ce cahier.

Il y eut un bruit, dehors. Au moment où Lucie se

penchait vers le soupirail, quelque chose tomba d'entre ses mains.

— C'est vous, brigadier Leblanc ?

Une ombre se courba. Lucie vit de la buée pénétrer par l'ouverture.

— Oui, fit la voix. Ça fait un bail que vous êtes là-dedans. Un souci ?

— Non. Ça va. Je remonte bientôt.

Lucie s'accroupit pour ramasser la photo en noir et blanc échappée d'entre les pages. C'était un vieux, un très vieux cliché, qui avait brûlé dans sa partie inférieure. Trois personnes – deux hommes et une femme – étaient assises devant une table, dans une pièce qui paraissait petite et très sombre. Devant eux, il semblait y avoir des feuilles, des stylos. Ils fixaient l'objectif étrangement, d'un air grave.

Lucie plissa les yeux sur le visage de l'homme du milieu. Était-il possible que...

Elle approcha la photo de la lumière.

Visage en forme de poire, cheveux hirsutes, petite moustache poivre et sel : c'était bien Albert Einstein.

Interloquée, Lucie glissa la photo abîmée par le feu dans le cahier et cacha ce dernier sous son blouson. Elle remit les briques dans leur position initiale, vérifia qu'elle n'avait rien dérangé et remonta comme si de rien n'était. Après avoir salué les plantons, elle disparut dans la nuit, avec l'impression que ces notes et cette photo mystérieuse étaient l'arbre qui cachait la forêt.

Direction l'hôpital.

26

Lucie émergea dans un sursaut.

Elle roula rapidement les yeux pour se rappeler où elle se trouvait : la chambre d'hôpital. Elle se redressa soudain dans son fauteuil. Sharko était derrière elle, debout, et il lui caressait la nuque – ce qui avait provoqué le brusque réveil.

— Dimanche matin, presque 11 heures, sourit-il. J'ai hésité à t'apporter les croissants.

Lucie grimaça, elle était courbaturée et s'était endormie seulement quelques heures plus tôt.

— Franck ! Qu'est-ce que tu fais debout ?

Il tourna sur lui-même, dans son pyjama bleu.

— Pas mal pour un revenant, non ? Le médecin a fait un peu la gueule en me voyant dans les couloirs, mais il m'a tout expliqué. Puis j'ai croisé un gendarme, aussi. Je suis au courant pour la mort d'Agonla, les cadavres dans le congélateur. Il paraît que mes papiers sont dans un sale état, que mon téléphone a disparu, que mon costume anthracite est fichu et…

Elle se plaqua contre son compagnon et le serra fort.

— J'ai eu tellement peur. Si tu savais.

— Je sais.

— Et je regrette notre dispute. Sincèrement.
— Moi aussi. Ça ne doit plus arriver.
Sharko ferma les yeux, tout en continuant à lui caresser le dos. Des sensations horribles lui dressèrent les poils. L'eau glacée, qui lui compresse la poitrine et l'empêche de respirer. Ses membres qui s'engourdissent et l'entraînent au fond. La brûlure atroce dans ses muscles, lorsqu'il s'était hissé sur la berge.
— Je n'ai plus mon arme de service. De toute ma carrière, je ne l'ai jamais perdue, même dans les pires moments. Mais là... Qu'est-ce que ça veut dire ? Qu'il est vraiment temps de raccrocher ?
Lucie l'embrassa. Ils s'échangèrent des caresses et des mots tendres. La pièce était baignée de lumière. Sharko emmena sa compagne à la fenêtre.
— Regarde.
Le paysage était à couper le souffle. Les rayons du soleil étincelaient sur les sommets d'une blancheur éclatante. Partout ne flamboyaient que des couleurs vives, luminescentes. En contrebas, les voitures circulaient au ralenti. Toute cette vie, cette lumière faisaient tellement de bien.
— Ces montagnes ont failli m'ôter la vie, mais je ne peux m'empêcher de les aimer.
— Je les déteste.
Ils se regardèrent bêtement, et partirent dans un fou rire. Sharko eut un peu mal aux côtes, mais il le cacha habilement. Il expliqua que, même avec des contre-indications, il serait dehors avant la fin de la journée. Il se sentait bien, en forme, malgré deux, trois douleurs par-ci, par-là. Lucie se demanda s'il ne voulait pas l'impressionner, lui montrer qu'il avait encore une sacrée carcasse.

— T'es vachement sexy dans ton pyjama bleu, tu sais ?

— Je m'en passerais bien.

Lucie l'enlaça encore.

— Je veux être avec toi, ce soir, à l'hôtel. Oui, je veux que tu sortes, et qu'on fasse enfin ce bébé. On peut dire que notre soirée d'hier a été compromise.

Sharko tenta de sourire, il pensa à ce que lui avait dit le médecin du laboratoire d'analyses médicales : « *Un peu de repos, des vacances, pour redonner de la vigueur aux petites bestioles* »... Tu parles. Il retrouva finalement un air grave et la fixa dans les yeux.

— Ce type, qui m'a balancé dans la flotte, il peinait franchement quand je l'ai poursuivi. Je ne courais pas vite mais lui, encore moins. Je crois qu'il n'était plus tout jeune. Je n'ai pas vu son visage, mais j'ai vu son blouson au moment de la chute. C'était un Bombers kaki. Exactement le même genre de blouson que celui de l'homme qui a enlevé le gamin à l'hôpital.

— Tu es sûr ?

— Certain.

Lucie accueillit la remarque comme un choc. Elle remercia le ciel de ne pas être allée en pédiatrie, de ne pas avoir eu à croiser le regard de cet enfant, parce qu'elle imaginait le pire à présent.

Il y eut un long silence, chargé de tension. Les dires de Sharko confirmaient ce que Lucie pensait déjà :

— Je crois que quelqu'un suit la même piste que nous. Il nous devance d'un pouce et élimine tout ce qui pourrait nous aider à progresser. Il remonte le temps et fait du nettoyage. Je pense que chez Agonla, il cherchait des notes.

Elle alla fouiller dans son blouson.

— Ces notes-là. Ce cahier contient des formules chimiques, des dessins, des modes opératoires sur ces histoires de sulfure d'hydrogène. Agonla parle aussi des victimes, de la façon dont il s'y est pris pour les endormir. Les quantités, les dosages...

Sharko prit le cahier qu'elle lui tendait.

— Les gendarmes t'ont autorisée à garder l'original ?

— Ils ne savent pas que je l'ai trouvé. Il était planqué derrière des briques, dans l'un des murs de la cave.

Sharko se figea, ahuri.

— T'es en train de me dire...

— Oui, mais j'ai tout remis en place.

— Lucie !

La flic écarta un peu les bras, les paumes au plafond.

— Ces notes concernent notre affaire. Ce fichu commandant de gendarmerie nous a éjectés du coup. S'il était entré en possession de ce cahier, il aurait fait barrage pour nous donner les infos. Hors de question de lâcher une miette de NOTRE enquête. Regarde plutôt là-dedans, au lieu de râler.

Il soupira. Le petit morceau de femme qui se tenait en face de lui était bien du pur jus « Lucie Henebelle ».

— Il faudra trouver une solution pour le restituer. On ne peut pas garder ça pour nous, il s'agit d'une pièce à conviction essentielle.

Les mâchoires serrées, Sharko tourna finalement les pages. Il passa un doigt sur le dessin du début, l'air grave.

— Encore ce symbole, identique au tatouage de l'enfant.

— Qui nous prouve bien que tout est lié.

Il jongla entre les feuilles volantes et les pages du cahier.

— Deux personnes différentes ont écrit là-dedans.

— Je sais. L'une sur le cahier, l'autre sur les pages volantes.

Il considéra la photo en noir et blanc. Ses yeux s'écarquillèrent.

— Mais c'est Einstein ?

— En personne.

— Je ne connais pas l'autre homme, mais la femme... On dirait Marie Curie. C'est bien Marie Curie ?

Lucie se frotta les épaules, comme si elle avait froid. Elle partit se plaquer contre le chauffage, dos à la fenêtre.

— Je ne sais pas.

— Si, c'est elle, j'en suis presque certain. Une photo incroyable... Dommage qu'elle soit en partie brûlée.

— Elle me glace le sang. Regarde comment les trois fixent l'objectif. C'est comme s'ils ne voulaient pas qu'on la prenne, cette photo. Et puis cet endroit, terriblement obscur. Qu'est-ce qu'ils cherchaient là-dedans ? De quoi parlaient-ils à ce moment-là ?

Intrigué par ce cliché, Sharko poursuivit son exploration. Les formules, les notes manuscrites. Ses yeux étaient sombres, son front se plissait. Il referma finalement le cahier et remarqua un tampon légèrement effacé, en bas de la couverture arrière. Il le montra à Lucie.

— Tu avais vu ?

La flic revint vers lui, intriguée.

— « Hôpital spécialisé Michel Fontan, Rumilly. 1999. » Ça m'avait échappé. Mince. Rumilly...

— Là où Philippe Agonla a travaillé comme agent d'entretien, avant la blanchisserie des Adrets.

— Et où il a aussi été traité pour ses troubles psychiatriques, d'après Chanteloup. 1999, ça correspond bien à cette date.

Alors qu'ils réfléchissaient, on leur apporta des plateaux-repas. Sharko souleva la cloche et grimaça.

— C'est dimanche, bordel. On ne peut pas manger un truc aussi infect un dimanche.

Lucie fut moins difficile que lui. Elle dévora ce qui ressemblait à du porc avec de la purée. Sharko l'accompagna, pour la forme, et ils discutèrent encore de leur enquête. Après la pomme verte en guise de dessert, Lucie consulta le SMS qui était arrivé sur son portable.

— « *Sommes prêts pour un point. Des infos intéressantes de notre côté. En espérant que Franck va bien. Appelle avant 15 heures, si possible.* » C'est de Nicolas.

— Il l'a pris comment ?

Il balaya l'air en ouvrant les bras.

— Tout ça, je veux dire.

— Je l'ai appelé hier soir, avant de retourner à la cave. Ça ne s'est pas trop mal passé, même s'il a eu très peur pour toi et nous a qualifiés d'« inconscients ».

— Comme d'habitude. Bon, tu le rappelles mais, pour l'instant, ne parle surtout pas de ce cahier, ni d'Einstein ou de quoi que ce soit.

Lucie alla fermer la porte et composa le numéro de son supérieur. Elle mit le haut-parleur, et entendit que le chef du groupe avait fait la même chose de son côté.

— Merci de rappeler. D'abord, comment va Franck ?

— Prêt à sortir, déjà, répliqua Lucie en fixant Sharko avec un clin d'œil. Il lui manque juste le costume.

— Super...
— J'ai mis le haut-parleur. Franck t'entend.
— Salut, Franck. Bon, je me trouve au bureau, avec Pascal. On partage nos dernières infos et on rentre chez nous, on est sur les rotules. Vous vous rendez compte que notre « Limier » n'a pas fait de muscu depuis vendredi ?
— Du jamais-vu depuis que je bosse avec vous.
— Et ça le rend plutôt nerveux, il est comme un volcan sur le point d'entrer en éruption. Alors... On est en relation avec Pierre Chanteloup, de la SR de Chambéry, et Éric Dublin, du SRPJ de Grenoble. Ça ne va pas être simple d'un point de vue judiciaire, ce Chanteloup a l'air méchamment borné et risque de faire blocage.
— À qui le dis-tu ! fit Lucie. Un vrai con.
— Arthur Huart, notre juge d'instruction, est plutôt doué. Il saura se débrouiller avec les autres magistrats et éviter les grosses embrouilles. De notre côté, pas mal de nouveautés. Vous m'entendez bien ?

Lucie acquiesça.

— Parfaitement, fit-elle. Mais, pour commencer, des nouvelles de l'enfant de l'hôpital ?
— Aucune. Ni de lui ni de Valérie Duprès. Le point mort, mais les recherches se poursuivent.

Lucie et Sharko s'étaient assis sur le lit, côte à côte. Bellanger continuait à parler :

— Nous concernant, Pascal a bien travaillé. Pour faire court, on est presque certains que Duprès menait des recherches sur les sites les plus pollués de la planète. Pollution chimique, au dioxyde de carbone, radioactivité. On dispose de ses dates de voyages, on a pu globalement retracer son périple. Fort possible qu'elle s'intéressait à l'aspect sanitaire de la chose. À La Oroya par exemple, presque tous les enfants souffrent de saturnisme, avec d'autres problèmes de santé, dont des dysfonctionnements des reins et du cœur. C'est peut-être pour cette raison qu'elle a choisi cette ville au fin fond du Pérou.

Lucie et Sharko se regardèrent avec gravité. Le commissaire prit le téléphone en main et l'approcha de sa bouche.

— Problèmes de reins et de cœur... Comme notre gamin disparu.

— Ça a fait tilt aussi chez Pascal. De ce fait, j'ai appelé ce matin l'hôpital de Créteil, mais on a de petits problèmes administratifs avec eux. Comme le môme n'est plus dans leur établissement, ils nous mettent des bâtons dans les roues pour des analyses sanguines qu'on aimerait approfondir. Toujours des histoires de fric, à savoir qui va payer. De ce fait, on va récupérer les échantillons de sang et les fournir à nos équipes de toxico. On a du bol, à l'hosto, ils possèdent encore les tubes qu'ils gardent en général une semaine, et ont suffisamment de sang pour d'autres examens. Bref, je laisse passer le dimanche et lance la procédure dès demain matin.

Sharko voyait certains liens se tisser, de manière très floue. Dans sa tête, trois mots résonnaient : radioactivité, Einstein, Curie.

— Tu as parlé de radioactivité, dit-il.

— Oui. Après la Chine et la pollution extrême au charbon, Duprès s'est rendue à Richland, et s'est ensuite envolée pour Albuquerque, aux États-Unis. Des endroits proches de villes impliquées dans le projet top secret Manhattan, qui a permis de créer les premières bombes atomiques en 1945.

— Vaguement entendu parler de ça, mais c'est loin.
— Richland est très connu, très touristique d'ailleurs, pour ceux que l'histoire intéresse. On l'appelle « *Atomic City* », la ville du champignon. Elle est devenue un vérit...

Le commissaire n'écoutait plus, il s'était redressé d'un trait en claquant des doigts.

— Lucie ! Où est l'édition du *Figaro* ?
— Dans la boîte à gants.
— Va la chercher, s'il te plaît, vite ! Je crois que je viens de comprendre pourquoi Duprès avait gardé ce journal !

Alors qu'elle disparaissait, Sharko retrouva son calme et répéta à ses collègues parisiens ce que Lucie lui avait dit une heure auparavant – évitant de parler du cahier –, afin qu'ils soient tous au même niveau d'informations. Enfin, la flic réapparut, le journal roulé dans sa main. Elle le tendit à Sharko, qui le feuilleta rapidement.

— C'était dans les petites annonces, j'en suis certain.

Ses yeux roulaient de droite à gauche sur les lignes. Il écrasa enfin son index au milieu de la page de gauche.

— Voilà, je la tiens enfin. C'est dans la partie « Messages personnels », là où n'importe qui peut déblatérer n'importe quoi. Je n'y avais pas prêté attention la première fois, parce qu'il y a souvent des messages bizarres à cet endroit. Écoutez ça, c'est rigoureusement ce qui est noté dans le journal : « *On peut lire des choses qu'on ne devrait pas, au Pays de Kirt. Je sais pour NMX-9 et sa fameuse jambe droite, au Coin du Bois. Je sais pour TEX-1 et ARI-2. J'aime l'avoine et je sais que là où poussent les champignons, les cercueils de plomb crépitent encore.* » Fin de petite annonce.

Il y eut un long silence. Bellanger demanda à Sharko de répéter, puis demanda :

— Et tu crois vraiment que ça a un rapport ?

— J'en suis presque sûr. On dirait une espèce de message codé. Pour l'avoine, je ne comprends pas, mais tu me dis que Richland est la ville du champignon. « *Là où poussent les champignons.* » Et puis, il y a cette histoire de plomb, aussi. Le plomb dans le sang des enfants... Ces cercueils, ce ne pourrait pas être les mômes eux-mêmes, condamnés à mourir avec le plomb qu'ils possèdent en eux ? Des cercueils ambulants. Tu vois ce que je veux dire ?

— À peu près, répondit Bellanger. Et... (Un silence.) Tu crois que Duprès est l'auteur du message ?

— Ça me paraît évident. Par le « *Je sais* », elle pointe une cible du doigt, elle la menace. Et elle sait que cette cible lit attentivement *Le Figaro*.

— Ça peut coller. Et puis, temporellement, il n'y a pas d'incohérence. Duprès revient du Nouveau-Mexique début octobre, l'annonce passe un mois plus tard, en novembre. Et d'ailleurs, Duprès n'est jamais allée en Inde, comme sa demande de visa le laissait présager. Après le voyage aux États-Unis, ses priorités avaient changé.

Lucie écoutait et notait sur son carnet, Sharko se caressait le menton. Valérie Duprès prenait doucement chair dans sa tête. Ses motivations, ses ambitions s'esquissaient. Un voyage sur les sites pollués. Un livre qui dénonçait l'impact de la pollution sur la santé.

Une découverte à Richland ou à Albuquerque, sa dernière destination, qui change soudain ses objectifs et la met finalement en danger. Qui cherchait-elle à atteindre avec la petite annonce ? Quel était le sens de ce curieux message ? Et surtout, quel rapport avec l'enfant de l'hôpital ou une photo de scientifiques des années 1900 ?

Bellanger le coupa dans ses pensées.

— Bon. On va cogiter, laisser reposer toute cette histoire. Pascal va s'amuser ce dimanche avec ce message codé, il adore ça. Faites votre déposition chez ce Chanteloup demain matin et s'il n'y a plus rien à faire dans le coin, vous revenez. Pour ton arme, Franck, je vois ça avec la direction. Ça va encore générer trois kilos de paperasse, cette histoire.

Il les salua et raccrocha. Sharko se dirigea vers la fenêtre en se lissant les cheveux vers l'arrière. Puis il se retourna et fixa Lucie, qui avait les yeux plongés dans les pages du *Figaro*.

— Ça te parle ?

— Absolument pas. C'est du chinois.

— Fallait s'y attendre. Tu passes à l'hôtel me chercher des vêtements ?

— Tu veux déjà sortir ? Tu plaisantes, là ?

— Pas du tout. Pour toi l'hôtel, et, de mon côté, je règle le problème de ma sortie avec le médecin. Ensuite, on a le choix. Ou on reste tranquillement à l'hôtel, au chaud dans le lit, ou on va faire un tour à l'hôpital psychiatrique de Rumilly. À ton avis ?

Lucie prit la direction de la porte.

— J'ai vraiment besoin de te répondre ?

27

Glacée.

Il n'y avait aucun autre mot pour résumer l'atmosphère qui enroba les deux policiers lorsqu'ils mirent pied à terre, face au colosse de pierre qui paraissait taillé à vif dans la falaise.

Pour atteindre l'établissement psychiatrique, il avait d'abord fallu traverser la ville de Rumilly, s'enfoncer dans la montagne, longer un lac, traverser un pont et rouler encore un kilomètre sur des routes sinueuses, à travers les mélèzes.

L'ogre était bâti sur trois étages, troué de vitres austères et protégé de toits dont seules les pointes perçaient la neige. Comme il se trouvait en hauteur, un vent glacial le fouettait en permanence. Impossible de traîner dehors sans finir congelé.

De par sa position reculée, son architecture, Lucie estima que le bâtiment devait être très ancien, construit du temps où l'on voulait parquer la folie et la garder bien à l'abri de la population, c'est-à-dire au milieu de nulle part. On était dimanche, fin d'après-midi, et personne ne venait rendre visite aux patients. Le parking d'un blanc immaculé était quasiment vide, hormis quelques voitures sur les places réservées au personnel.

Sharko ne put réprimer de l'appréhension en franchissant la porte d'entrée. En tant qu'ancien schizophrène – ou schizophrène tout court –, il connaissait bien la folie et ses déclinaisons toutes plus sordides les unes que les autres, et il avait l'intuition que cet établissement isolé ne se chargeait pas que de pathologies légères. Aussi, en se présentant à l'accueil et en demandant à parler au chef de l'hôpital, il lui sembla bien que son front perlait et que ses lèvres tremblotaient.

Ils furent conduits au fond d'un long couloir typique des vieux hôpitaux psychiatriques : plafond très haut, perspectives qui donnent la nausée, acoustique propice à la résonance. Ils ne croisèrent pas le moindre patient. Tout juste aperçurent-ils un ou deux infirmiers qui poussaient leur chariot ou sortaient de la pharmacie. Les visages étaient blêmes, peu souriants, les dos voûtés. L'isolement des montagnes ne devait pas aider à se changer les idées.

Léopold Hussières faisait partie des meubles. Le chef de l'hôpital avait une soixantaine d'années, le front dégarni et des lunettes rondes qu'il ôta à l'arrivée des policiers. Il ne faisait pas chaud entre ces murs – c'était le moins que l'on puisse dire – et Lucie remonta un peu la fermeture de son blouson. Elle sentait Sharko mal à l'aise, il se tortillait les mains discrètement, tel un enfant intimidé.

— J'aimerais voir vos papiers, si vous le permettez, fit le psychiatre.

Lucie lui tendit sa carte, qu'il scruta attentivement. D'une méfiance extrême, il demanda également celle de Sharko. Le commissaire lui montra une carte en sale état.

— Elle a pris l'eau, désolé.

Le médecin haussa les sourcils. Il intimidait, avec sa blouse quasiment boutonnée jusqu'au cou d'où jaillissait le col d'un pull.

— La Criminelle parisienne ici, dans les montagnes, en plein hiver ? Que se passe-t-il ?

Il leur rendit les papiers, et Lucie prit les devants :

— Nous aimerions que vous nous parliez d'un patient du nom de Philippe Agonla. Avant d'être suivi chez vous comme patient, il a travaillé dans votre établissement en tant qu'agent d'entretien.

Le psychiatre réfléchit, se frottant le menton d'une main.

— Philippe Agonla... Agent d'entretien et patient... C'est assez remarquable comme configuration pour que j'oublie. Fin des années 1990, je crois ?

— 1999.

— Que se passe-t-il avec lui ?

— Il est mort.

Après avoir marqué sa stupéfaction, il rechaussa ses lunettes. Des pieds, il propulsa la chaise à roulettes sur laquelle il était assis jusqu'à une armoire bondée de paperasse. Lucie en profita pour observer le bureau. Peu d'effets personnels, hormis un cadre avec une photo familiale. Elle bloqua sur le crucifix, posé dans un coin, à côté de stylos. Dieu marquait sa présence même ici, au milieu des fous. Elle détourna le regard vers Hussières lorsqu'il revint à eux avec le bon dossier. Il le feuilleta rapidement.

— Oui, c'est bien cela : tentative de suicide, dépression sévère avec délires paranoïaques. Tout est noté ici. Il était persuadé que sa mère décédée le surveillait, qu'elle se cachait derrière les meubles, sous le lit, et qu'elle lui murmurait à l'oreille : « De là où je suis, je peux te voir. » Il avait besoin de soins et de suivi. Nous l'avons gardé entre nos murs sept mois.

Lucie imaginait à peine le calvaire que cela devait représenter, de vivre plus d'une demi-année entre ces parois aveugles, oublié de tous.

— Était-il complètement guéri lorsque vous l'avez relâché ?

Il referma le dossier d'un mouvement sec.

— Nous ne « relâchons » pas nos patients, madame, ce ne sont pas des prisonniers. Nous les soignons, et quand nous estimons qu'ils ne présentent plus aucun danger pour la société, mais surtout pour eux-mêmes, nous les envoyons, la plupart du temps, vers des centres de réinsertion où ils passent un séjour beaucoup plus court. Et pour répondre à votre question, il n'était pas « guéri », mais apte à recouvrer une vie sociale.

Encore le genre de personnage avec lequel il allait falloir la jouer serré. Ces montagnards planqués au fond de leurs vallées étaient tous plus coriaces les uns que les autres.

— Avez-vous le souvenir de patients avec qui Philippe Agonla entretenait des rapports particuliers ?

Le psychiatre fronça les sourcils.

— Quel genre de rapports ?

— Je ne sais pas, moi, de l'amitié, de la camaraderie. Des patients avec qui il avait l'habitude de manger ou de se promener.

— Difficile à dire, comme ça, de mémoire. Non, pas vraiment. Un patient comme un autre.

— On demandera aux infirmiers, répliqua Lucie.

Ils sont en contact permanent avec les malades, ils devraient avoir des réponses.

Hussières se pencha vers l'avant, les mains regroupées sous le menton.

— Je connais bien la loi. Il vous faut normalement une permission pour agir ainsi. Une commission rogatoire, ou quelque chose dans le genre.

— Votre ancien patient, Philippe Agonla, s'est attaqué à au moins sept femmes, et en a tué cinq. Ces femmes, il les a empoisonnées au sulfure d'hydrogène, un gaz toxique. Il a gardé certains corps des années dans un congélateur. Une fois sorti de votre hôpital, Philippe Agonla est devenu un tueur en série, monsieur Hussières. Vous l'avez fichtrement bien soigné. Alors, on peut lancer les procédures, rameuter du monde et vous faire un peu de pub, si vous le souhaitez vraiment.

Le psychiatre ôta lentement ses lunettes et les garda dans la main droite, complètement figé. Il pinça l'arête de son nez, les yeux clos.

— Bon sang... Qu'est-ce que vous voulez ?

Lucie sortit le cahier trouvé dans la cave d'Agonla et le poussa vers le psychiatre.

— Pour commencer, nous aimerions que vous jetiez un œil à ce cahier. Il vient de votre hôpital, en atteste le tampon à l'arrière. Il appartenait à Philippe Agonla, mais nous pensons qu'un autre patient ou un membre du personnel a écrit à l'intérieur, majoritairement sur des feuilles volantes, le temps où Agonla a séjourné ici.

Hussières récupéra le cahier. Lucie remarqua à quel point il paraissait perturbé à présent. Le psychiatre scruta attentivement le tampon sur la couverture arrière et ouvrit. Ses yeux se focalisèrent sur le dessin de la première page.

— Ce dessin vous parle, on dirait ? fit Lucie.

Le spécialiste ne répondit pas. Il éventa doucement les autres feuilles volantes, la bouche serrée, puis s'appesantit sur la photo des scientifiques.

— Brûlée... murmura-t-il en passant délicatement ses doigts dessus.

Il finit par la remettre à sa place et fixa les flics dans les yeux.

— Qui sait que vous êtes ici ?

Une peur soudaine, sèche, était apparue dans son timbre de voix.

— Personne, répliqua Sharko. Pas même notre hiérarchie.

Hussières referma brusquement le dossier. Il lorgna le cahier, le regard noir.

— Partez, je vous en prie.

Lucie secoua la tête.

— Vous savez bien que nous ne partirons pas. Notre enquête va bien au-delà de la mort de Philippe Agonla. Il n'est qu'une étape qui doit nous aider à avancer. Nos recherches nous ont menés entre vos murs. Il nous faut des réponses.

Il resta immobile quelques secondes, puis s'empara du cahier et se leva.

— Suivez-moi.

Dans son dos, Lucie et Sharko échangèrent un regard parlant : ils trouveraient probablement des réponses dans ce sinistre endroit. Ils longèrent les couloirs en silence et s'engagèrent dans une cage d'escalier. D'immenses vitres distribuaient une lumière de fin de journée, qui tombait sur le sol et donnait une impression de monochromie déprimante. Les marches, les murs étaient en pierre, et les clés tintaient sur la cuisse du psychiatre à chaque foulée. Lucie se demanda où se trouvaient les malades. D'ordinaire, les individus erraient dans les halls, les couloirs, on entendait leurs voix, mais ici, tout semblait figé, hors du temps. Elle pensa au film de Stanley Kubrick, *Shining*, et frissonna.

— Le patient que je vais vous présenter s'appelle Joseph Horteville, fit Hussières. Il est arrivé chez nous en juillet 1986, voilà plus de vingt-six ans, ce qui en fait le plus ancien de nos trente-sept pensionnaires.

Sa voix résonnait curieusement. Il se retourna vers les deux policiers, tout en continuant à monter les marches.

— Vous vous dites, trente-sept patients pour un si grand établissement qui, dans ses heures de gloire, en accueillait plus de deux cent cinquante... ? Mais nous sommes au bord de l'agonie financière, nos portes vont malheureusement bientôt fermer. Je vous épargne ces détails, vous avez d'autres chats à fouetter, je présume.

— On se demande surtout qui est Joseph Horteville, souffla Sharko.

— Chaque chose en son temps. Cette histoire est... compliquée.

Ils arrivèrent au troisième étage.

— Dernier niveau. Vous ne verrez pas de portes ouvertes à cet étage. Les patients qui habitent ces lieux ont besoin d'une surveillance très particulière.

Hussières déverrouilla puis poussa la porte, avant de s'engager dans un couloir sans fenêtres cette fois. Les seules lumières venaient de lampes au néon, espacées tous les cinq mètres. Avec ces murs en roche, les deux policiers avaient plutôt l'impression d'évoluer dans une galerie souterraine, ou alors sous la montagne. Ils tournèrent, puis atteignirent enfin la zone avec les chambres. De petites fenêtres rondes perçaient de lourdes portes aux grosses serrures.

Ce n'est pas une légende, pensa Lucie. *Ce genre d'endroit existe encore.*

Elle aussi était terriblement crispée, à présent. Les hommes, derrière ces murs, avaient peut-être tué, anéanti des familles avec le sourire aux lèvres. Sortiraient-ils de cet endroit maudit un jour ? Deviendraient-ils des Agonla en puissance, une fois en liberté ? Tout en marchant, elle essaya de regarder à travers les lucarnes, mais ne put apercevoir que des pièces qui avaient l'air toutes vides. Les patients étaient sans doute couchés, complètement drogués.

Soudain, un visage apparut. Lucie marqua un mouvement de recul. L'homme avait les lèvres retroussées, le nez plissé, la raie au milieu de ses cheveux noirs. Il se mit à cogner régulièrement son front contre le hublot, sans quitter la flic des yeux. Il ressemblait à Grégory Carnot, le meurtrier de ses petites jumelles.

— Ça va, Lucie ?

La voix de Sharko...

Lucie cligna des yeux, pour se rendre compte qu'il n'y avait plus personne. La chambre paraissait vide. Quant à Carnot, il était mort et enterré depuis un an et demi dans un cimetière proche de Poitiers.

Un peu déboussolée, elle se remit en marche.

— Oui, oui. Ça va.

Mais ça n'allait pas vraiment, elle le savait. Elle avait *vu* quelqu'un qui n'existait probablement pas.

Autour, le silence était malsain, lourd. De temps à autre, des cris qui ressemblaient davantage à des râles semblaient jaillis des entrailles du bâtiment. Un vrai lieu de cauchemar. Enfin, ils stoppèrent devant la dernière porte, dans un renfoncement. Hussières se mit juste devant la vitre, empêchant les policiers de voir à l'intérieur.

— On y est. Je dois d'abord vous dire que Joseph Horteville est psychotique, sous sa forme la plus sévère. Il porte la camisole, mais je vous demanderai néanmoins de rester au bord de sa chambre et de ne pas l'approcher.

Sharko fronça les sourcils.

— Je pensais que les camisoles n'existaient plus.

— Effectivement, mais c'est lui qui demande à la porter. Il a parfaitement conscience que, sans elle, il s'arracherait la peau du visage et du torse jusqu'à la mort. Avec toutes ces années, il est devenu chimiorésistant. Quasiment tous les traitements sont inefficaces contre sa maladie, dont je vous épargne les longues explications. Sachez juste qu'elle est... dangereuse, pour vous comme pour lui.

Lucie marqua instinctivement un léger pas de retrait, laissant Sharko la devancer de quelques centimètres. Elle détestait affronter le regard des fous parce que, au fin fond de leur iris, on lisait tout ce que notre conscience refoulait et nous empêchait de voir.

— Est-il un assassin ? demanda Sharko.

Hussières glissa la clé dans la serrure.

— Non. Il n'a rien fait de mal, il a juste subi. Je préfère vous prévenir, Joseph n'a pas un visage comme vous et moi.

Il s'interrompit et fixa de nouveau ses interlocuteurs au fond des yeux.

— Il s'est passé des choses horribles dans ces montagnes, il y a vingt-six ans. Les habitants ont eu tendance à dire que le diable avait habité cette vallée.

Vous êtes ici, dans mon hôpital, et vous n'avez même pas entendu parler de cette histoire ?

— Nous débarquons. Expliquez-nous, s'il vous plaît.

Hussières prit sa respiration.

— Joseph a quarante-six ans, il est l'unique survivant d'un incendie. Il avait vingt ans à l'époque. Il a été brûlé à différents degrés sur la quasi-totalité de son corps et de son visage et a passé plus d'un an dans un service de grands brûlés à subir un nombre incalculable d'opérations chirurgicales. Il a failli mourir à plusieurs reprises et ne peut plus s'exprimer qu'en écrivant. Le feu a détruit sa capacité à émettre des sons clairs et compréhensibles...

Il baissa d'un ton. Plus loin, des coups résonnèrent contre une porte, accompagnés de gémissements. Hussières n'y prêta pas la moindre attention.

— Ce que je vais faire ou exprimer dans cette pièce pourra vous paraître bizarre, mais laissez-moi agir et, surtout, ne dites rien. Cette photo, ces feuilles volantes sont de nouvelles pièces d'un puzzle complexe, et elles sont peut-être, enfin, ma clé d'entrée dans son esprit.

— Vous parlez d'« unique survivant ». Combien de personnes sont mortes ?

— Sept... Ses sept frères ont péri devant les yeux de Joseph en hurlant. Ce sont parfois leurs cris qu'il reproduit, des heures durant.

Lorsqu'il vit la stupeur s'inscrire sur le visage de ses interlocuteurs, il précisa :

— Je parle là de frères religieux, bien sûr. Joseph Horteville était moine.

Lucie resta sans voix, encaissant la nouvelle. Bien

secoué également, Sharko retrouva néanmoins son aplomb quelques secondes avant elle.

Des religieux...

— Et cet incendie, c'était un accident ?

— Accident, suicide, cas de possession qui aurait rendu les moines complètement hystériques et les aurait contraints à s'immoler. Toutes les hypothèses ont été envisagées, génératrices de bien des légendes et des ragots. Tout a tendance à tourner au mystique, dans nos montagnes, vous savez. Concrètement, les corps des moines ont été retrouvés dans la bibliothèque de l'abbaye. L'enquête a révélé que les religieux s'étaient gorgés d'eau bénite avant de mourir. Comme vous savez, elle est censée protéger du démon. Ils ne voulaient probablement pas aller en enfer.

Il haussa les épaules.

— Moi, j'ai ma propre hypothèse sur cette histoire. Et je pense que c'est celle-là que vous êtes venus entendre.

L'eau bénite... Les flics étaient scotchés. Lucie demanda alors, d'une voix chevrotante :

— Votre hypothèse, c'est qu'ils ont été assassinés, c'est bien ça ?

Hussières lui tourna lentement le dos, et finit par ouvrir la porte.

28

Une reconstruction faciale en terre glaise.

C'était la première image qui était venue à l'esprit de Lucie lorsqu'elle avait affronté le visage de Joseph Horteville. Il n'avait ni cils, ni sourcils, ni cheveux. Sa peau, par endroits, était aussi brune qu'un café alors que venaient contraster, régulièrement, des îlots rosés, presque blancs, notamment autour des lèvres et du cou. Ses yeux paraissaient exorbités, certainement parce que la peau entourant les orbites était tirée vers le bas, comme celle des enfants voulant faire une grimace avec leurs mains plaquées sur les joues. Mais sa grimace à lui était permanente, empreinte d'une souffrance indescriptible. Une vraie plaie ambulante.

Camisolé, il était assis sur le lit et regardait la télé située en hauteur. Son univers se résumait à ces quatre murs serrés autour de lui, ce lit aux bords arrondis pour éviter qu'il ne se blesse et le petit écran, son seul lien avec le monde extérieur. La chambre était spartiate, lugubre, avec un ovale en Plexiglas qui donnait sur des sapins à perte de vue. Il y avait également des manuels d'échecs, un paquet de feuilles vierges et un crayon de bois sur une commode. Vingt-six longues années d'enfermement dans cette tombe grisâtre. Même s'il n'avait pas été fou en arrivant, il le serait devenu.

Le cahier caché dans le dos, le psychiatre s'approcha de lui, tandis que les deux flics restaient à leur place, pas très rassurés.

— C'est bientôt l'heure de ta partie. Tu as une revanche à prendre sur Romuald, si j'ai bien compris ?

Il ne clignait pas des yeux. Sharko se demanda un temps s'il avait des paupières. Le patient sourit imperceptiblement et frotta le menton contre sa camisole.

— On enlèvera la contention tout à l'heure, Joseph. Je voulais juste te présenter deux invités. Ce sont des proches de Philippe Agonla. Tu te souviens de Philippe ?

La grosse lèvre inférieure – une lèvre d'une épaisseur incroyable, comme si on y avait introduit cent grammes de silicone et que le poids la faisait pendre vers le bas – se mit à vibrer. Joseph acquiesça. Il hocha plusieurs fois le menton vers les feuilles vierges, tout en émettant de drôles de sons, pareils à des grognements. Il était petit, maigre, et paraissait aussi inoffensif qu'un vieillard.

— Très bien, fit Hussières. Tu es certain que tu n'as pas envie de t'arracher la peau ?

Hochement de tête négatif de Joseph. Le psychiatre éteignit la télé et appela un infirmier. Un type d'une quarantaine d'années arriva dans la minute. Mine fermée, crâne chauve, une carrure de falaise. Sur ordre du psychiatre, il ôta la contention, avant de se placer dans un coin, les bras croisés, prêt à intervenir.

Dans son pyjama bleu, le patient se toucha doucement le visage, les paumes plaquées sur ses joues. Puis il se pencha vers les feuilles, s'empara du crayon de bois et se mit à noter, presque frénétiquement. Ses doigts tremblaient. Tout excité, il tendit le papier en direction des flics. Le médecin intercepta la feuille, lut et répondit d'une voix posée :

— Philippe va bien. D'ailleurs, il les a priés de te passer le bonjour. Ce sont ses cousin et cousine. Il ne t'a jamais parlé d'eux ?

Joseph jeta un œil vers Lucie et Sharko, secoua la tête, puis émit ce qui ressemblait à des bruits de satisfaction. Avec un mouchoir, il s'essuya le bord des lèvres puis nota encore. Alors que Hussières se courbait pour prendre le message, Joseph se leva d'un bond et voulut s'approcher de Sharko. Vigilant, l'infirmier eut vite fait de s'opposer, le visage grave.

— Tu sais bien que non, Joseph. Retourne près du lit.

Par réflexe, le commissaire avait posé à plat la main sur le ventre de Lucie, comme pour la protéger. Son cœur venait de faire un bond. L'homme, dont il avait pu sentir l'haleine, ressemblait aux portes de l'enfer. Un quart de siècle à vivre enfermé ici, oublié de tous, avec un visage répugnant. Comment garder son humanité ?

— Qu'a-t-il noté ? demanda finalement le commissaire.

— Il vous demande pourquoi Philippe n'est pas venu lui-même.

Le psychiatre se tourna vers son patient.

— Il n'est pas venu, simplement parce qu'il a eu un accident. Un accident qui lui a causé un grave problème de mémoire. Oh, il va bien, ne t'inquiète pas. Il ne se souvient pas de grand-chose, mais il se souvient de toi, de vos parties d'échecs et de tous ces bons moments que vous avez partagés.

Malgré les cratères de chair cramée, les boursouflures, le visage se chargeait d'émotion. Joseph récupéra une larme du bout des doigts, juste au-dessous de son œil droit, et la contempla longuement. Lucie estima qu'il s'agissait peut-être d'une réaction physiologique, et non de vraies larmes.

— Il viendra ici dès qu'il le pourra, il l'a promis, poursuivit Hussières. Il voulait te faire un petit cadeau, alors, il t'a donné ceci.

Joseph s'empara du cahier que lui tendait le psychiatre et le caressa doucement. Il l'ouvrit avec un sourire, fit courir ses doigts brûlés sur le papier.

— Tu te rappelles, n'est-ce pas ? Et toutes ces feuilles que tu donnais en cachette à Philippe ? Il les a précieusement gardées dans son cahier.

Le moine acquiesça lentement. Son médecin attendit, puis sortit la photo noir et blanc de sa poche et la lui montra.

— Et cette photo ? Elle est à toi, n'est-ce pas ?

Nouveau hochement de tête. Joseph saisit le cliché, s'assit sur son lit et le considéra longuement. Son regard s'obscurcit. Il regarda de nouveau les flics, par-delà leurs épaules, comme s'il cherchait quelqu'un d'autre, et se renfrogna un peu. Il nota quelque chose, tout en émettant des sons curieux. Lucie remarqua à quel point l'infirmier était sur le qui-vive, prêt à bondir, lorsque Hussières s'accroupit face à Joseph et lui prit le papier des mains. Il le lut mentalement, le chiffonna et le fourra dans sa poche.

— Non, non, bien sûr que non, fit Hussières en se raclant la gorge. Tu ne crains rien. Revenons-en à cette photo, si tu veux bien. Tu ne l'as jamais eue en ta possession, ni à l'hôpital, ni ici. Tu l'avais cachée quelque part, dans l'abbaye, avant l'incendie. Oui, Joseph ?

Joseph acquiesça nerveusement. Il avait posé la photo, et ses mains commençaient à se crisper sur les draps. Le psychiatre leva un regard chargé de tension vers l'infirmier, l'incitant à ne surtout pas bouger. Les deux flics, eux, restaient immobiles dans leur coin, accrochés aux paroles du spécialiste.

— Tu l'as dissimulée quelque part, dans la bibliothèque. C'est pour ça qu'elle a brûlé en partie, oui ? Et tu avais indiqué la position de cette cachette à Philippe, et seulement à Philippe, parce que tu avais confiance en lui. Quand il est sorti de l'hôpital, il est allé là-bas, mais, hormis cette photo, il n'a trouvé que des cendres... Cette histoire est ancienne et je crois que Philippe voudrait maintenant que tu lui réécrives tout ce qui s'est passé avant l'incendie de la bibliothèque. Tout ce que tu lui as raconté et écrit entre ces murs, en cachette. Parce qu'il a tout oublié, et qu'il aimerait bien comprendre à nouveau.

Il poussa des feuilles vers Joseph.

— Vas-y. Tu as tout le temps. Reprends depuis le début. Depuis l'arrivée de l'Étranger, il y a vingt-six ans.

Joseph fixa les deux flics avec un air serein, malgré l'aspect répugnant dégagé par sa face de lune. Lucie eut envie de détourner la tête, mais elle résista, elle le regarda au fond des yeux. Sans la lâcher d'une miette, Joseph s'empara de la feuille et sortit un peu la langue. Puis il tourna enfin la tête et utilisa son bras pour cacher ce qu'il écrivait – ou dessinait. Lucie avait les doigts crispés dans le dos de Sharko.

Finalement, Joseph posa la feuille sur le lit, face contre le matelas, et considéra son psychiatre avec un sourire curieux. Lorsque Hussières retourna le papier, il était écrit : « *Tu te fous de ma gueule ? Pourquoi tu parles à la place de ces deux connards de flics ?* »

La seconde d'après, Joseph lui plantait le crayon de bois dans le dos de la main, d'un mouvement sec. Hussières hurla.

L'homme au visage cramé partit se recroqueviller dans un coin et commença à s'arracher la peau du visage en riant.

29

Sharko, Lucie et Léopold Hussières se tenaient dans l'infirmerie. Ce dernier s'était fait panser sa plaie, si bien que sa main droite était désormais serrée dans une bande Elastoplast. La pièce était saturée d'odeurs d'anesthésique, de désinfectant et de sang frais.

Le psychiatre n'était pas revenu sur ce qui venait de se passer au troisième étage, certainement gêné du fiasco et de la façon dont il s'était fait piéger. Comme si de rien n'était, il demanda aux deux policiers de s'approcher de la vitre devant laquelle il se tenait. Dehors, il faisait presque nuit. On distinguait, de-ci, de-là, quelques lueurs, perchées haut sur le flanc des montagnes.

— On peut deviner la silhouette de l'abbaye Notre-Dame-des-Auges quand le ciel est dégagé, là-bas, sur la montagne du Gros Foug. Les moines qui y vivaient, en 1986, appartenaient à l'ordre monastique des bénédictins, sous l'autorité de leur abbé, le frère François Dassonville. Une communauté paisible, dépendante du Vatican, dont les premiers membres se sont installés il y a plus de deux cents ans. Depuis le drame, le bâtiment religieux est abandonné et livré aux désastres du temps. Plus personne ne pouvait habiter là où, raconte-t-on, le diable avait œuvré.

Lucie avait sorti son stylo et son carnet, qu'elle posa par-dessus le cahier de Philippe Agonla.

— On a besoin de comprendre, docteur. Dites-nous tout ce que vous savez sur cette affaire, sur le frère Joseph, sur ce mystérieux cahier et sur cette histoire de diable.

— J'ai besoin de certitudes.

— Lesquelles ?

— Si vous allez plus loin dans vos investigations, personne, en dehors des gens travaillant sur votre enquête, ne devra savoir que les informations viennent de moi. Surtout pas les gens du coin. Je ne veux pas être mêlé à ça.

Les policiers sentaient qu'il était mort de trouille. Il tripotait inconsciemment les fins maillons d'une chaîne en or qu'il portait autour du cou, au bout de laquelle pendait probablement une médaille. Aussi Sharko essaya-t-il de le rassurer au mieux :

— Nous vous l'assurons.

— Dites-moi aussi que vous me laisserez faire des photocopies de tout ce que contient ce cahier, et que vous me tiendrez informé des aboutissements de votre affaire. C'est une obsession vieille de vingt-six ans.

— Ça nous va.

Il serra les lèvres, respira un bon coup et se mit à parler :

— Après l'admission de Joseph ici, les gendarmes sont venus régulièrement, presque chaque semaine. Joseph avait été l'unique survivant de l'incendie, les gendarmes voulaient à tout prix qu'il leur donne des indices, qu'il leur explique à quel genre d'affaire ils se confrontaient. Mais Joseph est resté muet comme une tombe, souvent délirant, terrorisé par le fait d'avoir vu ses frères mourir sous ses yeux. La maladie mentale a pris possession de son esprit, comme ça, quasi instantanément. Dès qu'on lui parlait de l'incendie, il s'automutilait. La folie qui l'habitait a également contribué à alimenter cette légende d'esprits possédés par le mal. Cela n'a pas servi l'image de mon hôpital, croyez-moi.

Il invita les deux policiers à s'avancer dans le couloir et referma l'infirmerie à clé derrière lui. Une lumière artificielle, blanche, avait remplacé celle du jour. Pour rien au monde, Lucie n'aurait passé une nuit entre ces murs.

— Au fil du temps, les gendarmes ont abandonné leurs investigations, ils n'avaient aucune preuve qu'il pouvait s'agir d'un crime. Qui aurait pu s'en prendre à des hommes de Dieu vivant paisiblement, et dans quel but ? Et puis, nous étions en 1986, les forces de l'ordre ne disposaient pas de toutes ces techniques d'investigation que vous avez aujourd'hui. Bref, l'affaire est restée sans suite. Vous êtes les premiers que je revois et qui s'intéressent à ce dossier, après tant d'années. Vingt-six longues années. Moi qui pensais ce mystère enterré à tout jamais dans les vallées de ces montagnes !

Hussières ouvrit une porte qui donnait sur une spirale d'escalier plongeant vers les ténèbres. Un courant d'air glacial s'invita et leur ébouriffa les cheveux. Sharko remonta le col de son caban.

— Cette histoire avait débuté de la manière la plus étrange qui soit, juste avant que les flammes emportent les moines. Suivez-moi.

Une fois l'espace éclairé, ils descendirent les uns derrière les autres, la cage en colimaçon étant trop étroite pour accueillir deux personnes côte à côte. Les marches étaient en béton brut et épaisses. Le psychiatre appuya sur un autre interrupteur, qui illumina une salle semblable à une crypte. De la buée sortait des bouches, comme si la mort habitait cet endroit et qu'elle s'était glissée dans chaque organisme.

— Les archives de l'hôpital, depuis sa création.

La voix résonnait, le plafond était bas, écrasant. De la poussière s'accumulait sur les étagères dont le bois noir gondolait un peu. Il régnait en ces lieux une odeur d'encre et de vieux papier. Lucie se lova dans son blouson, les mains sur son col, et sursauta lorsque la porte claqua d'elle-même derrière eux. Elle pensa brièvement à la chaleur d'une bonne douche et d'un lit, loin de toutes ces horreurs.

— Vous trouverez ici des dossiers qui datent de 1905, pour les plus anciens. Pas la peine de vous dire que ce qui sommeille entre ces vieilles pages n'est pas beau à voir. La psychiatrie y cache ses heures les plus sombres.

Sharko avait l'impression d'étouffer, et il prit sur lui-même pour ne pas exiger de remonter. Se succédaient, entre ces rangs serrés, des centaines, des milliers de dossiers. Combien d'anonymes avaient été électrocutés, lobotomisés, battus ou humiliés dans le cœur de ces montagnes ? Il saisit discrètement la main de Lucie lorsque Hussières disparut dans une allée. Le petit homme dégota une pochette noire, soigneusement rangée sur une étagère.

— 1986... Le dossier non officiel de Joseph, ma petite enquête policière à moi, si vous voulez.

Il gardait un air grave, inquiet. Lucie sentait le besoin qu'il avait de parler de ses recherches, d'extérioriser une histoire qui l'habitait encore et l'effrayait. Il ouvrit le dossier et présenta une photo au lieutenant de police, qui grimaça. Sur le cliché constellé de petits points noirs – un défaut de pellicule ? –, un homme était torse nu et placé sous une bulle transparente. Il était couché sur ce qui ressemblait à un lit d'hôpital.

Son corps n'était plus qu'une plaie. Pour avoir déjà vu des cadavres, Lucie eut l'impression que celui-là était putréfié, avec certains os des bras, des jambes, visibles à travers la chair rongée. Il avait les yeux ouverts, hagards. Jamais elle n'avait vu un être vivant dans un tel état.

Parce qu'il lui semblait que cet homme était bel et bien vivant.

Elle passa la photo à Sharko.

— Voici l'Étranger, fit le psychiatre. Cet homme a été amené par deux « individus » à l'hôpital d'Annecy, le 13 mai 1986. Le temps de l'admission, les anonymes avaient disparu sans décliner leur identité. D'après les informations que j'ai récupérées plus tard auprès des gendarmes, ce patient était presque incapable de s'exprimer, de par son état. Ils ont néanmoins estimé qu'il parlait un langage de l'Est, peut-être du russe. La photo que vous avez entre les mains a été prise au bout de trois jours d'hospitalisation. Quarante-huit heures plus tard, l'Étranger était mort.

Sharko lui rendit le cliché, les sourcils froncés.

— De quelle maladie ?

— Pas une maladie, mais un mal. L'irradiation...

Lucie et Sharko se dévisagèrent. La radioactivité refaisait surface, comme un fil ténu, invisible, qui raccrochait les éléments de leur enquête. Le psychiatre continua à parler.

— ... Une irradiation telle qu'elle explosait toutes les statistiques. L'homme avait reçu cent mille fois la dose admissible sur une vie, il crépitait comme un feu de Bengale. Regardez les points noirs sur la photo : les particules radioactives qui émanaient de son corps frappaient même la pellicule du photographe. J'ai réussi à me procurer tous les éléments médicaux, vous jetterez un œil si vous voulez. Vous comprenez à présent pourquoi cette photo d'Einstein et de Marie Curie m'a interpellé, tout à l'heure.

Malgré le froid et la noirceur de l'endroit, le commissaire essaya de se concentrer au maximum. Depuis quelques heures, leur affaire prenait un tournant inattendu. Hussières leur confiait ses recherches, et il ne fallait surtout pas rater le coche.

— 1986... un Russe... l'irradiation... ça me fait penser à Tchernobyl, fit le flic.

— Exactement. La centrale a explosé le 26 avril 1986. Le type est arrivé à l'hôpital trois semaines plus tard, aux portes de la mort. Il est évident qu'il se trouvait à proximité de la centrale pendant l'explosion ou quelques jours après, et qu'il a fui son pays. Il a réussi à traverser les frontières, passant par la Suisse ou l'Italie, pour se retrouver dans nos montagnes et se réfugier là où on ne le retrouverait pas : dans une communauté religieuse. Mais pendant ce temps, la radioactivité s'en prenait à chacune de ses cellules, de façon invisible.

Il tendit d'autres photos glauques, pires encore que la première.

— Cet homme est mort dans des souffrances inimaginables, brûlé de l'intérieur par l'atome, comme ce fut le cas pour ces milliers de liquidateurs de Tchernobyl que les Russes ont envoyés sur le toit de la centrale pour tenter de boucher le réacteur. Il faut imaginer la stupéfaction des autorités françaises, à l'époque, alors que tous les pays d'Europe sombraient soudain dans la phobie du nucléaire. D'où sortait cet homme irradié jusqu'au plus profond de sa chair ? Qui l'avait amené à l'hôpital ? Et pourquoi avoir attendu qu'il soit dans un si mauvais état pour le faire soigner ?

— Les gendarmes n'ont jamais fait le rapprochement avec les moines ?

— Jamais. Les moines ont brûlé vifs quatre jours plus tard, le 17 mai, à trente kilomètres de là, et rien n'indiquait que l'Étranger était passé par leur abbaye. Pour tous, les deux affaires étaient indépendantes.

— Pourtant, vous, vous savez. C'est le frère Joseph qui vous l'a raconté, c'est ça ?

— Joseph détenait des clés essentielles quant à cette histoire et, pendant treize ans, il a refusé de les livrer à quiconque, pas même à moi. Mais l'arrivée de Philippe Agonla a tout bouleversé.

Il rangea méticuleusement les photos. Chaque geste était précis, appliqué. Ici, c'était son univers, ses propres abysses, où il venait sans doute passer du temps.

— Il est parfois des choses incompréhensibles dans les maladies psychiques qui font que des patients se rapprochent naturellement. Ce fut le cas de Philippe et Joseph. Je pense également que les tendances au sentiment de persécution de Joseph – ce diable – l'ont rapproché de Philippe Agonla, qui se sentait lui aussi poursuivi par le fantôme de sa mère. C'est donc à

Philippe que le frère Horteville s'est mis à se confier, par papiers interposés comme il l'a fait avec moi, tout à l'heure. Ils appelaient ce mode de communication le « langage de ceux qui n'ont pas de langue ».

Il chaussa ses petites lunettes rondes et tourna des feuilles maladroitement, à cause de sa main blessée.

— Évidemment, les deux hommes gardaient leur correspondance secrète. Philippe Agonla était un rusé, la plupart des papiers ont échappé à ma vigilance. Il les mangeait, les découpait en mille morceaux, s'en débarrassait dans les toilettes. Mais je m'aperçois aujourd'hui qu'il en cachait aussi dans le cahier que vous m'avez montré. Il a réussi à sortir ces formules de mon hôpital sans que je m'aperçoive de rien.

Il prit des feuilles dans son dossier poussiéreux. Certaines étaient chiffonnées, recollées ou incomplètes.

— Voici les quelques messages que j'ai réussi à intercepter à leur insu. En dépit du manque d'informations, j'ai pu retracer, de manière très grossière, les grandes lignes de leurs échanges. Un « homme de l'Est » est arrivé le 4 mai 1986 aux portes de l'abbaye, à bout de forces. Soit huit jours après l'explosion du réacteur de Tchernobyl. Selon Joseph, il portait sur lui un vieux manuscrit et une petite boîte translucide, hermétique et remplie d'eau, dans laquelle il y avait, je présume...

Il tendit la main vers le cahier que tenait Lucie et le récupéra. Il pointa la feuille volante où se trouvait le symbole du tatouage.

— Ceci.

— Qu'est-ce que c'est ?

— Je l'ignore, je découvre cette pièce du puzzle aujourd'hui même. Je vous l'ai dit : toutes ces feuilles volantes, ces formules et annotations ont échappé à ma vigilance. Vous pensez bien qu'avec un tel élément visuel j'aurais creusé davantage. Dans les notes dont je dispose, Joseph parle d'un petit animal.

— Un animal, répéta Sharko. C'est une piste intéressante. Continuez, s'il vous plaît.

— Ces feuilles volantes confirment mon intuition : le manuscrit rapporté par l'Étranger était un livre de formules et de propos scientifiques. L'homme était peut-être un chercheur, un savant en rapport avec le nucléaire. J'ignore qui a rédigé le manuscrit, ce qu'il contenait précisément, hormis ces formules chimiques. Mais j'ai appris grâce aux échanges secrets entre Joseph et Philippe que, à l'époque, Joseph s'était mis à en recopier les pages en cachette, la nuit. Une copie du manuscrit original, qu'il aurait dissimulée à l'intérieur du monastère. Peut-être cette photo d'Einstein et de ses confrères s'est-elle décrochée du manuscrit lors d'une de ces nuits de mai 1986, et Joseph aurait alors décidé de la garder, pour apporter de la véracité à ses propres écrits ? Ou alors, il l'a arrachée lui-même, toujours dans un souci d'authenticité.

Il écrasa son index sur un feuillet de formules.

— Dans sa chambre du troisième étage, face à Philippe Agonla, il a probablement tenté de retranscrire de mémoire quelques formules qu'il avait lues ou apprises treize ans plus tôt. Joseph possède une mémoire photographique extraordinaire, ce qui en fait un redoutable joueur d'échecs.

Sharko essaya de digérer les informations. Un scientifique venu de l'Est, un manuscrit mystérieux, un moine copiste, qui opère la nuit...

— Pourquoi recopier le manuscrit en cachette ?

demanda-t-il. Le frère Joseph pressentait-il un danger quelconque autour de ce livre mystérieux rapporté de Russie ?

Hussières acquiesça.

— Ça me paraît évident. Peut-être de par la nature même de son contenu. Ces pages devaient aller au-delà de la simple chimie. Les moines ne voulaient pas qu'on vienne fouiner dans leur monastère, qu'on leur pose des questions ; c'est sans doute pour cette raison que deux d'entre eux ont abandonné l'irradié devant l'hôpital sans donner leurs noms.

— Et, selon vous, quelqu'un les aurait tous tués pour récupérer le manuscrit, fit Lucie. Ce fameux diable…

— Je le crois, oui. D'une façon ou d'une autre, le meurtrier – le diable – a été mis au courant de l'existence de ce livre. Il n'a pas hésité à sacrifier les moines pour en préserver le secret. Quel genre d'écrits peut impliquer le meurtre atroce d'hommes de Dieu, si ce n'est ceux qui remettent en cause certaines théories de l'Église ? Science et religion n'ont jamais fait bon ménage, vous le savez.

Il marqua un silence et glissa le dossier sous son bras. Il invita ses interlocuteurs à remonter à la surface.

— Dans tous les cas, je présume que Joseph a fini par révéler à Philippe Agonla l'endroit où il avait caché ces pages recopiées du manuscrit original.

— La bibliothèque de l'abbaye…

— En effet. Et votre photo légèrement brûlée incite à penser que ces pages devaient être quasiment à l'abri des flammes, dans un espace confiné. Mais le feu a tout de même été le plus fort, et, hormis ce cliché, Agonla n'a récupéré que des cendres.

Lucie imaginait bien Philippe Agonla se rendre dans l'abbaye, à peine sorti de l'hôpital, et découvrir la cachette indiquée par le frère Joseph. Elle voyait l'immense déception sur son visage, face à un petit tas noirâtre et une photo à demi brûlée. Elle dit :

— Finalement, une fois dehors, Philippe Agonla n'avait à sa disposition que ce cahier et ces feuilles volantes sorties en cachette de votre hôpital, où traînaient des formules approximatives écrites de mémoire par Joseph. Il n'avait pas la copie du manuscrit original, puisqu'elle avait brûlé.

Elle fixa Sharko.

— Cela explique ses essais, ses tâtonnements et toutes les notes manuscrites dans le cahier. Agonla a utilisé des êtres vivants – d'abord des souris, puis des femmes – pour reconstituer lui-même, à partir des approximations de Joseph, les formules exactes du manuscrit et percer le secret de l'animation suspendue.

— Et je crois que ce manuscrit en recelait bien d'autres, des secrets, compléta Sharko. Joseph n'a probablement eu le temps de recopier qu'une partie de son contenu.

Ils remontèrent en silence, seul le claquement de leurs semelles sur les marches en pierre les accompagnait. Ils regagnèrent le bureau d'Hussières, qui commença à faire des photocopies. Dans le ronflement monotone de l'appareil électrique, une lumière verte glissait sur les visages fatigués et inquiets. Lucie remarqua un autre crucifix, accroché derrière une armoire, qu'elle n'avait pas vu la première fois. Hussières avait peur de quelque chose. Elle fixa la photo de famille – la femme de Hussières, leurs deux enfants et leurs trois petits-enfants – et demanda :

— J'aurais encore une question. Ce diable qui hante vos montagnes... Avez-vous la moindre idée de qui il pourrait s'agir ?

— Absolument pas, non. Cette histoire tournant autour d'une abbaye a de quoi donner des frissons. Quelqu'un a tué ces moines, et Dieu seul sait d'où il vient et qui il est.

— Vous vivez depuis des années avec cette histoire. Elle vous a obsédé, et vous n'en avez jamais parlé à personne, pas même aux gendarmes qui ont enquêté à l'époque. Vous n'avez pas la moindre hypothèse, la moindre piste d'investigation dans laquelle nous pourrions nous engouffrer ?

— Non. Rien. Désolé.

Il se tourna vers elle et lui tendit un paquet de feuilles.

— Voilà pour vous, je me garde les photocopies du cahier et des feuilles volantes. Je vous ai tout dit, je vais devoir vous laisser à présent. Il commence à se faire tard, et j'ai encore beaucoup à faire.

Lucie récupéra les feuilles.

— Très bien. Mais une toute dernière chose.

Il soupira.

— Je vous écoute.

— J'aimerais que vous me montriez le papier de Joseph que vous avez chiffonné et glissé dans la poche de votre blouse, tout à l'heure.

Le psychiatre blanchit.

— Je...

— S'il vous plaît, insista Lucie.

Hussières plongea les mains dans ses poches, l'air dépité. Il en sortit une boulette, qu'il tendit devant lui. Lucie la défroissa et lut à voix haute :

— « *J'espère que François n'est pas au courant.* »
Elle leva ses yeux clairs vers le psychiatre.
— Qui est François ?
Le spécialiste s'assit sur sa chaise, abattu.
— Un autre moine n'a pas péri dans l'incendie, puisqu'il n'était pas présent à l'abbaye ce jour-là. C'est l'abbé François Dassonville, le supérieur. Depuis l'accident, il vit reclus dans les montagnes et vient de temps en temps ici pour voir Joseph, prendre de ses nouvelles.

Lucie et Sharko échangèrent un regard rapide. Dire qu'ils avaient failli partir sans cette information capitale.

— Pourquoi ne pas nous avoir parlé de ce moine ?
— Pourquoi l'aurais-je fait ? L'abbé François était en voyage à Rome le soir où l'incendie a eu lieu. Les autorités l'ont évidemment interrogé à son retour, vous pensez bien. Il n'a rien à se reprocher.

Sharko, qui était resté en retrait, s'approcha du bureau.

— Le frère Joseph avait vraiment l'air apeuré lorsqu'il a écrit ce message.
— Frère Joseph a toujours eu peur de son supérieur. La vie de moine n'est pas de tout repos, elle suit des règles strictes, que le supérieur fait appliquer, parfois dans la plus grande sévérité. Et Joseph est très fragile psychologiquement, ne l'oubliez pas.
— Vous dites que cet abbé était à Rome, le soir de l'incendie. La ville doit être à moins de sept cents kilomètres d'ici. Un aller et retour en avion, en train, voire en voiture est toujours possible, vous ne croyez pas ? En parlant de voiture, vous savez quel modèle de voiture il possède, cet abbé ?

— Absolument pas. Je n'ai pas fait attention à ce genre de détail.

— Mégane bleue ?

— Je n'en sais strictement rien, je vous l'ai dit.

— Depuis combien de temps était-il en Italie, quand s'est déclaré l'incendie ?

— Je ne sais plus... Trois, quatre jours, peut-être ? Tout est très loin et...

— Quatre jours... Alors qu'un Russe débarquant avec un manuscrit est pensionnaire de son monastère depuis une bonne semaine. Cet abbé François n'aurait-il pas plutôt pris les choses en main ? N'aurait-il pas ordonné à ses moines de garder le silence, et peut-être même de cacher leur étrange pensionnaire, et en aucun cas de l'emmener à l'hôpital ? N'aurait-il pas dû, vu les circonstances, annuler son voyage à Rome ?

Hussières garda les lèvres pincées, secouant la tête. Sharko poursuivit.

— Alors qu'il était à Rome, peut-être pour discuter de ce fameux manuscrit en sa possession, deux moines décident d'outrepasser les ordres et déposent le mourant à l'hôpital, ni vu, ni connu. Qu'est-ce que vous pensez de cette hypothèse ?

— Elle n'est pas valable. Vous ne connaissez pas l'abbé François, c'est un homme bon et...

Sharko claqua du poing sur le bureau.

— Bon sang ! Pourquoi vous ne dites rien ? Qu'est-ce qui vous effraie à ce point ?

Le psychiatre frissonna et prit la photo de sa famille entre ses deux mains tremblotantes.

— Ce qui m'effraie ? Mais regardez où vous vous trouvez ! Personne n'est là pour vous entendre crier, dans ces montagnes. Quelqu'un a fait boire de l'eau bénite à huit hommes d'Église avant de les brûler vifs, au milieu d'écrits religieux. Imaginez un peu ce que... ce monstre pourrait faire à ma femme, à mes enfants ou petits-enfants. Parfois, il vaut mieux vivre avec ses démons plutôt que de chercher à affronter le diable en personne.

Il s'empara du crucifix et le plaqua contre le bureau dans un claquement sec.

— Parce que ce diable-là, ce n'est pas avec un simple crucifix qu'on peut le combattre, vous comprenez ?

30

— On jette juste un œil, OK ? Il n'y a que toi qui es armée, je te rappelle, et on ne peut pas dire que notre précédente opération ait été un succès.

Sharko était accroupi dans la neige, le regard orienté vers deux sillons causés par des pneus. Une heure plus tôt, Léopold Hussières leur avait pointé l'adresse de l'abbé François sur une carte. Le religieux vivait seul dans l'isolement des montagnes, à proximité de Culoz, à une trentaine de kilomètres de l'hôpital psychiatrique.

Le commissaire de police se redressa.

— Le dessin des pneus est orienté de la maison vers la route d'où on vient. Donc, une voiture est partie d'ici au plus tard après les chutes de neige d'hier, et plus personne n'est revenu depuis.

— J'adore ton sens de la déduction. On dirait Sherlock Holmes.

Lucie était emmitouflée dans son blouson, les mains dans les poches. La bâtisse se trouvait en retrait, dans un relief creux qui, l'été, devait être une prairie. Le ciel dégagé et la lune, presque pleine, permettaient de cerner le paysage environnant, aux reflets bleus et gris. Pas une lumière alentour, pas une maison, la ville étant davantage en contrebas, dans la vallée. Encore un endroit de fin du monde.

À pied, les deux flics suivirent les sillons, car rien ne permettait de distinguer un chemin ou une route, tant la couche de neige était uniforme et lisse. L'habitation se dressa face à eux. Il s'agissait d'une espèce de bergerie, tout en longueur, avec un toit aux tuiles d'ardoise en mauvais état et des murs aux pierres imposantes, qui semblaient en équilibre les unes sur les autres. Pas de lumière à l'intérieur.

Lampe torche dans la main, Lucie fit un rapide tour de reconnaissance, ses pieds enfoncés dans la neige croûteuse. Elle revint vers Sharko en haletant légèrement.

— J'ai jeté un œil par les fenêtres. Personne, apparemment.

Sharko souffla un gros nuage de buée.

— Deux options. Ou on...

Lucie frappa du poing sur la porte, plaqua son oreille contre le bois et attendit quelques secondes.

— On prend l'option numéro deux, le coupa-t-elle en trépignant de froid. On agit, histoire d'avoir le cœur net sur l'implication de ce moine dans notre affaire.

Elle tourna doucement la poignée de l'épaisse porte d'entrée, sans réussir à ouvrir.

— J'ai vu une vieille fenêtre branlante, à l'arrière, où il y a pas mal de jeu. En forçant, ça devrait céder sans dégâts.

Elle jeta les clés de voiture à Sharko, qui soupirait.

— Va planquer la voiture plus loin, au cas où il reviendrait à l'improviste. Ce serait dommage qu'il prenne la fuite. Je t'attends à l'intérieur.

— Au cas où il reviendrait à l'improviste... Je rêve.

Et tu crois que nos empreintes dans la neige ressemblent à celles de lapins ?

— Ça, on n'y peut rien.

Sharko finit par acquiescer, il ne se sentait pas d'attaque pour contrarier Lucie. Il s'enfonça dans la nuit cinq bonnes minutes et, lorsqu'il revint, sa compagne lui ouvrait la porte de devant, pointant le faisceau de la torche sur son visage.

— J'ai pu entrer sans rien casser.

— T'as pas remarqué que tu me mets la torche dans la figure, là ?

— Allez, viens.

Elle referma à clé derrière eux. Le rayon lumineux dévoila un aménagement spartiate. Quelques meubles de brocante, un téléviseur à tube cathodique, des murs couverts de trophées de chasse : têtes empaillées, gueules hurlantes, cernés de fusils posés sur des présentoirs. Lucie frissonna : tous ces animaux morts, avec leurs gros yeux noirs qui sortaient de leurs orbites, lui fichaient la chair de poule.

— Il fait presque aussi froid dedans que dehors. Mais on est où, là ? J'en ai ma claque de ces montagnes et de ces glaçons qui nous pendent au nez.

Sharko ne releva pas, il était déjà parti dans la cuisine. Les placards étaient remplis de boîtes de conserve. Dans le réfrigérateur, du lait, du fromage, quelques légumes dont certains commençaient à pourrir. Mains enfoncées dans ses gants en laine, Lucie ouvrit les tiroirs. À l'intérieur, juste du matériel de cuisine. Après avoir décidé d'appuyer sur les interrupteurs qui inondèrent de lumière les pièces, Sharko se dirigea vers le séjour. Un tas grisâtre reposait dans l'âtre de la cheminée ouverte, en grosses pierres de taille. Le commissaire se pencha, les yeux plissés, et fit glisser des cendres entre ses doigts.

— Du bois et du papier, on dirait.

Les doigts gantés de Lucie effleurèrent un crucifix, posé sur une vieille bible.

— Et alors ?

— Alors rien. T'as vu une facture, des documents administratifs, toi ?

Elle ouvrit des meubles, des tiroirs, jeta un œil dans une vaste bibliothèque, accolée à un mur. Des ouvrages religieux... différentes bibles... de la littérature scientifique : chimie organique, botanique, entomologie...

— Pas vraiment, fit-elle. Il n'est peut-être pas du genre à garder ses papiers. Et vu les environs, je me demande même si le facteur passe dans le coin. J'ai l'impression de me trouver au fin fond de nulle part et d'être revenue au Moyen Âge.

— Ce n'est pas qu'une impression. Ça aurait été bien de dénicher une carte grise, ou des papiers de voiture. Imagine qu'il possède une Mégane bleue.

— Ce qui, en soit, ne serait qu'une orientation d'enquête, pas une preuve.

Lucie mit la main sur une rangée de dictionnaires bilingues et de mini-aide-mémoire, qu'elle feuilleta rapidement. D'après la date indiquée en quatrième de couverture, ces ouvrages dataient d'une dizaine d'années.

— Du russe, fit-elle. Pourquoi un moine reclus au beau milieu de la montagne se mettrait-il au russe ?

Elle parla ensuite pour elle-même, tout bas.

— Il a acheté ces dictionnaires au moins quinze ans après l'arrivée du type de l'Est au monastère. Qu'est-ce qui cloche ?

Sharko jeta un œil par la fenêtre. Ensuite, direction la salle de bains, puis la chambre. Une armoire à demi bouffée par l'usure était entrouverte. Lucie trouva, à l'intérieur, des pulls en laine, des pantalons doublés et en toile, de grosses chaussettes, des bottes de chasse, quelques jeans, aussi. Plus haut, il y avait une énorme parka verte à capuche fourrée, et différentes chapkas, soigneusement accrochées. La flic observa les étiquettes, à l'intérieur. Alphabet cyrillique.

— Du russe, encore. Il ne faisait pas qu'apprendre la langue, il est aussi allé là-bas.

Le crucifix collé au fond de l'un des compartiments la fit frissonner. Elle referma la porte immédiatement.

— Fichus crucifix, il y en a partout. Ça me dérange quand même de violer l'intimité d'un ex-moine.

— Sans déconner. Fallait y penser avant.

Elle soupira.

— On ne sait même pas à quoi ce type ressemble. Pas une photo, rien.

Ils poursuivirent leurs fouilles, longtemps, et ne palpèrent du bout des doigts que le spectre de l'existence d'un homme reclus, qui vivait dans la simplicité et l'anonymat. Sharko sentait Lucie sur les nerfs, elle se mettait à tourner en rond. Il lui prit la main.

— Ça fait plus d'une heure qu'on cherche. Même si cet ex-abbé a quelque chose à voir avec notre affaire, il n'y a rien à trouver ici, et il est tard... Allez, viens.

Elle ne se laissa pas faire.

— Je ne sais pas. J'ai l'impression qu'un détail nous échappe. Qu'on n'effleure que la surface. Il faudrait faire une perquise en bonne et due forme. Fouiner dans les recoins.

— Tu t'attendais à quoi ? Un vieux manuscrit

planqué au fond du Frigidaire ? Des cadavres dans le congélo ? Allez, amène-toi.

— Tout est trop propre. Je crois que cet homme est hyper méfiant, et qu'il n'a pas laissé la moindre trace d'objets ou de papiers qui pourraient nous en apprendre plus sur lui. On a fouillé sa maison, et on ne sait rien. Pas d'objets personnels, pas de lettres, ni de photos. T'as déjà vu ça, toi ?

— Ce type est ou était un religieux pur jus. Pauvreté, simplicité, don de soi, ça te dit quelque chose ?

Elle fureta encore du regard, hésitant quelques secondes.

— Bon, on sort, mais on attend encore un peu dans la voiture. Il finira bien par revenir.

— Et s'il ne revient pas ? S'il avait été là aujourd'hui, il ferait un peu plus chaud dans la maison, non ? Il a coupé le chauffage, ça laisse auguer une absence prolongée. Et même s'il se pointe, on lui tombe dessus et on l'interroge ? Tu crois qu'il va nous avouer, brut de fonderie, qu'il a brûlé les moines il y a vingt-six ans ?

Lucie inspira, puis acquiesça.

— Très bien, tu as gagné. Mais demain, avant de rentrer à Paris, on met Chanteloup sur le coup, il faut que quelqu'un creuse sur ce François Dassonville et l'interroge dans les règles.

— Ça me paraît être la meilleure solution. En espérant que ce gendarme ne nous fera pas une crise d'épilepsie quand on lui apprendra que tu as piqué le cahier à la cave.

Ils vérifièrent qu'ils n'avaient rien laissé de travers puis se dirigèrent vers les fenêtres qui donnaient sur l'arrière de la salle à manger. Lucie avait forcé en poussant de l'extérieur et, avec le jeu, le loquet était sorti du petit verrou qui unissait les deux battants. La flic passa sa main sur le vieux bois, d'où s'écaillait de la peinture blanche.

— Ça a cédé en poussant mais, de dehors, il va être impossible de verrouiller de nouveau ces fenêtres. Je préfère qu'on referme ici proprement et qu'on passe par la porte d'entrée. Même si on ne peut pas verrouiller à clé, au moins, rien ne prouvera que quelqu'un est entré. L'abbé croira peut-être avoir oublié de la boucler.

— Bien sûr. Avec de belles traces de pas qui font le tour de la maison.

— T'es chiant, Franck.

— Je sais.

Elle hocha le menton vers la sortie.

— Il y a une remise à bois, à l'arrière. On fait un dernier tour par là et on décolle.

Après n'avoir rien découvert de plus dans l'abri à bois, ils regagnèrent leur véhicule, mirent le chauffage à fond et reprirent la route vers la vallée, direction Chambéry. Lucie grelottait encore et soufflait dans ses mains glacées.

— Il est temps qu'on retourne à Paris. Entre les cadavres dans le congélateur de Philippe Agonla, les yeux fous de frère Joseph et le fait que j'ai failli te perdre, je n'en peux plus de ces montagnes.

Elle fixa la route, qui se perdait dans la nuit. Les ombres des pins, menaçantes. Tous ces ravins qui lui fichaient le vertige.

— J'ai l'impression qu'on n'est pas en sécurité, ici.

Sharko songeait à la réalité qui l'attendait, dès son retour dans la capitale. Les résultats du test de sperme... Le taré qui semblait s'acharner sur lui et accélérer le rythme. Comment réussirait-il à protéger Lucie d'un malade qui voulait leur faire du mal ?

Il se pinça les lèvres et lâcha finalement :

— Paris n'est pas mieux, question sécurité. Là-bas, tu devras te méfier de tout le monde. Le moindre inconnu qui t'approche, le moindre regard de travers. Faudra que tu restes vigilante.

Ils traversaient une forêt de mélèzes. La route se tordait entre les troncs oppressants, la visibilité était réduite. Lucie fixa son compagnon étrangement.

— Pourquoi tu me ressors ton vieux discours de paranoïaque sur l'affaire Hurault là, maintenant, au milieu de nulle part ?

Sharko haussa les épaules.

— Mince, Franck, passe à autre chose ! Moi, je te parle de concret, de meurtres, d'enlèvements. T'as failli y rester dans le torrent parce que tu t'es laissé surprendre. Tu n'as jamais perdu ton arme de service, et voilà que ça t'arrive. Avant, t'aurais défoncé les portes de la bergerie, et c'est moi qui serais allée déplacer la voiture.

Elle souffla par le nez.

— Je ne sais pas... J'ai l'impression que t'es à côté de la plaque, ces derniers temps. Tu es là, avec moi, mais ton esprit est ailleurs.

Sharko bifurqua brusquement sur le bas-côté. Les chaînes crissèrent, le véhicule finit par s'immobiliser. Le commissaire ouvrit la portière d'un mouvement sec.

— Tu crois connaître mon passé, mais tu ne sais rien de moi.

— Au contraire, j'en sais plus que tu ne le crois.

— Qu'est-ce que tu veux dire par là ?

— Rien du tout. Fiche-moi la paix.

Il la regarda longuement et sortit. Lucie le vit courir vers l'arrière et ne distingua plus que sa silhouette, qui semblait s'acharner sur quelque chose. Elle mit le pied dehors au moment où il revenait vers la voiture avec une masse sombre dans les bras. Il ouvrit alors le coffre et y jeta le jeune sapin, dont les racines pleines de terre pendouillaient. Puis il se frotta les mains l'une contre l'autre et retourna dans la voiture. Une fois que Lucie vint se rasseoir à ses côtés, le fixant de ses grands yeux bleus, il redémarra en grognant :

— Tu l'as, ton fichu sapin de Noël. T'es contente ?

31

Lundi matin, 19 décembre.
7 heures.
Le réveil avait arraché les deux amants de leur sommeil. Ils s'étaient couchés tard, après avoir dîné au restaurant de l'hôtel, bu modérément et fait l'amour. Sharko s'était rasé et avait enfilé un jean et un pull, Lucie avait caressé son ventre plat devant le miroir avec un sourire. Grâce à un test de grossesse qu'elle avait déjà au fond de son sac, elle aurait la confirmation, pour la fin d'année – on conseillait d'attendre une dizaine de jours avant utilisation –, que « ça » avait fonctionné.

Puis, après un petit déjeuner copieux pour elle et moins pour lui, ils s'étaient mis en route vers la gendarmerie de Chambéry, pour qu'on prenne leur déposition. Plus tard, ils attendirent le moment opportun pour s'isoler avec Pierre Chanteloup. Assis dans le bureau du commandant, ils lui expliquèrent calmement le fil de leurs découvertes récentes. Le cahier. Les propos d'Hussières sur l'assassinat des moines. L'implication potentielle de l'abbé François dans cette histoire. Ils ne manquèrent pas de lui dire qu'ils prenaient la route, là, maintenant, et que la SR de Chambéry ne les aurait plus jamais dans les pattes. Après cette ultime annonce, le gendarme, qui était passé par tous les états de nervosité, sembla finalement prendre la chose avec professionnalisme. Il était surtout soulagé que ces deux-là fichent le camp de ses montagnes.

— Très bien. Je vais rouvrir les dossiers sur l'incendie de 1986 et creuser en priorité sur ce François Dassonville. Soyez certains qu'avec ce que vous venez de nous raconter, on ne va pas le lâcher.

Il fixa Lucie dans les yeux :

— Mes subordonnés m'avaient signalé que vous étiez retournée dans la cave de Philippe Agonla. Je ne vous cache pas que j'étais sur le point d'en informer votre hiérarchie, en exigeant une sanction disciplinaire.

— Tout est bien qui finit bien, donc, répliqua Lucie, non sans une pointe d'arrogance.

— Vous concernant, sans doute. Mais pour l'affaire, c'est une autre histoire.

Sharko se leva et enfila son caban.

— Nous comptons sur vous pour nous tenir informés de vos investigations. Nous ferons évidemment de même de notre côté. Les fils de la pelote sont emmêlés. Ni vous ni nous n'y arriverons seuls, nous avons tout intérêt à coopérer.

Chanteloup acquiesça et serra la main que lui tendait Sharko. Le commissaire ajouta, avec un sourire forcé :

— Avant de rentrer à Paris, nous souhaiterions des copies d'excellente qualité de ce cahier, et *idem* pour la photo d'Einstein. Plusieurs exemplaires, si possible. Vous pouvez faire ça pour nous ?

15 h 45.

Lucie somnolait, sa tête émettant de brusques va-et-vient

entre sa poitrine et le repose-tête de son siège. Durant tout le trajet du retour, Sharko n'avait cessé de ruminer. En cette période chargée des fêtes de fin d'année, il allait devoir refaire certains papiers – permis de conduire, certificat d'assurance – et récupérer une nouvelle arme de service. Bref, des après-midi à galérer de commerces en administrations, au milieu de la cohue.

Il venait d'acheter à la va-vite un téléphone portable avant le départ de Chambéry : un appareil bas de gamme, avec un numéro qu'il avait déjà mémorisé et un forfait jetable qui lui permettrait de tenir en attendant de régulariser la situation avec son opérateur. Au milieu de tout ce chaos, il pensait aussi, évidemment, aux résultats d'analyses de sperme. Le bilan ADN devait être disponible sur la boîte mail bidon et le flic se sentait incapable d'attendre le lendemain matin. Aussi, après avoir déposé Lucie à l'appartement, il retournerait au 36 pour récupérer dans son ordinateur l'adresse tordue et, ensuite, se connecterait à la messagerie adéquate *via* Internet.

Les panneaux, les kilomètres se succédèrent encore. Il faisait terriblement froid mais ne neigeait plus depuis deux jours, ce qui avait permis à la DDE de déblayer complètement les grands axes. Autour, par contre, le paysage était lunaire : étendues blanchâtres à perte de vue. Sharko ne se souvenait pas d'un tel hiver, avec de si importantes précipitations sur l'ensemble du pays. Même à Nice et en Corse, ils avaient eu leur dose de flocons.

Le véhicule était à une cinquantaine de bornes de la banlieue parisienne lorsque Lucie fut brusquement tirée de son état de somnolence par la sonnerie de son téléphone portable. Elle s'étira deux secondes avant de décrocher. Sharko put la voir se décomposer en temps réel, tandis qu'elle ne répondait que par de courts acquiescements sonores. Après qu'elle eut raccroché, elle plaqua ses mains sur son visage dans une inspiration, puis se tourna vers Sharko.

— C'était Bellanger. Il est en forêt de Combs-la-Ville, proche de Ris-Orangis, avec le gendarme de Maisons-Alfort, ce...

— Patrick Trémor.

— Patrick Trémor, oui.

Ses doigts se crispèrent sur son cellulaire, jusqu'à faire blanchir ses phalanges.

— Le môme, c'est ça ? dit Sharko.

— Ils viennent de retrouver son corps. Il était pris dans les eaux gelées d'un étang.

Elle fixa alors les champs, le regard vide, sa tempe droite butant contre la vitre. Bong, bong, bong. De son côté, Sharko avait envie de donner un gros coup de frein et de sortir pour crier. Crier toute sa rage, crier à l'injustice dans ce monde de merde. Il s'imagina une fraction de seconde en face de celui qui avait fait ça. Lui et l'autre ordure, seuls dans une pièce.

Après plusieurs kilomètres d'horrible silence, Lucie revint vers lui, le regard déterminé.

— C'est sur la route. On y va.

— Pas toi, Lucie. C'est un môme. Tu ne peux pas rompre tes promesses et défoncer des portes qui commencent à peine à se refermer.

— Toi, tu peux lâcher l'affaire. Mais moi, rien ne m'empêchera d'aller au bout. Je veux coincer le fils de pute qui a fait une chose pareille.

17 h 32.

Des températures folles, peut-être – 8 ou – 9 °C. Des

halogènes, qui buvaient l'obscurité et dessinaient des cercles d'un jaune cru, presque blanc. Des silhouettes figées, enfoncées dans des parkas dont la bande réfléchissante luisait dans la nuit. Le craquement des pas dans la neige gelée, pareil à une toux.

Lucie et Sharko arrivèrent côte à côte auprès de leur chef, qui discutait au bord de l'étang avec des gendarmes, dont Patrick Trémor. Bellanger se détacha de son petit groupe et vint les rejoindre, engoncé dans un manteau de ski, la tête sous un bonnet bleu marine. Sharko ignora si cela était dû au froid, mais ses yeux étaient rouges, et son visage tiré comme si on avait accroché des poids à ses joues. Il paraissait avoir vieilli de cinq ans.

— Enquête de merde, fit-il. Ce n'était qu'un môme.

Il avait perdu ses certitudes, cette force sereine qui en faisait un chef de groupe qu'on écoutait. Ses yeux croisèrent brièvement ceux de Lucie, et revinrent vers Sharko. Il se dandinait pour ne pas finir gelé sur place.

— Comment ça va, toi ?
— On fait aller. Ces températures glaciales commencent à me taper sur le système. On se croirait au Groenland.

Lucie fit un pas sur le côté, l'œil rivé vers le petit attroupement, à proximité d'un gros tronc.

— Il est là-bas ?

Bellanger se demanda une fraction de seconde s'il devait lui répondre. Il chercha la confirmation dans les yeux du commissaire, qui rabattit lentement ses paupières en signe d'acquiescement.

— Dans une housse, oui. Les gendarmes l'embarquent dans dix minutes, direction l'IML. Ils prennent le truc en charge. Au moins, on n'aura pas à se farcir l'autopsie.

Lucie fut traversée d'un frisson et, les bras croisés, le col de son blouson remonté jusqu'au nez, elle avança doucement. Autour, les branches craquaient, en proie au gel. La flic roula les yeux, persuadée que des spectres couraient autour d'elle, le long des arbres, mais ce n'étaient que les ombres étirées des gendarmes. À chaque pas elle entendait les petites voix de filles plus distinctement au fond de sa tête. Elle essaya à tout prix de les chasser, serrant les poings. Mines graves, les hommes s'écartèrent et la laissèrent regarder ce petit sac noir, posé sur une civière, avec sa longue fermeture Éclair qui brillait outrageusement sous les ampoules brûlantes.

« On ignore s'il s'agit de Clara ou de sa jumelle. Le corps a été brûlé dans sa totalité, sauf les pieds, qui étaient nus et devaient être à l'abri des flammes. Ils se trouvaient peut-être sous un rocher, ou quelque chose comme ça. »

Lucie détourna le regard vers l'homme à ses côtés.

— Qu'est-ce que vous avez dit ?

— Rien. Je n'ai rien dit, madame.

Lucie rentra la tête entre ses épaules. Au moment où elle s'agenouillait dans la neige pour baisser la fermeture Éclair, elle sentit une main la tirer par le bras. Sharko la ramena à lui.

— C'est inutile. Viens.

Elle tenta de résister et se laissa finalement emmener au bord de l'étang, auprès de Bellanger, qui se mit à raconter :

— En début d'après-midi, des adolescents sont venus jouer sur l'étang, pour faire des glissades. La surface était gelée et recouverte d'une infime couche de neige. À force de piétiner, l'un d'eux a fini par apercevoir le corps. Il était piégé sous la glace, le visage tourné vers le ciel.

Il parlait comme s'il était essoufflé. Le froid le prenait aux poumons.

— ... Les collègues de Ris-Orangis sont arrivés une heure plus tard. Grâce au plan « Alerte enlèvement », ils ont immédiatement fait le rapprochement avec le môme de l'hôpital et appelé Trémor. (Il soupira.) C'est le même môme.

— Comment...

Lucie n'arrivait pas à terminer sa phrase, les images étaient trop vives, puissantes dans son crâne. Elle fixait ses chaussures, enfoncées dans la neige. Juliette avait été retrouvée elle aussi dans un bois, comme ici. *Tout ce qu'il restait d'humanité se résumait à deux pieds blancs comme le sel.* Sharko la serra contre lui, lui caressant le dos, et indiqua d'un coup de menton à Bellanger de poursuivre.

— Aux premières constatations, l'enfant a été étranglé avant d'être jeté ici. Il présente des marques caractéristiques autour du cou. Vous l'avez vu, la route n'est pas loin. Le tueur n'a pas eu de volonté particulière de dissimuler le corps au point qu'on ne le retrouve jamais. Non...

— Il voulait agir au plus vite, dit Sharko. De peur de se faire prendre suite au plan « Alerte enlèvement ».

Bellanger tourna les yeux vers les nuées d'empreintes, partout autour.

— Des dizaines de promeneurs sont passés dans les alentours, surtout hier, donc, pour les traces de pas, c'est fichu. Quant au séjour dans l'eau... Au revoir l'ADN et les indices quelconques.

— Une estimation de l'heure de la mort ?

— Il est gelé, était en immersion, donc c'est difficile. Mais le légiste table sur quarante-huit heures, minimum.

D'autant plus que, il y a deux jours, il ne faisait pas si froid, les eaux devaient encore être à l'état liquide.

Sharko fit un rapide calcul, tandis que Lucie fixait, sans plus bouger, la surface fracturée de la glace.

— L'assassin serait venu directement ici après l'enlèvement à l'hôpital. Ce gamin ne représentait probablement rien pour lui.

Bellanger acquiesça. Il entraîna Sharko un peu à l'écart et parla tout bas.

— Ça n'a pas l'air d'aller, Lucie... Elle devrait prendre un peu le large, peut-être, non ?

— Tu n'as qu'à essayer de la convaincre, toi. Elle est à fond dans le coup, personne ne pourra la sortir de là.

Bellanger soupira, les lèvres pincées.

— Concernant le môme, un morceau de chair a été prélevé sur sa poitrine. L'assassin a fait disparaître le fameux tatouage dont tu m'avais parlé. Il a peut-être eu la stupidité de croire que nous ne l'avions pas remarqué.

Le commissaire posa un regard tendre sur la nuque de sa compagne. Seule et immobile, elle tremblait. Puis il se retourna vers Bellanger, qui la regardait aussi.

Ils s'éloignèrent encore, afin d'être sûrs qu'elle n'entendrait pas.

— Tu as les résultats de ses analyses sanguines ?

— C'est dans les tuyaux depuis peu. Ça m'étonnerait qu'on ait quelque chose demain, mais mercredi matin, normalement, on en saura plus sur ce dont souffrait ce gamin.

Il eut une inspiration chargée d'amertume.

— On doit retrouver le monstre qui a fait ça, Franck.

Sharko garda un air impassible, cette fois.

— Dans la voiture, tout à l'heure, Lucie a dit une phrase intéressante sans s'en rendre compte. Elle a dit : « On y va, c'est sur la route... » Le gamin a été enlevé à Créteil, on le retrouve vingt bornes plus au sud, le long de l'A6. C'est l'autoroute d'où on vient.

— Et donc, selon toi, l'assassin partait vers le sud ?

Sharko pensa à l'homme au Bombers. À la Mégane bleue qui les avait doublés dans les montagnes. À cette bergerie isolée, vide de toute humanité. Aux crucifix et à l'eau bénite. Une identité lui revenait en tête, sans cesse : l'abbé François Dassonville. Chanteloup avait-il finalement identifié le véhicule du religieux ? Allait-il creuser la piste, comme il l'avait certifié ?

— C'est une évidence. Possible que tout se joue chez les gendarmes de Chambéry, ces jours-ci. On doit garder un contact très étroit avec ce Chanteloup. Je compte sur toi pour le harceler au téléphone et ne pas le lâcher d'une semelle.

Le chef de groupe acquiesça. Deux garçons de morgue arrivaient pour emmener le petit corps : des gaillards costauds, bonnets sur la tête, gros gants en nylon et visages fermés. En retrait, le gyrophare bleu éclaboussait la végétation, donnant à cette forêt des allures apocalyptiques.

Sharko poursuivit :

— On doit comprendre le sens de la photo des scientifiques qu'on a entre les mains. Qui est la troisième personne sur le vieux cliché ? À quel sujet Einstein et Curie ont-ils pu se réunir ? Ce manuscrit mystérieux, rapporté par un homme de l'Est, est-il historiquement identifié ? Bref, on a besoin des meilleurs spécialistes. Je file au 36 pour déposer tout ça.

— Je peux le faire. Je repasse par là et...

— Non, non, j'ai un truc important à vérifier dans les fichiers. Tu pourras raccompagner Lucie à l'appartement ? Assure-toi qu'elle rentre bien, surtout, et qu'elle verrouille derrière elle.

Bellanger marqua sa surprise quelques secondes, puis hocha la tête, un peu gêné.

— Si tu veux.

— Merci...

— À mon avis, Pascal est encore au bureau, il te parlera du message du *Figaro*. Il a pigé certaines choses très intéressantes. De plus en plus, j'ai la certitude que tout s'est déclenché au Nouveau-Mexique. J'ai déjà mis le bureau des missions sur le coup, les informant qu'on allait faire un petit aller-retour sur place, et ce, dès que possible. C'est-à-dire... probablement demain. La direction nous donne tous les moyens nécessaires pour qu'on avance au plus vite. Cette histoire commence à faire un sacré bruit. Sans oublier ce môme, maintenant.

— Demain, tu dis ?

— Oui, demain. Toi, tu as l'habitude des voyages, et tu sais aller à l'essentiel. Ça te brancherait ?

— Je n'en sais rien. Qu'est-ce qu'il y a de si important à trouver, au Nouveau-Mexique ?

— Pascal t'expliquera. Mais ça doit valoir le déplacement.

Sharko se rapprocha de Lucie et lui expliqua qu'il se rendait au Quai des Orfèvres. Elle ne le regarda pas, ne répliqua pas, comme si elle était ailleurs. Ses yeux accompagnaient le sac en plastique qu'on embarquait. Lorsqu'il la serra contre lui, le commissaire entendit deux objets lourds chuter au sol. Il baissa alors les yeux pour voir que la femme qui partageait sa vie venait de lâcher ses chaussures.

Elle était en chaussettes dans la neige.

32

Nicolas Bellanger ne s'était pas trompé : Pascal Robillard était bien là, assis à son bureau, cerné de tours de paperasse. Et, au milieu de tout ce chaos, son sac de musculation, couleur orange criard, qui devait avoir été acheté bon marché une bonne dizaine d'années auparavant. Dès qu'il vit Sharko, le lieutenant se leva et vint lui serrer la main chaleureusement.

— Tu sais qu'il y a de meilleurs moments pour se baigner dans un torrent ?

— Oui mais, l'hiver, on dit que ça raffermit la peau !

Échange de sourires, cependant, l'esprit de Sharko était ailleurs.

— Ça me fait plaisir de te revoir, en tout cas, fit Robillard en retournant à sa place.

Sharko ôta son gros blouson et le posa sur le dossier de sa chaise. Il ouvrit un tiroir et avala deux Dafalgan avec de l'eau. Sale journée. Il était presque 19 heures. Quelques officiers encore présents, au courant du retour du commissaire, vinrent prendre brièvement de ses nouvelles : les bonnes et les mauvaises infos se propageaient à la vitesse du feu à la Crim'.

Une fois qu'il fut seul avec son collègue, Sharko lui demanda un point sur les investigations en cours. Très vite, le lieutenant aux petites lunettes rondes obliqua sur le message trouvé dans *Le Figaro*.

— « *On peut lire des choses qu'on ne devrait pas, au Pays de Kirt. Je sais pour NMX-9 et sa fameuse jambe droite, au Coin du Bois. Je sais pour TEX-1 et ARI-2. J'aime l'avoine et je sais que là où poussent les champignons, les cercueils de plomb crépitent encore.* » Viens voir.

Sharko s'approcha de l'écran que pointait Robillard et sur lequel était affichée une carte des États-Unis.

— Regarde ici. Albuquerque, là où Valérie Duprès a passé quelques jours récemment, se situe au Nouveau-Mexique. Juste à côté, tu trouves le Texas et l'Arizona. *NMX*, *TEX*, *ARI*. Ce sont les diminutifs de ces trois États adjacents. J'ignore, par contre, ce que peut signifier le chiffre derrière. Des coordonnées géographiques qui désignent une région particulière dans le pays concerné ? Je n'ai pas pu trouver l'info. Mais…

Il zooma sur l'État du Nouveau-Mexique, dans les alentours d'Albuquerque, grosse ville à une centaine de kilomètres de Santa Fe. Elle accueillait l'aéroport international du pays.

— Tu vois, là, à l'extrémité sud-est d'Albuquerque ? C'est la base militaire de Kirtland, haut lieu de l'US Air Force.

— Le « *Pays de Kirt* », si on traduit.

— Pas mal, ta chute dans l'eau n'a pas tout cramé sous ton crâne. (Il sourit.) À en croire ce message, Duprès est allée fouiner sur cette base. Je vais essayer de joindre leur service communication, pour voir si elle est bien passée par là.

Robillard était impressionnant de maîtrise. Sans décoller les fesses de son bureau, il était capable de partir aux quatre coins du monde et d'en rapporter des informations essentielles.

— Poursuivons. *Pays de Kirt*, avec une majuscule à « *Pays* », m'a orienté vers l'autre terme, *Coin du Bois*, en majuscule lui aussi. Je me suis dit qu'il s'agissait peut-être d'un autre jeu de mots, d'une autre traduction. Bingo. (Il écrasa son index sur la carte.) Edgewood, petite ville paumée au milieu du désert, à une quarantaine de bornes d'Albuquerque.

— T'es incroyable.

— Mouais, ça a bouffé mon dimanche et toute cette nuit, si tu veux savoir. Et ce n'est pas fini, ce message codé m'a encore révélé de petites choses sympathiques. Cette Valérie Duprès avait une sacrée imagination.

— Ne parle pas d'elle au passé. On ne sait jamais.

— On ne sait jamais, tu as raison. Question : quand tu fais une radiographie, pourquoi tu te colles devant une plaque de plomb ?

Sharko haussa les épaules.

— Parce qu'elle empêche les rayons X de passer, fit Robillard. Ils sont composés d'éléments radioactifs, et le plomb stoppe la radioactivité. *Les cercueils de plomb*, qui *crépitent*, ne font pas référence à des enfants atteints de saturnisme, comme tu le pensais. Non… On enfermait dans des cercueils de plomb les corps frappés par la radioactivité.

Robillard ouvrit un favori Internet. Un visage apparut. Sharko écarquilla les yeux face à la terrible coïncidence.

— Marie Curie.

— Décidément, t'es doué. Marie Curie, oui. Elle

est morte d'une leucémie, causée par une trop grande exposition aux éléments radioactifs qu'elle a étudiés toute sa vie, le radium notamment. En 1934, on commençait à connaître sérieusement les dangers de la radioactivité. Le plomb de son cercueil était fait pour empêcher les radiations émises par son corps de passer. Ce fut le premier cercueil du genre. On en utilisa d'autres pour la plupart des grands irradiés de Tchernobyl. Des milliers de cercueils de plomb qui hantent les cimetières russes et ukrainiens, et qui doivent encore sérieusement crépiter de l'intérieur. En fait, ils crépiteront encore longtemps, certains éléments radioactifs ont des durées de vie de l'ordre du million, voire du milliard d'années. C'est complètement hallucinant quand t'y penses bien, et ça explique pourquoi aucun être humain n'habitera plus jamais une zone irradiée.

Le commissaire resta interdit quelques secondes. Il pensait aux photos d'Hussières : le porteur du manuscrit, étendu sur un lit d'hôpital, bouffé par des radiations jusqu'aux os. Il imaginait aussi d'immenses cimetières russes, au milieu de nulle part, crépitant de radioactivité.

Il fouilla dans les photocopies qu'il avait rapportées avec lui et montra la photo des trois savants à Robillard, qui l'observa avec attention.

— Einstein et Marie Curie, fit-il, étonné. Qu'est-ce que tu fiches avec ça ?

Sharko lui expliqua brièvement leurs récentes découvertes. Robillard ne reconnut pas non plus le troisième homme, mais pointa le doigt sur Einstein.

— Tout est si curieux. Je te parle de Richland, une ville liée par le passé à Los Alamos et au projet Manhattan, et tu me montres Einstein dans la foulée.

— Einstein a quelque chose à voir avec ce projet Manhattan ?

Autre clic sur un favori. Sharko se dit que son collègue avait vraiment planché sur le sujet, comme à son habitude.

— Einstein en est, bien involontairement, l'initiateur. À l'époque, tous les scientifiques du monde se penchent sur l'incroyable dégagement d'énergie provoqué par la fission nucléaire d'éléments radioactifs, notamment l'uranium et le plutonium. Einstein, Oppenheimer, Rutherford, Otto Hahn, les génies de la première moitié du XXe siècle... En octobre 1938, Einstein adresse une lettre au Président Roosevelt en personne, où il explique que les nazis sont en mesure de purifier l'uranium 235, avec l'objectif de l'utiliser, peut-être, comme une arme de guerre ultra-puissante. Il indique également l'endroit où les Américains peuvent se procurer de l'uranium : le Congo.

— En se rapprochant des Américains, Einstein voulait faire un pied de nez aux Allemands.

— Comme la plupart des esprits pensants de l'époque, que la montée en puissance du nazisme et la folie de Hitler inquiétaient. Peu après avoir reçu ce courrier, Roosevelt a décidé d'initier le projet ultra-confidentiel Manhattan, visant à maîtriser les secrets de l'atome et à créer cette bombe atomique le plus rapidement possible. Los Alamos regroupa les plus grands scientifiques du monde, y compris de nombreux Européens, et fit travailler des milliers de personnes, parquées dans une ville au beau milieu du désert. Ces gens ne savaient même pas sur quoi ils bossaient. Ils usinaient des pièces, portaient des marchandises, assemblaient des morceaux dont ils ne saisissaient pas l'utilité. On connaît la suite, sept ans plus tard : Hiroshima et Nagasaki.

Tandis que Sharko passait une main sur son visage, Robillard prenait son sac de musculation et enfilait son blouson.

— Voilà pour les nouvelles. C'est pas tout ça, mais j'ai une heure de pecs et de biceps à me coltiner, sinon, je vais me ratatiner.

— À ce niveau-là, ce n'est plus du sport, c'est de la souffrance !

— Il nous faut notre lot de souffrance à tous, non ?

— À qui le dis-tu !

— On se voit demain. Et si tu trouves l'explication pour cette histoire d'avoine dans le message, tu m'expliqueras. Parce que là, je sèche.

Il disparut et, quelques secondes plus tard, Sharko l'entendait dévaler l'escalier. La tête lourde, le commissaire de police s'écrasa sur son siège et soupira longtemps. Il ferma les yeux. Les cercueils de plomb qui crépitent... Des irradiés qu'on a enterrés quelque part ?

Il réfléchit longuement, et ne put néanmoins empêcher sa vie privée de prendre le dessus sur l'affaire. Il voyait encore Lucie, le regard vide, en chaussettes dans la neige. Il en frissonna. Les psychiatres avaient parlé de transferts, toujours possibles : des moments d'évasion où Lucie se mettait dans la peau de ses filles. Des corps morts qui prenaient leurs visages. Des voix qu'elle pouvait entendre, lors de situations stressantes ou en rapport avec la mort. Cette fichue enquête était en train de faire s'ouvrir, les unes après les autres, des plaies qui commençaient à peine à cicatriser.

Il eut envie d'appeler Bellanger, histoire de s'assurer qu'il ne s'était pas trop attardé à l'appartement.

Conneries...

Dans un soupir, il alluma son ordinateur, fouilla dans ses répertoires et ouvrit le fichier qui contenait son adresse mail bidon : fcksharko6932@yahoo.com. La gorge serrée, il se connecta, *via* le Web, au compte Yahoo correspondant. Un unique message se trouvait dans la boîte mail, avec, pour titre : *Résultats d'analyses ADN de l'échantillon n° 2432-S.*

Il le lut avec appréhension.

Les analyses avaient pu être possibles et les machines du laboratoire belge avaient craché une empreinte génétique composée d'un tableau de chiffres et de lettres, qui identifiait de manière certaine le propriétaire des spermatozoïdes.

Sharko ne connaissait pas par cœur son propre « code-barres », il allait falloir le comparer et, pour cela, il avait besoin d'un accès au FNAEG. Normalement, il devait passer par la procédure : présenter une commission rogatoire aux services administratifs, qui se chargeraient de la comparaison et transmettraient le résultat par fax ou courrier à un juge ou à un procureur de la République. Ça pouvait prendre des plombes et, surtout, il fallait de bonnes raisons. Il imprima le contenu du mail et appela Félix Boulard, une vieille connaissance des services administratifs.

— Shark... ça faisait un bail. Il paraît que tu flirtes de nouveau avec la Crim', maintenant ?

— Ça fait presque deux ans que je m'y suis remis, t'es gentil. Et toi, toujours à moisir dans tes bureaux à 8 heures du soir ? C'est bientôt Noël, je te signale.

— Il en faut, des courageux. Les congés, ce n'est

pas pour maintenant. Allez, annonce : qu'est-ce que tu veux ?

Sharko y alla franco :

— Que tu me lances une comparaison dans le FNAEG.

— Rien que ça. (Un léger soupir.) Bouge pas, je démarre la bête. Voilà... Explique.

Sharko avait déjà vu comment le fichier fonctionnait. Un logiciel permettait la recherche de profils : on saisissait un « code-barres », et les serveurs informatiques, basés à Écully, près de Lyon, le comparaient avec les millions d'empreintes stockées sur les disques durs. Pour être fiché dans le FNAEG, il fallait avoir été mis en examen, gardé à vue ou avoir commis des infractions qui allaient de l'agression au meurtre. On y intégrait aussi, progressivement, les professionnels au contact de scènes de crime, dont l'ADN était dit « contaminant ». Sharko savait que son propre profil génétique, comme celui de Lucie, se trouvait dans le fichier.

— Je te dicte les quinze nombres du profil que j'ai en main, tu es prêt ?

— Vas-y, répliqua Boulard. Mais pas trop vite, OK ?

Muni de sa feuille imprimée, Sharko dicta clairement la totalité des informations.

— C'est parti, fit Boulard, ta trace tourne dans le fichier. Je te rappelle d'ici quelques minutes, au pire, si on n'a pas de bol et que la trace se trouve en fin de base de données, dans une heure. Quel numéro ?

— Celui qui s'est affiché sur ton écran. Laisse un message si je ne suis pas là.

— À tout à l'heure.

Angoissé, Sharko en profita pour foncer à pied vers les laboratoires de la police scientifique, dans le département des « Documents et traces ». Yannick Hubert était encore là, assis devant un passeport ouvert et éclairé par une lampe à ultraviolets.

— Encore un faux ? fit Sharko dans son dos.

Hubert se retourna, il avait l'air fatigué. Les deux hommes se saluèrent sans grand entrain.

— Oui. Il y en a pas mal de ce type qui circulent en ce moment. Ils sont très bien imités et se comportent comme des vrais sous les ultraviolets. Ils passent presque tous les tests de sécurité, mais… (il sourit) la Marianne en filigrane est à l'envers. Tu te rends compte de la connerie ? Les mecs imitent tout à la perfection, jusqu'à la double couture, et font une erreur aussi grosse que celle de prendre une autoroute en sens inverse. Ils finissent tous par faire ce genre de conneries, tôt ou tard.

— Énorme… Pour ma feuille imprimée, avec le message bizarre, tu as eu le temps de jeter un œil ?

— J'ai laissé un message sur ton portable. Tu ne l'as pas eu ?

— Mon téléphone a pris un peu l'eau, pour tout te dire. J'ai un nouveau numéro.

— C'est assez fragile, ces choses-là. Bon… Le papier est de qualité standard, comme on en trouve dans toutes les papeteries, de même que la colle utilisée à l'arrière. Mais on a de la chance, l'imprimante est une laser couleurs.

— Et alors ?

— Viens voir.

La feuille que Sharko avait retrouvée collée sur la glacière était située sous une grosse loupe binoculaire et éclairée avec une ampoule électroluminescente de couleur bleue. Le commissaire plaqua ses yeux contre les viseurs. Il remarqua alors une mosaïque de points jaunes imprimés dans une grille de quinze colonnes de large et huit lignes de haut.

— Qu'est-ce que c'est ?

— C'est un marquage invisible à l'œil nu, situé en bas de chaque document imprimé, et révélé uniquement sous une LED à lumière bleue. Toutes les imprimantes laser couleurs du commerce agissent de cette façon, même celles que tu achètes en tant que particulier. Il s'agit initialement d'un système pour déjouer la contrefaçon de billets ou de documents administratifs, mis en place par la majeure partie des fabricants d'imprimantes. Chaque grille est unique et caractéristique d'une imprimante bien particulière. Déchiffrés, ces points jaunes permettent d'obtenir une suite de chiffres hexadécimaux de type : F1 8C 32 80... Il est impossible de déchiffrer ce numéro sans disposer du fichier détenu par les fabricants. Fichier auquel nous avons accès, évidemment.

Il poussa un papier vers Sharko.

— Voici le modèle et la marque de ton imprimante, identifiée de manière certaine grâce à cette grille. Une Xerox, commandée par Internet sur le site de Boulanger. Cette imprimante est du très bon matos, elle n'est pas donnée.

— C'est une info géniale.

— Pas mal, en effet. Je t'ai mâché le boulot et ai appelé Boulanger. Une facture a bien été établie en 2007 à un certain Raphaël Flamand. J'ai vérifié, ce type et l'adresse fournie n'existent pas. L'identité est donc complètement bidon.

— Mince.

Il tendit un papier à Sharko.

— Tiens, c'est l'adresse de livraison, une supérette qui sert de relais dans le 1er arrondissement. Ça m'étonnerait fort qu'ils se souviennent du type, là-bas, mais tu pourras toujours essayer d'y faire un tour.

— Merci. Tu crois que le type savait, pour les codes cachés ?

— Ça m'étonnerait, c'est très confidentiel. Je pense qu'il a menti sur son identité parce qu'il ne voulait pas fournir ses coordonnées personnelles, tout simplement. D'ailleurs, tu as vu, il ne s'est pas fait livrer à son domicile. Ce genre de paranos qui détestent être fichés existent, malheureusement.

Sharko récupéra une copie de la facture et la fourra dans sa poche. Celui qu'il traquait était extrêmement prudent et zonait du côté du 1er arrondissement de Paris. Y habitait-il ? Il avait acheté une imprimante couleur, en 2007. Du matériel coûteux. Un type avec une bonne situation professionnelle ?

Des questions, toujours des questions.

Hubert n'avait plus d'informations supplémentaires à fournir. Tracassé, le commissaire le salua et retourna au 36, le pas lourd, la tête pleine d'interrogations. Au bureau, le répondeur du téléphone clignotait. Sharko écouta le message. « *C'est Boulard. J'ai ta trace. Rappelle-moi...* »

Ça se précisait : le propriétaire du sperme avait été trouvé dans le FNAEG. Le flic déglutit et composa le numéro de son collègue.

Boulard décrocha.

— Le profil que tu m'as donné a *matché* avec une empreinte génétique. L'individu en question s'appelle Loïc Madère.

Sharko fronça les sourcils. Loïc Madère, Loïc Madère... Il n'avait jamais entendu parler de ce type. À demi rassuré qu'on n'ait pas prononcé son propre nom, il demanda :

— Qu'est-ce qu'on a sur lui ?

— Né le 12/07/1966, il a fait l'objet d'un prélèvement biologique à la suite d'un braquage ayant entraîné la mort d'un bijoutier à Vélizy, procédure 1 998/76 398 en date du 06/08/2006, prélèvement effectué par l'OPJ Hérisson, SRPJ de Versailles. J'ai jeté un œil dans le STIC[1] et le fichier prison.

Sharko réfléchissait aussi vite qu'il pouvait. Le propriétaire du sperme avait aujourd'hui quarante-cinq ans. Ces noms, ces données ne lui disaient strictement rien. Un braquage de bijouterie ? Qu'est-ce qu'il avait à voir avec une telle affaire ?

Il en revint aux propos de Boulard.

— Le fichier prison, tu dis ? Et Madère est sorti quand ?

— Il n'est pas près de sortir. Petit séjour à Meaux jusqu'en 2026.

— T'es sûr de ça ?

— C'est le fichier qui le dit.

Sharko en resta sans voix. Comment le sperme d'un homme incarcéré avait-il pu se retrouver dans une cabane, au fond d'une glacière ?

Il dit, finalement :

— Envoie-moi des infos, si tu veux bien. Et j'ai une dernière chose à te demander : arrange-moi un parloir avec lui, demain matin, 9 heures.

---

1. Système de traitement des infractions constatées.

33

Une nuit sans sommeil pour Sharko. Lucie, qui pleure dans ses bras, toute tremblante, parce que les images de la petite housse noire lui reviennent au visage comme une mauvaise vague. Cependant, contrairement à lui, elle finit par s'endormir. À bout, il se leva à 4 heures du matin et resta seul, allongé sur le canapé, face à des reportages animaliers dont il avait coupé le son. Il était crevé, éreinté, et son esprit ne plia qu'à 6 h 10 du matin.

À 7 heures, Lucie était debout. Sharko lui suggéra de rester à l'appartement pour se reposer un peu, mais elle lui dit qu'elle se sentait mieux, prête à aller travailler, et avala même un copieux petit déjeuner, sans faire la moindre allusion à ce qui s'était passé la veille. De son côté, le commissaire fit comme si tout allait bien, but juste un café très fort, s'habilla et parvint même à sourire tandis qu'ils échangeaient quelques mots.

Au moment de partir, il lui annonça qu'il ne se rendrait pas au bureau avant midi, il voulait faire un détour par les administrations pour ses histoires de papiers fichus. Ils se quittèrent sur un baiser silencieux aux alentours de 8 heures. Tandis que Lucie prenait la route du 36, le commissaire se dirigeait non pas vers la sous-préfecture, mais vers le centre pénitentiaire de Meaux-Chauconin-Neufmontiers, à cinquante kilomètres de Paris.

Encore un mensonge. Un de plus.

Le flic des services administratifs, Félix Boulard, connaissait du monde et avait pu lui obtenir un entretien avec Loïc Madère à 9 heures. La prison, qui datait de 2005, ressemblait à un grand navire de guerre échoué sur une mer de glace. En plus d'une maison d'arrêt d'une capacité de six cents places, cet impressionnant bloc de béton abritait deux cents taulards incarcérés pour des longues peines.

Sharko se présenta au poste de sécurité – avec son passeport intact, car resté dans un tiroir de l'appartement lors du voyage à Chambéry – en compagnie d'hommes, de femmes et même d'enfants venus rendre des visites : des familles déchirées, privées d'un frère, d'un père, d'un mari. Une fois dans la cour, certains individus se dirigèrent non pas vers les parloirs, mais vers des bâtiments neufs, plus en retrait. Discutant brièvement avec les surveillants, Sharko apprit que la prison expérimentait des unités de visites familiales permettant aux proches de se retrouver dans l'intimité de petits appartements situés à l'intérieur même de l'enceinte pénitentiaire.

En compagnie d'une dizaine de personnes, Sharko fut orienté dans la salle commune des parloirs, un ensemble de tables et de chaises où les visiteurs se trouvaient face aux détenus, sans dispositifs de séparation. Toutes les catégories sociales, toutes les couleurs se mélangeaient ici. Pas d'intimité, aucune différence.

À 8 h 55, il s'installa à l'endroit qu'on lui indiqua.

À 9 heures, les surveillants firent entrer les prisonniers les uns derrière les autres, lentement, avec calme. Au milieu des grincements de pieds de chaises et des accolades, le flic était tendu, mal à l'aise, et pour cause : il n'était pas ici par sa propre volonté. On l'avait guidé, depuis le début. Juste un pion, poussé par un individu invisible qui jouait avec lui.

Il se redressa lorsqu'un type s'installa en face de lui. L'homme était grand, maigre, vêtu à la mode, avec un jean large et une veste de survêtement de marque. Une belle gueule, estima Sharko, avec des traits fins, de longs sourcils sombres et des yeux légèrement bridés, laissant deviner une lointaine origine asiatique. Malgré la rudesse de la vie qu'il devait mener en prison, il ne faisait pas son âge.

— Loïc Madère ?

L'homme acquiesça.

— On m'a annoncé qu'un « Franck Sharko » voulait me parler. Un flic ? Qu'est-ce que tu veux ?

Madère était assis avec nonchalance, les mains dans les poches de sa veste. Sharko avait posé les siennes à plat devant lui et scrutait son interlocuteur avec attention.

— Loïc Madère, quarante-cinq ans. Condamné à vingt ans pour le meurtre d'un bijoutier en 2006. Vous n'y êtes pas allé de main morte. Deux balles de 357 dans le buffet, avant de vous payer une belle course-poursuite en banlieue et sur le périph. On se croirait presque dans un film.

Le taulard jeta un œil tranquille aux surveillants qui passaient dans les allées, la bouche serrée.

— C'est bien joli, ta démonstration, mais, *primo*

je la connais par cœur, et, *secundo*, ça ne m'explique toujours pas ce que tu veux.

Le commissaire changea de ton.

— Tu sais parfaitement ce que je veux.

Madère secoua la tête.

— Ah non, désolé.

Sharko soupira.

— Très bien, je vais te rafraîchir la mémoire, dans ce cas. Je recherche un type qui est venu te rendre une petite visite, ces derniers jours. Je pourrais obtenir son identité en consultant le registre du poste de sécurité, mais j'aimerais entendre son nom de tes lèvres, et que tu me dises ce qu'il a à voir avec toi.

— Et pourquoi je ferais ça, hein ? Qu'est-ce que j'y gagne, moi ?

Sharko y alla au bluff :

— Tu gagnes juste le droit de ne pas être impliqué dans une nouvelle affaire de meurtre.

Madère éclata de rire.

— Impliqué dans une affaire de meurtre ? Et comment je serais impliqué, hein ? Regarde autour de toi, *amigo* ! Je suis en taule, et il me reste quinze ans à tirer. Tu comprends ça ?

— Le nom, s'il te plaît.

Le prisonnier haussa les épaules.

— Tu te goures de mec, personne n'est venu ici. Ton type, il va falloir que tu le cherches ailleurs. C'est quoi, ton histoire de meurtre, au fait ? Discutons un peu, on a une demi-heure à passer ensemble. Les journées sont longues, ici, et une visite est toujours la bienvenue. Même celle d'un flic.

Sharko sortit de sa poche une feuille pliée et l'étala sur la table.

— Parle-moi de ça.

Madère leva le papier devant lui, contempla le graphique avec les différents pics bleutés et le rejeta.

— Pourquoi mon nom est marqué en bas ? Qu'est-ce que c'est ?

— Ton ADN. Pour être plus précis, l'ADN fraîchement prélevé dans ton sperme.

Sharko vit Madère blanchir. Il se pencha plus encore vers l'avant.

— J'en ai retrouvé un échantillon dans un tube en verre, au fond de la cabane d'un tueur en série que j'ai dézingué il y a neuf ans. Ton sperme, il ne s'est pas téléporté d'ici à là-bas. Tu t'es astiqué dans les chiottes ou je ne sais où, et tu t'es forcément arrangé pour refiler ta semence à quelqu'un. C'est le nom de ce transporteur que je veux.

Sharko avait l'impression que Madère se décomposait en face de lui. Ses lèvres s'étaient mises à trembler.

— Mon sperme... C'est... c'est pas possible.

— Je te garantis que si. Donne-moi un nom.

L'homme se leva, une main au front, et poussa sa chaise sur le côté. Un surveillant le lorgna attentivement et, de ce fait, le taulard se rassit. Sharko signala au gardien que tout allait bien et revint à son interlocuteur.

— Alors ?

— Quand ? Quand tu as trouvé le sperme ?

— Vendredi, dans la nuit. Il était enfoncé dans de la glace pour éviter sa dégradation.

Madère plaqua ses deux mains sur son visage et souffla entre ses doigts.

— Gloria... Gloria Nowick.

Sharko fronça les sourcils, un signal venait de s'allumer dans sa tête.

— La seule Gloria Nowick que je connaisse possède une cicatrice qui part de l'œil droit jusqu'au creux de la joue, fit le commissaire. Elle la doit à un ancien client un peu pervers, du temps où elle faisait le trottoir.
— C'est elle, souffla Madère. Alors c'est toi, le fameux flic qu'elle connaît bien ? Ça me revient maintenant. Elle m'a déjà parlé de toi. Shark...

Le commissaire se frotta les lèvres, inquiet et terriblement nerveux. Gloria Nowick était une ex-prostituée qu'il avait arrachée à la rue, une dizaine d'années plus tôt, parce qu'elle l'avait aidé à résoudre une affaire d'homicide et s'était mise en danger. Avec Suzanne, ils l'avaient retapée jusqu'à ce qu'elle trouve un job et soit capable de s'assumer. Suzanne et elle étaient alors devenues amies. Même s'il ne l'avait plus revue depuis la mort de sa femme – Gloria était venue à l'enterrement –, Sharko avait toujours gardé une affection particulière pour elle, comme celle que l'on peut ressentir à l'égard d'une petite sœur.

Il considéra Madère dans les yeux. Il n'y comprenait rien.

— Ce serait elle qui aurait transporté ton sperme là-bas ? Pourquoi ?
— Qu'est-ce que j'en sais ?

Madère se releva, incapable de tenir en place.

— On est allés dans l'unité de visites familiales, rien qu'à deux, mercredi dernier. On nous a laissés un quart d'heure ensemble, on a baisé à la va-vite. Elle est repartie juste après. Mon sperme n'était pas dans un tube, il était *en* elle.

Il se pencha et agrippa Sharko par le col.

— C'est quoi, ce bordel ?

34

— Remarquable. Cette vieille photo est remarquable.

Lucie se tenait aux côtés de Fabrice Lunard, l'un des chimistes du laboratoire de police scientifique. Elle était exténuée, elle avait mal dormi, et elle pensait encore évidemment à ce qui s'était passé la veille au soir, dans les bois : droite comme une tombe, sans chaussures dans la neige. Elle ne se rappelait pas les avoir enlevées, elle n'avait même pas ressenti le froid.

Comme si elle avait été ailleurs. En dehors de son corps.

Perturbée, elle essaya néanmoins de se concentrer. Lunard attendait pour expliquer. Le scientifique avait à peine la trentaine, des airs d'adolescent, mais était un technicien érudit, encyclopédique, capable de réciter des formules chimiques incompréhensibles du bout des doigts. Il venait de jeter un œil aux photocopies des feuilles volantes et du cahier trouvés dans la cave de Philippe Agonla, ainsi qu'à une reproduction d'excellente qualité de la photographie en noir et blanc à demi brûlée.

— Albert Einstein, père de la théorie de la relativité,

l'un des plus brillants physiciens de tous les temps. Marie Curie, seule femme à avoir reçu deux prix Nobel. Elle a été récompensée pour la physique en 1903 et pour la chimie en 1911, au sujet de ses travaux sur le radium et le polonium. Elle inventera et construira les « Petites Curies », des unités chirurgicales mobiles qui sauveront de nombreux soldats durant la Première Guerre mondiale, et je ne te parle pas de l'institut Curie, ainsi que de tout le bienfait qu'elle apporta à l'humanité tout au long de sa carrière. Une grande, grande femme.

— Je n'en doute pas une seconde. Et le dernier individu ?

— Svante August Arrhenius, un chimiste suédois, Nobel de chimie en 1903, également prodige en mathématiques et en de nombreux autres domaines. Dans son genre, un sacré visionnaire.

Lucie observa plus attentivement ce troisième personnage, au cou serti d'un nœud papillon sombre. Arrhenius, un chimiste suédois. Que venait-il faire dans l'équation ?

— Et ces trois-là se rencontraient souvent ? demanda Lucie.

— Probablement lors des grands congrès scientifiques de l'époque. Ces congrès permettaient des avancées dans des univers comme la mécanique quantique, la physique relativiste, la physique nucléaire, et, globalement, tous les domaines en relation avec l'infiniment petit. Du beau monde qui se regroupait assez souvent dans diverses villes d'Europe. Certains scientifiques se détestaient, comme Einstein et Bohr, ou Heisenberg et Schrödinger. Lors de ces congrès, les différents clans démontaient les théories des uns et des autres à grand renfort de monstrueuses démonstrations mathématiques, mais tous se connaissaient, sans exception. On a souvent vu, par exemple, les photos d'Einstein, chapeau de feutre et pipe, discutant avec Marie Curie en pleine campagne.

Lunard orienta une loupe vers la photo.

— Einstein a une quarantaine d'années, je dirais, et Curie, la cinquantaine. Je pense que la photo a été tirée autour des années 1920, mais pas au-delà, car Arrhenius est mort en 1927. On est au début des théories quantiques, on commence à décortiquer la matière et à accéder de façon assez remarquable à l'atome.

Il désigna ses collègues dans les autres bureaux.

— Les infos circulent vite ici. Dans les labos, on est tous au courant, évidemment, de l'affaire brûlante sur laquelle vous bossez à la PJ. Cette histoire de manuscrit, de lacs gelés et d'« animation suspendue ». C'est assez effroyable et extraordinaire, d'ailleurs, votre enquête.

— Extraordinaire dans le mauvais sens du terme.

— C'est ce que je voulais dire.

Il reposa la loupe et écrasa son index sur le visage d'Arrhenius.

— Il y a quelque chose qui pourrait t'intéresser concernant ses travaux.

— Vas-y.

— Le froid le fascinait. Il a beaucoup voyagé dans les pays nordiques, il a longtemps étudié les glaciations, les effets du grand froid sur les réactions chimiques et sur les divers organismes.

Il désigna à présent des livres de chimie posés sur une étagère. Lucie était tout ouïe.

— Ouvre n'importe quel ouvrage de chimie, et

l'on parlera de ses travaux. Arrhenius est à l'origine d'une loi très connue dans la communauté scientifique, permettant de décrire la variation de la vitesse d'une réaction chimique en fonction de la température. Pour faire très simple, la loi raconte que plus les températures sont basses, plus les réactions chimiques entre les composés soumis à ces températures sont lentes.

— Comme les cadavres, qui se décomposent moins vite par grand froid.

— Exactement, ça découle directement de la loi d'Arrhenius. À des températures proches de celle de l'azote liquide par exemple, on peut dire que les réactions chimiques sont inexistantes : toutes les molécules sont figées. Rien ne se crée, rien ne disparaît, si tu veux. Comme si Dieu avait arrêté le temps.

Lucie hocha la tête lentement, essayant de remettre de l'ordre dans ses idées.

— Le froid, la chimie : on est en plein dans notre sujet, là.

— On dirait, oui. J'ignore s'il y a vraiment un rapport, mais Arrhenius a passé des mois du côté de l'Islande en plein hiver pour mener des recherches sur le froid. Il carottait des morceaux de glace qu'il rapportait en Suède afin de les analyser et de faire des datations. Et en Islande, qu'est-ce qu'on trouve en grand nombre ?

— Des volcans ?

— Et, donc, beaucoup de sulfure d'hydrogène, piégé dans la glace. La glace, le sulfure d'hydrogène, les deux éléments essentiels de votre enquête, à ce que j'ai compris.

— Ces trois scientifiques seraient à l'origine du fameux manuscrit qui a causé tant de morts ?

— Les trois, ou l'un d'eux exposant ses travaux aux autres. Oui, c'est bien possible qu'ils soient à l'origine du manuscrit, sinon, on n'aurait eu aucune raison de trouver cette photo entre les pages dudit manuscrit.

— Rien d'autre ?

— Là, maintenant, non. Mais je vais essayer de creuser un peu cette histoire de carottage en Islande, il doit forcément y avoir des traces, des comptes rendus scientifiques dans de vieilles archives. Laisse-moi quelques jours.

Lucie le remercia et retourna au 36, troisième étage. Elle arriva dans l'*open space* et ne trouva personne. Les dossiers, les papiers étaient restés en plan, les ordinateurs étaient allumés. Où étaient-ils tous ? Sharko en avait-il fini avec sa paperasse et les administrations ? Elle longea le couloir et entendit la voix de Nicolas Bellanger dans un bureau. Ses coups sur la porte instaurèrent un silence immédiat. Après quelques secondes, son chef de groupe finit par lui ouvrir.

Bellanger avait le visage blême. D'un coup d'œil, Lucie entraperçut Robillard et Levallois assis autour d'une table sur laquelle reposait un rétroprojecteur allumé, diffusant un rectangle blanc sur le mur. Les deux flics semblaient remonter d'une longue apnée. Levallois se passa les mains sur le visage dans une expiration bruyante.

— Qu'est-ce qui se passe ? demanda Lucie. Vous avez vu le diable ou quoi ?

— Presque.

Bellanger hésita, il se tenait dans l'encadrement de la porte, empêchant Lucie d'entrer. Il avait la tête d'un astronaute qui avait passé la nuit dans une centrifugeuse.

— On a eu des nouvelles de Chambéry. Le moine, cet abbé François Dassonville, est impliqué.

Lucie serra les poings.

— Je m'en doutais.

— Ils ont trouvé un paquet de photos horribles bien planquées, en perquisitionnant chez lui. Elles concernent des mômes. Avec ce qui s'est passé hier soir dans les bois, je ne sais pas si...

Lucie ne l'écoutait plus.

Elle venait de le pousser sur le côté et avait déjà pénétré dans la pièce.

35

Garges-lès-Gonesse.

Ses immeubles dortoirs. Des vélos, des pots avec des plantes mortes, des pères Noël en plastique accrochés sur les terrasses trop petites. Sharko débarqua en courant dans le hall d'une tour un peu moins craignos que les autres, là où, d'après Madère, logeait Gloria Nowick. Il bouscula légèrement le jeune type qui fumait un pétard sur les marches et grimpa au quatrième étage. Haletant, il cogna du poing contre la porte et, n'obtenant pas de réponse, appuya sur la poignée avec son coude.

C'était ouvert.

Il en vint à se dire que c'était sans doute logique : on l'attendait.

Le flic entra prudemment, conscient du piège. Sans son arme, il se sentait pareil à un gosse vulnérable, mais cette série d'énigmes, ces pièces du puzzle à assembler lui disaient qu'il n'en aurait pas besoin. Pas tout de suite en tout cas.

Que lui voulait Gloria ? Était-il possible qu'elle soit derrière toute cette mascarade, depuis le début ? Sharko ne pouvait se résoudre à y croire. Il ne pouvait non plus imaginer l'autre possibilité – la plus horrible – qui s'imposait à son esprit.

À l'intérieur du studio, tout semblait en ordre. Les vêtements, les livres, les bibelots s'entassaient, on sentait le manque de place. Du temps où Sharko côtoyait encore Gloria, elle était caissière de supermarché et bossait dur pour s'en sortir. Une fille courageuse, qui n'avait jamais eu vraiment de chance dans la vie. Pour preuve, Loïc Madère.

Sharko ne toucha à rien, il ne voulait surtout pas laisser d'empreintes. La gorge serrée, il s'orienta vers la chambre. Le lit était fait, quelques paires de chaussures et des vêtements traînaient dans un coin. Dans un cadre, une photo du taulard. Gloria devait être sérieusement amoureuse pour s'accrocher à un homme qui allait encore passer quinze ans derrière les barreaux. Sur un autre cliché, elle s'affichait au bord de la mer et paraissait épanouie. Une belle femme brune, petite quarantaine d'années, cachant à la perfection ses années de trottoir, hormis cette cicatrice dont elle ne se débarrasserait jamais.

Sharko sortit de la pièce, et ce fut dans la salle de bains qu'il dénicha l'une des clés du mystère.

Sur un miroir était écrit, avec du rouge à lèvres, « *2°21'45 E* ». Seconde partie des coordonnées GPS. L'écriture était appliquée, uniforme. Féminine. On avait pris son temps pour noter le message.

Sharko mémorisa les chiffres et sortit de l'appartement, moins de cinq minutes après y être entré. Il prit garde de refermer la porte derrière lui. Une fois à l'intérieur de son véhicule, il inséra ces nouvelles informations dans son GPS, complétant celles trouvées sur la glacière. *48°53'51 N, 2°21'45 E.*

Ça fonctionnait : l'appareil lui renvoya une destination à proximité de la porte de la Chapelle, dans le 18ᵉ arrondissement de Paris. Sur la petite carte affichée par l'engin, le flic remarqua que l'emplacement final se trouvait en dehors de toute route, à proximité de rails.

Il démarra, pied au plancher, guidé par la voix du GPS. Intérieurement, il était sur les nerfs. Cette voix, c'était comme s'il s'agissait de celle de son adversaire, qui jouait avec lui et le manipulait. Il pensa à Gloria, brusquement ressurgie dans son univers. Elle avait tant compté pour Suzanne et lui. De trop nombreux souvenirs lui revinrent en tête et le blessèrent au plus profond de sa chair.

Il avait roulé trop vite et, après une demi-heure, approchait de sa destination. Il contourna un rond-point, et le paysage urbain changea. Les rues droites et animées de la ville laissèrent alors la place à d'immenses entrepôts de sociétés de transport. Partout, des camions inertes, alignés en rangs d'oignons et rangés au bord des quais d'embarquement. Des zones d'asphalte à n'en plus finir, des allées vides, blanches de neige, où se croisaient des centaines de traces de pneus. La Renault 21 fendit la zone industrielle et vint se ranger au bout d'une rue qui se terminait en cul-de-sac. Il restait cinq cents mètres à parcourir mais la destination finale indiquée par l'appareil était inaccessible en voiture.

Sharko sortit, le GPS dans la main, enfila ses gants, son bonnet, et boutonna son caban noir jusqu'au col. Il faisait toujours aussi froid, le vent prenait au visage et faisait mal aux dents. Des moteurs et des scies électriques bourdonnaient au loin. L'air paraissait électrique, le ciel avait une couleur de mauvais limon.

Au pas de course, le flic traversa un espace de terre gelée pour arriver en surplomb de voies ferrées apparemment abandonnées. Il lorgna l'horizon – les bâtiments en ruine, les tours lointaines, les lignes à haute tension – pour se rendre soudain compte qu'il se trouvait probablement au bord de la Petite Ceinture, une voie ferrée qui faisait le tour de Paris et dont le trafic ferroviaire s'était interrompu dans les années 1930.

Depuis tout ce temps, la nature y avait repris ses droits.

Sharko chevaucha un grillage mal en point et descendit sur les rails. Il ramassa une barre en fer. Ensuite, il prit sur la droite, comme indiqué sur l'écran de son appareil. Ses pas crissaient sur les cailloux qui saillaient de la neige dure, gelée. Il faisait plus froid ici qu'ailleurs, sans doute à cause de ces grands espaces vides balayés par les bourrasques. Il passa sous un long tunnel en partie obstrué par des arbustes. Les lampes étaient éclatées, les briques poreuses suintaient d'humidité. C'était glauque, sombre, sans vie. Les rails s'enfonçaient toujours plus entre la végétation décharnée. De part et d'autre, la zone urbaine se dilatait pour ne laisser place qu'à des broussailles à perte de vue.

Sharko observait partout, sur ses gardes. Est-ce qu'on le surveillait, en ce moment même ? Il chercha une silhouette, une ombre sur les talus, des traces de pas dans la neige, en vain. Le GPS indiquait encore deux cents mètres, droit devant. Le flic regarda au loin, et son cœur se serra lorsqu'il aperçut un unique bâtiment, en bordure de voie ferrée : un poste d'aiguillage couvert de tags.

Comme si c'était gravé au fer rouge sur sa poitrine,

il sut que son lieu de rendez-vous était là. Il éteignit son GPS, le rangea dans sa poche et accéléra encore, à demi courbé, longeant les arbustes sauvages.

Qu'est-ce qui l'attendait là-dedans, cette fois ? Un autre message ?

Ou alors...

Il renforça l'étreinte sur son arme de circonstance.

Aussi discrètement qu'il le put, il contourna le bâtiment par l'arrière et grimpa l'escalier. Ses semelles écrasaient du verre, les vitres avaient été brisées. Sa gorge sifflait. La buée qui sortait de sa bouche se dispersait dans l'air glacial. La capitale semblait si loin, alors qu'elle vibrait là, tout autour.

Du bout du pied, le commissaire poussa la porte déjà défoncée.

L'horreur lui claqua au visage.

Une femme gisait au sol, ligotée contre un poteau en béton. Son visage n'était plus qu'une grosse boursouflure violette, elle avait la pommette droite éclatée, ses yeux étaient à peine visibles, tant les chairs avaient enflé. Des traces pourpres, presque sèches, suintaient de son pantalon, de son pull en laine.

À ses côtés, une barre de fer ensanglantée.

Sharko se rua vers elle en criant, parce qu'il avait vu une bulle de sang éclater entre les lèvres inertes.

L'être méconnaissable était encore en vie.

Un code avait été gravé avec un instrument tranchant sur son front : *Cxg7+*. Et elle avait une cicatrice sur la joue droite. Une vieille plaie qui partait de l'œil.

— Gloria !

Le flic s'accroupit, paniqué, au bord des larmes. Il ne sut comment la toucher, elle lui semblait près de se fragmenter. Il lui parla, essaya de la rassurer, lui répétant qu'elle était sauvée, alors qu'il coupait avec un morceau de verre les épaisses cordes qui entaillaient ses poignets violacés. Gloria gémissait d'une voix à peine audible, elle chuta sur le côté comme un poids mort, peinant à respirer. Ses narines étaient bouchées par le sang coagulé.

Durant quelques secondes, Sharko se sentit perdu, désarçonné, ne sachant que faire. Il avait un nouveau portable, il pouvait appeler les secours. Mais s'il avertissait les flics, on saurait, pour le sperme et compagnie, et la situation lui échapperait complètement. Il avait vu un hôpital en arrivant, à deux kilomètres maximum d'ici. Il la souleva délicatement du sol et la porta à bras-le-corps. Elle lui paraissait en miettes.

Il dévala l'escalier et se rua sur la voie ferrée, à bout de souffle. Il n'en pouvait plus, ses muscles lui brûlaient mais il courait toujours plus vite, au courage et à la hargne. Gloria était blottie contre lui comme une môme, presque inconsciente, essayant de parler mais ne prononçant que des balbutiements incompréhensibles. Elle vomit une espèce de liquide blanchâtre sur le costume de Sharko.

— Tiens le coup, Gloria, je t'en supplie. Il y a un hôpital à deux minutes d'ici. Deux petites minutes, tu m'entends ?

Le commissaire vit qu'on lui avait cassé les dents, et sa rage décupla encore. Quel monstre avait pu la tabasser ainsi ? Quel être immonde avait pu récupérer le sperme en elle pour le glisser dans un tube à essais ? Il la posa délicatement à l'arrière de sa voiture et fonça vers l'hôpital le plus proche, celui qu'il avait croisé en arrivant. Il grilla tous les feux rouges et les priorités à droite.

Inconsciente, Gloria fut prise en charge aux urgences de l'hôpital Fernand-Widal, à 11 h 17, par un médecin urgentiste du nom de Marc Jouvier. Elle avait perdu énormément de sang, subi de multiples traumatismes et continuait à cracher de la mousse blanchâtre. Jouvier la fit transférer au bloc dans les minutes qui suivirent.

Sharko, de son côté, s'occupa des procédures d'admission et de la paperasse. Ses mains, ses jambes tremblaient, mais il essaya de dissimuler son trouble et sa colère. Carte de police abîmée à l'appui, il affirma être l'officier de police judiciaire en charge de cette affaire. Par conséquent, il n'y eut aucun signalement d'établi au commissariat le plus proche. Le fait qu'il fût seul interpella quelques secondes l'un des administratifs, mais le flic trouva les paroles qu'il fallait pour noyer le poisson. Il avait l'habitude de mentir, ces derniers temps.

Aucun autre flic ne viendrait ici et ne mettrait le nez dans ses affaires.

Le docteur Jouvier revint. Il avait environ trente-cinq ans, le crâne rasé, et semblait aussi fatigué que lui. Il portait une combinaison bleue et des gants en latex légèrement tachés de Bétadine.

— Le temps qu'elle va passer entre les mains des chirurgiens risque d'être long, l'intervention se complique.

— Comment ça, elle se complique ?

— Désolé, je ne peux pas vous en dire plus pour le moment. Vous pouvez vous rendre en salle d'attente ou partir, mais ne restez pas dans les couloirs, s'il vous plaît. Cela ne sert à rien.

Sharko fouilla dans sa poche.

— Vous avez un papier ? Je n'ai plus de cartes de visite.

Le médecin lui tendit la feuille d'un bloc-notes. Sharko y inscrivit son nouveau numéro de téléphone.

— Appelez-moi à la moindre nouvelle.

Jouvier acquiesça et empocha la feuille. Il serra les lèvres.

— Ce n'est pas beau, ce qu'on lui a fait. Si elle s'en sort, rien ne sera plus jamais comme avant.

Il resta là quelques secondes, puis ajouta :

— Vous avez pu comprendre la marque, sur son front ? Ce « *Cxg7+* » ?

Sharko secoua la tête. Le médecin reprit d'un air grave :

— Il s'agit de la notation d'un coup aux échecs. Cavalier prend la pièce sur la case g7 et met le roi en échec.

Sharko fit un rapprochement immédiat avec le message précédent : « *Lorsque résonne le 20ᵉ coup, le danger semble momentanément écarté.* » Le vingtième coup d'une partie d'échecs... Mais laquelle ?

Le médecin le salua et disparut derrière des portes battantes.

Sharko sortit de l'hôpital. Seul dans sa voiture, il cogna de toutes ses forces contre le tableau de bord. Les os de ses mains craquèrent.

Plus tard, après être passé se changer à son appartement, il enfonça son costume maculé au fond de la poubelle, au sous-sol de son immeuble.

Il se jura de retrouver le tortionnaire qui avait fait ça, coûte que coûte.

Et il le tuerait.

36

Nicolas Bellanger marchait nerveusement dans la pièce fermée, l'air grave. Les stores étaient baissés, le petit ventilateur branché au rétroprojecteur ronflait paisiblement. Personne ne bronchait, comme si le temps s'était figé. Le chef de groupe fixa finalement Lucie, qui marquait sa nervosité en bougeant sans cesse sur son siège.

— Pierre Chanteloup m'a appelé il y a environ une heure. Hier matin, il a eu la confirmation par le fichier des immatriculations que François Dassonville possédait bien une Mégane bleue. Grâce à la déposition que tu as faite avec Sharko, ainsi qu'aux éléments en sa possession, il a obtenu la commission rogatoire pour une perquise en règle.

Il s'empara d'un gobelet de café sur la table. Comme il était vide, il l'écrasa dans sa main et le balança à la poubelle d'un geste nerveux. Lucie l'avait rarement vu dans un tel état de tension.

— Dassonville n'était toujours pas présent à son domicile, et, d'après les traces dans la neige, il n'est pas revenu chez lui après votre visite d'avant-hier. Il a peut-être fichu le camp, hypothèse la plus probable pour l'instant. Les gendarmes vont mettre les pieds dans le circuit catholique, interroger les anciens supérieurs, je suis content qu'on n'ait pas à se charger de cette pagaille.

Il saisit une feuille et poussa une photo imprimée de Dassonville vers Lucie.

— Elle date d'une dizaine d'années. Ils ont creusé un peu sur lui. On sait que le jour où les moines ont été brûlés, en cette fameuse année 1986, Dassonville était censé être à une série de congrès et de conférences internationaux sur la science et la religion, à Rome.

Robillard s'était mis à mâchouiller son éternel bâton de réglisse, tandis que Lucie regardait la photo. Dassonville avait un visage tout en os, avec des joues creuses et une petite barbichette noire. Lucie songea au professeur Tournesol des aventures de Tintin.

— J'ai là sa biographie, il a un parcours atypique. Il a d'abord fait des études dans un institut de philosophie à la frontière italienne, avant de rejoindre l'abbaye Notre-Dame-des-Auges. À l'époque, elle était dirigée par un prélat plutôt ouvert aux goûts de Dassonville, pour tout ce qui touche à la science. Grâce au jardin botanique et à l'immense bibliothèque de l'abbaye, notre homme a passé son temps libre à l'étude des sciences naturelles. Dans les années 1970, il est parti deux années complètes pour suivre des cours à l'institut de physique de Paris où, en plus des matières obligatoires, il a étudié la botanique, la chimie organique, l'entomologie et j'en passe. Certains de ses travaux sur la vitesse et le processus de décomposition des organismes vivants ont été publiés. Il est devenu le chef du monastère à la mort de son prédécesseur. Bref, nous avons affaire à un moine ouvert, intelligent, qui connaît beaucoup de monde dans la communauté scientifique, et que, par conséquent, le manuscrit aurait pu intéresser.

À présent, Bellanger triturait un stylo-bille et n'arrêtait pas d'appuyer sur son extrémité, faisant descendre et remonter la mine.

— Six hommes ont fouillé de fond en comble sa maison, depuis hier après-midi. Ils ont fini par dénicher des photos, rangées dans une enveloppe qui était méticuleusement planquée à l'intérieur de l'une des têtes d'animaux empaillées. Ils ont trouvé d'autres planques qui avaient apparemment déjà été vidées. L'enveloppe était très ancienne, poussiéreuse, ils pensent que Dassonville a purement et simplement oublié de la faire disparaître avec les autres.

Son téléphone vibra. Il le consulta quelques secondes, puis appuya sur une touche qui interrompit les vibrations.

— Ces photos, Chanteloup les a scannées et me les a fait parvenir par messagerie électronique. Dix photos, que je venais juste de diffuser avant ton arrivée.

Lucie déglutit en silence. Elle observait le cône de lumière blanche traversé de petites particules de poussière qui dansaient. Un faisceau lumineux qui, elle en était persuadée, avait craché la mort.

— Je lance ?
— Je suis prête.

Le chef de groupe fixa ses subordonnés les uns après les autres, toujours hésitant. Il était soucieux pour Lucie mais, après quelques secondes, il finit par balancer les photos.

La flic écrasa son poing contre sa bouche. La première photo montrait un enfant nu, étalé sur une table en métal, comme celles utilisées pour les autopsies. Son crâne avait été rasé, ses yeux étaient grands ouverts et semblaient fixer le néant. Était-il encore vivant ? Difficile à dire. Les tons du cliché étaient froids, la peau paraissait extrêmement blanche. À l'évidence, on s'apprêtait à lui faire subir une opération chirurgicale.

La lieutenant tressaillit plus encore lorsqu'elle aperçut le tatouage, au niveau du pectoral gauche : l'espèce d'arbre à six branches avec un numéro dessous : 1 210. Malgré son dégoût et la souffrance qu'elle ressentait au fond de ses tripes, elle essaya de rester concentrée, observant chaque détail. Les murs de carrelage blanc, le morceau de lampe scialytique qui entrait dans le cadre, l'aspect aseptisé de la pièce.

— Une salle d'opération, souffla-t-elle du bout des lèvres. Bon Dieu, qu'est-ce qu'on va lui faire ?

Bellanger passa à la photo suivante. Un autre enfant tatoué, dans la même position. Un autre petit nez, d'autres petits membres immobiles, étalés sur l'acier. Quel âge avait-il ? Dix ans ?

Bellanger fit défiler d'autres photos, renouvelant l'horrible scénario. Il s'agissait chaque fois de gamins différents.

— Ça va ? demanda-t-il d'une voix qu'il essayait de garder calme.

— Ça va...

— Les numéros, sous les tatouages, s'étalent de 700 à 1 500. On ignore ce qu'ils représentent.

Il vit à quel point les yeux de Lucie s'étaient agrandis, comme s'ils voulaient capter un maximum de lumière et d'informations.

— Maintenant, regarde bien.

Il appuya sur la touche *suivant*. Un autre cliché.

Cette fois, la poitrine du gamin était barrée d'une grande cicatrice encore fraîche. Il venait à l'évidence d'être opéré et recousu.

Lucie fronça les sourcils et inclina légèrement la tête.

— On dirait le gamin de la première photo ?

Bellanger acquiesça :

— C'est bien lui.

À l'aide de son logiciel, il afficha les deux photos côte à côte. Celle de gauche, montrant le gamin avec la poitrine intacte, et celle de droite, avec la grande cicatrice. Les tatouages et le numéro étaient identiques : 1 210. Sur la première, le gamin avait les yeux ouverts, des yeux où se reflétait la plus vive des peurs. Lucie resta figée sur sa chaise. Contrairement à ce qui s'était passé à l'autopsie de Christophe Gamblin, elle essaya de garder son sang-froid.

— Qu'est-ce qu'on lui a fait ?

— Aux médecins de répondre, ça a sans doute un rapport avec le cœur. Difficile de savoir si le môme est vivant ou mort après l'opération. Je vais leur transmettre ces images. Yannick Hubert, de la section « Documents et traces », va aussi plancher sur ces photos et essayer d'en tirer tout ce qu'il peut, trouver des détails qui pourraient nous indiquer un lieu, une époque, même si je pense qu'on n'aboutira à rien.

Il se tut, se frottant le front. Des plis se formèrent sous ses yeux. Levallois se leva et s'appuya contre le mur. Il étouffait.

— Je crois que Valérie Duprès avait réussi à arracher l'un de ces mômes à ça, fit Bellanger dans un souffle. J'ignore comment, mais elle l'a fait. Elle a glissé un papier avec son identité dans la poche du gamin, sans doute parce que les circonstances les ont forcés à se séparer. Ensuite, je suppose que notre homme au Bombers a retrouvé la trace du môme, l'a kidnappé et l'a tué.

Lucie mit du temps à détacher ses yeux de l'écran. Elle acquiesça finalement et prit le relais :

— En ayant fait parler Christophe Gamblin sous la contrainte, Dassonville est probablement remonté à Philippe Agonla et a cherché à se débarrasser de tout ce qui pourrait nous aiguiller. Heureusement, il n'a pas eu le temps de trouver les notes sur l'animation suspendue, cachées derrière les briques.

— Oui, tout ça se tient.

— On marque ces enfants comme des bêtes avec un numéro et un curieux symbole, on les opère, on les photographie tous avant, et un seul d'entre eux après. En face de quoi se trouve-t-on ? Un trafic d'organes ?

— On y a tous pensé, répliqua Robillard, mais c'est incohérent avec l'état du gamin de l'hôpital. Rappelez-vous, il était en très mauvaise santé. Qui voudrait d'un cœur arythmique ou de reins malades ?

— C'était peut-être lui qu'on devait opérer, dans ce cas.

La remarque instaura un silence de quelques secondes, avant que Bellanger reprenne :

— Dans quel but ?

— Je n'en sais rien. Des expériences scientifiques ? Ce tatouage numéroté sur la poitrine de ces enfants doit avoir un sens. Comme un label de qualité.

— On a fait des recherches, on n'a rien trouvé dans la symbolique des sectes, ou des trucs de ce genre-là.

— Ces gamins ont peut-être une caractéristique commune qui fait qu'on s'intéresse à eux ?

Bellanger approuva modérément.

— Ses résultats sanguins doivent arriver demain matin, nous en saurons peut-être davantage. Nous ne devons pas oublier que tout semble découler d'un vieux manuscrit mystérieux et que Dassonville a probablement tué sept des siens pour en préserver le secret. D'ailleurs, Lucie, tu viens des labos. Des nouvelles sur le cahier et sur la photo des scientifiques ?

Lucie expliqua ce qu'elle venait d'apprendre du laborantin Fabrice Lunard. Alors qu'ils réfléchissaient ensemble, essayant de relier les différentes pièces du puzzle, Sharko entra dans la pièce. Lucie le regarda curieusement : il avait changé de costume et de chaussures. Bellanger le salua.

— Bon... Je vais te résumer la situation, ça ne fera que la troisième fois, fit-il à l'intention du commissaire. Pour les autres, on poursuit notre travail de fourmi et on se casse la tête pour essayer de comprendre. Vous pouvez y aller.

Les lieutenants sortirent sans un mot. Lucie et Sharko échangèrent un rapide regard. Bellanger ferma la porte derrière eux et revint vers son subordonné.

— Avant de t'expliquer, j'ai eu l'accord du bureau des missions pour que l'un de nous s'envole pour Albuquerque, au Nouveau-Mexique, dès que possible. Pascal a réussi à avoir en ligne le service communication de l'Air Force.

— Valérie Duprès s'est bien rendue là-bas ?

— Tu te souviens, la fausse carte d'identité trouvée chez elle ? Dans leurs registres, ils n'ont pas de trace d'une Valérie Duprès, mais Robillard a eu le réflexe de demander s'ils avaient celle d'une Véronique Darcin. Bingo. Valérie Duprès, *alias* Véronique

Darcin, est allée à – il lut sur un papier – l'*Air Force Documentation and Ressource Library* fouiner dans leurs archives publiques. Les militaires refusent de nous fournir davantage d'informations par téléphone, on doit aller sur place, papiers à l'appui, si on veut savoir ce qu'elle a consulté.

— C'est logique, on ne peut pas leur reprocher d'être prudents.

— D'après la petite annonce du *Figaro*, on pense qu'elle s'est ensuite rendue à Edgewood. Force est de constater que c'est probablement une lecture particulière dans ces archives qui a tout déclenché. On doit comprendre, et savoir ce qu'elle allait chercher dans ce bled au beau milieu du Far West, et au plus vite. C'est peut-être la clé de toute cette affaire.

— Au plus vite... Le voyage au Nouveau-Mexique qui se met en place en un claquement de doigts... Ils font pression là-haut, c'est ça ?

— À ton avis ? T'as lu les journaux ? La presse s'excite, on les a dans les pattes. Je sais que tu rentres à peine de Chambéry, mais tu te sens d'attaque pour le vol de ce soir, 18 heures, Orly Sud ?

Sharko se pencha vers lui et dit, à voix basse :

— J'ai une faveur à te demander.

37

L'aéroport d'Orly avait des airs de fête. Des milliers de personnes s'agglutinaient avec leurs bagages vers les destinations ensoleillées : Antilles, Réunion, Nouvelle-Calédonie... Des familles, des couples d'amoureux, qui s'apprêtaient à passer leurs fêtes de fin d'année sur le sable blanc, un cocktail coloré à la main. Globalement, malgré les températures très froides, les vols avaient été maintenus et les pistes étaient parfaitement dégivrées. Lucie et Franck se frayèrent un chemin au milieu de la cohue et atteignirent la file d'enregistrement pour le vol à destination d'Albuquerque.

— On vérifie tout une dernière fois, fit Sharko.

Installée dans la file d'attente, Lucie sortit une petite pochette d'une sacoche ventrale en soupirant.

— C'est bon, Franck, c'est bon. Passeport, carte d'identité, commission rogatoire internationale, billet de retour, ainsi que la liste des endroits où Valérie Duprès a laissé des traces. Je vais sur place, hôtel Holiday Inn Express, puis aux archives du centre documentaire de la base de Kirtland. Là-bas, je demande un certain Josh Sanders.

— L'un des responsables de la section archives. Il

est au courant du motif de ta visite et t'attend demain, 10 heures. Ce sont des militaires, donc sois à l'heure.

— J'interroge, je creuse si nécessaire, je reviens dans trois jours. Je sais exactement ce que j'ai à faire. Ça va bien se passer.

— Tu ne sors pas des rails qu'on s'est fixés, tu appelles régulièrement et tu t'arranges pour que quelqu'un sache toujours où tu te trouves. Et tu te couvriras bien. Il fait aussi froid qu'ici, là-bas.

— Je le ferai.

Elle lui sourit, mais Sharko sentait cette même tension qui s'était installée depuis la veille. Elle le fixa dans les yeux et serra les lèvres.

— Je vais bien, d'accord ?

— Je sais, Lucie.

— Ce n'est pas l'impression que tu me donnes. Mes pieds nus dans la neige, je ne peux pas te l'expliquer, mais... ce genre de chose ne se reproduira plus.

— Tu n'as rien à te reprocher.

Ils se turent et avancèrent doucement, au rythme de l'enregistrement des bagages. Sharko se sentait triste, abattu de l'éloigner de lui quelques jours, mais il n'avait pas le choix. Le monstre qu'il traquait était allé trop loin et devenait extrêmement dangereux. Lucie n'était plus en sécurité dans l'appartement. Et puis, ça lui ferait du bien aussi, à elle, de partir loin d'ici.

Face à tous ces gens autour d'eux, qui jetaient des regards, qui observaient naïvement, le commissaire essaya de garder sa contenance, mais, au fond de lui, il avait envie de chialer. Chialer pour ce que Gloria avait subi, pour Suzanne et leur petite fille. Pleurer pour Lucie, parce qu'il la savait malheureuse pour ces mômes étalés sur des tables d'opération. Ils avaient sans doute subi des choses horribles, et personne n'avait réussi à les sauver. Duprès avait essayé, et elle avait disparu. Où allait les mener cette enquête ? Qu'y avait-il à trouver derrière toutes ces horreurs et tous ces cadavres anonymes ?

Face à l'hôtesse qui contrôlait son passeport, Lucie laissa son bagage disparaître sur le tapis roulant. Le couple alla boire un verre, cerné par ces gens qui semblaient heureux. La flic avait toujours aimé les aéroports, cette ambiance particulière des séparations et des retrouvailles. Mais aujourd'hui...

— Jure-moi qu'on mettra la main sur ceux qui ont fait ça, Franck.

Sharko cligna lentement des yeux, évitant de répondre. Il finissait à peine sa boisson qu'une voix, au micro, annonçait déjà l'embarquement. Le commissaire laissa son téléphone portable vibrer dans sa poche. Il n'avait donné son nouveau numéro à quasiment personne, sauf à Bellanger et au docteur Jouvier, de l'hôpital Fernand-Widal.

Il serra sa compagne contre lui devant la zone des portiques, poussant délicatement une mèche qui tombait le long de sa joue, et colla sa bouche à son oreille.

— Quand tu reviendras, tout sera prêt. Notre petit sapin de Chambéry, avec les boules et les guirlandes. On mangera des huîtres et on boira du vin. On se souviendra aussi du passé, si tu veux. Mais, dans tous les cas, on passera un excellent réveillon de Noël, je te le promets.

Lucie acquiesça en inspirant. À son tour, elle lui fit une caresse au menton.

— Il y a un cadeau spécial que je veux te faire, pour Noël. Quelque chose qui... te touchera, j'en suis sûre. Mais avec ce qui s'est passé ces derniers jours, j'ignore si j'aurai le temps de...

— Chut.

Il l'embrassa tendrement, puis la laissa s'éloigner, le cœur déchiré. Il aimait tellement cette femme.

— Prends soin de toi, lui murmura-t-il du bout des lèvres. On se revoit au plus tard le 24, 7 h 07 du matin. Je serai là.

Ils s'accompagnèrent du regard aussi loin qu'ils le purent. Puis Lucie disparut définitivement, en route vers une destination lointaine. Sharko regarda l'avion s'envoler, les poings serrés.

Finalement, il sortit son portable et écouta le message.

C'était l'hôpital.

Gloria était décédée.

38

Morgue de l'hôpital Fernand-Widal.

De longs couloirs vides et silencieux, sous le niveau du sol. Le manque d'air frais et l'odeur des chairs fatiguées. Nicolas Bellanger était au téléphone. À ses côtés, Sharko se tenait la tête, mollement appuyé contre un pylône en béton. Le chef de groupe raccrocha et revint à ses côtés.

— Ça va être compliqué avec le juge.
— Je sais.

Sharko soupira.

— Jusqu'où il veut aller ?
— Peut-être une suspension.

Le commissaire ne répliqua pas. Peu importaient les sentences. Gloria était morte, battue, dégradée, et rien ne comptait plus que la haine et l'envie de vengeance qu'il éprouvait à ce moment même.

— C'est le groupe Basquez qui va prendre les choses en main, ils vont arriver, fit Bellanger. Tu connais bien les gars, ça facilitera les choses et nous évitera peut-être les Bœufs[1]. Ça dépendra jusqu'où t'es

---

1. Terme du jargon policier qui désigne l'IGS, l'Inspection générale des services.

allé dans ton délire solo. Bon sang, qu'est-ce qui t'a pris de ne rien nous dire ?

— Une spirale... Une fichue spirale dans laquelle je me suis retrouvé sans vraiment m'en rendre compte. C'est moi qu'il veut détruire. Il me mène à lui, un peu plus chaque fois.

L'air soucieux, Nicolas Bellanger regarda l'heure. Encore une journée qui n'allait pas se terminer. Il considéra Sharko dans les yeux.

— C'est à cause de tout ce merdier que Lucie est partie à ta place, n'est-ce pas ? Qu'est-ce que t'espérais ? Retrouver ce salaud seul, en quelques jours, et faire justice comme Charles Bronson ?

— Je veux surtout la protéger. Loin d'ici, elle est en sécurité.

Bellanger essaya de ne pas se laisser envahir par l'affection qu'il ressentait pour son subordonné. Sharko avait le passé et la carrière de nul autre flic. Des actions brillantes mais aussi des moments beaucoup moins glorieux qui, au fil des années, en avaient fait un habitué de l'IGS. Le capitaine de police garda volontairement un ton directif.

— T'es dans la maison depuis presque trente ans. Tu sais que ça ne marche pas de cette façon. Tes conneries vont peut-être me priver de ta présence. Comme si j'avais besoin de ça !

Un médecin en tenue – combinaison bleue, gants en latex – sortit de la salle devant laquelle les deux flics attendaient. Sharko le reconnut : il s'était chargé de l'admission de Gloria aux urgences et l'avait appelé pour lui annoncer sa mort.

— Je l'ai mise au frais, fit Marc Jouvier, le temps

que vos hommes de morgue l'embarquent. Il faut que je vous voie pour les papiers administratifs.

Le commissaire ne put s'empêcher de faire triste figure. Désormais, on parlerait de Gloria comme d'une victime de plus, juste un territoire d'indices. De fil en aiguille, il pensa à Loïc Madère, qui n'allait pas tarder à apprendre le décès de sa compagne. Lui aussi aurait un sacré coup dur, du fin fond de sa prison. Encore une histoire qui risquait de finir en suicide.

Ses yeux revinrent vers ceux du médecin.

— Elle était vivante en arrivant ici. Que s'est-il passé ?

Jouvier fourra ses mains dans les poches, ennuyé. Il était grand, costaud, un peu voûté, et portait sur lui l'odeur caractéristique de la mort.

— Je ne voudrais pas dire de bêtises. Vous verrez avec les conclusions exactes de l'autopsie et des analyses toxicologiques.

— Vous pouvez tout de même nous orienter, non ? fit Bellanger.

Le médecin hésita quelques secondes. Ses yeux bleus se plongèrent dans ceux de Sharko.

— Très bien. Malgré son état critique, nous aurions probablement pu la sauver. Aucune artère n'avait été touchée et il n'y avait pas d'hémorragie interne. Mais…

— Mais ?

Il se racla la gorge. L'endroit était sombre, les néons crépitaient.

— On pense que la cause de la mort est un empoisonnement aux médicaments.

Sharko, qui se tenait légèrement appuyé contre le mur, se redressa.

— Un empoisonnement ?

— Oui. Le lavage gastrique a révélé la présence de résidus de capsules gélatineuses, accompagnés d'une forte odeur d'alcool. Un cocktail détonant qui ne lui a laissé aucune chance. Quand les chirurgiens sont intervenus, les organes étaient intoxiqués. L'état de détresse de son organisme, les multiples lésions, les saignements n'ont rien arrangé. Quoi qu'on ait pu faire, il était trop tard.

Sharko crispa ses doigts sur le bas de son blouson. Il se rappelait cette mousse blanche, aux lèvres de Gloria, et tous ses vomissements.

— Quand ? Quand, à votre avis, lui a-t-on fait ingérer ces médicaments ?

— Je dirais entre une et deux heures, grand maximum, avant qu'on la prenne en charge aux urgences. Quant aux blessures, aux fractures, certaines d'entre elles remontaient à plusieurs jours, vu l'état de cicatrisation. Le vagin aussi était abîmé. Cette femme a subi des tortures étalées dans le temps et a, sans aucun doute, enduré un véritable calvaire.

Le commissaire étouffait, tout tournait. Il remonta l'escalier en quatrième vitesse et sortit prendre l'air. Le froid instantané le fit trembler de la tête aux pieds. Il grelotta longtemps, sous cette nuit chargée de brume. Ses yeux se portèrent vers les lumières diffuses de l'horizon. Il revit dans sa tête les rails de la Petite Ceinture, le tunnel, le poste d'aiguillage abandonné. L'assassin de Gloria était intervenu juste avant qu'il arrive sur place. Et il la retenait probablement depuis mercredi dernier, après que Gloria et Madère avaient fait l'amour. Six jours de calvaire, battue, humiliée. Sharko éprouva le besoin de s'asseoir.

Plus tard, Nicolas Bellanger le trouva dans sa voiture,

les bras tendus sur le volant. Il tapa au carreau. Sharko détourna lentement la tête et ouvrit la portière. Ses yeux avaient rougi, et Bellanger se demanda s'il n'avait pas pleuré.

Le commissaire inspira, le crâne posé sur l'appuie-tête.

— C'est impossible. Ce fumier n'a pas pu me voir entrer dans l'immeuble de Gloria et partir l'empoisonner dans la foulée. Je me souviens, je suis passé dans l'appartement en coup de vent, et j'ai foncé dans Paris pour atteindre le vieux poste d'aiguillage de la Petite Ceinture. Ça aurait été trop risqué pour lui de me surveiller et d'agir au tout dernier moment. Il ne m'a fallu qu'une demi-heure pour faire le trajet. Il est trop prudent pour se baser sur les aléas de la circulation.

Bellanger ne répondit pas. Sharko secouait la tête.

— Il voulait qu'elle meure dans mes bras. Il voulait que, dans ses derniers instants, elle comprenne que tout était ma faute.

Bellanger s'accroupit pour se mettre au niveau de Sharko.

— Tu n'y es pour rien.

— Il faut interroger les habitants de l'immeuble de Gloria. Il faut analyser l'écriture sur le miroir de sa salle de bains et aussi aller au relais dans le 1er arrondissement, là où notre homme a retiré son imprimante il y a quatre ans. On doit comprendre quelle partie d'échecs il me livre, ça doit avoir une signification importante. On va…

Bellanger lui posa une main sur l'épaule. De la condensation s'échappait de sa bouche. Le froid extérieur, cette brume qui tombait du ciel faisaient goutter son nez.

— Il va falloir que tu restes ici, Franck, tu le sais. Ça va être un moment pénible de questions qui risquent de prendre la nuit, mais les collègues vont avoir besoin de billes et, surtout, d'explications, si tu veux qu'ils avancent. Tu ne compliques pas les choses, d'accord ?

Sharko acquiesça, puis retira les clés du contact dans un soupir.

— Je ferai au mieux.

Il finit par sortir et claqua la portière derrière lui. Son chef lui montra un petit sachet transparent, à la lueur d'un lampadaire.

— Les chirurgiens ont aussi trouvé ceci, c'était au fond de son estomac. Une ancienne pièce de cinq centimes de franc. Tu penses que...

Il ne termina pas sa phrase. Sharko avait basculé sur le côté et était en train de vomir.

39

Bureaux de la Crim', milieu de la nuit.

Une pièce mansardée trop éclairée au néon, un lieu où se perdaient des baffes lors des interrogatoires musclés. Les murs étaient épinglés de sales tronches de criminels, de posters, de dossards de marathon et de clichés personnels. Par le Velux, le ciel était noir, insondable, sans étoile.

Face à Sharko se tenaient Pascal Robillard, Julien Basquez, capitaine de police, ainsi que deux de ses lieutenants. Basquez, cinquante-deux ans, était un vieux de la vieille, qui avait débuté sa carrière presque en même temps que Sharko mais avait écoulé une grande partie de celle-ci à la brigade mondaine, juste avant d'intégrer la Criminelle. Il écoutait avec la plus grande attention les propos du commissaire.

Au milieu d'une table s'étalaient, entre des paquets de cigarettes chiffonnés et des gobelets vides, deux tas de photos et de vieux procès-verbaux. Sharko parlait avec difficulté, terriblement ému. Dix longues années, qu'il avait passées à essayer d'oublier toutes ces horreurs. Et aujourd'hui, elles lui revenaient en pleine figure, comme la lanière d'un fouet. Il tenta de garder une voix neutre, sans vraiment y parvenir.

— Vous connaissez tous mon parcours, les graves problèmes psychologiques que j'ai eus par le passé...

Un silence gêné. Quelques regards fuyants ou des lèvres qui se portent aux verres remplis de café. Sharko inspira un bon coup. S'il lui arrivait encore de penser à cette vieille histoire, d'en faire des cauchemars, il n'en avait plus jamais parlé depuis bien longtemps. Même avec Lucie, il avait toujours évité le sujet.

— Tout remonte à 2002, lorsque ma femme, Suzanne, a été enlevée. Sa disparition a duré six mois. Six interminables mois, où je l'ai cherchée à en crever, jusqu'à finir par penser qu'elle était morte. J'ai finalement compris que son enlèvement était lié à une série de meurtres qui ont ensanglanté la capitale, à partir d'octobre de cette année-là. De par l'enquête, j'ai découvert que Suzanne était tombée entre les mains d'un tueur en série surnommé l'Ange rouge. C'était lui qui l'avait retenue, torturée physiquement et psychologiquement pendant la moitié d'une année.

Il fixa le sol de longues secondes.

— J'ai fini par retrouver Suzanne, vivante, attachée en croix dans cette fameuse cabane où j'ai découvert le tube de sperme. Elle était enceinte de notre petite fille, Éloïse. À l'époque, j'ignorais qu'elle portait notre enfant avant son enlèvement.

Bellanger retenait son souffle. Entendre Sharko parler de cette façon, l'écouter étaler une telle souffrance était insupportable. Son subordonné avait un destin hors du commun, mais malheureusement pas de ceux qui font les contes de fées.

— Quand je l'ai sauvée, Suzanne n'était plus

elle-même. Elle ne s'en est jamais remise. Deux ans plus tard, elle est décédée avec notre petite fille, en traversant un virage au moment où une voiture arrivait. C'était horrible.

Sharko était debout. Il appuya une main contre le mur, puis posa le front sur son bras. L'accident s'était déroulé sous ses yeux, et il lui arrivait encore d'entendre les cris de sa famille, dans la nuit.

Il dut faire un effort pour revenir à ses interlocuteurs.

— Lors de mon ultime face-à-face avec l'Ange rouge, j'ai vu l'incarnation du mal. On affronte tous des choses horribles, tous les jours, et ce n'est pas à un ancien des mœurs ou à des gars de la Criminelle que je vais apprendre ça. Mais là, c'était différent. Cet être abominable était la figure de tout ce que l'on peut imaginer de pire en l'humain. Le vice, la barbarie, le sadisme. Il était celui dont on n'ose pas croire qu'il existe, un individu né pour... pour nuire. (Il vrilla les poings.) Juste avant de mourir, il m'a avoué que quelqu'un avait suivi de près son parcours de sang. Une ombre qu'il avait prise sous son aile et *initiée* à la perversité.

Lentement, il se pencha sur la table et poussa les photos vers Basquez. Le capitaine de police s'empara des clichés en grimaçant. Il vit, entre autres, le cadavre d'une femme nue, ligotée de façon complexe et suspendue à des crochets d'acier. Son visage déchiré criait la souffrance.

— Voici l'une des victimes de l'Ange rouge. Il les tailladait, les torturait, leur arrachait les yeux, j'en passe, vous lirez le dossier. Sa haine envers le sexe féminin était sans limites. Après la mise à mort, il leur enfonçait une ancienne pièce de cinq centimes au fond de la bouche. C'était sa signature. Une pièce, pour traverser le fleuve des Enfers.

Les hommes se regardèrent les uns les autres, l'air grave. Sharko parlait crûment, sans aucune retenue. Il tendit un autre paquet de clichés.

— Deux ans et demi après la mort de l'Ange rouge, mai 2004 : on retrouve un couple dépecé près d'un marais, à proximité de la forêt d'Ermenonville. L'homme s'appelait Christophe Laval, vingt-sept ans, et sa femme Carole, vingt-cinq ans. Ils avaient tous les deux une pièce de cinq centimes dans la bouche... À l'époque, je n'étais pas sur l'affaire, j'avais déménagé dans le Nord pour m'occuper de ma femme et de ma petite fille. Mais lorsque j'ai entendu parler de ce crime, j'ai raconté aux enquêteurs exactement ce que je vous ai raconté : la possibilité que cet acte barbare soit celui d'un assassin né de la perversité de l'Ange rouge. Un individu qui aurait côtoyé le tueur en série lors des meurtres et en aurait profité pour « apprendre ».

Basquez parcourait les photos une à une, la bouche arrondie en cul-de-poule.

— Des pistes ?

— Aucune piste, aucun indice. Ça a été sa seule manifestation ou, tout au moins, la seule tuerie clairement identifiée. Ce dossier fait partie de ceux que la Crim' n'a jamais réussi à résoudre, parce qu'il n'y a jamais eu de mobile clair. Pourquoi avait-il tué ? Et pourquoi n'avait-il pas recommencé ?

Basquez malmenait à présent sa petite moustache grise.

— Et voilà qu'aujourd'hui il se manifeste de nouveau, en s'en prenant à toi.

— Ça n'a pas commencé aujourd'hui, mais il y a un an et demi, avec l'affaire Hurault. On trouve un poil de mon sourcil sur le cadavre de Frédéric Hurault, je galère et manque d'aller en prison jusqu'à la fin de mes jours. Entre ce moment-là et la première manifestation récente de l'assassin – ce message inscrit sur les murs de la salle des fêtes de Pleubian –, c'est le silence radio. Il s'était mis en veille, certainement pour préparer la mécanique précise de ce qui est en train de se dérouler. Je n'ai jamais vu quelqu'un d'aussi patient, d'aussi réfléchi.

— Rien ne prouve que le dossier Hurault soit lié à cette affaire.

Sharko finit par s'asseoir sur une chaise, épuisé.

— Rien ne le prouve, certes, mais moi j'en ai la certitude. On m'a vu sur les chaînes nationales, il y a deux ans, à propos d'une grosse affaire que j'ai traitée. Ça a dû, je ne sais pas, clignoter tout rouge dans la tête de ce tueur. Lui rappeler amèrement que j'étais celui qui avait ôté la vie à son mentor, des années plus tôt. Imaginez alors sa haine, sa colère, qui rejaillissent subitement, au moment où, peut-être, il s'y attend le moins. Il s'est alors fixé pour objectif de me détruire à petit feu, parce que, quelque part, moi aussi j'ai ruiné sa vie. On ignore comment un taré qui accompagne un tueur en série dans sa folie et dépèce un couple deux ans plus tard peut réagir. On ignore quelle a été sa vie ces dernières années, et comment il a évolué. Il a essayé de me faire croupir en prison, mais il a échoué.

Sharko se frotta longuement le visage. Il n'en pouvait plus.

— Aujourd'hui, il s'y prend d'une autre façon.

Quelque chose de beaucoup plus violent et calculé. Il connaît mon passé en profondeur, certainement par le biais de l'Ange rouge, puisque ce dernier a détenu ma femme six mois. Il possède les pièces maîtresses en main. Il sait où j'habite, où je travaille, il anticipe mes réactions et me livre petit à petit les éléments d'un puzzle macabre.

Son poing se rétracta encore, et Sharko l'abattit sur la table.

— Gloria était une pièce du puzzle, il lui a gravé un coup d'échecs sur le front. Nous devons comprendre.

Basquez avait rarement vu autant de détermination dans les yeux d'un homme : Sharko était comme une bête sauvage, acculée mais prête à se défendre jusqu'au dernier souffle. Il claqua dans ses mains et regarda sa montre.

— On se fait une petite pause et, ensuite, tu nous raconteras tous les événements récents, à partir du message de sang dans la salle des fêtes de Pleubian. On veut toutes les billes, tous les détails. Je passe deux secondes à l'antidrogue pour y laisser les messages écrits par l'assassin. Fernand Levers est un pro des échecs, il pourra jeter un œil.

Le commissaire acquiesça. Des cigarettes jaillirent des poches, des soupirs se firent entendre. Il était tard, les hommes étaient crevés. Sharko se rendit à la bombonne d'eau, proche de la machine à café. Le sang pulsait bruyamment dans son crâne. Un fluide lourd, épais, fatigué. Nicolas Bellanger le rejoignit. Il bâilla, les mains dans les poches, appuyé contre la rambarde qui donnait sur la cage d'escalier. À l'étage juste en dessous, le filet vert antisuicide ressemblait à une toile d'araignée géante.

— Quand tu auras fini de raconter, tu rentres chez toi, Franck. Laisse-les agir. Basquez est un bon.

Sharko avait les yeux dans le vague. Il buvait mécaniquement, sans vraiment avoir soif.

— Je sais. Mais j'ai l'impression que tout s'accélère et que le temps joue contre nous.

— Je vais essayer de convaincre le juge de ta légitimité. Ça ne va pas être simple, mais je vais tenter le coup quand même.

Le commissaire était incapable de réfléchir et n'avait qu'une envie : se coucher. Il tendit sa carte de police mal en point à son chef. Bellanger la prit, mais la fourra de nouveau dans la main de Sharko.

— Garde-la et voyons ce que dira le juge. Ce ne serait pas humain de sa part de rester insensible à une histoire comme la tienne.

Lorsqu'il rentra à son appartement, Sharko ferma les portes à double tour et baissa les volets roulants. Il n'y avait rien de mieux à faire en attendant. Ainsi terré comme un lapin, il se sentait impuissant.

Sans Lucie à ses côtés, les différentes pièces lui parurent horriblement vides. Comment pourrait-il désormais vivre sans elle ? C'était inconcevable. Finalement, même s'il était exténué, il savait pertinemment qu'il ne trouverait pas le sommeil tout de suite.

Alors qu'il s'agenouillait dans son salon pour décorer son sapin de Noël, Basquez lui téléphona. Le commissaire inspira et décrocha.

— Sharko.

— Notre pro des échecs a identifié la partie que notre mystérieux messager nous livre. Et ça ne sent franchement pas bon.

40

1h 13 du matin, heure locale. De petites loupiotes sur des gueules fatiguées. Les voyants *Attachez votre ceinture*, d'un rouge pâle, au-dessus des têtes immobiles.

Impatiente d'arriver enfin à destination, Lucie avait le front plaqué contre le hublot de l'A320. En contrebas, Albuquerque lui apparut comme un gigantesque nid de lumière au milieu d'un trou noir. Des filaments orangés – les *Interstates* – partaient du centre vers les quatre points cardinaux et fendaient l'obscurité, direction l'horizon. Le ciel était pur, chargé d'étoiles. La lune, assez basse et particulièrement rousse, laissait deviner des reliefs hachés, entourant la ville comme des gardiens attentifs. Juste avant l'atterrissage, Lucie aperçut les eaux noires d'un fleuve. Elle se rappela les vieux films de cow-boys qu'elle visionnait avec son père et se dit qu'il s'agissait probablement du fameux Río Grande.

Un air froid et sec la cueillit à la sortie de l'avion. D'après ce qu'avait raconté le commandant de bord, la température était de – 5 °C et la ville se situait, pour sa partie la plus basse, à 1 490 mètres d'altitude.

Col remonté, gants enfilés, Lucie s'étira un bon

coup, foula le sol américain et, passeport et commission rogatoire internationale en main, franchit sans trop de difficulté les contrôles de sécurité. Elle trouva facilement un taxi à la sortie de l'aéroport – il fallait néanmoins marcher une centaine de mètres jusqu'à la Albuquerque Cab Company – et demanda, en anglais, l'hôtel Holiday Inn Express, 12th Street North West. Le chauffeur, un vieux Blanc plutôt rustre avec un pantalon à bretelles, portait un tee-shirt sur lequel était inscrit : *Chuck Norris can clap with one hand* (Chuck Norris peut applaudir d'une seule main). Patriotique jusqu'à l'os vu la décoration intérieure du taxi, il s'engagea sur l'*Interstate* 140 quelques minutes plus tard.

Malgré l'obscurité, Lucie sentait les vibrations du grand Ouest américain : les voitures de tailles démesurées – Hummer, Pickup, Chevrolet –, les panneaux aux consonances magiques au-dessus de l'autoroute – Santa Fe, Las Cruces, Río Grande Boulevard –, les enseignes lumineuses des *drive-thru* ou des *drive-in* en tout genre. Quant à son hôtel, situé aux abords de la ville, il était moderne, avec des couleurs pourpres et roses comme celles des canyons. Une décoration discrète, dans l'entrée, et la présence d'un grand sapin soulignaient l'arrivée prochaine de Noël.

Lucie s'enregistra à l'accueil, son anglais lui revenait en tête et elle se débrouillait plutôt bien. Néanmoins, après les quatorze heures de vol, avec le décalage horaire dans les jambes, elle était éreintée. Elle fut soulagée seulement lorsqu'elle claqua la porte de sa chambre.

L'endroit était propre, neutre et fonctionnel. Après une douche rapide, elle envoya un SMS à Sharko.

« *J'ai pris mes quartiers, tout s'est bien passé. J'espère que tout va bien de ton côté. Je t'aime.* »

Elle régla le réveil de son téléphone – qui s'était automatiquement branché sur le réseau Western Wireless et mis à l'heure locale – et s'effondra sur son lit, les mains se caressant le ventre, les yeux fixés sur le ventilateur immobile.

Elle sourit. Un bébé était en elle, elle le sentait comme seule une mère peut sentir ces choses-là. Une petite graine qui, elle le souhaitait plus que tout au monde, se transformerait un jour en une fillette aux yeux bleus. Elle pensa à Sharko et s'imagina, encore, sa réaction à l'annonce de la nouvelle. Elle aimait songer à ce moment-là.

Elle éteignit. Tandis que le calme l'enveloppait, elle se rendit compte que ses oreilles bourdonnaient. Un ridicule sifflement, pareil à celui d'une Cocotte-Minute lointaine. Le bruit des réacteurs, l'altitude devaient jouer. Elle se tourna et se retourna sous ses draps, l'oreiller sur la tête, incapable de trouver une bonne position. Et plus elle se disait qu'il fallait absolument qu'elle dorme, moins elle y parvenait.

Elle sombra finalement aux alentours de 4 heures du matin, l'oreiller collé contre son ventre.

41

Une vue à couper le souffle accueillit Lucie à son réveil et lui fit oublier sa courte nuit. Le soleil sortait des montagnes enneigées, illuminant la ville d'un ciel de feu. Elle devinait les étendues brûlées, au loin, la terre rouge, les chemins creusés dans le relief, ouvrant sur des décors de carte postale : les *cañones*, les *mesas*, les réserves indiennes. Après sa toilette, elle enfila un jean, un tee-shirt et un pull camionneur bleu. Ses rangers aux lacets fort serrés terminèrent l'allure d'une femme déterminée, un poil masculine.

Dans la salle du restaurant, elle évita de se conformer aux traditions locales – œufs, bacon, fajitas, auxquels on pouvait même ajouter du piment de bon matin – et préféra s'octroyer un petit déjeuner continental à base de café au lait. Dans cette grande pièce calme, cernée d'étrangers, elle se sentait sereine et était persuadée que tout se passerait bien, désormais, dans sa tête.

D'après le plan de la ville, la base de Kirtland se trouvait à une dizaine de kilomètres, en direction du sud. Lucie avait décidé de louer une voiture chez Avis, juste à côté de l'hôtel. Elle se retrouva ainsi au volant d'une *Normal Size*, néanmoins impressionnante :

Pontiac Grand Prix avec boîte automatique, moteur V6 de trois cents chevaux. Une aberration pour elle qui roulait en 206, mais il n'y avait pas plus petit. Le GPS n'était pas fourni.

Aidée d'un plan de la ville, elle se mit en route. Le trajet fut agréable, surprenant même lorsque la Pontiac blanche remonta *Oldtown*, la vieille cité. Ça sentait l'influence espagnole, avec ses rues étroites bordées de bâtiments en adobe, de patios décorés de plantes, de fontaines et de passages ombragés, le tout dans les tons jaunes, rouges, orange. Partout, des guirlandes, des boules, des sapins. Lucie vit, en un clin d'œil, le mélange des peaux et des cultures. Une ville cosmopolite, un carrefour de sang neuf et de vieilles traditions indiennes.

Approchant de la périphérie, les routes devinrent d'une largeur effroyable, à quatre, parfois cinq voies, et le paysage urbain changea : moyennes tours commerciales, distributeurs d'argent accessibles en voiture, panneaux publicitaires dans tous les sens, McDo collé à la pompe à essence. Après quelques kilomètres sur l'I40, elle prit la sortie Wyoming Boulevard, roula sur une route agrémentée de maisons magnifiques – sans nul doute un quartier résidentiel pour riches – qui sembla brusquement s'enfoncer dans le désert. Les habitations disparurent pour laisser place à une espèce de *no man's land* aride. Aussi, lorsque apparut le poste de sécurité duquel partaient d'immenses grillages sur la droite et la gauche, Lucie eut en tête des images de bases secrètes, de la Zone 51, de soucoupes volantes. On était bien au pays de Roswell.

Elle se rangea sur un parking visiteurs et, sous la guérite, demanda Josh Sanders. L'un des plantons lui appliqua un détecteur de métaux manuel, et elle dut présenter ses papiers, qui furent scrupuleusement étudiés. Elle songea à Valérie Duprès, avec sa fausse carte d'identité, qui avait réussi à tromper son monde et, par conséquent, à ne laisser aucune trace de sa véritable identité.

Sanders arriva cinq minutes plus tard dans une espèce de voiturette de golf frôlant le comique. Lucie s'attendait à voir un militaire pur jus, mais l'homme de belle taille était habillé en civil, avec des cheveux bruns plaqués vers l'arrière et une écharpe grise autour du cou. Il devait avoir une bonne quarantaine d'années. Il vint lui serrer la main et se présenta : capitaine Josh Sanders, l'un des responsables de la section archives du centre de documentation de l'Air Force Base. Lucie expliqua en détail, avec son fort accent français, la raison de sa venue : elle enquêtait sur la disparition d'une journaliste parisienne, Véronique Darcin – *alias* Valérie Duprès, mais elle se garda de le lui révéler –, venue à la base fin septembre, début octobre 2011. Elle sortit une photo et la lui montra.

— Je me souviens d'elle, fit-il en acquiesçant, et j'ai consulté nos registres après l'appel de vos services français. Elle est venue chaque jour, pendant plus d'une semaine, dans nos archives. Une femme assez peu bavarde, mais agréable. Et particulièrement séduisante.

Lucie resta académique.

— Quel type d'informations cherchait-elle ?

— Principalement les documents qui traitent de la pollution, et aussi de la dépollution des sites nucléaires. Je lui ai dit que nous avions de quoi faire, nous disposons de milliers de dossiers sur le sujet. Il y a une bonne dizaine d'années, des unités de nos bases se sont chargées de dépolluer de leurs déchets radioactifs les sites autour de Los Alamos ou de Hanford, dans l'État de Washington. Votre journaliste voulait connaître les méthodes et moyens mis en œuvre, les analyses menées, les solutions de stockages appliquées.

— Cela ne vous a pas dérangés qu'elle fouille dans vos documents ?

— Absolument pas. De nombreux journalistes, chercheurs ou historiens viennent ici pour consulter les traces de l'histoire militaire américaine. Il y a quelque temps, beaucoup de civils se rendaient sur notre base et en profitaient pour visiter nos installations. À l'époque, nous abritions encore le musée national de la science et de l'histoire nucléaire. Mais pour des raisons de sécurité, il a été extériorisé, et les accès à notre base sont désormais très contrôlés.

Après que Sanders lui eut accroché un badge « *Visitor* » sur le blouson, ils grimpèrent dans le véhicule et se mirent en route. Lucie avait l'impression d'halluciner : la base de Kirtland ressemblait à une ville dans la ville. Ils doublèrent un hôpital, des écoles, un parc de jeux, le tout aligné le long de rues interminables et d'une propreté irréprochable. Sur la droite, en avant-plan des montagnes, s'étiraient des quartiers résidentiels : de jolies maisons, des sentiers de cailloux, des palmiers devant chaque façade, le tout sur fond de ciel bleu.

— Vous êtes impressionnée, n'est-ce pas ?

— Plutôt, oui. C'est gigantesque.

— Vingt mille personnes travaillent ici, nous sommes le plus gros employeur de la ville. Nous avons six collèges et universités, deux écoles privées, plus de mille logements, des magasins, un terrain de golf, des crèches... Côté technologie, nous sommes à la pointe en matière de recherche sur les nanocomposants, mais notre grande spécialité reste l'expertise des systèmes d'armes nucléaires. Nous travaillons conjointement pour les départements de la Défense et de l'Énergie.

Lucie avait l'impression d'assister à une démonstration commerciale vantant les mérites et la performance de l'armée américaine. Tout était trop beau, trop propre. Elle pensa à une construction de Lego, un monde magique d'où les personnages figés, sourire aux lèvres, ne sortent jamais. Des familles complètes vivaient entre ces murs, des enfants y grandissaient, alors que, à quelques centaines de mètres, on jouait avec des têtes nucléaires.

Ils arrivèrent finalement devant un bâtiment au design tout en courbes, avec de hautes vitres et d'impressionnants pans de béton. De grosses lettres fixées sur la façade indiquaient *Air Force Documentation and Ressource Library*. Ils pénétrèrent dans la gigantesque bibliothèque, protégée par des portiques magnétiques. Lucie apprécia la beauté de l'endroit, moderne certes, mais qui dégageait force et calme à la fois. De jeunes gens, dont certains en tenue kaki, planchaient au-dessus de tables en bois sur des ouvrages techniques.

Sanders ouvrit une porte au fond, et, avec Lucie, ils descendirent une volée de marches avant d'atterrir au bord de pièces de tailles démesurées, bondées d'étagères hautes de plusieurs mètres. Il devait y avoir ici des dizaines, des centaines de milliers de documents, accessibles pour certains avec des échelles coulissantes. Deux personnes marchaient entre les allées, avec des caisses remplies de paperasse sous le bras.

— Voici notre base documentaire accessible à la

communauté des chercheurs, historiens et journalistes, et librement consultable. C'est ici que votre compatriote est venue. Vous y trouverez tout ce que vous pouvez imaginer concernant l'histoire, la technique, les recherches des principaux laboratoires et départements de l'AFB, mais aussi d'autres institutions. Nous recevons plus de deux cents nouveaux documents par jour en provenance de l'extérieur. Il s'agit de dossiers pour la plupart déclassifiés, issus d'anciens laboratoires, bases ou centres de recherches fermés, ou en passe de l'être. Neuf personnes qualifiées travaillent à plein temps sur le rangement et les mises à jour.

Lucie roulait les yeux, impressionnée.

— Par « documents déclassifiés », vous entendez ?

— D'anciens documents confidentiels, secrets ou top secrets, qui n'ont plus de raison de l'être. Désormais, ils sont automatiquement déclassifiés après vingt-cinq ans, sauf si une agence gouvernementale requiert une prorogation de la durée de classification au Centre national de déclassification. Bref, tout cela est un peu compliqué.

Lucie se rappelait la phrase publiée dans *Le Figaro* : *On peut lire des choses qu'on ne devrait pas, au Pays de Kirt*. Elle connaissait la complexité des administrations, les scandales qui éclataient parfois avec Wikileaks ou par l'intermédiaire d'articles incendiaires, dont les sources venaient souvent d'anciens documents confidentiels, et que les personnes concernées n'avaient pas réussi à faire disparaître ou avaient simplement oubliés.

C'était peut-être sur l'un d'eux que Duprès avait mis la main.

— Et... comment je peux savoir ce que... Véronique Darcin a consulté ?

Sanders se dirigea vers un ordinateur. Lucie lorgna discrètement les caméras, dans les angles du plafond.

— Elle est assurément passée par notre puissante base de données. Je lui avais fourni un code d'accès, ce qui permet de garder les traces de toutes ses recherches informatiques. Elle a pu naviguer dans la base par mots-clés, auteurs, titres, centres d'intérêt. L'ordinateur renvoie alors à des numéros de documents, des titres et une petite description, mais pas toujours. Cela dépend des informations dont les techniciens disposent au moment du référencement. Dans tous les cas, l'ordinateur donne l'endroit exact où les trouver dans les allées. Il ne reste plus ensuite qu'à les consulter.

Il pianota sur le clavier et tendit la main.

— Je remplis une fiche vous concernant, afin que vous puissiez naviguer. Votre passeport ou votre carte d'identité, s'il vous plaît.

Lucie s'exécuta, un peu sceptique. On la fichait de tous les côtés, et elle détestait ça. Elle comprenait mieux pourquoi Duprès s'était promenée avec une fausse identité. Hormis ses transactions bancaires dans les hôtels ou aux distributeurs, elle ne laissait quasiment aucune trace. Après quelques secondes, Sanders lui laissa la place.

— Voilà, vous êtes connectée à la base sur un compte « Invité ». Son utilisation est d'une simplicité extrême, vous verrez. Le code associé à la journaliste française était AZH654B. Lancez une recherche avec ce critère, et vous saurez vers quoi se sont orientées ses recherches. Je vous laisse, du travail m'attend. Demandez-moi à l'accueil, en haut, dès que vous aurez terminé.

Lucie nota le code sur son carnet et le remercia. Une

fois seule, elle se mit au travail. Elle entra l'identifiant codé de Valérie Duprès dans la case concernée, et lança la recherche. Une liste à n'en plus finir apparut.

— Bon sang...

Quatre cent quatre-vingt-trois lignes se suivaient sur plus de quinze pages, avec des titres aussi incompréhensibles que « Revelance of Nuclear Weapons Clean-up », « Experience to Dirty Bomb Response », ou encore « The Environmental Legacy of Nuclear Weapons Production ».

Lucie soupira. Comment réussirait-elle à s'y retrouver dans cette jungle ? Hors de question, évidemment, d'aller se farcir tous les documents listés. Elle se leva, nerveuse, et réfléchit. Duprès menait des recherches sur les déchets nucléaires, certes, mais quelque chose avait fait que, aujourd'hui, elle avait disparu. Quelque chose qui s'était déclenché entre ces murs.

Un document en particulier, peut-être, un dossier sur lequel elle n'aurait pas dû tomber. *On peut lire des choses qu'on ne devrait pas, au Pays de Kirt.*

Lucie se concentra de nouveau sur son écran et tria l'interminable liste par date et heure, de manière à retranscrire le cheminement intellectuel et temporel de la journaliste. Le rapprochement des temps de consultation, dans le haut de la liste – donc à son arrivée aux archives –, indiquait clairement que la journaliste d'investigation avait tâtonné, multipliant les pistes sans forcément consulter ou lire à fond les ouvrages correspondants. On ratisse large, on cible un peu mieux et on affine, jusqu'à tomber sur les éléments qui nous intéressent. Il était donc probable que le cœur de sa quête devait se trouver plus loin dans la liste.

Lucie fit défiler les pages. Mardi... Mercredi... Au

bout de deux jours de présence entre ces murs, les choses se précisaient sérieusement pour Duprès. Les titres et les courts résumés – quand ils existaient – traitaient enfin de déchets nucléaires, de leur impact sur la santé des peuples, de la faune et de la flore qui évoluaient à proximité des anciens sites. On parlait de tritium atmosphérique, de territoires indiens irradiés, d'eau contaminée, d'études sur les populations de saumon du fleuve Columbia, des risques de leucémies, de cancers des os ou de mutations génétiques. De quoi noircir pas mal de pages d'un livre d'investigation.

Lucie se dit qu'elle était, cette fois, au cœur des préoccupations de Valérie Duprès. Face à quelques-uns de ces titres, des chiffres entre parenthèses indiquaient la date de déclassification, quand déclassification il y avait eu.

Lucie continua à parcourir la longue liste des yeux. Duprès avait trouvé, dans ces archives, la poule aux œufs d'or : des quantités de dossiers, de données qui allaient étayer ses propos, proposer de la matière à son ouvrage. Elle fit défiler les pages rapidement, jusqu'à la fin, là où, logiquement, Valérie Duprès avait déniché ce qui avait peut-être tout déclenché.

Le dernier titre lui fit serrer les poings : « *NMX-9, TEX-1 and ARI-2 Evolution. Official Report from XXXX, Oct 7, 1965.* » Nerveusement, elle sortit une copie du message du *Figaro* de sa poche : « *Je sais pour NMX-9 et sa fameuse jambe droite, au Coin du Bois. Je sais pour TEX-1 et ARI-2. J'aime l'avoine et je sais que là où poussent les champignons, les cercueils de plomb crépitent encore.* »

Elle y était. Le document avait été déclassé en 1995. Mais pourquoi cet ensemble de « X », à la place du nom du rédacteur ? Cette identité avait probablement été effacée du document d'origine, qui s'était sans doute, par la suite, égaré dans le labyrinthe administratif. Lucie voulut afficher le détail associé au rapport, mais il n'y avait aucun résumé du contenu. Juste ce titre bizarre.

Elle mémorisa l'emplacement du dossier et s'enfonça dans le centre d'archives. Allée 9, étage 2, casier 3, document numéro 34 654. Elle tira une petite échelle à elle et grimpa. Elle trouva bien les documents 34 653 et 34 655, mais pas le 34 654. Elle fit plusieurs vérifications, sans succès. Où était ce fichu document ? Duprès l'avait-elle dérobé ? Une journaliste se baladant avec une fausse carte d'identité en était bien capable.

Lucie sortit les documents adjacents du casier et les consulta rapidement. Ils n'avaient rien à voir avec le nucléaire. Les uns parlaient de véhicules militaires, les autres de radars et d'appareils de détection.

Elle ragea et retourna en courant à l'ordinateur. Impossible que sa piste s'arrête ici, c'était trop bête. Furieuse, elle revint dans le menu de la base de données et lança une recherche par titre. Elle entra *NMX-9, TEX-1 and ARI-2* dans la bécane. Le logiciel renvoya logiquement à un seul document, le fameux 34 654. Un bouton permettait d'obtenir la liste des personnes qui avaient accédé à ce titre dans la base. Lucie cliqua dessus et obtint quatre enregistrements. AZG123J, le 21 décembre 2011 – c'était elle –, AZH654B, le 2 octobre 2011 – c'était Valérie Duprès – et AYH232C, le 8 mars 1998. Et surtout, AZG122W, le mardi 20 décembre 2011, à 18 h 05.

La veille au soir...

La flic sentit instantanément la tension monter en

elle. Elle tenta tant bien que mal de retrouver l'identité des personnes à partir du code, mais elle n'y parvint pas. Excitée, elle retourna en quatrième vitesse dans la bibliothèque, fit appeler Josh Sanders et lui expliqua son cas. Elle insista sur le fait qu'il s'agissait d'une enquête criminelle et qu'elle devait absolument connaître les identités des consultants associés aux fameux codes.

— Hier soir, vous dites ? fit l'Américain. J'étais en déplacement. Sans doute mon collègue s'est-il occupé de cette personne.

Il se pencha vers l'écran.

— Il faut une autorisation spéciale dans la base. Laissez-moi faire.

Lucie trépignait d'impatience. Elle allait et venait, les bras croisés, les yeux rivés sur sa montre. On l'avait devancée de quelques heures.

— Le document n'est plus à sa place, dit-elle. Pensez-vous que quelqu'un a pu le dérober ?

— Nous disposons de portiques de sécurité à l'entrée de la bibliothèque. Tous nos ouvrages ou dossiers d'archives contiennent une micropuce électronique, soigneusement dissimulée. De plus – il tourna la tête vers les recoins de la pièce – nous disposons de caméras de surveillance. Ce document ne devait tout simplement pas exister. Les bugs dans la base arrivent, parfois. Des erreurs de saisie, des documents rentrés deux fois, des purges que l'on oublie de faire.

Lucie le sentait sur la défensive, il ne voulait pas s'embarrasser avec ce genre de problèmes.

— Peut-être, oui, fit-elle. Elles enregistrent, vos caméras ?

— Elles filment juste, sans sauvegarde. Un gardien surveille en permanence les écrans de contrôle.

Il tapa sur le clavier et se redressa enfin.

— Voilà, j'ai vos infos. La première personne à avoir consulté le document depuis sa déclassification s'appelle Eileen Mitgang. La consultation a eu lieu en 1998.

— C'est surtout l'autre personne qui m'intéresse. Celle d'hier soir.

Le militaire appuya sur une touche.

— Il s'appelle François Dassonville.

Un véritable choc. Lucie resta sans voix. Tout le monde cherchait Dassonville en France, et il était ici, au Nouveau-Mexique, sur les traces du fameux dossier. La flic se sentit désarçonnée quelques secondes. Sans ce document, que pouvait-elle faire ? À moins que...

— Cette Eileen Mitgang, il me faut son adresse, vite.

Sanders secoua la tête.

— Elle ne figure pas dans la base, parce qu'on s'est mis au fichage systématique des visiteurs uniquement après les attentats de 2001.

Il décrocha le téléphone.

— Je vais demander à ce qu'on jette un œil aux vieux registres d'admission concernés du poste de garde. En général, on exige toujours des visiteurs la raison de leur venue sur notre site.

L'attente était interminable. Quand il raccrocha, il avait l'air satisfait. Il se tourna vers Lucie :

— D'après les renseignements fournis, Eileen Mitgang était, en 1998, journaliste au *Albuquerque Daily*, qui se trouve à quelques kilomètres d'ici.

Lucie avait déjà renfilé son blouson et ses gants.

— Raccompagnez-moi vite jusqu'à la sortie, s'il vous plaît.

42

Un homme, assis seul sur un sol crasseux. Le vent froid qui s'engouffre par les vitres brisées siffle et vient percuter son visage dur. La neige qui tombe, dehors, et anéantit toute trace de vie.

Et partout autour, un silence de mort.

Sharko était revenu à la Petite Ceinture, dans le poste d'aiguillage abandonné, qui venait d'être passé au crible par Basquez et ses hommes. Devant lui, entre les éclats de verre, des clichés étaient disposés en arc de cercle. Ceux de la salle des fêtes de Pleubian, avec le message de sang. Ceux de la cabane au milieu de son étang, ceux de la scène de crime de 2004, concernant ce couple assassiné au bord du marais. Ceux, aussi, du visage défoncé de Gloria et de son corps nu, étalé sur la table d'autopsie. Tôt dans la matinée, Sharko avait insisté pour être présent à l'examen médico-légal, et Basquez, compatissant envers un collègue qu'il connaissait depuis des années, avait cédé.

Le commissaire avait voulu prendre la mesure de tout ce que la pauvre femme avait subi.

Pour entrer dans la tête du tueur.

Il sursauta quand son téléphone vibra au fond de sa poche. Il consulta le SMS :

« *J'ai pris mes quartiers, tout s'est bien passé. J'espère que tout va bien de ton côté. Je t'aime.* »

Je t'aime... Le mot résonna dans sa tête longtemps. Je t'aime, je t'aime... Il ne put s'empêcher d'imaginer Lucie, là, à la place de Gloria, gisant au sol. Emporté par ses pensées trop intenses, il sentit son souffle chaud dans son cou et la vit le supplier de la secourir. Il secoua la tête. Jamais il ne permettrait qu'on fasse du mal à sa Lucie. Jamais.

Dans un soupir, il rassembla les photos et se mit à les jeter une à une, comme lorsqu'on distribue des cartes à jouer sur la table. Il y eut un petit claquement sec au moment où l'un des rectangles de papier toucha le sol. Par l'une des vitres brisées, le vent s'engouffra et lui glaça les os. Parcouru d'un spasme, il trembla de la tête aux pieds.

Clac... Gros plan sur le torse bleuté de Gloria. Sharko avait fait le vide dans sa tête et gardait, à présent, un visage impassible. Il le fallait.

D'après le légiste, Gloria avait été pénétrée sexuellement avec une main gantée. Les ecchymoses entre ses cuisses en témoignaient cruellement. Son bourreau l'avait détenue, humiliée, tabassée juste là, à quelques centimètres. Le flic imagina les cris, la douleur, il vit les yeux de l'assassin s'agrandir, tandis que ses mains gantées serraient une barre de fer fendant l'air.

Cette façon de procéder portait les signes caractéristiques d'une démarche froide, méthodique, qui avait transformé Gloria en un simple objet, un passage obligé pour le toucher lui, Franck Sharko. L'homme était organisé, cohérent, il ne laissait rien au hasard.

Il était le genre de type qui possède un véhicule fonctionnel et contrôlé régulièrement, qui paie ses factures et qui est en bonne forme, capable de se déplacer, de voyager, de porter un corps, de se fondre dans la masse.

Au magasin-relais du 1er arrondissement où Sharko venait de se rendre, personne ne se souvenait d'un individu venu chercher une grosse imprimante laser en 2007. Ça remontait à quatre ans, et le type n'avait pas marqué les esprits comme auraient pu le faire, peut-être, un Guy Georges ou un Philippe Agonla.

Où était cette ordure ? Que faisait-il, en ce moment même ? Regardait-il un film au cinéma, préparait-il son prochain coup d'échecs ?

Les échecs... La partie que lui livrait l'assassin était intitulée l'« Immortelle ». Le pro des échecs du 36 l'avait déduit grâce au tout premier message : « *Nul n'est immortel.* » Il s'agissait de l'une des parties les plus connues, jouée entre Adolf Anderssen et Lionel Kieseritzky en 1851. L'Allemand Anderssen avait gagné en réalisant un mat parfait, déployant avec force ses pièces blanches, alors que toutes celles de son adversaire étaient encore sur l'échiquier, mais tellement mal coordonnées qu'elles n'avaient rien pu empêcher. Le *Cxg7+* en était le vingt et unième coup.

La partie en comportait vingt-trois.

Deux coups supplémentaires, qui menaient irrémédiablement à la mort du roi noir.

Clac, clac, Sharko continuait à faire défiler les photos et essayait de visualiser une silhouette mentale. Si le tueur s'identifiait à Adolf Anderssen, alors il dégageait une personnalité à la rigueur exemplaire. Anderssen était un théoricien au jeu classique, sans coups de folie, dévoreur de littérature échiquéenne plutôt que batailleur compulsif. L'Immortelle, avec ses pièces noires toutes présentes mais inefficaces, pouvait très bien montrer l'image que l'assassin avait des flics : une armée d'incompétents dont il se jouait ouvertement, incapables de le saisir. Vouait-il une haine sans limites à la police ?

Le flic vit aussi, dans son analyse mentale, un voyageur, un homme de l'ombre, un métronome, qui savait quand et où frapper, dans la plus grande discrétion. Aujourd'hui, ce monstre avait une quête profonde, un but : la destruction. Il avait fait de Sharko un cristal de haine, une pièce à anéantir mais pas trop vite. De ce fait, il avait probablement mis de côté toutes ses activités annexes, ses loisirs, pour se consacrer exclusivement à cette monstrueuse vengeance (comme Anderssen, jouant aux échecs pendant ses congés, car il était professeur dans un lycée) sans que personne s'aperçoive de rien.

Clac… Ce vieux poste d'aiguillage, photographié sous tous les angles. Sharko ferma les yeux et réfléchit. Pourquoi avoir choisi ce bâtiment-ci en particulier ? Le tueur avait cherché un lieu isolé, coupé de la vue des passants, où il était certain de ne pas être dérangé. Mais il existait des centaines d'endroits comme celui-là autour de Paris. Alors, pourquoi ici ?

Sharko déploya une carte de la capitale qu'il avait emportée avec lui. Il traça des croix aux points stratégiques. L'imprimante dans le 1er arrondissement. Ce lieu, dans le 18e, à quelques kilomètres seulement. Garges-lès-Gonesse, là où avait été enlevée Gloria. Le flic savait que ce type de pervers agissait, la plupart du temps, dans un environnement qui lui était familier.

L'homme avait parcouru une bonne vingtaine de kilomètres depuis Garges pour déposer Gloria spécialement ici. Vivait-il dans le coin ? Comment avait-il appris à connaître cet endroit abandonné ?

Clac, les corps dépecés d'un couple. Sharko respira bruyamment sans quitter la photo des yeux. Les jeunes n'avaient pas été épargnés, ils hurlaient encore leur souffrance sur le papier glacé. Découverts en 2004, au bord d'un marais, et tués par celui que Sharko traquait. À l'époque, les flics avaient parlé d'un connaisseur de l'anatomie humaine, à cause de la précision de la dissection. Un type cultivé, astucieux, appliqué dans son « travail ». Pourquoi cette violence extrême ? Pourquoi s'être arrêté après un seul passage à l'acte ? Juste une démonstration ? Stabilité affective ? Contrainte extérieure, comme un séjour en hôpital psychiatrique ? Long déplacement à l'étranger ou prison ?

Peu importait : ce malade était fin et réfléchi, puisque ce double homicide barbare de 2004 n'avait jamais été résolu, en dépit de tous les efforts déployés par la police criminelle. Par-dessus tout, le tueur connaissait les techniques des forces de l'ordre, les analyses ADN, le fichage des données génétiques... Il faisait partie de ces cinq pour cent qu'on n'attrape jamais, parce qu'ils mettent de l'intelligence derrière chacun de leurs actes.

Le commissaire ragea, il n'avait rien à sa disposition, hormis un profil fantôme et de fichues statistiques : probabilité d'homme blanc à soixante-quinze pour cent, âge estimé entre trente et quarante-cinq ans, socialement intégré, célibataire, peut-être, mais que rien n'empêchait d'avoir une famille et des gosses. Celui qu'on pouvait croiser dans la rue, chaque matin, sans jamais se douter de ses activités, et qui possédait sans doute un emploi stable. Et blablabla.

Le flic se leva et cogna contre le mur en criant.

— Fichues conneries !

Les photos ne lui parlaient pas, les lieux ne lui parlaient pas, rien ne lui parlait. Où étaient ses intuitions, celles qui, par le passé, lui avaient permis de résoudre des affaires de ce genre ? Qu'avait-il espéré ? Y arriver seul ? Le capitaine Basquez, de son côté, allait se charger de ratisser le voisinage de Gloria, d'interroger ses voisins, de lancer une enquête de proximité là-bas, à une centaine de mètres, auprès des sociétés de transport. Il avait certainement plus de chances d'aboutir que lui, Sharko, enfermé dans cet endroit maudit, à tourner en rond.

Il regretta de ne pas avoir informé ses collègues dès qu'il avait compris le sens du message de Pleubian. Au moins, ils auraient tous gagné du temps et peut-être évité la mort atroce de Gloria.

Comment réagirait Lucie quand elle apprendrait toute cette histoire, et à quel point il lui avait menti ?

Il ramassa ses photos et, encore, se mit à les claquer au sol, d'un geste mécanique. Ses yeux fixaient le béton, ses pupilles se dilataient. Il entendit les cris, il sentit la peur de Gloria, son désespoir. Il n'eut plus faim, ni froid, ni soif, tout devint trouble, sans consistance.

De longues minutes plus tard, il retrouva ses esprits lorsque son téléphone sonna. C'était son chef, qui lui annonçait une relative bonne nouvelle : il n'était pas suspendu de ses fonctions. Sharko raccrocha sans le moindre sentiment de joie. Il frotta la poussière sur son costume du dos de la main, fixa une dernière fois le poteau en béton et le sang, juste devant ses chaussures, avant de disparaître, les épaules basses.

Au milieu de l'après-midi, il récupéra un nouveau pistolet à l'armurerie du 36. Un Sig Sauer tout neuf, dix-huit balles, dans un étui ainsi qu'un *holster*. Il caressa longtemps la crosse, promena l'arme d'une main à l'autre, avant de la ranger à sa place, le long de son flanc gauche. Curieusement, il avait toujours aimé ce geste rassurant, il en avait toujours été fier, en dépit de tout. Quand il remonta au bureau, Bellanger était en train d'enfiler son blouson. Sharko s'approcha et lui tendit la main.

— Je crois que je dois te remercier.

Ils échangèrent une poigne solide. Le commissaire salua également Robillard et revint vers son chef.

— Du neuf ?

— Plutôt, oui. Et ce n'est pas gai.

— T'as vu une lueur d'espoir depuis le début de cette enquête, toi ? Explique.

— D'abord, un chirurgien a jeté un œil aux photos des mômes allongés sur la table d'opération, en particulier celui avec la cicatrice. Selon lui, il s'agit d'une opération visant le cœur, ou dans le but d'établir une circulation extracorporelle.

Sharko fronça les sourcils.

— Comme cette histoire de cardioplégie froide...

— C'est l'option qui me paraît la plus évidente, en effet.

Ces réflexions instaurèrent un silence malsain. Depuis son bureau, Pascal Robillard écoutait la conversation. Bellanger tourna les yeux vers une feuille posée devant lui.

— Ce sont les résultats des analyses sanguines du gamin qu'on a retrouvé dans l'étang, le labo me les a faxées tout à l'heure. C'était une bonne intuition de creuser par là, parce que ce qu'ils ont trouvé dans son sang est particulièrement intrigant.

— Du genre ?

— D'abord, le dosage de la TSH, qui est l'hormone en rapport avec la glande thyroïde, est inférieur à la moyenne. Cela signifie que le môme était en hyperthyroïdie. Pas de quoi laisser penser à un cancer de la thyroïde mais, en tout cas, c'est anormal pour un enfant de cet âge-là.

Sharko connaissait cette glande, située au niveau du cou. On en avait beaucoup parlé lors de la catastrophe nucléaire de Fukushima, au Japon, parce qu'elle emmagasinait l'iode radioactif qui fuyait de la centrale nucléaire. De fil en aiguille, il songea au voyage de Duprès au Pérou et au taux hallucinant de gamins atteints de saturnisme.

— Et le plomb ? demanda-t-il. On en a décelé ?

— La plombémie... J'y viens. Le seuil de déclaration obligatoire du taux de plomb dans le sang aux autorités de santé publique, par le médecin, est normalement – je lis – de dix microgrammes par décilitre. L'enfant en avait le tiers, soit trois microgrammes, ce qui est relativement faible mais néanmoins anormal.

— Tout semble anormal avec ce gamin. La thyroïde, le plomb.

— Oui, et ce n'est pas tout. Les experts du labo ont aussi détecté des traces de radionucléides dans les cellules sanguines, notamment des dérivés d'uranium et, surtout, du césium 137.

Sharko fronça les sourcils. Le nucléaire revenait à la charge. Il pensa au voyage de Lucie, à la photo d'Einstein, de Marie Curie, à cette histoire de cercueils qui crépitent.

— De l'uranium et du césium ? Donc, cet enfant aurait été en contact avec un environnement pollué par le nucléaire ?

— Probablement, oui. Rappelle-toi, il avait aussi un début de cataracte, de l'arythmie, des problèmes rénaux. Un tas de dysfonctionnements qui pourraient être les conséquences de radiations directes ou indirectes, d'après les spécialistes.

— Par indirectes, tu entends ?

— Des problèmes génétiques transmis par des parents ayant été contaminés. Mais aussi l'absorption d'eau ou de nourriture ayant été en contact avec des éléments radioactifs. De la nourriture empoisonnée mais de façon invisible, si tu veux, et qui détruit l'organisme à petit feu.

Sharko se rappelait parfaitement le visage de l'enfant, à l'hôpital, qui paraissait pourtant serein et en bonne santé. Cependant, son organisme, ses cellules se dégradaient lentement et irrémédiablement. Le commissaire réagit lorsque Bellanger fit crisser la fermeture Éclair de son blouson.

— Et où trouve-t-on ce taux de césium ou d'uranium en France ?

— Nulle part, les concentrations sont bien trop élevées. Il est désormais évident que le môme vient de l'étranger.

— Où ?

— Je n'en sais rien. Un endroit fortement contaminé, c'est sûr. Les États-Unis ? La Russie ? Le Japon ? La région de Tchernobyl ?

— L'Ukraine... Ça pourrait être compatible avec ce type irradié jusqu'à l'os, arrivé chez les moines il y a vingt-six ans. Ce fameux « Étranger » qui a débarqué en France avec son manuscrit maudit. On en revient systématiquement à la même chose.

Il frissonna. Tchernobyl… Un mot qui lui faisait toujours aussi peur, tristement remis au goût du jour avec la catastrophe en Asie. Le flic avait déjà vu des reportages sur le sujet, il avait encore en tête l'image de bébés nés monstrueux et difformes, d'hommes brûlés par les radiations, de femmes chauves. Il songea également aux clichés de l'Étranger, agonisant sur son lit d'hôpital.

La voix de Bellanger lui revint aux oreilles :

— Les gars du labo poursuivent leurs investigations. Ils vont contacter les organismes de santé spécialisés nationaux et internationaux, établir le taux exact de césium dans l'organisme du môme et le comparer à des banques de données d'individus qui présentent ce genre de problèmes sanguins. En espérant qu'on aboutisse enfin à une piste sérieuse. Mais une chose est certaine : ce sang est du sang malade, contaminé, il n'a aucune valeur marchande. Il ne peut pas sauver des vies ni se vendre. Il est purement et simplement une monstruosité, le triste résultat des horreurs engendrées par l'homme lui-même.

L'air dégoûté, il fourra son téléphone portable dans sa poche et prit la direction du couloir.

— Suis-moi. Je file chez l'expert en analyse de documents. C'est à propos des photos des mômes justement, trouvées chez Dassonville. Tu te rappelles, la première photo de ce gamin au corps intact, et la seconde, où il est recousu en pleine poitrine ?

Sharko acquiesça en silence.

— Eh bien, il paraît qu'il y a quelque chose qui ne va pas, fit Nicolas Bellanger. Une incohérence.

43

À vive allure, Lucie se glissa dans la circulation et se retrouva rapidement à chevaucher le Big I, l'échangeur principal entre la I25 et la I40, qu'elle emprunta avant de traverser Albuquerque en son centre. Central Avenue, l'ex-route 66, était bordée, sur des kilomètres, de laveries automatiques, de petits commerces, de restaurants typiques ou de motels aux enseignes toutes plus délirantes les unes que les autres. Des couleurs jaunes, rouges et bleues dominaient, avec des feux tricolores horizontaux, haut perchés au-dessus de la voie. Mais Lucie remarquait à peine le décor, plongée dans ses pensées. Nul doute que Dassonville était, lui aussi, sur les traces d'Eileen Mitgang. Et, comme chaque fois, il avait une petite longueur d'avance.

L'*Albuquerque Daily* se trouvait à un kilomètre à peine de l'université du Nouveau-Mexique. À cause des vacances, le gigantesque campus était désert. Une absence de vie impressionnante, des locaux vides, des terrains de basket et de base-ball inertes. Lucie se gara sans mal devant le journal, un petit bâtiment aux tons rose et blanc, à la toiture crénelée et aux grandes vitres sur lesquelles étaient plaquées des photos géantes, notamment celles de milliers de montgolfières parties à l'assaut du ciel bleu avec, en arrière-plan, les majestueuses montagnes Sandia.

À l'accueil, elle se présenta – une flic française – et demanda à parler à la journaliste Eileen Mitgang. La jeune réceptionniste la lorgna curieusement quelques secondes. Trop, estima Lucie. Elle décrocha finalement son téléphone, composa un numéro et échangea quelques mots en anglais à voix basse, la tête tournée sur le côté. Elle sourit bêtement après avoir raccroché.

— On va vous recevoir.

Lucie acquiesça, patienta nerveusement à côté d'un distributeur de boissons et de chips. Elle n'avait prévenu personne de sa découverte, à Paris, se laissant encore une heure ou deux avant de faire lancer une procédure qui mettrait la police américaine sur le coup. Elle savait que Sharko deviendrait complètement hystérique s'il apprenait que Dassonville se trouvait à Albuquerque et que, par-dessus tout, elle le traquait.

Un homme de forte corpulence arriva enfin. Il avait un cou comme un goitre de pélican, des doigts boudinés, une silhouette de sumo compressée dans un costume taille XXL. Il dépassait Lucie d'une tête et avait des mains aussi larges que des battoirs.

— David Hill, rédacteur en chef du journal. Puis-je savoir ce qui se passe avec Eileen Mitgang ?

— J'aimerais juste lui parler.

Vu la relative lenteur avec laquelle Lucie articulait ses mots, il ralentit son rythme de parole.

— Deux personnes sont déjà venues ici. Une femme, il y a environ deux mois, et un homme, il y a à peine une heure. Eux aussi, ils voulaient juste lui parler. Vous êtes de la police française, m'a-t-on dit ?

Lucie accusa le coup. À peine une heure... François Dassonville était là, palpable, à portée de main. Elle sortit la photo de Valérie Duprès et la lui montra.

— Oui, police criminelle de Paris. Cette femme a disparu, je la recherche. Mon enquête m'a menée ici. C'était bien elle, la première personne venue rencontrer Eileen Mitgang, n'est-ce pas ?

Il acquiesça, l'air soucieux.

— Une journaliste française qui s'appelait Véronique, euh...

— Darcin.

— Darcin, oui, c'est ça. Je lui ai dit qu'Eileen Mitgang ne bossait plus au journal depuis 1999. Trois mois après sa démission, Eileen a eu un accident qui a failli lui coûter la vie. Elle est restée plus de dix jours dans le coma. Aujourd'hui, elle est handicapée et considérée comme invalide.

1999. L'année suivant celle où Mitgang avait consulté le document disparu des archives de l'Air Force, se rappela Lucie.

— Quel genre d'accident ?

— Elle a voulu éviter un gosse qui jouait au ballon, dans Albuquerque, et est allée s'encastrer dans un arbre. Malheureusement, elle avait accroché le gamin. Il y est resté, et Eileen ne s'en est jamais remise.

Lucie était partagée entre l'envie d'en apprendre le plus possible sur Mitgang et celle de se lancer immédiatement aux trousses de Dassonville. Elle réfléchit quelques secondes.

— L'homme, venu il y a une heure, vous avez des infos sur lui ? Le genre de voiture qu'il conduisait, ou s'il résidait dans un hôtel particulier ? Dites-moi.

— Rien. Je me rends compte qu'il ne m'a même

pas dit son nom. Tout à l'heure, j'avais une affaire urgente à régler, j'étais assez pressé et...

— Pouvez-vous me donner l'adresse d'Eileen ?

— Si vous voulez. Après son accident, elle est allée vivre dans une caravane, à l'ouest de Rio Rancho, à une quarantaine de kilomètres d'ici. L'image du môme la hantait, elle s'est complètement coupée du monde et a commencé à picoler sec, paraît-il. J'ignore ce qu'elle est devenue depuis tout ce temps, et si elle est encore en vie, mais c'est là-bas que j'ai envoyé vos deux prédécesseurs.

Lucie serra les poings de rage, tandis que Hill s'emparait d'un crayon et d'un papier.

— Il n'y a pas vraiment d'adresse ni de route, et ce n'est pas évident à trouver entre ces canyons et ces étendues désertiques. Eileen voulait vraiment vivre en ermite, dans l'isolement le plus total. Je vais essayer de vous dessiner un plan. Pas sûr que votre prédécesseur trouve facilement, je lui ai expliqué brièvement, à l'oral.

Lucie était de plus en plus nerveuse, elle avait peut-être encore une chance que Dassonville patauge un peu. Nul doute qu'avec ce tueur dans les parages Eileen Mitgang était en grand danger.

David Hill s'installa sur un fauteuil et se mit à dessiner. Le crayon paraissait ridicule entre ses doigts immenses. Lucie resta debout pour marquer son impatience.

— Quel genre de recherches menait Eileen avant son accident de la route ?

— Le *Daily* est un journal politiquement neutre et financièrement indépendant, plutôt satirique, ironique et proche du peuple. On aime dénoncer. À l'époque,

Eileen s'était intéressée aux dangers de la radioactivité, depuis sa découverte, à la fin du XIXe siècle, jusqu'aux années 1980. En habitant le Nouveau-Mexique, le sujet était de circonstance, et on a estimé que c'était une bonne idée de creuser dans le nucléaire, il y avait forcément des choses occultes à raconter. Évidemment, elle s'est principalement focalisée sur le projet Manhattan, pendant et après la Seconde Guerre mondiale. Un nombre incalculable d'expériences ont été menées, en parallèle à la course à la bombe atomique, afin de comprendre les effets des radiations sur les bateaux, les avions, les tanks et les humains. Beaucoup de médias en avaient évidemment déjà parlé, mais pas de la façon dont Eileen souhaitait le faire. Elle voulait aller là où personne n'était jamais allé, pour être cohérente avec la politique de scoop de notre journal.

Son crayon crissait sur le papier. Lucie avait l'œil rivé sur sa montre, tout en l'écoutant attentivement. Traduire mentalement lui demandait un grand effort de concentration et, chaque fois qu'elle fronçait les sourcils parce qu'elle avait mal compris, Hill répétait calmement.

— Eileen voulait démontrer que l'énergie nucléaire était le pire danger jamais mis entre les mains de l'homme. Écrire sur Tchernobyl ou Three Mile Island, des sujets mille fois ressassés, ne l'intéressait pas. Elle cherchait un autre angle d'approche. De l'original.

Hill se leva, glissa une pièce dans le distributeur et sélectionna un Coca. Il proposa la canette à Lucie, mais elle refusa poliment.

— Elle a commencé de façon fracassante, avec un grand dossier sur les *Radium girls*, ces ouvrières américaines des années 1920, embauchées par l'US

Radium Corporation. Il s'agissait d'une entreprise qui fabriquait des cadrans lumineux à base de radium, principalement pour l'armée américaine. La plupart de ces femmes sont mortes d'anémies, de fractures osseuses, de nécroses de la mâchoire, à cause de la radioactivité. Tout a été fait, dans ces années-là, pour étouffer l'affaire et dénigrer ces pauvres employées. Eileen a réussi à récupérer des rapports d'autopsie originaux pour étayer son article. D'après le document, les os de certaines ouvrières étaient si radioactifs, presque cent ans après, qu'ils embuaient le film transparent dans lequel ils étaient enroulés. Tout cela s'est passé bien avant les premiers macabres « exploits » de l'atome, mais qui en avait entendu parler ?

Lucie songea à la photo du type irradié, qu'avait montrée Hussières. Elle imagina alors ces femmes qui, chaque jour, s'exposaient aux radiations alors qu'elles voulaient simplement gagner leur croûte.

— Eileen a poursuivi sa quête, mis la main sur des vidéos, des documents déclassés des années 1940, où des médecins du projet Manhattan parlaient de statistiques, de « degré de tolérance » aux radiations. Ces sujets de discussion entre responsables scientifiques étaient édifiants et méritaient d'être connus de nos lecteurs. Par exemple, les chercheurs spécialisés dans la santé mesuraient la quantité de strontium radioactif dans les os des enfants du Nevada, après les explosions de bombes tests dans le désert. Ils estimaient alors le nombre de bombes que l'on pouvait faire exploser avant que la radioactivité dans les organismes de ces enfants dépasse un niveau critique. Niveau critique hautement discutable, d'ailleurs, qui pouvait mystérieusement varier du simple au triple. Là aussi, Eileen a publié ce cas. Mais il y en avait, selon elle, des centaines d'autres.

Des enfants, encore, songea Lucie. *Comme ceux sur les photos trouvées chez Dassonville.* Elle était désormais certaine que tout était lié : les recherches d'Eileen, la radioactivité, le manuscrit de l'Étranger irradié.

Hill n'avait toujours pas fini de tracer son plan, oscillant entre le crayon et le Coca.

— Eileen s'est passionnée au-delà du raisonnable pour le sujet. Elle a découvert des choses hallucinantes et complètement méconnues sur la course à la maîtrise de l'atome. Je pourrais vous en parler longtemps et...

— Je suis assez pressée, je dois aller chez elle le plus rapidement possible. Elle m'expliquera sur place.

Il se leva.

— Laissez-moi juste vous montrer son ultime article, il est extrêmement intéressant. Deux secondes.

Il disparut dans le couloir. Lucie soupira, elle perdait un temps précieux. D'un autre côté, certaines de ses questions trouvaient des réponses : Valérie Duprès, après son passage à l'Air Force, avait probablement réussi à se mettre en relation avec Eileen Mitgang. Les deux femmes avaient partagé les mêmes obsessions, la même quête, et Mitgang avait peut-être finalement fait part de ses vieilles découvertes à son homologue française.

Hill réapparut avec un journal. Il l'ouvrit et désigna un grand article.

— Voici son dernier coup d'éclat, qui date de 1998, quelques mois avant son départ. En 1972, l'Air Force a nettoyé certains sites pollués par les éléments radioactifs, des sites proches des réserves indiennes autour de

Los Alamos. Des rapports ont été établis par l'armée de terre, et Eileen y a eu accès.

Lucie tiqua sur la photo en noir et blanc, au centre de l'article. Un gigantesque container, enterré sous ce qui ressemblait à une longue étendue désertique, était rempli de petites boîtes parfaitement rangées, frappées du fameux symbole à trois ailettes noires sur fond clair « Danger, radioactivité ». Autour, des militaires creusaient, vêtus de masques, de gants et de grosses parkas.

« *1 428 boîtes en plomb et scellées pour éviter les fuites radioactives* », disait la légende sous le cliché.

— Toutes ces boîtes renfermaient des carcasses d'animaux très détériorées, fit Hill d'un air grave. Un mélange d'os et de poils de ce qui avait été des chats, des chiens, mais aussi des singes. Lorsqu'elle a eu accès à ces documents, Eileen a évidemment creusé la piste. D'où provenaient tous ces animaux fortement irradiés ? Que leur était-il arrivé ? En fouinant dans des papiers déclassés, remontant des pistes comme un détective durant de longues semaines, elle a découvert qu'il existait un gigantesque centre d'expérimentation secret, en plein cœur de Los Alamos, où l'on testait les radiations sur les animaux. Il a été construit bien avant que l'Amérique largue ses bombes sur le Japon et a disparu en même temps que le projet Manhattan. Des années d'expériences horribles, comme si le désastre nucléaire dans le Pacifique n'avait pas suffi.

Il but une gorgée de boisson et termina de griffonner son plan.

— Après cet article, Eileen s'est enfoncée toujours plus dans les ténèbres. On ne la voyait jamais à son bureau, elle passait son temps dans les bibliothèques, les centres d'archives, ou au contact d'anciens ingénieurs des laboratoires de Los Alamos et de commissions indépendantes de recherche sur la radioactivité. Elle voulait aller encore plus loin et prenait des substances, pour tenir.

— Drogue ?

— Entre autres. J'ai fini par lui demander de partir.

— Vous l'avez virée ?

Hill acquiesça, les lèvres pincées. Des couches de graisse s'empilaient dans son cou, comme les soufflets d'un accordéon.

— On peut dire ça. Mais je crois que, même après son départ, elle a continué à s'acharner. Elle me disait souvent que, s'il y avait eu des expériences d'une si grande envergure sur les animaux, c'est que...

Lucie pensait à la petite annonce du *Figaro* et aux « *cercueils de plomb, qui crépitent encore* ». Mais aussi à tous ces enfants tatoués.

— ... il pouvait y en avoir eu sur les êtres humains, compléta-t-elle.

Il haussa les épaules.

— C'est ce qu'elle croyait dur comme fer. Elle était persuadée de trouver des informations dans des dossiers déclassés, qu'on aurait oublié de détruire et qui se seraient perdus dans l'administration. Cela arrivait souvent et constituait la moelle de notre journal. Mais moi, je vous avoue que ce genre d'expériences me paraît complètement improbable. Bref, toujours est-il que, depuis son accident, Eileen n'a quasiment plus jamais parlé à personne et reste terrée chez elle avec ses découvertes.

— Quelle était la date précise de cet accident de voiture qui a failli lui coûter la vie ?

Il tendit enfin le plan terminé à Lucie.

— Mi-1999, avril ou mai, je crois. Si vous cherchez un rapport avec ses recherches, il n'y en a pas. Personne n'a attenté à sa vie. Eileen a tué ce gamin en plein jour dans les rues de la ville, seule au volant, devant cinq témoins. Heureusement pour elle, les analyses toxicologiques n'avaient rien révélé, parce qu'elle serait en prison, à l'heure qu'il est.

— Ce document qu'elle a consulté en 1998 avait pour titre *NMX-9, TEX-1 and ARI-2 Evolution*. Ça vous parle ?

— Non, désolé.

— Savez-vous si Eileen s'était mise en contact avec des personnes particulières, avant son départ de votre journal ? Des noms vous reviennent-ils en tête ?

— Tout cela est très loin, et Eileen a rencontré des centaines de personnes de tous horizons. Des chercheurs, des médecins, des historiens. La plupart du temps, je n'étais au courant de ses avancées qu'au dernier moment.

— Vous semblait-elle en danger ?

Hill termina son Coca et écrasa la canette dans sa main.

— Pas particulièrement. Nos journalistes dénoncent tous les jours. On se met des gens à dos, évidemment, mais pas au point de... vous voyez ce que je veux dire ? Sinon, le monde s'arrêterait de tourner.

Lucie avait encore des tas de questions à poser, mais il fallait foncer, à présent. Après que le rédacteur en chef lui eut expliqué son plan et la façon de se rendre chez l'ancienne journaliste, elle lui serra la main. Elle dit, juste avant de partir :

— Ces expériences sur des humains, je crois

qu'elles ont réellement existé. L'homme venu ici voilà une heure est au courant, et il cherche à supprimer toutes les traces de cette affaire.

Elle lui laissa sa carte.

— Rappelez-moi discrètement au cas où cet individu se représenterait de nouveau. Il est recherché par toutes les polices de France.

Le laissant ébahi, elle sortit et regagna sa voiture en courant. D'après Hill, il y avait une quarantaine de kilomètres à parcourir jusqu'à la caravane. Moteur hurlant, elle prit alors la direction du nord-ouest de la ville, avec l'infime espoir qu'elle pourrait encore arriver la première.

44

Du matériel high-tech. Des unités centrales dernier cri, d'où ronflaient les processeurs surchauffés. De grosses imprimantes, des loupes binoculaires, des objectifs photo, posés sur des tablettes en bois.

Yannick Hubert, l'expert en traitement d'images et analyse de documents, était penché sur une table lorsque Bellanger et Sharko entrèrent dans le laboratoire. Après quelques mots, il emmena les flics devant deux agrandissements.

— Ils ne sont pas d'une qualité formidable, mais ça donne tout de même un résultat parfaitement exploitable. Regardez bien.

Il disposa les agrandissements côte à côte.

— À gauche, un môme, allongé sur la table d'opération, apparemment réveillé, sans la moindre cicatrice. À droite, le même môme, tout juste recousu au niveau de la poitrine. Faites omission du gamin, et regardez autour de lui. Les petits détails de la pièce.

Les deux policiers scrutèrent attentivement les clichés. Le champ était relativement réduit et l'enfant allongé occupait quasiment les deux tiers de l'image. Ce fut Bellanger qui réagit le premier. Il pointa un morceau de sol que l'on voyait à peine en bas de la photo, sous la table d'opération.

— Le carrelage n'est pas le même, on dirait. Mince, je n'avais pas fait gaffe la première fois.

— Carrelage bleu clair sur la photo de gauche, comme sur toutes les autres photos d'ailleurs, et bleu foncé à droite, avec une taille de carreau légèrement différente. Tu en connais beaucoup, toi, des blocs opératoires où l'on refait le carrelage pendant une opération chirurgicale ?

Sharko et Bellanger échangèrent un regard surpris. Le commissaire observa encore le cliché, les sourcils froncés.

— Pourtant, il semble que tout le reste est rigoureusement identique. La lampe, la table, tous ces chariots avec du matériel. On aurait transféré le gamin dans un bloc similaire, mais avec un carrelage différent ?

Hubert hocha la tête nerveusement.

— C'est ce que j'ai pensé, au début. Puis je me suis dit : et si c'était le même bloc, mais qu'il s'était passé du temps entre les deux clichés ?

— Du temps ? répliqua Bellanger. J'avoue que j'ai du mal à saisir.

— Et ça ne va pas s'arranger avec ce que j'ai encore à vous raconter. Écoutez-moi bien.

Il disposa les autres clichés, non agrandis, devant lui.

— Hier, je reçois ces dix photos en provenance de Chambéry. Sur neuf d'entre elles, il y a neuf gamins différents, tous tatoués, s'apprêtant apparemment à subir une opération chirurgicale. Le carrelage du bloc est bleu clair. Sur la dernière photo, la dixième, on retrouve l'un des neuf gamins opéré, avec une cicatrice toute fraîche sur la poitrine. Premier réflexe, je me dis : sur la première photo, le gamin subissait juste des examens. Puis il est revenu plus tard pour qu'on l'opère. Bref, deux passages différents au bloc, étalés dans le temps, et non un seul. Ça pourrait largement expliquer cette différence de carrelage.

— Cela me paraît être une bonne explication, en effet.

— Mais j'étais intrigué, alors je me suis mis en relation avec le collègue de Chambéry, qui disposait des originaux trouvés chez Dassonville. Moi, ici, je n'avais que des copies imprimées, ce qui m'empêchait d'analyser la qualité et, surtout, l'ancienneté du papier photo original. À ce collègue, j'ai demandé de vérifier si la photo de gauche et celle de droite provenaient du même tirage. Autrement dit, avaient-elles été développées à la même période, avec le même matériel d'impression ? Avaient-elles le même grain, la même définition, une qualité identique ? Quelle avait été la technique de développement : argentique ou numérique ? Bref, un tas d'éléments qui pourraient donner des précisions sur l'âge de ces photos, la qualité du matériel photographique utilisé, et de nombreux autres petits détails qu'il est parfois possible d'obtenir quand on a de la chance.

Il regarda son téléphone portable, posé sur la table.

— Il m'a rappelé il y a environ une heure. Et ce qu'il m'a raconté, ce n'est pas logique.

Il glissa une main sur son menton, considérant quelques secondes les photos d'un air perplexe.

— Selon ses observations, le moyen d'impression utilisé pour la dernière photo – celle du môme avec la grande cicatrice – est une imprimante à jet d'encre. L'agrandissement sous la loupe donne une image floue, et il m'a expliqué que la qualité et la technique de remplissage indiquent une technologie récente qui date, au maximum, de deux ans. L'appareil photo utilisé, quant à lui, est probablement numérique. Autrement dit, si ce môme est toujours vivant, il doit avoir, aujourd'hui, à peu près l'âge qu'il a sur la photo : une dizaine d'années. Mais...

Il leva l'index en l'air.

— Mais, mais, mais... pour ces neuf clichés-ci, c'est une autre affaire. L'image qui est imprimée sur le papier glacé ne provient d'aucune imprimante, mais d'un bain révélateur. Ça se voit quand tu agrandis à la loupe, l'image reste nette, car chaque grain, très très petit, peut prendre une infinité de couleurs, contrairement à une impression à jet d'encre, plus grossière. Autrement dit, ces photos ont été développées en chambre noire. Le cadrage est approximatif, la qualité n'est pas toujours au rendez-vous : celui qui les a développées était un amateur. Logique, je ne vois pas comment on pourrait apporter ce genre de clichés plutôt glauques dans un labo photo public.

— Qu'est-ce que tu es en train de nous dire ?

— Que ces neuf photos ont été tirées avec un appareil argentique. Vous savez, ces bonnes vieilles péloches qu'on développait chez le photographe ? Argentique d'un côté, numérique de l'autre... Louche, non ? Mais le coup de grâce, c'est pour maintenant : le papier photo utilisé est du Kodak, c'est écrit derrière. Pour le développement argentique, on utilise logiquement du papier photo argentique, qui contient un tas de composés chimiques, comme de l'halogénure d'argent, de la baryte, j'en passe. Chaque papier possède un grammage, une qualité, un lissé, une porosité qui lui sont propres. Le collègue est allé vérifier auprès de la marque Kodak. Le papier qui a servi à développer la photo du môme avec les plaies ouvertes n'est plus en circulation depuis 2004, à cause du raz de marée du numérique. Soit depuis sept ans.

Il écrasa les index de ses mains sur les deux visages côte à côte.

— Entre le premier passage sur la table d'opération et le second, il s'est passé au moins cinq ans. Et regardez ce gamin : il n'a pas vieilli d'un iota.

Sharko resta figé, l'œil fixé vers ces petits yeux bleus, ce crâne rasé. Son regard se balançait entre la photo de droite et celle de gauche. Même taille, même corpulence, mêmes traits caractéristiques. Il réajusta la veste de son costume, mal à l'aise.

— T'as une explication cohérente ?
— Aucune.

Sharko secoua la tête. C'était incompréhensible.

— Il y en a forcément une. Deux mômes qui se ressemblent à la perfection, par exemple ? Des frères ?
— Difficilement imaginable. Et regarde : le numéro sous le tatouage est exactement le même.
— Ou alors, il y avait peut-être deux photographes différents. L'un travaillant de nos jours avec l'ancienne méthode, avec du vieux papier. Les inconditionnels de l'appareil photo argentique existent encore.
— Franchement, t'y crois, toi ? Il faut admettre l'évidence : on est face à un truc qui, dans l'état actuel des choses, n'a aucune réponse.

Chacun se tut, secoué par ces révélations. Hubert rempila calmement ses clichés. Bellanger et Sharko le remercièrent et retournèrent au 36, tout en discutant sur ces incroyables découvertes. Le commissaire secouait la tête, les yeux dans le vague.

— Je tourne, je retourne l'histoire dans ma tête, depuis tout à l'heure. Je n'arrête pas de songer à ces femmes noyées dans les lacs, physiquement mortes, et qui reviennent miraculeusement à la vie. À ces histoires d'animation suspendue, qui permettent de ralentir les fonctions vitales. À ces moines que Dassonville a sacrifiés pour que jamais ils ne parlent. Et maintenant, à ce même recousu au niveau du cœur, qui semble défier les lois de la nature.

— À quoi tu penses, précisément ?

— Je me demande vraiment si des gens n'essaient pas de jouer à Dieu en utilisant ces enfants malades comme cobayes.

— Jouer à Dieu ? Dans quel sens ?

— Explorer la mort. La comprendre, voir ce qu'il y a derrière. Et, peut-être, la repousser. Renverser l'ordre naturel des choses. N'est-ce pas ce qu'a essayé de faire Philippe Agonla ? Et tout cela, à cause de ce maudit manuscrit, qui a eu la mauvaise idée de tomber entre les mains d'un taré comme Dassonville en 1986. Le mal attire le mal.

Ils grimpèrent les marches en silence. Sharko imaginait des enfants qu'on kidnappait, qu'on retenait prisonniers, qu'on opérait illégalement. Où pouvait-on se livrer à de tels actes ? Quels barbares jouaient avec tant de vies ?

Dans les couloirs du troisième étage, les deux flics croisèrent l'un des lieutenants qui enquêtaient sur la mort de Gloria. Il portait deux gobelets remplis de café et se dirigeait vers un bureau au pas de course.

Sharko l'interpella :

— Du neuf pour mon affaire ?

— Carrément. On tient quelqu'un.

45

Lucie avait galéré pour sortir d'Albuquerque dans la bonne direction et retrouver la *Southern Road*. Il était presque midi, elle crevait déjà – et encore – de faim mais n'avait pas pris le temps de déjeuner. Il fallait foncer, aussi n'hésita-t-elle pas à exploser les limitations de vitesse autorisées. Dès que l'agglomération fut loin derrière, la circulation diminua drastiquement, les immeubles laissèrent place à un décor de western, avec ses teintes si particulières qui tournaient au rouge sombre sous la lumière rase d'hiver.

Comme indiqué sur le plan, Lucie changea plusieurs fois de direction, jusqu'à chercher avec attention celle indiquée aux alentours du kilomètre quarante, sans en trouver le panneau. De nombreuses voies de terre battue et de gravillons s'enfonçaient vers le paysage de plaines arides, de rochers impressionnants, et elles se ressemblaient toutes. Lucie l'avait-elle dépassée sans s'en rendre compte ? Elle s'arrêta sur le bas-côté, indécise. Personne, pas une voiture, pas une boutique, pas une pompe à essence. Elle décida de poursuivre sa route. En griffonnant, peut-être Hill avait-il commis une erreur d'appréciation ?

Après une dizaine de minutes à rouler encore vers l'ouest, Lucie manqua de faire demi-tour lorsqu'elle vit enfin la pancarte dévorée par la rouille, posée contre un piquet de bois : Rio Puerco Rock. Il fallait suivre cette direction, d'après les indications du rédacteur en chef. D'un grand coup de volant, elle s'enfonça alors dans ce paysage lunaire.

Plus loin, elle aperçut les premiers cactus, tandis que les parois de grès rose se dressaient en un labyrinthe muet. David Hill avait dit : « Toujours à droite pendant au moins vingt minutes, jusqu'au rocher en forme de tente indienne. Après, encore deux kilomètres, vers la gauche, je crois. »

Je crois... Lucie roula encore longtemps et commençait sérieusement à désespérer quand elle aperçut le fameux rocher. Elle le doubla par la gauche, puis vit enfin de la tôle briller sous le soleil. Elle plissa les yeux.

Sur l'horizon déchiqueté, une caravane et une voiture.

À qui appartenait le véhicule ? La propriétaire ou alors…

Lucie décéléra et se gara à une centaine de mètres, à l'ombre de pierres cisaillées qui semblaient tranchantes comme du corail. Elle consulta son téléphone : aucun signal réseau, rien d'étonnant dans un coin pareil. Dans le coffre, elle récupéra la manivelle démonte-pneu et la serra fort dans sa main, avant de foncer vers la caravane. En espérant que, cette fois, sa cheville allait tenir le coup.

Dos voûté, elle atteignit enfin l'arrière de la sommaire habitation, au toit recouvert d'un panneau solaire et d'une antenne. À même le sol s'amoncelaient une bonne trentaine de pneus, des carcasses de voitures, des bouteilles d'alcool à n'en plus finir, des bidons d'essence à demi remplis et des sacs-poubelles.

Des cailloux se mirent à rouler derrière elle. Dans un sursaut, Lucie se retourna et découvrit une famille de chiens de prairie, entre des broussailles. Quatre paires d'yeux ahuris qui l'observaient. Ces animaux ressemblaient à de gros écureuils qui se tenaient en position verticale, le cou bien tendu.

Elle souffla un coup et alors qu'elle allait reprendre sa progression, elle se trouva nez à nez avec le canon d'un fusil. L'arme vint buter contre son front.

— Tu bouges et t'es morte.

Une femme aux traits de vieille sorcière, aux longs cheveux gris et crasseux, la dévisageait, l'air agressif.

— Qu'est-ce que tu veux ?

Lucie avait l'impression de comprendre un mot sur deux. L'accent américain était à couper au couteau. Impossible de définir l'âge de la femme. Cinquante ans, mais elle pouvait en avoir dix de plus. Ses yeux étaient aussi noirs que des billes de graphite. La flic lâcha sa manivelle au sol et leva les mains en signe de paix.

— Eileen Mitgang ?

L'autre acquiesça, la bouche pincée. Lucie resta sur le qui-vive, tout se bousculait dans sa tête.

— Je veux vous parler de Véronique Darcin, elle est venue ici en octobre dernier. Vous devez m'écouter.

— Je ne connais pas de Véronique Darcin. Fiche le camp.

— Elle s'appelait en fait Valérie Duprès. Permettez au moins que je sorte une photo d'elle.

L'autre hocha le menton sèchement. Elle était grande et voûtée, avec de larges épaules couvertes d'un châle gris. Sa jambe gauche, d'apparence plus courte que l'autre, la faisait pencher sur le côté. La flic lui montra la photo et vit immédiatement qu'Eileen connaissait

Duprès. Elle se lança alors dans les explications : le voyage de la journaliste dans divers pays du monde, sa disparition, l'enquête de police pour la retrouver. Mitgang parla dans un français plutôt bon.

— Pars d'ici. Je n'ai rien à dire.

— Un homme est sur vos traces. Il s'appelle François Dassonville, il a déjà tué à de nombreuses reprises et je pense qu'il est perdu dans ces montagnes. Il ne devrait donc pas tarder à débarquer ici.

— Pourquoi un tueur serait sur mes traces ?

— Tout a rapport avec ce que vous avez sûrement dit à Valérie Duprès. Vous devez me parler, m'expliquer ce qui se passe. Des enfants qui n'ont pas dix ans se font enlever et meurent, quelque part dans le monde.

— Des enfants se font enlever et meurent tous les jours.

— Aidez-moi à comprendre, je vous en prie.

L'ancienne journaliste jaugea l'horizon avec un œil à demi fermé. Ses mains se resserrèrent sur la crosse de son fusil.

— Montre-moi tes papiers.

Lucie les lui présenta et elle les scruta avec la plus grande attention puis s'écarta un peu.

— Viens à l'intérieur, nous serons plus en sécurité. Si ton type a un revolver et qu'il sait à peu près viser, il peut tirer de n'importe où.

Lucie suivit Eileen, qui se déhanchait à chaque pas comme un pantin désarticulé. Les deux femmes pénétrèrent dans la caravane. L'endroit était sommaire mais vivable, avec des rideaux ringards, un vieux canapé d'angle genre années 1960, en enfilade avec une kitchenette et la salle de douche. Les parois de tôle et une large baie vitrée arrière étaient tapissées de centaines de photos, enchevêtrées, superposées. De jeunes individus, des vieux, des Blancs, des Noirs. Tous ces visages qu'Eileen avait dû perdre de vue au fil des années, qui se résumaient aujourd'hui à des souvenirs crasseux.

Il y avait seulement deux fenêtres : la large baie en Plexiglas couverte de clichés qui empêchaient la lumière de passer et une petite ouverture rectangulaire, sur le côté.

— La route d'où je viens, c'est la seule pour accéder ici ? demanda Lucie.

— Non. On peut arriver de partout, c'est ça le problème.

Eileen décrocha hâtivement quelques photos de la baie de manière à créer un point d'observation, puis se tourna vers Lucie.

— Valérie Duprès, tu dis ? Elle s'est bien fait appeler Véronique Darcin en venant ici. La garce, elle m'a piégée, elle s'est fait passer pour une baroudeuse, avec son sac à dos et sa tente.

Elle jeta un œil par la petite fenêtre.

— Elle s'est installée là-bas, au pied des rochers, et elle s'est arrangée pour qu'on sympathise. Ah, elle savait y faire ! Un soir, on a bu... beaucoup. On a parlé du passé. De fil en aiguille, elle m'a amenée à raconter toutes mes découvertes d'il y a presque quinze ans. Quand je me suis aperçue que je m'étais fait avoir, elle n'était plus là.

Elle se leva et se versa un verre de whisky.

— Elle était très douée, comme j'avais pu l'être à l'époque. T'en veux une petite goutte ?

Lucie secoua la tête, jetant un œil régulièrement vers l'extérieur. Elle se sentait mal à l'aise, ainsi enfermée, alors que Dassonville pouvait arriver d'un moment à l'autre. Eileen but une gorgée et se frotta la bouche avec la manche de son gilet.

— On chercherait à me tuer, tu dis ? Une bonne chose, tiens. Et ça aurait un rapport avec... ce que je lui ai raconté ? Cette vieille histoire ?

Lucie acquiesça.

— Oui. Je crois que tout tourne autour de ces enquêtes sur la radioactivité que vous meniez à l'époque, et surtout le fameux document que vous avez consulté à l'Air Force en 1998, *NMX-9, TEX-1 and ARI-2 Evolution.* Il a disparu.

Eileen fixa le sol. Du bout du pied, elle remit bien en place un morceau de linoléum.

— C'est moi qui l'avais. Toutes mes découvertes, je n'en ai jamais parlé à personne. Elles sont mortes avec moi lorsque j'ai eu mon accident de voiture. Quand je me suis installée ici, j'ai tout détruit, y compris ce document, et tant d'autres, amassés au fil des années. J'avais tué un môme, et plus rien ne comptait. Avec le temps, je pensais oublier. Mais tout est resté là, gravé au fond de ma tête. Comme une malédiction.

Elle ouvrit brusquement la porte de sa caravane et jeta un œil à l'extérieur, fusil en main. Elle parla un peu plus fort, scrutant les alentours.

— Toi et l'autre journaliste, vous débarquez, et vous faites remonter ces vieux souvenirs. Drôle de coïncidence, d'ailleurs, parce qu'elle était française, et mes recherches m'avaient menée vers des Français. De véritables monstres. Des inhumains.

Lucie fut piquée au vif. Elle sentait qu'elle y était, peut-être, et que son voyage au Nouveau-Mexique ne serait pas vain.

— Dites-moi ce que vous avez découvert, parlez-moi de ces monstres, comme vous dites. J'en ai besoin pour avancer et essayer de mettre fin à toute cette histoire.

Eileen referma la porte à clé et dégusta une autre gorgée d'alcool. Elle considéra les reflets d'ambre qui dansaient à travers la lumière dans son verre.

— D'abord, sais-tu ce qu'on faisait aux animaux du laboratoire d'expérimentation de Los Alamos, dans les années 1940 ?

— J'ai vu votre article, à la rédaction de votre ancien journal. Ces milliers de cercueils de plomb, déterrés par les militaires.

— On les forçait à respirer de l'air contaminé au plutonium, au radium ou au polonium. Puis, quelques jours plus tard, on les incinérait ou on les dissolvait dans l'acide, et on mesurait alors le taux de radionucléides restant dans les cendres ou les os. On voulait comprendre le pouvoir de l'atome, et comment les organismes les métabolisaient.

Un silence. Elle leva son verre devant elle.

— L'atome... Il y en a plus dans ce verre rempli d'alcool que de verres d'eau potentiellement présents dans tous les océans du monde, te rends-tu seulement compte ? L'énergie qu'était capable de dégager un seul de ces minuscules objets fascinait. Comment la radioactivité s'intégrait-elle dans les organismes vivants ? Pourquoi détruisait-elle ? Était-elle capable, dans certains cas, de guérir ou de donner des propriétés particulières aux cellules vivantes ? Mais les atomes sont délibérément obscurs. Ils font partie de ces forces de l'univers avec lesquelles il ne faut pas jouer.

Après quelques secondes d'observation qui mirent Lucie mal à l'aise, Eileen Mitgang se leva et décrocha une photo de son patchwork. Elle la fixa avec un air nostalgique.

— À Los Alamos, dès la naissance du projet Manhattan, sont apparues trois grandes sections axées sur la santé : la section médicale, responsable de la santé des travailleurs, la section de physique de la santé, qui suivait les laboratoires et développait de nouveaux instruments de mesure des rayonnements, et la troisième section, nulle part mentionnée à l'époque. C'est celle-là qui nous intéresse.

— Quelle était-elle ?

— La section de recherche biologique.

La biologie... Lucie se frotta mécaniquement les épaules, ce mot lui fichait la chair de poule, lui rappelait les ténèbres qu'elle avait affrontées lors d'une enquête précédente, au fin fond de la jungle. Seul un petit feu à pétrole chauffait la caravane. Eileen lui tendit le cliché. Sur le papier glacé, un homme de peau noire, la cinquantaine d'années, était soutenu par des béquilles. Il était amputé de la jambe droite et fixait l'objectif en souriant.

— S'il sourit, c'est parce qu'il ignore le mal qui se propage dans son organisme. La radioactivité n'a ni goût ni odeur, elle est complètement invisible.

Elle serra les dents.

— Tout ce que je vais te raconter là est la pure vérité, aussi monstrueux que cela puisse paraître. Tu es prête à entendre ?

— J'ai fait le déplacement depuis la France pour ça.

Eileen Mitgang la sonda quelques secondes. Ses yeux noirs étaient légèrement vitreux, marquant sans doute un début de cataracte.

— Alors, écoute bien. Le 5 septembre 1945, trois

jours seulement après la reddition officielle du Japon, l'armée américaine et des scientifiques travaillant dans un centre de recherche secret à Los Alamos planifient le programme le plus complet d'injections de radio-isotopes dans des organismes humains. Cette nouvelle série d'injections devait être un « effort de collaboration, dans le but de maîtriser au mieux le pouvoir nucléaire ».

Elle prenait son temps pour raconter. Son visage se tordait de dégoût à chaque parole. Lucie essayait aussi de focaliser son attention sur l'extérieur, mais les explications d'Eileen la captivaient.

— Les chercheurs procurent les éléments radioactifs, et les médecins fournissent les patients. À la tête de ce projet, côté chercheurs, se tient Paul Scheffer, un spécialiste français alors mondialement renommé. Il a participé à l'élaboration du cyclotron en 1931, un accélérateur de particules capable de fabriquer artificiellement des éléments radioactifs. Scheffer a fait partie de cette grande vague de cerveaux venus d'Europe, qui ont migré vers les États-Unis et ont participé au projet Manhattan, afin de contrer l'emprise grandissante de l'Allemagne nazie et de remporter la course à la bombe atomique.

La vieille femme jeta un œil par la petite fenêtre. Son regard obliqua vers de petits cailloux, qui roulaient le long d'une pente. Les chiens de prairie...

— Paul Scheffer était un génie, mais aussi un fou furieux. Il était persuadé que cette énergie qui lie les protons et les neutrons ensemble, l'énergie nucléaire, pouvait être utilisée au profit de l'humanité, et même guérir les cancers. Il voyait la radioactivité comme une « balle magique » susceptible de viser les cellules malignes et de les pulvériser. Il bombardera sa propre mère, à l'époque malade d'un cancer, du faisceau de neutrons produit par le cyclotron. Le hasard fait parfois mal les choses, et je crois que notre plus grand malheur a été que la santé de sa mère s'est améliorée un peu et qu'elle a survécu dix-sept ans. Dès lors, Paul Scheffer n'a plus qu'une obsession : étudier et comprendre le comportement de la radioactivité dans l'organisme, dans des buts thérapeutiques.

Elle soupira tristement, cette histoire lui collait encore à la peau. Elle tourna les yeux vers la photo du grand Noir, qu'elle avait décrochée.

— Elmer Breteen habitait Edgewood. Il est entré à l'hôpital en 1946 pour une blessure à la jambe, il en est sorti amputé deux mois plus tard. Il est décédé en 1947 d'une leucémie. Au Rigton Hospital du Nouveau-Mexique, sa fiche indique « HP NMX-9 ». *Human product, New Mexico, 9*. Le neuvième produit humain de l'hôpital Rigton.

— Un produit humain ?

— On lui a injecté massivement du plutonium à son insu dans la jambe droite, dans le cadre d'expérimentations du programme top secret appelé Nutmeg, chapeauté par Paul Scheffer.

Lucie encaissa sans broncher cette nouvelle masse d'informations. Des cobayes humains. Certes, elle s'y était préparée, mais l'entendre de la bouche de cette vieille femme ajoutait une dimension à l'horreur.

Les yeux d'Eileen se perdirent dans le vague.

— De juin 1945 à mars 1947, cent soixante-dix-neuf hommes, femmes et même enfants, dont la plupart étaient atteints de cancers et de leucémies, mais pas tous, ont reçu des injections massives de quatre éléments radioactifs – le plutonium, l'uranium, le polonium et le radium – lors de séjours dans des hôpitaux qui participaient au programme Nutmeg. Aucune identité des patients n'a jamais été mentionnée dans les rapports, juste des descriptions physiques, des âges, des noms de villes.

Elle considéra la photo d'Elmer tristement.

— Retrouver l'identité d'Elmer Breteen à partir de ces données non nominatives dans les rapports n'a pas été facile, mais j'y suis arrivée. Edgewood, un grand Noir, costaud, avec une jambe amputée, décédé en 1947 : ces informations me suffisaient. Ce genre de recherche commence toujours dans les cimetières.

Elle sourit, les épaules basses. Ce sourire-là n'avait rien de joyeux, il marquait juste l'expression de profonds regrets et de souffrances intérieures.

— J'étais plutôt douée, non ? Après toutes ces années, j'ai encore les chiffres des expérimentations en tête. Comment les oublier ? Certains individus recevaient en une seule fois cinquante microgrammes de plutonium, soit plus de cinquante fois la dose maximale tolérée sur une vie par l'organisme. Des femmes enceintes y sont passées, des vieillards, des enfants aussi. Leurs échantillons d'urines et de selles étaient prélevés dans des bocaux, emballés dans des caisses en bois et expédiés dans des laboratoires de Los Alamos afin d'être analysés scrupuleusement. Des embryons ont été prélevés, disséqués, stockés. Certains patients sont morts dans leur lit dans d'horribles souffrances que l'on imputait à leur maladie, d'autres ont continué à vivre un an ou deux, comme Elmer, avant de décéder de cancers ou de leucémies induits ou amplifiés par les injections.

Elle secoua la tête, pensive. Tous ces vieux souvenirs étaient comme autant de flèches qui la transperçaient.

— La plupart du temps, les dépouilles non réclamées étaient livrées aux laboratoires pour étude. Le rapport 34 654 que j'ai dérobé présente le programme Nutmeg et suit l'évolution de trois de ces patients, dont Elmer, dans trois hôpitaux différents. L'un au Nouveau-Mexique, un autre au Texas et le troisième en Arizona. NMX, TEX, ARI.

Lucie ne trouvait aucun mot pour réagir. Elle imaginait des scientifiques en blouse qui préparaient les injections, mesuraient, analysaient, utilisant des êtres humains comme de vulgaires objets d'étude. Le tout dans des programmes encadrés, financés par le gouvernement ou l'armée. La monstruosité de l'homme n'avait décidément aucune limites dès qu'il s'agissait de pouvoir, d'argent, de guerre. Comme elle sentit ses pensées partir vers ses filles, elle secoua la tête et se concentra sur les lèvres d'Eileen, prenant un maximum de notes sur son petit carnet.

— ... Le tout était de comprendre au mieux les effets de la radioactivité sur l'organisme, de développer des systèmes d'empoisonnement d'eau et de nourriture avec des matières radioactives, dans des buts militaires, d'analyser comment se comporteraient des soldats soumis à des rayonnements intenses. Le programme top secret est officiellement mort en 1947, en même temps que le démantèlement du projet Manhattan. Paul Scheffer avait alors quarante-trois ans et migra vers la Californie avec sa femme. Il devint l'un des plus grands spécialistes de la physique nucléaire au Radiation Laboratory de l'université Berkeley, et son fils unique, né sur le tard, a suivi sa voie. À vingt-trois ans, après la mort de son père, Léo Scheffer, le fameux fils, est devenu un éminent docteur en médecine nucléaire et a travaillé dans l'un des plus grands hôpitaux de Californie. Il poursuivit en parallèle des travaux de recherche sur la radiothérapie métabolique – le fait d'introduire une substance radioactive dans l'organisme, dans un but de guérison ou de traçage – et donna des cours à Berkeley. Il a marqué les esprits du monde scientifique en buvant, lors d'une conférence internationale qui s'est déroulée à Paris en 1971, un grand verre d'eau contenant de l'iode radioactive. Il promena ensuite sur son corps un compteur Geiger qui se mit à crépiter uniquement au niveau de la glande thyroïde. Il venait de démontrer le pouvoir fixateur de cette glande vis-à-vis de l'iode radioactive. Il n'avait alors que vingt-cinq ans.

Paris, les années 1970, une conférence. Lucie se rappela que Dassonville étudiait dans un institut de physique de la capitale, à cette période. Les deux hommes s'étaient peut-être rencontrés une première fois à ce moment-là, et avaient sympathisé.

Eileen termina son alcool comme du petit-lait et se versa un nouveau whisky. Ses mains tremblaient, le goulot cognait doucement contre le rebord du verre. Lucie s'interposa et l'empêcha de boire.

— Ce n'est pas prudent. Un tueur risque de débarquer ici et...

— Fiche-moi la paix, OK ?

— Vous n'avez pas l'air de bien vous rendre compte de la situation.

Elle repoussa vivement Lucie sur le côté.

— La situation ? Tu l'as vue, ma situation ? Tu veux la suite des explications ? Alors tu la boucles !

Elle serra son verre, le regard dans le vide, et s'enfonça dans un rocking-chair. Lucie était de plus en plus nerveuse.

— À voir le fils, j'avais l'impression de revoir le père, fit Mitgang. Cette folie commune, dans les actes et les yeux. Cette intelligence dangereuse, cette maladie de la science poussée à l'extrême. Je me suis alors intéressée de très près à lui. Je voulais aller au bout. C'était devenu une quête personnelle, une obsession qui m'a coûté mon job. Et bien plus.

Elle but.

— Je pourrais te parler de lui longtemps, mais je vais aller droit au fait. En 1975, du haut de ses vingt-neuf ans, Léo Scheffer finança le développement d'un centre pour jeunes handicapés mentaux, à quelques kilomètres de l'hôpital où il travaillait. Léo, le riche héritier et généreux bienfaiteur de l'humanité, venait de créer le centre « les Lumières ». Un endroit d'aide au placement, où chaque pensionnaire pouvait rester deux années maximum, le temps qu'on lui trouve un véritable foyer.

Elle parlait à présent avec dégoût et se noya dans son verre. Lucie lorgna par le trou dans la fenêtre, anxieuse. Le soleil du midi arrosait les rochers d'une lumière puissante, presque aveuglante. Ce désert de roches ressemblait au ventre du monde.

— J'ai découvert que, à cette époque, en plus de ses activités de chercheur et de médecin, Scheffer multipliait les aller et retour entre le MIT, au Massachusetts, et le laboratoire national d'Oak Ridge dans le Tennessee, où il avait ses entrées. J'ai réussi à interroger les intermédiaires de l'époque. Léo Scheffer allait là-bas pour se procurer du fer radioactif produit par le cyclotron du MIT, et aussi du calcium radioactif, par le programme radio-isotopes du labo d'Oak Ridge. Selon eux, il réclamait ces substances afin de mener ses études en laboratoire. Mensonge. Il allait utiliser ces matières hautement radioactives au centre des Lumières.

Elle haussa les épaules.

— Le centre des Lumières était intégralement géré par une société, mais, curieusement, c'était Scheffer en personne qui se chargeait de l'approvisionnement et du stockage de la nourriture. Il commandait en masse de l'avoine et du lait, notamment, que prenaient les pensionnaires au petit déjeuner.

Lucie tiqua. De l'avoine. Le message dans *Le Figaro* prenait toute son ampleur. Eileen continuait à parler :

— Pourquoi un chercheur de cette envergure se chargeait-il de l'approvisionnement et du stockage de la nourriture de son centre pour handicapés ? Vingt-cinq ans plus tard, j'ai pu parler aux employés des Lumières, mais ils n'ont pas grand-chose à reprocher à Scheffer. Un type droit, brillant et généreux. Là où le bât blesse, c'est quand on essaie de rencontrer certains de ses pensionnaires handicapés. Je n'en ai pas trouvé un seul vivant.

Lucie avala sa salive difficilement. Elle posa la question, mais elle avait déjà la réponse :

— Que leur est-il arrivé ?

— Morts de maladies : cancers, leucémies, malformations, dysfonctionnements organiques. Aucun doute que Léo Scheffer a poursuivi secrètement les expériences de son père sur ces malheureux. Il mélangeait les substances radioactives à l'avoine et au lait, chaque matin.

— Mais... dans quel but ?

— Comprendre pourquoi la radioactivité dégrade les cellules ? Voir d'où vient le cancer ? Éradiquer la maladie par les rayonnements ? Trouver la « balle magique », comme son père voulait le faire ? Je ne sais pas. Dieu seul sait ce que Scheffer, le père, a transmis à son fils. Et Dieu seul sait quelles autres expériences horribles ces deux hommes ont pu mener clandestinement. Outre ce centre pour handicapés, Léo Scheffer était aussi en contact avec des prisons, des hôpitaux psychiatriques. Des endroits qui pouvaient très bien se prêter à ce genre d'expérimentations, à coups de financements obscurs.

Elle claqua son verre contre la table. Ses paupières battaient au ralenti.

— Votre journaliste, vous me dites qu'elle a disparu. Ça s'est passé en France ?

— Nous le supposons. Mais ce n'est pas certain.

— Léo Scheffer est lui aussi parti pour la France. Il aurait été débauché, d'après les témoignages que j'ai récupérés à son ancien hôpital. Il parlait d'un nouveau poste, de nouvelles recherches. Mais personne n'a pu réellement m'expliquer, car j'ai l'impression que nul ne savait vraiment ce qu'il était devenu. En tout cas, il fallait que l'enjeu soit suffisamment fort, car Scheffer avait une place en or. J'aurais probablement continué mes investigations jusqu'à votre pays si... (un soupir). Bref, il y a eu l'accident. Et aujourd'hui, je suis terrée ici, avec toute cette crasse au fond de mon ventre et mes hanches foutues.

Lucie se rendit compte à quel point ses mains étaient crispées, elle songeait aux photos des enfants étalés sur les tables d'opération. Léo Scheffer, la soixantaine à présent, spécialiste de la radioactivité, auteur probable d'expérimentations monstrueuses sur des humains, résidait et travaillait peut-être encore en France.

— Quand a-t-il quitté les États-Unis pour la France ?

— En 1987.

Lucie sentit immédiatement des pièces s'assembler dans son crâne, ses yeux se troublèrent. 1987... Un an après l'arrivée du manuscrit sur le territoire français et l'assassinat des moines. Nul doute que Dassonville, en possession du manuscrit, avait contacté le scientifique et l'avait convaincu de venir en France. Les deux hommes avaient probablement collaboré. La flic songea à la photo en noir et blanc des trois grands scientifiques, à leurs découvertes probables dans les années 1920. Les années où Scheffer, le père, participait à l'élaboration du cyclotron, et où tous les scientifiques se côtoyaient lors de congrès. Presque un siècle plus tard, Dassonville était venu chercher Scheffer, le fils, ici, sur le territoire américain, pour ses compétences sur l'atome, ses expériences publiques bizarres, et parce que, tout simplement, il était le fils de son obscur patriarche.

Sans doute recruté pour étudier le manuscrit maudit.

Et le comprendre.

Lucie se redressa, elle pensait à Valérie Duprès. Armée de l'identité du chercheur, la journaliste était repartie directement pour la France, interrompant la suite de son périple à travers le monde. Elle avait poursuivi le travail d'Eileen, elle avait dû retrouver Léo Scheffer et s'était, de toute évidence, mise en grand danger.

Au moment où Lucie sortit de ses pensées et redressa les yeux, Eileen était debout, le fusil dans la main, légèrement titubante. Elle se dirigea vers la petite fenêtre et glissa un œil à travers.

Elle roula vivement sur le côté, comme si elle avait vu le diable en personne.

46

Sharko pénétra en trombe dans le bureau de Julien Basquez, là où il avait passé la moitié de la nuit à raconter son histoire sur l'Ange rouge. Le lieutenant qui portait les cafés n'avait rien pu faire pour l'empêcher d'entrer.

Face au capitaine Basquez, un jeune était vautré sur une chaise et menotté. Un blanc-bec mal rasé, vêtu d'un jean taille basse et d'une veste de survêtement blanc et vert, d'une propreté impeccable. Le commissaire l'empoigna sans prévenir et le décolla du sol.

— Qu'est-ce que t'as à voir avec Gloria Nowick ? Qu'est-ce que tu me veux ?

Le jeune se débattit en gueulant des insultes, la chaise vola par terre. Basquez s'interposa et poussa Sharko à l'extérieur, le tirant par le bras.

— Faut que tu te calmes, OK ?

Le commissaire réajusta le revers de sa veste, les yeux furieux.

— Explique !

— Tu devrais te faire discret, au lieu de débarquer comme ça dans mon enquête. T'as déjà fait suffisamment de conneries.

Surpris par les cris, des collègues étaient sortis dans le couloir. Basquez leur signala que tout allait bien et s'adressa à Sharko :

— Allez viens, on va se boire un café.

Les deux hommes se rendirent près de la machine. Par la petite lucarne, la nuit était tombée, alors qu'il était à peine 16 h 30. Quelques flocons se promenaient encore, çà et là, soufflés par le vent. Sharko versa de la monnaie dans la coupelle et plaça deux tasses propres sous la machine. Ses doigts tremblaient un peu.

— Je t'écoute.

Basquez s'appuya au mur, un pied contre la paroi.

— On a interpellé le jeune grâce à un coup de fil, suite à l'enquête de voisinage au quartier de la Muette, là où vivait Gloria Nowick. On ignore qui a téléphoné mais, selon l'informateur, le môme avait rôdé à plusieurs reprises dans le hall et y passait ses journées, comme s'il surveillait quelque chose. On est retourné sur place, on a interrogé de nouveau les voisins et fini par obtenir l'identité du môme : il s'appelle Johan Shafran, dix-sept ans. Pas de casier.

Sharko tendit une tasse pleine à son collègue et porta la sienne à ses lèvres.

— Qu'est-ce qu'il vient faire dans notre histoire ?

— Le tueur s'en est servi comme d'une sentinelle. Shafran était là pour l'avertir par téléphone dès que tu entrerais dans l'immeuble.

Basquez sortit une photo de sa poche.

— Il avait ton portrait sur lui, fourni par le tueur.

Sharko récupéra la photo. Elle était récente et avait été prise alors qu'il montait dans sa voiture. À cause du plan trop rapproché, il était incapable de deviner l'endroit. Un parking, c'était certain. Peut-être celui d'une grande surface. Le tueur avait été à quelques mètres de lui, l'avait pris en photo, et il n'avait rien vu.

— Shafran connaît donc l'assassin ?

— Il n'a jamais vraiment vu son visage. Il parle d'un Blanc de taille moyenne, qui portait un bonnet, une écharpe, une grosse doudoune, et des lunettes de soleil. À vue de nez, comme ça, il lui donne une trentaine d'années. Peut-être trente-cinq ans, maximum. On va essayer de lui rafraîchir la mémoire.

— Aucune chance d'avoir un portrait-robot, donc.

— On va voir, mais je n'y crois pas.

— Parle-moi de leur rencontre.

— L'assassin de Nowick s'est mis en contact avec lui samedi dernier, le 17. Il l'a abordé et lui a demandé de lui rendre un service, contre une belle somme d'argent. Il lui remettrait cinq cents euros en main propre si le jeune acceptait de surveiller ton arrivée sur plusieurs jours. Il lui a dit que tu te pointerais certainement dans l'immeuble lundi ou mardi. Le jeune avait pour mission de l'appeler dès qu'il te verrait. S'il le faisait, l'homme lui avait promis cinq cents euros supplémentaires. Somme dont Shafran n'a évidemment jamais vu la couleur.

— Et le numéro de téléphone ?

— Il nous mène à une puce dépackée. Aucun moyen de rattacher une identité au numéro. Quant au signal d'émission, il n'existe plus. Probable que notre homme se soit débarrassé de son téléphone.

Sharko vida sa tasse d'une gorgée et se brûla la langue. Le tueur avait tout calculé et parfaitement orchestré.

— Bordel !

Il écrasa la tasse dans le lavabo et s'appuya aussi contre le mur, face à Basquez, les mains dans les cheveux.

— Ça confirme que le tueur vit dans un secteur

proche de l'endroit où j'ai découvert Gloria. J'ai mis une demi-heure pour faire le trajet de l'appartement au poste d'aiguillage. Entre-temps, notre tueur a reçu l'appel du jeune, est allé empoisonner Gloria à l'aide de médicaments, et a fui. Il savait qu'il aurait le temps de tout faire sans être inquiété.

Sharko emmena Basquez dans son bureau. Robillard était assis à sa place, les yeux rivés sur son écran d'ordinateur. Le commissaire observa la grande carte de la capitale accrochée au mur. Il écrasa son index à l'endroit où avait été découverte Gloria.

— Il fallait marcher pour atteindre le lieu où Gloria était séquestrée, environ cinq minutes, aller et retour. S'il est venu en voiture, on peut imaginer qu'il se trouvait à dix minutes de là, maximum, au moment de l'appel. Ça limite les recherches aux arrondissements limitrophes du 19e.

— On le savait déjà, plus ou moins. Un gars du coin.
— Qu'est-ce que le môme a déballé d'autre ?
— Le tueur est venu à pied à sa rencontre. Mais, après avoir reçu le fric, Shafran l'a suivi discrètement. L'homme était garé à une centaine de mètres plus loin, le long d'une petite rue perpendiculaire. Shafran a réussi à voir sa voiture. Une petite Clio blanche, genre plutôt ancien, mais sans plaque d'immatriculation.

— C'est pas vrai…
— Le comble de la prudence, non ? On a bien affaire à un ultra-méticuleux, qui ne laisse rien au hasard. Il a peut-être revissé ses plaques plus loin, une fois assuré d'être seul. Cependant, il y a un dernier truc qui pourrait nous aider : Shafran a remarqué que la voiture portait une attache-caravane, tu sais, ces boules auxquelles on met normalement une balle de tennis ?

— Je vois, oui.

— Le truc, c'est que j'imagine mal une Clio tracter une caravane. Je pense plutôt à une moto, avec un porte-moto. Il s'est peut-être déplacé en deux-roues pour aller empoisonner Nowick, plutôt qu'en voiture, ça évite les bouchons et ça lui aurait garanti d'arriver avant toi, indépendamment de la circulation. On va essayer de creuser par là.

— Faut que tu cuisines encore ce petit con. Presse-le jusqu'à ce qu'il n'ait plus de jus.

Basquez tapa sur l'épaule de Sharko et disparut. Le commissaire resta là, figé. Il ne quittait pas la carte des yeux. Ses poings étaient serrés.

— Ça va ? fit Robillard, qui constatait son malaise.

Sharko haussa les épaules et retourna à sa place. Voûté au-dessus de sa table, il n'arrêtait pas de penser à Gloria. Il recommença à faire défiler ses photos, d'un geste las, sans vie. Clac, clac, clac... Le profil de l'assassin s'affinait un peu, les dires de Basquez ne faisaient que confirmer l'image mentale que Sharko s'en faisait. Mais, curieusement, il n'imaginait pas l'assassin en motard. Conduire ce genre d'engin était dangereux, comportait une part d'imprévisible, ce qui ne lui paraissait pas coller avec le profil établi.

Pas une caravane, pas une moto. Alors quoi ?

Sharko réfléchit longtemps.

Plus tard, il eut une grosse montée d'adrénaline. Il fouilla dans les photos et resta figé face à celle montrant la cabane branlante où il avait trouvé le sperme. Un autre cliché, juste en dessous, donnait un plan large de l'endroit.

La cabane, l'île, le marais et la barque.

La barque...

47

— Vous poussez la porte, je tire.

Plaquée contre la tôle de sa caravane, Lucie acquiesça. Eileen Mitgang était en position d'ouvrir le feu, face à la porte, et pas vraiment stable sur ses deux jambes.

Lucie tourna la poignée et poussa. Mais la porte ne bougea presque pas. Elle réessaya, sans davantage de succès.

— Il nous a enfermées à l'intérieur.

La tension monta d'un cran. Piégées dans ce petit cube de tôle, elles se turent, immobiles. Lucie doutait que Dassonville possède une arme à feu, mais il fallait rester sur ses gardes : il était bien plus facile de dégoter un pistolet aux États-Unis qu'en France.

Des pas crissaient à l'extérieur : le prédateur tournait autour de la caravane.

Dans les secondes qui suivirent, une odeur alerta les deux femmes : un mélange d'essence et de brûlé. Le temps qu'elles comprennent, les premières flammes apparaissaient déjà par la grande baie arrière.

Le feu avait monté d'un coup, dressant un rideau écarlate mêlé à de grosses fumées noires.

— L'enfoiré ! fit Eileen. Y avait de l'essence, dehors !

Elle se précipita en titubant vers l'unique petite fenêtre latérale. Lorsqu'elle la poussa pour ouvrir, une manivelle en métal s'écrasa en plein sur le Plexiglas, manquant de lui arracher la main. L'ancienne journaliste se courba par réflexe, se redressa et tira droit devant elle. La cartouche rouge vola dans les airs, une constellation de petits trous apparut à travers la tôle. Lucie avait les mains collées aux oreilles : vu l'espace confiné, la détonation avait failli lui exploser les tympans.

— Il nous empêche de sortir.

Les pas tournaient autour à bon rythme. D'autres foyers d'incendie avaient l'air de se déployer. Lucie restait figée devant les flammes, les bras le long du corps. Un autre coup de feu la fit sursauter, elle secoua la tête, comme si elle sortait d'un rêve.

— Qu'est-ce que vous foutez ? gueula Eileen. Restez pas là, au milieu !

Elle se rua vers une armoire. Dans des mouvements de panique, elle en renversa le contenu. Des boîtes de conserve, des condiments, des dizaines de cartouches neuves roulèrent au sol. Devant, la fumée noircissait, les gaz pénétraient lentement sous la porte d'entrée et par les aérations.

— Il brûle des pneus. Il veut nous intoxiquer.

Lucie se précipita dans la salle de douche et revint avec deux serviettes humides, qu'elle plaqua contre les interstices. Elles étaient piégées là, comme des lapins au fond de leur terrier. La flic décida de prendre les devants : elle arracha le fusil des mains d'Eileen.

— Donnez-moi ça, vous tenez tout juste debout. Si on ne sort pas d'ici dans la minute, on va mourir étouffées.

La température avait monté furieusement, l'air piquait à la gorge. Le front trempé, le nez dans le blouson, Lucie s'approcha de la baie vitrée et arracha le mur de photos. Le rideau de feu était bien trop furieux, la fumée trop noire pour tenter de passer par là. Dassonville devait balancer, en plus des pneus, du bois, de l'essence, tout ce qu'il trouvait pour entretenir l'incendie.

Lucie revint vers la porte d'entrée. Elle força à fond, s'aidant de l'épaule. Ça s'ouvrit finalement de deux ou trois centimètres, ce qui lui permit de voir que l'entrée était bouchée par une montagne de pneus, qui commençaient à brûler lentement, eux aussi. La flic pointa dans sa direction et tira à l'aveugle. Nouveau coup dur pour les oreilles.

Il ne fallait plus réfléchir à présent et sortir à tout prix. Lucie fourra des cartouches dans ses poches, se rua vers la petite lucarne latérale et poussa. La manivelle arriva, martelant furieusement, mais Lucie parvint à glisser le canon dans l'interstice entre la tôle et le Plexiglas, à tourner la crosse sur le côté et à tirer au hasard.

Les coups de manivelle cessèrent instantanément.

Dans la même seconde, Lucie se faufila dans l'ouverture. Une ombre bifurquait par-devant et disparut de son champ de vision. La fenêtre était à environ un mètre cinquante au-dessus du sol, les flammes dansaient juste en dessous, s'acharnant sur des cageots et des planches.

La flic enjamba la petite ouverture et sauta à l'extérieur.

Rude atterrissage sur les chevilles. Douleur. Elle grimaça, se redressa et cassa son fusil en catastrophe.

Les mains tremblantes, elle engagea deux cartouches dans la chambre et chargea aussitôt.

Des hurlements, à l'intérieur. Eileen cognait des deux poings contre la tôle.

Lucie se dirigea vers la porte et, armée d'une barre de fer, poussa les pneus sur le côté. Ses yeux lui piquaient, les odeurs de caoutchouc brûlé étaient insupportables.

Dès qu'Eileen put se faufiler et sortir, Lucie contourna la caravane. Dassonville fonçait vers l'endroit où elle s'était garée. Il était vif, engoncé dans une tenue sombre. Malgré ses trois cents mètres de retard, elle n'hésita pas à se lancer à sa poursuite, le fusil serré dans la main. Sa rage décuplait ses forces et lui faisait oublier la douleur dans sa cheville. Elle pensa à Sharko, que ce fumier de moine avait poussé dans le torrent. À cet enfant, retrouvé pris dans les glaces. À Christophe Gamblin, gelé dans son congélateur.

Elle traquait le diable en personne. Ce diable qui hantait depuis vingt-six ans les montagnes de Savoie.

Elle s'arrêta et tenta d'épauler son arme, mais sa respiration trop brutale lui interdisait de viser correctement. Elle tira deux fois, sachant qu'elle ne le toucherait pas. La plupart des plombs se logèrent dans la pierre lointaine ou se perdirent dans le vide.

Elle reprit sa course. Ses espoirs volèrent en éclats lorsqu'elle entendit le bruit d'un moteur. Dassonville s'était garé en retrait de son véhicule à elle, derrière les rocs. Lorsque Lucie atteignit sa propre voiture, il disparaissait déjà derrière un nuage de fumée, au loin.

Elle démarra, roula sur quelques mètres à peine, avant que son véhicule dévie et devienne incontrôlable. Elle freina en catastrophe et sortit pour constater les dégâts.

Ses quatre pneus étaient crevés.

De rage, elle frappa violemment contre la portière.

Puis elle courut de nouveau vers la caravane.

Mitgang faisait des aller et retour entre des barils remplis d'eau de pluie et le feu. Son handicap dans les membres inférieurs la faisait ressembler à une poupée désarticulée. De gros panaches de fumée noire grimpaient aux cieux. Lucie constata que la voiture de l'ancienne journaliste avait été elle aussi sabotée. La caravane était encore debout, la tôle, bien que noirâtre par endroits, résistait bien.

— Je dois donner un coup de fil, haleta Lucie. Prévenir mes services en France. Comment je peux faire ?

Eileen respirait bruyamment, sa gorge sifflait.

— Il a crevé mes quatre pneus, je n'en ai que deux de rechange. Sans voiture, le seul moyen, c'est de marcher. À pied, il y en a pour deux heures avant d'atteindre la première route et espérer avoir du réseau. C'est pour cette raison que j'habite ici. Parce que je suis coupée de tout.

La femme courait d'un endroit à l'autre. Lucie regarda le chemin qui serpentait entre les montagnes. Deux heures. Avec sa cheville douloureuse, elle en mettrait probablement trois.

Elle considéra la pauvre femme, qui tentait de sauver tout ce qui lui restait : seize mètres carrés de linoléum pourri.

Sans sa caravane, Eileen Mitgang ne serait plus rien.

Lucie prit une barre de fer dans les mains et se mit à pousser les pneus sur le côté.

Elle n'avait pas attrapé Dassonville, mais elle disposait d'une identité, et pas des moindres.

Léo Scheffer.

48

Il n'y avait pas trente-six magasins qui vendaient des bateaux dans les alentours de Paris. Le premier, situé à Élancourt dans le 78, était fermé pour travaux depuis l'été, le deuxième ne proposait que du gros matériel à moteur, et quant au troisième, situé sur le quai Alphonse-le-Gallo à Boulogne-Billancourt, il présentait toutes les caractéristiques pour mériter une visite.

Vu les conditions météo, Sharko jugea plus prudent d'opter pour un déplacement en métro. Depuis son bureau, il signala à Robillard qu'il sortait faire une course et qu'il ne reviendrait peut-être pas ce soir. Il se vêtit chaudement, enfila ses gants, enroula son écharpe autour de son cou et marcha sous la neige jusqu'à la station Cluny-La Sorbonne. Il avait besoin de prendre l'air et voulait profiter du trajet pour discuter un peu avec Lucie au téléphone. Depuis qu'elle était au Nouveau-Mexique, ils n'avaient échangé que de timides SMS. Malheureusement, il tomba sur le répondeur et laissa un message. Sans doute menait-elle ses recherches méticuleuses, enfermée dans les archives de la base militaire de Kirtland.

Quelques minutes plus tard, il s'engouffra dans la bouche souterraine à proximité de la célèbre université, ligne 10. Les foules circulaient, chargées de paquets, de sapins emballés, de grands sacs multicolores. Les enfants étaient en vacances, les gens souriaient : dans trois jours, c'était le réveillon. Le commissaire prit sa place parmi les quidams et dut rester debout, tant les rames étaient bondées. Il passa les trois quarts du trajet à sourire à une petite Asiatique, qui n'avait cessé de le dévisager.

C'était pour elle qu'il irait au bout de son enquête. C'était pour elle que, malgré tout, il continuait son fichu métier. Elle, ses semblables, tous les enfants. Pour qu'ils puissent grandir et vivre sans la crainte de se retrouver enfermés au fond d'une cave par des pourris de la trempe de Dassonville.

Une demi-heure plus tard, aux alentours de 18 h 30, il descendit à l'arrêt Boulogne-Pont de Saint-Cloud et marcha jusqu'au quai Alphonse-le-Gallo. La grande tour de TF1 dominait la rive droite, les eaux de la Seine étaient sombres, couleur de vieux tabac. Les mains dans les poches, le commissaire de police franchit un parking et pénétra dans l'Espace Mazura, un vaste bâtiment à la façade agréable, qui était, ni plus ni moins, la grande surface du bateau. On y vendait de petites embarcations, des porte-bateaux, des vêtements de mer, des skis nautiques, on pouvait aussi s'inscrire pour passer le permis bateau ou faire réparer son moteur.

Il se dirigea vers le rayon où étaient exposées des barques de toutes les formes, de toutes les couleurs, à fond plat ou incurvé, en polyéthylène, aluminium, pneumatiques... Un vendeur arriva derrière lui.

— Je peux vous aider ?

Sharko lui tendit une des photos de la barque qu'il recherchait.

— Je voudrais savoir si vous avez ce modèle.

L'homme considéra le cliché et acquiesça.

— L'*Explorer 280* en bois. Nous l'avons à disposition. Suivez-moi.

Était-il possible que Sharko ait tapé juste ? Qu'il ait enfin un coup d'avance sur son adversaire ? Ils bifurquèrent dans un rayon parallèle. La fameuse barque était exposée, placée à hauteur de hanche. Sharko n'avait aucun doute : il s'agissait exactement de la même barque, des mêmes rames.

Le flic sortit sa carte tricolore mal en point.

— Police criminelle de Paris. Dans le cadre de mon enquête, j'ai besoin de savoir si une personne a acheté cette barque récemment.

Le vendeur marqua une hésitation, avant de hocher la tête. Il se dirigea vers un ordinateur à proximité.

— Nous n'en vendons que rarement, surtout en cette saison. Attendez deux secondes, je vérifie.

Après quelques clics, il pointa son doigt sur l'écran.

— Oui. *Explorer 280*, le 29 novembre dernier. Apparemment, le client nous en a acheté deux d'un coup. D'après le ticket de caisse, je vois qu'il s'est aussi procuré une combinaison de plongée spécial hiver, une épuisette et une lampe étanche.

— Vous avez son identité ?

— Non. L'ordinateur indique que le règlement a été effectué en liquide. Ce n'est pas moi qui me suis occupé de lui mais, selon mes souvenirs, sa voiture était sur le parking, avec le porte-bateaux. J'ai aidé mon collègue à attacher les deux barques. Ensuite, le client nous a serré la main et est parti.

— Dites-moi tout ce que vous vous rappelez.

— Physiquement, je ne pourrai pas vous raconter grand-chose. Il était bien couvert. Bonnet, écharpe, lunettes de soleil qu'il n'a même pas retirées dans le magasin. Il devait avoir une bonne trentaine d'années et mesurait à peu près ma taille. Un peu plus, peut-être.

La description concordait avec celle faite par le jeune Johan Shafran.

— Des traits caractéristiques ? Cicatrices, tatouages ?
— Non.
— Une idée de sa plaque d'immatriculation ?
— Non, désolé. D'ailleurs, son porte-bateaux ne possédait pas de plaque, mon collègue le lui a fait remarquer. Quant à sa voiture, c'était un petit modèle, genre 206 ou Clio.

Sharko rageait. C'était trop maigre. Il fixa la barque d'exposition. Un beau modèle, encombrant. Impossible, évidemment, à stocker dans un appartement. L'assassin de Gloria avait forcément remisé ses deux embarcations quelque part. Peut-être un double garage, ou un espace plus grand encore. Le flic songea à la combinaison de plongée, à la lampe étanche. Qu'est-ce que cet enfoiré préparait avec un tel matériel ?

— Une idée de ce qu'il voulait faire avec ses barques ?
— Je vais chercher le collègue qui s'est occupé de la vente, ce sera plus simple. Je reviens.

Il disparut au bout de l'allée. Le commissaire allait et venait, une main au menton. Il imaginait parfaitement la jouissance du pervers qui s'amusait avec lui. Son plan était puissant, élaboré, c'était une véritable montre suisse, au mécanisme infaillible. Quel en serait le point d'orgue ? Sa mort ? Ou alors... Sharko songea à Lucie : l'Ange rouge avait enlevé Suzanne pendant six interminables mois.

Si ce salopard suivait le chemin du tueur en série, alors...

Il étouffait, éprouvant le besoin de parler à sa petite amie là, tout de suite. Entendre sa voix, juste entendre sa voix. Il composa le numéro en catastrophe et tomba de nouveau sur le répondeur. Il raccrocha sans laisser de message.

Le vendeur revint, accompagné de son collègue.

— Ce client était bizarre, fit le nouveau vendeur en tendant une main au commissaire.

— Pourquoi bizarre ?

— Il semblait assez fou d'insectes. Quand il est arrivé ici, il ne parlait presque pas, il voulait prendre son matériel le plus vite possible et s'en aller. Mais, à un moment, j'ai eu l'impression qu'il s'était mis à délirer. Ça n'a pas duré longtemps, mais c'était curieux.

Ses yeux s'évadèrent. Sharko l'incita à continuer, il tenait peut-être quelque chose.

— Il parlait d'attraper des libellules. Oui, c'est ça, se cacher dans une barque et attraper des libellules, parce qu'elles s'attrapent plus facilement au milieu des étangs, selon lui. C'était peut-être la réalité du chasseur de libellules mais moi, j'ai commencé à me dire que ce monsieur avait un sacré problème.

Sharko réfléchissait aussi vite que possible. Les insectes... Il avait déjà eu affaire à un tueur, par le passé, qui utilisait des insectes pour ses crimes. Là aussi, l'assassin était mort de sa main.

Était-il possible qu'il y ait une relation avec ce vieux dossier ?

Il ne poussa pas davantage et le vendeur poursuivit :

— Il a continué à s'enfoncer dans son délire quand il m'a dit qu'il chassait également le papillon de nuit, là aussi, au beau milieu des étangs. Avec une sacrée technique.

Il eut un sourire moqueur.

— Apparemment, il pose sa lampe sur la barque, va dans l'eau, protégé du froid par la combinaison de plongée, et attend avec l'épuisette. Vous imaginez la scène ? Bref, il n'était pas clair-clair.

Le papillon de nuit. Sharko sentit son cœur s'accélérer. Était-il possible que...

— Est-ce qu'il vous a parlé de sphinx à tête de mort ?

Le vendeur acquiesça.

— Oui, c'est ça. Il voulait capturer des sphinx à tête de mort. Comment vous savez ?

Sharko blêmit.

Le sphinx à tête de mort : un morbide messager que le commissaire avait déjà croisé dans une éprouvante enquête, six ans auparavant. L'une des pires affaires de sa vie.

Déboussolé, il frissonna à l'idée de cet insecte à l'abdomen si particulier, porteur du visage de la mort. Si ses déductions étaient justes, il connaissait désormais sa prochaine destination.

Là où il y avait bien longtemps, le tueur aux insectes avait élevé et utilisé ses sphinx pour une bien sombre mission.

Les ténèbres.

49

De Boulogne-Billancourt, Sharko était retourné à Paris pour récupérer sa voiture et avait pris la direction du sud, vers l'Essonne. Et plus précisément, Vigneux-sur-Seine, en bordure de la forêt de Sénart.

Peu importaient les conditions météo et le temps qu'il mettrait pour arriver à destination. Il fallait y aller. Ce soir.

Le cauchemar se poursuivait, s'amplifiait, même. Coincé dans les bouchons, le commissaire retraçait mentalement cette vieille enquête de 2005, où il avait eu affaire à un criminel particulièrement sadique. L'individu en question, auteur de plusieurs meurtres, avait utilisé des papillons sphinx à tête de mort pour orienter Sharko et son équipe vers un piège où une jeune femme avait trouvé la mort de façon abominable.

Les insectes l'avaient mené droit dans un cimetière de péniches, à proximité de Vigneux. Il se souvenait encore parfaitement du nom du vieux navire abandonné, où s'était déroulé l'effroyable drame : *La Courtisane*.

L'assassin de Gloria ne se contentait pas de lui voler des parties de son intimité – sang, poils de sourcils,

ADN –, il lui aspirait aussi son passé, utilisant des lieux qui le blessaient, ravivant des souvenirs insupportables. Dans la cale de *La Courtisane*, Sharko avait vu une pauvre fille se vider de son sang, et il n'avait rien pu faire. Il visualisa de nouveau distinctement le quadrillage de plaies sur le corps blanc et nu, l'incompréhension dans les yeux de la victime et cette main suppliante qui s'était tendue vers lui. Une affaire médiatisée, encore une fois. Le « tueur aux insectes » n'avait eu de secrets pour personne.

Sharko revint dans la réalité du présent.

La neige, le froid. Et toutes ces bagnoles qui n'avançaient pas.

Il lui fallut deux heures pour sortir du périphérique, et deux de plus pour descendre jusqu'à Épinay. L'enfer absolu. Il était presque 22 heures, il n'en pouvait plus lorsque son téléphone sonna.

C'était Lucie. Enfin.

— Ma chérie !

Il éprouvait l'envie de chialer, encore. Jamais il ne permettrait qu'on lui fasse du mal. Jamais, jamais.

La petite voix féminine résonna dans l'écouteur. Elle était si lointaine, si inaccessible.

— Bonjour, Franck. J'ai eu tous tes messages. Je n'ai pas pu t'appeler avant, faute de réseau.

— Dis-moi juste que tout va bien. Qu'il ne t'est rien arrivé.

— Ça va, ça va. Tu as l'air tout paniqué. Que se passe-t-il ?

— Rien. Parle-moi. Raconte-moi.

— Pour faire vite, ça a bien bougé ici. Je file vers l'aéroport, je vais essayer d'attraper le prochain vol pour Paris et revenir pour demain, jeudi 22.

Sharko eut mal aux doigts, tant ils étaient crispés sur son téléphone portable.

— Tu as trouvé quelque chose ?

— Deux éléments extrêmement importants, oui. Le premier, c'est que Dassonville est ici.

— Quoi ? Mais...

— Ne t'inquiète pas, ça roule.

— Ça roule ? Ce type est un tueur de la pire espèce !

— Qui est en fuite et que je ne reverrai plus, c'est certain.

— Parce que tu l'as...

— Laisse-moi parler, bon sang ! Il faut lancer des procédures avec la police du Nouveau-Mexique, et le plus rapidement possible. Ça fait presque quatre heures que j'ai perdu sa trace, il doit être déjà loin à présent. S'il se trouvait à Albuquerque, c'est parce qu'il voulait éliminer une ancienne journaliste. Cette journaliste, c'est le deuxième point important. Elle m'a fourni une identité : Léo Scheffer.

Sharko avait la tête qui bourdonnait. Dassonville, au Nouveau-Mexique. Il essaya de se concentrer sur la route. Ici, dans ces voies plus isolées, pas de saleuse. Ses pneus s'enfonçaient dans la neige toute fraîche.

— Qui est ce Scheffer ?

— Un spécialiste des radiations, un docteur en médecine nucléaire qui a quitté les États-Unis pour la France, accroche-toi bien, en 1987, soit un an après l'apparition chez nous du fameux manuscrit et de l'assassinat des moines. Je crois que Scheffer et Dassonville sont de mèche, et qu'ils se sont croisés dans les années 1970, lors de conférences scientifiques à Paris. À mon avis, le moine est venu chercher Scheffer en

1987, le manuscrit en main, pour qu'il l'aide à en percer les secrets.

Sharko entendit un coup de Klaxon.

— Ils roulent comme des fous par ici, fit Lucie. Pour en revenir à Scheffer, il est loin d'être net. D'après la journaliste, il a mené des expériences sur des cobayes humains, comme son père, brillant physicien impliqué au plus haut point dans le projet Manhattan. Tout cela me fait évidemment penser aux mômes des photos. Des petits cobayes humains.

Sharko crispa ses mains sur le volant. Il songea à la gamine asiatique du métro. À ses promesses. Lucie poursuivit :

— C'est à Léo Scheffer que le message dans *Le Figaro* était directement adressé. Valérie Duprès a retrouvé sa trace, a probablement voulu lui faire peur ou le faire réagir. Ensuite, je crois qu'elle a réussi à mettre la main sur l'un des mômes, à l'arracher momentanément à son sort mais, aujourd'hui, elle a disparu. Scheffer est hautement impliqué dans notre histoire, autant que Dassonville. Et c'est l'ancien moine qui est chargé de faire le ménage.

Dans la lueur de ses phares, Sharko vit les premiers arbres de la forêt de Sénart. D'après ses souvenirs, il fallait la longer, jusqu'à atteindre un bras de la Seine. Puis continuer à pied, les chaussures dans la neige, encore une fois.

— Très bien, fit le commissaire. Tu contactes Bellanger, tu lui expliques tout en détail. Dès que tu as l'heure de ton vol, tu m'appelles. Je viendrai te chercher à l'aéroport.

— T'es dans ta voiture ? Il est quelle heure en France ? 22 heures ?

— Je rentrais à l'appartement. Il neige encore ici, c'est la galère.

— Quoi de neuf de votre côté ?

Quoi de neuf ? Gloria, une ex-prostituée dont je ne t'ai jamais parlé, retrouvée défoncée à coups de barre de fer dans un poste d'aiguillage. Sa mort par empoisonnement à l'hôpital. L'Ange rouge et le tueur aux insectes, réincarnés dans un esprit malade qui me traque.

Sharko dut réfléchir pour se replonger dans leur enquête.

— Quelque chose de curieux avec l'un des gamins opérés, sur les photos. Apparemment, deux clichés ont plusieurs années d'écart, et l'enfant n'aurait pas vieilli entre les deux.

— C'est dément.

— Tout est dément dans cette histoire. Quant au môme de l'hôpital, celui qui a été en contact avec Valérie Duprès et qu'on a retrouvé mort dans l'étang, eh bien, les analyses sanguines indiquent que son organisme est contaminé par des éléments radioactifs : de l'uranium, du césium 137, il y a aussi du plomb non radioactif. On en est arrivé à la conclusion qu'il avait grandi dans un environnement hautement contaminé, genre Tchernobyl.

Il y eut un bref silence. Sharko entendit que Lucie était elle aussi en voiture.

— Tout coïncide, fit-elle. Ce gamin contaminé, ou qu'on a volontairement contaminé, a forcément un rapport avec Scheffer. Il faut aller vite, Franck. Si Scheffer est de mèche avec Dassonville, il est sûrement déjà au courant que nous sommes sur ses traces. Je vais devoir te laisser.

Sharko vit le ruban noir de la Seine se déployer, sur sa gauche, alors que la lune apparaissait par intermittence. Il ne neigeait plus. Encore un petit kilomètre, et il pourrait se garer. Si sa mémoire ne le trompait pas, à moins de posséder une embarcation, le grand étang sur lequel flottaient les péniches était accessible à pied uniquement, après cinq ou six cents mètres de marche en forêt.

— Attends, Lucie. Je voulais te dire… Quoi qu'il arrive, quels que soient les obstacles qui se dresseront entre nous, je t'aimerai toujours.

— Moi aussi, je t'aime. J'ai hâte de te revoir, et que tout cela soit terminé. Dans trois jours, c'est le réveillon, j'espère qu'on aura un peu de temps, tous les deux. À demain.

— À demain…

… « ma petite Lucie », ajouta-t-il alors qu'elle avait raccroché.

Il s'enfonça en voiture dans un chemin aussi loin qu'il le put, et coupa finalement le contact.

Sa lampe torche prit le relais de ses phares.

Encore la forêt, encore la flotte. Ces gros troncs noirs lui fichèrent définitivement la chair de poule. Qu'est-ce qui l'attendait, cette fois, dans la cale de *La Courtisane* ? Quelles horreurs ?

Il songeait déjà aux conséquences de ses actes. Au 36, si on découvrait qu'il avait de nouveau agi seul, on ne lui pardonnerait pas ce coup-ci.

Mais c'était l'unique moyen d'affronter son adversaire.

Comme voilà des années, Sharko savait qu'il n'y aurait probablement qu'un seul survivant.

50

Rien, dans le décor, n'avait changé.

Le grillage branlant qui entourait la clairière d'eau était toujours là, en contrebas, avec les mêmes panneaux « Danger, zone non autorisée ». En arrière-plan, éclairées par la lune, de grosses masses sombres, immobiles, s'étaient laissé lentement recouvrir par la neige. Les coques gémissaient, la tôle craquait, donnant l'illusion qu'il y avait de la matière vivante dans ce cimetière de péniches.

Sharko dévala la pente glissante et avança prudemment le long du grillage, en partant vers la droite. Les carcasses fracturées le dominaient. Le paysage était incroyable, digne d'un film d'horreur, avec cette forêt tout autour, les navires entre la vie et la mort, la neige, partout. Il y eut un gros trou dans le grillage, par lequel Sharko se faufila. Il longea le bord de l'eau, le pistolet dans la main, éclairant les coques les unes après les autres.

Soudain, il éteignit sa torche et retint son souffle.

À une centaine de mètres, une barque fendait la surface liquide, jaillissant silencieusement d'entre deux péniches.

Une silhouette noire qui ramait s'immobilisa soudain.

Sharko ne bougea plus.

L'œil blanc d'une lampe s'ouvrit alors et vint explorer la berge, juste à ses côtés.

Le flic se courba et se mit à courir en silence droit devant lui, tandis que le faisceau lui collait presque au train. Sa fatigue de ces derniers jours s'estompa pour laisser place à de l'adrénaline pure.

La lumière s'éteignit soudain.

L'ombre se remit à ramer, faisant ondoyer les reflets de la lune sur l'eau.

Elle se dirigeait vers le bord opposé.

Plus loin, Sharko tomba sur le chenal, l'endroit par où arrivaient les péniches à l'agonie. Le bras d'eau ne faisait qu'une dizaine de mètres, mais était impossible à traverser à sec.

Merde !

La barque était toujours là-bas mais s'éloignait rapidement, pour disparaître entre deux poupes figées. Était-il possible que le tueur l'ait repéré ? La luminosité était faible et probablement insuffisante pour distinguer une silhouette parmi les herbes.

Le commissaire rageait. Il fallait agir au plus vite. Il fit demi-tour, forcé de contourner par la gauche. La surface était immense, le tour de l'étang devait bien faire un kilomètre, sa largeur une centaine de mètres, et la silhouette se dirigeait vers l'exact opposé. Mais le flic n'abdiqua pas. Il fonça à travers la neige, les doigts bien tendus, les bras allant et venant à bon rythme. Les cristaux crissaient fort sous ses pas, chaque son paraissait amplifié. Un kilomètre, c'était long, trop long, Sharko peinait vraiment, avec ce sol piégeur, ces pierres dissimulées contre lesquelles ses pieds butaient parfois. Lorsqu'il revit enfin la barque, environ dix minutes plus tard, celle-ci était accotée à la berge.

Et elle était vide.

Il se précipita jusqu'à l'embarcation, à bout de souffle, l'arme bien en main. La forêt était juste là, à une dizaine de mètres.

Il resta stupéfait et dut allumer sa lampe pour être sûr qu'il ne se trompait pas.

Ahuri, il longea le bord à droite, à gauche, les yeux au sol : il n'y avait aucune trace de pas dans la neige. Le néant.

Comme si l'individu s'était volatilisé.

Impossible.

Sharko réfléchit, il n'y avait qu'une solution. Il se retourna vers l'étendue liquide.

Et il comprit.

Là-bas, de l'autre côté, à l'endroit précis d'où il venait, une toute petite silhouette sortait de l'eau.

La combinaison de plongée, songea le flic. Il serra deux poings rageurs et eut envie de gueuler tout son soûl.

L'individu alluma une puissante lampe, qu'il braqua dans sa direction. Par réflexe, Sharko s'accroupit derrière la barque, l'arme dans le prolongement de son bras tendu. Inutile d'essayer de tirer à cette distance, c'était bien trop loin.

Le faisceau lumineux s'éteignait et s'allumait. Parfois longtemps, parfois rapidement.

Du morse.

Sharko avait appris cet alphabet il y a longtemps, à l'armée. Comment le tueur pouvait-il savoir, bon

Dieu ? Il essaya de stimuler sa mémoire. A égale court, long. B égale long et trois fois court...

En face, le signal se répétait. Sharko se concentra, dans le froid et la neige.

B.I.E.N J.O.U.E L.A F.I.N D.E L.A P.A.R.T.I.E A.P.P.R.O.C.H.E

Il ôta son gant et, d'une main tremblante, se mit à envoyer des signaux à son tour, à l'aide de sa propre lampe.

J.E T.E T.U.E.R.A.I

En face, la torche resta allumée dans sa direction sans bouger.

Puis, d'un coup, extinction complète des feux.

Sharko plissa les yeux : la silhouette avait disparu.

Le flic savait qu'il était inutile de se lancer à ses trousses. Dix minutes dans la vue, c'était bien trop. Il se redressa, complètement désarçonné. Quel taré pouvait se balader avec une combinaison de plongée sur lui ? Un moyen de ne laisser aucune trace, aucune empreinte ? Ou une manière de fuir facilement en cas de danger ?

Furieux, le commissaire de police s'installa dans la barque et se mit à ramer sur cette eau vert et noir. Il naviga entre les colosses d'acier, aux proues craquantes, aux ventres mordus par la rouille. *La Dérivante... Vent du Sud...* Elles étaient toutes là, au rendez-vous, comme il y a six ans.

La Courtisane apparut enfin, un impressionnant trente-huit mètres de commerce, à la cale semblable au dos d'une baleine. Son nom à demi bouffé par le temps était écrit en gros sur la coque. Sharko manœuvra délicatement et atteignit la petite échelle. Il amarra la barque à l'un des barreaux, se hissa sur le pont arrière, chevaucha les cordages et les morceaux de verre brisés de la timonerie. C'était irréel d'être ici. Il lorgna de nouveau la forêt, haletant : les frondaisons noires, les grands arbres immobiles qui l'encerclaient. Le tueur de Gloria était peut-être encore là, tapi dans les ténèbres, à l'observer.

Les marches qui menaient vers le compartiment inférieur l'attendaient. Ça sentait le fer humide et le bois gorgé d'eau. Sharko éprouva les plus grandes difficultés à descendre. Une jeune victime lacérée de part en part hurlait encore dans sa tête. À l'époque, elle l'attendait, là, juste derrière la porte en métal, au beau milieu de l'été. Les températures avaient été caniculaires : 37, 38 °C. Aujourd'hui, on ne dépassait pas 0 °C.

L'assassin avait bouché ses plaies avec de la propolis d'abeilles... La propolis s'était mise à fondre dès que j'avais ouvert la porte. Et la fille s'était vidée de son sang.

Avec appréhension, il posa sa main gantée sur la poignée, le flingue braqué.

Il tourna lentement et pénétra avec la plus grande prudence, orientant sa lampe torche dans toutes les directions.

Ses yeux s'écarquillèrent.

Les parois de tôle étaient tapissées de photos. Des centaines de photos de lui, enchevêtrées, superposées, prises n'importe où. Lui, au bord du balcon de son appartement ou devant la tombe de Suzanne. Des gros plans, des prises de vue plus lointaines, à n'importe quel moment de la journée, dans n'importe quelle situation. Et des photos plus anciennes. La plus douloureuse fut celle où il posait avec Suzanne et leur petite

Éloïse, au bord de la mer. Une photo qu'il conservait précieusement dans l'un de ses albums, à l'appartement. Comme celle, juste à côté, où il était vêtu d'un treillis militaire et n'avait pas vingt ans.

La rangée de CD, posés sur une tablette, lui mit un coup supplémentaire. Sur chaque disque, une petite étiquette : *Vacances 1984* ou encore *Naissance d'Éloïse*. Aucun doute : il s'agissait là de copies de ses vieilles cassettes huit millimètres.

Toutes, elles y étaient toutes. Il y avait même un paquet de ses cartes de visite professionnelles.

L'assassin avait pénétré chez lui. Là où il vivait, là où Lucie dormait. Il avait eu accès à toute son intimité, ses carnets d'adresses, ses dossiers.

Sharko se rua sur les disques et les fracassa au sol. Dans un hurlement, il crispa ses deux mains dans ses cheveux. Les larmes arrivèrent, juste derrière, tandis que sa lampe roulait au sol. De la poussière dansait dans le faisceau jaunâtre. Les tuyaux rampaient partout, les ampoules étaient éclatées. Cet endroit ressemblait à la caverne d'un pur psychopathe, un être né pour détruire. Une copie conforme de l'Ange rouge.

Le flic étouffait. Il découvrit encore, recollés et punaisés sur un tableau en liège, les résultats de ses spermogrammes qu'il avait déchirés et jetés à la poubelle, devant le laboratoire d'analyses médicales.

Violé, jusqu'au plus profond de lui-même.

Il essaya de ne pas sombrer. Que faire ? Appeler Basquez ? Cette fois, il serait viré pour avoir agi seul, à coup sûr. Il n'aurait plus accès à rien et se retrouverait quasiment pieds et poings liés. De ce fait, il chassa cette option de sa tête.

Il se redressa et, aidé de sa lampe, observa.

Il était dans le repaire de l'assassin de Gloria, son antre secret. Là où, peut-être, ce chasseur avait élaboré ses plans, préparé ses crimes. Il l'avait surpris, avait pris de l'avance sur son adversaire et devait à tout prix profiter de cet avantage.

Le commissaire réfléchit et décida de décrocher une à une les photos, en les observant méticuleusement. Il y aurait peut-être un détail, une erreur qui lui donnerait des informations sur son bourreau. Et puis, il y avait assurément quelques empreintes digitales à récupérer sur le papier glacé.

Sur l'une d'elles, il se vit au milieu d'anciens collègues, dans la cour du Quai des Orfèvres. Sourires de l'équipe, mains levées en signe de victoire. Un événement que tous semblaient fêter, lui y compris. Il l'arracha de son support, la main tremblante.

Ce cliché avait plus de trente ans.

Et ne lui appartenait pas.

La gorge serrée, Sharko poursuivit sa tâche, empilant les photos les unes sur les autres. Sur d'autres prises de vue, il se revit au fond d'un bar, avec des vieux de la vieille du 36, alors qu'il n'avait pas trente-cinq ans.

Qui avait pris la photo ?

Qu'est-ce que ça voulait dire ? Que le psychopathe était quelqu'un de la maison ? Quelqu'un qu'il avait fréquenté par le passé ? Un ancien collègue ?

Toute sa vie, là, brossée sur quelques rectangles de papier glacé.

Assurément, le tueur ne s'attendait pas à ce qu'on pénètre ainsi dans son antre. Cette fois, Sharko avait un avantage sur les pièces blanches et le coup maudit du cavalier en g2.

Il allait à présent falloir l'exploiter.

51

2 heures du matin, jeudi 22 décembre.
L'intervention chez Léo Scheffer allait avoir lieu.
Les deux véhicules de police s'étaient rangés dans l'une des rues enneigées du Chesnay, banlieue chic à l'ouest de Paris, derrière le véhicule de Sharko. Le commissaire avait appelé Bellanger, obtenu l'adresse et attendu les équipes seul, assis dans sa Renault 25, à gamberger. Il n'avait laissé aucune trace dans la péniche. Les photos, les CD, les spermogrammes étaient au fond de son coffre, sous une couverture.

Et en attendant ses collègues, il avait ruminé, observant, encore et toujours, la centaine de photos. Ça tambourinait partout dans son crâne.

La BAC[1] avait été sollicitée pour l'intervention. À ce moment même, les hommes vêtus de noir s'organisaient autour de la grande maison individuelle, cernée d'un jardin, tandis que Sharko et Bellanger se tenaient plus en retrait, à proximité des voitures. Le jeune chef de groupe était engoncé dans un gros blouson en cuir fourré et son bonnet descendait jusqu'aux sourcils.

---
1. Brigade anticriminalité.

Sharko essaya de se remettre dans la dynamique de leur enquête :

— Tu as pu contacter Interpol concernant Dassonville ?

— Oui. Il a fallu réveiller du monde, ça n'a pas été simple. Si proche des fêtes de Noël, je te laisse imaginer le cirque. Je crains que tout ça ne se mette en route sérieusement demain matin.

Sharko soupira, puis tourna la tête vers la demeure. Des ombres furtives s'engageaient dans l'allée.

— Qu'est-ce qu'on a sur Scheffer ?

— Pas grand-chose pour le moment. Robillard devrait être arrivé au 36, il va creuser davantage. On sait juste qu'il n'a pas de casier et n'a jamais eu d'ennuis avec la justice.

— Je crois qu'à présent il va en avoir.

Bellanger fixa le visage de son subordonné à la lueur d'un lampadaire. Sharko avait le visage très blanc et les traits tirés sous son bonnet noir, au bord légèrement enroulé.

— On dirait que t'es malade. Tu couves quelque chose ?

— La fatigue... Et puis savoir que Dassonville était là-bas, au Nouveau-Mexique, aux côtés de Lucie, ça me bouffe de l'intérieur. J'espère que tout ça va se terminer très vite.

Il glissa les mains dans ses poches, il n'en pouvait plus. Autour, aucune trace de vie. Les rues étaient vides, les gens dormaient. La couche de neige qui luisait sous les lampes orangées donnait à l'endroit des airs de lieu hors du temps.

Il y eut soudain un gros bruit. Les hommes de la BAC s'engouffraient dans la maison. Sharko et Bellanger se précipitèrent dans le jardin et s'engagèrent dans le vaste hall d'entrée. Des lampes et des flingues braqués s'agitaient dans toutes les directions. Claquements de semelles dans l'escalier. Des portes qui s'ouvrent brutalement, des voix graves qui ordonnent.

Au bout de deux minutes, les flics eurent la certitude qu'il n'y avait personne dans la maison. Le capitaine de la BAC amena Sharko et Bellanger dans la chambre. Il actionna un interrupteur puis désigna les armoires ouvertes, les valises de différentes tailles, les quelques vêtements au sol.

— On dirait qu'il a fichu le camp, et ça s'est fait dans la précipitation. On n'a pas trouvé de véhicule dans le garage.

Sharko n'arrivait pas à faire retomber la tension accumulée en lui. Cette nuit maudite n'en finirait jamais. Après avoir rangé son arme, il alla dans la petite salle de bains attenante. Elle était splendide, de style grec : marbre au sol, faïence ancienne sur les murs, avec une gigantesque frise sur l'un d'eux, représentant un serpent qui se mord la queue. Les gants de toilette, le savon, la brosse à dents étaient en place, confirmant que Scheffer avait fait au plus vite.

Le flic revint vers la chambre, jeta un œil rapide au mobilier de luxe, aux quelques œuvres d'art, au lit parfaitement fait. Scheffer ne s'était même pas couché : Dassonville avait dû l'avertir dès qu'il s'était aperçu de la présence de Lucie.

— Il faut lancer son signalement au plus vite. On doit coincer ce fils de pute avant qu'il nous glisse entre les doigts.

Bellanger soupira brièvement en regardant sa montre.

— On va faire ça, oui. On va faire ça.

Il ne paraissait pas au mieux, lui non plus, avec ce nouvel échec. Et puis le manque de sommeil, les heures qu'il ne comptait plus, le stress. Cette enquête les mettait sur les rotules, les uns après les autres.

Un homme de la BAC apparut dans l'embrasure.

— Vous devriez venir voir à la cave.

Ils sortirent tous de la chambre et descendirent, s'attendant encore une fois au pire. La maison était immense, les perspectives s'ouvraient sur des espaces toujours plus grands.

— Ce type a l'air de sacrément bien gagner sa croûte. Une telle baraque au Chesnay, ça ne doit pas être donné.

Au fil de sa progression, Sharko remarqua l'omniprésence du temps : il y avait des horloges, des carillons partout. Les aiguilles couraient sur les segments, les balanciers allaient et venaient, les petits bruits résonnaient dans toutes les pièces. Un sablier géant reposait au milieu du hall, avec un sable de couleur rouge, accumulé en un gros tas pointu.

Les policiers s'engagèrent dans une autre cage d'escalier qui les mena au sous-sol. L'air était relativement tiède dans ce couloir étroit, aux murs peints en gris. Ils bifurquèrent dans une petite pièce faiblement éclairée, d'où se dégageaient des odeurs d'humidité et de plantes. L'épaisse porte avait été forcée par les officiers de la BAC.

Sharko plissa les yeux.

Des aquariums. Des dizaines d'aquariums.

Des lumières bleutées jouaient avec les bulles d'eau qui se dégageaient des pompes, des plantes vertes dansaient lentement au gré des courants induits. C'était calme, reposant, presque hypnotique.

Le commissaire s'approcha, les sourcils froncés. Au fond des récipients, des espèces d'animaux blanchâtres étaient accrochés aux rochers. Corps en forme de tronc, avec des sortes de branches ou de bras qui s'agitaient par le haut. Ces organismes mesuraient, au maximum, un centimètre de long.

Sharko se pencha et observa attentivement. Ces bestioles étaient présentes dans tous les aquariums. Il n'y avait aucun autre être vivant, hormis les plantes.

— Je crois qu'on sait à présent ce qui est tatoué sur les mômes et qu'on retrouve dans le manuscrit. Quelqu'un a une idée de ce que sont ces bestioles ?

Personne ne répondit, tandis que l'évidence sautait aux yeux de Sharko : Scheffer était bien impliqué au plus haut degré dans leur enquête. Le commissaire songeait à tous ces enfants allongés sur des tables d'opération, et marqués de l'emblème de ce curieux organisme vivant.

— Viens voir, Franck.

Bellanger avait disparu dans une petite pièce annexe, elle aussi doucement éclairée. Le commissaire le rejoignit. L'endroit était sommaire, voûté, probablement destiné à y entreposer du vin. À la place des bouteilles, Sharko y découvrit un petit congélateur circulaire perfectionné, qui ressemblait à une cuve en fonte. Dessus était inscrit, en chiffres luminescents : – 61 °C. L'engin était branché à un énorme boîtier, lui-même relié au réseau électrique.

Les deux hommes se regardèrent, interloqués.

— On ouvre ? fit Sharko en désignant un bouton-pressoir noir.

— Vas-y... Un congélateur normal fonctionne à quelle température, d'ordinaire ?

— – 18, je crois. Du – 60, c'est plutôt le genre de température qu'il fait au pôle Nord.

Le commissaire s'exécuta, pas vraiment rassuré. Il y eut un bruit de piston, et le couvercle du dessus s'ouvrit légèrement. Sharko retendit ses gants et termina d'ouvrir manuellement. Une bouffée glaciale vint lui frapper le visage. Le nez dans l'écharpe et le bonnet sur la tête, il se pencha vers l'intérieur du congélateur.

Dans le coffrage glacé, de nombreux sachets transparents, qui ressemblaient à des sacs de congélation classiques. Sharko y plongea la main et en récupéra un le plus rapidement possible. Il chassa les quelques cristaux de glace accumulés sur la surface du plastique et regarda son minuscule contenu.

— Qu'est-ce que c'est ?
— On dirait un morceau d'os.

Il s'empara d'un nouveau sachet, qui contenait un cube de chair foncée. Puis un autre, qu'il leva devant ses yeux.

— Du sang... fit-il en fixant Bellanger.

Le chef de groupe s'appuya contre le mur, soufflant entre ses mains.

— On va faire partir tout ça pour des analyses au plus vite. Faut qu'on nous explique, là. Parce que, bordel, où est-ce qu'on a encore atterri ?

III

LA FRONTIÈRE

52

La vie reprenait doucement au 36, quai des Orfèvres.

Il était désormais 7 h 30 du matin, les lève-tôt arrivaient, les bureaux se remplissaient au compte-gouttes. Sharko enchaînait les cafés forts, il n'était même pas rentré chez lui pour se reposer. Il préférait fonctionner à l'adrénaline, ça lui évitait de ruminer et de se retourner dans son lit sans trouver le sommeil. De toute façon, comment réussir à dormir dans son appartement à présent, sachant qu'un malade de la pire espèce y avait fourré les pieds ? Il faudrait changer la serrure de la porte d'entrée, installer un système d'alarme, se protéger au mieux. Et puis, il y aurait Lucie à gérer. Ça en devenait insupportable.

Côté Scheffer, des hommes fouillaient sa grande propriété, un biologiste allait arriver et se pencher sur les animaux curieux des aquariums.

Bellanger vint cueillir Sharko au bureau.

— Je file à l'hôpital Saint-Louis, dans le 10e. C'est là-bas que bosse Scheffer, en tant que responsable du service de médecine nucléaire. C'est aussi là-bas qu'on l'a vu pour la dernière fois. Tu m'accompagnes ? J'ai du lourd à te raconter dans la voiture.

Sharko enfila mollement son blouson, l'énergie était difficile à trouver. Les deux hommes s'engouffrèrent dans une voiture de fonction et s'engagèrent sur le boulevard du Palais.

— Pour commencer, les équipes ont trouvé un coffre-fort incrusté dans le mur, dans l'une des pièces de la maison de Scheffer. Devine quelle en était la combinaison...

— 654 gauche, 323 droite, 145 gauche ?

— Exactement. La combinaison inscrite sur le Post-it planqué dans *Le Figaro* de Duprès. À l'intérieur, il restait un classeur rempli d'articles de presse sur l'hypothermie. On vient d'apprendre que Scheffer est abonné depuis des années à un service relativement onéreux, *L'Argus*, qui détecte pour lui tout ce qui touche au terme « hypothermie » dans la presse : progrès de la médecine, opérations chirurgicales par le froid, accidents par noyade, métabolisme des animaux... Il voulait se tenir au courant de tout ce qui se passait autour du froid. Là-dedans, il a notamment mis de côté au fil des années quatre faits divers, qui correspondaient aux morbides activités de Philippe Agonla.

— Les mêmes que ceux rassemblés par Christophe Gamblin...

— Exactement. Sur l'un de ces articles, Scheffer a noté « Animation suspendue ? Qui est l'homme qui pousse les femmes dans les lacs ? ».

Sharko réfléchit.

— Grâce à son attrait pour l'hypothermie et au travail de *L'Argus*, il a détecté les activités d'Agonla au début des années 2000. Et en temps réel.

— Oui, mais probablement sans jamais mettre la

main sur le tueur en série. Imagine Valérie Duprès, qui fouille dans ce coffre alors que Scheffer est absent. Elle tombe sur ces articles intrigants. Pourquoi Scheffer s'y intéresse-t-il ? Elle décide alors de confier cette enquête parallèle à Christophe Gamblin. C'est ainsi que commence le travail dans les archives de *La Grande Tribune*.

Sharko acquiesça.

— Ça se tient. Ensuite, Dassonville le torture, le force à lui raconter où il en est dans son enquête. Gamblin lui parle alors de Philippe Agonla. Nom qu'il tentera de noter dans la glace.

Bellanger marqua un silence.

— La femme de ménage venait s'occuper de la maison de Scheffer trois fois par semaine. Selon elle, son patron était un homme à femmes, il enchaînait les conquêtes.

— Fric et sexe font toujours bon ménage.

— C'est sûr. Accroche-toi : Valérie Duprès a été la dernière en date. L'employée affirme que notre journaliste a eu une aventure avec Scheffer pendant plus d'un mois, entre octobre et novembre dernier. Elle passait la plupart de ses nuits et de ses journées là-bas. La femme de ménage, tout comme Scheffer, la connaissait sous l'identité de... Je te le donne en mille...

— Véronique Darcin.

— Exactement. Ainsi, Scheffer n'a jamais pu savoir à qui il avait véritablement affaire, au cas où il lui aurait pris l'envie de fouiller le passé de son amante. L'employée ne connaît pas les détails de leur rupture, mais elle n'a plus jamais aperçu Duprès chez Scheffer aux alentours de fin novembre. Elle assure que, à cette période, son patron paraissait très préoccupé. Elle a évidemment mis cela sur le compte de la séparation, mais toi comme moi, on sait à présent que c'était probablement dû au message dans *Le Figaro*, paru le 17 novembre.

— Il le lit tous les jours ?

— Il y est abonné, il le reçoit très tôt tous les matins et le lit de A à Z, méticuleusement. Une petite manie qu'a probablement remarquée Duprès en vivant à ses côtés. Et qu'elle a exploitée à la perfection.

Sharko y voyait à présent plus clair.

— Les pièces du puzzle s'assemblent progressivement. Valérie Duprès revient d'Albuquerque avec un nom en tête : Léo Scheffer, odieux personnage qui a réalisé des expériences sur des cobayes humains, et qui quitte brusquement les États-Unis en 1987. Notre journaliste d'investigation le retrouve, elle veut aller au bout de son enquête et est prête à tout pour sortir un livre qui fera mal.

— Y compris à coucher avec un type qui doit lui répugner.

— Ou au contraire, qui la fascine. Dans tous les cas, elle va pénétrer la vie de Scheffer. Entrer dans sa maison, fouiller ses papiers, obtenir des confidences sur l'oreiller. Pas évident, car si Scheffer cache un sombre passé, il a dû soigneusement tout cloisonner et ne doit pas être bavard. Alors, elle lui tend un piège : elle passe son annonce dévastatrice dans *Le Figaro*, qui accuse directement Scheffer par codes interposés et réveille les vieux souvenirs. Elle n'a plus qu'à observer la réaction de son amant le matin du 17 novembre, alors qu'ils déjeunent peut-être tous les deux. Tracer ses appels, voir s'il ouvre un coffre-fort qu'elle a sans doute déjà repéré depuis longtemps. D'une manière ou d'une autre, elle parvient à récupérer la combinaison. Et accède à ce fameux classeur.

— Et c'est probablement à la suite de cet épisode qu'elle arrive sur la piste des enfants. Le coffre contenait sûrement d'autres papiers que ceux sur l'hypothermie. Ils indiquaient peut-être des lieux, des adresses, des contacts.

Ils restèrent chacun plongés dans leurs pensées. Sharko songeait à Valérie Duprès, qui s'était jetée dans la gueule du loup. Il imaginait son excitation, sa peur, son dégoût, face à Scheffer, auteur de sombres expérimentations au Nouveau-Mexique, héritier des ténèbres de son père. Cela expliquait aussi les fouilles dans l'appartement de la journaliste : Scheffer ou Dassonville étaient venus chercher, peut-être, les copies ou les photos des papiers du coffre-fort.

Au bout d'un quart d'heure, Bellanger se gara près du canal Saint-Martin, aux berges toutes blanches. Les vieux murs de l'hôpital se dressaient en arrière-plan, sous un ciel encore encombré de nuages. Sharko regarda sa montre.

— Lucie arrive à Orly à 13 h 04. J'irai la chercher et lui donnerai des explications concernant l'affaire Gloria Nowick. Je ne pourrai pas y couper, elle finirait par le savoir, tôt ou tard.

— Très bien.

— Tu penses qu'on pourra avoir une surveillance au bas de mon immeuble ? J'ai peur que… qu'il se passe bientôt quelque chose.

— Faudra voir avec Basquez. Mais vu le nombre de personnes en congé, ça ne va pas être simple.

Ils passèrent sous l'arche, traversèrent une cour carrée et se dirigèrent vers le service de médecine nucléaire. Après avoir montré leur carte de police à l'accueil, les deux flics furent rapidement reçus par Yvonne Penning, la chef de service adjointe. Une grande femme aux traits sévères, d'une cinquantaine d'années, plantée dans sa blouse aussi froidement qu'un piquet de parasol dans le sable. Bellanger fit les présentations et expliqua qu'ils cherchaient Scheffer. Yvonne Penning s'installa dans son fauteuil en cuir, les bras croisés, se balançant légèrement de droite à gauche. Elle les invita à s'asseoir.

— La dernière fois que je l'ai vu, c'était hier, vers 18 heures. Il est parti précipitamment, sans donner de raison particulière. Il prend normalement son service ce matin à 8 heures, il n'est jamais en retard. Il ne devrait plus tarder.

— Ça m'étonnerait qu'il revienne, répliqua Bellanger. Sa maison est vide. M. Scheffer semble avoir disparu de la circulation en emportant le strict nécessaire avec lui.

Penning accusa le coup, le mouvement de balancier sur son siège s'arrêta net. Le jeune capitaine de police sortit une photo de Valérie Duprès de sa poche et la lui tendit.

— Vous connaissez cette femme ?

— Le professeur est déjà venu avec elle à l'hôpital, ils sont allés visiter les différentes unités. Je les voyais souvent déjeuner ensemble également, au restaurant situé à une centaine de mètres d'ici. Mais ça doit remonter au mois dernier. Oui, c'est ça.

— Il amenait ses conquêtes ici ?

— La vie privée du professeur ne me concerne pas, mais à ma connaissance, elle était la première qui mettait les pieds dans l'hôpital.

Sharko visualisait parfaitement le manège de Duprès. Elle cherchait de l'information partout où elle le pouvait. Bellanger présenta une autre photo. Sur le papier glacé, l'un des gamins étalé sur une table d'opération.

— Et ça, ça vous parle ?

Elle secoua la tête en grimaçant.

— Absolument pas. En quoi cela concerne-t-il le professeur Scheffer ?

— Quelle est sa fonction précise dans cet hôpital ? Est-ce que le professeur pratique des opérations chirurgicales ?

Un temps de silence. Yvonne Penning ne sembla pas apprécier qu'on élude ses questions, mais elle finit par répondre.

— Ses différentes activités lui prennent beaucoup de temps, mais il continue à faire des diagnostics et à suivre des patients. Non, il ne pratique pas la chirurgie. Personne n'opère, d'ailleurs, dans notre service. Ici, on dresse des états des lieux, on étudie le bon ou le mauvais fonctionnement de tous les systèmes du corps humain grâce à des scintigraphies ou à de la radiothérapie métabolique. Pour faire simple, on administre des traceurs biologiques au patient, et on regarde le comportement des organes ou des glandes visées en suivant ces traceurs. Le professeur Scheffer est le grand spécialiste de la thyroïde et des cancers thyroïdiens. Sa renommée dépasse nos frontières.

— Depuis quand travaille-t-il ici ?

— Oh, ça doit bien faire vingt ans. Il vient des États-Unis. Son père était un grand chercheur, qui a beaucoup contribué au développement de la médecine nucléaire à travers le monde.

— Une idée sur sa raison de quitter les États-Unis pour venir travailler en France ?

— Même s'ils vivaient en Amérique, ses parents étaient français. La France est son pays et celui où a vécu Marie Curie, à qui il voue, aujourd'hui encore, une admiration sans limites. Il s'agit là d'un retour aux origines, sans doute. Je ne peux pas vous en dire davantage, malheureusement.

Sharko se pencha un peu vers l'avant, les mains groupées entre ses jambes. Il ressentait des douleurs dans la nuque, dans les épaules, dues certainement au manque de repos et à la tension nerveuse accumulée.

— Peut-on jeter un œil à son bureau ?

Elle les invita à la suivre. La porte était fermée, mais elle avait un double des clés. Le bureau était parfaitement rangé, propre, fonctionnel. Les deux policiers fouillèrent rapidement du regard.

— Est-ce que M. Scheffer s'occupe d'enfants, dans votre hôpital ? demanda Sharko.

— Les enfants, c'est l'autre grande partie de sa vie. Le professeur Scheffer est le fondateur de la FOT, la Fondation des Oubliés de Tchernobyl, qui a été mise en place en 1998. Il a investi énormément d'argent dans ce projet. Léo Scheffer a hérité d'une fortune de son père, et peut aussi compter sur le soutien de divers investisseurs fortunés.

Les deux flics se regardèrent brièvement. Leur piste se concrétisait.

— Parlez-nous de cette fondation.

— Elle est à vocation humanitaire. Au départ, elle était chargée du plus important programme d'examens des enfants vivant dans les régions contaminées par la radioactivité, proches de Tchernobyl. Le professeur

Scheffer a passé beaucoup de temps à Kursk, une ville russe jouxtant la frontière ukrainienne, afin de créer un centre de diagnostic et de traitement des enfants irradiés par le césium 137 encore fortement présent dans l'eau, les fruits et les légumes des territoires contaminés. Pendant cinq ans, des unités mobiles employées par la fondation sont allées sur le terrain, en Ukraine, en Russie et en Biélorussie, afin de faire des mesures et de prendre en charge les enfants les plus touchés par des traitements. Des programmes d'alimentation à base de pectine de pommes ont été développés, car la pectine diminue fortement le taux de césium radioactif dans les organismes. Plus de sept mille enfants sont passés par le centre et ont retrouvé un peu d'espoir.

Elle tourna les yeux vers une photo encadrée, près du portemanteau. Scheffer, souriant, avec une équipe de quatre personnes, dont une femme. Il avait un visage tout en os, fin comme un harpon, avec une petite barbichette grise semblable à une lame.

— C'était l'équipe russe qui œuvrait pour la fondation, fit-elle. Malheureusement, le gouvernement russe a mis des bâtons dans les roues du professeur Scheffer et l'a contraint à abandonner son projet en 2003. Dire que la catastrophe de Tchernobyl continue à faire des ravages n'est pas forcément bien vu. Toujours est-il que la FOT n'est pas morte pour autant. Un an après, elle implantait des centres de diagnostic au Niger, à proximité des villages contaminés par les mines d'uranium d'Areva. Là-bas, on construit des habitations avec des déchets radioactifs, je vous laisse imaginer les dégâts sur le long terme. Ces centres-là existent toujours.

Ses yeux brillaient quand elle parlait de Scheffer.

Sur la photo, l'homme n'était pas particulièrement séduisant, mais il dégageait de la prestance.

— La FOT finance aussi, à presque cent pour cent, une association française qui s'appelle Solidarité Tchernobyl. Le but de l'association est d'aller chercher de petits Ukrainiens issus des régions contaminées, de les répartir dans des familles d'accueil françaises pendant quelques semaines, et ensuite de les ramener chez leurs parents.

Là encore, elle désigna des photos. Des gamins d'une dizaine d'années, qui posaient devant des bus, grand sourire aux lèvres.

— La plupart de ces enfants, irradiés par le césium 137 et d'autres éléments radioactifs, ont besoin de traitements. S'ils ne venaient pas en France se régénérer avec de l'air pur, de la nourriture saine ou subir des soins appropriés, ils finiraient par succomber à leurs maladies. Les familles d'accueil sont toutes au courant que recevoir un enfant de Tchernobyl n'est pas une cure de repos, parce qu'il faut se rendre plusieurs fois par semaine à l'hôpital pour des examens et des traitements. Mais ils sont néanmoins volontaires pour donner un peu de bonheur à ces mômes. Leur offrir des cadeaux, les emmener dans des parcs...

Bellanger jetait un œil aux papiers du bureau.

— Et les enfants sont suivis dans votre service de médecine nucléaire, je suppose.

— Par le professeur en personne, oui. Il aime beaucoup les enfants. C'est pour cette raison que je trouve étonnant qu'il nous ait quittés sans rien dire. Depuis vingt ans que je le connais, il n'a jamais manqué un seul de ses rendez-vous avec les gamins.

Bellanger se pencha en avant, le regard fixe.

— Vous voulez dire que des enfants de Tchernobyl sont en France, en ce moment même ?

— Environ quatre-vingts filles et garçons sont arrivés en bus il y a une semaine, directement d'Ukraine, afin de profiter des fêtes de Noël auprès des familles. Ils repartiront dans leur pays à la mi-janvier, les sacs chargés de cadeaux.

D'une main nerveuse, le capitaine de police poussa une nouvelle photo vers la spécialiste. Il laissa son téléphone portable vibrer dans sa poche.

— Nous avons retrouvé ce gamin errant, il y a une semaine justement. Est-ce que vous l'avez déjà vu ici ?

Elle considéra le cliché avec attention : l'enfant d'une dizaine d'années, couché sur son lit d'hôpital.

— Il ne me dit rien. Mais il y en a tellement qui passent chez nous que je ne puis être sûre à cent pour cent.

— Et ce tatouage ? L'avez-vous déjà vu quelque part ?

Elle secoua la tête, s'empara d'une feuille et griffonna.

— Jamais. Concernant cet enfant, allez voir Arnaud Lambroise. Il est le président de l'association qui se trouve à Ivry-sur-Seine. Ils ont des dossiers sur tous les petits pensionnaires. Il pourra sûrement vous renseigner.

Ivry-sur-Seine, la ville touchant Maisons-Alfort.

Là où le môme avait été retrouvé, avec le mot de Valérie Duprès dans sa poche.

Une fois dehors, Bellanger écouta le message sur son répondeur, tandis que Sharko soupirait longuement, dégageant un gros nuage de condensation sous ces températures glaciales. Il pensait à Tchernobyl, à ses découvertes dans la péniche, à ces êtres qui répandaient le mal, chacun à leur façon. Pourquoi ce besoin de faire souffrir, de tuer ? Qu'est-ce qui l'attendrait, lui, bientôt ? Comment tout cela allait-il se terminer ? Alors qu'il marchait, il se sentit pris dans une spirale infernale dont il ne pouvait s'extraire.

Et, dans son sillage, il emmenait irrémédiablement Lucie avec lui.

Sharko se retourna, se rendant compte qu'il avançait seul. Derrière, Bellanger s'était figé avec le téléphone à l'oreille. Son bras tomba alors le long de sa jambe, comme mort. Il fixa Sharko d'un air triste et étonné. Le commissaire fit demi-tour et revint vers lui.

— Qu'est-ce qu'il y a ?

Bellanger mit du temps à lui répondre, de toute évidence sonné.

— Tout à l'heure, je... je viendrai avec toi à l'aéroport pour récupérer Lucie.

Sharko sentit immédiatement ses battements cardiaques accélérer.

— Qu'est-ce qui se passe ?

— Dis, Lucie, elle connaissait Gloria Nowick ?

— Non, je ne lui en ai jamais parlé. Pourquoi ?

— Basquez vient de me laisser un message. Ils ont enfin fini d'analyser la centaine de traces digitales qui étaient dans l'appartement de Gloria Nowick. Sur la table de la cuisine, les meubles, la porte d'entrée. Certaines appartiennent à la victime, la plupart sont d'origine inconnue, mais il y en a des dizaines d'autres qui...

Il avala sa salive avec peine.

— ... qui appartiennent à Lucie.

53

Les membres de l'association Solidarité Tchernobyl avaient investi l'une des salles municipales, rue Gaston-Monmousseau, au cœur d'Ivry. L'endroit était agréable, avec un parc de jeux pour les enfants et une école maternelle à proximité. Une dizaine de voitures étaient garées sur le parking.

Sharko et Bellanger franchirent une petite barrière et pénétrèrent dans la grande salle qui ressemblait à un centre de commandement. De longues tables au milieu, des chaises autour, des feuilles, des plannings, des plans collés sur les murs, des téléphones qui sonnaient et des gens qui s'agitaient dans tous les sens. De grands panneaux illustrés décrivaient les activités de l'association : système de traduction et de correspondance, accueil des enfants ukrainiens, aide alimentaire, réalisation de films. Sharko aperçut un couple de personnes âgées, dans un coin, aux côtés d'un petit blondinet à qui ils souriaient tout le temps. L'enfant jouait avec un camion de pompiers, les yeux émerveillés. Le flic eut le cœur serré et préféra se concentrer sur l'homme qui s'approchait d'eux.

— Je peux vous aider ?

— Nous cherchons Arnaud Lambroise.
— C'est moi.
Bellanger présenta discrètement sa carte de police.
— Nous aimerions vous poser quelques questions au calme.

Le visage de Lambroise, encadré d'une longue chevelure noire nouée en queue-de-cheval, se crispa. Il emmena les deux hommes à l'écart, dans une petite dépendance aménagée en cuisine sommaire, et ferma la porte derrière lui.

— Qu'y a-t-il ?
— Nous enquêtons sur la disparition de cet enfant, et avons de bonnes raisons de penser qu'il est arrivé avec le groupe de la semaine dernière.

Lambroise s'empara du cliché que Bellanger lui tendait. Sharko, lui, restait en retrait. Il ne cessait de songer aux empreintes de Lucie trouvées chez Gloria.

— Aucun problème de cet ordre ne nous a été rapporté par les familles d'accueil, dit Lambroise. Une disparition, c'est notre plus grande crainte, vous pensez bien que nous aurions été au courant.

Il observa la photo attentivement.

— À vue de nez, il ne me dit absolument rien, mais je ne connais pas les visages de tous les enfants par cœur. Je vais vérifier, attendez deux secondes.

Il sortit, puis revint une minute plus tard avec un gros classeur.

— Quels sont vos rapports avec Léo Scheffer ? demanda Bellanger.
— Léo Scheffer ? Ils sont très cordiaux et professionnels. Il est toujours présent lors de l'arrivée et du retour des bus vers l'Ukraine, pour saluer les enfants.

Ce sont des moments humainement très intenses. Sinon, je le vois aux réunions du bureau, sans plus.

Il se mit à parcourir le classeur doucement. Des fiches et divers papiers étaient rangés dans des feuilles plastifiées. Chaque fois était présente la photo d'identité d'un enfant, ainsi qu'une fiche d'état civil et des papiers.

— C'est notre groupe de cette année. Quatre-vingt-deux enfants, répartis dans deux bus et provenant de divers villages pauvres de l'Ukraine.

— Sur quels critères sélectionnez-vous ces enfants ? Pourquoi eux, et pas d'autres ?

— Nos critères ? D'abord, on ne va jamais deux fois dans les mêmes villages, afin de donner le maximum de chances à tous les enfants. Ils sont tous issus de familles très, très pauvres. Pour la sélection, c'est M. Scheffer qui décide, la plupart du temps.

— Comment procède-t-il ?

— Lors de l'explosion du réacteur, le césium 137 a été propulsé dans l'air et a infiltré la terre au gré des vents et de la pluie. Cela s'est fait à plus ou moins forte intensité, sur les sols ukrainiens, russes et biélorusses. Avec les archives des cartes météorologiques sur les semaines qui ont suivi la catastrophe, en analysant les précipitations et les vents, la fondation a pu dresser des probabilités de contamination au césium 137. M. Scheffer rapatrie ici les enfants qu'il pense les plus atteints. Souvent, il a la bonne intuition, les mesures faites à son hôpital montrent, chez certains gamins, des taux de contamination monstrueux, qu'on ne trouve dans nulle autre partie du monde.

Il s'attarda sur le visage d'une fillette. Yevgenia

Kuzumko, neuf ans, magnifique gamine, qui devait être dévorée de l'intérieur par l'atome.

— Avec le professeur, nous essayons d'arracher ces enfants à leur environnement morbide. Là-bas, ils sont obligés de se nourrir des produits de la terre pour survivre, par manque de moyens. On pense que plus d'un million et demi de personnes sont sérieusement contaminées par le césium 137, dont quatre cent mille enfants qui vivent dans trois mille villages, si on en croit la carte de la fondation. Et je ne vous parle pas de l'uranium, ni même du plomb, qu'on a lâché sur le réacteur en fusion pour tenter de piéger la radioactivité, et dont la poussière s'est répandue dans les champs sur des centaines de kilomètres.

— Et c'est bien ce césium 137 qui crée les pathologies les plus graves ?

— Plomb, césium, strontium, uranium, thorium, tous sont très nuisibles pour la santé. Mais le césium est particulièrement pervers, car il est métabolisé dans l'organisme de la même façon que le potassium. Il suffit d'en ingérer par l'intermédiaire des produits de la terre ou de l'eau et on le retrouvera en quantités infimes dans toutes les cellules du corps humain, sans exception. Des quantités infimes, certes, mais suffisantes pour que le césium émette, sur le temps d'une vie, des particules radioactives hautement énergétiques. Les dégâts de ces rayonnements qui traversent en permanence les cellules des individus irradiés sont considérables : cardiomyopathies, pathologies au niveau du foie, des reins, des organes endocriniens, du système immunitaire, j'en passe. Et je vous laisse imaginer les anomalies génétiques, lorsque les enfants de Tchernobyl donnent eux-mêmes naissance.

Il soupira, gardant un long silence.

— Longtemps, le gouvernement russe a nié cette mort lente, reprit-il. Des médecins, des chercheurs sont allés en prison pour avoir osé prétendre que, des années après la catastrophe, Tchernobyl continuait à tuer des gens. Je pense notamment à Youri Bandajevsky ou Vassili Nesterenko, des hommes extraordinaires. Léo Scheffer est un homme bon, lui aussi, de cette trempe-là.

Il tournait les pages. Sharko le sentait investi, furieux. Si seulement ce président d'association connaissait les sombres exploits de Scheffer aux États-Unis... Et ceux qu'il commettait probablement avec certains de ces malheureux enfants, tatoués comme des bêtes.

L'homme secoua finalement la tête.

— L'enfant que vous recherchez n'y est pas, désolé.

Bellanger se pencha en avant et s'empara du classeur, qu'il se mit à parcourir frénétiquement.

— Ce n'est pas possible. Tous les éléments nous rapprochent de vous. Temporellement, géographiquement, ça coïncide. Le gamin présentait des pathologies lourdes, il était irradié. Il venait de l'un de vos bus, nous en avons la certitude.

Lambroise resta pensif quelques secondes.

— Maintenant que vous le dites...

Deux paires d'yeux se braquèrent immédiatement sur lui. Il claqua des doigts.

— Lors du déchargement des bagages, on m'a rapporté que certains gamins du second bus se sont plaints. Leurs sacs avaient été ouverts et retournés. Dans les grandes soutes du bus, le chauffeur a retrouvé des paquets de biscuits entamés, des vêtements éparpillés et des bouteilles d'eau vides. Comme s'il y avait eu une petite souris là-dedans.

Tout était désormais très clair dans la tête des flics : l'enfant de l'hôpital avait fui clandestinement quelque chose en Ukraine. Aidé par Valérie Duprès, il avait peut-être couru et s'était réfugié dans la soute de l'un des bus, pour finalement atterrir en France.

Bellanger posa sa main à plat sur le classeur, qu'il venait de refermer.

— Où les bus ont-ils procédé à l'embarquement des enfants ukrainiens ?

— Nos deux bénévoles traducteurs et les deux chauffeurs ont parcouru cette année huit villages, ramassant des enfants chaque fois, avant de se mettre en route pour un périple de cinquante heures en direction de la France. Le bus concerné s'est occupé de quatre villages proches du périmètre interdit autour de la centrale.

— Pouvez-vous nous fournir la liste de ces villages ?

Il se dirigea vers une photocopieuse.

— Il nous faudra aussi les identités des familles, tout ce que vous pourrez nous transmettre de précieux pour notre enquête, ajouta Bellanger.

— Comptez sur moi.

Il leur tendit le listing des villages. Bellanger le plia précautionneusement et le rangea dans sa poche.

— Une dernière chose : est-ce que des enfants venus en France avec les bus ont déjà disparu ?

— Jamais. Nous n'avons eu aucune perte depuis que nous existons.

— Quand ces mômes du classeur retournent dans leur pays, savez-vous ce qu'ils deviennent ?

— Pas vraiment, non. Il n'y a pas de suivi de notre part. Généralement, il continue à y avoir une correspondance par courrier avec les familles, qui passe par notre service de traduction, mais elle s'estompe souvent, après un an ou deux.

Bellanger acquiesça.

— Merci de nous avoir reçus. Vous allez être convoqué au Quai des Orfèvres très vite, afin de déposer au sujet de Léo Scheffer. Il nous faudra également, et ce dès que possible, toutes les fiches des enfants qui sont venus par le biais de l'association.

Ils se serrèrent la main.

— Je m'en occupe après la réunion et vous les transmets. Mais que se passe-t-il précisément avec M. Scheffer ?

— Nous vous expliquerons en détail en temps voulu.

Ils se dirigèrent vers la porte. Sharko attendit qu'ils soient seuls pour demander à Bellanger, tout bas :

— Les fiches, c'est pour...

— Comparer les visages. Les visages de ces mômes de l'association, avec ceux étalés sur les tables d'opération. Même si nos clichés ont plusieurs années, on ne sait jamais.

54

Lucie admira le paysage durant la phase d'atterrissage.
Paris était tout blanc, la tour Eiffel scintillait comme un cristal de sel. L'avion opéra un virage, renversant les perspectives. Tout paraissait si beau d'en haut. Lucie regarda sur sa droite, une gamine avait le nez collé au hublot, les yeux émerveillés. Ses filles aussi auraient adoré voir ce spectacle-là, elles se seraient certainement chamaillées pour obtenir la meilleure place. Dire que ses petites jumelles n'avaient jamais pris l'avion, ni même le TGV. Elles n'achèteraient jamais leur maison, ne vivraient jamais leur premier amour, ne caresseraient plus les animaux et n'iraient plus se promener dans les parcs.

Elles n'étaient simplement plus là.

Lucie manipulait son portable éteint, le regard triste, et se raccrocha à ses obsessions qui la forçaient à avancer : peut-être lui avait-on laissé un message annonçant que Léo Scheffer avait été arrêté, peut-être savait-on déjà ce qui était arrivé à tous ces enfants, et peut-être avait-on réussi à en arracher quelques-uns aux griffes des monstres qui les maltraitaient.

Ces mômes n'avaient rien demandé à personne, il fallait qu'ils vivent et puissent grandir.

Alors qu'elle était plongée dans ses pensées, les pneus du train d'atterrissage heurtèrent le tarmac et la décélération fut violente. L'avion alla se ranger au bord de l'aérogare et la passerelle mobile fut arrimée contre la carlingue. Juste avant que les passagers quittent l'avion, Lucie éprouva le besoin de toucher la petite fille, qui se trouvait cette fois juste devant elle. La môme ressemblait à Clara et Juliette. Lucie glissa ses doigts dans la longue chevelure, les yeux à demi clos, et se sentit bien. La gamine se retourna brièvement, lui sourit puis disparut parmi la foule, serrée contre sa mère. Lucie ne la revit plus.

Seule, elle récupéra ses bagages, franchit la douane et se dirigea vers le hall, là où les familles se reconstruisaient, où les maris retrouvaient leur femme et les pères leurs enfants.

Elle aperçut Sharko parmi les quidams. Sa lourde carrure, ses traits un peu sévères qu'elle avait appris à aimer, et son costume, qui lui donnait de la classe et de la prestance. Aujourd'hui plus que jamais, elle sut qu'elle en était toujours amoureuse, qu'elle avait besoin de lui. Mais à mesure qu'elle avançait, elle comprit pourtant que quelque chose clochait. Franck avait le sourire crispé et, surtout, Nicolas Bellanger était là, juste à ses côtés.

Le commissaire écarta les bras et se serra contre elle, soupirant dans son cou. Lucie lui caressa le dos.

— Vous avez eu Scheffer ? demanda-t-elle dans un souffle.

Sharko s'écarta d'elle et la regarda dans les yeux.

— Allons boire un café.

Il lui prit ses bagages, tandis qu'elle faisait la bise à Bellanger. Sharko les regarda du coin de l'œil.

— Comment s'est passé ton voyage ? questionna le chef de groupe.
— Bien, se contenta-t-elle de répondre.

Ils trouvèrent un coin relativement calme au fond d'un bar, au bout de l'aérogare. Bellanger commanda trois cafés et fixa Lucie dans les yeux.

— Pour le moment, nous n'avons coincé ni Scheffer ni Dassonville. J'ai eu un appel de Robillard, pendant qu'on t'attendait. Il a réussi à savoir que Scheffer s'était envolé précipitamment pour Moscou, hier soir. Interpol est en relation avec la police moscovite et met l'attaché de sécurité intérieure[1] sur le coup. L'ASI s'appelle Arnaud Lachery, un ancien de chez nous, il était à la BRI[2]. Franck l'a connu par le passé.

Lucie se contenta d'acquiescer en silence. Bellanger poursuivit :

— Interpol va émettre une notice rouge, on va bosser avec les Russes. J'ai déjà lancé des demandes de papiers pour qu'on ait l'autorisation de nous rendre sur le territoire russe en cas de nécessité, histoire qu'on ne soit pas pris de court.

— Et Dassonville ?

— Là aussi, les autorités du Nouveau-Mexique et Interpol sont au travail. Ils vont s'intéresser en priorité aux aéroports.

Il fixa Sharko et se racla la gorge.

---

1. L'attaché de sécurité intérieure est un haut gradé de la police ou de la gendarmerie, employé par l'ambassade de France sur le territoire concerné – ici, la Russie. Il gère, entre autres, la coopération entre les services de police étrangers et français, dans le cadre d'enquêtes internationales.
2. Brigade de recherche et d'intervention.

— Il y a quelque chose d'autre dont nous devons te parler, auparavant.

— Arrêtez de tourner autour du pot, et dites-moi ce qui se passe.

— Gloria Nowick, tu connais ?

Lucie les regarda, l'un après l'autre.

— Pourquoi vous me demandez ça ?

— Réponds juste à la question, fit Sharko.

Elle détestait le ton qu'il prenait, elle avait l'impression d'être suspectée de quelque chose et d'assister à son propre interrogatoire. Elle acquiesça néanmoins.

— Je l'ai rencontrée, quelques jours avant mon départ. Je suis allée chez elle.

— Pourquoi ?

Lucie hésita.

— C'est privé. Je ne peux...

Sharko tapa du poing sur la table.

— Elle est morte, Lucie ! Je l'ai retrouvée torturée et agonisante dans un vieux poste d'aiguillage ! On l'avait tabassée jusqu'à l'os et gravée d'un putain de coup d'échecs sur le front ! Alors maintenant, réponds à ma fichue question. Pourquoi ?

La flic encaissa la nouvelle, tandis que le serveur qui leur apportait les cafés les observait curieusement. Elle serra les lèvres.

— Parce que je voulais te faire un cadeau unique pour Noël. Un cadeau qui te toucherait, qui te ferait rire et pleurer. Un cadeau qui te ressemblerait.

Elle sentit l'émotion la submerger, mais essaya néanmoins de se contrôler.

— Toutes ces soirées, ces heures où je m'absentais, où je prétendais travailler sur des dossiers, c'était pour apprendre à mieux vous connaître, toi et ton passé. J'ai retrouvé tes anciens collègues, des amis que tu as perdus de vue, des connaissances... Gloria en faisait partie.

Sharko sentit une grosse flèche lui transpercer le cœur, cependant il ne dit rien. Lucie essaya de porter sa tasse de café à ses lèvres, mais sa main tremblait trop.

— Ça fait des semaines que je rassemble des témoignages. Je voulais faire le film de ta vie, Franck. De tes périodes de joie, mais aussi de tristesse. Parce que c'est ça ton existence, une montagne russe. Je devais encore discuter avec Paul Chénaix et quelques autres personnes qui te connaissent bien, qui comptent pour toi. Mais maintenant, je crois que ma surprise est ratée.

— Lucie...

Bellanger se leva et posa la main sur l'épaule de Sharko.

— Vous avez besoin de discuter un peu. Je sors fumer une clope et passer quelques coups de fil. Prenez votre temps.

Il s'éloigna. Lucie attrapa la main de Sharko et la serra dans la sienne.

— Tu as cru que j'avais quelque chose à voir avec la mort de Gloria ?

Le commissaire secoua négativement la tête.

— Jamais.

— Pourquoi on lui a fait ça ? Pourquoi on l'a assassinée ?

Le flic observa brièvement autour de lui, et se pencha en avant.

— Tout est ma faute. Le taré de l'affaire Hurault est revenu. Ce n'était pas qu'une obsession, Lucie. Ça a commencé jeudi dernier, le 15. J'avais fait des analyses de sang, histoire de... (Sharko hésita quelques secondes)... de voir si tout allait bien dans ma carcasse.

Lucie voulut parler, mais il ne lui en laissa pas la possibilité.

— L'infirmier qui m'avait fait la prise de sang a été agressé. Ce sang, il a été utilisé pour écrire un message, dans la salle des fêtes de la ville où était née Suzanne, Pleubian.

Et il lui raconta, depuis le début : le monstre né de la perversité de l'Ange rouge, qui avait démarré un jeu morbide avec lui. La découverte du sperme dans la cabane où avait été enfermée Suzanne. La piste qui menait à Gloria, son empoisonnement, puis cette pièce de cinq centimes retrouvée dans son estomac. Son aventure solitaire, avant que les équipes de Basquez soient impliquées. Ce puzzle macabre qui se précisait chaque fois un peu plus. Il parlait avec émotion, serrant fort les mains de sa compagne dans les siennes, et essayant de retranscrire toutes les grandes lignes, sans entrer dans les détails.

Lucie était abasourdie.

— Je ne sais pas comment tu réussis à encore être là, debout, et à encaisser toutes ces tortures mentales, fit-elle. Tu aurais dû m'en parler, j'aurais pu t'aider, j'aurais...

— Tu avais déjà ton lot de soucis. Je te vois encore les pieds nus dans la neige, au bord de l'étang gelé. Je ne voulais pas que ça empire.

— C'est pour ça que tu cherchais à m'éloigner en permanence de Paris. Chambéry, le Nouveau-Mexique. Pour me protéger.

Elle secoua la tête, les yeux dans le vague.

— Et dire que je n'ai rien vu, bon Dieu.

Elle se recula sur sa chaise, profondément perturbée. Elle ne réussissait pas à lui en vouloir ni à le blâmer. Elle avait plutôt envie de le serrer contre lui, de l'embrasser et de lui dire combien elle l'aimait. Mais pas ici. Pas au milieu de tous ces inconnus. Son regard s'assombrit soudain.

— Comment on va le coincer, Franck ?

On... Sharko se retourna, afin de vérifier que Bellanger ne revenait pas, puis parla à voix basse :

— J'ai franchi une étape supplémentaire par rapport à l'avancement de l'enquête de Basquez, mais n'en parle surtout pas à Bellanger, ni à personne d'autre.

Elle retenait sa respiration. Son compagnon de flic agissait encore en dehors des règles, comme il l'avait si souvent fait au long de sa carrière. Ils étaient exactement pareils, tous les deux. Des chiens fous, incontrôlables.

— Je n'en parlerai pas.

— Très bien. J'ai failli coincer l'assassin, ça s'est joué à quelques minutes. Ma dernière piste m'a orienté vers une péniche abandonnée. Dans sa cale, j'ai trouvé une centaine de photos récentes de moi, prises à la volée. Mais il y en avait aussi des plus anciennes. Moi à l'armée par exemple, ou posant avec des collègues de la Crim'. Je...

— Attends. Cette photo avec tes collègues, elle a été prise dans la cour du 36, c'est ça ? Dans les années 1980 ?

Sharko acquiesça. Lucie porta ses mains au visage, manquant de renverser sa tasse de café. Elle prit son inspiration et lâcha :

— Il y a deux mois, j'ai trouvé une pub sur le pare-brise de ma voiture. Un professionnel proposait de réaliser des films ou des albums souvenirs à des prix défiant toute concurrence, à partir de documents, de photos, de vidéos. Avec ces vieilles cassettes dans tes tiroirs, tous ces albums que tu possédais, ça m'a donné l'idée de ton cadeau. J'ai rencontré le type, il m'a convaincue de le laisser réaliser le fameux film de ta vie, à partir des éléments que je lui fournirais : tes cassettes huit millimètres, les photos de tes albums, mais aussi des témoignages audio, papier ou vidéo que j'ai pu récupérer de tes anciennes connaissances. La fameuse photo du 36 fait partie du matériel que je lui ai mis entre les mains. Il a tout, Franck. Tout sur toi et ton passé.

Le commissaire sentit ses tempes pulser. Il se redressa brusquement, sur le qui-vive.

— T'as son nom et son adresse ?

— Bien sûr. Rémi Ferney. On avait toujours rendez-vous dans un café du 20e arrondissement. Je crois que c'est dans ce coin-là qu'il habite.

Au bord de la crise de nerfs, Sharko jeta un billet sur la table. Le 20e, ça pouvait coïncider avec ses différentes hypothèses concernant l'endroit où vivait le tueur.

— On dégage. Tu ne dis surtout rien à Bellanger.

Lucie se redressa à son tour, les sourcils froncés.

— Qu'est-ce que tu veux faire ? Y aller seul ?

Le commissaire ne répondit pas. Lucie l'attrapa par la manche et l'emmena à l'écart.

— Tu veux le tuer, c'est ça ? Et après ? As-tu pensé une seule seconde aux conséquences de ton acte ? À ce que je deviendrais sans toi ?

Le commissaire détourna la tête. Son corps n'était plus qu'un gros nœud douloureux. Les voix, les grondements lointains des réacteurs, les annonces au micro : tout bourdonnait.

— Regarde-moi, Franck. Et dis-moi que t'es prêt à tout foutre en l'air pour une histoire de vengeance.

Sharko fixait toujours le sol, les poings serrés. Il redressa lentement la tête et plongea ses yeux dans ceux de Lucie.

— J'ai déjà tué des salauds de son espèce, Lucie. Et bien plus que tu ne peux l'imaginer. T'as lu ça aussi, dans mon passé ?

55

— On sait de qui il s'agit.

Sharko et Lucie venaient d'entrer dans le bureau de Basquez. Le capitaine de police leva les yeux de sa paperasse et considéra ses interlocuteurs quelques secondes, avant de tourner la tête vers Lucie :

— Tu ne crois pas que t'as des explications à donner, au lieu de débarquer ici la bouche en cœur ? Raconte d'abord, pour tes empreintes chez Gloria Nowick.

— C'est déjà fait.

— Oui, mais pas à moi.

Sharko resta en retrait, le regard sombre. Il regrettait encore de s'être laissé convaincre par Lucie mais se dit finalement que c'était peut-être la meilleure solution.

— Pour faire simple, j'ai interrogé toutes les anciennes connaissances de Franck, parce que je voulais lui faire une surprise pour Noël, et Gloria en faisait partie. Je rentre d'Albuquerque, et je découvre cette histoire hallucinante qu'il m'a cachée pendant plus d'une semaine.

— À nous aussi, si ça peut te rassurer.

Elle considéra Sharko avec un air de reproche, puis revint à Basquez.

— Sauf que moi, j'ai vraiment l'impression d'être le dindon de la farce. Bref... Bien contre mon gré, c'est sans doute moi qui ai orienté l'assassin vers Gloria Nowick. Parce que, cet assassin, c'est un type que j'ai engagé il y a deux mois pour fabriquer la surprise, censée être un mélange de film et de reportage. Ce mec est au courant de toute la vie de Franck, par photos et entretiens interposés. Il s'appelle Rémi Ferney.

Immédiatement, Basquez décrocha son téléphone et demanda une recherche d'adresse. Sharko restait dans son coin, muet. Il n'avait qu'une envie : aller loger une balle entre les deux yeux de cet enfoiré.

Basquez revint vers les deux flics.

— On va voir. Mais ça ne colle pas vraiment avec les conclusions de Franck. Selon lui, l'assassin de Gloria Nowick est aussi l'assassin de Frédéric Hurault. Et ça, ça s'est passé il y a un an et demi. Tu ne connaissais pas encore Ferney, si je ne m'abuse ?

— Ferney sait où Franck habite, il a dû nous surveiller, fouiller les poubelles, peut-être même entrer chez lui, d'après ce que m'a raconté Franck. Il a dû faire un tas de tentatives pour s'approcher de moi sans que je m'en rende compte. La pub sur mon pare-brise a été la bonne porte d'entrée. Mais si ça avait échoué, il aurait probablement essayé autre chose...

Basquez réfléchit quelques secondes. Il décrocha de nouveau son téléphone.

— Vous l'avez ? demanda-t-il.

Il nota quelque chose, raccrocha et se leva.

— Je passe un coup de fil au substitut. Dès qu'on a le feu vert, on fonce.

56

Quartier de Belleville.

Ses vieux immeubles en travaux, ses places, sa population grouillante, à l'assaut des cadeaux de dernière minute. Sharko collait Basquez au train, les mains crispées sur le volant. Lucie l'observait de travers, inquiète. En quelques jours, il avait encore maigri et ne fonctionnait plus que sur les nerfs.

À quel genre de couple ressemblaient-ils, tous les deux ? Jusqu'à quel point ces morbides enquêtes les engloutiraient-elles ? Lucie se dit que seul un enfant pourrait rééquilibrer la balance. Les contraindre à lever le pied, et à réapprendre à vivre. Dès que tout cela serait terminé, elle prendrait le temps de se poser un peu. Il le faudrait.

Sharko la coupa dans ses pensées.

— Tu n'aurais pas dû faire une chose pareille, fit-il. Fouiller mon passé.

Lucie fixait son arme entre ses jambes, qu'elle tournait doucement dans un sens, puis dans l'autre.

— Il n'y a pas que sur toi que j'ai appris des choses, mais sur moi aussi. Je crois que, plonger dans ton passé, c'était aussi une bonne raison pour plonger dans le mien. Ça m'a permis de me sentir un peu mieux.

— Il faudra qu'on parle de tout ça sérieusement, un de ces jours.

— Et de ce que tu m'as dit à l'aéroport.

Ils arrivaient déjà à destination. Basquez se gara en double file, les warnings allumés, et quatre hommes sortirent du véhicule en courant. Sharko rangea sa Renault juste derrière.

Basquez traversa la rue et se planta devant un interphone. Il sonna à un numéro au hasard, se fit ouvrir et poussa la porte cochère.

D'après les renseignements, Rémi Ferney habitait un loft au fond d'une cour pavée, entre deux immeubles. L'endroit était déjà sombre, la neige s'était accumulée en une épaisse croûte, traversée de nombreuses traces de pas. La plupart d'entre elles allaient et venaient en direction du loft.

Les silhouettes armées et habillées d'un gilet pare-balles glissèrent rapidement le long des murs, jusqu'à atteindre la porte. Il n'y eut pas de sommation. L'un des hommes balança deux coups de minibélier au niveau de la serrure et les policiers investirent les lieux, le flingue braqué.

L'endroit était fait d'une pièce unique, gigantesque. Partout, sur les murs, de grandes photos, magnifiques : des portraits, des paysages, les résumés visuels de voyages à l'étranger. Une grande verrière distribuait de la lumière sur une serre et du matériel photo. Au fond, un écran géant de télévision était allumé. Basquez, qui était entré le premier, aperçut une tête dans la banquette. Une personne de dos, dont on ne voyait que le crâne coiffé d'une casquette. Avec ses coéquipiers, il se rua dans cette direction.

— Bouge pas !

Sharko et Lucie suivaient, tendus. Le commissaire traversait l'endroit comme une flèche.

Puis il eut très vite la sensation que quelque chose clochait.

L'individu installé dans son fauteuil, braqué par six flingues, ne bougeait pas.

À mesure que les flics avançaient, ils perçurent l'odeur bien caractéristique de l'ammoniac. Celle des chairs en état de putréfaction avancée.

Franck Sharko passa de la course à la marche. Il vit le visage des collègues se froisser, les armes glisser lentement le long des cuisses. Les regards se croisèrent, hagards.

L'individu à la casquette avait un beau sourire pourpre juste sous le menton.

Égorgé.

Entre ses mains inertes posées sur ses cuisses, une ardoise, sur laquelle était écrit, à la craie : « *Df6+. Bientôt échec et mat.* »

Lucie se planta face au macchabée. Elle considéra Basquez dans un soupir, puis Sharko.

— C'est bien Rémi Ferney. C'est l'artiste que j'ai rencontré et embauché. Merde, je n'y comprends rien.

— Et il n'est pas mort d'hier, ajouta Basquez. Je dirais une bonne semaine.

En une fraction de seconde, Sharko comprit : le délire du tueur, au magasin de bateaux, avait été sans doute simulé, afin de marquer les esprits des vendeurs. Il devait savoir que les flics remonteraient tôt ou tard la piste de la barque. Alors, il avait laissé un message.

Un message que seul Sharko serait capable de comprendre.

Baisé jusqu'à l'os.

Basquez ragea, les yeux braqués vers l'ardoise.

— L'enfoiré !

Dans une large inspiration, il essaya de retrouver son calme et sortit son portable de sa poche.

— On ne touche à rien et on dégage d'ici. S'il y a le moindre fragment d'ADN que l'assassin a laissé derrière lui, je veux qu'on soit capable de le retrouver. Allez.

Les hommes se rendirent dans la cour, deux d'entre eux sortirent des cigarettes. Lucie croisa les bras, frigorifiée. Elle prenait la brusque mesure du danger qui pesait sur leurs épaules, à Sharko et elle.

— Ferney était un vrai artiste, fit-elle, et la pub sur mon pare-brise une vraie pub. L'assassin l'a laissé tranquillement œuvrer, avant de l'éliminer et de récupérer tout son travail.

Elle considéra son homme, il avait l'air assommé et s'était posé contre un mur, les bras ballants. Elle s'approcha et le serra contre lui.

— On finira bien par l'avoir.

— Ou alors, c'est lui qui nous aura.

Il semblait désespéré. Lucie l'avait rarement vu dans cet état-là, lui qui n'abandonnait d'ordinaire jamais. Les multiples rencontres qu'elle avait faites pour sa surprise de Noël en témoignaient.

Sharko se ressaisit, puis planta son visage à dix centimètres de celui de Lucie.

— Je ne veux plus qu'on reste dans mon appartement. Pas après ce qui vient encore de se passer aujourd'hui. On va dormir à l'hôtel.

57

Le geste avait quelque chose de douloureux : Franck Sharko, en train de remplir sa valise. Franck Sharko, contraint de fuir son propre appartement, comme un voleur.

Lucie le regardait faire, sans prononcer le moindre mot. Quelque part, elle se savait responsable de ce départ, elle savait qu'il agissait ainsi pour la protéger. Elle imaginait sa souffrance, cette grande tempête noire qui devait gronder dans son crâne de vieux flic cabossé.

En cette fin d'après-midi, ce 22 décembre, Sharko était persuadé que le tueur lancerait son dernier coup pour Noël.

La renaissance de l'Ange rouge, être immonde qui ne pourrait déployer ses ailes qu'après avoir éliminé le responsable de sa déchéance.

— On va le baiser, marmonna-t-il en allant et venant, on va le piéger à son propre jeu.

Il se dirigea vers la fenêtre et écarta le rideau de l'index.

— Tu es là, quelque part. Regarde-moi bien. Je vais te baiser.

Il n'était pas dans son état normal, estima Lucie.

Alors qu'il revenait vers le lit, elle s'interposa et le serra dans ses bras. Puis lui caressa le dos affectueusement.

— Il ne nous détruira pas. À deux, on est plus forts que lui.

— Il ne nous détruira pas, répéta Sharko, comme en hypnose.

Ils restèrent là, sans plus parler, juste à se caresser, comme deux amants vivant un amour interdit. Un amour maudit. L'instant était bon et douloureux, car il ne pouvait pas durer.

Juste une étincelle dans les ténèbres.

Il fallait filer d'ici, à présent. Disparaître. Sharko se détacha de sa compagne et retourna vers le dressing. Il en sortit de nouvelles affaires. De gros pulls, des chemises, des tee-shirts en coton. Aucun costume ni vêtement de parade, cette fois.

— Fais comme moi, dit-il. Prends des vêtements chauds, de rechange, tout ce qu'il faut pour tenir trois ou quatre jours dans le froid.

Lucie resta figée.

— On ne peut pas partir comme ça, on ne peut pas abandonner l'enquête. Tous ces enfants, Franck, ils...

Sharko lui agrippa les deux épaules et la regarda dans les yeux.

— On n'abandonne pas l'enquête ni ces enfants, au contraire. Fais-moi confiance.

Il la laissa plantée là et disparut dans le séjour avec sa valise, refermée à la va-vite. Lucie s'exécuta, même si elle avait du mal à comprendre. Pour le moment, elle n'avait plus qu'une vision parcellaire de leur enquête, ses collègues n'avaient pas encore pris le temps de la mettre à niveau. Lorsqu'elle rejoignit le commissaire, il était devant l'entrée.

— On y va, fit-il, toujours aussi mystérieux.

Lucie s'arrêta devant le sapin de Noël.

— C'est si triste, un sapin sans cadeaux.

Sharko l'attrapa par la main, il préférait ne plus traîner ici.

— Allez, viens.

Il avait commandé un taxi, lui demandant de se rendre dans le parking souterrain, afin de pouvoir charger les bagages sans être vus. Une fois dans le véhicule, plongé dans le bruit rassurant de la circulation, le commissaire se livra un peu plus. Il pria le chauffeur d'augmenter le son de la musique et parla à sa compagne à voix basse :

— On est face à un chasseur de la pire espèce, Lucie. Un chasseur qui tend ses filets autour de ses proies bien trop rapidement pour qu'on ait le temps de le coincer. Ce fichu temps joue contre nous. L'échéance, c'est Noël ou le réveillon, c'est désormais évident. Le chasseur a tout bâti en fonction de ce moment, c'est son point d'orgue, l'objet suprême de sa mécanique sordide. Des semaines, des mois peut-être de préparation, d'élaboration, pour en arriver à cet échec et mat. Le roi noir, c'est moi. Il m'a pris dans son jeu, il m'a ferré. Il s'attend à ce que je sois là lorsque résonnera l'ultimatum. Parce que, dans sa tête, il est inconcevable que ce soit autrement, tu comprends ?

— Simplement parce que tu n'as jamais rien lâché, et il le sait. Il le sait comme moi je le sais.

— Exactement. Alors, imagine ce qui va se passer,

lorsqu'il se rendra compte que le roi noir ne répond pas et a disparu. Qu'il manque à l'échiquier.

— Il risque de ne plus pouvoir se contrôler. Il va devenir dingue.

— Oui. Et il commettra peut-être une erreur.

Sharko regardait régulièrement vers l'arrière. Une fois que le taxi fut engagé sur le périphérique, il était bel et bien assuré qu'on ne le suivait pas. Les airs de rock crachés par l'autoradio lui firent du bien. Il devait se détendre un peu, essayer de respirer calmement. Lucie était là, enfin à ses côtés, et en sécurité. C'était le plus important.

Il la considéra avec un petit sourire.

— Ma pauvre. Tu rentres du Nouveau-Mexique, et tu n'as même pas pu te poser cinq minutes. J'ai vu que tu boitillais encore un peu.

— Ça va.

— Dans ce cas, parle-moi comme si tout allait bien. Raconte-moi ton voyage en Amérique. C'est beau, là-bas ? Tu crois qu'on pourrait y voyager, un de ces jours ?

— Franck, ce n'est peut-être pas le moment de...

— Je veux cet enfant, Lucie. Je le veux plus que tout au monde.

Il avait lâché ça, d'un coup, laissant sa partenaire sans voix. D'ordinaire, c'était toujours elle qui embrayait sur le sujet, et Sharko se contentait d'écouter, d'acquiescer quand il fallait, souvent trop poliment, sans vraiment d'entrain. Mais là, c'était différent. Ce qui se passait autour de lui était en train de le transformer. Physiquement, moralement. Sharko se tourna vers la fenêtre, interdisant toute réplique. Parce que, peut-être à ce moment exact, il se sentait soulagé.

Lucie posa alors sa tête contre la vitre, de l'autre côté, et regarda le paysage défiler.

Où ce taxi les emmenait-il ?

Il était 18 h 30 quand le véhicule se rangea devant une école maternelle, à Ivry-sur-Seine. Sharko demanda au chauffeur de les attendre et sortit rapidement, Lucie suivit. Ils débarquèrent dans une salle municipale. La flic observa les affiches, les photos, les slogans : elle se trouvait dans les locaux de l'association Solidarité Tchernobyl. Devant elle, Sharko faisait des signes à un type aux cheveux longs. L'homme était assis à une table, en train de discuter avec d'autres personnes. Il s'excusa auprès d'eux et s'approcha des deux flics.

— Désolé, nous sommes en réunion et...

— Nous n'en avons que pour quelques minutes, le coupa Sharko. Voici ma collègue, Lucie Henebelle.

Lambroise hocha poliment la tête, les emmena un peu à l'écart et revint vers Sharko.

— En quoi puis-je vous aider ?

— Emmenez-nous en Ukraine.

— En Ukraine ?

— Oui. Pour parcourir ces villages proches de Tchernobyl, jusqu'à ce que quelqu'un reconnaisse notre enfant disparu et nous explique ce qui s'est réellement passé.

Lucie reçut un choc dans le ventre, mais essaya de garder sa contenance. Tchernobyl...

Sharko poursuivit :

— L'un de vos traducteurs peut-il nous y accompagner et nous guider ? Nous prendrons l'avion puis louerons une voiture. Il faudra juste reproduire précisément les étapes du bus et nous aider avec la langue.

Cela peut aller très vite. Évidemment, nous prenons tout en charge.

Le directeur de l'association secoua la tête.

— Nous n'avons qu'un traducteur, et il est très sollicité en ce moment. C'est...

Sharko sortit une photo qu'il avait pris soin d'emporter avec lui et la lui tendit. Cliché de scène de crime, jamais agréable à regarder. Le visage de Lambroise se crispa.

— Ce pauvre gamin, on l'a retrouvé noyé dans un lac, fit le flic. À l'heure qu'il est, ce petit Ukrainien pourrit dans une housse noire, au fond d'un tiroir de morgue. Puis il y a ça aussi.

Il lui montra les clichés d'un môme sur la table d'opération, avec sa cicatrice ventrale, conscient qu'il allait peut-être trop loin. Mais peu importait.

Le responsable de l'association reçut un choc. Il resta un moment sans réaction, avant de redresser son regard sombre vers ses interlocuteurs :

— Très bien. Vous n'aurez besoin que d'un passeport et d'une réservation éventuelle d'hôtel pour aller là-bas. Quand souhaitez-vous partir ?

— Le plus tôt possible. Demain.

Il se tourna vers le groupe.

— Wladimir ? Tu peux venir voir ?

Un petit bonhomme à la chevelure blanche se leva. Il n'était pas plus épais qu'une feuille de riz et avait le visage parfaitement lisse, comme modelé à la cire. Ses sourcils avaient disparu. Un âge impossible à définir : trente, peut-être trente-cinq ans. Lambroise rendit les photos à Sharko et murmura :

— Il est ukrainien. Un enfant de Tchernobyl, lui aussi. Un enfant qui a eu la chance de grandir.

Tandis que Sharko rangeait ses photos, le directeur retrouva son sourire et fit les présentations.

— Voici Wladimir Ermakov, c'est lui qui vous emmènera là-bas.

Il expliqua brièvement la situation au jeune Ukrainien, qui acquiesça sans poser de questions. Puis Wladimir salua de nouveau les deux policiers, avant de retourner s'asseoir.

— Il connaît la région comme sa poche, confia Lambroise en raccompagnant les policiers vers la sortie. Il saura vous conduire exactement où vous voulez aller.

— Merci, répliqua Sharko avec sincérité.

— Ne me remerciez pas. La région de Tchernobyl, c'est l'enfer sur Terre, il faut le voir pour le croire. Soyez-en sûr, cet endroit maudit vous marquera jusqu'à la fin de vos jours.

58

Une fois dehors, Sharko prit une large inspiration, les mains dans les poches de son blouson. Aussi curieux que cela puisse paraître, il se sentait presque soulagé de quitter la capitale, même pour se rendre dans l'un des lieux les plus effroyables de la planète.

— Faut vraiment que tu m'expliques tout, là, fit Lucie. J'ai l'impression d'être larguée.

Sharko se remit en marche.

— Je te raconterai tranquillement à l'hôtel. Je passe un coup de fil à Bellanger, pour le prévenir. Quand je suis venu ici avec lui, ce matin, j'ai lu dans ses yeux que l'idée d'envoyer quelqu'un là-bas lui avait traversé l'esprit.

Après son appel fructueux – Bellanger avait immédiatement accepté –, Sharko avait décidé de retourner en plein cœur de Paris. Le taxi les déposa devant un bel hôtel trois étoiles à proximité de la place de la Bastille. Pour une fois, Sharko appréciait la présence du monde, des touristes, toutes ces voix joyeuses qui s'élevaient dans les airs. C'était tellement rassurant de savoir que là, tous les deux, ils ne craignaient plus rien.

Le tueur, s'il guettait leur retour à l'appartement,

n'allait pas tarder à se morfondre et à se poser de sérieuses questions.

Après avoir déposé leurs valises, ils dînèrent au restaurant de l'établissement. Sharko avait demandé une table dans un coin calme. Il remit enfin Lucie à niveau dans leur enquête, expliquant les découvertes chez Scheffer – les animaux dans les aquariums, l'aventure amoureuse avec Valérie Duprès –, le rôle de sa fondation, les transports des enfants ukrainiens dans les familles françaises. Il parla du césium qui envahissait l'organisme, des petits malades pris en charge dans le service de médecine nucléaire.

Puis il en tira clairement les conclusions qui s'imposaient.

— Scheffer choisit lui-même les groupes de gamins qui vont venir en France à l'aide de cartes météo de l'époque de la catastrophe. Ces gamins ukrainiens, il les étudie un à un en France, par l'intermédiaire de son service de médecine nucléaire. Quand on a les photos de ces enfants allongés sur des tables d'opération entre les mains, on ne peut s'empêcher de penser que Scheffer utilise son association à d'autres fins. Des fins en rapport avec le taux de contamination au césium 137...

— Il y a forcément une relation avec le manuscrit aussi. Césium égale radioactivité, et radioactivité égale Albert Einstein ou Marie Curie. Tout doit découler des découvertes issues de ces maudits écrits.

— Ça ne fait plus aucun doute. Ce qui est certain et concret, c'est que Scheffer fait venir les enfants contaminés, réalise des mesures dans un service de médecine nucléaire et les renvoie dans leur pays. Les collègues sont en train de voir si des enfants de l'association, venus les années précédentes, ont disparu.

Il laissa le serveur poser leurs assiettes chaudes sur la table, puis reprit doucement :

— J'ai la certitude que l'association est une solution alternative à la fermeture du centre de diagnostic à Kursk en 2003, afin que Scheffer puisse continuer ses activités secrètes. Il y a huit ans, il était personnellement sur place pour faire ses consultations et mener à bien ses sombres ambitions. Il n'avait pas besoin de faire de si lourds transferts entre ces pays et la France.

Lucie planta sa fourchette dans une noix de Saint-Jacques. Ça semblait très appétissant mais, pour une fois, elle n'avait pas faim.

— Tu parles d'un centre de diagnostic datant d'il y a huit ans. Tu veux dire que toutes ces horreurs sur les enfants existeraient depuis...

— Depuis 1998, la création de la fondation. J'en ai bien peur, oui. Rappelle-toi l'une des photos : elle avait été prise avec un appareil argentique et développée sur un papier qui n'est plus en circulation depuis 2004. Cette fondation est l'arbre qui cache la forêt, j'en suis quasiment certain.

Sharko écrasa son index sur la table.

— Le chasseur qui s'acharne sur moi est un malade, un psychopathe, mais il n'est rien à côté de types comme Scheffer. Ces gens-là évoluent dans une autre dimension du mal, dans l'unique but de servir leurs sombres convictions. Tu sais comme moi jusqu'où ils sont capables d'aller. Et ce qu'ils feront pour ne pas se faire prendre.

Oui, elle savait. Ils en avaient déjà rencontré, par le passé : des monstres au-delà des normes, intelligents, capables de tuer en masse sans avoir le moindre remords. Tout cela au service d'une cause que seul leur cerveau malade pouvait comprendre. Elle avala une noix de Saint-Jacques à contrecœur.

— On ne retrouvera jamais Valérie Duprès, soufflat-elle, le visage triste.

— On ne doit pas perdre espoir.

— Dis, Franck, Tchernobyl...

— Oui ?

— Si je suis enceinte, tu ne crois pas que ça pourrait être dangereux pour...

— On fera attention.

— Et comment tu veux faire attention face à la radioactivité ?

— On n'entrera pas dans la zone interdite, on ne mangera pas leurs produits, on ne boira pas leur eau. On ne sera que de passage, ne l'oublie pas.

Sharko avala son risotto de Saint-Jacques en silence. Tous les deux, au fond, pensaient à ces ombres malfaisantes qui évoluaient tranquillement dans les strates d'une société aveugle. Un étau de mort les comprimait et les forçait à avancer, à s'enfoncer sur un chemin obscur, aux deux issues bouchées.

Derrière, le tueur.

Et, devant, la folie humaine.

Il était aux alentours de 22 heures quand ils remontèrent dans leur chambre.

Dehors, il neigeait. Pour les familles, Noël aurait quelque chose de féerique, cette année.

Ils firent l'amour avec l'envie de croire que, un jour, le soleil se lèverait enfin dans un coin du ciel et qu'il leur réchaufferait le cœur pour longtemps.

Ces deux cœurs qui, ce soir, étaient aussi froids que la pierre.

59

À 8 heures du matin, le lendemain, Sharko avait reçu un SMS de Bellanger.

« *RDV en biologie. Avons identifié animal aquarium. Venez dès que possible.* »

Le quai de l'Horloge, encore. Et ses laboratoires de police scientifique. Lieu stratégique où transitaient les prélèvements, les preuves matérielles, les indices, dans un but d'identification ou d'aide aux enquêtes criminelles. Aujourd'hui, la police française, c'était cela : un mélange de techniques toujours plus performantes et d'instincts, un curieux territoire où la pipette côtoyait le pistolet. Certains craignaient que, bientôt, la plupart des flics se retrouvent derrière un ordinateur, à fouiller dans les fichiers plutôt qu'à racler le pavé.

D'un côté, il resterait quelques Sharko et Henebelle.

Et, de l'autre, il y aurait les armées de Robillard.

Depuis Bastille, les deux policiers étaient arrivés par le métro à Châtelet et, mêlés à la foule, avaient traversé le Pont-Neuf rapidement, avant de disparaître le long du quai enneigé.

Après identification à l'accueil, ils grimpèrent à l'étage de la biologie, divisé en quelques pièces dont la plupart étaient réservées à l'ADN : recherche à l'aide de loupes, découpage de vêtements, de draps, prélèvements, analyses, résultats. Une chaîne implacable qui, avec parfois de la chance, menait directement au meurtrier.

Leur chef de groupe se trouvait aux côtés d'un technicien du nom de Mickaël Langlois. Les deux hommes se tenaient autour de l'un des aquariums de Léo Scheffer. Sur une paillasse carrelée, dans une petite coupelle transparente, deux animaux s'agitaient mollement dans un fond d'eau.

Après qu'ils se furent tous salués, Mickaël Langlois entra dans le vif du sujet :

— Ces êtres vivants un peu bizarroïdes sont des hydres. Il s'agit de petits animaux d'eau douce, de l'embranchement des cnidaires dans lequel on trouve les méduses, les coraux ou les anémones.

Lucie s'approcha au plus près, les sourcils froncés. Elle n'avait jamais vu ni entendu parler de cet animal. Elle songea immédiatement au monstre légendaire, l'hydre de Lerne, dont les têtes se régénéraient chaque fois qu'elles étaient tranchées. Ces minuscules organismes, à la couleur blanchâtre, lui ressemblaient, avec leurs sept ou huit filaments qui s'agitaient comme des cheveux de Gorgone.

— Et c'est rare ?

— Pas vraiment, non. Elles sont assez nombreuses dans les eaux sauvages et stagnantes, on les déniche principalement sous les nénuphars. Mais elles sont très difficiles à repérer parce que, dès qu'on les sort de l'eau, elles s'aplatissent et sont complètement immobiles.

Mickaël Langlois s'empara d'un scalpel.

— Regardez bien.

Il approcha la lame d'une hydre et la coupa en deux. La partie haute contenait la tête et les tentacules, tandis que la basse le tronc et le pied. Les deux morceaux continuaient à s'agiter, comme si de rien n'était.

— D'ici à demain, deux hydres se seront complètement régénérées, à partir de ces deux morceaux. C'est l'une des particularités extraordinaires de cet animal : que vous coupiez un tentacule, un morceau de tronc, ou n'importe quelle autre partie, cela finira par redonner une hydre complète, avec une bouche, de nouveaux tentacules, une tête. J'ai fait l'expérience hier soir. Les deux hydres que vous voyez dans la coupelle proviennent du même individu, celui de droite. Celui de gauche va grossir et finira par avoir la même taille que son voisin. Génétiquement, ils ont exactement le même ADN. Ce sont des clones.

Sharko resta subjugué devant ce curieux spectacle de la nature. Il avait déjà entendu une chose pareille avec la queue des lézards ou le bras des étoiles de mer, mais jamais une reconstruction intégrale à partir d'un morceau quelconque.

— C'est incroyable, comment ça fonctionne ?

— Le processus complet reste encore bien mystérieux, mais disons que ses premiers secrets commencent à être percés. Tous les êtres vivants sont programmés pour vieillir, puis mourir, cela fait partie de l'évolution et du juste équilibre des espèces. Profondément ancré dans nos gènes, il y a un phénomène que l'on appelle l'apoptose, ou le « suicide cellulaire ». Les cellules sont programmées pour mourir. Contrairement à ce qu'on pourrait croire, l'apoptose est nécessaire à la survie de notre espèce. Sur le temps d'une vie, les différents programmes génétiques accroissent la mort des cellules et freinent leur régénération. C'est ce qui crée la vieillesse, puis la mort.

De la pointe de son scalpel, il stimula délicatement la moitié supérieure de l'hydre. Les tentacules se replièrent comme une feuille de papier qu'on brûle.

— Lorsqu'on coupe une hydre, les deux parties commencent par mourir. Mais chez cet animal, l'apoptose qui se déclenche stimule la prolifération de cellules voisines de reconstruction. D'une façon que nous ne comprenons pas encore, la vie prend alors le dessus sur la mort. Et l'animal renaît, en quelque sorte.

La mort des cellules, la renaissance... Lucie songeait aux propos du spécialiste en cardioplégie froide, au sujet de la mort somatique puis cellulaire. Ces différentes strates de dégradation, qui menaient à un point de non-retour. Elle essaya d'assembler les pièces du puzzle, persuadée que toute leur histoire tournait autour de ce combat contre la mort. Elle se raccrocha aux photos des gamins sur la table d'opération et demanda :

— Les mômes étaient tatoués d'une hydre. Ou plutôt, d'un symbole qui représentait une hydre. Si on devait prendre l'hydre pour symbole d'une cause quelconque, d'un combat ou d'une croyance, qu'est-ce qu'elle représenterait le plus ? La renaissance ? La régénérescence ? Le clonage ?

— L'immortalité, répondit le spécialiste du tac au tac. Le pouvoir de traverser les époques dans un même corps, sans vieillir. C'est pour cela qu'elle intéresse tant les chercheurs. Oui, on la considère aujourd'hui comme le mythe vivant de l'immortalité.

Les flics se regardèrent. Sharko se rappela cette fresque du serpent qui se mord la queue, dans la salle de bains de Scheffer : Ouroboros, l'un des symboles de l'immortalité. Et toutes ces horloges, ces pendules, accrochées au mur de sa maison, et même le sablier géant : le rappel du temps qui passe, et qui nous rapproche inéluctablement de la mort.

Bellanger allait et venait, une main au menton.

— Ce n'était peut-être pas un trucage, fit-il pour lui-même.

Il leva un regard sombre vers ses subordonnés et clarifia sa pensée :

— Ces deux photos du même môme, qui ont six ou sept ans d'écart, ne représentent peut-être que la réalité. Celle d'un gamin qui, comme une hydre, n'aurait pas vieilli.

Tous se rendaient compte à quel point leur conversation paraissait démente et, pourtant, les faits étaient là, incompréhensibles. Quels secrets avait découverts Dassonville au point de renier Dieu et d'éliminer ses frères de cœur ? Qu'est-ce qui avait pu précipiter Scheffer en dehors des États-Unis et le pousser à mettre en place toute une organisation pour approcher des enfants d'Ukraine ?

Sharko secouait la tête, il ne voulait pas y croire. L'immortalité n'était qu'une chimère, elle n'existait pas, elle n'existerait jamais chez l'homme. Que dissimulait ce fichu manuscrit ?

— Visuellement, j'ai constaté que les hydres dans les aquariums les plus à droite semblaient beaucoup moins vigoureuses, comme si... elles étaient mourantes, fit le spécialiste. J'ai envoyé les tissus des différentes hydres à un laboratoire de biologie cellulaire. J'ai aussi réalisé des prélèvements d'eau. En tout cas, j'espère qu'ils auront des choses à nous raconter d'ici un à deux jours. Cette histoire m'intrigue tout autant que vous.

— Et pour le contenu du congélateur ?
— C'est en analyse.

Un téléphone sonna. Celui de Bellanger.

Lucie restait là, immobile, face à la partie basse de l'hydre, qui bourgeonnait déjà comme une plante au printemps. Un petit organisme plein de vie, qui ne voulait surtout pas mourir.

Parce qu'il n'y avait rien de pire que la mort. Et pas seulement quand elle vous frappait, mais aussi quand vous y surviviez.

Lucie avait survécu à la mort de ses jumelles.

Et la vie le lui rappelait cruellement chaque jour.

60

Les lieutenants Robillard et Levallois avaient de nouvelles informations à transmettre. Aussi, dès son retour au 36, Nicolas Bellanger organisa une réunion avec ses quatre subordonnés. Il ferma la porte qui donnait sur leur *open space*, tandis que Lucie arrivait avec des cafés pour tout le monde.

Il fallait allumer la lumière, tant il faisait sombre avec ces lourds nuages qui chargeaient le ciel. Les visages des cinq flics étaient tous marqués par la fatigue et les longues journées qu'ils venaient de vivre. Robillard aurait dû être auprès de sa famille depuis la veille, mais il était encore là, à racler les fonds de tiroirs, malgré les scènes de ménage et les « T'es où, papa ? ». Sharko venait de passer par le bureau de Basquez, qui n'avait toujours pas de piste probante au sujet du tueur de Gloria. Le capitaine de police avait finalement écouté le commissaire et avait mis une voiture en planque devant la résidence de L'Haÿ-les-Roses.

Quant à Lucie, elle détenait à présent leurs billets électroniques pour l'Ukraine, ainsi que la réservation à l'hôtel Sherbone, à Kiev. L'avion décollait en direction de la capitale ukrainienne à 18 h 02. Le bureau des missions se chargeait d'organiser au mieux leur périple avec la collaboration de Wladimir Ermakov, le guide traducteur de l'association.

Dire que le lendemain au soir, c'était le réveillon...

Un réveillon pas comme les autres, parce qu'il se ferait à la lueur d'un réacteur nucléaire qui avait tué des millions de gens. Il y avait mieux, comme voyage d'hiver.

Le lieutenant Levallois but une gorgée de café et attaqua :

— Alors, j'ai eu le retour concernant les organismes de santé spécialisés dans la contamination radioactive. Le gamin présentait un taux de césium 137 de 1 400 becquerels par kilo.

— 1 400, répéta Sharko. C'est le nombre inscrit sur son tatouage. Il est marqué avec le taux de césium qu'il a dans le corps. Ça confirme bien que toute notre histoire a rapport avec cette cochonnerie.

Levallois poursuivit ses explications :

— Le becquerel est une unité de mesure radioactive. Pour vous donner une idée de ce taux, si le gamin pèse trente kilos, cela veut dire qu'il y a plus de quarante mille particules d'énergie émises par son corps chaque seconde.

Quarante mille. Chacun tenta d'estimer en silence ce que cela pouvait représenter.

— Et, même mort, ça continuera à émettre. Son squelette continuera à balancer de la radioactivité, dans dix, vingt ans. Et à supposer qu'on l'incinère, alors chaque milligramme de cendre, répandu au gré du vent, pulserait comme la lumière d'un phare. Toujours, toujours.

Lucie serra les lèvres. Le réacteur de Tchernobyl

avait explosé vingt-six ans plus tôt, mais son spectre était en chacun de ces enfants. Levallois continua :

— Il faut savoir que, au-delà de 20 becquerels par kilo, la santé commence à être mise en danger sur le long terme. Les organismes de santé ont confirmé ce que nous savions déjà : ces taux de contamination ne peuvent que provenir des endroits fortement touchés par le nuage radioactif, là où il y a eu des précipitations. Ils ont d'ailleurs été très précis. Et devinez ce qu'ils ont utilisé ? Des cartes établies par la Fondation des Oubliés de Tchernobyl.

La fondation, encore. Le lieutenant tendit une feuille de format A4 à Bellanger.

— Voici une carte qu'ils m'ont envoyée par mail, créée à partir des conditions météo de l'après-catastrophe. Là où il y a les taches les plus sombres, ce sont les endroits où il y a une probabilité plus forte de césium dans le sol. Mais, comme vous voyez, c'est vaste. Les plus grosses taches sombres s'étendent sur la Russie, la Biélorussie et l'Ukraine.

Il tendit l'index sur un point particulier de la carte.

— Cependant, on a une tache très sombre ici, à l'ouest de la centrale nucléaire. Là où le bus de l'association est passé pour prendre les enfants. On a donc la confirmation que c'est dans ce périmètre que notre gamin de l'hôpital est monté dans les soutes.

Lucie fixa le morceau de carte avec attention, elle avait en face d'elle l'expression du néant. D'interminables espaces vierges, désertés, et quelques points de vie qui persistaient, au milieu des ténèbres. De gros cercles sombres indiquaient les taux hallucinants de contamination au césium 137, semblables à des taches cancéreuses sur un poumon. Ils n'étaient, en définitive, que le souvenir de la situation météorologique post-26 avril 1986 et de ses terribles pluies mortifères. La flic en frissonna. Comment des gens pouvaient-ils encore habiter au cœur de la radioactivité ?

— Et c'est sans doute là-bas que Valérie Duprès s'est rendue, fit-elle. Et qu'elle a disparu.

Sa remarque laissa un blanc. Chacun avala une gorgée de café, qui laissa un goût amer sur les langues. Sharko rompit le silence le premier.

— Tu as pu jeter un œil aux classeurs fournis par le directeur de l'association ? Notre gamin ou ceux sur les tables d'opération en faisaient-ils partie ?

— Non. Aucun.

— Et vous avez pu creuser un peu sur la fondation de Scheffer ?

Robillard acquiesça.

— C'est propre et transparent, de prime abord. D'après ce que j'ai pu récolter sur le Net, une centaine de gros donateurs du monde entier apportent des fonds, principalement pour financer les centres de diagnostic et les bureaux au Niger. Des employés de la fondation œuvrent sur le terrain en collaboration avec Greenpeace ou d'autres ONG réputées. On ignore les montants de ces investissements extérieurs, mais, vu la clientèle, ce doit être important : riches hommes d'affaires, chefs de grosses entreprises ou de multinationales, le tout-venant de l'étranger, principalement des États-Unis. Même Tom Buffett, le multimilliardaire du Texas qui s'est payé un voyage dans l'espace l'année dernière, fait partie des donateurs. J'ai branché la brigade financière sur le coup, parce que ça va être compliqué de mettre le nez là-dedans. À mon avis, si la fondation a des choses à se reprocher, l'accès aux données sensibles doit être bien protégé.

— Par « choses à se reprocher », tu penses principalement à des détournements de fonds ?

— Évidemment. On a créé des activités-écrans, des emplois bidons, et le gros de l'argent passe ailleurs pour financer autre chose. D'après les premiers retours de la Financière, Scheffer a plusieurs comptes en Suisse. Quant à l'association, elle ne lui coûte pas énormément d'argent, puisque les mômes sont pris en charge par les familles. Il y a beaucoup de bénévoles, aussi.

Les flics s'étaient un peu écartés les uns des autres, chacun réfléchissant dans son coin.

— Pourquoi des types de la trempe de Buffett viendraient mettre de l'argent dans des centres de diagnostic au fin fond du Niger ? fit Bellanger. Ça ne rime à rien.

— Ça ne rime à rien si on se contente de rester à la surface, répliqua Lucie. Tout comme ça ne rimait à rien lorsque Scheffer, en 1975, s'occupait des stocks de nourriture de son centre des Lumières pour y glisser de l'avoine radioactive. Ce type est un démon. Derrière cette fondation, il y a les gamins opérés à cœur ouvert sur des tables en métal. Il y a aussi le manuscrit, et tout ce qui en découle. Deux journalistes et un enfant sont morts pour ça.

— Valérie Duprès est peut-être encore viv...

— Sans déconner. T'y crois, toi ?

Bellanger serra les lèvres. Pascal Robillard leva le doigt pour prendre la parole.

— Sinon, j'ai encore du croustillant, si ça vous branche.

Les regards convergèrent de nouveau vers lui. Il tenait un bâton de réglisse mâchouillé dans la main.

— J'ai eu un retour d'Interpol. L'attaché de sécurité intérieure de Russie, Arnaud Lachery, a bien bossé.

— Ça ne m'étonne pas de lui, fit Sharko. Ce type était un bon flic.

— Après avoir atterri à Moscou, Léo Scheffer a pris un vol intérieur vers une ville du nom de (il lut sur son papier) Tcheliabinsk. Elle est située à mille huit cents kilomètres à l'est de Moscou. Un monstre soviétique de plus d'un million et demi d'habitants.

Il tourna son écran vers ses collègues.

— Elle se trouve ici, au sud de l'Oural. Autant dire au milieu de nulle part. C'est la seule ville de cette région de la Russie qui possède un aéroport. Scheffer a pu juste y atterrir, puis ensuite partir n'importe où. Arnaud Lachery bosse activement avec les flics moscovites, il va essayer d'en savoir plus. Je leur ai transmis nos dossiers, afin qu'ils soient parfaitement au jus.

Il afficha une autre page Internet contenant des photos de rues grises, bordées de bâtiments à l'architecture d'une froideur toute soviétique.

— Quelque chose me porte à penser que Scheffer est resté dans les environs de Tcheliabinsk. À quatre-vingts bornes de là se trouve Ozersk, elle est ce que l'on appelait une *Atomgrad*. La ville était l'une des cités secrètes de Russie durant la guerre froide. Elle a porté plusieurs noms – Tcheliabinsk 40, Mayak, Kychtym – et n'était référencée sur aucune carte, complètement invisible à l'œil occidental. Il s'agissait, à la base, d'un complexe militaro-industriel ultra-secret, choisi en 1946 par le père de la première bombe atomique soviétique, Igor Kourtchatov.

— Le nucléaire, encore.

— Oui, encore, comme tu dis. Il s'agissait, en

quelque sorte, de la version soviétique du projet Manhattan. À l'époque, la ville contenait plus de cinquante mille personnes, confinées entre des murs de dix mètres rehaussés de barbelés. Pour l'édifier, les autorités ont puisé parmi les prisonniers des goulags.

Il soupira et chargea une autre page Internet.

— Et ce qui devait arriver avec le nucléaire arriva : Ozersk a été le théâtre d'un grave accident en 1957. Le tout premier avertissement de l'atome de l'histoire, dont l'ampleur était la moitié de celle de Tchernobyl. Ses industries produisaient alors du plutonium 239 destiné aux armes nucléaires soviétiques. Une explosion chimique a propulsé à plus d'un kilomètre d'altitude des quantités effroyables d'éléments radioactifs et a gravement irradié des milliers de civils et de militaires.

— On n'en a jamais entendu parler.

— Normal : le secret sur la catastrophe n'a été levé que dans les années 1980 et on possède très peu d'infos là-dessus. Toujours est-il qu'aujourd'hui il existe, aux alentours d'Ozersk, une grande bande de sol contaminée, large de vingt kilomètres et longue de plus de trois cents. Car, en plus de l'explosion, le complexe rejetait ses déchets radioactifs à ciel ouvert dans cette zone de marécages et de sols semblables à des éponges. Bref, c'est aujourd'hui une zone sinistrée, glaciale et maudite, où plus personne ne mettra jamais les pieds. Le simple fait de marcher au bord d'un lac du coin appelé Karatchaï te donne, en une demi-heure, la dose de radioactivité tolérable sur une vie. L'enfer sur Terre.

Bellanger se massa les tempes.

— Qu'est-ce que Scheffer est allé faire là-bas, bon sang ?

— Qu'est-ce qu'ILS SONT allés faire là-bas, tu veux

dire. Parce que d'après les Américains, Dassonville aussi s'est envolé pour Moscou. Je n'ai pas encore de retour de Lachery quant à sa destination après son atterrissage à l'aéroport russe, mais il y a fort à parier qu'il a lui aussi pris la direction de Tcheliabinsk, puis d'Ozersk.

— Comme s'ils s'étaient donné rendez-vous au cœur de la radioactivité.

— Exactement. Lachery, que j'ai eu au téléphone, m'a signalé que nos deux gus faisaient une fois par an des allers et retours en Russie, avec des visas touristiques. Et tous les deux, ils ont fait la demande d'un nouveau visa il y a trois semaines. Juste après le message dans *Le Figaro*. Ils ont flairé le danger et ont préféré prendre les devants, au cas où les choses s'envenimeraient trop.

Il y eut un lourd silence, chargé de signification : Dassonville et Scheffer se trouvaient désormais à des milliers de kilomètres d'ici, dans un pays dont les flics ignoraient tout.

Et ils ne reviendraient peut-être jamais.

— Tu as parlé d'Ozersk à Lachery ? fit Sharko.

Robillard secoua la tête.

— Ce n'est que mon hypothèse, je ne voulais pas...

— Fais-le.

— Très bien.

Lucie restait pensive.

— L'Oural, en plein hiver, ça doit être comme le pôle Nord, fit-elle. Tu imagines les températures qu'il fait, là-bas ?

— Aux alentours de – 20 ou – 30 en ce moment, répliqua Robillard.

— – 30... Quelque part, il y a une forme de logique.

— Quelle logique ?

— Celle de ce froid et de cette glace qui nous accompagnent depuis le début de l'enquête. Le nucléaire et le froid extrême, réunis dans une même cité du fin fond du monde. Comme s'il s'agissait d'un aboutissement. D'une conclusion à *quelque chose* qui nous échappe encore.

Ils s'autorisèrent un nouveau moment de réflexion commun. Bellanger regarda sa montre. Il soupira.

— J'ai rendez-vous avec le procureur pour un point sur l'affaire, ça va être coton de tout lui expliquer.

Il tourna la tête vers Sharko et Lucie.

— Vous vous mettez en route pour l'aéroport vers quelle heure ?

— Vu les conditions météo, on déjeune et on file, histoire d'être certains de ne pas manquer l'enregistrement, dit Sharko. Aller à Charles-de-Gaulle ne va pas être une partie de plaisir.

— Très bien. Pascal, tu contactes encore Interpol, qu'ils préviennent juste l'ASI sur le sol ukrainien qu'on met les pieds là-bas, histoire d'être dans les règles.

Il se tourna vers Lucie et Sharko.

— La commission rogatoire pour la Russie est prête et, même si vous n'en avez pas besoin, vous l'aurez, ainsi que les coordonnées de Lachery et des policiers moscovites avec lesquels il est en relation. Je reviendrai vous apporter tout ça et vous souhaiter bonne chance avant votre départ.

Lucie s'était approchée de la fenêtre. Elle avait les yeux fixés vers le ciel aussi gris qu'une barre de plomb. Dire que l'intérieur du corps des petits Ukrainiens crachait autant de particules par seconde que chutaient de flocons devant elle !

— J'ai l'impression qu'on en aura bien besoin, de chance, murmura-t-elle.

61

L'aérogare de l'aéroport Charles-de-Gaulle était bondée. Une gueule infernale, qui ingurgitait et recrachait des voyageurs dans un brouhaha incessant. Tirant leurs bagages à roulettes, Sharko et Lucie se frayèrent un chemin parmi la foule, jusqu'à gagner le point d'accueil du terminal 2F, où Wladimir Ermakov les attendait. Le petit homme n'était pas difficile à reconnaître : sa chevelure d'un blanc ivoirin détonnait avec tout le reste. Il était vêtu d'un pantalon vert type camouflage, de bonnes chaussures de marche et d'une grosse parka fourrée qu'il avait gardée boutonnée.

Dans l'avion, Lucie était sur le siège du milieu, Wladimir avait choisi la place côté hublot. Durant l'attente, le traducteur leur avait expliqué son rôle au sein de l'association : aller chercher et ramener les enfants dans les différents pays, répondre aux sollicitations des familles d'accueil pour atténuer la barrière de la langue, traduire les lettres, qui arrivaient ou partaient tout au long de l'année, s'occuper des papiers, des visas... Il se rendait aussi régulièrement en Ukraine ou en Russie, pour préparer les voyages, rencontrer les parents, leur expliquer le but de l'association. Il avait été naturalisé français en 2005, militait activement contre le nucléaire et était salarié à plein temps de la Fondation des Oubliés de Tchernobyl. Clairement, l'association lui permettait de vivre et de s'épanouir.

— Nous sommes désolés si nous vous privons de votre Noël en famille, dit Lucie, mais notre enquête est très importante.

— Ça ira. Je vis seul en France et le réveillon que je comptais passer était en compagnie de certains membres de l'association.

Il avait la voix douce, avec un bel accent de l'Est roulant et chantant.

— Vos parents habitent encore en Ukraine ?
— Ils sont morts.
— Oh, je suis désolée.

Wladimir lui adressa un timide sourire.

— Ne le soyez pas. Je ne les ai pas connus. Ils habitaient à Pripyat, la ville accolée à la centrale nucléaire. Mon père était militaire, au service de l'Union soviétique, il est mort en creusant sous la centrale de Tchernobyl avec des milliers d'autres, pour essayer d'atteindre la salle du réacteur quelques jours après l'explosion. Ma mère est décédée deux ans après ma naissance, elle avait un trou dans le cœur. Quant à moi, je suis né une semaine avant la catastrophe. J'étais un grand prématuré et, de ce fait, je suis resté dans un hôpital de Kiev. C'est ce qui m'a sauvé la vie...

Il fit courir ses doigts sur le hublot, tandis que l'avion quittait son parking et que les hôtesses présentaient les consignes de sécurité.

— Je suis retourné à Pripyat il y a dix ans. La ville tout entière est gelée dans le temps, toutes les horloges sont arrêtées. Les autotamponneuses et la grande roue semblent avoir été figées instantanément. Là-bas, les arbres grandissent plus vite et repoussent le béton avec une énergie anormale. Comme si la nature devenait menaçante, et qu'elle ne voulait plus jamais que l'homme y mette les pieds.

Il fouilla dans son portefeuille et tendit un petit morceau de papier glacé, pas plus grand qu'une photo d'identité.

— Ce sont mes parents, Piotr et Maroussia. Leur appartement dont le balcon donnait directement sur la centrale était resté tel quel, les portes étaient grandes ouvertes. C'est là-bas que j'ai pu récupérer cette seule photo et enfin découvrir leur visage. L'atome les a emportés, tous les deux, de manière différente.

Il fixait Lucie avec insistance. Ses yeux étaient très ronds, aussi bleus que le cobalt, et l'absence de sourcils amplifiait la force de son regard. Il rempocha sa photo.

— Vous m'avez dit vouloir aller dans les villages-étapes du bus, tout à l'heure. Maintenant, vous devez me raconter et arrêter d'être mystérieux : qu'est-ce que deux policiers français peuvent aller chercher si loin, la veille de Noël ? Il n'y a que la misère et la radioactivité.

Sharko se pencha en avant.

— Nous pensons que des enfants de ces villages pauvres disparaissent au fil des années, pour être livrés à de sordides expériences. Nous croyons également que le bienheureux créateur de votre association, Léo Scheffer, est impliqué dans ces disparitions.

Wladimir écarquilla les yeux.

— M. Scheffer ? C'est rigoureusement impossible. Vous ne pouvez imaginer tout ce qu'il fait pour l'association. Tous ces sourires qu'il redonne aux gamins qui ne connaissent d'autres paysages que les terres irradiées. Grâce à lui, l'espoir existe, et Tchernobyl n'est pas juste un point dans l'espace et le temps, vous comprenez ? Sans des gens de sa trempe, je ne serais probablement pas ici, à vous parler. Il m'a beaucoup aidé.

— Scheffer a quitté brusquement son hôpital et fui vers la Russie. Un innocent n'aurait pas fait cela.

— Non, vous vous trompez. Votre coupable est ailleurs.

Il posa son front contre le hublot, se murant dans le silence. Les flics se rendirent compte à quel point Scheffer s'était forgé une solide réputation de bienfaiteur de l'humanité. On crée des centres pour handicapés, on s'occupe de petits irradiés, et derrière, le diable déplie tranquillement sa queue.

L'avion décolla. Sharko regarda la capitale rapetisser rapidement avec un grand soulagement. L'assassin de Gloria était là, quelque part, tapi dans l'ombre, prêt à pousser sa pièce sur l'échiquier. Avec un peu de chance, il allait craquer et les hommes de Basquez, en planque devant la résidence, lui tomberaient enfin dessus.

Il avala le contenu du plateau-repas qu'on lui servit une demi-heure après le décollage et finit par s'endormir.

Trois heures plus tard, Kiev se déployait au cœur de l'obscurité. Une galette de lumière plantée sur des collines, située à seulement cent dix kilomètres du réacteur numéro quatre d'*Atomka,* le petit surnom sympathique que donnait Wladimir à la centrale.

— Cette nuit d'avril 1986, les deux millions d'habitants qui peuplaient Kiev ont eu la météo de leur côté, fit le jeune traducteur en se penchant vers le hublot. J'étais parmi les chanceux. Mes parents, eux, se trouvaient du mauvais côté. Les vents ont chassé le nuage radioactif vers le nord-ouest et les pluies ont ramené toutes les particules vers les sols et les rivières. La Biélorussie, la Pologne, l'Allemagne, la Suède… Tout le monde a été touché, à des degrés différents. Miraculeusement, la France a été épargnée, les douaniers du ciel ont arrêté le nuage juste aux frontières.

Il haussa les épaules.

— Tu parles ! Encore l'un des sales mensonges de l'atome. Tout le monde a été frappé. En Corse, le nombre de cancers de la thyroïde ou de problèmes de régulation de la glande est en train d'exploser, vingt-six ans après Tchernobyl. Les taux sont trois fois supérieurs à la moyenne nationale. Ces gens sont les empreintes vivantes du passage du nuage.

Il parlait avec aigreur, mais calmement. Tout au long de la descente, il s'en prit aux gouvernements pro-nucléaires, au lobbying de l'atome, aux déchets radioactifs qu'on enterrait sous terre en triste héritage pour les générations futures. Les policiers l'écoutaient avec attention et respect. Son combat était noble, justifié.

Une météo glaciale cueillit les trois voyageurs à la sortie de l'aéroport Boryspil. Le ciel était dégagé, le vent s'engouffrait dans les cols des manteaux. Lucie imaginait un souffle chargé de particules mortelles, sans odeur, sans goût, invisible, qui avait transpercé tous les organismes vivants sur son passage, des années plus tôt. Ça aurait pu être ce vent-ci. Elle en frissonna.

Wladimir repoussa les chauffeurs de taxis illégaux qui se jetaient sur eux, héla le véhicule d'une compagnie officielle et indiqua qu'ils se rendaient à l'hôtel Sherbone, au cœur de Kiev.

— Je m'occuperai de louer un véhicule demain matin, fit-il une fois installé à l'avant de la voiture. Nous partirons à 10 heures, si cela vous convient. Si nous devons parcourir les quatre villages, nous aurons plus d'une centaine de kilomètres à faire sur des routes en mauvais état et probablement glissantes.

— 9 heures plutôt, répliqua Sharko. Nous devons auparavant passer à l'ambassade de France, pour rencontrer l'attaché de sécurité intérieure. Cela est très pompeux et administratif, mais on n'a pas le choix si on veut rester dans les règles. Et merci pour tout, Wladimir.

En silence, les deux flics savourèrent le paysage et le spectacle de lumière. Une ville qui donnait l'impression d'avoir eu plusieurs vies. Les cathédrales à l'architecture byzantine côtoyaient les immeubles staliniens, les parcs se faisaient lentement manger par les buildings modernes. Les sept décennies de communisme pointaient encore à chaque coin de rue, fondues dans le décor comme des espions.

Lucie n'avait jamais tant voyagé depuis qu'elle était flic. Le Canada, le Brésil, les États-Unis, l'Europe de l'Est à présent… Des pays qu'elle ne découvrait que par leur face la plus sombre, des villes qu'elle ne prenait jamais le temps de visiter, parce que, chaque fois, il y avait des meurtriers à traquer et que le temps pressait. Aujourd'hui, elle s'enfonçait dans Kiev, mais que connaissait-elle de l'histoire de tous ces peuples, de ces rues, de ces gens qui marchaient anonymement, le crâne engoncé sous une chapka, hormis de vieux souvenirs scolaires ?

Le véhicule jaune franchit un grand pont, roula encore quelques minutes au gré des panneaux écrits en cyrillique, puis les déposa dans une petite rue, devant leur hôtel. Sharko régla, tandis que Wladimir déchargeait les bagages. Il était presque minuit, heure locale.

Après un passage à la réception, Sharko donna ses clés à Wladimir.

— Votre chambre est juste à côté de la nôtre, au troisième étage.

Le jeune traducteur acquiesça avec un sourire fatigué. Il avait l'air épuisé et, quelque part, Sharko se sentait gêné de l'avoir presque contraint à les accompagner. L'ascenseur les déposa au bon étage. Wladimir enfonça la clé dans la serrure de sa porte et, juste avant d'entrer, se tourna vers les deux flics et dit :

— Savez-vous ce que Tchernobyl signifie, en ukrainien ?

Sharko secoua la tête, Lucie fit de même.

— Absinthe, dit Wladimir. L'absinthe, c'est le poison, mais c'est aussi le nom de l'astre brûlant décrit dans l'Apocalypse selon saint Jean. « *Le troisième ange fit sonner la trompette. Du ciel, un astre immense tomba, brûlant telle une torche ; il tomba sur le tiers des fleuves et la source des eaux ; son nom est Absinthe. Le tiers des eaux devint de l'absinthe et beaucoup moururent à cause des eaux devenues amères.* »

Il garda quelques secondes le silence, avant de conclure :

— « *Dormez, braves gens, dormez en paix, tout est tranquille* », qu'ils disaient, alors que le poison se déversait dans l'air de mon pays et tuait ma famille. Bonne nuit à vous deux. Dormez en paix.

62

Des centaines de kilomètres carrés de désert nucléaire.

Ça avait commencé avec la perte de réseau des téléphones portables. Puis, au fur et à mesure que le 4 × 4 s'enfonçait vers le nord, la vie capitulait lentement. Sous le froid soleil de décembre, les lacs scintillaient et s'étiraient sur l'horizon, aussi lisses que des coquilles de nautilus. Les panneaux de signalisation, penchés ou couchés au sol, s'effritaient comme du carton brûlé, tandis que les arbres dépouillés se rapprochaient dangereusement du bitume.

Et puis ce blanc, aplati à l'infini. Cette neige qui ne fondait pas, que seuls les animaux sauvages foulaient. Des lapins, des chevreuils, des loups, nés de l'absence de l'homme. Dire qu'on ne se trouvait même pas dans la zone d'exclusion...

Malgré tout, bien plus au nord, l'humain refit surface. À un moment, Lucie crut traverser un village abandonné : les maisons étaient envahies de végétation, les routes déchiquetées, le temps était figé. Mais la vision d'un groupe d'enfants assis aux portes d'une maison en ruine lui glaça le sang.

— Qu'est-ce qu'ils font ici ?

Wladimir se gara le long de la route.

— Ce sont des réfugiés de l'atome. Nous sommes à Bazar, juste à la limite de la partie ouest du périmètre interdit. La ville avait été évacuée, mais des gens pauvres sont progressivement venus la repeupler. Les logements sont gratuits, les légumes et les fruits poussent à profusion et sont anormalement gros. Certains enfants ou adolescents se regroupent en bandes, vivant comme des meutes. Ces habitants-là ne se posent pas de questions et continuent à vivre. On les appelle les *samossiols*, « ceux qui sont revenus ».

Des feux brûlaient un peu partout, des ombres glissaient furtivement le long des maisons en brique. Sharko fut surpris en apercevant une petite décoration de Noël, suspendue au sommet d'un porche. Il évoluait dans une ville de fantômes, au cœur d'un monde replié sur lui-même, peuplé de gens qui n'existaient plus pour personne.

Wladimir tendit la main vers le commissaire, installé à l'avant.

— Donnez-moi la photo de cette femme que vous recherchez. Je vais aller leur demander s'ils ne l'ont pas vue, on ne sait jamais. Restez dans la voiture.

— Demandez aussi pour l'enfant.

Le commissaire lui donna les clichés de l'enfant de l'hôpital et de Valérie Duprès. Le jeune interprète s'éloigna de longues minutes, avant de revenir et de jeter les photos sur le tableau de bord.

— Rien.

Ils reprirent la route en silence. Plus loin, Wladimir désigna les imposants barbelés, entremêlés aux branches tortueuses de la forêt.

— La zone interdite se trouve de l'autre côté. Une poignée d'ouvriers travaille encore près du vieux sarcophage qui recouvre le réacteur numéro quatre pour contenir les fuites d'uranium. Des déchets radioactifs sont évacués deux fois par semaine vers la Russie avec de gros camions.

— Je pensais que tout était abandonné. Que plus personne ne s'aventurait là-dedans.

— Le lobbying nucléaire veut faire bonne figure, vous comprenez ? Ils ne font que déplacer la radioactivité en dépensant des sommes astronomiques. Au lieu de parler d'envoyer des fusées vers Jupiter, c'est cette cochonnerie qu'ils devraient mettre dans des fusées et expédier loin d'ici.

— Le bus de votre association n'a jamais pris en charge des enfants de Bazar ?

— On aimerait bien, mais ces gens n'ont aucun statut, pas de papiers. Ils n'existent pas. Alors, officiellement, on ne peut rien faire pour eux.

Ils longèrent les barbelés sur cinq kilomètres, traversèrent les premiers villages-étapes du bus : Ovroutch, Poliskyi... Chaque fois, le véhicule s'arrêtait et Wladimir interrogeait. Cette fois-là, un homme, devant la voiture, désignait la route. Wladimir revint en courant.

— Toujours rien, fit-il en redémarrant. Juste une moto, que cet habitant a vu passer assez lentement la semaine dernière. C'est tout.

— Quel genre de moto ? Le pilote était-il un homme ? Une femme ?

— Il n'en sait rien, à vrai dire. On aura peut-être plus d'informations à Vovchkiv. La moto allait dans cette direction.

Sharko se retourna vers Lucie. Ils étaient peut-être

sur la bonne voie, certes, mais plus ils s'approchaient, plus l'espoir de retrouver Valérie Duprès vivante s'amenuisait. Ces territoires étaient trop hostiles, les gens qu'ils traquaient trop dangereux. Sans oublier ce sang, sur le mot caché dans la poche du gamin...

Ils arrivèrent à Vovchkiv, une dizaine de kilomètres plus loin : un morceau de XIXe siècle égaré dans l'apocalypse nucléaire. Des rues de terre défoncées, des charrettes chargées de pommes de terre, des landaus dépouillés en guise de cabas. Seules les maisons en brique, légèrement décorées aux couleurs de Noël, les Fiat et les Travia aux plaques d'immatriculation branlantes témoignaient d'une forme de modernité. Des habitants de tous âges vendaient leurs confitures de myrtilles, leurs champignons séchés, leurs conserves, assis devant chez eux, au cœur du froid. Les enfants participaient à l'ouvrage. Ils attelaient, poussaient, déchargeaient les produits de la terre destinés au troc ou à la vente. À voir toute cette nourriture, Lucie se rappela la carte des taux de césium, ainsi que la grosse tache rouge vif qui englobait l'endroit.

La radioactivité était là, dans chaque fruit, chaque champignon.

Et chaque organisme.

Wladimir gara le quatre roues motrices au bord de l'immense forêt, dans un petit renfoncement qui faisait office de parking.

— Nous sommes désormais au plus près de la zone interdite. Vovchkiv est l'un des derniers villages officiellement habités du périmètre 2. C'est à cet endroit exact que nous avons embarqué quatre enfants du village, il y a une semaine, avant de poursuivre notre route soixante-dix kilomètres plus au sud. Je vais en profiter pour aller saluer les parents des quatre petits qui sont actuellement en France, et interroger les habitants.

Wladimir s'éloigna avec les photos et disparut derrière une maison. Lucie observait autour d'elle, le regard inquiet. Les bouleaux et les peupliers sans feuilles, enchevêtrés comme des mikados, les routes de caillasse, ce ciel bien trop bleu.

— C'est effroyable, fit-elle. Ces gens, ces endroits perdus, si proches de ce qui n'est pour nous qu'un mot. Plus personne n'aurait dû habiter ici après la catastrophe.

— Ce sont leurs terres. Si tu les chasses d'ici, que leur reste-t-il ?

— Ils meurent empoisonnés à petit feu, Franck. Empoisonnés par leur propre gouvernement. Ici, le lait des mères ne protège pas leurs nouveau-nés, il les tue. Tous les regards sont braqués sur Fukushima alors que là, devant nous, on assiste à un génocide nucléaire. C'est purement et simplement monstrueux.

Lucie se caressa le ventre, pensive, tandis que Sharko en profitait pour sortir se dégourdir les jambes, enfonçant son bonnet sur son crâne et remontant bien ses gants. Il fixa la profonde forêt, songeant au monstre situé à tout juste trente ou quarante kilomètres. Lucie avait raison : comment pouvait-on abandonner tous ces gens à leur triste sort ?

Sur la gauche, un groupe d'adolescents l'observaient, ils restaient à bonne distance, l'air curieux. Le commissaire leur rendit leur sourire, amer au fond de lui-même. Demain, c'était Noël, et ces gosses-là n'auraient pour cadeau que leur dose quotidienne de césium 137.

L'un d'eux se détacha du groupe et s'approcha. Il avait une quinzaine d'années et était engoncé dans un vieux caban troué. Un beau blond aux yeux bleus, au teint foncé, qui aurait sans aucun doute eu un autre destin dans un autre pays. Il se mit à parler et tira Sharko par la manche, comme pour l'emmener quelque part.

Wladimir réapparut en courant, essoufflé.

— Apparemment, ils n'ont rien vu par ici, fit-il.

Il tenta de repousser l'adolescent d'un geste sec.

— Ne vous laissez pas ennuyer, il veut probablement de l'argent. Allons-y.

— On dirait qu'il cherche à me montrer quelque chose.

— Non, non. En route.

— J'insiste. Demandez-lui.

Le jeune se faisait toujours aussi pressant. Il discuta avec le traducteur, qui s'adressa ensuite aux flics.

— Il dit qu'il a parlé avec la femme à moto. Elle s'est arrêtée ici, au village.

— Montrez-lui la photo.

Wladimir s'exécuta. Le jeune lui arracha le cliché des mains et acquiesça vivement. Piqué au vif, le commissaire fixa le jeune dans les yeux.

— Où allait-elle ? Que cherchait-elle ? Demandez-lui, Wladimir.

Après traduction, l'adolescent répliqua, tendant le doigt vers la route. Il eut une longue conversation avec le traducteur, qui revint vers ses interlocuteurs français.

— Elle cherchait un moyen de pénétrer dans la zone interdite avec sa moto, mais en évitant les postes de garde. Ici, elle s'est fait passer pour une photographe, elle a donné un peu d'argent. C'est lui, Gordieï, qui l'a guidée jusqu'au passage.

— Quel passage ?

Le gamin tirait de nouveau la manche de Sharko. Il voulait l'emmener quelque part. Wladimir traduisit :

— À ce qu'il me raconte, il se situe à deux ou trois kilomètres d'ici, avant le village de Krasyatychi. Il existe, selon ses propos, une vieille route cabossée où les voitures peinent à passer, qui traverse la zone, longe la centrale par le sud et mène au lac Glyboké, le lac utilisé à l'époque pour le refroidissement des réacteurs.

Sharko regarda la forêt, derrière lui, et demanda :

— Et il l'a vue repasser dans l'autre sens, cette moto ?

L'adolescent répondit que non. Le commissaire réfléchit quelques secondes.

— Demandez-lui quand il a neigé pour la dernière fois.

— Il y a trois ou quatre jours, répondit Wladimir après traduction.

Dommage. Les traces de la moto avaient dû être effacées. Sharko n'en démordit pas pour autant.

— Nous aimerions qu'il nous conduise jusqu'à cet endroit.

Wladimir marqua sa stupéfaction. Il serra les lèvres.

— Désolé, mais... je n'irai pas là-bas. Je devais vous conduire au village, vous guider, pas m'aventurer illégalement en zone non autorisée. Je ne crois pas que ce soit une bonne idée que vous vous rendiez dans cet endroit dangereux.

— Je comprends. Dans ce cas, nous irons seuls avec la voiture, et vous nous attendrez ici, si vous le voulez bien. Vous aurez ainsi le temps de discuter avec les familles.

Wladimir s'exécuta à contrecœur. Pendant ce temps, Lucie emmena Sharko à l'écart. Son visage était glacé.

— Tu es sûr de toi ? On devrait peut-être se rapprocher de l'attaché à l'ambassade pour ce genre de choses.

— Pour perdre du temps en paperasse et beaux discours ? Ce type en cravate m'a gonflé, il voulait à tout prix nous coller son propre traducteur dans les pattes.

— Il voulait juste être diplomate.

— Un diplomate n'a rien d'un flic.

Le commissaire s'engagea de quelques mètres dans le bois. Le sol, la neige étaient gelés, ça craquait sous ses pas. Il se tourna vers la route, le visage douloureux, tant il faisait froid.

— C'est peut-être de l'intérieur du bois que le gamin est arrivé. Le bus était garé ici, le môme s'est caché dans la soute, ni vu, ni connu. À l'hôpital, ils avaient remarqué des traces de liens sur ses poignets. J'ai la certitude que notre petit inconnu était retenu quelque part dans la zone interdite, et que Duprès l'a aidé à s'échapper. Il n'y a pas d'autre scénario possible. C'est là que nous devons aller.

— Sans arme, sans rien ?

— On n'a pas le choix. Si on trouve quelque chose de suspect, on fera demi-tour, on préviendra les autorités et l'ASI. On agira proprement. Ça te va ?

— On agira proprement... Elle me fait bien rire, celle-là. J'ai l'impression de retrouver le Sharko des grands jours. Celui qui se fiche des règles et fera tout pour aller au bout.

Le commissaire haussa les épaules, puis se rapprocha de Gordieï. Wladimir joua son rôle d'interprète.

— Il va vous conduire à la route, et il reviendra ici à pied. Il voudrait juste un petit quelque chose, en échange.

— Évidemment.

D'un air entendu, Sharko mit la main au portefeuille et tendit un billet de cent euros. Gordieï l'empocha avec un grand sourire. Lorsqu'ils se dirigèrent vers la voiture, les montres indiquaient presque 13 heures.

Avant de monter, Lucie s'adressa à Wladimir :

— Et la radioactivité ? Que craint-on, exactement ?

— Rien, si vous faites attention. Gardez vos gants, ne touchez à rien, ne portez rien à votre bouche. La radioactivité est sur le sol, dans l'eau, pas dans l'air, sauf dans la proximité immédiate du réacteur numéro quatre. Et quand je dis « proximité », je parle là de quelques mètres seulement. Comme je vous l'ai dit tout à l'heure, il y a des fuites dans le sarcophage, les barres d'uranium du réacteur continuent à émettre leur poison. En moins d'une heure, vous seriez mortellement irradiés.

Lucie hocha la tête en guise de remerciements.

— C'est très réjouissant. Bon, nous nous revoyons tout à l'heure, fit-elle en lui tendant la main.

— Très bien. Faites attention et, surtout, ne vous écartez pas de la route. Les loups affamés sont nombreux dans ces bois. La nature est devenue très agressive, et soyez assurés qu'elle n'aura plus aucune pitié envers l'homme.

63

Il n'y avait pas de mots pour décrire le sentiment d'oppression et de peur qui habitait les deux policiers.

Après cinq kilomètres quasiment impraticables dans la zone interdite, ils roulaient à présent dans une ville anonyme, exsangue de sa population. Tout, dans le décor, indiquait une fin inattendue et brutale. Les portes des habitations étaient restées ouvertes, les petites boutiques en ruine semblaient malgré tout attendre leurs clients, des carcasses de voitures agonisaient, au milieu d'une rue, devant une allée. Au bord des routes, la végétation perçait la neige, rampait, dévorait. Des branches tordues jaillissaient par les fenêtres des façades ou par les vitres des camionnettes rouillées, les entrées des immeubles avaient pris des allures de sous-bois, les racines des arbres fracturaient le bitume. Avec le temps, les constructions humaines allaient s'effacer en silence.

— Wladimir avait raison, fit Lucie. Je veux dire, en vingt-six ans, la nature n'aurait pas pu faire autant de dégâts dans un endroit normal. On dirait que tout s'est développé à une vitesse folle et que rien ne peut résister à ces arbres qui poussent même au milieu du macadam.

Sharko poursuivit sa route, droit devant. Même s'il roulait très lentement, le quatre roues motrices peinait à certains endroits.

Ils roulèrent des kilomètres et des kilomètres, doublant des fermes éventrées, des casernes dépouillées, des usines en lambeaux. Régulièrement, des panneaux triangulaires, avec le symbole aux trois ailettes noires, leur rappelait le danger invisible. Sur la gauche, au beau milieu du bois, ils aperçurent une église aux murs mordus à sang par le lierre, attaqués par les branches des bouleaux, des hêtres. Il fut un temps où ces gens cherchaient Dieu, ils avaient trouvé son antagonisme : l'atome. Puis, de temps en temps, un camion de pompiers couché, un tracteur rouillé, des carcasses indéfinissables. La route fendait la forêt, toujours plus clairsemée, compressée entre les crocs de la nature.

Lucie n'avait pas mis sa ceinture et avait les genoux serrés contre sa poitrine. Les terribles images de la catastrophe de Fukushima lui revinrent en tête.

— On espère que cela ne se reproduira plus jamais, et pourtant, regarde le Japon.

— J'y pensais, moi aussi.

— C'est de la folie d'être ici, quand on y réfléchit. J'ai vraiment l'impression qu'on vient de franchir les portes de l'enfer et qu'on roule là où aucun humain ne devrait plus jamais aller.

Sharko ne répondit plus, toujours concentré sur la route. Il considéra son compteur : ils avaient dû faire dix kilomètres. En restait peut-être une vingtaine pour atteindre la ville de Tchernobyl et sa maudite centrale Lénine.

Au détour d'un virage, il freina doucement.

— On n'ira pas plus loin.

Un arbre gigantesque était couché en travers de leur chemin. Le commissaire laissa le moteur tourner, indécis. Il n'y avait aucun moyen de passer.

— C'est pas vrai. On ne va quand même pas faire demi-tour maintenant ?

Lucie sortit sans crier gare.

— Qu'est-ce que tu fiches ? dit le commissaire. Merde !

Il coupa le moteur et, à son tour, mit le pied dehors. Lucie observait attentivement autour d'elle, immobile. Jamais, de toute sa vie, elle n'avait pu appréhender un tel silence. Ses sens cherchaient un son, la plus infime variation de l'air. Le monde semblait figé, piégé sous une cloche de vide. Une fois cette curieuse sensation intégrée, elle s'approcha du tronc immense et le longea par la gauche.

— Fais pareil vers la droite, dit-elle. Avec sa moto, Duprès a peut-être réussi à le contourner.

— Très bien. Mais si tu vois un animal un peu velu, cours vers la voiture.

La flic s'enfonça dans le bois. Le froid s'insinuait dans le moindre interstice de ses vêtements, ses poumons brûlaient à chaque inspiration. Elle serra et desserra les poings, plusieurs fois. Plus loin, elle constata que les grosses racines de l'arbre s'étaient desséchées, il était peut-être mort de vieillesse, ou rongé de l'intérieur non par des insectes, mais par *autre chose*. Elle scruta les alentours. Non, jamais la journaliste n'aurait pu passer ici à moto.

— Viens ! cria soudain Sharko.

Lucie se précipita et rejoignit le commissaire, de

l'autre côté. Il était accroupi devant une moto carbonisée, sans plaque, couchée dans la neige.

Sa compagne vint se coller à lui.

— Tu crois que c'est la sienne ?

— Brûlée, mais pas rouillée. Même pas recouverte de feuilles. Oui, c'est probablement la sienne.

— Qu'est-ce qui s'est passé, à ton avis ?

Sharko réfléchit. La réponse lui paraissait évidente.

— Je crois que, lorsqu'elle a vu le tronc, Duprès a caché sa moto sur le côté et a dû continuer à pied. Elle savait où elle allait. Elle a peut-être découvert le môme, puis... (Il se redressa.) À mon avis, ce sont ceux qui retenaient le petit qui ont fait ça.

Ils se regardèrent en silence. Prise au piège, Valérie Duprès avait peut-être crié mais, ici, qui aurait pu l'entendre ? Lucie regarda par-delà le tronc. La route se poursuivait en une interminable langue de givre.

— On fait comme elle. On continue à pied. Si on ne trouve rien d'ici trois ou quatre kilomètres, on retourne à la voiture. Qu'est-ce que t'en penses ?

Le commissaire marqua une longue hésitation. Il regarda leur 4 × 4, leurs traces de pneus dans la neige. Ils étaient seuls, sans réseau téléphonique, sans arme, dans un pays inconnu. C'était peut-être de la folie, mais...

— Très bien. Quatre kilomètres, maximum, en longeant la route. Ta cheville tiendra ?

— Aucune douleur. Et, tant que je ne cours pas, il n'y a pas de souci.

— OK. Viens avec moi à la voiture deux secondes.

Sharko ouvrit difficilement le coffre collé par le givre, défit rapidement leurs valises, puis ôta son blouson.

— Fais comme moi. Rajoute un pull ou un sweet. Puis une paire de chaussettes. On doit avoisiner les – 15 °C, c'est atroce.

— Bonne idée.

Ils se couvrirent plus chaudement. Sharko fourra tous leurs papiers – passeport, commission rogatoire – dans ses poches, prit la manivelle du cric dans le coffre, au cas où, puis verrouilla toutes les portes. Il donna la main à sa compagne, qu'il serra fort malgré leurs gants.

— On avance prudemment.

Ils contournèrent l'arbre, revinrent au milieu de la route et se mirent à avancer. Goulûment, la nature se resserra sur eux. De temps en temps, ils apercevaient des empreintes d'animaux, sur les côtés ou traversant la voie.

— Elles sont énormes, murmura Lucie. Tu crois qu'il pourrait s'agir de...

— Non, non. Peut-être des chevreuils.

— Ça n'a pas des sabots plutôt, des chevreuils ?

— Des chevreuils mutants, alors ?

Ils essayaient de se rassurer comme ils pouvaient, s'efforçant de plaisanter, de parler de tout et de n'importe quoi. Ils progressaient à deux, seuls, au beau milieu de cette interminable ligne droite qui se déroulait comme un tapis de crin.

— Dis, Franck, fit Lucie plus loin. Qu'est-ce que tu comptais m'offrir, ce soir ? Je veux dire, c'est bientôt le réveillon, et je n'ai pas la moindre idée de ton cadeau. Tu avais prévu quelque chose au moins ? Rassure-moi.

Malgré la tension, Sharko lui sourit.

— Oui, oui, bien sûr. Il est caché quelque part dans l'appartement.

— Qu'est-ce que c'est ?

— Tu l'auras quand nous reviendrons. Mais ça devrait satisfaire l'un de tes rêves d'adolescente.

— Tu m'intrigues...

Ils discutèrent encore, parce qu'ils avaient besoin de briser ce manque de vie, d'entendre des sons autres que le craquement de leurs pas. Tout en parlant, Sharko observait du côté gauche, et Lucie du droit. La route était explosée de partout, envahie, impraticable. Même sans la présence du tronc, ils n'auraient jamais pu aller au bout.

Plus loin, d'un coup, la flic désigna des grosses traces de pneus, devant elle, imprimées dans la neige de façon circulaire. Les deux policiers se précipitèrent vers les arbres pour se cacher et observèrent les alentours.

— On dirait celles laissées par une camionnette, fit Sharko. Et regarde là-bas, ces empreintes de pas. Le véhicule est venu de la direction opposée, s'est garé sur le bas-côté. Un type est descendu, s'est enfoncé dans ces bois, est revenu, puis a fait demi-tour. Et cela après les chutes de neige précédentes, c'est-à-dire il y a maximum trois jours. Allons-y.

— Et s'il revient ?

— J'ai le sentiment qu'il ne reviendra pas.

Ils coururent jusqu'au niveau des traces de semelles. Les marques étaient lourdes, profondes, de grande taille.

Ils les suivirent en silence, cette fois, s'enfonçant dans le treillis végétal.

Ils doublèrent des clôtures de barbelés branlantes,

chevauchèrent des grilles écrasées au sol, jusqu'à apercevoir finalement un bâtiment en ruine, tout gris, à l'architecture rectangulaire. Il ressemblait à un blockhaus. Le toit était effondré, la végétation étreignait chacun de ses murs chancelants, comme si elle cherchait à les engloutir.

Les pas disparaissaient sous l'entrée principale, un rectangle sombre dépourvu de sa porte. Sur les murs extérieurs ou plantés dans le sol s'exposaient une multitude de panneaux d'interdiction ou avertissant d'un danger radioactif.

— On ne devrait peut-être pas entrer, fit Lucie.

Elle respirait fort, anormalement essoufflée.

— Ils n'ont pas l'air en si mauvais état, ces panneaux. Rien de tel pour convaincre les rares aventuriers de faire demi-tour. C'est bon signe, en définitive.

— Ah...

Ils s'engagèrent donc prudemment dans la ruine. La grande pièce centrale était complètement vide. Juste un cube de béton, percé en son extrémité par un escalier qui disparaissait sous terre. Des morceaux de sol s'étaient effondrés, des barres de fer sourdaient des murs. Sur l'un d'eux était écrit, en grosses lettres noires : *Чetor-3*. De la poussière se mit à danser autour des flics, les rayons du soleil passaient par les vitres éclatées. Sharko remarqua des endroits plus clairs, comme lorsqu'on décroche des cadres des murs et qu'il en reste la marque.

— Il y avait des objets ici, récemment. Et tout a disparu.

Il chevaucha les grands trous et s'approcha de la cage d'escalier, tandis que Lucie jetait un œil aux autres pièces, complètement vides elles aussi. Au sol, poussés dans un coin, des débris de bois, de ferraille, de vieilles pancartes métalliques, toutes martelées de lettres cyrilliques.

De son côté, le commissaire dévala doucement les marches, la manivelle dans la main. La lumière solaire disparut d'un côté pour réapparaître par le gros trou dans le plafond, qui donnait sur la pièce d'où il venait. Trois mètres au-dessus, cette flaque de clarté était transpercée de tiges d'acier, qui formaient naturellement des barreaux infranchissables. Sharko ausculta le cadenas de la porte qu'il venait de pousser. Il ne portait pas la moindre trace de rouille, mais il avait été défoncé, de façon brutale. Quelqu'un était descendu ici et avait forcé le passage.

Une petite voix résonna, tout en écho.

— T'es où ?

C'était Lucie.

— Juste en dessous de toi, répliqua Sharko.

L'escalier qu'il venait d'emprunter descendait encore à un niveau inférieur, mais impossible d'aller plus bas, une plaque de glace bouchait l'entrée. Sharko en frappa la surface avec sa manivelle, dévoilant de l'eau liquide et noirâtre. Le ou les niveaux du dessous étaient complètement inondés.

La gorge serrée, il avança droit devant lui, quittant l'escalier pour ce palier souterrain.

La pièce dans laquelle il évoluait possédait d'autres ouvertures aux portes défoncées et était presque inoccupée.

Presque.

Dans un coin, un vieux matelas, à même le sol. Et, juste à côté, un gros baril jaune, vide, en excellent état, avec le couvercle posé contre lui, frappé de deux symboles : radioactivité et tête de mort.

Lucie débarqua. Sharko la stoppa en tendant le bras.

— Mieux vaut ne pas avancer davantage. Le baril est vide, mais on ne sait jamais.

Des rayons du soleil dévalaient du plafond, léchant une partie du sol. Partout autour, il faisait sombre. La flic s'immobilisa, l'œil rivé sur le coin de la pièce.

— La chaîne, sur le matelas.

En effet, une chaîne terminée par un cerceau de métal serpentait sur le matelas et était vissée dans le mur.

— J'ai vu. On y est, Lucie…

Lucie croisa les bras, les mains sur les épaules. Alors, c'était sans doute ici qu'ils retenaient les gamins. C'était ici que Valérie Duprès avait libéré le môme de l'hôpital, après avoir défoncé le cadenas avec les moyens du bord.

— Duprès a probablement essayé de rejoindre sa moto avec l'enfant, souffla Lucie. Mais… elle n'y est pas arrivée.

Ils gardèrent le silence quelques secondes. Certes, ils avaient réussi, mais ne pouvaient se débarrasser de cet arrière-goût d'échec. À l'évidence, les responsables des enlèvements avaient pris soin de faire le ménage et ne mettraient peut-être plus jamais les pieds ici.

Lucie allait et venait, nerveusement.

— Qu'est-ce qu'on va faire, maintenant ?

Sharko soupira.

— On retourne à la voiture. On n'y arrivera plus par nous-mêmes. On va mettre l'ASI et les autorités ukrainiennes dans le coup.

Lucie se rendit dans les pièces attenantes, complètement

vides elles aussi. Murs gris, dépourvus de fenêtres. Elle revint près du matelas, tandis que Sharko était en train de remonter. Si les enfants étaient retenus ici, où les opérait-on ? Elle se rappelait les photos, la salle carrelée, le matériel chirurgical : on ne leur ouvrait certainement pas la poitrine dans cet endroit, trop poussiéreux et en mauvais état. Cette espèce de blockhaus gigantesque ne semblait être qu'un lieu de transfuge, de détention.

Elle fixa le baril jaune, juste à côté du matelas.

Sa hauteur, son volume.

Bon Dieu !

Soudain, ses poils se hérissèrent.

Elle venait d'entendre la manivelle percuter le sol.

— Franck ?

Pas de réponse. Son rythme cardiaque s'accéléra instantanément.

— Franck ?

Elle grimpa les marches quatre à quatre.

Franck était effondré au milieu de la pièce.

Wladimir se tenait en face, juste sous l'entrée, une grosse capuche verte sur la tête.

Il fixa Lucie dans les yeux, sans bouger.

Un bruit, derrière.

Lucie eut à peine le temps d'apercevoir l'ombre gigantesque qui fonçait sur elle.

L'impression que son crâne explose.

Puis le noir.

64

D'abord les vibrations d'un moteur.

Ensuite la lumière qui revient progressivement, au fur et à mesure que les paupières s'ouvrent.

Sharko ressentit une douleur vive à l'arrière du crâne, puis un frottement brûlant dans ses poignets. Il mit quelques secondes à émerger et à réaliser qu'il était attaché, les mains liées dans le dos. Lucie se trouvait là, juste à côté, couchée à l'arrière de la camionnette, entre des rouleaux de câbles électriques, de la corde et des gaines. Attachée également. Son corps se mit à remuer doucement, ses paupières papillotaient.

Face à eux, Wladimir était assis sur une roue de secours, les genoux repliés contre son torse, un pistolet entre les mains. Seules deux petites vitres arrière distribuaient la lumière de la fin de journée. Sharko voyait régulièrement des branchages traverser son champ de vision et se dit qu'ils roulaient encore probablement dans les bois.

— On n'aurait pas dû en arriver là, dit le traducteur. Mais il a fallu que cet idiot de jeune villageois éveille votre attention et veuille à tout prix vous entraîner vers la route. Et vous, vous êtes allés jusqu'au bout, jusqu'au TcheTor-3.

Il secoua la tête, comme dépité.

— J'avais dit à Mikhail, notre chauffeur, de se débarrasser de la moto, de vider intégralement le bâtiment et, surtout, de démonter cette fichue chaîne du mur. Je ne pouvais pas vous laisser faire, vous auriez rameuté les autorités. Avec leurs analyses scientifiques, ils seraient peut-être remontés jusqu'à nous.

Il serra les mâchoires.

— Je dirai aux flics que vous m'avez planté à Vovchkiv et avez continué seuls. Ce qui est la vérité, après tout. On ne retrouvera jamais vos corps. Tchernobyl a au moins cet avantage d'avaler tout ce qu'on met dans ses entrailles.

Lucie se redressa à l'aide des coudes dans une grimace. Sa tête battait, comme si quelqu'un cognait à l'intérieur. La douleur était vive, puissante.

Wladimir continuait à parler.

— Pour votre culture personnelle, le TcheTor-3 a été un centre d'expérimentation soviétique sur les effets de la radioactivité durant toute la guerre froide. Les éléments radioactifs destinés aux études provenaient directement de la centrale. Personne ne sait réellement ce qui s'est passé, là-dedans. Mais, aujourd'hui, je crois que vous l'avez compris, cette ruine maudite a été utilisée à d'autres desseins.

Lucie se cala dans le coin, tentant de défaire ses liens. La corde lui cisailla la chair et lui arracha un grincement de dents.

— Où est Valérie Duprès ? demanda-t-elle péniblement.

— Fermez-la.

Le visage de Wladimir s'était durci, il n'avait plus rien à voir avec celui que Lucie et Sharko connaissaient. Toute trace d'humanité semblait avoir quitté ses yeux. D'un coup, les essieux de la camionnette claquèrent. Les corps furent brièvement soulevés du plancher. Wladimir cogna la crosse de son arme contre la tôle et gueula dans un langage de l'Est à l'intention du chauffeur.

Sharko ne le lâcha pas du regard.

— Espèce d'enfoiré. Vous nous avez bien attendris avec vos discours sur les belles causes. Pourquoi vous faites une chose pareille ?

L'homme aux cheveux blancs enclenchait puis sortait le chargeur de son flingue russe, le manipulant avec dextérité. Sharko avait déjà vu ce genre d'engin à l'armurerie du 36 : un vieux Tokarev, utilisé par l'Armée rouge durant la Seconde Guerre mondiale. Wladimir se mura dans le silence, lorgnant par la fenêtre. Dehors, les espaces se dégageaient, tandis que le soleil commençait à décliner. Les deux flics échangèrent un regard interrogatif, puis gigotèrent en silence, le visage plissé. Leur tortionnaire se retourna brusquement.

— N'essayez même pas, d'accord ?

— Vous assassinez votre propre peuple, grogna Lucie. Vous êtes un meurtrier d'enfants.

Wladimir la dévisagea. Il leva son arme, prêt à cogner.

— Ta gueule !

— Allez-y ! Vous n'êtes qu'un lâche.

Il inspira fortement, les yeux quasi exorbités, et baissa finalement le bras.

— Ici, les gens seraient prêts à tout pour sortir de

la misère mais vous, vous ne pouvez pas comprendre. Ces gosses sont condamnés, c'est inéluctable. Ils ont tellement de césium dans l'organisme que leur cœur finit par ressembler à un gruyère. Tout ce que je fais, c'est les emmener au TcheTor-3. Mikhail s'occupe ensuite d'eux. Moi, je prends l'argent, le reste ne me concerne pas.

Un mercenaire sans âme. Lucie lui cracha au visage. Il s'essuya doucement avec la manche de sa parka, renfila sa capuche et regarda dehors. Ses lèvres s'étirèrent en un imperceptible sourire.

— On arrive bientôt.

Sharko continuait à forcer sur ses liens. Impossible de s'en défaire.

— On a vérifié, aucun enfant de l'association n'a disparu, fit le flic pour détourner l'attention.

— Eux, non. Mais les enfants qui vivent à quelques mètres de ces familles ont rigoureusement le même taux de césium dans l'organisme.

Le véhicule sembla perdre de l'adhérence, avant de raccrocher la route de nouveau.

— Le système est imparable, poursuivit-il. Les lieux des enlèvements sont toujours différents, éloignés les uns des autres de dizaines, voire de centaines de kilomètres. Sur ces terres maudites, des enfants partent aux champs ou cueillir des myrtilles et n'en reviennent jamais, parce qu'ils se sont effondrés en route. Certains d'entre eux n'ont plus de parents, de famille, aucun statut légal. Ils se regroupent en bandes parfois, se contentent d'habiter dans des squats, volent pour survivre. Bazar n'est qu'un exemple parmi des centaines d'autres. La police ne fiche jamais les pieds ici ou, quand ils viennent, que croyez-vous qu'ils font ? Dans ces villages, les gens sont en dehors du monde. Ils n'existent plus. Les enfants qui disparaissent passent quasiment inaperçus.

— Et pourquoi ce fichu césium ? Pourquoi ces enfants-là ?

Soudain, le soleil disparut derrière une immense structure grise, constituée de blocs de béton empilés qui semblaient grimper jusqu'au ciel. Les murs se tendirent partout autour, comme si le véhicule s'enfonçait dans les artères d'une cité maudite. L'ombre s'abattit sur les visages. Le régime moteur varia, la camionnette ralentit un peu, changeant régulièrement de direction.

— À votre gauche, le monstre... Le fameux sarcophage qui recouvre le réacteur numéro quatre. Il fuit de part en part et continue à laisser filtrer le poison.

Wladimir regarda quelques secondes par l'une des deux fenêtres, puis écarta les pans de sa parka, dévoilant de fines plaques grises cousues à l'intérieur.

— Du plomb... Du bon matériel antiradioactivité de l'armée russe, il y en a même des feuilles plus fines dans la capuche. Ça limite les dégâts.

Il remonta la fermeture jusqu'au cou et remit sa capuche. Sharko sollicitait doucement ses liens. Il sentait qu'il pouvait défaire les nœuds, c'était juste une question de temps. Il fallait distraire l'attention de Wladimir avec des questions, lui éviter de les regarder trop fixement, l'un comme l'autre. Lucie aussi luttait contre ses entraves dès qu'il détournait la tête. Sa douleur au crâne était toujours aussi intense. Elle était à peu près certaine de saigner.

— Qu'est-ce que vous faites de ces enfants ? demanda Sharko.

Wladimir haussa les épaules sans répondre.

— Je vais vous dire, moi, ce qu'on leur fait, fit Lucie. On les drogue, on les tatoue avec leur taux de césium, on les enferme dans des barils et on les transporte avec les déchets nucléaires. Un bon moyen d'éviter les contrôles. Qui irait mettre le nez dans des barils contaminés ? Alors, on laisse passer le camion. Pratique, pour transporter des corps d'un point A à un point B sans se faire prendre. Dites-moi si je me trompe.

Le traducteur affina ses yeux.

— Vous êtes très perspicace. Pour tout vous dire, c'est notre chauffeur, Mikhail, qui se charge de leur transport. Parce qu'il est véritablement chauffeur routier, employé par une société russe pour transporter ces saloperies de déchets une fois par semaine. Un type très sympathique, vous allez voir.

Il parlait mécaniquement, froidement. Sharko avait envie de lui arracher la bouche.

— Où vont ces chargements de déchets ?

Le véhicule s'arrêta soudain.

Moteur coupé.

La portière arrière coulissa et s'ouvrit sur un colosse barbu, genre bûcheron, engoncé dans un blouson avec des écussons à l'effigie de ce qui devait être une entreprise russe ou ukrainienne. Lui aussi avait serré sa capuche autour de sa tête, ne laissant plus paraître que deux petits yeux noirs et un nez à l'os tranchant. Wladimir lui tendit le flingue.

— Voilà, Mikhail prend le relais. N'essayez pas de lui parler, il n'y comprend rien.

— Espèce de...

— Vous allez avoir l'immense privilège de goûter

à l'eau du lac Glyboké, l'une des plus radioactives du monde. Elle ne gèle jamais.

Le type restait raide, la bouche pincée, l'arme bien serrée dans son poing. Lucie ressentit une immense tristesse. Elle ne voulait pas mourir et elle avait peur. Une larme roula sur sa joue.

— On est ensemble, murmura Sharko. On est ensemble, Lucie, d'accord ?

Elle fixa le barbu avec pitié, celui-ci la considéra sans la moindre trace d'humanité dans le regard. Elle baissa la tête. Wladimir se recula au fond et laissa son acolyte empoigner Sharko par le col. Lucie tenta de s'interposer en criant, mais se retrouva emportée à son tour. Wladimir sortit et rabattit la porte du van, ornée d'un logo correspondant à celui de sa grosse parka.

— Espèce de salopard ! fit le commissaire en se débattant.

Mikhail lui donna un coup de crosse sur l'épaule droite, le flic tomba à genoux.

Wladimir s'approcha de la portière coulissante et se dirigea vers l'habitacle.

Il s'y enferma sans même se retourner.

65

Ils marchaient le long des rives du lac Glyboké depuis quelques minutes. Eux devant, Mikhail derrière. Le géant avait chaussé des lunettes qui ressemblaient à celles des glaciologues, sa capuche était tellement serrée autour de sa tête qu'on ne voyait quasiment plus un centimètre carré de peau. Les mains enfoncées dans de gros gants, il les braquait en permanence, les contraignant à avancer le plus vite possible.

Comme si chaque seconde passée ici était un pas supplémentaire vers la mort.

Le soleil rasait à présent l'horizon, embrasant la flore d'une pellicule d'acier en fusion. La terre, sous leurs pieds, était d'un jaune sombre, comme brûlée, ce qui n'empêchait pas la végétation environnante d'y puiser son énergie. Des arbres, des herbes, des racines partaient à l'assaut des eaux mortelles. À proximité s'élevaient des terrils de minerais multicolores, chevauchés par des grues hors d'usage. En arrière-plan, au cœur du complexe nucléaire, le pied d'éléphant du sarcophage reposait là telle une aberration.

Après un passage difficile à travers une végétation dense, ils atteignirent un renfoncement bordé de rochers, en léger surplomb par rapport à la surface du lac. Impossible d'aller plus loin, un mélange de ronces et d'arbustes enneigés faisait rempart. Les racines des arbres saillaient de la terre et plongeaient droit devant en un maillage inextricable, pareil à celui d'un bayou.

Lucie et Sharko se figèrent au bord de la berge.

Juste en contrebas, un corps nu était enchevêtré au milieu de ce labyrinthe flottant. La longue chevelure brune s'étalait à la surface comme une méduse. La peau se détachait lentement des membres, un peu à la façon d'un gant qu'on enlèverait. Régulièrement, des ombres noires, difformes, d'une taille démente, glissaient sous le cadavre et provoquaient un léger ondoiement à la surface. Une main, une jambe disparaissaient alors sous l'eau, avant de réapparaître quelques secondes plus tard, un petit morceau de chair en moins.

C'était ici que le chemin de Valérie Duprès s'était arrêté.

Vulgairement déshabillée, exécutée et abandonnée à l'appétit vorace de la nature irradiée. Lucie n'en ressentit qu'une plus grande tristesse.

Ils allaient mourir et personne ne saurait jamais ce qu'ils étaient devenus. Personne ne retrouverait leurs cadavres. Lucie pria pour que ce soit court. Pour que ça ne fasse pas mal.

Sharko se retourna vers leur tortionnaire. Ses doigts nus étaient engourdis par le froid et les cordes.

— Ne faites pas ça.

L'homme le retourna face au lac et lui appuya sur l'épaule, le contraignant à s'agenouiller. Il ôta ses gants. Franck s'adressa à Lucie, qui était tétanisée.

— Écarte-toi sur le côté, ne le laisse pas t'agenouiller. J'ai juste besoin de quelques secondes. Fais-le !

L'étranger lui balança un gros coup de pied dans le flanc pour le contraindre à se taire. Sharko roula sur le côté en râlant. Lucie serra les mâchoires et s'éloigna du bord du lac, marchant à reculons.

— Si tu veux tirer, tu devras me regarder dans les yeux, fils de pute.

Mikhail cracha des mots incompréhensibles, les dents bien visibles, et avança vers elle avec un sourire pervers. Il l'agrippa par les cheveux et la ramena à lui brutalement. Lorsqu'il se retourna, Sharko fonçait vers lui, la tête baissée et les bras prêts à le ceinturer. Son crâne le percuta en plein dans l'estomac.

Les deux hommes roulèrent au sol, le Russe soufflait comme un bœuf et, plus puissant, parvint rapidement à se positionner au-dessus. Dans un grognement, il essayait de rabattre son arme en direction de son adversaire. Doucement, le canon se rapprochait du visage de Sharko. Le doigt oscillait sur la queue de détente.

Lucie, bien qu'entravée, lui fonça dessus latéralement, y mettant toute sa hargne, et chuta sur les deux corps.

Un coup partit.

La détonation se propagea sur l'infini de l'horizon, sans le moindre écho.

Au loin, une volée d'oiseaux décolla.

Les trois corps restèrent immobiles, comme si le temps s'était brutalement figé.

Ce fut Lucie qui se releva la première, encore sonnée par la détonation.

Sous elle, Sharko ne bougeait plus.

— Non !

Le commissaire ouvrit les yeux et poussa le corps de Mikhail sur le côté. Le Russe se redressa, le visage tordu de douleur. Un morceau de sa parka, au niveau de l'épaule, était déchiré. Franck ramassa le flingue et le braqua. Il regarda Lucie de coin.

— Ça va ?

Lucie pleurait. Sharko envoya un violent coup de crosse sur le visage du Russe, puis lui écrasa le canon sur la tempe. Les veines de son cou saillaient, il allait tirer.

— Tu vas retourner en enfer.

— Ne fais pas ça ! hurla Lucie. Si tu le tues, on ne saura peut-être jamais où sont emmenés les enfants !

Le commissaire respirait fort, il ne voulait plus réfléchir. Mais la voix de Lucie le raisonna.

Il se redressa. Sans quitter son otage des yeux, il bascula derrière sa compagne et la détacha.

— Ne restons pas ici, fit la flic.

Sharko tira une nouvelle fois en l'air, histoire que Wladimir croie à leur exécution. Puis il donna le pistolet à Lucie.

— Il bouge, tu tires.

Il ôta la parka de Mikhail, lui arracha les lunettes des yeux, puis lui attacha solidement les mains dans le dos avec sa corde.

— La balle t'a juste éraflé, espèce d'enfoiré. On peut dire que t'as du bol.

Il l'exhorta à avancer en le poussant violemment dans le dos.

— Tiens, fit-il en tendant la parka à Lucie.

— Et toi ?

— Ne te soucie pas de moi.

Elle enfila son manteau bien trop grand, passa la capuche, puis ils rebroussèrent chemin en courant. Mikhail obéissait comme un bon chien docile.

L'obscurité gagnait en amplitude, déployant ses grandes ailes froides sur la centrale de Tchernobyl. L'air était plus humide, les étoiles commençaient à poindre et scintiller, comme autant de particules d'énergie.

Sharko passa la main dans les cheveux de sa compagne et regarda ses doigts qui s'étaient teintés de rouge.

— Tu saignes.

Lucie porta la main à son crâne.

— Je crois que... ça va aller.

Le commissaire accéléra encore le rythme.

— Ça n'a pas l'air. Il faut qu'on passe à l'hôpital. Pour ce sang et... la radioactivité.

Ils se regardèrent avec inquiétude. Ils étaient bien conscients qu'ils prenaient à ce moment-là des doses radioactives, mais combien ?

Lucie peinait vraiment, la parka pesait des tonnes à cause du plomb, sa douleur au crâne battait, elle n'avait rien mangé ni bu depuis la matinée, mais elle trouva la force de poursuivre. Elle suivait avec acharnement cet homme qu'elle aimait plus que tout au monde, cet homme qui l'avait sauvée. Cet homme à qui elle devait tout.

Ils parvinrent au bord du petit chemin par lequel ils étaient arrivés.

La camionnette était toujours là.

— Ne le lâche pas d'une semelle, fit Sharko.

Lucie s'occupa de braquer le colosse, tandis que le commissaire surgissait des broussailles et se ruait vers la camionnette, à une dizaine de mètres devant lui.

Il y eut alors le rugissement du moteur. Le flic redoubla d'effort et atteignit la portière avant que Wladimir ait le temps d'enclencher la marche arrière. Il l'ouvrit brusquement et arracha le traducteur de son fauteuil. Il le coucha au sol, un genou sur sa tempe.

Lucie s'approcha et gueula sur Mikhail. Le Russe comprit et s'assit à quelques mètres du traducteur, les jambes écartées, les mains dans le dos.

— Ce camion de déchets radioactifs, tu vas nous dire où il se rend, fit Sharko.

Wladimir avala sa salive bruyamment. Ses lèvres tremblaient à présent.

— Vous êtes policiers, vous ne pouvez pas...

Sharko lui plaqua la main sur la gorge et appuya. Wladimir étouffait.

— Tu veux parier ?

Le traducteur cracha quand le commissaire relâcha la pression.

— Je t'écoute.

— Il va... à Ozersk.

Sharko fixa Lucie une fraction de seconde. Celle-ci se touchait l'arrière du crâne en grimaçant.

— Qu'est-ce qui se passe, à Ozersk ?

— Je l'ignore, je vous jure que je l'ignore. Il n'y a que des déchets nucléaires et d'anciens complexes militaires abandonnés, là-bas.

Sharko regarda le géant russe.

— Demande-lui !

Wladimir s'exécuta. Le barbu tenta bien de garder le silence, mais Lucie lui donna un coup de crosse sur son éraflure. Il hurla et finit par parler.

— Il dit que son contact sur place est Leonid Yablokov.

— Qui est-ce ?

Question, traduction.

— Il est responsable du centre d'entreposage et d'enfouissement des déchets radioactifs, qui s'appelle Mayak-4.

— D'autres chauffeurs sont-ils impliqués ?
— Il dit que non.
— Qu'est-ce qu'il sait d'autre ? Pourquoi Scheffer enlève-t-il ces enfants ? Pourquoi s'intéresse-t-il à leur taux de césium ?

Sharko renforça son étreinte autour du cou de Wladimir. Le jeune traducteur était au bord des larmes.

— Il n'en sait rien. Lui comme moi, on n'est que des maillons. Je travaille dans l'association, Mikhail transporte des déchets nucléaires et remplit quelques contrats.
— Comme assassiner des gens. Qui d'autre est complice dans l'association ?
— Personne. Scheffer s'adressait directement à nous.

Sharko le fusilla du regard et se tourna vers Lucie.

— Qu'est-ce qu'on fait ?

La flic lisait dans les yeux de Sharko toute sa détermination, son envie.

— On les livre aux autorités. Dès qu'on a du réseau sur notre téléphone, on prévient Bellanger, qu'il nous mette en rapport avec Arnaud Lachery et ce flic de Moscou, cet Andreï Aleksandrov. On va là-bas, Franck.

Sharko, comme s'il avait attendu le feu vert, décolla violemment Wladimir du sol par l'épaule. Il s'engagea avec ses deux prisonniers solidement entravés à l'arrière de la camionnette, tandis que Lucie s'installait à l'avant pour conduire.

Le moteur ronfla, mais le véhicule ne démarra pas. Inquiet, Sharko frappa sur la tôle.

— Ça va, Lucie ?

Pas de réponse.

Il sortit en claquant la porte coulissante et jeta un œil dans l'habitacle.

Lucie était effondrée, le front sur le volant.

66

Le troisième étage du 36, quai des Orfèvres, était presque vide.

Dès le début de l'après-midi, les policiers avaient commencé à déserter. Les collègues s'étaient salués et souhaité un bon réveillon, laissant les dossiers les moins brûlants en attente. Plus de la moitié des officiers ne reviendraient qu'après les fêtes du nouvel an.

Pourtant, une petite lumière subsistait. Celle qui éclairait l'*open space* de l'équipe Bellanger. Seul devant son ordinateur allumé, bien installé près du chauffage, le chef de groupe avait finalement décidé de libérer les lieutenants Robillard et Levallois. Les gars avaient travaillé comme des dingues depuis le début de cette enquête, aussi bien le jour que la nuit, et il se voyait mal les priver d'un Noël en famille.

Lui-même, d'ailleurs, était attendu chez des amis de longue date. Un groupe de célibataires, comme lui, qui n'avaient pas encore réussi à trouver l'âme sœur et écumaient les sites de rencontre, faute de temps.

Malheureusement, il ne serait pas au rendez-vous, encore une fois.

Sharko avait appelé depuis un hôpital de Kiev, une

heure plus tôt. Lucie avait tourné de l'œil et subissait une poignée d'examens.

Il n'aurait peut-être pas dû congédier ses subordonnés, finalement, vu ce que Sharko venait de lui raconter : deux types hautement impliqués dans leur affaire, tout juste livrés à la police ukrainienne. Le cadavre de Valérie Duprès découvert dans les eaux radioactives à proximité de la centrale nucléaire. Les ruines des laboratoires soviétiques utilisés pour séquestrer des gamins, ensuite transportés avec des chargements de déchets nucléaires vers l'Oural.

Du pur délire.

À ce moment précis, le commissaire de police français siégeant à l'ambassade de France en Ukraine essayait de clarifier la situation sur place. Côté Russie, Interpol, Arnaud Lachery et le commandant Andreï Aleksandrov étaient aussi dans le circuit, de manière à préparer l'arrivée des deux policiers français sur leur sol et assurer la recherche, voire l'arrestation, de Dassonville et Scheffer.

À condition que Lucie n'ait rien de grave.

Bref, un sacré bordel qui tombait un sacré putain de mauvais jour.

Dans l'attente d'un coup de fil de Mickaël Langlois, l'un des biologistes des laboratoires de police scientifique, il persistait à enchaîner les appels avec les uns et les autres, ça n'en finissait plus. Parfois, il en avait sa claque. Dans dix ans, à continuer ainsi, il ne serait plus qu'une ombre.

Ce soir, il ne boirait pas, il ne ferait pas la fête, il serait enfermé ici, dans ces vieux locaux centenaires. Un mode de vie qui avait déjà fait exploser toutes ses tentatives amoureuses, mais il fallait faire avec.

Flic H24, comme disait l'autre.

Son téléphone sonna encore. C'était le biologiste.

— Oui, Mickaël. J'attendais ton appel.

— Bonsoir, Nicolas. Je suis au domicile de Scheffer. Dans sa cave, plus précisément.

Bellanger écarquilla les yeux.

— Qu'est-ce que tu fiches là-bas à une heure pareille ?

— Ne t'inquiète pas, j'ai les autorisations. Il fallait absolument que je teste quelque chose avant d'aller réveillonner. J'ai fait de belles découvertes, et c'est peu de le dire.

Il y avait de l'excitation dans sa voix. Nicolas Bellanger mit son portable sur haut-parleur et le posa devant lui.

— Je t'écoute.

— Très bien. Alors, essayons de procéder dans l'ordre. D'abord, les hydres. Elles ont été rendues radioactives, à des niveaux qui s'étalent de 500 à 2 000 becquerels par kilo, suivant l'aquarium. Plus les aquariums étaient à droite, chez Scheffer, plus le taux de radioactivité montait.

Bellanger interrompit ses mouvements. Il pensait aux tatouages des enfants.

— Des hydres rendues radioactives ? Quel est le but de la manœuvre ?

— Je pense que ça va prendre son sens quand je t'aurai expliqué tout le reste. Cet après-midi, j'ai obtenu les résultats des éléments retrouvés dans le congélateur. Ce n'est certainement pas le meilleur moment pour parler de ça, mais...

— Il faut le faire. Vas-y, déballe.

— Chaque petit sachet contient un prélèvement

d'une partie du corps humain. On y trouve de tout : morceau de cœur, de foie, de rein, de cerveau, différents types d'os ; il y a aussi des glandes, des testicules, des tissus. Il s'agit d'un inventaire quasi complet de notre organisme.

Bellanger se passa une main sur le front, enfoncé dans son fauteuil.

— Prélevés sur quelqu'un de vivant ?

— Vivant, ou juste mort. Pas de trace de putréfaction, bien au contraire. Pour info, ils n'ont pas été congelés, mais surgelés.

— Quelle est la nuance ?

— Lors de la surgélation, la température à cœur est atteinte beaucoup plus rapidement que pour une congélation classique, et on avoisine les − 40 à − 60 °C. La surgélation est utilisée en industrie, elle permet une conservation plus longue et de meilleure qualité.

Bellanger se massa les tempes, fatigué. Pourtant, il n'était pas près de se coucher.

— Pourquoi Scheffer aurait-il utilisé la surgélation ?

— La question est surtout : pourquoi avoir surgelé les différentes parties d'un organisme humain ? Quel était le but de la manœuvre ? Tu sais comme moi que la majeure partie du corps humain est composée d'eau. D'ordinaire, le temps que le corps passe de la température ambiante à la surgélation, il se forme des cristaux de glace, partout dans l'organisme. Leur concentration est moindre que lors d'une congélation classique, certes, mais elle demeure quand même importante. Or, là, les échantillons étaient complètement lisses, comme s'ils avaient été cirés. J'ai regardé à la loupe : il n'y avait aucun cristal de glace ni à la surface ni au cœur des tissus.

— Et comment peut-on éviter leur formation ?

— On ne peut pas, normalement. Quelques poissons de l'Antarctique ont de l'antigel fabriqué naturellement dans leur organisme, mais on reste aux alentours des − 2, − 3 °C. Dans notre cas, il faudrait une surgélation quasi instantanée, ce qui n'existe pas.

— Tu as dit « normalement ».

— Normalement, oui. Accroche-toi, j'ai découvert que tous ces échantillons de tissus humains sont eux aussi irradiés au césium 137. Quand on ramène le calcul au kilo, on obtient un taux de césium de 1 300 becquerels environ.

Soupir de Bellanger.

— 1 300... Les gamins qui viennent en France par l'association de Tchernobyl présentent des taux analogues. Notre petit irradié de l'hôpital avait un taux de 1 400 becquerels par kilo.

— Curieuse coïncidence, n'est-ce pas ? D'après ce que j'ai pu constater, il semblerait que les particules d'énergie émises par les cellules irradiées empêchent la formation de cristaux durant la phase de baisse de température. Elles les cassent, en quelque sorte. Il faut savoir que le césium 137 produit des particules bêta et gamma. Ce sont celles qui ont la plus forte énergie, elles sont capables de traverser intégralement un corps humain et d'en sortir. Bref, le radionucléide est idéal pour casser les cristaux. De plus, l'émission radioactive est indépendante de la température, donc le processus d'émission d'énergie fonctionne en permanence, y compris pour les températures les plus basses.

Il se racla la gorge avant d'éternuer.

— Excuse-moi, je me suis chopé un fichu rhume...

Attention, tout ce que je te raconte là n'est qu'hypothèse. Je n'ai jamais entendu parler d'une chose pareille. À ma connaissance, de telles recherches entre la radioactivité et la surgélation n'existent pas dans le monde de la science.

— Et quel serait l'intérêt de supprimer ces cristaux de glace ?

— L'intérêt ? Que se passe-t-il quand de l'eau se glisse dans les interstices d'une pierre et qu'ensuite il gèle ?

— La pierre éclate.

— À cause de ces cristaux, oui. Mais empêcher la formation de cristaux, c'est éviter que la pierre n'éclate. Et si on rapporte cela au corps humain...

— On empêche les cellules congelées d'éclater.

Bellanger se figea dans le silence, plus perturbé qu'il ne l'était déjà quelques minutes auparavant. Progressivement, une idée monstrueuse prenait forme dans son esprit.

Une idée qu'il ne pouvait concevoir.

Le biologiste le coupa dans ses pensées.

— Quand j'ai compris ça, je me suis dit que Scheffer avait probablement fait une découverte extraordinaire. Je suis allé voir Fabrice Lunard, notre spécialiste de la chimie et des réactions organiques, pour voir ce qu'il en pensait. Ça tombait bien, Lunard venait de trouver des infos très intéressantes sur Arrhenius, le scientifique aux côtés d'Einstein et de Curie.

Bellanger glissa sa main dans l'épais dossier devant lui et en sortit la photo des trois scientifiques réunis autour de leur grande table. Einstein, Marie Curie, Arrhenius. Il fit courir son index sur leurs visages, leurs yeux sombres qui fixaient l'objectif. Le biologiste poursuivit :

— Lunard venait de mettre la main sur un document scientifique qui relate les découvertes d'Arrhenius lors de ses carottages en Islande. D'après les écrits, le chercheur a trouvé, à l'époque, une hydre congelée à proximité d'un volcan, dans une carotte de glace âgée de plus de huit cents ans. Il a analysé la composition de cette glace. Elle contenait du sulfure d'hydrogène et des particules de roche volcanique radioactives. Mais les recherches s'arrêtent là.

— C'est-à-dire ?

— Curieusement, à partir de ce moment, il n'y a plus aucun document, aucun résultat, comme si Arrhenius avait stoppé sa prise de notes.

— En réalité, il l'a continuée, mais dans le mystérieux manuscrit.

— Oui, c'est évident. Il a dû faire une découverte primordiale, extraordinaire. Et moi, j'ai compris, Nicolas.

Bellanger se concentra davantage.

— Tu m'intéresses.

— J'ai repensé aux petites hydres qui nageaient dans leur aquarium dans la cave de Scheffer. C'est la raison de ma présence chez lui, il y a quelque chose que je voulais vérifier par moi-même. J'ai pris trois hydres irradiées de chaque aquarium, je les ai mises dans des sachets et je les ai plongées dans le surgélateur, en écrivant sur chaque plastique le taux de radiation associé. J'ai attendu une bonne heure, puis j'ai sorti les sachets et ai laissé la décongélation opérer, l'accélérant tout de même avec un petit séchoir à main.

Bellanger s'était levé. Il fixait les lumières de la ville, une main crispée sur le radiateur. Il avait toujours aimé cette période des fêtes de Noël, et plus particulièrement quand il neigeait. Les rues étaient si belles, les gens semblaient tellement heureux, engoncés dans leurs beaux vêtements d'hiver. Ça pouvait faire oublier tout le reste. Les crimes, les ténèbres...

Il soupira silencieusement, il avait si mal au fond de lui-même.

Parce qu'il pensait avoir compris.

Les mots de Mickaël Langlois confirmèrent sa pensée :

— Aussi extraordinaire que cela puisse paraître, les hydres qui présentaient les taux de césium les plus élevés se sont remises à bouger, Nicolas. Elles étaient... elles étaient vivantes, suspendues dans le temps sur la durée de leur séjour dans le surgélateur ! Elles sont là, face à moi, bien en forme dans leur aquarium. Je crois que c'est ce qu'Arrhenius avait découvert par hasard : son hydre irradiée de huit cents ans est peut-être revenue à la vie lorsqu'il l'a réchauffée. Il a dû écrire cela dans le mystérieux manuscrit, y publier ses recherches, ses déductions. L'hydre a toujours été probablement gardée comme symbole ou animal d'étude par ceux qui ont eu ce manuscrit entre les mains, en souvenir de la découverte d'Arrhenius, parce que cet animal devait subjuguer autant qu'il intriguait. Tu te rends compte de ce que ces découvertes signifient ?

Le jeune chef de groupe resta figé quelques secondes, les yeux dans le vague. Il se dirigea doucement vers le portemanteau et prit une cigarette dans la poche de son blouson.

— Merci, Mickaël. Passe un bon réveillon.
— Mais...

Il raccrocha sèchement et resta là, sans bouger, la clope entre les mains.

Plus tard, il tenta de joindre Sharko sans succès. Il laissa quelques mots sur sa messagerie, lui demandant de le rappeler dès que possible.

Il ne rentra pas chez lui ce soir-là, occupé à gérer les multiples ramifications de l'enquête. Dans les autres services – Interpol, la sécurité intérieure des ambassades... –, des homologues étaient comme lui : pas de réveillon de Noël en perspective.

Le capitaine de police s'enfonça dans son fauteuil, la tête dans les mains.

Les visages d'enfants anonymes, étalés sur des tables d'opération, ne le quittèrent pas de la soirée. Ces enfants, dont il connaissait désormais le triste sort.

67

— Tu te rappelles, à l'aéroport, avant que j'embarque pour Albuquerque, tu m'avais promis qu'on boirait du vin et qu'on mangerait des huîtres, le soir du réveillon. Et là… il est 20 heures, je suis en pyjama, on déguste un plateau-repas avec des couverts merdiques dans une espèce d'hôpital où il n'y a que des femmes enceintes. Je n'en ai jamais vu autant au mètre carré.

— Ce sont des mères porteuses. C'est à la mode dans les pays de l'Est.

Sharko remua mollement le contenu de son assiette avec sa fourchette. Il rentrait à l'instant de l'ambassade, où il venait de faire un point avec l'ASI et le chef de la police de Kiev.

— Au moins, c'est typique, cette nourriture, non ? Des… raviolis de purée avec du porc. Et n'oublie pas qu'on est dans la meilleure clinique de la ville.

— Eh bien, on devrait se méfier. Ces raviolis sont peut-être radioactifs.

Ils se regardèrent quelques secondes avec un mince sourire, ils auraient aimé plaisanter davantage mais le cœur n'y était pas. Ils avaient failli y rester, tous les deux et, encore une fois, ça se terminait à l'hôpital, face à un plateau-repas.

Lucie se redressa et goûta tout de même à sa nourriture. Elle était là, vivante et en bonne santé, et c'était le plus important. Les scanners cérébraux n'avaient rien révélé, elle attendait encore le retour des quelques analyses sanguines. D'après les médecins, ses syncopes avaient été la conséquence d'une hypoglycémie mêlée au choc et à de la fatigue. Quant à la plaie au crâne, Lucie n'avait pas eu besoin de suture. Juste un gros pansement, maintenu avec une bande élastique serrée autour de la tête. Sharko, lui, avait écopé d'une simple bosse.

— Avec ma cheville fichue et ce bandeau sur la tête, j'ai l'impression de ressembler à Björn Borg.

— En plus sexy, quand même.

Lucie en revint aux choses sérieuses.

— Qu'est-ce qui se passe, maintenant ?

Le commissaire ralluma son téléphone portable, qu'il avait éteint durant sa réunion à l'ambassade.

— Côté ukrainien, les interrogatoires se poursuivent, mais la situation est déjà plus claire.

— Explique.

— Ce Mikhail affirme que c'est Scheffer en personne qui a torturé et tué Valérie Duprès dans le bâtiment abandonné. Ça s'est passé début décembre. Comme nous l'avions supposé, Duprès a voulu libérer l'enfant du blockhaus, mais elle s'est fait surprendre par Mikhail au moment où elle fuyait. Le colosse russe n'a jamais réussi à retrouver le petit captif. Par contre, elle, il l'a retenue prisonnière et a averti Scheffer. Il dit que, lorsque Scheffer l'a vue, le scientifique a sombré dans une folie furieuse. Et pour cause : il a alors dû comprendre à quel point Duprès l'avait trahi en ayant une aventure amoureuse avec lui, et d'où venait finalement le message du *Figaro*.

Lucie n'arrivait pas à ôter de son esprit les images du corps nu de Duprès, abandonné dans les eaux radioactives du lac. Ses membres dévorés par les énormes poissons difformes... Elle n'osa imaginer le calvaire que la malheureuse avait dû endurer, enfermée dans cet ignoble endroit au cœur de la forêt.

— Ils ont récupéré son téléphone portable, dit Sharko, ont découvert dans la liste des appels un numéro récurrent : celui de Christophe Gamblin. Sous la contrainte, la journaliste a alors avoué qu'elle partageait toutes ses informations et recherches avec Gamblin, ce qui a mis Scheffer et Dassonville à ses trousses.

— On connaît le triste sort de Gamblin : torturé à son tour, le congélateur de sa cuisine... Et là, il avoue qu'il a retrouvé la trace d'un tueur en série qui a utilisé l'animation suspendue, donc qui a été en contact avec le manuscrit. Dassonville le laisse mourir de froid mais il lui donne à boire de l'eau bénite. Je n'y connais rien en religion, mais on dirait que Dassonville veut... aider la victime qu'il torture à affronter sa mort. Comme il l'a fait pour ses propres frères, alors qu'il les immolait. Ce moine est démoniaque.

— On le savait... Par la suite, les deux hommes décident d'éliminer Agonla et tous ceux qui ont un rapport de près comme de loin avec ces écrits maudits.

Sharko réfléchit.

— Mikhail et Wladimir continuent à affirmer qu'ils ne connaissent rien des activités véritables de Scheffer et de la fondation. L'un choisissait et enlevait les gamins, l'autre les marquait avec leur taux de radioactivité sous les ordres de Scheffer, avant de les transporter vers l'Oural avec les chargements de déchets. Scheffer leur fournissait de grosses sommes d'argent en échange. *A priori*, quatorze gamins auraient subi ce sort, depuis une dizaine d'années.

— Quatorze. C'est effroyable.

— Et ce n'est que la partie émergée de l'iceberg. D'après ce Mikhail, du temps où la fondation et Scheffer étaient en Russie, le médecin se chargeait lui-même des enfants russes contaminés. Mais lorsque la fondation a été chassée du territoire et est venue s'installer en France, Scheffer a dû trouver une autre solution pour poursuivre ses sombres activités.

— L'association.

— Exactement. C'est à ce moment que Wladimir et Mikhail ont été mis dans le circuit. Depuis le début, nos gentils traducteur et chauffeur ont enlevé cinq gamins ukrainiens.

— J'espère qu'ils passeront le reste de leur vie en taule.

Le commissaire serra les lèvres et préféra embrayer sur le côté pratique :

— Quelqu'un de l'ambassade est parti récupérer le 4 × 4 et ne devrait pas tarder à nous rapporter nos bagages. Il va nous falloir des vêtements très chauds. Demain matin, si tout va bien, on s'envole pour Tcheliabinsk assez tôt, à 7 h 20. Escale à Moscou après une petite heure de vol, changement d'aéroport, arrivée dans l'Oural à 12 h 07, mais il faudra ajouter trois heures à cause du décalage horaire. Si tout est réglé côté Interpol et Bellanger, alors Arnaud Lachery nous rejoindra à l'aéroport avec deux flics qui nous accompagneront là-bas. Ils bossent à la criminelle, un peu comme nous en France, à ce que j'ai compris. Ils sont aussi en rapport avec la police de Tcheliabinsk, ils prendront les rênes de l'enquête une fois sur place. En gros, on regarde et on ne touche à rien. À Paris, ils ne veulent surtout pas d'incidents sur le territoire russe.

— Des incidents... alors que des mômes sont kidnappés depuis des années...

Sharko constata que Bellanger l'avait encore appelé. Il écouta le message et se leva.

— Je rappelle le chef deux minutes, je reviens.

Lucie abandonna son repas. Avec tout le glucose qu'ils lui avaient fourré dans le sang, elle n'avait pas vraiment faim. Elle se dirigea vers la fenêtre. La clinique se trouvait en pleine rue, quelque part dans Kiev. Dehors, sur les trottoirs enneigés, il n'y avait plus que quelques passants qui marchaient d'un pas pressé pour aller réveillonner en famille ou chez des amis.

Lucie était là, dans une chambre minable, si loin de chez elle. Elle eut un coup de blues, puis se remonta le moral en pensant à leur enquête : les responsables qui avaient fait ça aux enfants, qui avaient laissé tant de cadavres derrière eux, allaient bientôt payer, ils allaient finir leurs jours à l'ombre.

Ce serait peut-être, finalement, son plus beau cadeau de Noël.

Son médecin entra dans la chambre. Un jeune type brun, d'une trentaine d'années, souriant. Il lui parla dans un anglais plutôt correct.

— Les résultats des examens sont très satisfaisants, vous allez encore passer la nuit ici et sortirez bien demain matin, comme prévu.

— Très bien, fit Lucie avec un sourire. Je partirai très tôt.

Il prit quelques notes, tout en la considérant du coin de l'œil.

— Dans les semaines à venir, je vous conseillerai un peu de repos, ce sera beaucoup mieux pour le bébé.

Lucie s'approcha du lit, les sourcils froncés, persuadée qu'elle avait mal entendu ou mal compris.

— Le bébé ? Vous avez bien parlé de bébé ?
— Oui.
— Vous voulez dire que...

Elle ne trouvait plus ses mots, ses membres se mirent à trembler.

Le médecin étira les lèvres.

— Ah, parce que vous n'étiez pas au courant ?

Lucie porta les deux mains sur son visage, secouant vivement la tête. Les larmes lui montèrent instantanément aux yeux. Le spécialiste s'approcha d'elle et l'invita à s'asseoir sur le lit.

— On dirait que c'est une bonne nouvelle ?
— Vous... vous êtes certain ? Vous êtes bien certain ?

Il confirma.

— Vos urines, tout comme votre sang, ont révélé des taux de HCG qui ne laissent aucun doute. Ils sont à leur maximum, vous en êtes théoriquement à votre huitième semaine d'aménorrhée. C'est la cause principale de vos faiblesses.

Deuxième choc. Lucie crut bien qu'elle allait de nouveau succomber.

— Huit... huit semaines ? Mais... comment c'est possible ? Il y a eu le test de grossesse, puis... j'ai eu mes règles le mois dernier, je...

— Il ne faut pas toujours se fier aux tests vendus en pharmacie. Rien de tel que la prise de sang, pas d'erreurs possibles. Quant aux saignements que l'on prend pour des règles, ça arrive.

Lucie n'écoutait plus, elle n'arrivait pas à y croire. Elle lui demanda encore plusieurs fois s'il était sûr de lui. Il se répéta et ajouta :

— Je vous conseille de suivre attentivement votre grossesse, médicalement, je veux dire. Vous avez reçu une dose radioactive assez forte en peu de temps, ce qui donne, si on lisse sur l'année, presque le double de la dose normalement admissible. L'embryon a également été exposé.

Le visage de Lucie se ternit d'un coup.

— Vous êtes en train de me dire qu'il y a un danger ?

— Non, non, ne vous inquiétez pas. L'exposition serait devenue réellement nocive à cinq fois la dose. Cependant, il ne faut pas prendre de risques. Je vais le notifier dans votre dossier, mais il faudra éviter au maximum les rayonnements ionisants, scanners, radiographies, qui ne feraient qu'accroître votre taux de radioactivité. Et évitez de vous promener du côté de Tchernobyl, à l'avenir.

Il se releva.

— Tous les indicateurs sont bons pour votre grossesse. Pas de sucre ni d'albumine dans les urines, aucune carence ni maladie sanguine. Ça va bien se passer, j'en suis certain.

Une fois qu'elle se retrouva seule, elle se mit à pleurer de joie.

Un bébé, dans son ventre. Un petit être qu'elle avait souhaité plus que tout au monde se développait secrètement depuis presque deux mois.

Lorsque Sharko rentra dans la chambre, il se précipita vers elle, pensant qu'il s'était passé quelque chose de grave.

— Je suis enceinte, Franck ! De huit semaines ! Je le savais ! Tu vois, je le savais ! La veille de Noël !

Sharko resta quelques secondes sans réaction, complètement sonné. Lucie vint s'écraser contre lui et l'étreignit de toutes ses forces.

— Tu vois qu'on y est arrivés ? Notre bébé...

Le commissaire n'arrivait pas à comprendre. Huit semaines ? Comment cela était-il seulement possible ? Il se rendait chez le spécialiste depuis plus de trois mois. Et, depuis plus de trois mois, ses spermatozoïdes avaient décidé de faire grève. Avait-il pu y avoir une possibilité, même infime, pour que ça fonctionne néanmoins ?

— Lucie, je...

Je dois te dire... Ce que tu me dis là, ce n'est pas possible. Enfin si, c'est possible, mais...

Finalement, la joie écrasa le reste de ses sentiments, et il se laissa aller, lui aussi. Ses yeux s'embuèrent. Alors, ça y était, il allait être de nouveau papa. Sharko, papa... Ça lui paraissait bizarre, improbable. Il se vit au bord du berceau, puis serrant un biberon chaud dans ses grosses mains, assis en pleine nuit dans son appartement. Il entendait déjà les petits bruits perçants.

Maintenant, plus que jamais, il ressentit l'envie de protéger Lucie.

Il fallait que rien ne lui arrive. Qu'allait-il se passer quand ils rentreraient dans la capitale ? L'enfer risquait de recommencer. Sharko se battit intérieurement pour faire durer ce moment de joie. Il essaya de chasser de sa tête les horreurs que venait de lui raconter Bellanger.

Lucie n'avait pas besoin de savoir ce qu'on faisait à ces enfants. Pas maintenant.

Sharko s'écarta un peu d'elle et la regarda dans les yeux.

— À partir de ce soir, on doit penser au bébé, fit-il. Je veux bien que tu m'accompagnes à Tcheliabinsk, mais tu ne vas pas à Ozersk. Tu resteras bien au chaud dans un hôtel en m'attendant, d'accord ? Là-bas, il y a encore de la radioactivité. Il ne faut courir aucun risque.

Lucie hésita, puis finit par prononcer ce qu'elle n'aurait jamais cru possible quelques heures auparavant :

— Très bien.

Ils s'étreignirent encore. Sharko enfouit son visage dans le cou de sa compagne.

— Lucie, il y a quelque chose que j'ai besoin de savoir...

— Humm ?

Un long silence.

— Jure-moi que tu ne m'as jamais trompé. Que ce bébé, il est bien de moi.

Lucie fixa Franck avec intensité. Il pleurait comme elle ne l'avait jamais vu.

— Comment tu peux penser une chose pareille ? Bien sûr que non, je ne t'ai jamais trompé. Bien sûr que oui, ce bébé est de toi.

Elle lui sourit franchement, tandis que les larmes roulaient sur ses joues.

— Notre vie va changer maintenant, Franck. Elle va changer en bien. Je te le promets.

Elle se pencha vers lui et l'embrassa sur les lèvres.

— Joyeux Noël en avance, mon chéri. Je n'ai pas pu te faire l'autre cadeau, mais je t'offre celui-là.

68

Tout, dans la tête de Lucie, s'était bousculé ces dernières heures.

Tandis que l'avion décollait de Kiev, elle était incapable de se concentrer sur l'enquête et ne songeait plus qu'au bébé. Huit semaines, c'était si peu et tellement à la fois. La majorité des organes du fœtus étaient déjà développés, il devait mesurer dans les douze millimètres et peser un bon petit gramme et demi, elle le savait. Mais une fausse couche était toujours possible. Plus d'efforts violents ni de stress inutile. En France, il faudrait consulter, constituer un dossier, prendre toutes les précautions nécessaires pour mener le bébé à terme. S'autoriser un congé exceptionnel, ou une année sabbatique, comme le proposait Franck ? Pourquoi pas, après tout ?

À ses côtés, son compagnon n'arrivait pas à partager ce moment de joie à cent pour cent, elle le sentait. Comment être serein, avec ce qui se passait en Russie et surtout en France ? Ce psychopathe, collé à leurs baskets... Aux dernières nouvelles, les gars en planque devant l'immeuble de Sharko n'avaient toujours rien remarqué. Comment gérer l'euphorie de la grossesse, seul petit point lumineux au milieu des ténèbres qui les entouraient ? Comment se passerait leur retour en France, avec cette peur du tueur ancrée dans leurs tripes ? Lucie se renfrogna dans son siège, les mains sur le ventre, et ferma les yeux. C'était Noël, elle voulait que ce vol s'éternise, que l'avion n'atterrisse jamais.

Aéroport international Domodedovo de Moscou. 25 décembre 2011. Température extérieure de – 8 °C, ciel sans nuages.

Le Boeing 737 d'Air Ukraine se rangea sur son emplacement et libéra ses grappes de chapkas dans les couloirs de l'aérogare. Les policiers étaient attendus juste au niveau de la douane par Arnaud Lachery qui facilita rapidement les échanges avec les douaniers concernant l'inspection de la commission rogatoire internationale et leur entrée sur le territoire russe.

Une fois la paperasse réglée, Sharko salua son homologue chaleureusement.

— Ça doit bien faire quinze ans. Qui aurait pu croire qu'on se reverrait un jour ?

— Surtout dans de telles circonstances, fit Lachery. Tu traînes toujours tes vieux os à la Criminelle ?

— Plus que jamais.

Sharko se tourna vers Lucie.

— Voici le lieutenant Henebelle. Collègue et... compagne.

Lachery lui adressa un sourire. Il était un peu plus âgé que Sharko et n'avait rien perdu de cette gueule d'ancien flic de terrain : des traits épais, des cheveux courts en brosse, un regard profond qui trahissait ses lointaines origines corses.

— Enchanté. Et joyeux Noël, même si les circonstances ne sont pas des plus gaies.

Tout en discutant, Lucie et Franck récupérèrent leurs bagages et suivirent leur hôte vers la sortie. L'air sec et glacial de l'extérieur les cueillit instantanément. Arnaud Lachery s'était coiffé de sa chapka doublée de fourrure.

— Il faudra absolument vous en acheter une à l'aéroport de Bykovo, ainsi que de bons gants fourrés. Il doit faire dix à quinze degrés de moins à Tcheliabinsk, je vous laisse imaginer l'horreur.

— Nous le ferons. Le lieutenant Henebelle restera à l'hôtel, elle a... quelques petits problèmes de santé.

— Rien de grave, j'espère ?

Lucie ôta son bonnet, dévoilant la bande autour de son crâne.

— Petit accident de parcours.

Ils grimpèrent dans une Mercedes S320 noire qui attendait avec son chauffeur juste devant l'aérogare. Plaque diplomatique, portes blindées, la totale. Lachery pria Lucie de s'installer à l'avant et s'assit à l'arrière avec Sharko.

— Il faut compter une cinquantaine de kilomètres d'ici à l'aéroport national de Bykovo, fit-il. Andreï Aleksandrov et Nikolaï Lebedev nous y attendent. Je suis désolé, mais le trajet n'est pas des plus typiques. Moscou se trouve à plus d'une quarantaine de kilomètres d'ici.

— On a l'habitude de voyager sans visiter, sourit Lucie en jetant un œil dans le rétroviseur.

— En tout cas, j'espère que vous reviendrez en Russie dans d'autres circonstances. La place Rouge sous la neige et décorée aux couleurs de Noël vaut vraiment le déplacement.

Après que la voiture eut pris la route, il entra très vite dans le vif du sujet.

— Je crois que votre enquête a soulevé un gros, un très gros loup.

Après avoir ôté sa chapka et ses gants, il sortit une photo de sa sacoche et la tendit à Sharko.

— Voici donc Leonid Yablokov. Il est responsable d'une équipe de vingt ouvriers sur la base de Mayak-4, située à quelques kilomètres avant Ozersk. C'est lui qui se charge de la récupération et du stockage des déchets nucléaires.

Le commissaire fronça les sourcils et tendit la photo à Lucie. L'homme, sur le cliché, était chauve, avec les oreilles légèrement décollées. Un regard pas franchement tendre, d'autant plus qu'il était vêtu d'un costume noir aux lignes toutes soviétiques.

— J'ai déjà vu cet homme, lança Sharko. Il était sur la photo dans le bureau de Scheffer, avec l'équipe russe qui travaillait pour la fondation à la fin des années 1990.

— En effet, répliqua Lachery avec assurance. Il a œuvré pour la fondation entre 1999 et 2003. Nous avons fait quelques recherches sur cet individu. Il est titulaire d'un doctorat en physique, il a écrit une thèse sur les très basses températures au début des années 1980. Il a travaillé jusqu'en 1998 dans un laboratoire de recherche russe sur les applications spatiales. Du top secret. Il était spécialiste de la cryogénie et s'est penché sur des solutions permettant de longs voyages dans l'espace.

La cryogénie... Cela parlait à Sharko. Il demanda :

— Il est beaucoup question de la conquête spatiale relancée par les Russes en ce moment dans la presse française. Cette volonté qu'ils ont d'envoyer des hommes dans l'espace lointain, sans donner, pour l'instant, la façon de le faire. La cryogénie, ça pourrait être une excellente solution. Est-ce que Yablokov a réussi à congeler des gens pour les faire voyager ?

— On n'en sait rien. Ce dont on est certains, par contre, c'est que Yablokov a été licencié à la suite d'une erreur professionnelle qui a coûté la vie à l'un de ses collaborateurs.

Lucie s'était retournée, elle ne voulait rien manquer de la conversation. Quant à Sharko, il dévorait chaque mot.

Arnaud Lachery poursuivit ses explications :

— Après cet échec, Yablokov s'est reconverti dans l'humanitaire, par le biais de la fondation. Il est allé sur le terrain, a appris des tas de choses sur la radioactivité, on l'a beaucoup vu au milieu d'enfants, aux côtés de Scheffer (il tendit d'autres clichés qui appuyaient ses propos) et de cette femme, elle aussi membre de la fondation dans ses deux premières années d'existence.

Encore une fois, Sharko reconnut ce visage, également présent sur la photo accrochée dans le bureau de Scheffer. Un visage tout en rides, avec des traits fatigués, qui cachaient des yeux sombres et volontaires.

— Qui est-elle ?

— Volga Gribodova, elle a aujourd'hui soixante-huit ans. À l'époque, elle était professeure de médecine, spécialisée dans les conséquences sanitaires de la catastrophe de Tchernobyl, et jouait un rôle de conseillère auprès des politiques sur la question de la radioprotection. Deux ans avant que la fondation quitte le territoire russe pour raisons politiques, elle s'est détachée de ses activités humanitaires et est devenue ministre de la Sécurité nucléaire de la province de Tcheliabinsk.

— Tcheliabinsk, répéta Sharko. Encore et toujours Tcheliabinsk.

— Là-bas, Gribodova a hérité d'un poste peu enviable. Les environs d'Ozersk, à une centaine de kilomètres de Tcheliabinsk, sont parmi les plus contaminés de la planète. Tchernobyl a été un problème, mais Ozersk est LE problème. C'est une véritable poubelle à ciel ouvert, ultra-contaminée, et qui accueille les déchets nucléaires provenant de la plupart des pays européens, y compris la France. Gribodova a été nommée là-bas pour trouver des solutions, mais tout le monde sait qu'il n'y en a pas.

Le véhicule s'engagea sur une autoroute à deux voies bien chargées. Hormis les plaques minéralogiques bizarres et les panneaux en cyrillique, le paysage n'était en rien dépaysant : juste des arbres enneigés à perte de vue. Lucie considéra quelques secondes le chauffeur – un type qui paraissait coulé dans le marbre – avant de revenir à ses interlocuteurs, qui continuaient à discuter.

— Et devinez qui a nommé Leonid Yablokov en tant que responsable de la base de Mayak-4 ? demanda Lachery.

— Volga Gribodova, répliqua Sharko.

— Seulement quelques semaines après sa prise de fonction en tant que ministre, oui. Alors que, de prime abord, Yablokov, spécialiste du grand froid, n'était pas forcément le plus compétent en matière de déchets nucléaires. La gestion de la base de Mayak-4 est directement sous l'autorité et la responsabilité de la ministre. Mayak-4 est construite autour d'une mine où l'on extrayait l'uranium il y a soixante ans. Aujourd'hui, cette mine est devenue un centre d'enfouissement où l'on stocke toutes les cochonneries dont aucun pays ne veut. Les environs de Mayak sont parmi les endroits les plus sinistres, déprimants et dangereux de la planète. Personne ne veut aller là-bas, et personne n'y met les pieds, hormis des ouvriers qui déchargent les camions et stockent les barils. D'où ma question : qu'est-ce que deux anciens membres de la fondation de Scheffer trament sur place depuis toutes ces années ?

— Et, surtout, qu'est-ce que Scheffer et Dassonville allaient régulièrement y faire, par le biais de leurs visas touristiques ? compléta Sharko. Et qu'y font-ils en ce moment même ?

Lachery fixa Lucie, puis le commissaire.

— C'est ce que nous allons découvrir. Je crois que vous l'avez compris, et avec votre affaire, nous pensons que cette ministre et d'autres personnes haut placées sont impliquées dans *quelque chose*. Pour Moscou, votre enquête est un dossier très sensible. De par sa nature même, mais aussi parce qu'il est question de nucléaire.

— Nous n'en doutons pas.

— La fédération de Russie est découpée en districts administratifs, chacun avec leur gouverneur et leur autonomie. Bref, cette affaire est compliquée d'un point de vue légal et politique. Une fois à Tcheliabinsk, vous aurez le soutien discret d'officiers de la police du district fédéral, qui seront directement sous les ordres du commandant Aleksandrov que vous allez rencontrer bientôt. Vous filez sur Mayak. Vous cherchez vos suspects avec les équipes mais, surtout, vous les laissez intervenir.

— On connaît les règles, fit Sharko.

L'ASI tendit les dernières photos : celles des mômes, étalés sur la table d'opération, que Bellanger ou Robillard lui avait sans doute envoyées par courrier électronique.

— On peut peut-être déplacer et cacher des enfants, mais certainement pas des salles d'opération. S'il y a quelque chose à découvrir dans cet endroit sinistre, alors les hommes le découvriront. Nul n'est plus teigneux qu'un officier russe.

Après un lourd silence, Lachery changea de sujet et finit par demander des nouvelles de la capitale française, du 36, quai des Orfèvres, de la politique de l'Hexagone, tandis que les premiers panneaux indiquant l'aéroport apparaissaient déjà. Il raconta qu'il aimait Moscou, ses structures, sa puissance, sa richesse, ses habitants. Pour lui, les Occidentaux étaient comme des pêches, et les Russes comme des oranges. D'un côté, des individus d'apparence ouverts, qui se saluaient dans la rue, mais qui cachaient un noyau dur dès qu'on creusait. De l'autre, des gens de prime abord fermés, mais qui s'ouvraient jusqu'au cœur une fois la carapace percée. Il précisa néanmoins que Moscou, ce n'était pas la Russie, et que ce pays payait encore l'héritage de son lourd passé.

Le chauffeur les déposa devant l'aérogare, accolé à un circuit automobile. Il n'avait rien à voir avec celui qu'ils venaient de quitter. Un bâtiment plutôt ancien à l'architecture monolithique, pas rénové et de taille réduite. À voir l'état et la dimension ridicule de certains avions, Lucie commença à stresser. Si l'avion était le moyen de transport le plus sûr en France, elle n'était pas certaine que ce fût le cas en Russie.

Les deux policiers moscovites attendaient au point d'accueil. L'attaché à l'ambassade fit les présentations. Andreï Aleksandrov et Nikolaï Lebedev étaient plutôt jeunes, grands, plantés dans la même tenue kaki – pantalon de toile à liséré rouge, grosse parka fourrée avec les écussons de la police et le drapeau russe, serrée par un ceinturon, bottes coquées montant jusqu'aux genoux – et tenaient leur chapka dans la main. Vu la carrure imposante, Sharko estima qu'ils portaient sans doute un gilet pare-balles.

Ils se saluèrent tous. Poigne écrasante de la part des Russes, Lucie ne fut pas ménagée. Lachery leur expliqua que les deux officiers parlaient un anglais moyen et qu'il comptait sur eux pour transmettre les derniers éléments clés du dossier durant le vol.

On vendait de tout dans l'aérogare. Saucisson, pain noir, vodka, cornichons, fromage... Après avoir retiré des roubles, les deux Français passèrent par une boutique de vêtements et en ressortirent équipés à la russe, ce qui posa un sourire plutôt moqueur sur les lèvres de leurs accompagnateurs.

Après l'enregistrement des bagages, ils burent une vodka – sauf Lucie qui se contenta d'un thé – et prirent la direction de leur terminal. L'ambiance s'était un peu détendue, l'heure du départ approchait. Lachery les salua respectueusement, adressa quelques mots en russe aux officiers puis revint vers les Français :

— On reste en contact. Bonne chance.

Vingt minutes plus tard, ils embarquaient.

Direction les puissants contreforts de l'Oural.

69

Une explosion de couleurs.

Jamais, au cours de ses voyages, Sharko n'avait vu un tel spectacle. Il avait toujours imaginé la Russie comme un territoire austère, gris, aux terres plates qui s'étalaient telles des coulées de ciment. Mais, en réalité, c'était tout l'inverse. Le front collé au petit hublot circulaire, il avait l'impression d'assister à la genèse d'un diamant. Les steppes avaient cette capacité à transformer la lumière rasante du soleil en une pluie d'étincelles. La nature buvait l'eau des lacs aux formes douces, les torrents rageaient, les forêts de pins et de bouleaux s'accrochaient aux flancs des montagnes prisonnières du givre. Des bleus stellaires, des verts de jungle, des blancs furieux bataillaient dans ces arènes de silence et donnaient l'envie de se coucher là, à regarder le ciel indéfiniment.

Puis arriva la grande ville, comme un cancer dans un organisme sain. Au fur et à mesure que le bimoteur descendait, les usines offrirent leurs perspectives. Métallurgie, extraction de minerais, industrie lourde. D'anciens arsenaux à l'abandon étranglaient la périphérie, des entrepôts déchirés, d'interminables lignes d'asphalte, envahies de bulldozers, de tracteurs, de chargeurs, noircissaient le décor. Des milliers de chars, de moteurs, des millions de munitions avaient été fabriqués ici, pour repousser l'ennemi.

Sharko se rétracta sur son siège, alors que l'avion touchait le sol.

Ça y est, ils y étaient presque. Au bout de leur enquête. Au bout du monde.

Trois hommes les attendaient dans le hall de l'aéroport. Des gars aux allures de soldats de plomb, avec des faciès crayeux, des mâchoires droites, à fleur de peau. Sharko songea aux flics du RAID, version KGB. Andreï Aleksandrov et Nikolaï Lebedev firent de rapides présentations. Les locaux ne parlaient pas un mot d'anglais, ils se contentèrent d'un sourire de politesse envers le commissaire et adressèrent un regard plutôt forcé à Lucie.

Les cinq Russes discutèrent longuement entre eux, à coups de tapes sur l'épaule, puis Aleksandrov revint vers Lucie, qui se sentait toute petite, pas à sa place.

— D'après eux, il y a un bon hôtel à touristes, le Smolinopark, à vingt-cinq kilomètres d'ici. Il est situé au bord d'un lac, vous y aurez tout le confort et de la bonne nourriture. Un taxi peut vous y emmener directement.

Sentant Lucie sur les nerfs, Sharko prit les devants et acquiesça poliment.

— Très bien. Vous nous laissez quelques minutes ? Nous arrivons.

— Ne tardez pas trop.

Lucie l'observa s'éloigner, le regard mauvais.

— J'ai vraiment l'impression que ces gros machos

me prennent pour une tarte. *Un bon hôtel à touristes*, non mais, t'as entendu ça, toi ?

Sharko rajusta la chapka sur la tête de Lucie, puis vérifia que son téléphone portable était complètement chargé.

— Je serai toujours près de toi, avec ça. Je ne veux surtout pas que tu t'inquiètes, d'accord ? Profite de l'hôtel, passe un coup de fil à ta mère pour la rassurer, repose-toi bien. Je crois que ces gars-là savent ce qu'ils font.

Lucie se serra contre lui. Avec leurs grosses parkas, elle avait l'impression d'étreindre un bonhomme Michelin.

— Fais bien attention, Franck, et contente-toi de suivre. Tu as déjà failli y laisser ta peau plusieurs fois. Tu me promets ?

— Promis, oui.

Il l'accompagna jusqu'à un taxi. L'air glacé rabotait le moindre centimètre carré de peau nu. C'était comme une blessure perpétuelle, lente et douloureuse. Lucie s'engouffra dans la chaleur de l'habitacle, tandis qu'Aleksandrov expliquait au chauffeur la destination. Sharko embrassa sa compagne une dernière fois et regarda le véhicule s'éloigner, le cœur lourd.

À peine Lucie avait-elle disparu que son téléphone portable sonnait déjà. Il regarda l'écran avec un sourire.

Numéro « inconnu ».

Il ôta un gros gant, décrocha et glissa le fin appareil entre la chapka et son oreille.

— Sharko.

Rien d'autre qu'une petite respiration, à l'autre bout de la ligne.

Sa gorge se noua. Il sut instantanément.

C'était lui. Le tueur de Gloria.

Il regarda du coin de l'œil les Russes qui l'attendaient et se tourna.

— Je sais que c'est toi, fils de pute.

Aucune réaction à l'autre bout de la ligne. Sharko écoutait, essayait de capter le moindre détail utile. Il réfléchit aussi vite que possible, tentant de toucher au plus juste, et se mit à parler :

— Tu te demandes où je me trouve, hein ? T'es tellement dans le doute, dans la déroute, que tu n'as pas pu t'empêcher de m'appeler. Tu ne comprends pas mon absence. Désolé de t'apprendre que tu n'es pas le centre de mon monde. Gloria ne représentait plus rien pour moi. Et toi non plus.

Toujours rien. Sharko était persuadé que l'autre allait finir par raccrocher.

— On dirait que je gâche tes fêtes de Noël et ta belle partie d'échecs, poursuivit-il. Je sais le travail que représentait toute cette mise en scène pour toi. Et moi qui ne suis pas au rendez-vous.

Le commissaire marchait à présent nerveusement. Soudain, deux mots claquèrent dans l'écouteur :

— Tu mens.

Le flic s'arrêta net. La voix masculine était étouffée, lointaine, comme lorsque l'on parle à travers un tissu.

— Tu mens quand tu dis que Gloria ne représentait rien pour toi.

Sharko ne sentait plus le froid, même s'il avait l'impression que sa main ressemblait à un bloc de glace. Le monde, autour de lui, n'existait plus. Toute son attention était focalisée sur cette voix, séparée de la sienne de milliers de kilomètres. Il ausculta son téléphone, essaya de démarrer l'enregistrement de la conversation. Trop compliqué, il ne trouva pas la bonne fonction. Il plaqua de nouveau l'écouteur à son oreille, de peur de perdre son interlocuteur, et poursuivit la conversation :

— Peut-être que je mens, peut-être pas. Peu importe. L'essentiel, c'est que les autres, mes collègues, vont te coincer, et je viendrai te rendre visite quand tu seras derrière les barreaux. Tout est une question de temps. Et ma femme et moi, on a tout notre temps.

Un long silence, avant que la voix revienne.

— Moi aussi, j'ai tout le temps. La patience, c'est l'une de mes qualités, au cas où tu n'aurais pas remarqué. Ta pouffiasse et toi, je vous attendrai le temps qu'il faudra…

Sharko avait envie d'exploser. De lui crier qu'il le tuerait.

— … Je serai là chaque fois que vous marcherez parmi la foule. À chaque station de métro, dans chaque bus, sur n'importe quel trottoir. Je suis déjà entré chez toi, tu sais ?

Sharko était incapable de savoir s'il bluffait ou pas.

— La prochaine fois qu'on parlera, ta pouffiasse aura ma lame sous sa gorge.

Coupure de la communication.

Sharko resta figé, l'appareil dans la main. Il chercha dans les appels entrants, tenta de recomposer le numéro du bout de ses doigts gelés, mais le numéro inconnu ne s'était pas affiché.

— Merde !

Les Russes s'impatientaient franchement. Le flic embarqua à l'arrière de l'une des deux quatre roues motrices, encore sous le choc. Il souffla dans ses mains pour les réchauffer.

Le cauchemar le rattrapait même ici, en Russie.

— Vous ne devez jamais ôter vos gants, fit Aleksandrov de son accent roulant. Il aurait suffi que votre peau soit en contact avec la moindre surface extérieure pour y rester collée.

Sharko signifia qu'il ferait attention la prochaine fois. Les véhicules se mirent en route sous une lumière qui commençait lentement à décliner. Les trois policiers qui accompagnaient le commissaire semblaient discuter ardemment de l'affaire, se transmettant des papiers, des photos. Sharko reconnut, entre autres, les portraits de Scheffer et de Leonid Yablokov, le responsable de Mayak-4.

Le commissaire se concentra, essaya de se rappeler les moindres détails de la conversation avec le tueur de Gloria. *Ta pouffiasse aura ma lame sous sa gorge...* Il avait vu juste : c'est à Lucie qu'il s'en serait sûrement pris lors de son ultime coup d'échecs. Il l'aurait sans doute enlevée, comme Suzanne l'avait été, dix ans plus tôt.

Il s'empara de nouveau de son téléphone portable. Il fallait prévenir Basquez de cet appel. C'était Noël, mais Sharko s'en tapait. Il y avait peut-être moyen de tracer l'origine du coup de fil, de remonter à ce fou furieux de psychopathe d'une façon ou d'une autre. De faire cesser le cauchemar, pour qu'il puisse rentrer en France l'esprit serein. Pour que Lucie et le bébé ne craignent plus rien.

Sharko ressentit alors un autre choc : le bébé. Suzanne elle aussi était enceinte au moment de son enlèvement, et de deux mois.

Quelle horrible coïncidence.

Il commença à composer le numéro de Basquez, mais arrêta soudain son geste.

Il attarda son regard sur ce fameux téléphone portable.

Quelque chose se déclencha dans sa tête, qui déversa des frissons dans la totalité de son corps. Une série de déductions qui lui traversa le crâne, comme des dominos chutant les uns derrière les autres.

Sharko analysa la situation dans tous les sens.

Ça collait. Ça collait à la perfection.

Fermant les yeux, il remercia sa chute dans le torrent glacé des montagnes. Elle venait peut-être de lui livrer le tueur sur un plateau.

Il le tenait. Bon Dieu, il avait identifié celui qui n'avait semé que la terreur et le vice dans son sillage.

Il ne termina pas le numéro de Basquez. À la place, il rangea son téléphone bien au fond de sa poche, se souvenant des propos prononcés par l'expert en analyse de documents de la police scientifique, alors qu'il parlait d'un faux passeport : *la Marianne en filigrane est à l'envers. Tu te rends compte de la connerie ? Les mecs imitent tout à la perfection, jusqu'à la double couture, et font une erreur aussi grosse que celle de prendre une autoroute en sens inverse. Ils finissent tous par faire ce genre de conneries, tôt ou tard.*

70

Ils avaient d'abord traversé des villages pris dans les glaces de l'hiver. Des icebergs de civilisation coupés par une route centrale, avec leurs rangées de maisons en bois bordées d'un lopin de terre. Des habitations sans eau courante, dépendantes de puits reliés à des rivières malades qui brassaient l'atome. Puis arrivèrent les installations industrielles abandonnées, accrochées au paysage comme des sangsues d'acier. Sharko eut le sentiment d'un monde post-apocalyptique, frappé jadis par la folie humaine, et dont ne restaient que les plaies béantes.

Plus loin, la route se transforma en un chaos de boue gelée, traversée de larges flaques qui s'assombrissaient à mesure que le gros soleil rouge déclinait. De profondes traces de pneus laissées par les camions et les convois chargés de leur poison sillonnaient la glace noirâtre. Autour, les lacs d'un bleu pâle, aux eaux dangereuses, se déployaient à perte de vue, entre les collines, telles des lames de rasoir radioactives. Depuis plusieurs dizaines de kilomètres, il n'y avait plus aucune trace d'activité humaine. L'atome avait chassé la vie et s'était approprié cette terre pour des dizaines de milliers d'années.

À présent, l'obscurité s'était sérieusement installée, faisant baisser le mercure de quelques degrés supplémentaires. L'ancien complexe d'extraction d'uranium de Mayak-4 apparut subitement derrière un vallon, logé dans un creux naturel. Une cicatrice à ciel ouvert, immense, cernée de barrières et de barbelés. Sous la lumière décadente, la partie nord semblait avoir été complètement abandonnée. Les usines radiochimiques, les tapis roulants, le matériel d'extraction ou les palans tombaient en ruine. Les rails pris dans la glace, sur lesquels reposaient encore des wagons, étaient envahis, défoncés.

La partie sud, par contre, témoignait encore d'une activité humaine. Des véhicules en bon état étaient garés sur un parking, un camion-benne jaune venait de s'enfoncer dans un tunnel. De petites silhouettes, des grues miniatures s'activaient autour d'un convoi chargé d'immenses barils radioactifs.

Sharko crispa sa main gauche sur la poignée de sa portière, tandis que les deux véhicules de police accéléraient en dépit de la route glissante. Le thermomètre du tableau de bord indiquait à présent − 27 °C, le givre s'accrochait aux vitres et suçait les joints en caoutchouc. Quelques minutes plus tard, ils atteignirent un poste de sécurité, gardé par deux colosses probablement armés. Les flics de la première voiture jaillirent, ils montrèrent des papiers, il y eut un échange verbal assez rude. Un gardien désigna finalement un petit bâtiment de forme cubique, en bon état.

L'un des officiers vint parler à Andreï Aleksandrov, libérant une grosse vague de froid dans l'habitacle lorsque le carreau se baissa. Après un court échange, le Moscovite se retourna vers le commissaire et dit, en anglais :

— Là-bas, c'est le bureau du responsable, Leonid Yablokov. On y va.

Une fois la barrière ouverte, les deux véhicules s'engagèrent rapidement sur le site et foncèrent vers le bâtiment. Sharko remarqua, sur la droite, ce qui devait être l'entrée du centre d'enfouissement, creusé dans le flanc d'une colline et fortement éclairé. Des tas de panneaux d'avertissement en cernaient les contours, tandis qu'un camion vide sortait au ralenti.

D'un coup, tout s'accéléra. Aleksandrov repéra, dans la lueur des phares, une silhouette qui disparaissait à l'arrière des bureaux et courait vers une voiture. Les véhicules de police se mirent en barrage, les portières s'ouvrirent, les canons des Makarov se braquèrent, et ce qui ressemblait à des ordres de sommation retentit. Quelques secondes plus tard, la chapka de Yablokov vola au sol. Il se fit menotter sans ménagement et emmener dans son bureau, devant quelques employés qui s'étaient figés de stupeur.

Sharko se fraya une place parmi les Russes, qui avaient contraint le responsable du centre à s'asseoir sur une chaise. Le petit homme chauve aux oreilles décollées fixa le béton du sol, sans ouvrir la bouche. Il resta de marbre devant les photos de Dassonville et de Scheffer qu'on lui plaquait sous le nez.

Le ton monta rapidement, les questions et les cris fusaient, les colosses armés n'y allaient pas de main morte. À bout de nerfs après quelques minutes, un officier de Tcheliabinsk renversa la chaise et écrasa le visage du responsable avec sa botte. Sharko apprécia la méthode, même si les coups portés dans l'abdomen de Yablokov lui parurent un peu trop appuyés.

— *Da ! Da !* gueula finalement le Russe à terre, les yeux en pleurs et les deux mains sur le ventre.

On le laissa se redresser. Les visages étaient fermés, durs, une buée glaciale s'élevait des bouches. Les grosses carcasses des flics haletaient, le commissaire sentait que ses homologues n'avaient pas l'intention de traîner dans cet endroit maudit. Ils malmenaient Yablokov, ne cessaient de lui gueuler aux oreilles, le poussaient violemment. Cette fois, le responsable de Mayak acquiesça lorsqu'on lui plaqua sur le nez les portraits de Dassonville et de Scheffer. Sharko ressentit alors une immense satisfaction : les deux hommes étaient bien sur la base de traitement des déchets.

Leonid Yablokov parla en russe. À la suite de ses explications, l'un des officiers ouvrit une armoire contenant des parkas antiradiations. Sharko imita ses accompagnateurs et enfila ce vêtement qui lui tombait jusqu'au milieu des cuisses. Une fois ses menottes enlevées, Yablokov se protégea à son tour.

— Il veut nous emmener dans le centre d'enfouissement, dit Andreï Aleksandrov à Sharko. C'est là-bas que sont les deux hommes que vous recherchez. On y va en camion.

— Qu'est-ce qu'ils font là-dedans ?

— Yablokov va nous montrer.

Sharko redoutait ce qu'ils allaient découvrir. Il pensait à ce gâchis de vies humaines, tous ces morts qui avaient jalonné son enquête, comme autant de balises d'avertissement. Dehors, son regard se riva sur l'ancienne mine d'uranium, nichée dans un environnement effroyable, si loin de l'œil occidental. C'était sans aucun doute l'endroit idéal pour se livrer aux pires expérimentations.

Il serra fort la capuche autour de sa tête, enfonça ses mains dans les gros gants aux extrémités plombées, puis suivit les hommes. Aleksandrov l'invita à s'asseoir dans la cabine du camion, aux côtés de Yablokov, tandis que les autres policiers se tenaient en équilibre sur les rebords de la benne, recroquevillés pour se protéger du froid. Même les organismes de ces individus pourtant habitués aux conditions climatiques rigoureuses souffraient.

Le Russe prit le volant et se laissa guider par les indications du responsable du centre. Sharko se tassa sur son siège lorsque le véhicule pénétra dans le tunnel creusé sous la colline. La lumière naturelle laissa place à un éclairage au néon. Des centaines de câbles et de gaines couraient le long des voûtes pour alimenter les différentes installations électriques, les pompes, le circuit de ventilation. Le camion bifurqua, la descente s'accentua. L'endroit semblait relativement moderne, les parois étaient lisses, circulaires, la route large et propre. Sharko essaya d'imaginer ce qu'avait dû être ce lieu un demi-siècle plus tôt. Tous ces mineurs sortis des goulags qui avaient fendu le minerai d'uranium à la pioche dans des conditions atroces.

Après trois cents mètres, le véhicule stoppa dans une niche, devant une gigantesque cage d'ascenseur supportée par des câbles d'acier au diamètre impressionnant. C'était, sans aucun doute, l'endroit par lequel transitaient les barils de déchets nucléaires, avant leur enfouissement définitif des centaines de mètres plus bas, dans les couches stables de la croûte terrestre.

Les hommes s'engagèrent dans ce gros cube hermétique. Yablokov glissa une clé dans un tableau de bord perfectionné et composa un code sur le clavier. Il cracha des mots qu'Aleksandrov s'empressa de traduire :

— Il nous emmène dans un niveau qui n'est référencé sur aucun plan. Un centre secret fabriqué en 2001.

— Au moment où il a pris ses responsabilités à Mayak-4, fit Sharko.

Les regards étaient rivés sur divers chiffres qui indiquaient la profondeur – moins 50 mètres pour le moment –, la température qui montait au fil de la descente et la radioactivité ambiante – 15 µSv/h –, qui diminuait un peu plus à chaque seconde écoulée. Yablokov ôta sa capuche et ses gants lorsque l'ascenseur s'immobilisa à moins 110 mètres de profondeur. Tous les hommes l'imitèrent, les fronts perlaient à présent : la température indiquée était de 16 °C.

La porte métallique s'ouvrit sur un petit tunnel éclairé, parfaitement rectiligne. Les hommes s'y engouffrèrent en silence. Sharko lorgna autour de lui, la gorge serrée. Ses muscles se gorgeaient de sang. Des sentiments d'écrasement, d'enfermement, commençaient à tourner dans son esprit. Pas le moment de flancher. Il atteignit enfin une pièce, creusée dans la partie droite du tunnel.

Il y était, sans aucun doute.

La salle d'opération des photos.

Il y avait une quantité impressionnante de matériel chirurgical, de grosses machines complexes et perfectionnées, des moniteurs et des tuyaux partout. Ça sentait les produits d'hôpitaux, de ceux qui fichent la nausée. Trois hommes masqués, gantés, vêtus de combinaisons chirurgicales bleues, se tenaient debout autour d'un caisson transparent et prenaient des mesures.

Ces individus restèrent figés face aux policiers, puis levèrent les mains lorsque les armes se braquèrent sur eux. Une fois assurés que la situation était maîtrisée, les trois officiers de Tcheliabinsk sortirent de la salle et s'enfoncèrent plus loin dans le tunnel, afin de sécuriser les lieux.

Épaulé par les deux Moscovites, Sharko s'approcha des trois hommes en tenue. Sûr de lui, il arracha brutalement leur masque chirurgical, mais, à sa grande surprise, ne reconnut aucun des visages. Ces types étaient terrorisés et déblatéraient des propos incompréhensibles.

Le flic se tourna alors vers le caisson hermétique, qui ressemblait à un aquarium géant bardé d'électronique. Il remarqua le symbole de la radioactivité sur chaque face translucide et se concentra sur son contenu.

À l'intérieur, un corps nu était couché, le crâne rasé, les bras et les jambes écartés comme l'homme de Vitruve.

Le commissaire l'observa attentivement et n'eut plus aucun doute : il s'agissait bel et bien de Léo Scheffer.

Léo Scheffer, immobile, les yeux fermés. Tranquillement couché sur le dos, il semblait apaisé. L'électrocardiogramme relié au caisson émettait un bip toutes les cinq secondes. Le cœur battait si lentement que le tracé vert était quasiment plat. Sharko pensa immédiatement : « animation suspendue ».

Il redressa les yeux vers une grosse bouteille métallique reliée au caisson par un tuyau. Dessus était inscrit au marqueur « H2S ». Sulfure d'hydrogène. Des chiffres rouges près d'un moniteur indiquaient « 987 Bq/kg ». Vingt secondes plus tard, le taux passa à 988.

Sharko réalisa que l'organisme de Scheffer n'était pas seulement tombé en veille. À l'intérieur du caisson hermétique, on le bombardait de particules radioactives.

À mi-chemin entre la vie et la mort, Scheffer se laissait volontairement irradier.

Sonné, Sharko se précipita vers Andreï Aleksandrov qui, aidé de son collègue, avait regroupé les médecins ainsi que Yablokov contre un mur.

— Dites-leur de le réveiller, fit-il d'une voix ferme.

Le Russe s'exécuta et, après un échange verbal, revint vers Sharko.

— Ils vont le faire. Mais ils disent qu'il va falloir au moins trois heures pour le sortir de cet état, le temps que la concentration en gaz de sulfure d'hydrogène diminue dans son organisme.

Sharko acquiesça.

— Très bien. Je veux que cette ordure voie mon visage en premier lorsqu'il ouvrira les yeux...

Il fixa les trois scientifiques d'un air impassible.

— Demandez-leur maintenant où est François Dassonville.

Aleksandrov n'eut pas le temps de réagir. L'un des officiers de police parti plus tôt en exploration dans le tunnel revint en courant. Sharko comprit qu'il les invitait à le suivre. Nikolaï Lebedev, le collègue d'Aleksandrov, resta dans la salle d'opération, l'arme tendue devant lui.

Le commissaire emboîta le pas de ses homologues et regagna le tunnel. Une dizaine de mètres plus loin, les flics se tenaient devant l'entrée d'une autre salle. Une lumière bleutée provenant de l'intérieur leur léchait le visage.

Ils paraissaient abasourdis.

Franck Sharko pénétra avec appréhension dans cette pièce d'où jaillissait un vrombissement lancinant de générateurs et resta pétrifié. Sur la porte était peint un « 2 » gigantesque.

La salle était tapissée d'une couche de plomb, du sol au plafond, et éclairée par des ampoules à faible puissance. Au fond, entre d'immenses cuves hermétiques, sur lesquelles était inscrit « NITROGEN », une vingtaine de cylindres métalliques de deux mètres de haut étaient disposés verticalement, en deux rangées, montés sur des socles à roulettes et cadenassés à leur extrémité supérieure.

Incrustés dans l'acier, des cadrans lumineux indiquaient « – 170 °C ».

Sharko plissa les yeux. Ces cadrans, ces boutons lui faisaient songer à l'intérieur d'un vaisseau spatial parti pour une longue mission. Les cylindres étaient reliés à la grosse cuve centrale d'azote par d'épais tuyaux en métal et percés d'une vitre transparente, d'une trentaine de centimètres de côté.

À travers ces vitres, des visages.

Des visages d'enfants qui flottaient dans l'azote liquide et à qui l'on avait également rasé le crâne. Sharko s'approcha, incapable de prendre la mesure de ce qu'il voyait, tant ces images bien réelles dépassaient tout ce qu'il avait pu imaginer.

Sur les cylindres, des indications en anglais : « *Experimental subject 1, 6th of January 2003, 700 Bq/kg... Experimental subject 3, 13th of March 2005, 890 Bq/*

kg... Experimental subject 8, 21th of August 2006, 1 120 Bq/kg... »

À la limite de tituber, Sharko se retourna et fixa quelques secondes son homologue, immobile. Le temps semblait s'être subitement arrêté, chacun retenait sa respiration devant l'improbable. Il avait face à lui du matériel organique, des cobayes humains qu'on avait cryogénisés.

Doucement, avec courage, le flic se glissa entre ces parois courbes pour atteindre la deuxième rangée.

Cette fois, neuf des dix cylindres étaient vides, les écrans lumineux qui indiquaient la température étaient éteints. Le seul container occupé montrait, ce coup-ci, un visage d'adulte. Des traits épais figés contre la vitre, avec des paupières baissées, des lèvres légèrement écartées et bleutées.

Un corps en équilibre sur la frontière, dont le cœur ne battait plus et dont le cerveau ne montrait plus la moindre activité électrique. Était-il mort ou vivant ? Les deux à la fois ?

Gravée dans le métal en caractères d'imprimerie noirs, pour résister au temps, une inscription indiquait : « *François Dassonville, 24th of December 2011, 1 420 Bq/kg.* » Sharko considéra le visage immobile, puis marcha sur le côté. Les cuves vides portaient elles aussi des identités, mais sans date. « *Tom Buffett* », le multi-milliardaire du Texas... Puis d'autres noms que Sharko ne connaissait pas. Probablement de riches donateurs de la fondation, qui avaient réservé leur place pour ce voyage dans le temps si particulier.

Enfin, sur le dixième cylindre, une ultime identité.

« *Léo Scheffer.* »

71

Une fois sorti de son caisson, le corps de Scheffer avait été placé sur la table d'opération, au milieu du bloc, et simplement recouvert d'une couverture de survie en aluminium. Progressivement, et comme si tout était naturel, les battements de son cœur s'accéléraient, son rythme respiratoire s'accroissait, tandis que son visage reprenait des couleurs. Sharko se tenait debout, sur la gauche.

Le réveil était imminent.

Depuis deux bonnes heures, les policiers russes passaient des coups de fil à la surface du centre de stockage ou s'entretenaient fermement avec les trois médecins et Leonid Yablokov, essayant de comprendre à quoi ils avaient affaire. Sharko avait reçu quelques bribes d'explications de la part d'Andreï Aleksandrov, qui n'avaient fait que confirmer ses déductions. À l'évidence, Scheffer et Dassonville, aidés du maudit manuscrit et de Yablokov, avaient trouvé un moyen de cryogéniser et de ramener à la vie des êtres humains. Cette unité était un lieu de test.

Dix minutes plus tard, Léo Scheffer papillota des paupières, puis ses pupilles se rétractèrent face à la lampe scialytique perchée juste au-dessus de lui. Ses yeux roulèrent dans ses orbites, ses lèvres bougèrent.

— Quelle date ? marmonna-t-il. Combien de temps a passé ?

Il porta lentement ses mains sur sa poitrine, comme s'il cherchait une cicatrice. Sharko se pencha au-dessus de la table, apparaissant alors dans son champ de vision.

— Même pas une journée. Bienvenue, Scheffer. Je suis Franck Sharko, commissaire de police du 36, quai des Orfèvres. Et vous êtes en état d'arrestation pour meurtres, enlèvements, actes de torture, et une liste d'autres chefs d'inculpation bien trop longue pour que je les cite tous.

Léo Scheffer parut ne pas comprendre tout de suite. Il voulut se redresser, mais Sharko lui écrasa la poitrine.

— Où est le manuscrit ? fit le flic d'une voix autoritaire.

Le scientifique tendit difficilement le cou. Son visage était fin, sec, comme creusé dans la pierre. Il aperçut les visages durs des Russes, en arrière-plan, et sembla réaliser que c'en était terminé. Il soupira longuement, s'humecta les lèvres du bout de la langue, puis laissa finalement retomber sa tête sur la table.

— Quelque part.

Sharko essaya de l'étouffer moralement :

— Vous allez finir vos jours en prison. Vous qui avez tellement peur du temps, vous allez compter vos heures jusqu'à la toute dernière, vous allez voir votre corps se dégrader, jour après jour. Rien que pour ça, j'espère que vous vivrez encore longtemps.

Scheffer ne réagissait pas, se contentant de fixer le plafond. Il avait du mal à émerger.

— Tous ceux qui sont impliqués vont se retrouver derrière des barreaux, ajouta Sharko. Nous allons tout détruire. Ces installations, cette salle, les protocoles, vos recherches. Mais, auparavant, par votre procédé, nous allons redonner vie à ces enfants piégés dans leur ignoble cylindre.

— Ces enfants sont morts, répliqua Scheffer d'une voix neutre. Et vous bluffez, vous ne détruirez rien, vous avez trop besoin de tout ça pour comprendre. Mais que croyez-vous ? Que notre but, c'était juste de cryogéniser quelques riches individus ? Simplement une histoire d'argent ?

— Qui ça, nous ? Et que comptiez-vous faire d'autre ?

Scheffer garda le silence, les lèvres pincées. Sharko ne relâcha pas son interrogatoire.

— Nous savons que vous avez réussi à ramener des gamins cryogénisés à la vie. Où sont-ils ?

— Morts. Tous morts. Ils n'étaient rien d'autre que… de la matière.

Sharko avait envie de l'étrangler et se battait contre lui-même pour garder le contrôle.

— Je répète ma question. À quoi servent exactement ces expériences ?

Scheffer restait de marbre.

— On parle beaucoup du programme spatial russe en ce moment, fit Sharko. La conquête de l'espace lointain, au-delà de Jupiter. Imaginez l'annonce par les Russes d'une cryogénie fonctionnelle, d'une méthode pour figer les organismes et les envoyer à des milliards de kilomètres d'ici sans qu'ils vieillissent.

Sharko vit l'œil de Scheffer briller une fraction de seconde.

— Alors c'est ça...

Mais Scheffer ne répondit plus à aucune de ses questions et détourna le regard.

Le commissaire s'adressa à l'un des médecins :

— Où est le manuscrit ?

Aleksandrov traduisit questions et réponses.

— Il l'ignore. Personne ne sait, d'après lui.

— Pourquoi avoir opéré ces gamins ? Pourquoi ces cicatrices sur leurs poitrines ?

— Elles sont dues à la circulation extracorporelle. Elle est nécessaire pour ramener le corps à la vie après un bain dans l'azote liquide. C'est le seul moyen de réchauffer efficacement et progressivement le sang, d'assurer le redémarrage du cœur, de l'activité cérébrale et de l'ensemble des fonctions vitales. C'est pour ça qu'ils ouvrent les poitrines.

— Pourquoi certains meurent et certains survivent ?

— À cause du taux de radioactivité. Il faut une fourchette très précise de césium dans l'organisme, située entre 1 350 et 1 500 Bq/kg. En dessous, des cristaux se forment et détruisent les cellules. Et au-dessus, les organes se dégradent de façon irréversible.

Sharko allait et venait, nerveusement.

— Qu'est-ce qu'ils savent d'autre ? Qui s'occupe de ces corps congelés ? Comment cette organisation fonctionne-t-elle ? Y a-t-il d'autres centres de ce genre ? Ont-ils un rapport avec le programme spatial ?

Il y eut des échanges virulents devant l'incapacité des scientifiques à répondre aux questions autres que médicales. Aleksandrov revint vers Sharko, l'air fermé.

— Ils disent qu'ils ne savent rien. Ils appliquent des

protocoles que leur a appris Scheffer. Des gens viennent souvent ici, des Russes, des étrangers de divers pays, mais ils ignorent qui ils sont.

Sharko vit qu'il ne servait plus à rien de poursuivre. Il signifia aux Russes qu'il en avait terminé avec ses questions pour le moment. Encore secoué, il retourna dans la pièce du fond, passa de nouveau devant les visages insoutenables de ces enfants morts et se positionna face au cylindre de Dassonville.

Il plaqua sa main à plat sur la vitre. Puis s'approcha du générateur. Il suffisait de baisser une grosse manette pour que tout s'arrête. Il posa sa main sur la poignée métallique, respira lourdement, puis revint finalement vers la vitre.

— Ce serait trop facile. On va te ramener à la vie, et tu vas nous donner toutes les réponses qui nous manquent.

Et il resta là, considérant longuement ce visage diabolique, aussi sombre et glacial que la mort, jusqu'à ce qu'Aleksandrov le rejoigne, téléphone dans la main. Il paraissait abattu.

— Les services secrets russes vont arriver d'un instant à l'autre, fit-il d'une voix atone.

— Les services secrets ? Que viennent-ils faire ici ?

— Volga Gribodova, la ministre de la Sécurité nucléaire, a été retrouvée morte, une balle dans la tête.

72

Chaudement vêtu, Sharko était appuyé contre la rambarde du balcon de leur chambre d'hôtel, les yeux posés sur la surface d'un petit lac. Plus loin, d'autres ellipses bleutées étincelaient sous le soleil, incrustées dans la verdure comme autant de saphirs à la pureté rare. Il existait encore des merveilles sur lesquelles l'homme n'avait pas pris le contrôle.

Lucie ouvrit la porte-fenêtre et vint enlacer cet homme qu'elle aimait, passant doucement ses bras autour de sa taille. Sa chapka fourrée s'inclina sur son crâne, dévoilant la couronne de pansement autour de son front. Cette enquête avait laissé des traces physiques, mais surtout psychiques. Elle remarqua que Sharko manipulait inconsciemment son téléphone portable dans sa main gantée.

— Les bagages sont faits, le taxi arrive dans dix minutes, fit-elle. Je sais que c'est difficile, mais il va falloir y aller.

— On se fait éjecter comme des malpropres de l'enquête, on nous force à rentrer en France.

— Ils considèrent que c'est terminé pour nous, maintenant que nos suspects sont entre leurs mains.

Nous avons découvert le centre et tout ce que nous sommes venus chercher.

— Tout sauf le manuscrit. Et les véritables enjeux de cette cryogénisation. Je ne vais pas lâcher comme ça, je te le garantis. Ils disent que Gribodova s'est suicidée... Mais l'arrivée des services secrets, Lucie, tu imagines bien que... que ça cache quelque chose.

Il finit par rentrer dans la chambre et referma la porte-fenêtre derrière lui. Lucie fixa son téléphone portable.

— Et l'attaché à l'ambassade, là-dedans ? Il ne peut pas nous aider à y voir un peu plus clair ?

Sharko poussa un soupir.

— Il m'a glissé quelques informations avant que, mystérieusement, lui aussi devienne injoignable. Apparemment, le cœur de Dassonville est reparti. Ils vont le transférer dans une salle de réveil, puis ils l'interrogeront. Nous n'avions pas vu la moitié de ce centre secret de cryogénisation, il s'étend sur deux niveaux. Il y avait, paraît-il, une autre salle avec... des cerveaux congelés dans des cuves. « Neuroconservation », c'est le terme. Apparemment, Scheffer développait aussi des recherches sur la cryogénisation de cerveaux sans l'enveloppe corporelle.

— Mais... pourquoi ?

— J'en sais rien, Lucie. Mais imagine des cerveaux brillants, qu'on pourrait par exemple greffer sur des corps neufs, en bonne santé, vingt, trente ans après leur congélation. Et je n'arrête pas de penser à cette conquête spatiale... La colonisation future des planètes. Des cerveaux, ça prend tellement moins de place que des corps humains dans une navette. Ça me fait penser à...

— Aux meilleures graines qu'on plante dans les champs pour une nouvelle culture. Une espèce de sélection... Tout ça dépasse l'entendement.

Il y eut un long silence, que Lucie finit par rompre.

— Alors, ça a fonctionné avec Dassonville. Scheffer maîtrisait bel et bien le processus complet de veille organique. C'est tellement dingue !

— D'après les médecins qui travaillaient pour lui, Scheffer n'en était encore qu'à un stade expérimental, il restait des détails à régler concernant la cryogénisation mais notre enquête l'a forcé à accélérer les choses. À tester sur lui-même, à essayer de disparaître définitivement de notre monde, pour renaître dans un autre ou ailleurs, des années et des années plus tard.

— Et donc, ils devaient s'irradier fortement pour éviter les cristaux ? Inoculer le mal dans leur propre organisme pour que le procédé fonctionne ?

— Oui, mais, contrairement aux enfants de Tchernobyl qui vivent au quotidien avec la radioactivité et voient leurs organes et leurs cellules détruits à petit feu, l'irradiation au césium 137 de Scheffer ou Dassonville n'est que temporaire. Le radionucléide finira par disparaître presque totalement au bout de quelques mois, naturellement purgé par leur métabolisme et un environnement sain. Les séquelles seront minimes.

Sharko lui tendit une feuille pliée qu'il sortit de sa poche.

— Tiens, regarde ça, c'était parmi les protocoles et les quelques papiers du centre. Piqué *in extremis*, avant que les services secrets débarquent et verrouillent tout. Il s'agit d'une copie de l'article qui aurait tout déclenché chez Scheffer et qui lui aurait donné ces idées démentes de fondation et de centre de cryogénie.

Il s'agissait d'un article du *New York Times*, en anglais, datant de 1988. Lucie traduisit à voix haute la partie stabilotée :

— [...] *Josh Donaldson, un riche homme d'affaires californien atteint d'une tumeur au cerveau, a demandé à la Cour suprême la permission d'être anesthésié et congelé avant sa mort. Il réclamait un « droit constitutionnel à la congélation pré-mortem ». Les médecins donnaient à Donaldson deux ans à vivre. Ce dernier estimait que, s'il attendait jusqu'à cette limite, la tumeur allait détruire les neurones renfermant son identité et ses souvenirs. En résumé, le congeler une fois mort serait devenu inutile. Mais la Cour a refusé. Donaldson est allé en appel et a perdu, le tribunal indiquant que toute personne qui l'aiderait à se faire congeler serait accusée de meurtre. Son immense fortune ne put le sauver et il mourut l'année d'après* [...].

Elle releva des yeux tristes.

— La cryogénisation représente, quelque part, l'accès à l'immortalité ou à la guérison. Ni le pouvoir ni l'argent n'ont la capacité de repousser la mort ou la maladie. Scheffer, lui, le pouvait. De quoi se prendre pour Dieu.

— Tom Buffett, l'un des donateurs de la fondation, est atteint d'un cancer incurable. Dans moins de six mois, sans la cryogénie, il sera mort, parce que la médecine d'aujourd'hui ne peut rien pour lui. Dans son bain d'azote, il attendait que la science progresse et que sa maladie puisse être un jour guérie.

Lucie lui rendit la photocopie.

— Je ne lâcherai pas l'affaire, Lucie, que ce soit ici ou en France. Ils disent que la ministre s'est suicidée, mais je crois qu'elle s'est fait assassiner, pour éviter de parler. J'ai la certitude que les très hautes sphères sont impliquées. Les procédures d'extradition de Scheffer et de Dassonville vont sans doute prendre du temps, mais un jour, ils seront entre nos mains.

Lucie tira sa valise jusqu'à la porte d'entrée. Il était temps d'y aller.

Les deux flics montèrent dans le taxi, mangèrent un morceau à l'aéroport, puis embarquèrent dans un petit bimoteur deux heures plus tard. Ils s'installèrent au fond de l'appareil, bien au chaud et un peu à l'abri du fracas des hélices. Le retour vers la France allait prendre sept heures au total. Après une escale à Moscou, leur Boeing atterrirait à Charles-de-Gaulle à 16 h 50, ce 26 décembre 2011.

— Je ne t'ai même pas demandé comment s'était passé ton coup de fil avec ta mère, dit Sharko en souriant enfin.

— Elle était contente de m'entendre. Je ne l'ai pas beaucoup appelée, ces derniers temps.

— Et pour la grossesse ?

— Je ne lui ai rien dit pour le moment. Je préfère lui annoncer les yeux dans les yeux, quand j'aurai en main le cliché de la première échographie. Je veux être sûre, tu comprends ?

Elle fixa longuement le paysage qui se déployait à perte de vue à travers le hublot, l'air soucieux.

— Qu'est-ce qu'il y a ? fit Sharko. Tu n'es pas heureuse ?

— Le problème, c'est qu'on revient en France. Et, en France, il y a celui qui s'acharne sur toi. Comment on va faire ? On ne peut pas se cacher à l'hôtel indéfiniment en attendant que les équipes le coincent.

Elle avait à présent des trémolos dans la voix :

— Ce tueur doit bien avoir une faille, un point faible qu'on pourrait exploiter. Je n'arriverai pas à vivre comme ça. Me dire qu'il peut nous arriver malheur, n'importe quand.

Elle lui serra la main affectueusement.

— Ça me fait tellement peur.

Sharko essaya de la rassurer.

— Ça va aller, d'accord ? Deux hommes de Basquez vont encore assurer la surveillance devant l'immeuble quelques jours. Quant à nous deux, on peut s'installer ailleurs, en attendant. L'hôtel, ou un autre appartement, le temps de boucler cette enquête. Ensuite, direction la Martinique ou la Guadeloupe le temps qu'il faudra. Piscine, plage, soleil. Qu'est-ce que t'en penses ?

Lucie s'efforça de sourire.

— J'en pense que t'as raison. Mais je préférerais la Réunion. J'ai toujours rêvé d'aller là-bas.

— Va pour la Réunion. Ce sera ton cadeau de Noël.

Lucie fronça les sourcils.

— Mon cadeau de Noël ? Tu veux dire que…

Franck l'embrassa sur la bouche et lui caressa le menton.

— Si, j'ai un petit truc pour toi à l'appart, mais ce n'est pas grand-chose.

Le voyage suivit son cours. Sur les quatre heures de vol entre Moscou et Paris, les deux policiers somnolèrent sans vraiment plonger dans le sommeil, incapables de s'abandonner complètement. Ils espéraient que Bellanger et leur hiérarchie allaient se battre pour éviter que l'enquête ne file entre les mains des Russes. Dès qu'il fermait les yeux, Sharko voyait distinctement chaque visage d'enfant, flottant dans l'azote liquide comme des masques abominables. Tout contre lui, il sentit que Lucie tremblait un peu. À quoi pensait-elle ? Au tueur à l'affût, quelque part dans la capitale ? Tout doucement, il posa sa tête contre l'épaule de sa compagne, puis sa main sur sa poitrine. Il sentit les battements de son cœur, et sa gorge se noua.

Leur bonheur était là, à portée de main.

Et la vengeance aveugle qu'il comptait exécuter avait le pouvoir de tout détruire.

Et s'il foirait ? S'il se faisait prendre ? Avait-il le droit de détruire la vie de Lucie et celle de son enfant ? De leur enfant ?

Sharko se crispa, il ne savait plus quoi faire et doutait maintenant plus que jamais. *Gloria a été pénétrée sexuellement avec une main gantée... Elle a été torturée, tabassée avec une barre de fer... Il faut tuer le responsable. Pas de tribunal pour une ordure pareille. Fais-le, en mémoire de Gloria...*

Il serra les dents. Cette voix semblait plus forte que tout et le torturait de l'intérieur.

— Tu me fais mal, Franck.

Le commissaire secoua la tête et se rendit compte que ses doigts étaient crispés autour du bras de Lucie. Tout cela le rendait dingue. Il relâcha son étreinte.

— Excuse-moi.

— Tes yeux sont injectés de sang. Qu'est-ce qu'il y a ?

Sharko respira longuement, tandis que les voix continuaient à crier dans son crâne. Il finit par répondre :

— Rien. Ça va...

73

Lucie et Sharko n'avaient pas pris le temps de se poser, ni de se reposer. À peine de retour sur Paris, ils étaient retournés directement aux bureaux, abandonnant juste leurs bagages à l'hôtel proche de la Bastille. Lebrun, le numéro deux de la Criminelle, voulait absolument les voir. Nicolas Bellanger était déjà dans le bureau, le visage fermé. Ils s'installèrent, et Lebrun entra dans le vif du sujet.

— Dassonville et Scheffer sont morts.

Sharko se redressa, poussant sa chaise vers l'arrière.

— C'est une plaisanterie ?

— Asseyez-vous, Sharko, et gardez votre calme.

Le commissaire se rassit à contrecœur. Lebrun reprit la parole.

— La cause officielle est l'arrêt cardiaque, pour les deux.

— C'est...

— Leur organisme n'aurait pas supporté les radiations combinées à la présence infime de sulfure d'hydrogène. Leur réveil a été fatal. Des médecins russes planchent là-dessus, mais on sait déjà à quels résultats s'attendre.

— Où sont les corps ? Est-ce qu'on a des photos ? Des preuves ?

Lebrun se passa une main sur le visage. Il paraissait embarrassé.

— Je n'en sais rien pour le moment. Dans tous les cas, on laisse tomber. Nos coupables ont été identifiés, interpellés, ils sont morts. On attend les papiers officiels, on boucle les détails et ensuite, il n'y a plus d'enquête de notre côté.

— Plus d'enquête ? Qu'est-ce que ça veut dire ? fit Lucie.

— Ça veut dire qu'on arrête. (Il soupira longuement.) L'ordre vient d'en haut.

— En haut, vous voulez dire le ministère de l'Intérieur ?

— Ne m'en demandez pas davantage, je suis comme vous. Une ministre en rapport avec le nucléaire s'est suicidée en Russie, ça fait déjà énormément de bruit. Dans les jours à venir, on doit s'attendre à ce que tous les débats autour du nucléaire se rouvrent, le sujet est extrêmement sensible, surtout à même pas six mois des élections présidentielles. Alors pas de vagues, OK ? Vous pouvez disposer, à présent. Allez...

Bellanger et ses deux subordonnés se levèrent, abasourdis. Dans le couloir, Sharko explosa. Il frappa du poing dans une cloison.

— Bordel !

Lucie était moins expressive, mais elle n'en bouillonnait pas moins de l'intérieur.

— Tout le système est corrompu, lâcha-t-elle tristement. Tu touches au nucléaire, aux applications spatiales ou je ne sais quoi, et, mystérieusement, tout t'échappe. Des gens meurent ou disparaissent en un claquement de doigts. Ça me dégoûte.

Elle s'approcha de Sharko et se serra contre lui.

— Dis-moi que ces enfants ne sont pas morts pour rien.

Ce dernier regarda la cloison, devant lui.

— On a fait notre boulot. Du mieux qu'on pouvait.

— Alors comme ça, on laisse tomber ? Tu me disais dans l'avion...

— Que veux-tu qu'on fasse d'autre ?

Il caressa Lucie dans le dos.

— Je passe à l'appartement prendre quelques affaires de rechange et je reviens te chercher, on ira à l'hôtel.

Lucie soupira, essayant de surmonter son dégoût.

— Je viens avec toi, si tu veux.

Il fixa sa compagne dans les yeux et lui sourit.

— Ça va aller. À tout à l'heure.

74

Sharko ne rentra pas chez lui.

Une demi-heure après avoir quitté Lucie, il posait le pied sur le parking de l'hôpital Fernand-Widal, proche de l'endroit où il avait découvert Gloria. L'excitation avait chassé toute forme de fatigue et de dégoût et, à ce moment précis, la Russie lui semblait déjà bien loin.

Dire qu'il avait eu l'assassin de Gloria sous le nez, depuis le début, et qu'il n'avait rien vu. Pourtant, le commissaire savait pertinemment que ce genre de meurtrier s'arrangeait toujours pour être au plus proche de l'enquête : côtoyer les flics, pour jouir davantage de leur désarroi. N'était-ce pas ce que la partie l'Immortelle signifiait ? Les pièces blanches, au beau milieu des pièces noires complètement désordonnées ?

À l'accueil, on lui indiqua que l'urgentiste qui avait pris en charge Gloria, Marc Jouvier, n'était pas de service. Sharko trouva très vite un responsable, qui lui indiqua que le médecin avait posé deux semaines de congé et devait revenir seulement douze jours plus tard. Le flic récupéra son adresse personnelle et sortit en claquant les portes derrière lui.

Marc Jouvier était peut-être un employé modèle

entre les murs de l'hôpital mais Sharko savait, à présent, que l'urgentiste était un pervers de la pire espèce, qui avait probablement massacré un couple de jeunes en 2004, leur glissant une pièce dans la bouche sur le modèle de l'Ange rouge. Qui avait violé, tabassé et intoxiqué Gloria. Le pire, c'était sans doute qu'il l'avait regardée mourir ici même, à l'hôpital, alors que ses collègues tentaient désespérément de la sauver.

Sharko démarra au quart de tour, direction le 1er arrondissement, le téléphone portable et l'arme sur le siège passager. C'était ce téléphone-là, acheté suite à la chute dans le torrent, qui lui avait révélé l'identité du tueur. Il était tout neuf et possédait son propre numéro, que Sharko n'avait donné qu'à quelques personnes : ses collègues proches et surtout Marc Jouvier, lorsqu'il avait amené Gloria Nowick à l'hôpital. Et c'était ce numéro-là que l'urgentiste avait recomposé pour contacter Sharko en Russie. Il s'était jeté dans la gueule du loup, comme le commissaire s'était jeté dans la gueule du loup en amenant Gloria dans cet hôpital, le seul à proximité du poste d'aiguillage abandonné, celui qu'on ne pouvait pas manquer en allant sur les rails...

Le flic se gara à une centaine de mètres de sa destination finale, empocha son arme et sortit. Il pouvait sentir les pulsations de son cœur jusqu'au bout de ses doigts. Il s'imaginait déjà fracasser Jouvier contre un mur, le braquer, l'emmener loin d'ici, au bord d'un bois, et lui tirer une balle dans la tête. Il essaya de ne pas penser à Lucie. Gloria, juste Gloria. Puis Suzanne, il y a longtemps, éliminée par l'Ange rouge. Et sa petite fille... Sa petite Éloïse.

Sharko ralentit. Il suffisait d'un appel au 36, et tout

se finirait bien. Il pourrait peut-être enfin vivre heureux avec celle qu'il aimait par-dessus tout.

Mais la voix vengeresse retentit, au fond de son crâne, et poussa son corps vers l'avant.

Marc Jouvier habitait au deuxième étage d'un grand immeuble avec parking souterrain privé. Sharko grimpa les escaliers deux à deux et se plaqua devant la porte. Il cogna, l'arme chargée dans la main. Pas de réponse.

Sharko avait de bons restes, ces serrures se crochetaient facilement et, après deux minutes, il put entrer sans causer de dégâts. Le pistolet braqué, il se rua dans toutes les pièces, ne décelant aucune présence. Il ouvrit les placards de la chambre. Rien ne semblait avoir été dérangé. Les jeans, les chemises, les tee-shirts étaient parfaitement alignés. Jouvier n'était pas parti loin d'ici. Peut-être ne tarderait-il pas à rentrer.

Le flic scruta les recoins de cet appartement qui n'avait rien de l'antre d'un monstre. Des gens devaient venir ici boire des verres, des collègues, des amis. Jouvier semblait célibataire, rien n'indiquait la présence d'une femme. Cette pourriture aimait le matériel high-tech, et le rock, d'après sa CD-thèque. Le commissaire refusa de partir bredouille. Il entreprit une fouille plus méticuleuse, prenant garde à déranger le moins possible.

Rien dans les tiroirs, rien sous le lit, rien de planqué au fond d'un meuble. Sharko bouillonnait, il y avait forcément des traces de la culpabilité de Jouvier, des preuves qu'il avait torturé et tué. Il s'intéressa finalement à la petite clé accrochée au fond d'un placard du couloir. Elle n'avait aucune marque, aucune référence, il s'agissait sans doute d'un double. Il la scruta attentivement entre ses doigts et eut soudain une intuition.

Il sortit en quatrième vitesse.

Deux minutes plus tard, il était dans le parking souterrain avec la certitude que Jouvier devait avoir un grand garage clos, capable d'abriter au moins deux barques et un porte-bateaux. Très vite, il remarqua, au niveau − 2, un ensemble de larges portes beiges en métal. Il essaya la clé dans chaque serrure, et ce fut sur la troisième d'entre elles que la magie opéra : il y eut un déclic.

Sharko souleva la porte du double garage. Un petit interrupteur permettait d'allumer une ampoule suspendue à un câble électrique. Lorsque Sharko alluma, il découvrit, en premier lieu, posé sur le sol bétonné, un grand jeu d'échecs en bois. Les pièces étaient placées comme dans la position finale de l'Immortelle.

Mains gantées, Sharko rabaissa la porte et s'enferma. Les ombres descendirent, le silence fut complet. Ainsi, c'était entre ces quatre murs gris et froids que Jouvier venait déplacer ses pièces. Et qu'il assemblait les engrenages de son ignoble scénario.

Le flic imagina le tueur assis là, devant les soixante-quatre cases, à déplacer son armée blanche.

Doucement, il longea le porte-bateaux et se dirigea vers le fond du garage, où reposait une bâche qu'il souleva. Dessous, de la ferraille, des rivets, quelques outils, des plaques d'immatriculation cabossées. Sharko fouina jusqu'à découvrir, sous des cagettes, un carton en assez bon état. Il l'ouvrit délicatement.

Il contenait de vieux cahiers d'écolier. Sharko les sortit et retourna sous l'ampoule. À l'intérieur du premier d'entre eux se trouvait un patchwork de photos, de notes manuscrites et d'articles de journaux collés de travers. Le commissaire s'assit contre un mur et tourna les pages les unes après les autres.

Les premiers articles dataient de 1986. Tous traitaient du même fait divers : à Lyon, une voiture de police de la brigade anticriminalité avait accidentellement percuté un piéton en grillant un feu rouge, alors qu'elle était en route pour une intervention. Le chauffeur s'en était sorti sans une égratignure ni poursuites graves, ce qui n'avait pas été le cas de l'homme à pied, qui était décédé après neuf jours de coma.

La victime s'appelait Pierre Jouvier, le père du petit Marc qui n'avait alors que sept ans. Sharko imagina parfaitement le traumatisme du gamin. Une blessure qui, à l'évidence, ne s'était jamais résorbée.

Le commissaire poursuivit sa quête. Sur un autre article, le visage du flic responsable de l'accident avait été découpé au cutter, avec grande attention, pour être collé sur la page en vis-à-vis, aux côtés d'un autre visage qui avait été photographié : il s'agissait d'une jeune femme d'une vingtaine d'années, qui devait être la fille du flic, vu la ressemblance. Sharko fronça les sourcils : il connaissait ces traits féminins, il avait déjà vu cette physionomie, mais où ?

Il ferma les yeux et réfléchit. Le souvenir remonta alors du fond de sa mémoire et fit gonfler une boule dans sa gorge. Il s'agissait de la victime retrouvée dans une barque en 2004, dépecée aux côtés de son mari et avec une pièce dans la bouche. Les deux malheureuses proies du disciple de l'Ange rouge... Vingt-six ans après l'accident ayant entraîné la mort de son père, Jouvier avait exercé sa vengeance en s'attaquant à la fille du responsable. Le petit garçon de sept ans était devenu le pire des criminels. Et aucun élément de l'enquête, aucun fichier n'avait permis de faire le rapprochement.

Sharko tourna encore les pages. Des phrases écrites en une écriture fine, nerveuse, exprimaient la haine que ressentait Jouvier à l'égard des flics. Feuille après feuille, l'homme voulait les voir tous périr en enfer. Il insultait, menaçait, délirait même parfois. Entre ces murs anonymes, Jouvier devenait un autre homme que l'urgentiste dévoué. Il tombait le masque.

Apparurent plus loin des photos de joie, alors que le cœur du flic se rétractait : sur le papier glacé se tenaient Jouvier et l'Ange rouge, côte à côte, tout sourire, levant un verre en direction de l'objectif. Sharko arracha la photo de son support et la retourna. Il était inscrit « Grandes retrouvailles à la ferme, 2002 ». 2002... L'année où l'Ange rouge détenait Suzanne et où il était en pleine activité meurtrière.

Les deux hommes avaient à peu près le même âge, et Jouvier parlait de retrouvailles. Peut-être avaient-ils fait l'école ensemble ? Leurs parents avaient-ils été voisins ? Ou alors, Jouvier et le tueur en série s'étaient-ils simplement rencontrés au hasard de la vie, des années plus tôt ? Peu importait, finalement. La connexion entre deux esprits perturbés et haineux avait eu lieu. Satan et son disciple venaient de former leur duo.

Sur le cahier, les photos se succédaient, sans notes cette fois. La relation entre les deux hommes allait peut-être au-delà de la simple amitié.

Plus loin, Sharko trouva l'élément déclencheur de tant de haine et d'acharnement sur sa personne. Non seulement il était flic, mais il était le flic qui avait tué l'Ange rouge. Des dizaines d'articles sur la mort du tueur en série occupaient les pages, et c'était désormais la tête du commissaire qui avait été découpée et placée au milieu d'une grande page blanche. Cerclée de feutre noir, jusqu'à ce que la pointe transperce la feuille.

Sharko se pinça les lèvres. Un autre cahier criblé de photos relativement récentes de lui, de Gloria, de Frédéric Hurault, le meurtrier de ses filles jumelles, retranscrivait, jour après jour, le cheminement du plan du tueur. Ça durait depuis presque deux ans. Jouvier avait observé, relevé les habitudes de ses victimes et les avaient notées sur ce papier. Il y avait des ratures, des diagrammes, des flèches partout, avec des phrases en diagonales, écrites en différentes tailles et couleurs. Le cheminement complet d'un esprit torturé.

Sharko s'apprêtait à prendre un autre cahier quand il entendit soudain des crissements de pneus. Il se leva d'un bond et plaqua sa main sur l'interrupteur.

Noir complet.

Les crissements s'effacèrent, laissant place aux ronflements grandissants d'un moteur. Un véhicule approchait. Après quelques secondes, une lueur jaunâtre se glissa sous la porte et vint lécher les pieds de Sharko. Le flic retint son souffle. La voiture venait de s'arrêter, juste de l'autre côté, laissant le moteur tourner. Plus aucun doute, c'était lui, c'était Marc Jouvier. Le commissaire avait ôté un gant avec les dents, de façon à mieux sentir la queue de détente de son arme.

Le moment tant attendu allait enfin arriver. L'heure de la vengeance.

Il y eut un cliquettement. La poignée du garage tourna, la porte se souleva et la lumière des phares lécha le sol comme une grosse lame étincelante.

Des jambes, un torse, puis le visage de Marc Jouvier.

Ses yeux se creusaient tout juste de surprise que

Sharko se jeta sur lui et le propulsa contre l'un des murs intérieurs. Il y eut un craquement d'os, avant que le flic prenne l'autre par les cheveux et lui écrase le côté droit du visage sur l'échiquier, faisant voler toutes les pièces. Jouvier poussa un gémissement. Il était frêle et valdinguait comme un pantin, incapable de se défendre. Dans ce combat inégal, les coups pleuvaient : dans les côtes, les tempes, le bassin. Sharko se lâchait, cognait comme un dur, sans freins, jusqu'à entendre des os craquer. Il finit par écraser son pistolet au milieu de son front.

— Tu vas pourrir en enfer.

L'autre saignait de la bouche, souffrait de partout mais il fixait son adversaire sans ciller, les yeux aussi noirs et brillants que ceux d'un animal traqué.

— Fais-le... dit-il.

Franck respirait fort, la sueur lui coulait dans les sourcils, tandis que son doigt tremblait sur le petit morceau de métal qui ordonnerait le départ de la balle.

Un coup de feu, et tout serait fini.

Sharko baissa les paupières, des ronds noirs dansaient dans son champ de vision. Curieusement, il vit sa main caresser le ventre de Lucie. Ses doigts allaient et venaient, ils sentaient la chaleur du petit être qui finirait par voir le jour. Et cette chaleur irradia alors l'ensemble de son corps, comme s'il avait été frappé d'un coup d'épée dans le dos. Il perçut l'amour de Lucie, tout autour de lui. Puis celui de Suzanne et Éloïse, qui le regardaient, quelque part.

Alors, doucement, il baissa son arme et chuchota à l'oreille de Jouvier :

— L'enfer, pour toi, c'est tout sauf la mort.

Épilogue

Lucie était agenouillée devant le sapin de Noël. Elle plaçait avec une attention de petite fille les figurines de la crèche. L'âne, le bœuf, Marie et Joseph, autour de l'enfant Jésus. L'année précédente, elle avait été incapable de réaliser ces gestes simples. Ses filles avaient dansé et crié dans sa tête, et leur fête s'était terminée dans les pleurs.

Lucie se dit que le temps finissait toujours par guérir les blessures.

Depuis la cuisine arrivaient d'agréables odeurs de fruits de mer. Sharko avait revêtu sa toque de cuisinier et était en train de flamber des gambas dans la poêle. On était le 28 décembre, mais peu importait. Leur Noël à eux démarrait ce soir.

Lucie manipulait le petit Jésus entre ses doigts.

— Cette histoire de partie d'échecs intitulée l'Immortelle, c'est quand même curieux, dit-elle en rejoignant son compagnon. L'immortalité, c'est ce que nous sommes allés chercher au fin fond de la Russie. Et nos deux affaires se sont terminées en même temps, quasiment le jour de la naissance du Christ. Si j'avais l'esprit moins carré, j'y verrais une forme de signe un peu, comment dire... métaphysique ?

— Ça ne reste qu'une étrange coïncidence, répliqua Sharko. Et puis, rien n'est vraiment terminé côté russe, même si on a la plupart de nos réponses. Cette façon dont on s'est fait sortir me reste en travers de la gorge. Toutes ces pommes vérolées. Toute cette folie.

— Des folies tellement différentes, mais tout autant dévastatrices. Sans oublier Philippe Agonla. Une troisième forme de folie. J'ai de plus en plus l'impression que les fous peuplent notre planète.

Lucie posa la figurine au milieu de la table et l'observa longuement. Elle sentit les larmes monter.

— Je n'arrive pas à imaginer ce qui serait arrivé si... si tu avais tiré sur Jouvier.

— Je ne l'ai pas fait.

— Mais tu étais parti pour le faire. Tu étais prêt à tout casser.

Franck posa ses instruments de cuisine et la considéra des pieds à la tête. Il ne voulait plus parler de tout ça ce soir. Laisser de côté toutes les notes découvertes dans les cahiers. Juste oublier, quelques heures.

— Cette robe est magnifique. Tu devrais en mettre plus souvent.

Lucie ne répondit pas tout de suite. Elle pensait à Jouvier, enfermé au fond d'une cellule de garde à vue. Les interrogatoires n'avaient pas cessé, et l'urgentiste assassin avait commencé à lâcher du lest, confirmant ni plus ni moins ce que Sharko avait déduit dans le garage. Lui et l'Ange rouge avaient fait une partie de leurs études ensemble, devenant de grands amis. Puis chacun était parti de son côté, avant que le hasard d'une rencontre les réunisse à nouveau. Les deux hommes avaient alors eu une expérience amoureuse et malsaine, type dominant-dominé. L'escalade dans l'horreur avait suivi.

Finalement, Lucie décida de ne pas remettre le sujet sur la table. Pas ce soir.

— Les robes, tu sais bien que ce n'est pas trop mon truc.

— N'empêche...

— Tu n'es pas mal non plus, dans ton nouveau costume gris anthracite. Mais la prochaine fois, fais-moi plaisir : change de couleur. Le gris, c'est déprimant.

Sharko se rendit dans leur chambre et revint avec un petit paquet emballé.

— Ton cadeau.

Lucie manipula le paquet en souriant.

— C'est trop plat pour être un livre. Qu'est-ce que c'est ? Un cadre avec une photo dedans ?

— Ouvre, tu verras.

Lucie arracha rapidement le papier. Ses yeux s'écarquillèrent.

— La vache. Franck, tu as...

— Puisque le 36 t'a toujours fait rêver, qu'il représentait un peu ton rêve de jeune fille, je me suis dit que ça te ferait un bon souvenir pour plus tard. Bon, évidemment, ce n'est pas le genre de truc à exposer si des collègues viennent dans l'appartement.

Lucie explosa de rire. Elle tenait, entre ses mains, la plaque bleue portant l'adresse « 36, quai des Orfèvres ».

— Tu es déjà sur la sellette avec la raclée que tu as fichue à Jouvier, imagine que...

— Personne ne saura.

— Comment tu as fait pour la dérober ?

— Ah, ça.

Ils s'embrassèrent amoureusement.

Alors que Lucie regagnait le salon pour mettre une musique d'ambiance, un petit verre de vin blanc dans une main et la plaque du 36 dans l'autre, Sharko inspira un bon coup et ferma les yeux, essayant de ne plus penser qu'à l'avenir. Ses lèvres s'écartèrent, creusant un peu plus les rides de son visage, jusqu'à former un sourire.

Le sourire amer d'un homme fatigué et en colère, mais pourtant bien vivant.

Il ignorait encore de quoi serait fait leur futur, s'il réussirait un jour à s'arracher à ce métier qui lui avait tant apporté, mais pour la première fois depuis des années, il se sentait enfin en paix avec lui-même.

En paix, et presque heureux.

Note au lecteur

J'ai terminé les recherches sur *Atomka* en janvier 2011, et en ai débuté l'écriture dans la foulée. Avant d'entamer ma longue phase de documentation autour de l'atome en 2010, je ne connaissais de la catastrophe de Tchernobyl que les grandes étapes : l'explosion de l'un des réacteurs, le nuage radioactif qui avait déferlé sur toute l'Europe, les conséquences sur la santé. Au fil de mes investigations, ce qui n'était pour moi qu'un terrible accident s'est révélé être l'un des pires fléaux que l'humanité ait jamais connu. La radioactivité ne peut être détruite, et vingt-six années plus tard, elle continue à faire des ravages dans les régions ukrainiennes et biélorusses où, quelques jours après l'explosion, la pluie eut le malheur de tomber, précipitant ainsi les éléments radioactifs dans le sol. Le césium 137 poursuit son travail de destruction, multipliant les cancers, les malformations cardiaques, les retards mentaux. Cela durera encore des centaines, des milliers d'années et, si rien n'est fait, ces populations ne s'en remettront jamais.

Et, tandis que les termes *iode 131, plutonium, fuite*

du réacteur, zone interdite, liquidateur accompagnaient chacune de mes pensées, que le spectre de Tchernobyl m'habitait chaque jour davantage, il y eut Fukushima, le 11 mars 2011. L'accident eut lieu alors que j'écrivais le chapitre 7 de mon roman. Je décrivais alors l'état physique d'un enfant dévoré par l'atome.

Une bien sinistre coïncidence. Un horrible choc.

J'ai été incapable d'écrire sur toute cette période où le monde était suspendu aux réacteurs nucléaires de la centrale japonaise. Je voyais ces hommes que l'on envoyait au plus proche du désastre, malgré la fuite d'éléments hautement radioactifs et je me suis dit : « Ça s'est passé exactement de la même façon, il y a vingt-cinq ans. » L'évacuation, les liquidateurs, le nuage radioactif, les pastilles d'iode pour saturer la glande thyroïde… J'ai alors compris que, malgré le progrès, la technologie, et une sécurité tout de même meilleure, l'homme était toujours autant désarmé face à l'atome. Je n'ose imaginer le visage du monde d'aujourd'hui, si le cœur de l'un des réacteurs avait fondu et s'était retrouvé à l'air libre. Heureusement, contrairement à Tchernobyl, il y avait des enceintes de confinement qui ont évité le pire.

J'ai alors repris l'écriture, mais quelque chose avait changé. Le passé m'avait rattrapé et j'ai longuement hésité à poursuivre dans la voie que je m'étais fixée. En définitive, je m'en suis tenu à mon plan initial, faisant néanmoins quelques allusions à Fukushima, parce qu'il fallait évidemment en tenir compte.

J'ai commencé ce roman en étant persuadé qu'il n'y aurait plus jamais de Tchernobyl.

Je l'ai terminé avec le goût de l'atome sur les lèvres.

Composé par Nord Compo
à Villeneuve-d'Ascq (Nord)

Imprimé en France par MAURY IMPRIMEUR
en mars 2025
N° d'impression : 283653

POCKET - 92 avenue de France, 75013 PARIS

Dépôt légal : octobre 2013
Suite du premier tirage : mars 2025
S23945/15